黄裳集

创作卷Ⅵ

翠墨集　榆下杂说

山东人民出版社·济南
国家一级出版社　全国百佳图书出版单位

1983 年秋与巴金（中）黄源（左）在绍兴鲁迅故居百草园

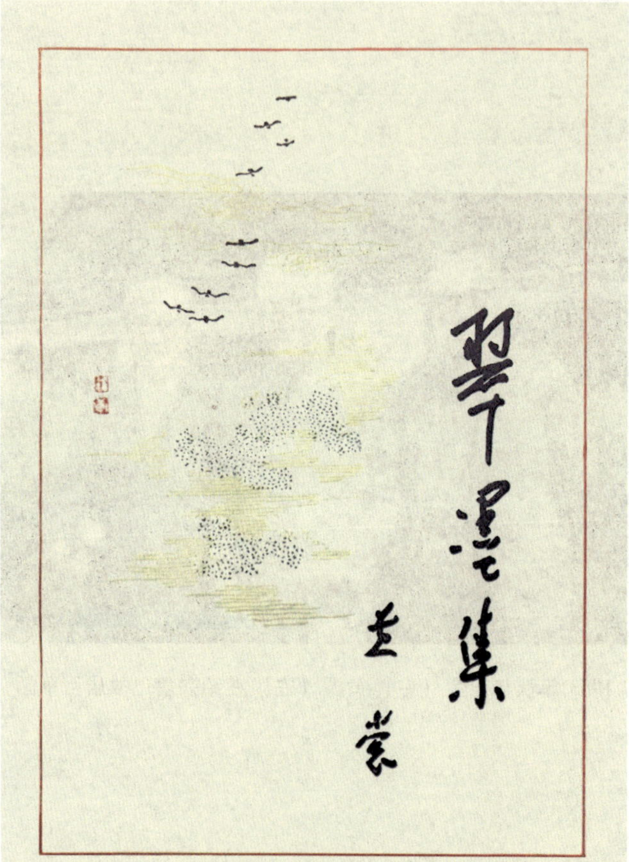

《翠墨集》1985 年生活·读书·新知三联书店初版书影

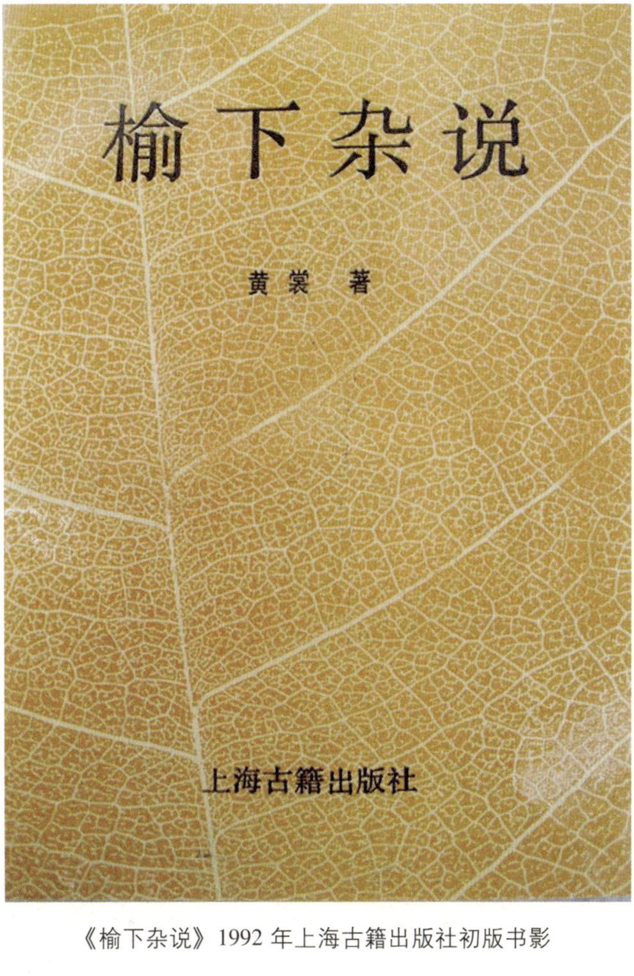

《榆下杂说》1992 年上海古籍出版社初版书影

目 录

翠墨集

一册纪念岳飞的诗集 …… 9
补记 …… 19
跋《城守筹略》 …… 21
跋《利器解》 …… 31
《拙政园诗余》跋 …… 36
俞跋 …… 47
叶跋 …… 48
跋《竹笑轩吟草》 …… 49
记王茂远《柳潭遗集》未刻逸文 …… 56
南田少年时事琐记 …… 72
再记南田少年时事
——读《赖古斋文集》 …… 80
风怀诗案 …… 84
汪景祺遗诗
——跋《读书堂诗集》稿本 …… 90

关于金冬心 …… 96
藏书题跋 …… 107
残本九种题记 …… 128
云烟过眼新录 …… 144
壬午平海图 …… 144
哂园杂录 …… 145
高峣十二景诗 …… 146
余庆录 …… 147
西山纪游 …… 148
老子全抄 …… 149
烟花小史八种 …… 150
曹子玉诗十集 …… 153
中州启札 …… 155
范运吉传 …… 156
晤书堂诗稿 …… 157
嘉靖大政类编 …… 159
明月诗筒 …… 160
绿雪亭杂言 …… 161
归田诗话 …… 161
冷鸥堂集 …… 162
金陵览古 …… 163
怀素《食鱼帖》 …… 168
关于包公的断想 …… 171
功德无量 …… 179
诗之神秘 …… 183

《书边草》序 …………………………………………………… 186
明清法书观赏 ………………………………………………… 192
散文与杂文 …………………………………………………… 199
闲情 …………………………………………………………… 204
《金瓶梅》及其他 …………………………………………… 210
署热草 ………………………………………………………… 214
审查 …………………………………………………………… 219
看书琐记 ……………………………………………………… 223
盛况的变迁 …………………………………………………… 228
朦胧 …………………………………………………………… 230
《河里子集》小序 …………………………………………… 233
“冲冠一怒为红颜” ………………………………………… 236
一个希望 ……………………………………………………… 239
人言可畏 ……………………………………………………… 243
马君武的诗 …………………………………………………… 247
别时容易 ……………………………………………………… 254
一夜北风紧 …………………………………………………… 258
《红楼梦》与电视剧 ………………………………………… 260
小说与优生学 ………………………………………………… 263
曹雪芹的头像 ………………………………………………… 265
《老人的胡闹》 ……………………………………………… 268
题跋之外 ……………………………………………………… 271
题跋一束 ……………………………………………………… 275
　补记 ………………………………………………………… 284

后记 …… 290

榆下杂说

关于祁承㸁
——读《淡生堂文集》 …… 295
不死英雄
——关于张缙彦 …… 306
关于周亮工 …… 320
关于张远 …… 329
齐如山的回忆 …… 337
翻案文章 …… 349
老板 …… 360
爱书者 …… 367
叔弢先生二三事 …… 372
清刻之美 …… 376
访书琐忆 …… 387
《前尘梦影新录》前记 …… 395
《清代版刻一隅》序 …… 398
序《石头记会真》 …… 402
三部书 …… 408
张岱的《史阙》 …… 417
几种版画书 …… 424
《明月诗筒》 …… 433
《天津杂事诗》 …… 440

记《咏梨集》…… 443
《锦瑟》…… 450
晚读书记 …… 458
关于《藏书纪事诗》…… 481
读画记 …… 486
读《戏考》…… 493
《双行精舍书跋辑存》…… 496
《书林琐记》及其他 …… 507
四印斋 …… 514
雍正与吕留良 …… 518
查·陆·范 …… 529
清代的禁书 …… 536
几乎无事的悲剧 …… 545
避讳的故事 …… 552
“名教罪人” …… 559
禁本小记 …… 563

来燕榭书跋 …… 583
祁承爜家书跋 …… 601
书跋偶存 …… 605

后记 …… 619

翠墨集

《翠墨集》，读书记，1985 年 12 月生活·读书·新知三联书店初版。

据初版本编入。

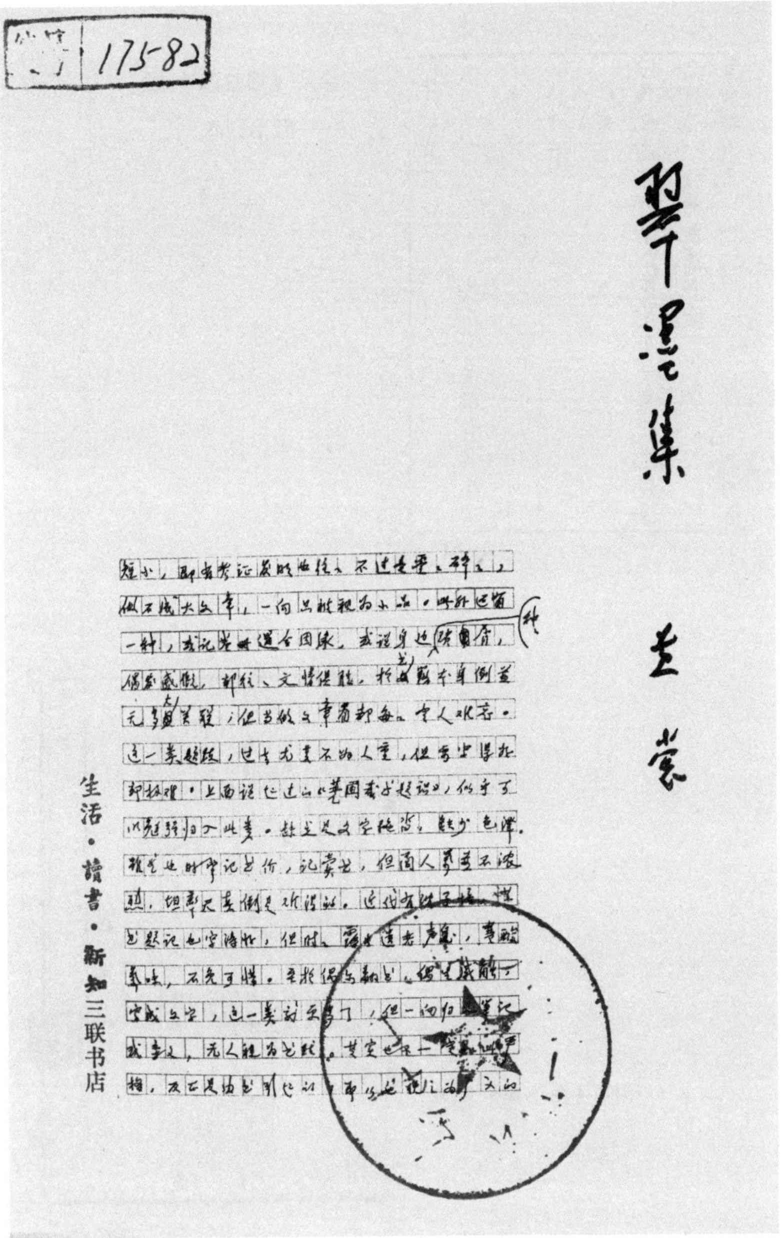
175-82
翠墨集
黄裳
生活·讀書·新知三联书店

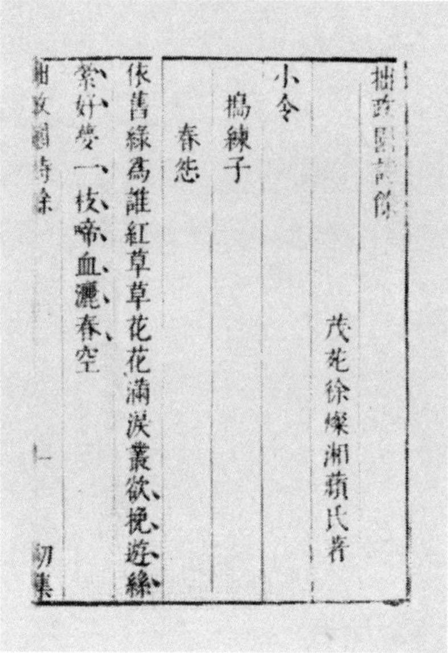

拙政園詩餘

茂苑徐燦湘蘋氏著

小令

搗練子

春愁

依舊綠、為誰紅、草草花花滿淚叢、欲挽遊絲縈好夢、一枝啼血灑春空、

拙政園詩餘　一　初集

徐灿《拙政园诗余》

——顺治刻本

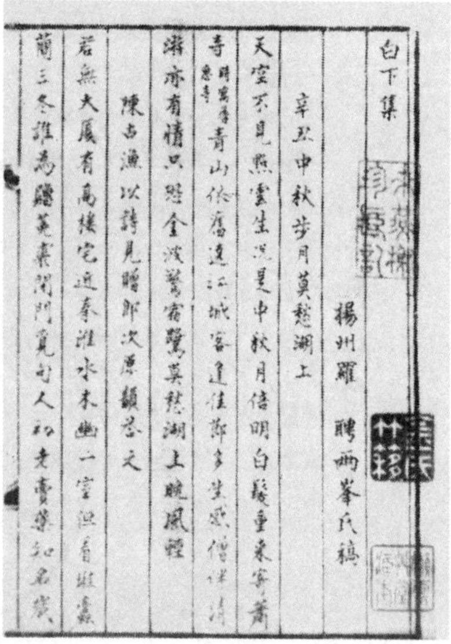

白下集

揚州羅聘兩峯氏稿

辛丑中秋步月莫愁湖上

天空不見點雲生況是中秋月倍明白髮重來寄蕭

寺（時寓普惠寺）青山依舊遶江城客逢佳節多生感僧伴清

齋亦有情只戀金波驚宿鷺莫愁湖上曉風輕

陳古漁以詩見贈即次原韻答之

若無大廈有高樓宅近秦淮水木幽一室但看娛盡

蘭三冬誰為聽莫耄閑門覓句人知是賣藥知名處

罗聘《白下集》稿本

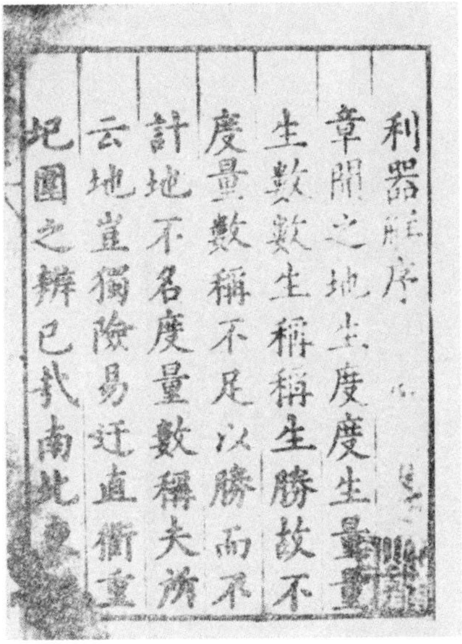
利器解序
章開之地生度度生量量
生數數生稱稱生勝故不
度量數稱不足以勝而不
計地不名度量數稱夫所
云地豈獨險易迂直衡重
圯圖之辨已哉南北東

《利器解》

——万历刻本

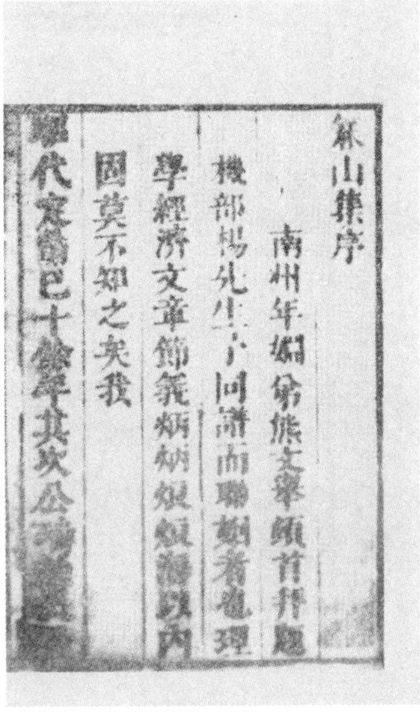
兼山集序
南州年姻弟熊文舉頓首拜題
機部楊先生与同譜而聯姻者也理
學經濟文章節義炳炳烺烺[illegible]內
國莫不知之矣我
朝代定鼎已十餘年其以公論[illegible]

《兼山集》

——清初刻本

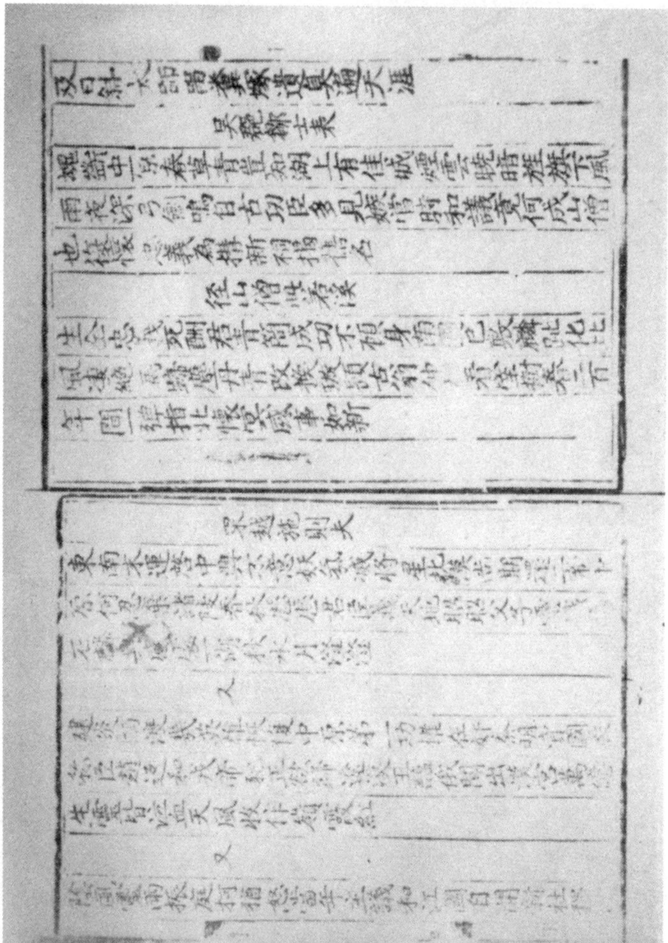

《岳忠武王庙名贤诗》——元刻本

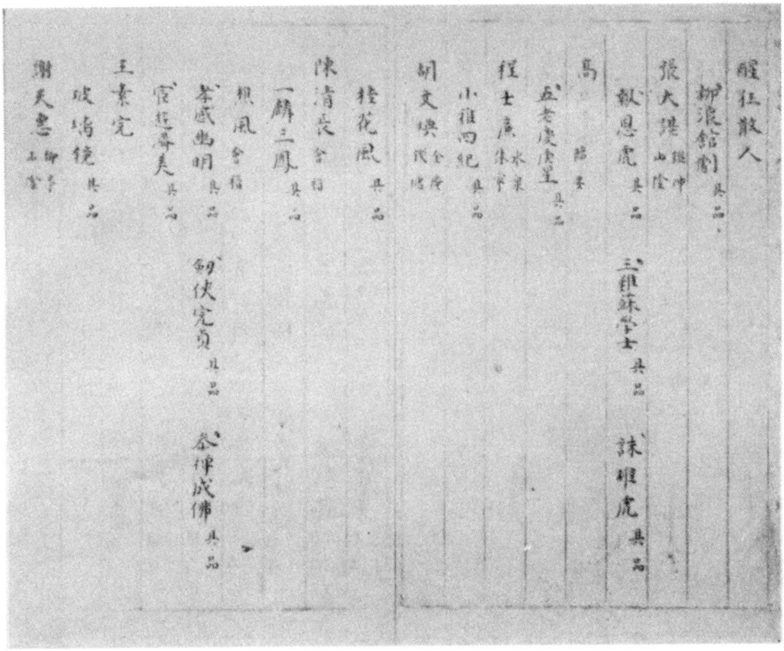

《远山堂明剧品》残稿本

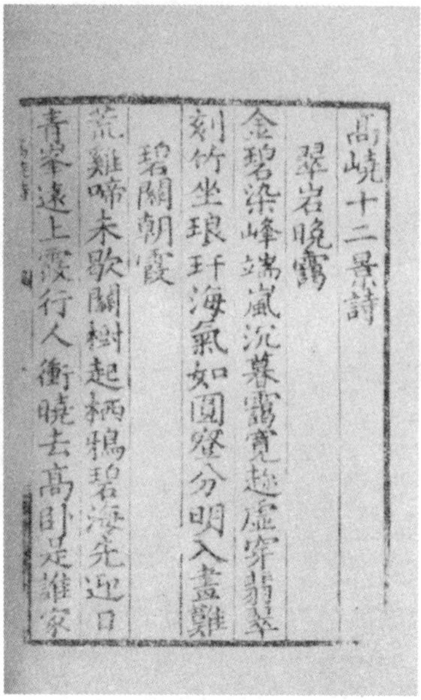
高峣十二景詩
翠岩晚靄
金碧染峰端嵐沉暮靄寬趁虛穿翡翠
刻竹坐琅玕海氣如圓燈分明入畫難
碧關朝霞
荒雞啼未歇關樹起棲鴉碧海先迎日
青峯遠上霞行人衝曉去高卧是誰家

杨慎《高峣十二景诗》

——正嘉之际滇中刻本

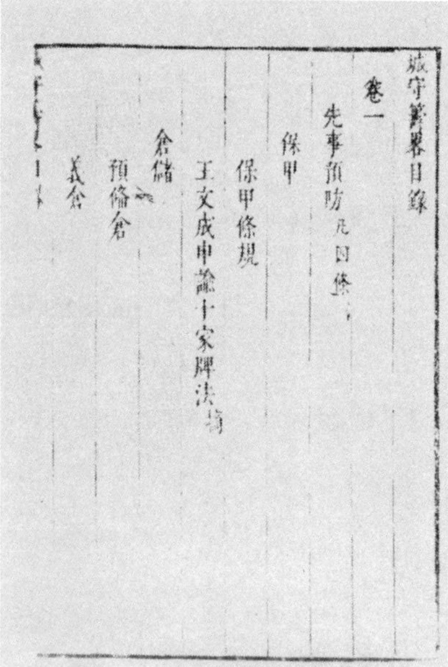
城守籌略目錄
卷一
先事預防凡四條
保甲
保甲條規
王文成申諭十家牌法
倉儲
預備倉
義倉

《城守筹略》

——崇祯甲申刻本

一册纪念岳飞的诗集

在我的书架上，有一种也是唯一的一种元刻本。这是一册很别致有趣的书。

十多年前，一个经常收书于长江北岸的书友，一天很神秘地告诉我，说有一册好书，即将从扬州寄来，却不肯透露书名。我自然明白这是什么意思，但也免不了怦然心动。连日走访，都无消息。有一天，又看见他在书案边埋头装订一本古书，凑过去看时，才知道就是新到的这本“宝书”了。

他是嫌原书太薄，正在努力加衬叶，想化一本为四册，我连忙阻止他不要罔费精神，还是原订的一本好些。后来几经磋商，终于由我变卖了几十部旧本，换来了这一本“宝书”。然而我依旧很感谢他。

这是一册有关岳飞的书。元板元印。黄棉纸。分两个部分。上部是《宋史》的第三百六十五卷，是岳飞和儿子岳云的列传；下部是《岳忠武王庙名贤诗》，题“住山僧可观录”。卷前有“鲍以文藏书记”（朱文长方印），“小山堂书画印”（朱文方印），“安乐堂藏书记”（朱文长印）三颗朱记。可见这是先后经过赵谷林、鲍廷博之手（他们都住在杭州），后来又转入“怡府”的。至于这次从江北来到上海，那来由却不详。当交易成功以后，书友才把原来装在书后的一叶原跋给了我。这是一位名叫“君举”的题跋，他说这书是“竺樵”所藏，此跋写于辛未，君举和竺樵时正“同客浙学使濂翁署”，跋中说：

> 僧可观生平未详。观郑记后有至元六年庚辰字，则为顺帝时人。又书尾题“岁在己卯菊月住山僧高会重集”，己卯乃庚辰前一岁，岂明建文元年之己卯欤？疑莫能明也。……细察之，此本的为元刊，或至建文时高会重将旧板修补整次，复于尾末著己卯云云……

这位君举的板本学并不怎样高明，他连安乐堂是谁家斋馆都不知道。但他的确提出了一个值得研究的问题，这也就是那位书友为什么要撤去此跋的原因所在。如果己卯真的是建文元年，则元板即将化为明板，价值必将大减。后来我和他开玩笑说，如果这本书确是建文刻本，那价值反要大增。因为建文前后只不过三年多些，朱棣就率兵“靖难”了。因此历来藏书家都未见过建文本。至于元板，那就多得多了。吴兔床不就号称所藏有“千元十架”么？笑话尽管是笑话，但前面那个疑问依旧不曾解决。

记旧板书，照例必记行格，但在这里就不无困难。上半部的《岳飞传》没有问题，半叶十行，行廿二字。线口，四周双阑。双鱼尾，板心上记字数，下记刻工姓名，金子中，或只一金字。大题第二行有很长的衔名，接下去就是“臣脱脱等奉敕修”。这一套板本学的术语，据说是缪荃荪发明的，一直颇为人所诟病，但我觉得也不失为一种比较科学的纪录方法，是未可厚非的。查元椠《宋史》，向来只是内阁大库曾藏有残本，行世的只有成化刻本。说详张菊生先生《校史随笔》。这里的《岳飞传》正是地道的元刻，曹元忠说这是“取大德本《宋史》列传覆刻”，正是毫无根据的妄说。

至于下半部的《名贤诗》，要想进行明确的板本纪录，就比较困难了。因为那行格是不定的。有大字，有小字。有单阑，有双阑，甚至有的在一叶之内，前半叶小字，后半叶大字。同是写刻，有的是极工整的赵体，有的就是十分粗放的写刻。客观上正好是一部元刻书影的集合体。但有一点值得注意，在十三叶以前，刻工姓名依旧是金子中，凡六见。到第十四叶，才出现了“陈仁甫刊”字样。更后，又有“徐良”字样。而金刻的篇叶，看那开板风气，和前面的宋史完全一致。这就提供了一种解释，《名贤诗》在十三叶以前，是在元代刻成的，刻者就是刊刻《宋史·岳飞传》的同一个工人。同时又可以知道这部《名贤诗》并非一气刻成而是陆续增刻的。添了几首诗，就添刻一块板子。这样就造成了前面提到的那种板本的畸形。

关于这册书，田汝成的《西湖游览志》曾有所涉及：

> 孝宗时，诏复飞官，谥武穆，改葬栖霞岭。云祔其旁。废智果院为祠。赐额曰褒忠衍福寺。宋亡，寺废。

王之六世孙在江州者名士迪，与宜兴岳氏通谱，合力起之。未几，复废。至元间，天台僧可观者诉于官，郑明德为作疏语云云，疏成，杭州经历李全慨然重兴之。庙中有石刻飞诗词二首，古今吊其墓者诗已成集，略掇其著者……

这里所说的故事，《武林旧事》与《辍耕录》也有所记录，后者所记比较详瞻：

……天台僧可观以诉于官，时何君颐贞为湖州推官，柯君牧仲以书白其事，因之没于人者复归。然庙与寺无寸椽片瓦。会李君全初为杭总管府经历，慨然以兴废为己任。而郑君明德为作疏，疏成，郡人王华父一力兴建，于是寺与庙又复完美。

郑元祐所撰的疏记，就收在《名贤诗》的后面。看前引田汝成的话，他可能是看到过这个《名贤诗》的，他所引的叶绍翁、赵子昂、高则诚、潘子素、林清源数诗俱见于此集，只是林弓寮、徐孟岳、陶九成、高季迪诸作不见，可能是时代较后，此本初印，未及收入。

根据以上的资料，可以推定，这个集子是可观的宣传品。他既然是褒忠演福院的住持，重兴了香火，就收集了到岳庙来参拜的名人题诗，刊刻成集，赠送或售卖给前来游览瞻拜的人们。可观活动的时代是至元六年顷，元刊《宋史》前有至正六年咨文，可观就借用了官书的《宋史·岳飞传》板片，并请原来的刻工金子中担任雕板的任务。这都是可以想象的。十三叶以前及现在附在卷末的《重建岳鄂王祠寺疏》等可以肯定都是成于可观和金子中之手。至于后面续刻的部分，则可能是后继者所完成的。至元六年下推至已卯，已五十六年，金子中很少可能老寿至此。

乃贤《金台集》卷二有《岳坟行》诗，题下小注云："守坟观禅师至京，请加封谥，征赋此。"可知可观为了岳坟祠庙事曾到北京活动。乃贤诗编在卷二末，当是至正后期所作。但这首《岳坟行》不知何故却没有收入《名贤诗》。征诗征文原是可观主要活动内容之一。

至于可观汇刻此集的用意，自然最大的可能是为了祠庙的香火和自己的名声，也有可能企图借官书《宋史》和达官名流的诗文为这样一座祠庙涂上一层政治保护色。我们没有确凿的证据断定可观是一位具有民族意识的和尚。但至少他对岳飞是持肯定、崇敬的态度的。而确无可疑的则是，在元帝国统治中国的时代里，社会人士对岳飞的感情，却完全在这本诗集里体现了出来。

据我所知，六百年来，私家收藏此书的，也只流传下这一本。但北京图书馆却有同样的三册。承赵斐云先生的帮助，我曾在北京图书馆的书库里得以展观。那是蝶装的触手如新的三本书，无一印记，可以断定是从元朝传下来的内阁大库旧物。从来无人注意，只在清末曹元忠曾经翻阅过，写过一篇胡乱猜测的题跋。

那三本书曾经引起过我很大的兴趣。我猜这可能是当日由江南调取晋京以备审查研究的样本罢？不料它们在大都高大森寒的宫禁里一睡就是五六百年，却从来没有人对它进行过研究，或发表过什么意见。

《岳忠武王庙名贤诗》所收共有七十七人之作。陶宗仪《辍耕录》记岳飞事说："自我元统一函夏以来，名人士多有诗吊之，不下数十百篇，其最脍炙人口者如叶靖逸少翁云云、赵魏公孟頫云云、高则诚先生明云云、潘子素先生纯云云、林清源先生泉生云云，故余亦有诗云云……"这里所引的诗，除去自作外，都见于此集前七叶中，估计陶宗仪是曾经看到过此集的初刻本的。

田汝成《西湖游览志》卷九记岳墓条下也说："古今吊其墓者，诗已成集，略掇其著者……"田志所录叶、赵、高、潘、林五人诗与陶宗仪诗，俱从《辍耕录》来，但更多出林弓寮、徐孟岳、高季迪诗，则为此集所无。田氏《西湖游览志馀》卷七更记："岳坟诗集无虑千首，绝倡者亦少。择其佳者，已收前志矣……"田汝成是明嘉靖中人，看来他是看到过《岳坟诗集》的。但可能是更后刻的有近千首诗的另一个本子。中国出版物中有这么一种传统，凡是出过名人的地方，都往往有人为它编一种总集，把历史记载、风景名胜、图绘绣像、名人题词……汇刻在一起，以为纪念。刻这种总集的人有的是本地人，有的是在当地作官的，其目的除了表章"乡贤"之外，也大抵为了让自己得附骥尾以传。如《钓台集》《苎萝集》《王官谷集》《醉翁亭集》《黄鹤楼集》

……就都是的。

这册《名贤诗》里的作者，大抵生活在南宋晚期直至元末这个时代里。最晚的两个作者是钱塘姚黼和高昌铁穆尔。就刻板风气看，这一叶也较迟。铁穆尔不详，是元人无疑。姚黼是姚绶的父亲，已经是洪永中人。因此此集的下限可以肯定是建文元年己卯。

揣想这个集子最初刻成，应该已经有十叶左右。它所根据的是岳墓的石刻或题壁，也可能从别集转录，后来就逐渐增益，也还有陆续从别集中辑录的作品，因此它的时代次序并不明确。最后殿以“通议大夫前建德路总管兼府尹方回撰”“集贤直学士朝列大夫行江浙等处儒学提举赵孟烦书”的《岳坟褒忠衍福寺复业记》（大德九年乙巳中元日记）等五篇记文，最后才是姚黼等的诗。这几叶庙记是最好的元代板刻代表作，是依赵子昂手书原迹上板的。但有两叶板片上方已有补刻痕迹，也足为建文重印时修补之证。

所收诸家除陶、田二书已著录者外，还有金华胡月山（雪江子），澹庵胡邦衡，秋崖方巨山，蜀郡牟景阳，眉山程正辅、刘改之、张安国，天台陈刚中、陈基敬初，丹丘柯敬仲，会稽杨廉夫、贯酸斋，遂昌郑明德、达兼善、段吉甫，天台僧观大千，江西高若凤，赵郡苏大年昌龄，真定王鉴明卿，钱塘姚黼等人的诗词。应该说，陶宗仪所选的几首诗是较突出的。但他所选尚有未尽之处。如潘子素诗有二首，陶选其第二首《海门寒日》一律，其第一首云：

湖水春来自绿波，空林人迹少经过。夜寒石马嘶风雨，日落山精泣薜萝。江左长城真自坏，邺中明月竟谁收。唯馀满地苌弘血，草色年深碧更多。

林清源诗亦有两首，其未选入一律为：

岳王坟上褒忠寺，地老天荒恨尚存。介胄何堪投狱吏，衣冠无复望中原。青山能揜苌弘血，落日空悲蜀帝魂。辽鹤不归人事别，吴宫秋草又黄昏。

至于丹丘柯敬仲所作有四首，题下注“重兴祠宇后作”。缪艺风、曹君直等辑《舟邱生集》只得其《结发行间》一首（原第二首）。另外三首是：

建炎谁为致中兴，武穆由来志可凭。传檄燕云惊四海，出师河洛慰诸陵。长驱铁马知无敌，欲扫黄龙竟不能。禹穴松楸无麦饭，钱湖香火有山僧。

英雄已矣更何论，思沛空飞汉帝魂。区脱几年悲紫塞，琵琶万里泣黄昏。西湖花木明春苑，南极星辰动海门。谁念前朝轻社稷，怨歌唯有旧王孙。

行尽西泠见墓林，落花飞絮总伤心。数声杜宇迷清昼，两个麒麟卧绿阴。座上高僧能说法，道傍遗老尚沾襟。平湖箫鼓非前日，隔岸楼台暮霭深。

敬仲对岳飞祠墓的恢复曾经出过力，这几首诗写得也有感情。很可以帮助我们对他的了解：这位元朝帝室的文学侍从之臣，原来也是岳飞的同情者。

贯酸斋到底是个散曲作者，他的一首绝句就很有些民间文学气息，在一大堆诗人里别有特色：

剑戟横空杀气高，金兵百万望风逃。自从公死钱塘日，便觉山河把不牢。

酸斋诗后就是《武昌军卒欲报主仇有作》：

自古忠臣主见疑，全忠全义不全尸。武昌门外千株柳，只见花开不见飞。

这首绝句也有其特色，不像是假托的。最后一句嵌入了岳飞的名字。前面两句透露的思想十分真实。好像厉樊榭也不曾见过，未曾收入《宋诗纪事》。

这一卷诗尽管有佳作也有平庸之作，但却一致表示了对岳飞的同情及对宋高宗和秦桧的斥责。他们把赵构看作“孱王”，把酣舞湖山的大小官僚斥为“庸奴”，如武林沈叔敬的诗：

孱王自是爱西湖，喜乐何心复故都。忍耻和戎夸妙算，专征任将废良图。精忠已表书宸翰，盛烈垂成赐屡锼。扣阍无人能辨雪，中兴馀子尽庸奴。

这对一些为秦太师辩护、为“和议”张目的论客们，正是一个绝大的讽刺。不是连并非汉民族的许多诗人也都持有相同的看法么？有什么根据说和议是当时的要求呢？说这是赵构和秦桧的要求倒是无可非议的。还有些论者拼命研究岳飞是不是高宗的“爱将”，或说岳飞的被杀是因为主张建储得罪了皇帝……这都实在不免太迂枉了。

还有一首无名氏的绝句，那说法看来颇为别致：

复得中原后杀身，将军未必恨奸秦。中原未复将军死，千古英雄恨莫伸。

粗看这位无名氏的意见，似乎是想把岳飞说得更为高大，好像只要能收复中原，然后被秦桧害死也可以不必计较了。但这实在只是一种空论。岳飞和秦桧一伙是你死我活的对立关系。要收复中原，就必须先消灭秦桧，正如秦桧是以害死岳飞作为他投降的必要手段，这两件事是不能分开来说的。这位无名氏诗人，可能是意在新警，反而弄得进退失据了。

至于紫阳方回居然恬不知耻地撰写庙记，畅论忠奸，可以不必更论。直以小丑打诨观可矣。

一九六五年

补记

《岳忠武王庙名贤诗》卷首大题下属“住山僧可观录”；卷尾有一行云：“岁在己卯菊月住山僧高会重集”。这两条记事曾经引起过前人的疑难，指出己卯有可能是明建文元年。这个问题可以从原书本身提供的线索得到解决。

按《名贤诗》第五叶有宇文子贞一诗，诗前小序略云，“泰定丙寅（三年，一三二六）以来，主僧可观，世业儒，知向慕贤大夫士，若柯君敬仲郑君明德，既表章之，而郡幕长李公全初，又出资经始，为当道倡。……盖有十三年而故物始完。”这一叶板心下有刊工金子中的姓名，开板风格与《宋史》也是一致的，可证是同时所刻。这位“前进士、京兆宇文公谅”的诗正刊于《永嘉高则成和子昂韵》一诗之前。

据宇文诗序，可观是从泰定三年就在岳飞祠庙里主持了，他经营修整恢复的工作一直进行了十三年才大体完成，这就是至元五年己卯（一三三九）。在这十三年中间可观收集了来访者的题诗，随得随刻，作为赠送游客的纪念物。这就是《名贤诗》写手刻工行格前后不一、差别极大的原因。

到了祠庙修复完成的第二年（至元六年庚辰，一三四〇），请郑元祐写了《重建岳鄂王精忠庙记》，写入了“住山　可观”的姓氏，刻了碑。同时又将历年收集刻好的诗篇，重新整理，这工作在前一年由住山僧高会担任，与修建工程同时毕工。旧板经过十年左右的印刷，板片有些已经漫漶，需要重刻或修补。今本有几叶板框上方就留下了明显的补刻痕迹。有些新作也需要补入。因为只是修补而非重新编刻，所以一切因陋就简，诗文杂出。连请“前进士三山吴叔巽”所写的《重建岳鄂祠寺诗序》也不刻在卷首，只附刻在叔父郑明德重建庙记之后。序里有几句话，可以作为当日编刻此集的说明。

> 今可观大手笔刻于石矣。然无古人之好善与复古者，未尝不播之声诗，以感发人心，此有在乎今之歌咏者，不可缺也。……于是乎序。并以审夫当世才士亡激于义者，形之编集，必当有杰作焉。

《宋史》刻成后有咨文，在至正六年（一三四六）。全书卷帙浩繁，决非短期中所能完成。《名贤诗》陆续刊刻于一三二六至一三四〇前后，约略与《宋史》的刊刻同时进行。刊刻风格呈现种种不同面目，通体写刻，有大字、小字，有工丽的赵书（如方回撰《岳坟褒忠衍福寺复业记》旧碣，就是赵孟频的手书，虽已缩为十二行、二十四字，但看得出是从原迹忠实地临抚下来的），有狂放的大字行书，有古厚朴茂的正书，中间杂有当时流行的别体。刻工姓名有金子中、金、陈仁甫、徐良；板心有“诗”“后诗”“旧诗”“拜王诗”字样；板心上方间记字数。板心双鱼尾也有不同的规格，板框单阑双阑也不一致。因此这《名贤诗》又是集种种元代杭州地区雕版不同风貌于一书的标本。

一九八三年八月十二日

跋《城守筹略》

三十七年冬，得于姑苏护龙街上。翌年春四月装成。

前年冬，宗江养疴吴门三多桥畔，余时往探之，每去必至护龙街观书。此册检得于琴川书店架上。惜佚去末二卷，而目尚存，可知其内容也。此书刊于甲申国变之日，南都倾覆，书板化作柴薪矣。禁书目亦不见著录。千顷堂黄氏目中有之。明人多病虚夸，终亡其国。著作家言类此者有几！惜其书出之日，事已不可为。阮圆海锦衣素蟒，临师江上，如梨园家数。此书际此而出，殆不足当阮髯覆瓿之具耳。重展此册，不禁为之黯然。辛卯十月记。

辛卯春三月卅日，西谛来斋中观书，盛赞此本之佳。遇一解人，亦自可喜也。

戊戌十一月廿日重展，为长文以跋之。时西谛死已二月，重读旧跋，不胜黄垆之痛。

壬辰之夏，更得祁彪佳《守城全书》手稿十八卷，与此书撰作时代正同而更加详焉，因并储之。

此书余四年前获之吴下书坊，不以残卷弃之，珍重装池，藏之箧中，其意前已发之。近乃又得祁彪佳手稿《守城全书》十八卷，中间亦佚二卷。大略与此编次甚合，而翔实尤过之。名贤手迹，更可重矣。晚明此类著作，接踵而出。有心人未可必谓全无。惜其时弊已深，卒无可救，只徒供后人考订之资耳。壬辰闰五月。

栴字彦林，中丞士晋子，崇祯癸酉顺天举人。陈子龙荐授职方郎中，奉敕视江浙城守。还里而南都又溃，乃避迹村坞。丁亥，松督变作，捕子龙不得。相传匿栴所，亦被逮。适其婿夏完淳以闽疏事发，语多连及，遂同日死于市。妻徐氏自沉死。弟棻，字仲芳，所刊《梅道人遗墨》余亦有之。此书买得七年矣，今日始补录半村行实。殊愧读书之不精进也。乙未芒种后一日，积雨初晴记。

钱默，字不识。崇祯癸未进士。知嘉定县，当在甲申夏秋之际。乙酉五月，嘉定始集乡兵。士民乱，默欲宵遁，百姓遮道止之。然意仍不在官，人无纪法。默开帑恣人取之。帑空，犹不退。默惧不免，告急于吴淞总镇吴志葵，求以兵自脱。二十八日黎明，默乘间走，乱民亦散。吴兵后至，邑中屏息，乡兵皆解。默后削发入黄山，法名成回，号霜华道人。故事散见章谦存《校补丛残》中。半村以此书付默，欲其有所建树也，然竟如此。丁亥之难，默亦未与父同死。士大夫大言炎炎，皆优为之。然少有临难不苟者，其故可深长思也。戊戌七月十七日，积雨新晴，窗下研朱重为此跋。

以上是我为残本《城守筹略》所写的几通跋文。

三十年前曾一度对南明史发生过兴趣。走走书坊遇见有些关涉的书册就买下来，也并无什么完缺之见。藏书家往往是不收残本的，以为这没有什么保存的价值。其实大谬不然。即如这《城守筹略》，不但诸家藏目里不载，连禁书目录里也找不到。好像经过乾隆君臣同心协力在全国范围内大大搜索了一通之后，也还是漏了网的。直至今日，我也不曾见到或听说哪里有全本。如果依了正统派藏书家的高见，那就连这残本也将毁灭无存。后来知道，只在《千顷堂书目》里有这名目。这一方面使我佩服黄虞稷的见识之广，一方面也有些怀疑。后来又知道，《千顷堂书目》并非黄虞稷根据自己的收藏写下的，而是近似《明史·艺文志》那样的著作。但不论如何，这部书目还是很有价值的，明人著作，别的书目里不见的，往往他那里却有。

这书买来时是原装两册。打开封面，就发现卷首的书名大题和下面有藏书印的地方都撕去了。这就有些古怪。人们卖去藏书，灭去自己的印记，这是有的，但为什么连书名也要扯去呢？而且还扯得那样草率？同时又扯而未尽，目录、书口都好好地保存着。这就说明，这是藏书人在被查抄之前，惶急无策，干下的蠢事，这发生在什么时候呢？必然是在清初文字狱风起云涌之际无疑了。

书前的大字序也安然无恙。只要粗粗一翻，奴虏字样屡见。在当时，这就是十足杀头的把柄。不禁为那藏书人捏一把汗。钱栴的《自序》说：

国家以科目取士。群天下异敏才捷之士，尽精竭思，相率为无用之文。一旦离绳枢，弃铅椠，佩印绶，登堂皇，其于牧民守圉、治兵理财诸事，直瞠目视而已。阛阓荒，士伍散，城隍颓废，仓廪空虚。卒然有变，贤者坐敝，不肖者委而去之。凡其所为，未乱则有致乱之由，已乱则无救乱之术。今亦大创矣，犹朝野怡然，将何底极！余所以詹詹于城守之书也。圣天子中兴，志在夷难雪耻。主忧如此，臣子有不饮泣怒发者乎！顾往者晋之南也，守优于外而屈于内，故扬、豫、荆、益，封疆不甚促而往往有大藩之患。宋之南也，守优于内而屈于外，故名将劲旅，兢兢束于法制，乃国日削而即于衰。晋之守，恃形而忘其实；宋之守，求密而失之疏。方今守卫之计，大而方镇，小而万家之邑，简练所宜预。近而辇毂之下，远而边戍之间，其早作夜思，孰者可忽哉。逋寇未灭，强虏方张，自淮以北，皆当贼垒。楚氛未靖，沿江千里，莫不有上流惧。建国旧京，江南诸郡，皆畿辅重地，又峕疆也。即远而闽粤，内蠢所在蠕动，一不戒便启戎心。故今日乘障之事，无地可以或缓。朝廷疆土，万姓身家，皆系乎主者之一人。忠义诚奋，孱卒可强；众心既坚，绝地可生。然形均则先乘者利，力均则整暇者胜，物均则精良者尚。虽气张志一，无借外辅，而应变临机，尤资豫蓄。余所以詹詹于城守之书，而列为五类。辑先事，志绸缪也；辑闻警，志难乘也；辑固守，志无再计也；辑决战，志可奋也；辑器械，志有所资也。有意之士，苟率是编而精之，先为不可败以观衅于敌，保江淮，宁徐豫，于以歼虏殄寇，光复燕秦，逾晋轹宋，何难哉！儿子默当为令，因付之梓，使其遍告同事地方者。甲申夏日、半村氏钱栴题。

这确是一篇好文字。读了它，曾使我改变了过去对晚明复社诸君子的成见。我原以为这些在张天如纛下，饮酒赋诗，起社会文的文士们，只不过是一群夸夸其谈的人物。现在觉得不尽然了。钱栴是嘉善人，和陈子龙是同社好友。后来由子龙荐举，在南明弘光朝出任职方郎中，曾受命视察江浙城守。这书大约就是他实地考察并进行研究后写出的总结。这篇序，可以作为弘光一朝较有识见的朝官的代表意见。首先，作者就抨击了科举制度。只不过几句话，却愤怒而形象地指出了它的极大恶果。封建地主阶级的知识分子，对这个政权所一贯奉行的知识分子政策，提出了愤怒的抗议，这可不是平常的事。值得慨叹的是，钱栴对那些脱离实际的新贵的斥责，恰恰就是对自己儿子的预言。钱栴珍重地把此书付托给儿子钱默，对他寄托了深厚的希望。不幸钱默正是“委而去之”的不肖官吏的典型。这真是一幕悲剧，但也证明了钱栴预见的深刻。“未乱则有致乱之由，已乱则无救乱之术”，这正是对明代后期直至弘光一局整个封建统治阶级深刻、真实的估价。

钱栴检讨了东晋、南宋的历史经验，是为了结合当时的现实斗争。虏、寇并举，但主要矛头是针对清军的。他指出当时据长江上游左良玉军的威胁，和南方遍地都存在着的“内蠹”，说明弘光小朝廷地位的极端虚弱。在强藩和人民起义的威胁下，简直是摇摇欲坠。至于他把希望完全寄托于“主者之一人”，希望出现能扭转乾坤的英雄，则是不足怪的。钱栴以及和他一起的陈子龙、夏完淳……到底都还不可能认识人民的力量。这在全书的主要倾向上也表现得很清楚。但这依然不能抹杀他们的时代地位，比起马、阮之流，他们可实在是好得远了。

如作者自序所说，全书五卷，分别讨论五个方面的问题。内容是很丰富的，没有什么空话，件件都是确实可行的。我们可以从中看出中国封建社会发展到晚明这个历史阶段时军事哲学、军事科学的概貌。和祁彪佳的书一样，出于特定的要求，两书都着重于政治上和战略上“防御战争”的讨论。作者特别注意搜集、总结朱明一代的军事经验，例如《训练》一节内，就选录了《曹大司农练兵纪略》，就是很有价值的史料。

> 余奉济南巡道命。至任，即将未任前援辽阵亡家属凡二百家，请于抚院，每月各给赡家银三钱，月费帑金六十两，三请报可。又取未任前援辽逃兵得八人，于教场中大集将士，将八人贯耳游营，各捆打八十。又二人行至中原先逃，加打四十。有死者。打已，更缟服赴祭所，为文、宰牲，哭祭阵亡。余哭痛，二百家皆大痛。军民观者亦皆泪下，有失声者。

这是首先以“援辽”为主题的思想准备工作，下面接着叙述请抚台下“添兵檄”，设法改变兵多老弱的状态。“六场大拣士卒”，主要考核举石、跳涧、步箭、马箭各项。其第四场：

> 树黄旗于千佛山顶上。下五十步，树一红旗。再下五十步，树一黑旗。一鼓而趋，得黄者上，红者中，黑者下。

这样反复检选，约得二千一百余人。“拣毕，余语之曰，凡六场所选，不过拣取强壮超捷士耳，未及肝胆也。吾之取汝，欲吞奴以报国恩，须与我一同马革裹尸念头，方可为吾士卒。不则，即勇如贲育，捷若庆忌，非吾所取耳。尔试思之，三日后报。三日报诺，约可二千余人。余又日，将来奉诏援辽，吾于某刻奉诏，即于某刻起行。尔即于某刻随予北往。不得顾念妻子，而有难色。迟三日报我。又三日许诺。余复语之曰，今日未呈抚院，未发廪粮。身，尔之身也，尽可自由。一呈抚院，一食廪饷，则身非汝之身，朝廷之身也。吾之军法，难以姑息。再思之，迟三日报我。又三日许诺。凡得一千三百余人。余复申令曰，凡军法所戒，一一可指而数。吾一毫不敢为尔贷。余若有失，尔即面数以教余。余不吝改过。若其怙终，听尔等杀我，余不怨也。于是取酒奠天，誓为朝廷出死力。人人感泣。有抽刀欲刎以明志者，余急止之。”然后抽换老弱，以壮顶不壮，得二千余人。“而固结未深，于是括一年内操赏公费纸赎五百余金，尽以犒士。向来官与官为仇，兵与兵为仇，余流泣和劝。有犯到案者，必从公详审，为之辨是非，明长幼，敦义让，薄嚣兢。三月而举营皆和。官与官睦，兵与兵睦。”下面又记亲自看视受伤士卒；周济父母死无殓的士兵；举子无乳，为觅乳妇；与士卒同甘苦等许多具体事例。

“又治械造甲。凡一弓一弦一盔一甲一枪一刀一铳，无不从余手自监制。犀利坚好，可甲天下。至火药兵家第一紧要。余于署中，手自监造。磺必去底，硝必盆净，三遍。洁白起枪。灰必柳梢，或麻秸茄秸，碾必千余遍。合成火药，必取数钱置手中，见火即燃，手不觉热。又以数钱撚成纸捻，双脚踏定，见火从脚底飞穿，方为合式。约可三万斤，皆余手口眼所必到，而心肝肺所尽呕者。是以练此二千忠勇，使加二千为二万，或至三五万，便可横行匈奴矣。”然而除此之外，还必须解决“去其畏死之心，振起乐死之念”的问题。他有一段讲话：

但看辽东人，一向富庶，享太平之福。全然不知，不修边备，不知忠义，以此上天怪他，遭了奴酋之祸。将辽东人杀的杀了，妻子被他睡了，田地房屋被他占了。其怀忠内向，逃入关内者，又被关内人作践，不如猪狗。我与你每，也与辽东人一般是人，便这样自在。且你每吃的银粮，皆是朝廷的天恩，百姓的骨血。养兵千日，用兵一时。如闻调不前，见阵不战者，偷生苟免，真狗彘不如。中夜细思，良心自现。封侯拜将，也是人做的，你每不可不思也。

这是煽动性颇强的讲话。当然，把辽东失机的责任推给当地老百姓的“不修边备，不知忠义”，以及什么“上天怪他”之类，都是十足的昏话，但也是身为明朝将帅所不能不讲的官话。他还用封侯拜将来刺激士兵。凡此种种，都说明这位曹大司农是颇懂得作政治鼓动工作的，难怪士兵听了“有哭失声者”，这就是说，他的宣传奏了效了。讲话中所透露的辽东遭到清军蹂躏的惨酷，和入关逃民的命运，都是极有价值的史料。

此书记载明代火器的种类及用法相当完备。书成晚于通常所见《武备志》之类数十年，可以看作明代火器应用及发展的纪录。卷五《制器御敌》中专列《火器》一章，可惜残佚不可见了，但目录尚在，可以知道大致有哪些名色：

论火器、较火器、用火器、火攻要言、炼造大小铳火药法、大铳药方、鸟铳药方、火门药方、铳说、铅子、弹模、滚槽、试验旧炮、收火器、西铳制胜、噜嘧铳、噜嘧铳全形、西洋铳全形、小佛狼机、火箭论、火箭制、火箭图、火箭方、一窝蜂、喷筒、火枪、燕尾炬、飞枪飞刀飞剑、西瓜炮、自犯炮、炸炮、万弹地雷炮、竹将军木发杠、木炮、竹将军、石炮、见血封喉方。

在前三卷中，也还偶有谈及火器的处所。《训练》章中有《练远器》一节：

> 先铳炮、次弓矢。方今制敌利器，火器第一。火器有小有大。小者如三眼快枪、夹靶之类，膛短无力，人难取准。惟鸟铳最利。上自将领，下自火兵，人人俱要打放精熟。要极准，要极快。其工夫半在制造，半在习学。膛直柄长、炤门炤星，毫末不差，则准。火门、机轨、药囊诸器，色色便利则快。此在制造也。身首足目，事事合法则准，精熟便捷，势如爨弄，则快。此在习学也。铳须作三节学。先习法，次用药，次打把。不可骤进比铳。(以下论打靶制度。)

原书附有各种插图，在明后期板画中，属于科技图解的一类，过去也是较少受到注意的。

这是典型的弘光刻本。原书半叶九行，行廿二字。白口单边。卷首大题次行属“武水钱栴半村氏辑”。有“瑞轩”朱文方印。我多年来收得他的藏书不少，都是明清之际的刻本、抄本。来青阁杨寿祺先生曾知其姓氏，据说是苏州洞庭东山的一个旧家。杨先生年小时曾随师父到这家人家去收书，据说所藏无一康熙以后本。我曾从杨先生问得其人姓氏，年久失记。杨先生已在数年前谢世，不能再去请教，是十分可惜的事。

跋《利器解》

《利器解》，万历写刻本。九行，十八字。白口，单边。板心上记书名，下记叶数及刊工姓名。大题下不列撰人姓氏，据序文，知为温编所作。书前两序，大字写刻。一、万历壬寅泰和郭子章序；二、万历庚子陕西西安前卫指挥佥事温编刻书引。体例是先图后说，一共著录了十六种器械。它们是：威远炮、地雷连炮、合打、迅雷炮、剑枪、铳棍、火枪、五雷神机、三捷神机、万胜佛狼机、钻架、地涌神枪、挞足杀马风镰、神臂床子连城弩、药瓶、药囊、弹模、噜蜜鸟铳。全书最后附“军中急救各方”，凡八事。棉纸，大方册。收藏印有“小李山房图籍”白文大方印。仅见黄氏《千顷堂书目》著录。

郭序谈到万历时中国武备的情况说：

> 今天下语战胜利械，必曰火器。大都不出佛郎机、鸟嘴铳二者，而神变化之。顾此二器，国初未有也。嘉靖间，一来自佛郎，一来自倭。

郭子章曾奉命入黔镇压少数民族起义。序中又说：

> 余从里中受讨播命。俶装七日，行橐中止携有闽人所赠倭铳、九龙等铳数十门。入黔，自督将造于署之东园，而未有佳匠。又其制不甚猛烈。大中丞三原温公自长安函利器解见示，乃其季将军编所梓者。……

可知此书是万历庚子先在西安刻行，后两年始增刻郭序。郭子章在得到此书以后，按式制造，果然在镇压少数民族的战争中，大大发挥了“威力”，取得了“胜利”。不过温编的编著此书，是别有一番心事的。他在刻书引中说：

> 编少从伯氏学书，已愤虏骄，倭闲入属国。又有感于唐人“宁为百夫长，胜作一书生”之句，学剑谒司马门改武。而先是闻伯氏与材官赵世登、朱腾擢谈火器而心识之。其后伯氏屡荐世登，未试；晚乃荐腾擢上谷抚台王公所，始深信，以书往返参润，立令制验，与其药果精利。连炮广里，远倍之，或五之。威远炮小者远五之，或十之；大者又十之。其佐亦精而便。盖自战国田单、汉武侯火攻以来，此其尤烈者也。时上谷业屹然有金汤焉。即以作行间嚆矢可也。然非曰毒之，实以爱之。语不云乎，火烈而人畏之，故得免焉。武不又欲止戈乎？诚使我免于敌，而敌不敢肆，以免于毒，是我以威而爱也。是敌以毒而生也。矧一可当百，安事益卒？卒尽可

练，安事益戌？戌不加益，安事益饷？是令食与兵两足，卒与民两利也。不然，敌顽矣，毒无有已时，安在其能止戈？惟上下中外不忘外宁内忧之惧，则此器也，将千万世赖之！

这里有一件事值得注意。无论是温编还是四十四年以后《城守筹略》的作者钱栴，都在他们的书里表示，“奴虏”是当时中国的主要敌手。这就是晚明这类著作相继出现的历史背景。当然他们并非对人民特别宽容，也决不拒绝使用这些“利器”于镇压。可能在他们看来，在国内实行镇压，原有的武器装备就已足够；但要对付外来的强敌，就非寻求更为犀利的“利器”不可的吧。在晚明，在统治阶级中间，这意见大抵是一致的。此外，温编确也看出了只有加强战备才能制止战争的道理，在武器、兵员、粮饷之间，也能看出一些内在联系，颇有些素朴的辩证味道。他对外国传来的火器，在仿造之外，也还知道注意比较、改进。这在介绍噜蜜鸟铳时，是可以看得颇为清楚的。在这一节里，先介绍了全形、床、筒、底、前口、火门、机七幅图样，各加以详细说明。最后总结道：

鸟铳，惟噜蜜最远最毒，又机昂起。倭铳机虽伏筒旁，又在床外，不便收拾，今加损益，置机床内。拨之则前，火燃自回。如遇阴雨，用铜片作瓦覆之。此中书赵士祯得之朵思麻而润色之者。

可以看出，明人的看待外来事物，还颇有汉唐遗风，闭关自守、夜郎自大的“家法”还没有确立；也并不拜倒在洋人脚下，碰也不敢碰；而是吸取之余，加以润色，使之比外来品更切实用。这也还不失为健康的态度。

在《总解》里曾详细记录了制炮的全过程，是明代冶炼技术的珍贵史料。

> 须用闽铁，晋铁次之。炼铁炭火为上，煤次之。铁在炉，用稻草戳细，杂黄土频洒火中，令铁屎自出。炼至五六火，用黄土和作浆，入稻草，浸一二宿。将铁放在浆内，半日取出，再炼，须炼至十火外；生铁五七斤，炼至斤，方熟。入炉时，仍用黄土封合。一以防灰尘，一以取土能生金，不致炼枯铁之精气。制炮不离炉，方成一片。如威远炮，将铁分作八块，打如瓦样，长一尺四寸，阔一尺一寸，中厚边薄。将瓦四块，用胎竿打成一筒，八块共成二筒。凑齐用铁钉数箇，将二筒接作一处。再用前余铁三十斤，分作二块，亦打如瓦，围于炮腹中。装药发火处加厚。合缝时，稍有灰渣，日后必至损伤。须挫磨极净。成筒孔欲小，止容钻磨之沙。炮既成，然后上架。用墨线吊准，不失分厘。用钢钻洗塘，可光可圆，药去即到，看过极净，方可安底。火门近底，点放不致倒坐。照门及护门，俱就炮本身剉成，务令坚致。各炮大约仿此。

这是明代炼铁制炮工艺的详细操作规程。其中有许多从实践得来的经验。在内行看来，应该都能指出那科学根据。虽有土能生金之类披着迷信外衣的说法，在当时也是不奇怪的。明清制造的铁炮遗物尚存，对比观察，当可更清楚那制造特点。此书附图也是古代工程图样的好标本，这许多，在科技史上都应是可珍的资料。

《拙政园诗余》跋

此本六年前得于吴下，江山刘氏藏书也。原刻绝罕。拜经楼吴氏曾刊入《海昌丽则》，所据则为抄本。兔床乾嘉中藏书名家，更究心乡邦文献，未尝见此。流传之罕可知。此本刊成于顺治十年，时之遴方贵盛。后三年，遣戍辽左。此书板片当亦化作柴薪，转眼烟云，都成故迹，可为叹息。素庵一序，文情俱胜。二臣心曲，亦有不能掩者。余数过此园，皆偕小燕同游。文衡山手植藤及梅村所咏宝珠山茶，迄今犹在，独无湘苹一迹。今之道拙政园故事者，亦无一知有徐夫人者，是可叹也。花木扶疏，楼台掩映，每度经过，辄忆此册。闲窗展卷，遂更跋焉。甲午中秋后三日。

湘苹词于明清易代之际有盛名，选本多及之。余所藏清初刻《众香词》《林下词选》《今词苑》《词汇》等多收湘苹作，取校此本，每有异字。是诸选所据，或初稿传抄之本，此则作者手定者也。忆十年前海宁赵万里来斋中观书，示以此册及李因《竹笑轩吟草》三集，斐云欢喜赞叹，怀中出小册，录行款序跋而去。而于他旧刻，不如是之重也。斐云知书，更好诗余。湘苹《青玉案》《湖江红》诸阕都能默诵。

得此真赏，亦足快心。因录旧跋，牵连及之。忆余之得此，在江南初解放日。方为金陵、镇、扬之游，得书盈箧。归车过吴门、访书护龙街上。于文宝斋见新收旧书一屋。尚未理董，亦无细目，无从取阅，时方向晚，暮雨潇潇，姑随抽手取数册，此本在焉。后亦未更踪迹尚有何种秘册。此种盛况，回思如梦矣。戊申五月夏至后一日。

湘苹此集，以小令、中调、长调分卷，不以撰作先后次第。有作于甲申以前者，亦无时日可凭。唯长调《满庭芳》第一首有词序："丁丑春，贺素庵及第。时中丞翁抚蓟奏捷。先太翁举万历进士，亦丁丑也。"是为崇祯十年作，与素庵序"丁丑通籍后，侨居都城西隅"之语正合。谈孺木《国榷》卷九十六，"崇祯十年三月甲寅，策贡士吴贞启等三百人于建极殿，赐刘同升、陈之遴、赵士春等进士及第出身有差"。"初温体仁首拟之遴，上乙之。"是之遴见赏于乌程，被摈于庄烈之始，其致憾于帝，由来旧矣。然湘苹词则别无怨怼，惟有感激，"篝灯话，丝纶世掌，何以答尧天"。书眉有旧人朱笔批曰，"读至此，使人不能无憾"。是诚不能无憾也。词序云"时中丞翁抚蓟奏捷"，中丞翁者，陈祖苞。《国榷》同卷五月丙戌，"陈祖苞为右佥都御史，整饬蓟辽边备，巡抚顺天"，即其事。未几而东师深入，京师告警。卢象升战死枣庄，为一时大败。崇祯十一年十一月戊寅，《国榷》记："巡抚顺天右佥都御史陈祖苞免，杨绳武继之。"明年三月又记："逮前巡抚顺天右佥都御史陈祖苞。"此后兵科都给事中张缙彦疏失事五案，其第二案"青山续入"，首罪祖苞。杨嗣昌亦继奏“失事五案”，以陷城首罪祖苞。十一年八月诛五案失事诸臣三十二人，而祖苞不预，盖先仰药死于狱矣。湘苹《满江红·感事》云，“斧钺行边遗恨在，楼船横海随波灭，到而今，空有断肠碑，英雄业”，亦道其事。此词不知撰于何时，似甲申前居北地时作，或即在祖苞既死，之遴扶柩南还以前。《国榷》记：“故巡抚顺天陈祖苞先饮药死，子翰林编修之遴扶柩归，例请邮符。上以祖苞骫法，命之遴永不叙用。”以极热衷之人，甫掇巍科，得史席，即构家难，更绝其仕进之途，炎凉冰炭，转瞬间事，何可堪也。野史记之遴丑行种种，似皆出常理以外，其言有云，“明吾仇也，大清与明亦仇也”，于是其为二臣，乃振振有词。又尝请发明陵以充饷。所论至奇，若以封建家法拟之，殆终不能解。士大夫昌言君父。君父者，能卵翼之，授以官，使夺民以自供者也。明遗民失其旧君父，而不知新君固无异于旧。二臣如之遴辈则早绝于旧君而喜新君之能重我者也。其于遗民，殆将以先知先觉自诩，惜遗民多不能解此义耳。湘苹《满庭芳·寄素庵》，殆作于之遴北上投清之顷，其时尚滞吴下，得信惊喜。其下片云：“别离虽未久，羁窗寒月，更胜从军。无端乡梦，绕越水吴云。惟有梅花耐雪，堪冷澹，伴我黄昏。鹊声喜，传来凤阁，重典旧丝纶。”是亦以素庵得事新朝为大幸耳。朱笔眉批曰：“可笑!”诚刲心肝刽子手也。然未几而悔之，二臣滋味，亦殊不佳。之遴诗，“九逵冠盖真如戏，七尺须眉怪尚男”，妾妇之辱，二语尽之。湘苹《风流子·同素庵感旧》，当作于顺治三年顷。忆崇祯十年之遴初入木天时事，

“只如昨日事，回头想，早已十经秋”，上片所咏与素庵词序，可相发明。下片遂云：“便把红萱酿酒，只劝人愁。”“悔杀双飞彩翼，误到瀛洲。”是已明言悔更出山，与吴梅村“误尽平生”之句何相似邪？见机之早，亦不容易。至《唐多令·感怀》《青玉案·吊古》，皆为佳制。当时作手，殆无与并。《永遇乐·舟中感旧》，更兼雄深慷慨，激楚苍凉之胜。“逝水残阳，龙归剑杳，多少英雄泪血。千古恨，河山如许，豪华一瞬抛撇。”此等句置稼轩集中，亦殊难辨。谁知真出女子手耶？余后亦尝见《浮云集》矣，集后亦有词两卷，非无俊句，只不耐观。以视夫人，殆难并论。非关才力，人品实限之。因缀陈氏故事，附论其词如此。之遴降清后，不数年官至尚书、弘文院大学士。《清实录》：“顺治十三年二月丙子，上在南苑。……上曰，朕非不知之遴等而用之，即若辈朋党之行，朕亦深悉。……何若为国为君效忠，安受富贵之为荣乎？纵使党羽已成，及陷诛戮，孰能庇免？即如诛陈名夏、黜龚鼎孳时，其党曾有一人出而救之，或分受其过者乎？且多有因而下石者。是名为朋党，而徒受党之害也。”“三月乙未，吏部议覆左副都御史魏裔介、广东道御史焦毓瑞、户部都给事中王祯各劾陈之遴疏，拟革之遴职，永不叙用。疏入，得旨。陈之遴经朕训诫，不啻再三。望其省改过恶，尽去偏心，以图报称。乃毫不自悔，任意结党营私，大负朕恩。本当罢斥示惩，念其既已擢用，位至大臣，不忍即行革职。着以原官发盛京地方居住。”（卷九十九）是冬，又令回京，入旗。十五年，之遴又以贿结内监吴良辅得罪。《清实录》卷一百十六记："顺治十五年戊戌四月壬辰，吏部等衙门会议，陈之遴、陈维新、吴维华、胡名远、王回子等，贿结犯监吴良辅，鞫讯得实。各拟立决。得旨，陈之遴受朕擢用深恩，屡有罪愆，迭经贷宥。前犯罪应置重典，特从宽以原官徙往盛京。后不忍终弃，召还旗下。乃不思痛改前过，以图报效。又行贿赂，交结犯监，大干法纪，深负朕恩。本当依拟正法，姑免死，著革职，并父母兄弟妻子流徙盛京，家产籍没。……"之遴结陈名夏，联南士以为党，与冯铨等北人抗。为清初门户之争一大事。名夏既得罪死，之遴犹不甘寂寞，勾结内监，深干大忌，终致谪死，在康熙初。海宁陈莱孝敳贞《谁园诗抄》有《读吴梅村太史拙政园山茶歌有感》诗，记事甚详。序云：

> 拙政园，长洲故大弘寺基也。其地林木绝胜。有王御史者，侵之以广其宫。后归徐氏最久。兵兴，为镇将所据。已而吾家素庵相国得之。内有宝珠山茶三四株，交柯合理，得势争高。每花时，巨丽鲜妍，纷披照瞩，为江南所仅见。相国自买此园，在政地十年不归，再经遣谪辽海，此花从未寓目。太仓吴太史与公为儿女姻家，作歌寄之。后公卒于谪所，迟十二年，夫人徐氏始克上疏扶榇以还。道经吴门，一憩其地，夫人作长歌一篇，为宗人所传诵。先高祖赠太常公与公为同怀兄弟，俱被迁谪。至今已八十余年。盛衰转瞬，感慨系之。暇日读梅村之作，为拟其体，踏歌如左。

谁园诗全仿梅村，感慨兴亡，无关故实，今不更录。《拙政园诗余》后附男坚永等四人跋，容永即梅村婿，夫妇亦尝随戍，梅村为作《齐女诗》者。此集当刻于吴门，开板尚是晚明风气，纸则棉料。朱墨批不知出谁何手，皆非浅人。吴陈遗事余别撰《〈山茶花诗〉跋》详之，此不更赘。戊申六月初一夜，灯下书此。更取“别下斋”旧格子纸录旧跋，手为装池。时梅雨连朝，玉兰花大如掌，以伤右股得数日闲，乃得竟此。试乾隆“光被四表”墨书，惜箧藏狼毫将尽，无由更致，为可惜耳。

上面是我为《拙政园诗余》写的几篇跋文。

我在跋里曾经提到陈之遴为此书所写的一篇序。

丁丑通籍后，侨居都城西隅。书室数楹，颇轩敞。前有古槐，垂荫如车盖。后庭广数十步，中作小亭。亭前合欢树一株，青翠扶苏，叶叶相对。夜则交敛，侵晨乃舒。夏月吐花如朱丝，余与湘苹觞咏其下，再历寒暑。间登亭右小丘，望西山云物，朝夕殊态。时史席多暇，出有朋友之乐，入有闺房之娱。湘苹所为诗及长短句，多清新可诵。寻以世难去国，绝意仕进，湘苹吟咏益广，好长短句愈于诗。所爱玩者，南唐则后主；宋则永叔、子瞻、少游、易安；明则元美。若大晟乐正辈，以为靡靡无足取。其论多与余合。频年兵燹散佚。今冬搜辑得百首，余为之诠次。每阅一首，辄忆岁月及辙迹所至，相对黯然。毋论海滨故第，化为荒烟断草；诸所游历，皆沧桑不可问矣。曩西城书室亭榭，苍然平楚，合欢树已供刍荛，独湘苹游览诸诗在耳。自通籍去国，迨再入春明，不及一纪，而人事变易，赋咏零落若此，能不悲哉。湘苹长短句，得温柔敦厚之意，佳者追宋诸家，次亦楚楚无近人语。中多凄婉之调，盖所迂然也。湘苹爱余诗愈于长短句，余爱湘苹长短句愈于诗，岂非各工其所好耶。昔吴人盛传《络纬集》，盖湘苹祖姑小淑所著。徐氏女士，挟彤管而蹑词坛，可谓彬彬济美矣。然小淑氏从范长倩先生翱翔宦途，率愉快适志，晚节栖迟天平山，益拥苑囿泉石为乐。而余与湘苹流离坎壈，借三寸不律，相与短歌微吟，以销其菀结感愤，何遭逢之径庭也。古人有言"和平之声淡薄，愁思之声要眇"，将无穷于迂者工于辞欤？仰辞有所以工者而无与于穷达欤？今兵革渐偃，辇下日以清宴，湘苹试舒眉濡颖，视此帙何如也。顺治庚寅长至，素庵居士书。

以文字论，这篇序是写得不坏的，不过这不能结合作者的为人来细看。陈之遴很会驱遣文字，他抓住一些生活环境细节，加意刻画，用今昔之异的强烈对比，制造了一派浓郁的悲哀气氛。如果这是出于明遗民之手，那应该算是一篇好文章的。可惜作者是二臣，而且不是通常的二臣，那情况就完全不同了。

陈之遴在序文里写了一些历史事实，倒都实在的。不过却回避了"世难去国，绝意仕进"的因由。至于怎样"再入春明”，自然也以不提为妙。“人事沧桑”及其结论“能不悲哉”，大抵可以算得是明清之际文章中的一种公式了吧。正因为它是公式，所以谁都能用、能说，事实上也是谁都在用、在说的。但发出同样悲叹的人却相去如此天差地远，真是稀奇古怪。不过马脚总是要露出的，“兵革渐偃”，天子脚下也“日以清宴”，可以舒眉展眼了；这时是顺治七年，明的遗民大抵都在疾首蹙额，或浴血战斗，他们难得有如此的好心情。

徐湘苹的祖姑是徐媛（小淑），有《络纬吟》十二卷；范允临（长倩）有《输蓼馆集》八卷，都有清初刻本，后一种还是禁书。他们夫妻都是吴下的著名作者。

徐湘苹的词，就“小令”的绝大部分看，特色并不显著，也不脱女词人的本色。但当她开始接触了家国之感以后，作品的内容与形式就开始变化了。举两例在这里：

> 恁般便过元宵了，踏歌声杳。二月燕台犹白草，风雨寒闺，何处邀春好？　　吴侬只合江南老，雪里枝枝红意早。窗俯碧湖云半袅，绣幕才搴，一枕梅香绕。（《一斛珠·有怀故园》）

这还只是抒写寄居北国、苦忆江南的梦境，当作于甲申以前。《踏莎行·初春》就不同了：

> 芳草才芽，梨花未雨。春魂已作天涯絮。晶帘宛转为谁垂，金衣飞上樱桃树。　　故国茫茫，扁舟何许。

夕阳一片江流去。碧云犹迭旧河山，月痕休到深深处。

感情更为深挚、痛切的则是《唐多令·感怀》：

玉笛送清秋，红蕉露未收。晚香残，莫倚高楼。寒月羁人同是客，偏伴我，住幽州。

小院入边愁，金戈满旧游。问五湖，那有扁舟，梦里江声和泪咽，何不向，故园流？

看词意，此词应该还是崇祯十年之遴通籍后湘苹北上时所作。旧人在书眉有墨笔批曰，“佳在绝无脂粉气”，是说出了一点词境的变化的。不过用字遣词，到底还是女性的声口。但整个意境是更阔大了，已经跳出了妆楼深院的圈子。这使我想起惯用粗放笔墨的画家在画幅中作一些工笔的点染，能使观者精神一振的情况。此词也有类似的艺术效果。在金革铁马声中，出现了寒月、笛声和倚楼的少妇。枕上的乡愁，哽咽的江声，把动乱的氛围完全烘染出来了。

完全脱去了脂粉气，洋溢着兴亡之感的是《青玉案·吊古》：

伤心误到芜城路，携血泪，无挥处。半月模糊霜几树，紫箫低远，翠翘明灭，隐隐羊车度。　　鲸波碧浸横江锁，故垒萧萧芦荻浦。烟水不知人事错，戈船千里，降帆一片，莫怨莲花步。

在这一阕词的书眉，旧人墨笔批，“说得是”，批书者特别看重的是“烟水不知人事错”等四句。看词意，这是经过金陵、扬州一带的吊古之作。所指却是近事，也就是荒淫腐败的南明小朝廷的覆灭，清师的渡江，扬州的抗战，以及当时左、史诸人的故事。湘苹在这里表示的态度，与陈之遴是截然不同的。她把这一切归结为“人事错”，鲜明地谴责了战败投降的败类。同时声明在这样的时候，该负兴亡责任的并不是“该死的”女性。无论从思想上还是艺术上看，这首词都是有代表性的，代表了徐灿创作的主要倾向与成就。

“长调”所收共二十三调。一向流传人口的一些作品，几乎都在这里。它们大都是湘苹随素庵重入春明以后所作。（其中《风流子》，作者自注作于顺治四年。）从技巧上看，更成熟了。在那个时代里，以至整个清代，它们都不愧是词林的翘楚。不过从思想上看，却从《青玉案》已经达到的高度退却了，或者说，是采取了更为迂回宛转的径路。这和词人的生活环境是紧密相关的。她这时已是“相国夫人”，追随新贵的夫婿在北京过着优裕、闲适的生活。但她还是无力摆脱眼前的现实，更无法改变自己的信念。她不曾直白地抗议陈素庵的所作所为，不过这是不应责之于一个封建社会的女性的。但“悔到瀛洲”这样的句子，确已相当明显地表示了她的不满。在她这时的作品里，充满了一种啼笑不敢之情。我看，陈其年等所选的《今词苑》里所录的几首，在选择上是有眼力的。

黄花过了，见碧空云尽，素秋无迹，薄薄罗衣寒似水，霜透一庭花石。回首江城，高低禾黍，凉月纷纷白。眼前梦里，不知何处乡国。　难得此际清闲，长吟短咏，也算千金刻。象板鸾笙犹醉耳，却是酒醒今夕。有几朱颜，镜中暗减，不用尘沙逼。燕山一片，古今多少羁客。（《念奴娇·初冬》）

无恙桃花，依然燕子，春景都别。前度刘郎，重来江令，往事何堪说。逝水残阳，龙归剑杳，多少英雄泪血。千古恨，河山如许，豪华一瞬抛撇。　白玉楼前，黄金台畔，夜夜只留明月。休笑垂杨，而今金尽，秾李还消歇。世事流云，人生飞絮，都付断猿悲咽。西山在，愁容惨黛，如共人凄切。（《永遇乐·舟中感旧》）

我在前面的跋文里曾说，像陈之遴那样的经历、遭遇，和他后来的行为、议论，这一切，在当时人们看来，是非常古怪，难于理解的。在湘苹的情感上，又何尝不是如此。在经过了天翻地覆的十年岁月之后，她以“前度刘郎”的身份重入春明，多少血泪斑斑的历史重载，像梦魇似的压在心头，多少事，真是“欲说还休”，她将这一切都凝聚在“往事何堪说！”五个字中间，她不能忘情的是国殇的碧血和美丽的河山。

这样，湘苹就不能不跟陈之遴一起打发醉生梦死的日子。这也就是词人终于陷入颓唐的由来。这里，我想再引一首

《水龙吟·次素庵感旧》，所咏也就是陈之遴在序中反复描写过的合欢花。

> 合欢花下流连，当时曾向君家道。悲欢转眼，花还如梦，那能长好。真个而今，台空花尽，乱烟荒草。算一番风月，一番花柳，各自斗，春风巧。　休叹花神去杳。有题花锦笺香稿。红英舒卷，绿阴浓淡，对人犹笑。把酒微吟，譬如旧侣，梦中重到。请从今，秉烛看花，切莫待，花枝老。

这才真正是流连光景。在思想境界上大大倒退了，真是没有法子想。但即使如此，文采也依旧远远高出同时侪辈，这也就是湘苹的作品至今不灭的原因。

俞跋

昔于选本见徐湘苹词，赏其《水龙吟》（“合欢花下流连”）一阕，犹忆及之。顷黄裳兄示以斯集顺治刻本，历劫仅存，良堪永玩。其词令慢并工，长调尤胜。以妍妙丽则之词，写家国身世之感，称为词媛名家，洵不虚也。虽名《拙府园诗余》，而与园之关系殊浅。素庵既从未寓目，夫人于十二年后，归过吴门，亦只一憩其地。赋长歌以示宗人陈微贞。《谁园诗抄》载其事，并云：“一家骨肉花前坐，相对残枝更黯然。”是湘苹原作，必甚悲哀，惜今不可见。近人笔记中言其画佛奉母以终，虽非详何据，亦合情理。省其兼工诗画，今皆失传。借此词编，长留馨逸。岂惟以孤本见珍哉。

一九八〇庚申岁谷雨俞平伯识于京寓。

《谁园歌》云："至今茂苑花何似?"虽作问句，山茶当尚在。若曲园公《拙政园歌》云："莫问茶花如旧不?"语兼否定。盖已毁于兵火矣。平再记。

叶跋

久不得黄裳兄音问。去夏始获来书，喜甚。近一二年间常于各种杂志见所为访书、藏书之笔录，知其癖好已深，造诣至卓。愧为门外，不胜倾慕之情。顷承以《拙政园诗余》属题，则俞平翁题语先就。诵其题语，然后览湘苹词。于词之评品及集以"拙政"名而与园无关，尝莅园赋长歌而今不得见，皆与平翁有同感。拙政园者，余自幼常涉。三十年来每到苏亦必一往。前夏割除胆结石，体气颇衰，未识能再访否。又年来目力大不济。览书报眼镜放大镜并用，犹复辨认难真。忽发奇想，安得书报大书精雕如此集者耶。一九八〇年五月一日叶圣陶于晴窗下题。

跋《竹笑轩吟草》

余箧中有原刻徐湘苹《拙政园诗余》及李因《竹笑轩吟草》，为清初女史集之双璧。湘苹为海宁陈之遴室，擅词名。李因为盐官葛征奇妾，善画。俱生明清易代之际，其生平经历吟咏抒写，亦均有家国之感、身世之悲，盖不仅以彤管遗芬增重也。二书非购于一时，偶然收得，遂同装而并储之。十年前海宁赵斐云访书南来，偶过斋中观书，遂抽此两册示之，以此为渠乡人撰著也。斐云欣然录行款题序而去，云平生观书未尝见此。故纸因缘，殆非偶然。徐词后尚有吴兔床重刻之本，诸选集中亦多收入，知者不少；独此是庵三集踪迹甚稀，几同孤帙。暇日披寻，更搜求他书之记李因遗事者，缀成小文，传其梗概。他日当更为之复印流传，或亦画史艺林之所不废也。

书原订一厚册，题《竹笑轩吟草》，凡初、二、三三集。属“龛山亦史是庵李因著”。因字今生，号是庵，钱唐人。明末名伎。海昌葛征奇副室，善画，黄宗羲尝为撰传。有云：“当是时，虞山有柳如是，云间有王修微，皆以唱随风雅，闻于天下，是庵为之鼎足。”明末士大夫多取名伎为副室，其最著者钱牧斋柳如是也。龚芝麓得顾横波，亦为世所艳称，梨洲特遗之者，殆以眉楼主人不擅吟咏，不足与三君并论耳。然或更有说，钱、龚皆为贰臣，柳、顾亦皆有故实流传人口。柳尝讽钱止水自沉，牧斋探足清流，战栗而罢；芝麓且扬言于人曰："我本欲死，奈小妾不肯何！"皆无耻之徒也。独葛征奇早逝于甲乙之际，是庵茕然独处，几三十年。遂不可与顾、柳同日而语。梨洲固尝有见于此，其《李因传》有云：

> 吾友朱人远，以管夫人比之。其宦游京师同，其工辞章同，其翰墨流传同。差不同者，晚景之牢落耳。余读文敏魏国夫人之志，夸其遭逢之盛。入谒兴圣宫，皇太后命坐赐食，天子命书千文，敕玉工磨玉轴送秘书监装池收藏。而是庵方抱故国黍离之感，凄楚蕴结，长夜佛灯，老尼酬对。亡国之音与鼓吹之曲共留天壤，声无哀乐，要皆灵秀之气所结集耳。

梨洲之言殊诙诡，貌似模棱者；然当清初文网浸密之日，岂能昌言指斥如今日哉。声无哀乐，气味岂无薰莸？其远征赵管，正直指近之钱柳、龚顾耳。皆臣妾也，岂有异哉！

吴兔床刊《海昌丽则》，收同邑女史集五家，独无此种，而于《拙政园诗余》附录中，引朱尔迈之言，盛称是庵之诗。以拜经楼藏书之富，兔床搜求之勤，居同里闬，尚未得见，则流传之罕，从可知矣。并世所藏，只见王培孙遗书中一本，且无三集。为贝简香、钱叔美、徐子晋故物。浙江图书馆所藏者，则传抄耳。

初集前有卢传序，末题“江南直指使者燕人卢传敬书于吴门之柏台署中”。次吴本泰序，题“癸未七夕吴本泰书于迦河舟中”。后更有本泰附识。次葛征奇序，题“崇祯癸未秋日介龛葛征奇书于芜园”。三集前有朱序，题“康熙癸亥岁六月望前十日止谿圃人朱嘉征拜题”。嘉征，尔迈父。次康熙癸亥甬江黄斐序；后有康熙癸亥东里杨德建鲁山跋。每半叶九行，行十九字。白口，左右双边。三集前朱序云：“今光禄之门人子姓，欲为夫人刻三集行世。”是三集刻于康熙癸亥也。板刻与初、二集亦微异。卢传序云：“旧有竹笑轩一集，大率与吾师适意时唱和之作。……兹出其续稿一帙，字字欲涕……”是卢序撰于清初续集初刊时，介龛已前卒矣。吴、葛二序则为初集作，时当崇祯癸未。是三集陆续付梓，非成于一时者。

葛征奇尝选刻《续玉台文苑》，亦刊于崇祯中，余尝见之。其撰《竹笑轩吟草叙》，亦首及古来女史之以书画名世者。继乃记其与是庵结缡始末，特重其绘事精能，略云：

> 是庵家西子湖，资性警敏。耽读书，耻事铅粉。间作韵语以自适。顾家贫落魄，积苔为纸，扫柿为书，帷萤为灯，世未有知者。余偶得其梅诗，有“一枝留待晚春开”之句，遂异而纳之。……遂偕与溯太湖，渡金焦，涉黄河，泛济水，达幽燕，从游者十五载。樯影驴背，

> 辄作惊人语，奚囊几满。……时余方挟有画癖，宗云林、子久、梅道人，辄不得恒似。是庵独摹大小米，具体而微。所谓以烟云供养也。……每遇林木孤清，云日荡漾，即奋臂振衣，磨墨汁升许，劈笺作花卉数本，余亦各加题跋，以别赝鼎。……而扼腕时事，义愤激烈，为须眉所不逮。道经宿州，哗兵变起仓卒，同舟者皆鸟兽散，是庵独徘徊迹余所在，鸣镝攒体，相见犹且讯且慰，手抱一编曰："簪珥罄矣，犹幸青毡无恙。"此大雄氏所谓无罣碍恐怖也。于是趋授之剞劂，惧一旦投诸水火，则呕心枯血，不又为巾帼儿女子所笑耶？

此舟过宿州，突遇兵变一事，吴本泰于序后附记中记之更详，其言曰："余既叙竹笑已，次宿州。吾师遘哗卒之难，凶锋猋突，飞镝如雨。白日昼曀。舟中错愕不相顾。夫人亟走出，迹师所在。越一二艘，踉蹡而入余舟，呼曰：'主人何在？主人何在？'时被贼椎击，丛矢创胸，且贯其掌。血流朱殷，不自觉痛。迨余遣侦师还白无恙，夫人意始帖然，而后乃知羽镞之及体也。"

其事在崇祯癸未之秋。朱明王朝覆灭前夕，道路艰难，兵戈扰攘，胥可于此中见之。此事颇流传人口，浸久遂有异说，梨洲为是庵撰传，乃更从而妆点之，遂大类小说："癸未出京，至宿迁，猝遇兵哗，是庵身障光禄，兵子惊其明丽，不敢加害。"然去事实益远，岂梨洲亦未尝见此集前吴、葛两序耶？

征奇之殁，其故不能甚详，同时人所记亦多隐约言之，或亦有所避忌也。海宁朱一是《为可堂初集》刻于顺治丁酉。卷十六有《感旧》一诗，即为是庵作。其小序云：

余发覆额，即与先辈光禄卿葛公征奇善。垂二十年。乙酉夏日乱作，公及余痛哭海上别去，寻卒。后七年，余客他县，竟不及登公墓，伤如何矣！时在秀州，友人偶言，公故姬李因守志，毁容屏艺，自甘岑寂，有古闺侠风，为赋一绝纪其事，且志悼公之深云。

其诗曰：

风雨遥伤故国秋，离魂欲到海西头。几年不上尚书冢，寂寞还闻燕子楼。

卢传序亦谓“吾师以忧愤长逝”；朱嘉征序云：“无何，世值沧桑，光禄忠愤所激，以义死。”乙酉清兵下江南，故明遗臣多不遑宁处。是庵有《自遭家难同家禄勋寄迹苕上》诗（续集）；更有《忆昔》诗，小序云：“风雨寒宵，穷年暮景。追想兵火之变，同家禄勋避乱小舟，往来芦苇间。禄勋有言，惟以死报国。余云杀身成仁，无救于时。对泣唏嘘，万感交集，由今思昔，正所谓痛定思痛耳。”（三集）是庵更有悼亡诗四十八首，其一云：“誓报先君发不髡，宫袍犹羡旧朝绅。喜逢泉下新相识，俱是当年死难人。”皆可参证。

续集、三集诗皆介龛逝后牢愁沉郁之音。只初集中为适意时作。有赠王玉烟、王畹生（女烟女弟，工弈棋画兰）、李澹生（工诗，善弈棋、音律）、章韵先（善杂剧、画兰）、柳如是（工诗文临池）诸诗，盖皆是庵青楼朋辈也。赠如是诗有二首，时柳尚未归虞山。诗云：

不解长条系别离，一声折柳正相思。
秋风犹恐成憔悴，好护青青似旧垂。
昼掩章台自著书，十离诗就寄双鱼。
扁舟三泖烟霞迥，觅得莼芽伴索居。

诗之清丽，大抵类此。三集末有《七旬初度日有感》诗，知是庵当寿至七十外。（按：《宋元明清书画家年表》云："李因生万历三十八年，卒康熙二十四年，年七十六。"）晚境穷苦，多有"何计驱穷鬼，将愁送五更"（《守岁》）之句。然因时寄兴，往往动秋风禾黍之哀。三集殿以四诗，其题云："昔赵子昂仕元，其子仲穆画兰，有人题云，'近日国香零落尽，王孙芳草遍天涯'。后竟不复画。余感其意，聊赋四绝，为仲穆解嘲。"其意可知。

是庵善画，其画迹之见于著录者，有《芦雁卷》，作于崇祯六年（《南宗名画苑·十八》）；《墨花鸟卷》，作于崇祯十五年（故宫博物院藏）；《梅竹栖雀扇》，作于顺治十四年（《铁琴铜剑楼扇集》）；《榴花绶带扇》，作于康熙十八年（《名人扇集·十》）。然真本不多见。黄宗羲云是庵之画"为海昌土宜馈遣中所不可缺之物。是庵亦资之以度朝夕。而假其画者，同邑遂有四十余人”。当时如此，何论三百年后。忆六年前于湖上曾见海宁钱氏所藏乡贤书画数十百帧，中颇有是庵之作，佛像不少。然多委琐不足观，岂皆赝作耶?

癸卯秋分后三日

记王茂远《柳潭遗集》未刻逸文

石麒近去四明访书，昨闻其已归来，今晨访之三马路来青阁中，以旧本一叠见示，而以此册为最佳。书系明人未刻稿本，作于甲申、乙酉之际，无一篇非有关南明史事者。朱墨纷披，待刻而终未刻，未入禁书目中，不为世人所知。其幸存也亦仅矣。辛卯九秋。

今日偶阅《贩书偶记》，见有《柳潭遗集》名目。书凡六卷，无刊刻年月，盖顺治中刻也。是此书曾有刻本矣。此册尚是当日原订草稿，每卷前书“卷七”至“卷十”，以下未分卷，然则或是继卷六以后未刻之书，未见原刻，殊不敢定。姑悬一解于此。辛卯十一月初一日。

《祁忠敏日记》崇祯甲申四月初六日条云：“季超兄附一字于王予安，言家眷断宜归。访予安于剩园，云其令郎茂远书来，道皇上二月念三召对，人情汹汹，至贼围京城，则未确也。”知茂远是年仍居京。且与祁氏为通家世好。此集后有祭忠敏文及自祭文，遗民心事，灼然可见。因读祁氏诸集，漫记之。壬辰冬至后一日。

《明季北略》卷廿二“从逆诸臣”中有王自超名。曰：

“浙江绍兴会稽人。崇祯癸未庶吉士。以年老不更事不用。自超行贿选司杨枝起，乃许补。”后附记云：“闻自超降贼后，祝发某地。久之，夜归。妻为祝孝廉女，闻叩门，问何人，自超曰，予也。妻曰，汝是何人？自超曰，岂我音而不辨乎？妻曰，固也。第汝受朝廷厚恩，而不思报，反降贼子，大误矣。既已祝发，亦休矣。今犹趋归，又误矣。归而叩余户，更误矣。汝不过思两子耳。汝急去，勿相见也。竟不启纳。自超惭而去。祝氏严督其子读书，悉能文，不令赴试。祝亦奇女子也。闻自超年颇少，前载年老误也。且闻少不更事，未闻老不更事也。其为书误可知。顾事贵阙疑，不敢擅易一字耳。”此记自超曾降李自成，后祝发，且不见容于妻，颇资异闻，因更记之。戊戌十一月廿四日雨窗记。谢山跋《崇祯十七年进士录》引其文云：“会稽王自超、新喻万发祥皆以庶常留馆。”是可证《北略》之言为不诬也。戊戌小尽日。

《浙江图书馆特藏书目乙编》有“《柳潭遗集》六卷一册，清会稽王自超撰，顾予咸选，清初刻本，连氏枕湖楼旧藏”一条。己未七月重校记。

按《柳潭遗集》稿本一册，毛订。卷中有用黑格纸者，左阑外下角刻“足征堂”三字；有抄白；有黑格无栏纸，板心上有“妙远堂”三字，左下方阑外有“雪菌钞书”四字；又有已刻之叶，如“潘子翔小传”及“易六房朱卷”皆是。卷前有“王印自超”（白文）、“茂远”（朱文）二印。似待刻底本。每卷前大书“柳潭遗集卷几”，双行题“明会稽王自超茂远著　山阴□□□□□”，辑者姓氏未补。自第七卷起，收序、碑记、疏奏、论表、启赞飨、杂著等文。卷尾有《自诀》文，题下有编者小字附注一行云：“丁亥夏四月客湖上，书存箧中，六月遂果其言。”可知自超死于丁亥六月。其文云，“谪来人世有三十年”云云，亦可知其年寿。又有《客座五约》一文，题下自注云，“丙戌自髡，名曰夕可，乃有是约”，其约曰，“□□□以姓名通刺，不与人间庆吊”，“不茹荤，不赴饮”，“不敢于厅事设坐并接宾客”，“不敢燕客”。所撰文多有关明清易代时史事，每题下辄记岁月，有《萧五云文草序》（甲申），《古中兴任贤从谏录后序》（代父，乙酉；按此文首云，“师相张公身任治兵讨虏之事，辍纶扉以行边，乃从戎马内手披往牒，寻古中兴之主任贤从谏诸大事，入迪主上，既录成表进，爰广之梓……”。按此书似已梓成，未见传本。《自题申酉之岁作》云：“乙酉春，王子以数卷，寄身西湖之剩园，坐雨小楼，遂有竟月。既晴舸烟杖，与山水上下者复一月许。当是时王子处忧患，畏人影，平时交故，咸以王子累人，绝足不至。……遂以两月所得章句，并北归诸言合之，题曰申酉之岁。呜呼，申酉之岁，非独王子之岁也。经二君，见两亡国。国中之土，一变□□（按两字涂去），后之人其志之。其痛心腐腕，不能已已者，此申酉之岁也。王子虽放废，为时累人，幸而山水不弃，又得乘间读书，申其言咏，其词虽鄙放，然窃自爱之，以为一岁之中，经大乱，罹大法，当死不死，处夫忧患，复有寸得，不若世之苟然者，如此岁月，颇不甚恶，故不忍废而志之。自三月中浣来西湖，至五月望别湖以归，时闻□已掠江且南矣，又一月而武林陷，塞马浴于湖中，向之两峰六桥，与夫剩园者，安在哉。而吾诗尚存，悲夫！乙酉冬日序。”此文颇记身世，更知所居之剩园在湖上。又清军下杭州后诸状，自云放废，故交都绝，盖因曾归自成也。《自题放言》有云：“予丁乱世，自谓无生，今幸而生，又一年所。乙酉夏后，诸公咸奋臂从王，为高官大爵，而予仍伛仰荒园，自同麋豕……”按此二文皆手稿，书法亦可观。《张玉简相公寿序》（丙戌），《潘子翔小传》（乙酉，此文为刻本，记潘生死事甚壮），《代父辞授职疏》，《条陈浙西事宜疏》（代，按此疏有关鲁王一局形势甚悉），《代张相公请恤江南殉节诸臣疏》文所关一时人物出处死生尤巨，皆当时清流议论也。有云“而尝州则中书卢象观，象观起义宜兴，转战湖州，杀虏甚多，其死最烈”。又《请治兵浙西疏》（代）有云：“且臣之同年举人查继佐，故宁士也。航澥间关，痛哭而诉，其言颇与臣同。继佐之言谓，虏昨有数十艘掠其乡，为其族人夺虏二艘，虏殊不敢攫。又有盗艘假称义师者，乡民咸踊跃欢舞，人人庆更生。如此则彼中人心犹可用也。继佐固倜傥有大略，意智不腐，才名复卓，其平时熟识亲族朋辈之才者，一呼百人，声称甚远。阁臣逢年，深知其人可用。夫以浙西人复浙西土，计之上也。诚得敕下吏部，授以枢司，同臣前往办贼，臣虽驽劣，然不至如世之侈言欺世，毫无实际者比，盖使其悠悠于一官，不若鞅掌于磐错耳。”此荐查继佐，代父所作也。其时宁地已遭胡骑践踏矣。

《乙酉之变论》撰于乙酉，实最可代表一时清流议论。

文云："呜呼，甲申之变，以江南士女之蓄愤，用其气犹可十百世，而竟不及一祀终，误国者人食之岂足肉哉！国亡于朋党，其信然与？国亡于党，古国与党俱亡者，今国亡党犹在，又何也。方史可法之外出也，祸端见矣。甚之于张慎言之廷哄，不数日而慎言去。又数日而阮大铖来朝。又数日而吕大器以迎驾异议劾。又一月而姜曰广、刘宗周、徐石麒相继去，大铖则竟用。不数日而拥戴之恩覃，又一月而魏案之锢开，袁弘勋、张孙振、周昌晋等则尽用。又一月而东宫之狱起。又一月而左良玉之檄到。又半月而虏竟渡江。古来误国诸奸，未有庸劣如士英辈者。且夫一日之愤二百八十年之气也，二百余年养之，一日作之，一年雕丧之尽矣。此非极虐肆过、大不堪于人心天命者，不能若是之速也。呜呼，此岂亡国臣所忍言欤。若夫谋国之失，则犹有可指者。金陵新立，国有君矣；李贼西败，山左父老望江南诏书如饥渴。旷日久迟，委而弃之虏，可为痛哭者此也。借此时史可法鼓行而前，四帅振旅而北，联络德州，乞师顺义（'顺义'二字原作'女直'），亦将如广平王之用回纥者乎。不然，山前山后，犹可盟也，乃漫然一介故事耳。以若存若亡之江南，为不痛不痒之礼数，虏即稚子谁能欺！世未有一师不出，身处安邦，而以大仇委之敌国者；亦未有大仇未复而漫然欲以玉帛讲两国之好者，此必不得之数也。前此失勿论。陈洪范归矣，勿寒心乎！虏弗许讲，举朝咸曰虏勿讲矣。勿讲之外，无再计一字也。毋论置贼于不论，并且置虏于勿闻。国家闲暇，及是时报其夙怨，为士英辈，如此而已矣。去年则捐山左，今年则议捐淮扬。捐山左，诸帅之意也；捐淮扬，士英之心也。使我兵一步过河北，则诸镇心不快；使淮扬一日不破，史可法一日不死，士英心不快。故可法不死虏，则必死士英。东宫童氏之狱兴，死恐不独一可法，士英之辈方鼓刀厉刃，以待旦暮饱所欲，而事卒未成，此亦有天意乎。方虏从许定国请而南下也，时左气方盛，京师人汹汹。左为士英来，士英先已仇，于时檄重兵，趋上江拒左，而予虏以京口渡。故金陵之失，良玉无辞焉。且不独此，玉曰诛君侧，诛君侧岂旷岁事，疾风暴雷，整兵阙下，然后声罪正名，慰宫阙自谢，则豪杰也。即不如是，董卓、王敦，亦岂顿兵攻城，以贼自予者。盖士英之恶，不能万一秦桧、韩侂胄；而良玉诸人又求如敦、峻、绍、卓而不可得。呜呼，作逆犹不能，况望成事哉!”书牍一卷中有乙酉《与张大行》一札，中颇及其身世，中有云：“昨年北都之变，欲死未能。其所不克从先皇帝于九天，而以余年复见膻腥之俗者至今，中夜涕泗滂沱。去夏之仲，闻关南来，当事者不分苍素，概从吏议。罗网四张，亲交皆断。顾仆所以惜余生不即一死者，良有所持，而又自念此悠悠者不足与论。何则？守死大节也，从伪大逆也。既不即死，复非伪臣，身处二者之间，而有其名曰洁身，呜呼可哀矣，是何足道哉。今年五月，虏渡大江窥金陵，弘光帝且弃走，世界昏塞不可问，而弟犹然席藁也。尝呼南归之难民问之，某公犹有存者乎？则曰，已出城先日迎虏也。某大老得无恙乎？曰无恙，且首剃发为虏先。某黄门某御史皆在乎？曰皆在，某衔虏诏来矣。夫弟所问某某者，皆当时白简高弹，深文周内，欲尽北来人而杀之者也。去几何时，而遂若是哉。弟生年二十有六，前路颇宽，求一良死非难。顷已作自祭文并挽歌一章，须旦夕有可以死者即死之，而足下方且投袂奋臂，争中原大事。弟或免即死，亦当手抱一卷，日对双松，退而耕田，以了生事。百年之后，将曩时所谓贵人，要路持利刃欲杀人者，既已化为灰尘冷土，而弟或时露其姓名焉。呜呼，此非世俗所能限我也。……"

此后又有《哭倪鸿宝先生文》（乙酉）、《为义兴军祭义士王毓蓍文》（乙酉）、《为义兴军祭殉难祁中丞彪佳文》（乙酉）。《客谈》一则，作于丙戌，详记越民之苦，最有史料价值。

《野谈》如干则，亦作于丙戌：

"义师既得富春，旋以纵兵淫掠为百姓构。虏来袭，我师弃走，富春旋复陷。此虽纵兵之过，然按当日与虏对，亦大暗兵计也。初得富春，即屯兵城内，一暗也。虏既至，即开门陈，又暗也。夫以数千新弃犁锄之乌合，而欲与严虏陈，此不卜知败者。当虏之至，为我者即宜饬部伍，出约束，闭城而为守。顿虏之骄心锐气于严城之下，而我岸之奇兵从背后夹击之，此兵法也。余前所谓欲取杭则必争海宁富春二邑者，非不知虏之不能忘情二邑也。以谓我得之则虏必争之，俟虏之争，而我施其技焉。以我攻城，是我致于人也。使敌攻我，是我能致敌也。故以二邑委之虏而俾之争焉。七国之变，亚夫曰，当以梁委之。呜呼，今固有知此说者乎！"

"国法于赃吏至严重矣，然土崩瓦解，一败而不可收拾者，其故卒在于贪官。……其人率皆新进趆捷之士，依门户，谋声气。持局开疆，人畏之不敢问。且称为能吏焉。求其故，大略一荐绅之望者，其下足庇污吏数十人。门户高，声气远，则所庇愈多。凡巡方之贤否必是询，南北两台之是非必是谘。既以获欢于是人而庇焉，上吏不敢问，内劾无所施。而凡所谓污官者皆自号曰某公之门。某公之门则皆自号为正人者也。是以三吴之吏，不曰虞山，则曰华亭。虞山则钱谦益，华亭则许霞城也。此数君子者凡江南之吏尽归命焉。于是门士食客，挟诸公之缄而遨游长吏之国者，日以百计。至则设供帐，谨筵会，取民间脂膏泥沙而奉之，以饱所快。凡星医卜筮，下至于黄冠白足，挟持某公，则长吏奉为上客不敢惰。而此辈亦咸自谓曰，吾侪皆声气人。呜呼，古之贪也一吏而已。今则一君子之门，可以养贪吏数十，而又养星医卜筮，黄冠白足诸色等数百人，以助贪吏所不及，此皆所谓饿虎而纵之食人者也。虎可饱而人肉不几尽哉！则谓国亡于声气可也。”

“乙酉五月，虏渡扬子，信至京师，弘光帝外狩。时机密大臣如马士英，皆不与。道太平，靖南伯黄得功以军迎至太平城。城内以驾至不应。得功即以兵攻城，焚掠无禁，民怨入骨。初民闻驾至，闭门，且出不经语，至是又被攻，怨更甚。乃相率赴虏，告驾在某，可取也。随路杀帝所立邮报官。帝出太平，将发芜湖，拥万人，挟六淑女，辎重狼藉，自晨至酉，行不十里，止。邮报者绝，虏且及前。得功知，即奋戈前，内应起其帐下，弯弓内向射，得功毙于军，帝受缚而北。”

“郑鸿逵拥唐王至闽，前驱臣先声至，闽大哗。则皆曰祸至矣！弘光帝且同马士英来吾闽。于时抚按官同总戎郑芝龙大告谕安民心。谕曰，□□伯郑护迎唐藩来闽，唐藩者，高皇帝之裔，军中并无弘光并马士英，尔民其安心。于是众始定。越旬日，文武春唐藩监国。”

“弘光帝既出狩，马士英不及从，乃扶太后及其母并其帐下兵以行。由溧阳广德至钱唐。广德不纳，则攻广德，杀其令。至杭，犹欲以太后莅百官。民间愤，诸生出讨檄。士英乃诡谒文庙，以数百金颁诸生，翌日即有以平心论揭衢巷者，为士英解纷。于时科臣熊汝霖等持议请潞王监国，迁延旬日，虏且至城，遂降。野史曰，弘光帝不欲同士英行，士英亦竟不从帝狩，意皆有在。帝谓民怨由士英，士英亦谓不同帝行，可免祸也。……”

“燕都之变，贼已至城下，而自宰相至庶民，无一人知者。是月望日庶常犹进阁试下旬课，余悲愤辞不赴。及晚询其题，则文章性道解也。余闻之恸叹。次日东宫出阁讲书，首辅及诸翰侍班。东宫犹问难，首辅进讲娓娓逾数晷，时城外炮声已动矣。讲臣出而仆马踉跄告急，始知贼在城外也。”

以上是二十多年前所作的一则札记。其实只是抄录了原书的一些章节和自己写在书衣上的几则题记而已。本来也想作些研究，而“年光逝水，世故惊涛”，终于什么都没有作成。差可庆幸的是书籍虽已荡然，而札记的旧稿尚在。但已纸敝墨渝，就请人重新抄录一过，校读之余，有些零碎的感想，想顺便在这里说一说。

作为断代史的明清史，其中晚明部分的研究，在几十年前曾着实兴旺过一阵。我想这是由时代和社会的因素所决定的。从清末开始，学术界（其中最主要的是民族革命的参加者）就开始大规模地搜求、翻印晚明野史，并进行了广泛的研究工作。他们不是为历史而历史，是有其鲜明的政治目的的。此后，有一段时期，人们的激情逐渐冷却下来，更多地致力于文献的搜集和著录了。这种趋向表现为旧书中“禁本”价格的飞涨，在公私藏书的目录上，身价也陡然地高了起来。但更深入的研究成果却少。到了二十世纪三十年代，另一阵“晚明热”再度兴起，自然，这与当时的政治形势也是密切相关的。有些想在国家、民族面临严峻命运之际闭起眼睛的人，就大量翻印晚明小品，希望人民也跟随他们一起闭起眼睛，进而忘却严酷的现实；以鲁迅先生为代表的革命者则提出，人们应该多看看晚明的野史，因为当时的中国和三百年前的晚明，在许多方面实在太相似了。这就是在那次“晚明热”中泾渭分明的两条线。这种“热”一直延续到抗日战争的胜利。八年离乱之中，流转在西南一隅的读书人，理所当然地要记起永历和隆武。陈援庵先生撰《明季滇黔佛教考》，于目后小引中说明明季滇黔佛教致盛原因的第三条说：

中原丧乱之影响也。明季中原沦陷，滇黔犹保冠带之俗，避地者乐于去邠居岐，故佛教益形热闹……

在一九五七年的重印后记中更明白地阐述著书的原旨说：

其实所欲表彰者乃明末遗民之爱国精神、民族气节，不徒佛教史迹而已。

一九四〇年旅居昆明的陈寅恪先生为《佛教考》撰序，远寄住在北平的陈援庵，序中有这样的话："先生讲学著书于东北风尘之际，寅恪入城乞食于西南天地之间，南北相望，幸俱未树新义，以负如来。"（按此指陈序中所引支愍度过江故事）我想引用两位先生的话，说明抗日战争中中国知识分子的心情，应该是比较典型而生动的。而它也正好说明了"晚明热"的一种重要成因。

新中国诞生以后，历史学的研究有了飞跃的发展，许多更为重要的课题相继提出，新材料也大量发现了。在兴旺发达的历史学的百花园中，明清史只不过是其中的一个部分，而晚明史的研究，相对说来就退居次要的地位。这是一种正常的现象。不过晚明这个时代，无疑是一个重要的时代。材料又比较丰富。许多重要的历史问题，如农民战争、中国封建社会资本主义的萌芽、中国历史上民族之间的战争与融合，以及一些重要历史人物的评价等问题，在晚明史中都尖锐地存在着，亟须根据大量的历史资料，用历史唯物主义的方法进行细密的分析研究，通过争鸣，取得比较科学的结论。今天，从中可以得到必要的借鉴与教训，自不待说；就是对一些史学问题的通盘解决，对不同时代的具体问题的研究与解释也将有很大的帮助。

从王茂远的遗集中，我们不但得知一些珍贵的、不见于其他野史的记载，同时还会启发我们考虑一些长久以来没有得到完善解决的历史概念与问题。例如，怎样正确对待取代腐朽的朱明而入主中原的清帝国，就是一个看来简单其实充满了矛盾的问题。

过去，我们的历史学者，在这个问题上，若干年来其实还一直继承着黄梨洲、全谢山……的传统。这当然是一个优秀的传统，但在今天，没有新的发展、认识，原封不动地继承着这传统，就很不够了。像晚明的那种情况，国家已经腐朽到了这样的境地，不但作为极端凶残的剥削机器，迫使全国农民都拿起武器来反对它，就是在抵御外患时也完全失去了国家应有的机能。对这样腐朽没落必然死亡的王朝，是应该给予无情的谴责的。如果今天我们依旧跟在明遗民的后面，不加分析地为它哀哭，对它怀恋，那就将成为一种非常可笑的现象。让孔尚任的《桃花扇》支配我们感情的时代，应该过去了。

在近二十年前，又曾经出现过另一种论点。我们祖国的兄弟民族之一的满族的清，入关以后，统一了全国，适应了历史发展的潮流。这样，一些著名的抗清历史人物，如史可法、张煌言、瞿式耜等都被看作逆历史潮流而动的“反动分子”，不但丝毫不值得称赞，而且必须批判了。这样说，不也就肯定了迎降的阮大铖、陈之遴……因为他们都是“识时务的俊杰”，懂得“历史发展的潮流”的。这样的意见，即使用心是怎样的好，怕也不能为广大人民所接受。这就和前些年盛行的赃官比清官好的“高论”一样。“清官”拼命要维护腐朽的封建国家机器，努力修补，使之不致立即垮台，岂非正是延缓、阻碍了“历史的发展”么？说也确是说得“通”的，但除了“四人帮”及其论客之外，全国人民都听不下去，接受不了，因之这也无疑是错误的。

王茂远是绍兴地主绅士家庭出身的子弟，崇祯甲申正好留在北京，遇上了李自成入京和崇祯帝上吊。他立即投顺了闯王。但他的内心是并不如此的。逃回江南以后，不料弄得无人接待，连自己的妻子都拒而不见了，他只好去当和尚。不久，又遇上了弘光乙酉之役。一些义正词严主张严办“从逆”人员的大官、清流，又都乖乖地去迎降了“我大清”。这就使王茂远很不理解，而且牢骚满腹。应该说此人还很老实、坦率的。他解决这种不可能解决的矛盾的办法是自杀。在自杀以前，还写下了这一本书，他的立场表露得明明白白。对我们了解当时清流的思想、观点，都很有帮助。集子里有一篇祭祁中丞的祭文，可见他对殉难的祁彪佳是肯定并佩服的。实际上祁彪佳等遇到的矛盾比王茂远要单纯些，只是臣子为君父殉节。王茂远在此外还有“从逆”的一款，因此，他的一些自白，就有更多的研究价值。

对南明弘光的政局、战守……他也有自己完整的评论，与同时许多人的看法也不完全一致。对南都沦陷以后浙西义师的规划，他也有全面的考虑与建议。他还记下了一些“小道新闻”，都不见于同时的野史，有许多是不无根据的。如南都陷后，马士英何以没有与弘光一起出走，却挟了太后入浙，他是有所解释的，就不见于他家记载。乙酉之际，江浙义师蜂起，但都悲惨地失败了。那真实的情况他也有所反映。人民就是这样明知要付出重大牺牲仍要奋起抗清的心理是值得好好研究的。难道他们竟是舍不得姓朱的皇帝么？试看弘光帝与黄得功逃难来到太平，老百姓不但闭门不纳，而且口出不逊，还到清军那里去报告。后来这位带了一万名士兵、六名美女与无数财宝的皇帝，一天走不上十里，终于被捉住，押解回去了。同样是老百姓，一面拼死抗敌，一面却坚决地抵制了这位像瘟疫似的皇帝，他们的态度，不是明白鲜明得很吗？

“声气”，这是一个流行于晚明的政治术语。有点近似于我们今天所说的“帮”“派”“山头”……而更为巧妙。很能传达出它的那种特色、能量来，说明这是一些有纲领、有理论、有组织的小集团。王茂远举出江南的虞山（常熟）和华亭（松江）两个山头和它们的头子钱牧斋、许霞城，说明他们起了怎样的恶劣作用。广大的人民群众是怎样在这群吸血鬼的压榨之下喘息、呻吟。他的结论是，“则谓国亡于声气可也”。过去我们对东林、复社的知识，多半得之于社局中人物的著作，自然不免失之于偏，难道他们肯说自己的坏话么？于是，存在于野史、逸文中的“狗咬狗”式的内部暴露就显得格外珍贵了。张汉儒对钱牧斋的控告（见《虞阳说苑》），就是这类的材料。王茂远在这里所说，不过是鸟瞰式的勾勒，肯定是粗略的。但即此，不也就使我们明白，明朝的覆亡，已经是历史的必然，一些都不值得惋惜了么？

《柳潭遗集》的前六卷是已经刻印了的，是顾予咸所选刻。我怀疑，经他这一选，一些尖锐的篇章可能就刊落了。这从第七卷起的遗文，看来当时是不可能付刊的。也许被顾予咸选落的那些，后来就编入在这里。但没有看到前六卷的刻本，这也只能是一种猜测。

一九八〇年四月廿八日重校讫记

今年春天，在浙江图书馆看到了《柳潭遗集》六卷的原刻本。这是清初刻本。八行，二十字。题“会稽王自超茂远著，古吴顾予咸松交选，会稽平远子远阅”。卷前有顾予咸、陶覆卓、徐征麟三序。陶序中说：“茂远遗文若干首，予门人平子子远搜缉散佚，仅而获存。乃去者半、存者半。简汰抑割，仅以其诗行。若欲传茂远而不敢尽。……”又说作者“年未三十，离愁以死”。这样，稿本《遗集》就不是删余，而是未刻。当年刻行的只是他的诗。诗中也有堪称诗史的作品，而且有许多墨钉，可见也有不少避忌字样。但比起“文”来，还是大不一样。卷七以下的文字，简直一篇都不能刻。

他的几位朋友对王茂远的遭际是同情的，如徐序所说：“士生末世，忧谗畏讥，鬼瞰高室，人忌荣名。至今读右丞凝碧之诗，犹负左徒怀沙之痛。”说的就是这种意思。

卷四有《过奕远山居（丙戌秋杪）》一诗，奕远祁氏，是彪佳的侄辈。可见当时山阴祁氏诸子对他还是加以接待的。又说明他的死是在一六四六年秋天以后。诗也多少写出了当时的气氛。像张宗子辈过的就是这种日子。

云门秋色里，一路便闻君。名苦无山避，诗成每夜焚。交多且细论，僧老渐能群。离索今休叹，满峰有白云。（其二）

一九八二年十二月二十九日校毕记

南田少年时事琐记

《恽南田集》传世最早者为康熙五十六年孙椒圃所刊《毗陵六逸》本，只五卷。道光中蒋生沐更广搜遗佚，勒为十二卷，刻入《别下斋丛书》中，是为最足之本。前附从孙鹤生所纂《南田先生家传》及恽敬所撰一传，皆曾及南田少时流离琐尾之状，然俱不详。鹤生传云：

> （父）逊庵任理学，讲经济。崇祯末吏部转荐，将以诸生起用，而遭变故，翁方十余龄，随父崎岖闽岭，流落相失。旗帅主某爱其聪颖，欲子之。逊庵既以缁衣得免，侦子在某所，其帅主媪酷奉释氏，将挈之过灵隐，因属寺僧善言诱接，指此子慧根极深，惜福薄寿促，宜令出家，即日剃染留寺中。媪泣之而去。既归，逊庵既褫其靴帽，易宽袍大袖，督课经传儒先之书不少贷。……

此传下笔多避忌，读之不易索解。“变故”自指甲申明亡而言，然南田以何因缘而崎岖闽岭，更何由与父相失，入旗帅帐下，皆不可知。“褫其靴帽，易宽袍大袖”，则去胡服而复明之衣冠也。意在言外，用一“褫”字，亦可见其微意。恽敬所撰传记此少详：

先生年十三，随父逊庵先生依王祈于建宁，陈锦破建宁，被略。锦无子，其妻子之。……

其下记灵隐寺僧以计留南田寺中，因展转得归事，大致无异。其中琐琐，颇可寻扯。南田父恽日初，号逊庵。鹤生称其“为复社遗老，学问节概，东南硕果。四方声气凑集，翁（南田）张筵脂车，宾饯成礼，家无遗赀，恃笔墨以供”。然“复社姓氏录”中不著日初姓氏。逊庵亦能以枯墨作山水，殊古简，然非作家。兄香山先生恽道生本初，则画苑有重名。王祁于晚明野史中，惟查继佐《国寿录》有一传，略云：

王祁字□□，晋江书生。流寓建宁为僧。时郧西王亦为僧，祁与遇，遂私约起义。奉王命，密号召城外勇干，合三百余人。丁亥六月，猝起破寿宁、政和二县。势益震。七月初二日攻破建宁府，入城守，设官爵，奖励将士。利兵守御力，清兵屡挫。明年二月，清督抚张入援，间亦有反以应祁者。久之，祁力竭，纵火焚其城中且尽。祁亦自投火死。先是，其部卒以发长被获不屈，刃出于背，语犹不恭。

郧西王常潮，殆当日朱明宗室之流离于东南者。《小腆纪年》系此事于丁亥四月，“明郧西王常潮复建宁，其将王祁复邵武”。并记祁用兵事云：

> 祁营山中。取民间几案数百，悬大线香，黑夜顺流环城而过，守者谓祁兵且薄城，炮石大下。迟明，方知其伪。习之不疑。一日，祁突至，遂破。

此可见王祁谋略之一斑。祁等之败亡，《纪年》则系之于戊子四月，“我大清兵克建宁，明郧西王常潮、守将王祁皆死之”。与《国寿录》所记仅月份微异。恽敬言南田随父依王祁，时年方十三，以生于崇祯六年推之，南田十三岁正当乙酉，则少不合，或恽敬推论少误耳。

太仓沈台臣（受宏）为吴梅村弟子，有《白溇集》，原书未见。沈铭彝《孟庐札记》卷八转录其赠南田诗一百韵，则记南田少年流离颠沛事至详悉，且系闻之南田自述，非道路传闻可比，真诗史也。诗云：

> 毗陵恽正叔，书画今所无。书工羲献法，唐宋兼临摹。画精熙荃理，花鸟多新图。绝艺高声价，姓名走东吴。人怀尺幅去，宝贵同璠玙。家贫赖笔砚，得钱供朝铺。游历公卿门，一囊随奚奴。今夏触炎暑，扁舟下姑苏。云访西庐老（王太常烟客先生），灵光适凋殂。以之不得意，恸哭投生刍。索居娄江畔，秋老岁将徂。昨

从徐郎座，与我识面初。丰神见秀澹，白皙微有须。赋诗独敏捷，挥洒华藻敷。君本古贤人，岂惟弄翰觚。向闻平生迹，奇伟传江湖。从君叩其略，欲语还踟蹰。（以下正叔自述之词）忆年在申酉，变乱生两都。吾父一逢掖，忠愤郁不舒。跳身浙东走，台顶茅可诛。维时我八龄，实与仲兄俱。钱塘潮水竭，北马纷腾趋。仓皇复南窜，岭峤经崎岖。转入瓯闽国，偏安犹一隅。吾父迫际会，从王曾执殳。皇天必翦灭，事败只须臾。由兹托方外，岩谷长逃逋。州县义兵起，歃盟遍村墟。主将辱推戴，揭干厉耰钼。建宁王阁部，旗帜明火荼。远迎帝室胄，草草称乘舆。贻书话同乡，要父同谋谟。小子奉严命，侦察前越趄。此地尚全盛，兵疆富储胥。窃观王公为，魁杰实丈夫。一见厚款遇，开筵倾玉壶。幕府幸无事，日惟饮醍醐。高会宾朋列，歌舞红氍毹。中表逢龚生，相留但欢娱。岂知仙霞破，突骑忽长驱。身居围城里，矢石交体肤。杀声动天地，拒守百日余。士卒多勇敢，大将亲援枹。吾父外请救，羽毛急军符。一朝黄雾失，对面迷双眸。敌人遂登陴，谁复能枝梧。短兵夹长戟，格斗血流渠。烈火复四起，烟焰连街衢。满城百万户，无一存妻孥。我年才十五，被执为囚俘。膻酪不能咽，饥肠日空虚。彳亍行伍间，乃见侯门姝。青楼旧相识，怜我千金躯。引入将军帐，余餐赐盘盂。后归陈制府，收拔称掌珠。装我紫貂冠，饰我绣罗襦。出入照路光，蹀躞乘龙驹。自古有养子，乱离迹难拘。所痛我两兄，荆榛没枯颅。自与吾父别，信音各阔殊，一纸偶得书，存亡究何如。他日傥相见，会须还故吾。开缄却远望，不识父焉居。制府旋遇难，万里回丧车。我从阿母行（陈制府之妻），道出灵山区。寺中闻神僧，幡幢开给孤。母施布地金，云堂设伊蒲。众中得吾父，变服已浮屠。欲认不敢前，形势反多虞。业为制府郎，威剧加於菟。家将统四傍，臂弓腰鹿庐。密约得私见，哭罢交持扶。神僧为画策，乞母凤凰雏。此子年命短，宜作释迦徒。阿母恋不舍，鸡鸣戒前途。谓当袭遗荫，横玉纡青朱。提携便北去，京国高门间。长跪向母告，富贵非吾须。愿终云水游，佛祖言不诬。宗祊自有主，其立亲贤且。母意竟感悟，雪涕拜堦除。飘然一身归，奉父寻故庐。曾传训诫切，幸未蒙簪裾。旨甘且尽养，手自亲中厨。承欢二十余年，奄忽终桑榆。回头念往事，魂梦惨模糊。（此处收住正叔语）余坐听君语，良久为嗟吁。伊昔革命日，纲常委泥涂。顽民及义士，草泽窃奋呼。忘身弃妻子，举动或近似迂。其心亦艰苦，固与鄙俗殊。君能成父志，涅染而不污。终焉得聚合，身作反哺乌。建宁小朝廷，效死一城孤。睢阳与平原，太节无以逾。悠悠千载后，青史恐荒芜。君也老布衣，高卧今菰芦。世人爱风流，一技徒称誉。如君父子事，遗轶皆堪书。以视诗书画，太上立德欤。我为作此诗，庶表忠孝模。

此诗当撰于康熙十九、二十年顷。时南田来太仓初谒烟客于病榻，时敏已病，执其手而卒。集中有“哭王奉常烟客诗”。其与沈台臣定交在庚申冬，更为述少年时事，写入此诗，详尽委曲，详于诸传。惟言申酉之际南田方八岁。是当生于崇祯十一年顷。诗更言建宁城破时南田年十五岁，与前说颇牴牾，然与旧说生于崇祯六年者合。意“八龄”云云偶误。其随父入闽之先，实在浙东，其时江上义师方蜂起，遗民义士，多往归之。然不旋踵俱覆灭，乃跳身入闽，从隆武帝于军中。丙戌八月，隆武败亡于汀州。日初遂变服为僧。后更为义兵推为领袖，展转附于王祁。郧西王固亦曾以监国自号，徒以败亡甚速，遂不得与隆武、永历并称。当时以朱明帝胄起兵者，必不在少，此其一例也。建宁城破之日，日初似已以请援先出，遂致与南田乱中相失。城破之日，屠戮之惨，亦殊不下于扬州、嘉定。继叙其得入旗帅帐下，亦极尽曲折离奇之致。侯门之姝，乃为青楼旧识，当是居王祁幕府时座中所见歌伎而城破被掠者。南田年齿尚幼，申酉之前居江南时，殊无此种艳遇可能。其后更不知何以更归陈制府锦，种种曲折情节大类小说戏曲，苟非得之南田口述，必疑之为后人装点语矣。

《瓯香馆集》卷一有《寄石谷先生》七绝十首，第六首云：

穹庐旧事恨飘零，地老天荒梦未醒。公子初翻新乐府，他时筵上断肠听。

诗后南田原注曰："王君怿民谱余六旧事，作传奇新词，脍炙一时，佳话也。"是可证南田此段流离故事，当时必盛传人口，衍为世说，谱之场上，亦当时人写当时事之一佳证。梨园爨本，非必尽写前代往事也。惜此曲今不传矣。

《南田集》中，自记少年时事者颇不多见，疑皆后人辑录时删去。《毗陵六逸》本诗抄只五卷，大半题画之作。此集原为宋漫堂开府江左时选本，去取自有手眼。洎道光季年，禁网渐疏，蒋生沐始搜罗遗佚，所益几半。然所据多为石刻帖本及画帧字卷中作，用力虽勤，有关政局出处感慨时事诸诗仍无由补之，大是憾事。蒋氏本虽大致编年，然颇不严密，遂失知人论世之旨。南田虽奉父终老田园，然兴复之念，终未去怀，所与交游亦皆遗民义士，如朱朗诣辈是也。然芟夷未尽，偶有遗珠，其慷慨激越，与题画诸什大异其趣，偶涉闽中人物风景，语更深痛。其《十七叔父自七闽还吴，相见狂喜，兼闻近事，感叹有作》云：

> 庸蜀经营事已阑，占星空向斗牛看。蹑珠肯入平原馆，短发徒冲壮士冠。曾见梨关三度马，谁封函谷一泥丸。伤心国破为俘日，赋就招魂泪未干。（自注：戊子之际，予与仲兄同婴建宁之难。）

卷五有《春游杂咏》十三绝，为游姑苏时诗。家国之感，溢于楮墨，非徒流连景光之作。抄其三诗，可见大凡。向之仅以绝代画师目南田者，殆非真知也。

树暗深烟鸟语频，豁山偏作乱离春。好风吹绿吴宫草，恼乱江南赋恨人。

娇风淫雨傍花多，翡翠城空春又过。我已无心看芳草，不将闲泪洒铜驼。

三春幞被不窥园，车辙何曾到席门。不遇侯嬴人渐老，鼓刀宁负信陵恩。

南田与王石谷交情甚笃，然其人品及艺术见解实超出石谷万万。王时敏极重之，然迟至老病临终，始一登堂。平生不喜与大人先生接，集中投赠无一显宦，更无一二臣。周亮工撰《读画录》，只著其名于画人姓氏中，盖未能得其寸缣尺幅者。曹子清（曹寅）楝亭图卷，南田亦有一小幅，草草数笔，如儿戏然。人多不解其命意，然其意岂终不可解耶？

甲辰夏至后三日灯下记

再记南田少年时事
——读《赖古斋文集》

冬夜偶阅武进汤狷庵（脩业）《赖古斋文集》，卷五有《客窗杂感》绝句六十首，皆纪乡里遗事者。小序有言：“伤今吊古，即事怀人，皆于是乎在。”可见微意。中有二诗及恽日初、寿平父子事，可为《南田少年时事琐记》一文补逸，因更录之：

蕺山高足遍东南，入室应推恽逊庵。百战功名不成就，空门寄托属明昙。（原注：恽逊庵日初，刘蕺山高足也。改革后，遁为僧。崎岖闽粤间，意欲有所建立。晚岁始还故里，不改僧装，自署明昙和尚。）

无穷景象入牢笼，争说南田绘事工。谁识超然尘俗外，采薇高蹈是家风。（原注：恽南田寿平，人品甚高，不愧逊庵之子，外人只知其善画耳。）

狷庵为张琦外舅，琦刻其遗集于京师，板心下方有“宛邻书屋”四字，然《宛邻书屋丛书》中不收此种。汤先生熟于乡邦掌故，而尤留心晚明史事，尝为《郑鲞阳冤狱辨》五篇，更撰《恽逊庵先生传》，所记甚详，可补余前文所遗者不少，因更撮录之：

先生姓恽氏，讳日初，字仲升，号逊庵，又号黍庵。……邑诸生，中崇祯癸酉副榜。……游庠后与苏州杨廷枢、钱禧等共结文社。……先生自命有经世才，虽困顿诸生，尝以天下为已任。会边事孔亟，应诏上守御十策，不报。遂浩然而归，以家事属长子桢，携书三千卷，竟出避地天台山中，桓、格二子随侍。两京继陷，鲁王监国绍兴。……遣使敦聘，固辞不出。寻避地福州，福州破，旅走广州。广州复破，乃遁为僧，法名明昙。遂流寓福之建阳，聊以托足，非其初志也。既而金坛王祁聚众，复建宁。诸义兵多响应，耆老数百人登门固请……不得已乃出山。（以下记令长子桢执兵、王祁问计、先生论取仙霞岭方略，及出师失利事。后清总督陈锦及叛臣旧督张存仁、侍郎李率泰统兵六万围建宁，永明王遣督师兵部尚书揭重熙来援，建宁终陷事。）王祁力战死，桓、格在祁所，皆被掳。先生收残卒，走广信。……乃作归计。……因乘间访二子消息。行至杭州，忽遇格，裘马翩翩，从总督陈锦游山，知锦已抚为子，怦怦心动，欲脱之归，而苦无善策。闻锦雅重灵隐寺僧巨德，因丐为僧。后锦死，先生遂携格还。居久之，兵部侍郎张煌言与延平王成功率兵入江，败走。或云其弟鸿翼，先生门人，从师匿。府县将收捕，闻者股栗。先生啸歌自若，恒以毒药置床头，曰，吾命当死，终不出此门也。既而事解，亦不色喜。……卒年七十八，时康熙十七年戊午也。

以此传与沈台臣诗比观，知日初避地天台尚在甲申以前。两京陷后，乃展转闽粤，旋落发。是入王祁军以前已为浮屠。沈诗似言日初逃禅在建宁陷后，为微异。至所记清军将帅姓氏及灵隐寺僧巨德，皆它书所未详。其写郑延平、张苍水起兵，日初誓死以俟，慷慨义烈，虎虎有生气。表彰遗民，亦可见狷庵心事。日初传后更附南田小传，记其被掳后种种，更可珍异。其言曰：

格字寿平，一字正叔，又号白云外史、南田草衣，后以字行。初被掳下狱，甚苦。时作画以消遣。会陈锦妻欲置首饰，令人先画形模，多不当意。或有言格能画者，特释之出。见其丰神秀朗，进退从容，喜出望外，遂畜为子。

得此数事，南田少年时流离琐尾之状，乃得大明，更无遗憾矣。

狷庵先生于晚明人物多所评论，特严于气节，真一时正论。《越中名贤杂咏》中有祁彪佳一律，有句云：“淑女悲夫婿，降臣惜妇翁。”原注：“谓商周祚归顺。”淑女即商夫人景兰。薰获之间，全无假借，界限分明之至。又有《书某公诗集后》二首，则咏钱牧斋也。诗云：

三月春残杜宇哀，巍然一老独悠哉。初年模楷李元礼，晚岁官阶褚彦回。响断槐厅仍怅恍，光分藜火漫追陪（官终秘书院学士）。汗青头白成何事，应悔南都不自裁。

文章一代领东南，小技雕镌万象涵。马勃牛溲都入药，残膏剩馥尚余甘。山庄拂水联诗社，手指拈花共佛龛。却笑灰心老居士，最销魂是柳毵毵。

二诗词旨严正，末及柳如是，又不免少加揶揄。盖泥于道学家偏见，视妇人如玩物，而未能真知河东君心事者。是亦不足深责矣。

一九六四年

风怀诗案

朱彝尊有《风怀诗》二百韵，记少年情史，艳秘无俦。晚岁手订全集，时已得重名，苟去此诗，则必入国史儒林传无疑。中夜徘徊，终不忍删之，宁不食两庑特豚。此事人多知之，亦竹垞平生一大关目，身后毁誉亦不一。然今日视之，则竹垞信不同凡俗，非同时道学家所可并论者也。

三百年前，道德标准与今日大异。狎妓非士大夫恶德，且为韵事。秦淮一隅，水软香温，流连其中者大半皆"名士"也。有"秦淮四嬺"，亦有"四公子"，遗事皆流传人口。《风怀》所咏之人如为妓女，则殊无妨其入儒林传，食冷猪肉。此必不可不知。其所以使竹垞中夜彷徨，踌躇莫定者，以其人为小姨也。

《竹垞集》乾隆中有杨谦为作注，盗姨之说即始于此。其实故事流传久已在人耳目，殊不必待杨氏发之。乃后数十年，更有山阴俞国琛者，撰《风怀镜》四册，为竹垞辩诬。用力极勤。其所考证，颇烦琐，所欲证定者，亦男女间细事，今日观之，殊人可笑。生活细节，乃劳学人辛苦考订，成书四卷，不可谓非好事。然此种事在昔日本为恒有，如易安居土之改嫁，欧阳公之盗甥，皆为考证家所津津乐道。何也？事涉阴私，况为名人，遂必欲一寻究竟，此一端也。“君子爱人以德”，而此等事皆封建社会视为莫大之“恶德”者。乃不可不辩，又其二也。饱食终日，无所用心，作无益事，遣此有涯。清代朴学家流，于文字狱大行之日，无所用其精力，乃群趋而为此业，又其三也。

《风怀镜》四册，嘉庆丁丑刊巾箱本。流传甚罕。十年前偶见于市上，首册已为人取去，盖拟购之而未决也。乃商之估人必为余索回，久而无耗。几日日过肆问之，凡十日，头本始归，终以重价买得。此亦少年好事之一端。今日回忆，如梦寐矣。然书则实秘，未更见第二本。因不辞琐琐记之。书订四册，不分卷，而于每册版心上各缀“齐心耦意”四字之一，以次甲乙。（孙殿起《贩书偶记》，不知此四字取自竹垞小词，遂致排比失次，亦以所见之本签条不存，遂不知第几册。）半叶六行，行十二字。上有书眉，缀以批语，盖仿高头讲章之式。前有赵大奎序，自序，凡例。赵学海、冯富春、陈庆仪、陈庆儒、陈庆倬等题词及自题词。后有吕善报、冯淳、冯富春、陈庆倈等跋。其体例亦有足述者。首册于序跋凡例之外，收《风怀诗简明新注》一卷，题“山阴俞国琛纂、赵学海参、吕以佺校”。第二册收杨谦旧注《风怀》二百韵全文，另添杏林新注，逐条批驳之。第三册摘录《曝书亭集》中诗、词、杂文之有关《风怀诗》者，如《闲情诗》《无题诗》《江湖载酒集词》，及竹垞妻父归安县儒学教谕冯君墓志铭，《亡妻冯孺人行述》诸文，各以所见，注于书眉。

第四册所收皆“静志居琴趣”也。于此可见其考证方法，亦殊细密。不废旁证，能于全集中钩稽索隐，比并而观，考事疑年，皆有凭准。为一诗而用如许篇幅，如许手脚，殊不多见，亦清人考证文字之一别格也。

俞君考证结论，及其撰书用意俱可于自叙中见之：

> 朱竹垞检讨《风怀诗》二百韵者，为琵琶妓王三姑作也。三姑于明末避兵，随其假母姊妹行，自山东流寓嘉兴，与检讨居同里，生同庚，两小无猜，早擅竹马青梅之雅。迨后年各长成，女貌郎才，复交相倾慕。中间人事参差，情悰秘密，天从人欲，遂此一段邪缘。盖尔时检讨为庶、为清门，学已富而家极贫也。名士风流，小德出入，诗家结习，绮语弥工。乃近人咸执定此时，以为盗小姨之据，墨守杨谦谬说，又从而附会之，必欲挤前辈为败坏伦纪之徒。……余今者不为检讨昭雪奇冤，心实有所不忍。此《风怀镜》一编所当急撰急刊，万不容已者也。……

读此小序，则国琛撰著初意，从可知矣。盗姨固不可，狎妓则“小德出入”耳。如此见解，与方东树等所见实同而尚少严。方氏意竹垞盗姨固非端行，然不删此诗，乃终不可恕。实持掩耳盗铃之论者也。俞氏先有此一见梗于胸中，遂致论事无不附会作说，有牵强不可通者，有极可笑者。如其坐定所咏之人为琵琶妓王三姑，即据“第一汉宫嫱”句，又集中曾有《题王女史画莲》一诗，遂坐实其人王姓。“三姑”则自“次三蒋侯妹”句推拟而得也。不知竹垞于“巧笑元名寿，妍娥合唤嫦”句固已确指其人名字矣。竹垞妻冯氏，名福贞，字海媛；妹名寿贞，字山嫦。本无可疑。乃国琛于此两句绝不置一辞。

俞氏又云：“今注《风怀》，于‘同移三亩宅，并载五湖航’下，引《冯孺人行述》，‘予授徒不给，遂南度岭。越二载归，则孺人徙西湖村舍。是冬复还梅里。’又注，‘先生有十一月八日《鹊桥仙》词。’今按原集《冯孺人行述》，西湖‘湖’字，却系‘河’字。不知杨公何故改为湖？……《鹊桥仙》当作于乙未。是年竹垞尚未度岭。迨归自岭南，已是戊戌。则所谓西河村舍者，当距梅会里不远。仍在嘉秀界内，必非杭州之西湖。若如杨注，《鹊桥仙》作于归自岭南后，复自杭挈家累还禾中，‘恰添了个人如画’，似此情形，非小姨而何？‘兰桨中流徐打，渐坐近越罗裙衩’，非盗小姨而何？”

此节辩杨谦误河为湖，是也。然为湖为河，俱无关大局。俞君又以《金缕曲》作于己亥，词中有两暑三霜字样，即云“明是五年”，上推而定《鹊桥仙》撰于乙未。是皆猜谜式之考证也。

竹垞《上元·木兰花慢》词下片云：“蛾眉帘卷再休垂，众里被人窥。乍含羞一晌，眼波又掷，鬟影相随。腰肢风前转侧，却凭肩回睇似沉思，料是金钗溜也，不知兜上鞋儿。”俞君批云：“众里被人窥，的是名妓怜才，不避假母姊妹行嫌怨，真正神气。若说作小姨，则不特冯翁不应有此无耻幼女，且一宅男妇，知情卖奸，有如此浊乱之家政乎？此理甚明，时流必欲诬陷，何也?”

此可为成见梗于胸中之道学家，处处看朱成碧之妙证。一样事实，两般结论，此事本不足奇也。

杨谦旧注，绝细密，然亦不脱旧注家牵强附会之习。俞君攻之，颇能揭露其用心之可笑处。二人各有目的，一欲证竹垞盗小姨，一欲证无此事。俞君勇于责人而昧于求己，而其弊实同，殆皆因有一叶障目也。俞说云：

“‘问年’两字，本不必注。……既引张诗以为乙亥之据……既引‘家语’，何不竟以己亥为准耶？盖因己亥是顺治十六年，竹垞年已三十一。恐所咏之女过幼。若追溯前己亥，则又在前明万历二十七年。大于竹垞三十，未免太长。故引张诗，认定乙亥，才可说到崇祯八年，较之竹垞生于崇祯二年者，恰小六岁；较之冯孺人生于崇祯四年者，恰小四岁，非小姨而何？……”

此段剖析，确可看出杨谦做注用心之“苦”。

尝论竹垞于明清易代诗人中，为能有风义者。集中不削旧作有干新朝大忌之文，如张宗观、祁班孙等皆以清初大狱，或论死或流徙，然与竹垞往还及誓墓之文，固皆在《曝书亭集》也。不删《风怀》者，不能忘情于旧欢也。必珍惜此一段少年恋情，使附《曝书亭集》而常留天壤，不计人间之笑骂。此在封建社会，自是大勇者所为。奈何俞君不识此义，撰四卷书，哓哓辩之不已，能勿为竹垞地下所笑乎？

竹垞此一段公案，引起后来多少议论。有清一代，论者不绝。兹少录一二，以殿此文。商宝意（盘）《论诗截句》云：“秀水香名数十年，曝书亭集万人传。自遗名姓儒林内，半为当时赋洞仙。”袁枚云：“尼山大道与天侔，两庑人宜绝顶收。争奈升堂寮也在，楚狂行矣不回头。”又有人有《感事》诗云：“皕韵诗成两庑轻，惟将恩爱了平生。长芦自有千秋业，翻被风怀受重名。”诸家意见，历历如见。欲知封建道德作用于社会及产生之影响，与士大夫思想变幻之微妙隐曲，不可不注意此种。事虽琐细，亦不宜忽视也。

癸卯春

汪景祺遗诗

——跋《读书堂诗集》稿本

偶于书肆架上抽得旧写本二册。黑格，板心题《读书堂诗集》，上下卷，不著作者姓氏。前有朱彝尊（康熙辛巳）、毛奇龄、章藻功、张大受四序；又吴廷桢、王誉昌题词。以书手风气及纸墨断之，写成殆在康熙中，为清写待刻稿本。归来遍检《曝书亭》《西河》《匠门书屋》诸集，皆不收《读书堂诗集序》，甚可怪异。偶忆故宫博物院《掌故丛编》曾刊《读书堂西征随笔》，为钱塘汪景祺撰，疑此诗集或亦汪作。乃发箧摊书，并细绎原集，排比证定，终得确知此即汪景祺集也。为之大快。其间琐琐，可资谈助。因为跋之。

按：汪景祺，原名日祺，字无已，号星堂。浙江钱塘人，户部侍郎霦之次子。礼部主事见祺之弟（见祺字无亢，康熙己丑进士），康熙五十三年举人。雍正二年游陕西，以书干抚远大将军年羹尧。年得罪，抄没。浙江巡抚福敏、杭州将军鄂弥达搜年家，得汪所撰《西征随笔》上之。其原奏略云：

"臣等公同搜查年羹尧内室并书房，橱柜内书信并无一纸。随将伊家人夹讯。据供，年羹尧于九月十二日将一应书札尽行烧毁等语。及问年羹尧，供词无异。臣等再加细搜粗重家伙，于乱纸中得抄写书二本，书面标题《读书堂西征随笔》，内有自序，系汪景祺姓名。臣等细观，其中所言，甚属悖逆，不胜惊骇。连日密访其人，至十月十六日始知汪景祺即钱塘县举人汪日祺。……"此景祺即日祺见于官书之明证也。雍正朱批云："若非尔等细心搜查，几致逆犯漏网。其妄撰妖辞二本，暂留中摘款发审。尔等凡经目睹之人，当密之，勿得泄露。"（《雍正朱批谕旨》）是福敏等搜得《随笔》，深获雍正奖誉，然亦戒之勿得轻泄，是《随笔》所言，必有大违碍处，使雍正为之痛心疾首也。原书被封锢于懋勤殿箱中，二百年后重显于世，雍正题册首云："悖谬狂乱，至于此极。惜见此之晚，留以待他日，弗使此种得漏网也。"切齿之声，似至今犹清晰可闻。

萧奭《永宪录》记"汪景祺伏诛"云："景祺康熙癸巳举人，雍正二年至胡期恒任所打抽丰。因得交年羹尧。……律以大逆不道立决枭示。妻子发黑龙江披甲人为奴。期亲兄弟叔侄革职，发宁古塔披甲人为奴。编修汪德荣、汪受祺与焉。……景祺之妻，巨室女也（一云，大学士徐本妹）。遣发时，家人设危跳，欲其清波自尽，乃盘躃匍匐而渡，见者伤之。……"如记年羹尧九十二大罪，其三为："汪景祺《西征随笔》，见者发指。羹尧亦云曾经看过。视为泛常，不行参奏，大逆之罪三。”又秀水沈叔埏集云：“会丁未，浙人以汪党之狱，诏停会试。”（《书椒园臬使所作族兄沈泰叔传后》）丁未为雍正五年，查者查嗣庭也。是为此案始末及后果一二。其在当时，固一极尽残酷之大狱。不徒身遭大辟，罪及妻孥，旁及亲党。即浙江一省亦牵连而停会试，影响可谓深巨。知此，始可恍然于朱、张诸集之削去序文，而景祺相与倡酬极密之查德尹（嗣瑮，嗣庭之弟）《查浦诗抄》中绝无一字及无已，其故亦从可知矣。

原书不题撰人姓氏，然有数证，确可知其即景祺之作。《放歌行》有句云：“岁在壬子十二月，汪生忽到人间来。”知作者自道姓汪，又生于康熙十一年壬子腊月，下推至雍正二年，正五十三。《西征随笔》前序云：“余今年五十又三矣。”序撰于雍正二年，恰合。又《随笔·诙谐之语》条云：“癸未八月，余出都门。宗人份字武曹，士鋐字文升，灏字荇洲，绎字玉轮，棪字安公，醵分相饯。家无亢兄庚戌生，玉轮兄辛亥生，安公兄与余俱壬子生而月份少长于余。玉轮指余曰，无已壬子生，安公似小一岁。”此条道作者身世甚悉，亦可为显证。

此集诗之有纪年者，始于康熙三十六年丁丑除夕，迄于四十年辛巳七夕，前后所收凡六至八年中作。又无已先曾刻集八卷，见集中呈竹垞诗。章藻功序亦言：“卒读全编，合观六卷。”大受序更云：“刻所著诗七卷成。”凡此，殆皆旧刻三十岁以前诗。忆《北平图书馆善本乙目》中曾著雍正刻汪日祺《读书堂诗集》，疑即前刻之本。又集中有哭朱文盎诗（竹垞子），又存康照庚辰湖上陪竹垞、西河两先生游宴诗甚富，按之《曝书亭集》，一一俱合。《曝书亭集》卷二十，有一题云：《八日汪上舍日祺招同诸公夜泛五首》，其“日祺”二字，少后印者往往铲去，是皆印于雍正三年以后之本。又竹垞曾向汪氏假宋元史籍，赠谢诗云“临当分手寺门别，重为借书倾一瓻”，亦不见《竹垞集》中，殆亦因避忌而削去者。韩菼《有怀堂集》有《读书堂四世合稿序》，初集、前、后、正集诸序尚存，其后更有一文，全部铲去，目中尚存读书堂三字，或亦无已著作之序，今惜不可知矣。文网之密、避忌之苦如此。

此二卷诗中相与往还朋辈有尤侗、骆时亮、吴山抡、王露湑、胡元方、顾圣求、徐虹亭、钱治人、庄书田、查德尹、吴尺凫、许不弃、顾侠君等，皆一时名彦。其胡元方即守藩秦中名期恒者，《西征随笔》首列“与胡别驾遵王字”即其人也。与无已为旧友，此集中多存往还酬倡之什。胡名列年党第一，然竟未论死。江都程梦星《蠹余集》前有期恒序，撰于乾隆丁卯，时已七十七岁老人矣，别号“复翁”，殆以纪念幸脱年狱也。丁卯上距年狱之起，已二十二年，期恒流寓扬州，与程午桥、马嶰谷、半查兄弟等花月同游，把酒赋诗，不可谓非厚幸。梦星有《寿复斋》诗，略云：“先生才望震宇内，亦复多忌遭迍邅。忠能格主乃见白，诏许请老归田园。放情邱壑事游燕，时借诗酒全其天。”云云，可见期恒晚节一斑，惜其何以脱难终不能详。

无己诗颇不恶，有奇气。置于清初诗人中，亦当是一作手，章藻功序称其“出语必惊，愤激穷愁”，与《随笔》自序所谓“自问生平，都无是处，忆少年豪迈不羁，谓悠悠斯世，无一可与友者，骂坐之灌将军，放狂之祢处士，一言不合，不难挺刃而斗。……世人皆欲杀，其信然矣”者，皆可为汪诗注脚。有《舟次虞山过牧斋先生故居》四绝，中有故实，因摘录三首，以见一般：

> 影堂深树雨萧萧，苔闭重门久寂寥。管领眼前新俎豆，不堪回首望南朝。
>
> 廷野争传谢傅名，出山可是为苍生？疏桐叶落空阶月，疑是尚书旧履声。
>
> 燕许文章屈宋才，岂无麦秀黍离哀。余生且缓须臾死，为录成仁事实来。

末首有小注云：“先生有《成仁录》，载死事诸臣甚详。”其于牧斋亦不无微词，此亦清初人泛常议论，无己之得罪则殊不因民族意识也。《随笔·周锺项煜之死》条云：“闯贼于三月十九日破京师，煜于四月十八日至金陵，福王称伪号……”是不独仇视自成，且视南都小朝廷为伪朝，是固奉大清为正统者。《随笔》中多记吏治、考选故事，虽多刻露之语，然初意亦不过为新朝画策耳，然竟以此遭显戮，殆非始料所及矣。其最触目者，当为下列一诗："皇帝挥毫不值钱，献诗杜诏赐绫笺。千家诗句从头写，云淡风轻近午天。"此等语安得令皇帝见之而不发怒乎！

孙殿起尝撰《清代禁书知见目录》，所著凡千百种，皆禁网所及，或存或毁之册。为板本目录学之绝业。此戋戋二册书，不徒得漏清帝之网，且为孙君所不及见，岂不大可珍重耶？遂不惮缕缕记之如此。

癸卯岁暮

关于金冬心

对于“扬州八怪”之一的金冬心，一直有着颇浓厚的兴趣，比起其他七位来要更浓些。冬心有着许多种身份，画家、书家、诗人、赏鉴家……一直到古董贩子。我对他的兴趣，却正好与这个序列相反。冬心画的成就是高的，是文人画发展到甚高境界的产物。不过这不能与专业画家相提并论。一般地讲，他的画要靠他的题跋才能站立起来。读冬心的画，花在吟味题诗和画跋上的时间，一般要比看画来得多得多。他的题跋，无疑是继承了东坡、山谷的路子的，不过内容与感慨更丰富，更多样，也更新。同是封建社会的士大夫，前者生活在北宋，后者却是生当雍、乾之际——已经到了封建社会末期最后一个“盛世”了。这中间的差异是鲜明的。

冬心的字是有特色的，不过我对他那著名的“漆书”，兴趣也并不太大；倒是那种从《天发神谶碑》出来的行书，别有姿媚，成就甚高。我以为当在其画之上。冬心的诗，照我看来并不能算是怎样了不起的，是一种宋诗的流衍。挤在他的同时侪辈中间——厉樊榭、丁敬身、吴鸥亭、杭堇浦……——也并不显得特别高大。

多年来我搜集冬心集，只偶然得到过一册四卷本的《冬心先生诗集》，是雍正刻本。诗，如上所说，我是不懂的，但那刻工却精绝，大字写刻。每卷后都有“雍正几年雕于广陵般若庵”的篆书双行牌记。前有小像，出高翔手，也是“八怪”之一。这书是竹纸印的，已经明丽非常。记得记载中说起冬心有用宋纸、明墨印的本子，那将是怎样的神采，简直不能悬拟。一九五四年顷，郑西谛南游，旧书店纷纷搜罗一些书给他看。我在“来青阁”中见到冬心著作数种，一起有五六册。那真是见之眼明，本子大小不一，却都只是薄薄一册，记得有的还是罗纹纸印的。雕刻之工，在清刻中可以说是无与伦比。墨色之佳，使人惊心眩目，如对宋人法书，每种都有冬心自用印记，名目记不得了，大约是“冬心先生续集自序”“冬心先生三体诗”和“画竹题记”等吧。因为是“给郑先生留的”，所以未能买得，多年来一直不能去怀。后来又得到汪启淑的《集古印谱》，每卷前有冬心题签，是木刻，但下面却钤着“寿门”二字白文联珠小印。在记墨的著作中，又见到藏墨家珍重著录“冬心先生五百斤油”的名色，和明墨一起受到重视。不记得从什么地方看到的了，冬心制黑，如何讲求墨法，甚至用前明旧墨碎块杂入和剂。想起儿时写字所用坊间劣墨，也有“五百斤油”的名色，不禁微笑。冬心自制墨已极少见，但那名目却还存于坊间，历百余年而不绝。足证其为头等名牌货无疑。凡此种种，都使我形成一种印象。金冬心此人不只是画家、诗人，实在还是一位最能理解、欣赏，并在某些方面实践、创造了封建文化高峰成果的人物。当然，他玩的都不过是“小玩意”，他没有造什么宫室、楼台……但不要忘记，他不是地主，也不是官僚，甚至连功名都没有。他不过是一个卖画为生的“处士”而已。

我对金冬心发生兴趣，就是从这里开始的。

龚自珍为冬心的诗友杭世骏写过一篇《杭大宗逸事状》。中一节云：“乙酉岁，纯皇帝南巡，大宗迎驾。召见，问汝何以为活？对曰，臣世骏开旧货摊。上曰，何谓开旧货摊？对曰，买破铜烂铁，陈于地卖之。上大笑。手书‘买卖破铜烂铁’六大字赐之。”

杭大宗是在上了一个“朝廷用人，宜泯满汉之见”的奏疏以后，碰了大钉子，差点被杀头，从宽“放归田里”的。这正是吃了鲁迅先生所说的“隔膜”的亏的一例。上面所记的一段君臣对话，却不失为有趣的资料。皇帝的掩盖着杀机的轻薄，杭大宗的隐藏在滑稽后面的严冷，都跃然如见。用白描笔法写出了这一尖锐斗争的龚自珍，不愧是高手，应该称赞为“得太史公衣钵”的。

什么是“买卖破铜烂铁”呢？那当然不是搞什么“废品回收”；更不可误会为前翰林杭大人会在杭州什么地方摆地摊。实际上就是说杭大宗在做古董生意。其实也不只是大宗，丁敬、金农也都是做这生意的，不过不像大宗那么阔气，没有皇帝手写的“招牌”。这三位（当时还可能有其他的人）的贩古董，在当时并不是秘密，也不算“恶行”，无损于他们诗人、高士的身份。不过后来时日既久，情况逐渐变化，人们只记得他们是史学家、金石家、画家，好像高雅得了不得，完全忽视了他们生活中的这一重要侧面。其实任何人必须吃饭才能生存，这是一条古今不易的真理，金冬心不是仙人，不能靠吸风饮露过活，也是十分明白的。我很想就此进行一些研究。曾经收集了一些资料，并从冬心同时人的百来部诗文集中搜寻排比了一部《金冬心年谱稿》。但不幸这些都“迷失”了。但当时的感想却在，还剩下几张资料摘抄的草稿，现在就据此写下些零碎的感想，但距离学者的研究，那可是差得远了。

促使我动笔的另一原因，是最近有机会看到罗两峰《冬心先生蕉阴午睡图》的真迹。这是一张名作，真是神态宛然，曾经有过复印本的。可惜只印出了原画本身，上方的题诗却略去了。而这里就正保留了有关冬心的重要资料。

按《午睡图》上方有沈大成、丁敬两题。沈题是：

冬心先生既化去，弟子罗君两峰以《蕉林午睡图》乞诗，为赋一篇，哀亡友，兼义罗君焉。……乾隆癸未孟冬之月，日在角，沃田学人沈大成。

下钤“臣大成印”（白文方印）、“学子”（朱文方印）两印。诗可能收在《学福斋集》中，今不录。再下面就是丁敬的题，行草书：

老友冬心先生，平生无戏言，无媟语，并无一粗鄙语。吟诗鉴古，绰然古人。独于分桃断袖之爱，则焕漫而不能割也。适见其《蕉林午睡图》，出其诗弟子罗两峰之笔。神态宛然，岂独貌似哉！后有侍史偎蕉根，得鼾齁状，正先生所称明僮辈已。因以二十八字题而戏之。武帝英主也，东方以俳调咏柏梁，辄受上赏。知吾老友当不重怒耳。

蕉鹿光阴合眼空，休嫌午睡欠惺忪。多情赖有雄神女，慰藉先生一梦中。

砚顽翁丁敬并书于东城僧舍。乾隆壬午七月二日。

下钤“敬身”朱文联珠印。

丁钝丁题诗在乾隆二十七年壬午，东城僧舍可能就在扬州，此题冬心是曾亲见的。转过年来，冬心逝世，就在当年，罗两峰又请沈学子题了诗。丁诗的确开了很大的顽笑，也为冬心生平勾出了另一个侧面，过去人们是很少知道的。这虽然不大光彩，但却是事实，没有法子想。这种事，老朋友公然拿来题在肖像上，本人和弟子罗两峰看了都不以为侮，仅此一端，也可以看出当时的时代风气，老实说和“弁而钗”流行的晚明并无什么两样，那种“世纪末”的风习又复活了。经过了“扬州十日”“嘉定三屠”后不过百十年，生活在“天堂”里的人们就又陷入了醉生梦死之境。这事实委实可惊。只有在苏州、金陵、扬州这种鱼米之乡、财赋重地，而资本主义经济又获得相当发展的地区，才会产生诸如此类的腐朽的生活现象的吧。

云中鲍诊辛浦，有《道腴堂全集》。这是一个值得注意的人物。他可能是满洲人或汉军旗人，未详。康熙乙未任长兴令，三年后被劾解去。雍正辛亥，再令长兴，在这个地方一直作了二十多年的官。他喜刻书，多与当时名士往来。金农就是他的好友。《道腴堂续杂著》（有乾隆五年自序）中有《跋冬心先生诗集》文，又《金寿门所制镫赞》文。这里所说的镫，是冬心自己设计、制造，非常精致的手工艺品，镫上的书画，可能出于冬心及其他同时名家之手。记得冬心曾托袁枚为他向豪门巨室兜售，此种镫索价颇高，显然含有“打秋风”的性质。鲍诊又有《与金寿门书》一通：

嘉平十有八日，钐白寿门足下。乌程筵上一别，瞚息十阅月矣。乏月初有渡江之役，刺促于龛赭两山间，衣不解带者七昼夜。罄一岁养廉所入，委诸胥母之场，仅告无过而已。中秋前复有四安奸尼，挟嫌告密。诬罔罗织三十六人，列以天罡之谶。致使羽书旁午，兜鍪执锐者相望于道。按籍捕捉，逮系郡城。守令会鞫，五旬始定爰书。舟子隶卒、舆台胥靡辈，皆仰食于仆。米日一锺，如填巨壑。薪蔬油烛之费，倍溢中人之产。宦囊羞涩，何堪支此。前承谆谆劝勉，以不朽之事相期，不敢自暴弃，已排纂《诗编》，刊成二十卷，夏秋之作，亦第入焉。自序一篇，略悉端委。异时倘得流播艺林，盖皆足下之赐也。月朔十日，载扬褰裳过从，知足下尚旅食淮扬，豪情盛致，自多倾倒。第天宁佛火，萧楼明月，在昔渔洋凭眺怀人之地，今喜风骚接迹，后先辉映。不识画溪漫吏，得一邀雅人注念，如佛壮液仙阿酰诸公否？然颇闻足下，炙毂之次，訾议鄙刻。未审何由即知。谨装辑一帙，附载扬转献。妄冀与巨集竞胜于一时，其如析杨皇荂，难以媲美大雅；兔园字画，殊非说文宋椠之匹。而且帝虎晋豕，舛讹未雠，松液烟煤，工力不敌。虽则夸多斗靡，终不免小巫色沮。奈何，奈何！足下久客名区，著作必日益富。研田当益获良材。传有千金待价者，其信然耶？但恐高赀富人，鲜谙墨稼，卒不肯以盐筴相易耳。朱郎楚材，小臧小鹊，均稔无恙。洪乔便旅，数望惠书，言不尽意。钤白。

这封信写得相当诙诡，但提供了很好的资料。需要说明一下。鲍钤和冬心是旧友，冬心曾经多次到长兴去，得到鲍钤照顾，是他早年“旅食”的座主。后来冬心久居扬州，形迹少疏，两人中间也积累了一些矛盾。信的开始大谈宦囊羞涩，是有用意的。下面说刻诗集，就是鲍钤自己的《道腴堂诗编》，此集有一大叠之多，可惜未曾细读。宋体字刻，是当时的一般刻本，说不上精工。比起冬心的自刻集，那是差得远了。信中所说字画不如宋椠，及松液烟煤云云，都是实指，是就两家集书手、雕工、纸墨的比较而言的。所说冬心曾讥刺鲍钤所刻书，不得其详。恐不只是指摘刻工的优劣。最后提到冬心有“千金待价”的砚材，就明确指出了所贩古董的品种。而且说明买主只有盐商，而盐商又不够风雅，怕不肯以盐筴换石头。话说得很有些波俏了。至于朱郎楚材、小臧小鹊，则是冬心身边的明僮无疑。

鲍鉁此信透露，冬心在扬州的古董生意，也并不十分如意。乾隆中杭州诗僧、冬心的朋友明中的《烎虚大师遗集》中，有一首《问寿门疾》，说得更是分明：

> 先生穷且老，况复病扬州。旅巷荒人迹，乡音引客愁。墨梅花鬻尽，高士榻空留（先生藏一榻，自谓云林故物）。握手又分手，何堪在晚秋。

这是烎虚在扬州探视冬心后所作。其贫病之状，灼然如见。所卖古董的品种，我们又多知道了一种未能脱手的所谓倪云林的高士榻。看诗注的语气，这大抵是假古董，连烎虚也不大相信的。

故宫博物院藏有石涛几通手札，谈到他当时卖画的种种，也是可以对比参看的好资料。时代相去虽有三四十年，但扬州画家的卖画生活，大抵相去不远。都是非常可怜的。这些名画家只是在身后，才身价百倍；在当时，则完全是被侮辱、剥削的脑力劳动者。

冬心当时相与的著名盐商，又颇为“风雅”，喜藏书，做诗，刻有诗集的，是马曰琯、曰璐兄弟。当时在他们周围，集合了大量的“名士”，这中间著名的是厉鹗、陈撰，就都是冬心的诗友，都是杭州人。江都是从江南北上京师的“中转站”，名士们都要在马氏兄弟处受到招待、馈赠，再启行赴京，回程也是如此。他们刊刻著作，也从这儿得到资助。当时的杭州，在经济地位上已经比不上淮扬。除了南北交通枢纽这一重要地位之外，经营两淮盐业的官商都聚集在扬州。文化照例是最敏感的上层建筑晴雨表，在经济最发达的地区，文化也最为繁荣。不用说，这种高度的封建文化是建筑在被剥削迫害的广大劳动人民的痛苦上面的。

一种非常鲜明而有趣的迹象是，一些著名的江浙文士，都被吸引到扬州来了。像厉鹗，这位第一流的杭州诗人、词人、历史学者，就是被经常吸引到扬州来活动的。像冬心，就索性被吸引到扬州来定居，最后死在这里。像姚世钰（吴兴人，他的《孱守斋遗稿》，就是鲍钞代刻的）、陈皋（杭州词人，《春凫小稿》《查莲坡全集》都是他手书上板的）这些虽然不太知名，但却有相当重要文化活动的文士，也都与扬州有千丝万缕的联系。这只是就记忆所及偶举数例，如果聚集资料，好好研究，是肯定会有更多更重要的发现的。

扬州的经济界上层人士，也不只是马氏兄弟而已。如刻印著名的《笠泽丛书》《南宋诗选》等书的陆钟辉，就又是一个。陆钟辉自己也有诗词集（《放鸭亭小稿》），不过“雅人”是照例不会将如何经商之类的活动写入诗词的，所以他的具体身份还不清楚，我怀疑他可能也是一个盐商。

盐商之外，就是官僚。曹寅、李煦的前例不必说了。在冬心活动的时代，驻节扬州的著名大官有卢雅雨。他写过一组《虹桥修禊诗》，邀请在扬州的大批名士饮酒赋诗，一时和者极众。翻开雍、乾人的集子，往往会发现有一组和诗。

这种“主持风雅”的大官僚在文化上所起的推动作用，也是不容忽视的。他们不但财力雄厚，还掌握着统治权，地位比起盐商来高得多，他们有些人本身就是学者、文士，喜欢以“风雅总持”自命，龚定庵有两句诗：“一事飞腾羡前辈，升平时世读书官。”就是说的这些人。皇帝对这些风雅官僚自然也是满意的。他们鼓吹升平的一套工夫，归根结底是对封建统治者有利的。试想有那样一大批知识分子都在这些能干的官僚率领之下，整日价饮酒赋诗，不再捣乱，该是多么理想的局面。不过也有坏了事的，那是别有原因，与风雅无涉了。龚定庵在《咏史》中所暗指的南城曾宾谷（燠）鹾使，就是一例。“牢盆狎客操全算，团扇才人踞上游。”就活画了围绕在盐政身旁的盐商、胥吏、墨客、骚人熙熙攘攘的气氛。坏了事的原因，“避席”一联说得清楚，不过事实不易确指。

在这一大群熙熙攘攘的各色人等当中，冬心不可能不是寂寞的。《红楼梦》写贾政身边单聘仁、山子野等一大群清客，其中就有冬心的影子在。卢雅雨“虹桥修禊”座上，金寿门是有一个座位的，不过也并不怎样突出，聊备一格耳。板桥题画中曾引了冬心题墨兰的两句诗：“苦被春风勾引出，和葱和蒜卖街头。”确是说出了诗人自己的心事。板桥解释道：“盖伤时不遇，又不能决然自引去也。”又说：“使当事尽如公等爱才，寿门何得出此恨句。”板桥说得不能算不对，他的确了解冬心，正因为他是了解他自己的。不过，郑板桥到底说不清楚生活在十八世纪的金冬心这两句诗的真正特色。“伤时不遇”，这是不错的，这几乎是封建社会诗人的“永恒”主题。重要的不在指出这一普遍性的主题，而在说明其新的、不同于过去的时代特色。金冬心唱的不是什么“不才明主弃”之类的老调，他将自己比作和葱蒜混在一起摆在街头摊上的兰花。特别是那个“卖”字，他费力地迸出了几千年封建社会诗人藏在牙缝里不肯吐出的字眼，真是确切极了，尤其是在生产关系发生新的变化的那个时代，那个社会。

“浙东畸士”的金农，离开了家乡，离开了杭州，而秀州，而长兴……最后来到了扬州。他多么希望能在这个花花世界里扎下根来，安身立命，用自己的劳动养活自己。他付出了努力，也得到某些部分的成功，但看来到底还是失败了。这是一个漫长的故事，要近二百年才是尾声。冬心只是参加了序幕的演出，不过他是一个十分出色也很有特色的演员。

一九七八年

藏书题跋

离骚草木疏　四卷

此《离骚草木疏》四卷，四明范氏照宋板录出者。写手颇精。余得天一阁钞本书多矣，未见有精写如此册者，是可珍也。“卧云山房”为范子宣斋名，卷中范氏钤记多至七方，亦可见珍重之至。今夏余来京师，数过琉璃厂阅肆，却绝少佳本可得。一日于藻玉堂主人许见此册，诧为异本，问价不答。继乃知为雒某之物，不欲出售，亦姑置之。今日又过之，终以五十万金得之。戋戋一册书，费钱如许，殆有计叶论钱之势。书痴如此，可为一笑。来京一月，只买书四五册，而以此为白眉。此外则鲍校东山、淮海两家词，洗桐斋旧抄《竹友集》亦不恶也。后日南旋，临行得此以压归装，喜而识之。壬辰七月十六日。

郑梁《讷庵范公传》云：“讷庵范公，讳大澈，字子宣，又字子静。从仲父兵部右侍郎钦游京师，官鸿胪寺。月俸所入，辄以聚书。闻人有钞本，多方借之。长安旅中，尝雇善书者誊写，多至二三十人。万历庚戌九月八日卒，春秋八十有七。所著有《灌园丛谈》《卧云山房遗冀》……”此册用细白皮纸精写，当在嘉靖中也。卧云山房钞本书世罕流传，只见周叔弢丈许有刘宾客集一种耳。壬辰十月初二日。

去年岁末，访书四明，又得卧云山房钞本医方一厚册，残蚀已甚，当同装并储之。医方中颇多秘药，皆详记药味、剂两、炮制、施用之法，各有名目，按之明末小说，多有合者。知皆非向壁虚造，而晚明社会风气固如是也。癸巳正月。

《草木疏》庆元六年罗田县庠刻本后归海源阁，今在北京图书馆。十二行，廿字，较此多一行。知此系从宋本出却非影写也。此本有“知不足斋主人所贻，吴骞子子孙孙永宝”白文长印（此戴殿泗印），知旧曾藏知不足斋。以之刊入丛书，殆亦未亲见宋板也。辛亥冬日重跋。

按《离骚草木疏》四卷，题“通直郎行　国子录河南吴仁杰撰”。皮纸，黑格。半叶十一行，行二十一字。板心下有“卧云山房”四字。长卷头。卷尾用半叶八行黑格纸录“庆元岁丁巳四月三日通直郎行国子录河南吴仁杰书”序，“庆元庚申中秋日河南方粲敬识”跋，又校对、校正等衔名三行。收藏有“范印大潵”（白文方印）、“子宣父”（白文方印）、“卧云”（朱文圆印）、“万书楼”（白文方印）、“平生乐事”（白文方印）、“沧瀛外史”（白文方印）、“范大潵图书印”（朱文长印）、“知不足斋主人所贻吴骞子子孙孙永宝”（白文长印）。

通典

壬辰之冬，余归自京师，得佳本不少于石麒许，盖皆自绍兴甬上来者。林集虚闻讯，亦挟旧本来沪售之，余展转得见于石麒许者，有明抄残本最多。如《册府元龟》《文苑英华》《说郛》《御览》等，皆大部书，无所用之。只得天一阁钞本数种耳。今日乃又见此，写手极精，展阅忘倦，遂又发兴买之。计存卷百五十五至终，凡四十六卷。此书宋椠尚存，元板则只有详节四十二卷。此钞系从大德本出，可备《通典》异本之一。钞手亦旧，当在嘉靖墨板之前也。十月廿七日灯下记。

案此皮纸大册，明人精写。黑格、蓝格皆有之。半叶十四行，行二十六字。卷尾有王虎跋："朱文公言，礼乐制度、天文地理、兵师刑法之属，皆世道所需，不可不习也。圣门以致知格物为先务，而湖学立治事斋，讲求水利算数等事，意正有在。不然，士会不知殽烝孟僖不能答郊劳；又如太宗问礼乐，房魏不能对，皆终身恨。此杜氏《通典》为有功也。大德丁未春，蜀杨侯应发守临川，嘉惠后学，得善本，刻诸郡庠。正录王舟周端礼偕所隶学院，鸠工惟谨。计二百卷。至大戊申仲冬，余来为杨侯代，首谒孔庙，访所刊梓，乃犹未濡墨。敦勉诸老，重加校勘，于是得为完书。凡我士子，弦诵之暇，取是书而讨论之，皆有用之学也。岂小补哉。嘉议大夫、抚州路总管、兼管内劝农事、符离王虎英雄甫跋。"

吴越诗选 二十二卷

此《吴越诗选》存卷五至二十二，亦山阴祁氏寓山遗书也，估人与祁奕喜手评选本《唐宋古文》同持来者。传本至罕，所收大抵皆明亡前后十年中诗。“冠山堂”，亦寓山一境也。魏耕慈溪布衣，为祁六公子所结客，以谋故国兴复，事泄被逮。祁氏因以破家。此卷中梅村听卞玉京弹琴歌后钱允武跋云，“甲申后十年矣”；七律祁班孙诗题亦有“丧乱以来，不觉十载”之语，因知此集编刻当在顺治十年顷。更八年辛丑而班孙被祸矣。此本每半叶九行，行十九字。白口，左右双边。版心下有“冠山堂”三字。题“慈溪魏耕雪窦、山阴朱士稚朗诣、归安钱缵曾允武仝选”。毛订五册。祁理孙《奕庆藏书楼目》有“《吴越诗选》二十二卷，明朱士稚等选”一条，当即此本。卷一之四一册佚去，今不存矣。寓山遗藏，历劫更出，当珍护之。甲午春日。

此书分体选诗，卷二十以后为“艳体诗”“方外诗”“名媛诗”。钱谦益诗唯见“艳体”，收《次柳如是》《六月七日迎河东君于云间，喜而有述》《有美一百韵，晦日鸳湖舟中作》等，又赠陆孟珠诗，皆崇祯十四年前后作。“名媛诗”收柳如是诗七首，朱朗诣评曰“如是骨理皆妍，故是艳宗”。此外所收多半祁氏闺中著作，商夫人下，有张德蕙字楚纕，彪佳长妇，祁理孙室；朱德蓉字赵璧，班孙室，彪佳次妇；祁德茝字湘君，祁德琼字修嫣，皆彪佳女。乃不啻祁氏闺集也。方外一卷首苍雪诗。《南来堂集》中有《答魏雪窦见赠次韵》诗，腹联“一州用武全无地，九郡徵诗独擅场”，当即指此选而言，且暗说白衣奔走联络山海之事。清初选诗风气甚盛，颇疑非只扬扢风雅，主旨乃别有所在。寄故国兴复之思，掩联结声气之迹，皆借选事行之。入选诸诗，大抵故国遗民之作，间附评语，亦颇有关作者身世，有裨考史，盖不徒以存诗重也。余书当十日后继至，姑先记此。甲午春三月初十日。

今春余于硖石人家得费景韩（寅）抄稿本，中有记魏耕事者，殊详尽，因附著之。乙未春分。

魏雪窦为东门令史凌祥宇赘婿。联络山海，思得一当。与思谿钱缵曾允武为密友。时允武、雪窦通书于延平，为孔孟文首告。初时孟文尚图讹诈，故舛其名。以钱允武为钱云五，魏雪窦为魏西斗，潘龙基为潘伦吉。浙抚以无其人覆部。时顺治十八年辛丑夏也。而钱、魏不知省，未及行赂于孟文。越半载，遂易真名，注明地址。行镇浙将军柯奎密拿矣。是年十二月，将军发旗下披甲五百人掩至，魏、钱已先逸去，仅执龙基赴杭。允武跳身至晟舍闵氏，留一宿。闵兄弟俱连坐，庾死于狱。又至南浔朱少师文肃之孙某许，遂被执。朱亦坐绞。雪窦遁之山阴祁氏，为逻者缚去。三家皆籍没，妻子流徙。次年壬寅，康熙改元之二月，钱、魏、潘三人皆被惨法死于杭。祥宇坐绞。复株系允武之族人价人，亦论死。右据潘居贞《菊旃日记》及无名氏《湖城大狱记》二书，述其大略。价人有《河渭间集选》十卷，魏耕白衣为之序。白衣著《息贤堂集》，前有自序，曾见刊本。

此《吴越诗选》卷前所列选者三人，魏、钱皆以不良死，只朱士稚以疾卒于家，时在庚子冬日。朗诣与张宗观交善，宗观字朗屋，世称“山阴二朗”者也。朱彝尊与朱士稚、陈三岛、祁班孙、魏耕、钱缵曾后先凡六人交，往来吴越，以诗古文相砥砺。士稚身后，彝尊为撰《贞毅先生墓表》，历叙六人交游始末，不敢著魏、钱名字。但于《墓表》中记：“又明年壬寅六月朔（案此与前引费寅所记不合，当以此为正）二人（指魏、钱）坐惨法死，祁子亦株系戍极边以去。当予与五人定交，意气激扬，自谓百年如旦暮。何期数岁之间，零落殆尽。……呜呼，死者委之乌鸢狐兔而不可问，徙者远处寒苦不毛之地，幸而仅存。如余又以饥寒奔走于道路。然则人生相聚，岂可常哉！”此文最见性情，所存史实亦可重。知竹垞少年时亦尝从事故国兴复之业，不死仅存，后终应鸿博之荐，入仕新朝。其题都下诗为《腾笑集》者，盖感念死友，不能不潜兴《北山移文》之叹也。晚年手订《曝书亭集》，不删此墓表文，诗集中亦收庚子《梅市逢魏璧（即耕）》七古，己亥与祁五、祁六分韵，迟士稚不至诗，辛丑《饮士稚墓下》诗，癸卯《梦中送祁六出关》诗，皆缅怀故交，良心未泯之证。戊戌七月廿四日，灯下读《曝书亭集》，重为跋此。

读长乐郑氏书目，知有此书，亟函应弟京师为补抄序例。

今日书来，知此书前当有云间社盟弟吴懋谦六益序，又朱士稚、魏耕、钱缵曾三序，又“凡例”十一则，其文甚繁。此本所失之卷一为乐府诗、四言古诗，卷二、三、四为五言古诗。郑藏外人间恐不复有第三本矣。序例所言，颇见明清易代之际清流议论，似惟恐其选之不备，致人不满者，于钱牧斋、吴梅村、龚孝升、曹倦圃等尤着意，别为一条论列之。似朱、魏等不避新朝斧钺而翻于此数人别有戒心，其故可深长思也。甲辰三月初一，雨窗记。

清初诗词总集编刻之风甚盛，禁毁之余，稀如星凤。以所选皆同时人著作，选者又别具手眼，尤重发抒胸臆之篇。社会情形、人民议论，遂往往可见。诗人中多有名姓翳如、遗集湮没，赖此而仅存者；即大家名集，亦有早岁诗文，晚年刊落之作，见于总集。即未删落，字句亦多有违易。此不徒可见文心之细，更能窥时世避忌之所在也。此选中此种甚多，兹以梅村作例，少疏证之。

自武进董氏刊《梅村家藏稿》出，遂为吴诗最备之本，然校以此选，则可补之佚诗，尚有多首。其中又以《读杨参军悲巨鹿诗》之七古长篇，关系最巨。其以干犯新朝大忌而去之，可无疑也。

去年敌入王师蹙，黄榆岭下残兵哭。惟有君参幕府谋，长望寒云悲巨鹿。君初出入铜龙楼，焉支火照西山头。上书言事公卿怒，负剑从征关塞愁。是日寒风大雨雪，马蹴层冰冻蹄裂。短衣结带试羊羹，土锉吹灯穿虎穴。横刀高揖卢尚书，参卿军事复何如。宣云士马三秋壮，赵魏山川百战余。岂料多鱼漏师久，谓当独鹿迁营走。神策毬场有赐钱，征东戏下无升酒。此时偏将来秦州，君当往会军前谋。尚书赠策送君去，滹沱之水东西流。自言我留当尽敌，不尔先登死亦得。眼前戎马饱金缯，异日诸公弄刀笔。君行六日尚书死，独渡漳河泪不止。身虽濩落负知交，天为孤忠留信史。呜呼美人骑马黄金台，萧萧击筑悲风来。乃知死者士所重，羽声忼慷何为哉。即今看君悲巨鹿，尚书磊落真奇材。君今罢官且归去，死生契阔知何处。（朱朗诣曰："近年实录未修，尚赖故老遗臣，留信史于词章。吾闻卢尚书死后，圣主问于执政，而执政以乡人也，不言。嗟乎，使执政有表扬节义之思，则卢尚书岂不能致辍朝赐祭之礼乎。"）

《梅村诗话》中有杨廷麟一节，记机部参卢象升军前后事甚悉，此诗所咏，皆诗话中所曾及者。然梅村云："卢公之死，有马士抱之，伤不深。机部诗曰，'死君旁者一掌牧'，通首俱妙，而惜佚落不全。"梅村当日必曾见廷麟全诗，其故作此诙诡语者，不欲转引其诗入诗话耳。

《兼山集》十卷，清初贞斋刻。孙殿起《禁书知见录》著录，只四卷，知所见为不全本。此集半叶十行，行廿二字。白口，左右双边。题"清江杨廷麟著"，前有"南州年姻弟熊文举顿首拜题"序。九卷前为甲申以前诗，卷十改题《兼山遗集》，下缀“乙酉丙戌”四字。又增“男琦仁叔敬编孙继祖又震较字”一行。只六叶，诗十八题，殉难前两年诗只此。板刻与前九卷亦微异，当是后来与熊序同时补刻。文举序有“昭代定鼎已十余年”语，则此真为明清易代之际刻本矣。梅村所悲为佚落不全之《悲巨鹿》诗，在卷四中。前有小序：“崇祯十有一年十二月，卢大司马以阳和朔西之师，遇□贾庄。己亥，馘获殊众。生擒酋首一人。明日庚子，□数万麇至。日中，司马死之。余哀其事，为作是诗。”

> 季冬王师临绝谷，蒿水桥边乌啄肉。卫佐犹传捉生手，缚取名□驰马箙。岁星夜半犯东辕，群□鬐箕穿林宿。木羽飞山昼气昏，日中未食我师覆。尚书白闲落雕儿，奋呼眦怒声达目。自言“丈夫生不封侯死不辱”，握刀袒甲上下逐。血染首巾四镞立，死君旁者一掌牧。书生独死武臣存，赢得将军从杨仆。上谷诸骑喘未定，半学□语入人屋。辽兵南屯五十里，谢使退舍如鼠伏。噫嗟义军忍饥抟饱狼，十日不得呼麦麹。一炬焦土忠人心，猛士八千什亡六。苇沙风化魂未归，贾庄夜夜新鬼哭。吾闻宣王中兴年，内有张仲外方叔。他时圣主思李齐，安能一日忘钜鹿。

此集胡虏字皆作□，而“圣主”则提行且升一格。三百年前梅村不敢不愿写入诗话之诗，今乃得读之于三百年后，不可谓非大幸也。

《诗选》梅村《听女道士卞玉京弹琴歌》后有魏、钱评语。魏云:“公孙弟子,缘杜不朽;而卞氏玉京亦因吴垂世。然吾闻朗诣言,玉京俊爽明丽,善推测世事,固一才人也。”允武曰:“予于甲申三月三日,识玉京于半塘湖舫。沉饮竟夕。次日访之曲中,玉京方起,与坐客弹琴,声彻帘外。排闼就之,玉京舍琴笑曰,‘吾指下小弦急,知有生客唐突也’。忆此已是十年。中间丧乱流离,飘零湖海,重过金阊,则玉京已为豪有力者主之矣。今读学士诗,叙次哀乱淋漓,凄凄欲绝。回思向时,不禁回肠九折也。”

以同时人评同时诗,记同时事,最为可贵。胜过后来笺注家空言不知几许。况玉京为梅村诗中极有关系之人耶?《诗选》评语佳处往往类此。

《诗选》卷十二七言律,收梅村诗十二题。不见于今传梅村集者凡六首,其《怀杨机部军前》一诗则只见于《家藏稿》。

边思

都御征西领蹶张,黄河不尽塞垣长。
火筛哨急防花马,土鲁烽高戍白羊。
绝徼乱山填雨雪,诸陵列树尽风霜。
承恩宿将皆年老,见说三关鼓角凉。

再忆杨机部

国事艰难倚数公，登城遥望客征东。
朝家议论安危外，兄弟关河风雪中。
夜月带刀随破□，清秋摇笔赋从戎。
书生表饵非无算，谁立军前跳荡功。

送同官王炳藜奉使代藩

射柳城西磴道前，送君匹马度燕然。
河移汾口三关雨，雪尽恒山五月天。
积弩将军谁控□，胜衣帝子独临边。
征车一路羌声起，莫倚高楼听暮蝉。

云中将

蓟门山伏浑河通，掎角骄□两镇中。
老大一身兼百战，是非三策任诸公。
射雕塞下秋风急，戏马营前落日红。
闻说青陂无堠火，嫖姚已立幕南功。

送周明府莅任娄东

白马朱羁行步工，放衙伐鼓日曈曈。
投刀削记诸曹惧，露板移书属郡通。
穷盗即今愁楚北，少年无复横桓东。
城阴仕女升平曲，尽入元和雅奏中。

杂咏

居庸千尺蓟门低，八部云屯散马蹄。
日表土中通极北，河源天上接安西。

金城将吏耕黄犊，玉垒山川祭碧鸡。
世会适逢须粉饰，十年辛苦厌征鞶。

此数诗大抵皆作于甲申以前，钱允武曰：“骏公往往以秀艳胜人，故气少横厉。然世之赏识骏公，正以秀艳。予专取其横厉之作。盖他人重调，予独重气故也。”此语自有见地，然正以“横厉”之故，骏公乃自屏之于集外，是又重可慨已。集中原有空白，盖以避忌而不敢刻，前两字当是“虏”字，后一字则是“胡”字，别见顺治庚寅刻朱衣、程如婴所辑《明诗归》卷六。此与钟惺所辑同名而别是一书，《云中将》外，尚可据以补佚诗二首。

过沧州麻姑城

汉皇刻石祀麻姑，此地金支光有无。
琼岛楼台迎鸟使，水衡盐铁待龙屠。
中原烽火山东乱，军吏诛求海上租。
不数戈船诸将在，玉坛缥缈辟兵符。

述谈闽事

鹧鸪声急雨生潮，花里摇鞭度石桥。
路绕笋江看水碓，人来黎岭半山樵。
藏钩小史青丝履，学语蛮姬碧玉箫。
为客桄榔庵下好，无端重上木兰桡。

《吴越诗选》所选吴诗，与《家藏稿》本颇多异字。此初稿定稿之不同也。半出文字修饰，亦有因时忌而改写者。定本亦未必尽胜于初文。《琵琶行》“衔枚铁骑饮桑乾，白草黄沙夜吹笛”，《诗选》则作“紫髯碧眼渡桑乾，白草黄羊吹觱篥”。于此可见梅村晚岁手订全集时心悸手颤之状。《听女道士下玉京弹琴歌》，“玉京与我南中遇，家近大功坊底路”，《诗选》作“玉京别我南中去，家在大功坊底住”。则情事亦有微异。凡此皆文学史家所宜留意者也。

白下集

昆明云瑞街有书肆，主人年老，自喜藏弆。导余登小楼上观所储书册，皆清代精刻通常册籍。后乃于枕函中见旧钞三本，靳不肯售。余终以重直得此以归，册最薄而实最秘也。两峰《香叶草堂诗存》余旧有原刻二册，此《白下集》却系墨板前所写，写手精雅，当在乾隆中。此行远逾万里，遍历滇川名郡，古书绝无所见。得此亦大可喜慰矣。丙申秋晚。

两峰《香叶草堂诗存》刻于嘉庆初元，板片后归先生孙小砚世守，付之金竹簃重印行世，竹簃撰一跋附于册尾，时在道光十四年。略云：“扬州罗两峰先生，楷祖妣之从兄也。”是金、罗亦旧时姻娅，金氏跋尾属“钱唐后学金楷竹簃父拜跋于嫩云草堂”，取证此册卷首二印，一一俱合。取校《诗存》，颇多刊落。此殆当日清稿，编集时从之选录者，可补两峰遗诗，滋可重已。庚子二月初一日重跋。

此书后为友人假去，审定为两峰手稿。取证画迹，果不诬也。忆曾于海昌许氏见新罗山人诗稿手迹，竹纸毛订一厚册，前半细楷颇工整，后渐率易，最后数叶则淡墨畸斜，几不可辨。最后一叶中尚衬有朱红格纸，知是绝笔。山人诗《离垢集》余有道光刻，未能取校，至今惜之。画人诗不易得，况手稿耶？癸卯九月十八日，秋窗阴晦，作记。

丙申秋日，远游蜀中，后更去滇南。所至访书，绝无旧本，不图乃于昆明市上，得此两峰手稿。此必八年寇难时中原文士携之远适南疆者，后乃流落市上，假余手得归江南。书缘墨福，使人欢喜。此集为乾隆四十六年秋冬，两峰客金陵时作，恰百九十年矣。

《白下集》，题“扬州罗聘两峰氏稿”。黑格稿本，九行，二十字。通七叶，诗二十题、三十一首。卷首有“金氏竹簃”（白文方印）、“懒云草堂藏本”（朱文方印）二印。校《香叶草堂诗存》，可补诗十一题十六首。

辛丑中秋步月莫愁湖上

天空不见点云生，况是中秋月倍明。
白发重来寄萧寺（时寓普惠寺），
青山依旧绕江城。
客逢佳节多生感，僧伴清游亦有情。
只恐金波惊宿鹭，莫愁湖上晚风轻。

陈古渔以诗见赠，即次原韵答之

君无大厦有高楼，宅近秦淮水木幽。
一室但看堆蠹简，三冬谁为赠菟裘。
闭门觅句人初老，卖药知名岁有秋。

年过六旬应不出，风尘翻悔昔年游。

隔水灯明透碧纱，清歌一曲听红牙。

盘多饤饾吴娃馔，门可张罗处士家。

古寺不时劳策杖（累承枉顾寓斋），秋林何处约停车。

饱看山色分清福，莫向风前感鬓华。

吴先之以诗画见赠，即次原韵

（画题“帘前列岫青相簇，槛外乔松翠欲流”）

不是神仙不好楼，凭君画出一帘秋。

依稀岚气沾衣湿，恍惚松涛散客愁。

世事原同写烟雾，人生谁信对骷髅。

贻予尺幅堪珍重，茶熟香温看未休。

吟冷西风住石城，知君不独擅关荆。

品疑屋后山同重，诗比门前水更清。

茶具每随磁偶客，香奁还效玉溪生。

闲居曾否因人热，白露蒹葭见性情。

永宁泉上遇杨心传话旧

（诗略）

访杨心传、珍予昆弟

（诗略）

秋日同古渔先之诣鹫峰寺因至旧院废址漫成四绝

（《诗存》只一首，是原稿之第二首）

九日赴随园看芙蓉之约赋长歌一篇

笋舆轧轧不肯住，赴约名园看花去。秋竹迎人绿到门，入门未见花开处。乍欣路转绕回廊，复道潜通宛转房。

奇书异物靡不有，重重窗护玻璃光。隔窗窥见芙蓉面，错认辋川鹭鸶堰。莫辜佳节爱重阳，正要娇容看三变。先生呼仆急开窗，一片秋心已早降。千枝万朵花无算，花花映水皆成双。倚窗下瞰嫌未足，共向扁舟快双目。漫言远看欠分明，锦绣横陈在山麓。拿舟直入芙蓉窝，群花笑劝金叵罗。酒不招人花隔面，白头那得颜微酡。四面是花中是水，西湖缩向柴门里。怪道年年不想归，手把花枝吟不已。吟成要我画作图，醉眼重看影欲无。漠漠秋烟飞翡翠，飒飒晚风来菰蒲。园中有花四时改，开到芙蓉又一载。南山终日对悠然，篱菊花黄休更采。

扫叶楼

（在《高座寺》一题后，诗略）

谢简斋太史馈米

昨报诗粮尽，愁吟对夕曛。
且临乞米帖，不作送穷文。
清况谁如我，高情独感君。
炊烟看乍起，一缕袅秋云。

寄怀吴广文小谷

建业逢君兴未违，何当惜别话依依。风前落叶催人去，画里长桥伴客归（携我画《板桥遗迹卷》以归）。水涨矶头寻赤石（曾同予邀古渔寻周处读书台），烟迷巷口识乌衣。昨宵重过停云处，犹遣山僮一叩扉。

重游普德寺同李瘦人萧湘客分韵

（诗略）

圆桌

（四首，《诗存》收三首，删去第三诗。今略）

暖炕

（原有四首，《诗存》删去第二首。今略）

同人饮快霁堂分韵得下字

（诗略）

《香叶草堂诗存》刊成于嘉庆初元，两峰犹及见之。然诗集非编年，次序凌杂。此一卷白下诗撰于乾隆四十六年，编入《诗存》第三十四叶以后，以下乃更有乾障十九年甲戌诗。不见原稿，遂不能知两峰游金陵时日及同时游侣。此稿编集时颇有刊落，当出两峰手订，其中固有草草不足观览之什，然《游随园赏荷长歌》及《谢简斋馈米》二诗，非不经意之作，何以竟付芟除，其故可思。枚固冬心故人，尝为之卖所绘宫灯，事见简斋答书，似颇厌其屡有所请者。简斋居金陵久，声气甚盛。穷画师多借其余荫，卖画于贵官盐贾，冬心作画之余，更兼制砚、灯、名墨，此二百六十年前扬州画人资生之术也。两峰于冬心弃世四十七年后，来游金陵，访小仓山房，枚之遇两峰，殆难逾于其师。而两峰卖画远游之清况，亦可想象得之也。今日随园已绝无遗迹可寻，然于两峰长歌中犹得依稀见乾隆四十六年随园风景，园内有池，可以泛舟，遍植芙蓉，亦金陵掌故矣。

《香叶草堂诗存》板片于两峰身后仍藏其家，道光十四年金竹簃为重印之，有跋。汪士慎《巢林集》亦有金氏重印之本，早于《诗存》者一年，亦有跋。其实《巢林集》刊成在乾隆中，系近人自书上板者，其第七卷诗有乾隆十六年作，刊成必在此后。如据卷首陈撰序以为刊于乾隆九年甲子固误，据金楷跋以为刊于道光十三年则尤误矣。旧时文士刻集艰难，每由他人助成，作序之年非尽刻书之年也。又有子孙刻其先人遗稿者，则往往在数十百年后。又有后人得原刻板片重印行世者；更有得旧板剜去衔名，冒为己刻者。情况至为复杂。因知版本考订，殊非易事。孙殿起《贩书偶记》为书林名著，著录繁富，多有异书。然常据卷尾书头一序而定刊刻时代，则往往有失。如以《巢林集》为刊于道光十三年，其一例也。又常以清初遗老集列入清末，则所见为近时刊本而不知其人生存之时代也。草草过眼，不细读原书，此误殆不可免。因阅两峰遗集，牵连及之。

民抄董宦纪略

今晨访孙实君于修文堂，仍偕渠去孙伯渊寓观小绿天遗书，所存已无何精本。检得此旧抄《民抄董宦纪略》，秘书，亦有用之书也。卷尾有刘履芬藏印，亦流传有自者。前失四番，近时虽有印本，恐与旧抄不同，缺番未必能补也。庚寅十月十七日。

此旧人抄白，共三十九叶，失去前四叶，仅存讨董檄后半，以下即接“十五十六民抄董宦事实”“府县示”“府申各院道公文”“十七日董求吴玄水书”“府学申覆理刑厅公文”等。卷末有“彦清珍秘”白文方印，又孙毓修朱笔跋云：“辛亥冬日得于吴市。有刘泖生印记。书颇奇闳，惜阙数番，安得补钞足之。留庵记。”旧封面墨书三行云：“此本得于奉贤陈礼园家。董文敏居乡颇不利于人口，盖亦是时吴下乡绅习气，即徐文贞不免云。戊子正月十七日。”钤一朱文方印曰“须江刘眉士校藏”。此不知是泖生笔否？戊子当是道光八年也。卷首孙毓修朱笔记：“据提学御史奏，昆山有周元晖一案，不知周案何似？各官为诸生卸罪，而董公欲避民抄二字，必罪诸生。未免所见不广。至提学衙门在江阴，其时业已如此，不自本朝始也。”“此宁海章一山太史借看后所跋，为摹入卷中。”

又留庵朱笔题记云：“董之父号白斋，故自号思白云。思白有子四人。长孟履，次仲权，三季苑，四玉宣。孟履最好。仲权以恩例为南都别驾，被盗刃于涂。子名刚，以督镇吴胜兆谋叛事收捕，杀于江宁。孟履之子名庭，字对之。宏光时出守河南，力谕枳民降顺。沈犹龙恶之，嘱总兵黄蜚杀之泖中。右见松江李昌期《郡治纪略》钞本。共记四十五事。其第四则为‘董宧民抄事略’，不及此册之详也。注云‘丙辰年事’。丁巳四月七日，留庵摘录。”

钤二印：“小绿天藏书”（朱文长印），“孙毓修印”（白文方印）。

案民抄董宧为晚明江南民变大案。与宜兴周延儒、常熟钱谦益事同为时人瞩目。然周、钱两案，只少存本末于祁彪佳《按吴政略》、钱士升《赐余堂集》及《虞阳说苑》等笔记中，不如此董案文件汇编之全而备也。举凡民抄事实、府县告示、申道公文、府学申覆、批驳案卷、奏疏、乡绅公书、公揭、批申、会审断词，具搜罗无遗，更收董其昌致吴玄水求情书，此则绝不可见之于《容台集》中者。三百年前官官相护、求请私门之状，皆在此中。其昌之言曰：“今两台必须上疏，上疏恐铺述府文，民抄之名曷避也。”“即乞兄翁雄笔属草，以速及兵尊为贵，如其不可，另行一路也。”豪绅如董玄宰，亦知“民抄”之可畏；“后门”必不只一扇，扇扇可通当路。钱士升曰：“以今日人事，参之天道，征之史册，万无不乱者，直争旦晚耳。”（《答瞿起田》）正是绝好结论。《民抄董宧事实》云：“董宧父子，既经剥褫虐辱范氏，由是人人切齿痛骂，无不欲得而甘心焉。又平日祖和、祖常、祖源，父子兄弟，更替说事；家人陈明、刘汉卿、陆春、董文等，封钉田房，捉锁男妇，无日无之。敛怨军民，已非一日；欲食肉寝皮，亦非一人。”终至“各处飞单投揭，布满街衢，儿童妇女，竟传‘若要柴米强，先杀董其昌’之谣。至于刊刻大书‘兽宧董其昌’‘枭孽董祖常’等揭纸，沿街塞路。以致徽州、湖广、川陕、山西等处客商，亦共有冤揭粘贴，娼妓龟子游船等项，亦各有报纸相传，真正怨声载道，穷天罄地矣”。如此声势，真能写出当时民变真相。“强”者贱也，吴中方音民谣、揭帖，亦可信为实录。董宅火后，“时海防欲点兵出救，登轿于理刑厅前。吴四尊差人禀止曰，‘不必出救，百姓数万，恐有他变也’”。其昌欲避去“民抄”之恶名，嫁祸于五学生员，而士绅内部矛盾起。《合郡卿士大夫公书》（二十八人）、《合郡孝廉公揭》（五十一人）、松江府生员翁元升等十二人辩冤状陆续而出，“况合郡缙绅，与董宦岂无狐兔之感，反出公言，与陆生申理”。（五十一人揭）非无故也。此中有杜士基者，留庵朱笔眉批曰：“杜士基有《类表》百卷，曾见钞本。留庵记。”“公书”称“先是旧年董氏与陆生争使女，寻已中解，而陆生含忍杜门矣，此一案也。久之《黑白》小传起”。留庵朱笔批“《黑白卫传奇》，刺董也。详见毛祥麟《对山墨余录》”。此事本末生员辩冤书中记之甚详，更尽数其昌平生劣迹，皆极佳史料。《事实》记：“白龙潭书园楼居一所，坚致精巧。十九日，百姓焚破之。抛其楼之匾额‘抱珠阁’三字于河，曰‘董其昌直沉水底矣！’”此处有旧人墨笔书“无谓”二字。今日松江绝无董其昌一轩一石，一联一额。恐未能以“风流歇绝”目之，亦未可视之为“无谓”也。

一九八二年二月五日

残本九种题记

余年十四，入天津南开中学。周末入市，听戏饮啖外，喜游商场。时劝业、天祥市场楼上各有书肆，缥缃锦轴，眩人目睛，不敢迳入。即偶入亦草草巡视，见标签定价，逡巡而退。市场书摊亦偶有旧书，价较廉。一日见四印斋所刻词七册一函，初印明丽，装池精雅，喜而购之，价三元。不知其为残册也。阳春、漱玉、双白、东山诸种外，稼轩只余上半。扉页有旧人手题，云："幼遐侍御持赠，××早秋得于凤城。"知是半塘老人刻成后持赠同人之物。藏书者"小珠玉词人"，则不知谁何。后乃知是沈砚传，为郑叔问刻《樵风乐府》者也。是为余得线装书之始，亦得残本之始。抗战起，移居上海，居近徐家汇。街上有旧纸铺，主人唐氏，南汇人。以买卖废纸为业。时土山湾每日有大量书报流入，唐君尽力论秤购入，转手归之造纸厂。中有书册，杂置架上，或堆于案头，如小山。余每日放学必过之，以点心钱买数册归，以为乐事。所得以五四以来新文学书为多，亦间收杂志，偶亦得名家手稿。忆尝得郁达夫《饮食男女在福州》原稿数页，珍重藏之。此文仅见于《逸经》杂志，未尝入集也。线装书亦偶遇之，惟多半残帙小册。先后所得有《忆江南馆词》《思痛记》等，又见汲古阁刻《剑南诗稿》数册，喜其字大，得之。是为收明刻残本之始，戏以“断简残编室主人”自号。数十年来买书，不弃丛残，实始于此。

二十年前，尝就箧中所藏残本，写一草目。其中颇有稀见之书，欲得暇日，少加考订，撰为提要，写在书衣。岁月既迁，所成无几。而昔之“断简残编”，零落益甚。因偷闲少加缀辑，不复遍搜群书，为烦琐之比证矣。

精选古今名贤丛话诗林广记后集

存卷六至十，凡五卷

此正统黑口本，乙丑岁尾，得之北京来薰阁。粗皮纸一厚册。半叶八行，行十六字。诸家评论低三格，每行亦十六字。大黑口，单阑，双鱼尾。人名、书名俱黑地白文。版心题“后几”，下记叶数。下黑口记刊工姓氏。大题作“精选”，时亦作“妙选”，次行题“蒙斋野逸蔡正孙粹然”。卷尾有正统十一年龙集丙寅季春中旬日奉政大夫陕西按察司佥事阳平王瑛跋。后有一印，曰“秋霜烈日”。

案此书有元刻本，刊于宋亡后十年。《宝礼堂宋本书录》著录残本，行款与此俱合，当是此本所从出。又有弘治张鼐刻本，又明刻大字本，十行二十字。皆习见，刊刻风气亦无大异。惟此本罕传。王跋略云：“予按临西陲，公暇往谒参赞军务大理寺丞滏阳罗公尚䌹，出斯集以见示。予览而吟咏之，玩味之，使人忘寝食而不厌。因念宁夏僻在边方，人罕得睹。

遂捐廪给，命工锓梓，以广其传。”是此本刻于宁夏也。刊刻朴茂雄恣，纸墨苍古。有明一代雕版中心，萃于东南，西陲旧刻，绝少著录。若此当是绝妙标本。薛叔耘《天一阁见存书目》卷四著录此书，云前集全，后集存卷一之五。疑此册是早日流出阁中者，不敢定也。

本草乘雅半偈　存第五帙

崇祯刻。半叶八行，行十八字。白口，每半叶四周双边。前半叶版心上“乘雅”二字，中记品名，下有“月枢阁”三字。后半叶版心上题“本经中”字样，中记叶数，每品自为起讫。刻极疏朗。卷首大题第二行题“钱塘后学卢之颐子繇父覈参”。《四库存目》著录，云十卷。孙殿起云，书十一卷，崇祯丁亥月枢阁刊。此残册前有目，云“目录四”“第五帙”。是全书十卷十一帙，第一帙为序目也。杭世骏撰之颐传，云书十二卷，馆臣不知其故。杭氏殆以卷首分为二卷。传本甚稀，未尝见全书。此第五帙为“本经中品”之一、二两分。凡二十五品。其例先录本草经原文，次“覈”，广搜古今著录，参以目验，为详尽之疏记；次“参”则就药品医理，分析论辨之。语多玄秘。惟“覈”部可观，文字简洁，时见华彩，无异金石鸟兽草木虫鱼小志。“竹叶”有一万五千字；“牡丹”有一万字。馆臣讥其“辞稍枝蔓”，不知佳胜正在此。今节取“牡丹”中数段，可见其略。

出汉中剑南，及丹州、延州、青州、越州、滁州、和州。近以洛阳者为胜。二月梗上生条，叶似芍药。三月开花，色状善变。其名或以姓，或以州，或以色，或以地，或旌其所异者而志之。姚黄、牛黄、左华、魏华，以姓著；细叶、粗叶、寿安、潜溪绯，以地著；一擸红、鹤翎红、朱砂红、玉板白、多叶紫、甘草黄，以色著。……姚黄者，千叶黄花，出于民姚氏家。姚氏居白司马坡，其地属河阳。然花不传河阳，传洛阳。洛阳亦不甚多，一岁不过数朵。……洛人善别花，见其树，知为某花云。独姚黄易识，其叶嚼之不腥。……寿安者，皆千叶肉红花，出寿安县锦屏山中。细叶者尤佳。倒晕檀心者，叶红。凡花近萼色深，至其末渐浅。此花自外深色，近萼反浅白。而深檀点其心，此尤可爱。……牡丹之名，初不载有文字。唯以药录本草。然于花中不为高第。大都丹延以西，及褒斜道中尤多，与荆棘无异。土人皆取以为薪。自唐则天以后，洛阳牡丹始盛。然未闻以名著者。如沈宋元白之流，皆善咏花草，当时有一花之盛者，彼必形于篇咏，而寂无传焉。惟刘梦得有咏鱼朝恩宅牡丹诗，但云“一丛千万朵”而已，亦不云其美且异也。……而洛阳之俗，大抵好花。春时城中无贵贱皆插花，虽负担者亦然。花开时，士庶竞为游遨。往往于古寺废宅，有池台处，为市井张幄布帟。笙歌之声，相闻最盛者，月波堤、张家园、棠棣坊、长寿寺、东街与郭令宅。花落乃罢。盖花之美，有朝露夕霞，清风明月，华情恬适，色神始艳。或烟雨雾笼，灯火掩映，更

> 增容冶。若日午闹喧，糟场膻会，此花罹困穷，转添憔悴。及其盛时，每多风妒，亦造化之所忌也。从来洛阳至东京六驿，旧不进花。自徐州李相迪为留守时，始进御。岁遣衙校乘驿马，一日一夜至京师。所进不过姚黄魏黄三数朵。以菜叶实竹笼子，借覆之使马上不动摇。用蜡封花蒂，乃数日不落。大抵洛人家家有花，而少大树者。盖其花不接则不佳尔。春初时洛人于寿安山中，斫小栽子，卖城市间，谓之山篦子。人家治地，为畦塍种之，至秋乃接。接花工尤著者，谓之门园子。豪家无不邀之。姚黄一接头，直钱五千。秋时立契买之。至春见花，始归其直。洛人甚惜此花，不欲传，有权贵求其接头者，或以汤中蘸杀与之。……

以下尚有种花、除虫、浇花、打剥、剪枝、养花种种方法及入药治法。无异牡丹小史。

《四库提要》称其书初例有覈有参有衍有断，每品之下，其目有四，故曰乘，“四数为乘”也。明末兵燹，佚其旧稿，重修时，仅存覈参，故云“半偈”。立名僻涩，亦晚明风气。然书实刊于崇祯中，非因战乱而致残毁。然流传极少，几无知者。如尚有全本幸存，亟宜重印。

江村筒寄　四卷，卷二佚

崇祯刻本。半叶八行，行十六字。白口，单边。卷首大题下三行云：

定兴鹿善继伯顺辑
归安茅元仪止生疏
容城孙奇逢启泰参

前有吴桥范景文质公、容城孙奇逢、归安茅元仪止生大字序。丁酉小雪日得于来青阁，谢光甫遗书也。前有“馀姚谢氏永耀楼藏书”朱文大印，谢氏诸子售书前匆匆钤记，非光甫之旧也。世无著录，禁书目亦不载。鹿伯顺世居定兴之江村，万历四十一年进士，为东林眉目。天启二年，孙承宗以阁臣理兵事，表为赞画，筹画居多。珰祸起，光斗、大中、顺昌先后死，三氏子弟皆主善继家。一时义声动天下。后迁武选司郎中。以承宗请告，亦引疾归。崇祯元年再起，九年七月清兵攻定兴，善继时居江村，入城为守令部署。六日城陷，大骂不屈而死。启泰序所谓乙巳定交后三十二年殉国者是已。江村两染胡尘，而伯顺所藏友朋书札不毁，终由止生疏而刻之，大有裨于明史，诸序已详。刊行之时当在甲申前五六年顷。未几国变，质公又殉难京师。此书之不传，殆必然之事已。止生亦好究心当时史事，茅衙所刻，此种不少。此四卷书所存当时人函札，按之史传，故事往往具在。然无止生疏，则不能详，然亦终不能详也。此三卷中所存共四十六人札，其姓名为世所习知及入东林诸传者，不过二十人耳。刊刻极精，为毛氏汲古阁刻无疑。止生尚有《石民四十集》一书，孙殿起云有崇祯刻四十九卷本，为“文部”，未尝得见，不知其中有此否？谢光甫书多收于抗敌中，时三吴旧家所储，狼藉市上，乃得从容收取，所得遂富而精。此次来青阁得其家书凡十八捆，二百余种。余昏夜过而遍阅之，以此为白眉。卷前有小长方印甚旧而精，云“三年两上东西岳，独马全游内外边”，疑是止生自用印也。止生曾佐孙承宗军务，历官副总兵，留心边政，喜谈兵。月前于西湖孤山图书馆中见锺山女子杨宛叔诗《锺山献》四卷，天启中玄穑居刻，刊印精好。前有石民茅元仪序，略云：“宛叔归于余，年才十六耳。”计其时当在万历四十几年。傅汝舟《题词》有“宛叔绣剑送茅郎出塞”语。宛叔诗有《辛酉（天启元年）除夕独居守岁》《外于榆关和宋秘书甲子（天启四年）新春一律见寄，余复和之》诸题，皆止生参辽左军事时作。

残本《江村简寄》所收四十六人札，卷一为韩炌（二通）、孙承宗（十三通）、徐光启（三通）、杨嗣昌（二通）、高攀龙、张问达（二通）、张凤翔（三通），阎鸣泰、吕维祺（二通）、范景文（二十一通）。卷二为耿如杞（五通）、陈祖苞、王化贞、沈棨（二通）、张玮、王命新（二通）、解胤樾、苏继欧、周顺昌（四通）、徐大相（四通）、魏大中（三通）、黄完昌、贾鸿洙（三通）、袁世振（二通）、叶震生（三通）、王则古（四通）、邹嘉生、陈士章、王永吉、徐廷松。卷四为范文源（三通）、刘昌胤（四通）、杨茂，范士辑、郑棻、王一嘉、孙钤（五通）、孙含一（二通）、魏学濂、耿含光、高世儒、杨之易、左光先、朱寿阳、孙奇逢（二通）、茅元仪（十三通）。

《简寄》所收诸札，作者或在政府，或在军前，议论所及，多关大政。范景文序所谓“稽之往牒，国家刑政之大，疆场彼此之形，世道生降之机，人心淳漓之概，纪传所不能致详，琬琰所不能快吐，稗说所不能综实者，往往见于尺牍。盖其时为亲，其事为悉，其心术之微，不能隐于笔端也”最得其实。然又往往有隐蔽而不愿明言，微讽仅足以见意者，时过境迁，索解不易。必得当时当事个中人，知其委曲，别为疏通。此茅止生疏之可珍重也。陈先生寅恪尝论知古典易，知今典难，即是此意。方止生重过江村草堂，得见《简寄》，见“所存者皆以关天下后世之大，而款语情话不及焉。岂为世好计哉。然其所以存之故，即其冢孙静观，蔚然士望。亦时异事往，莫知其由，况天下后世乎！”此即今典不易知之显例，亦疏而表之所造因。世之重简尺由来亦旧矣，然去取之际，所重在文；类此因政治以存者，特为稀见。况为死友纪念而雕者乎。止生于寄伯顺最后一札尾疏云：“此甲戌书也。又二年至江村，而伯顺已殉国。人琴之痛，千秋万岁矣。”是以此数语作全书之跋尾，亦无不可也。

续皇王大纪

存卷三、六、□、十、十七、十八，凡六卷

明人抄白。惟每卷卷首第一页版心上题书名，中记卷数，下叶数。写手甚旧，非出一人。通体朱笔圈点并批。此书世无著录，似续宋胡宏《皇王大纪》而作者，不知撰人。三十年前得于汉学书店。时始收旧本，见识褊浅。友人告以不妨先买刻本，抄本甚难鉴定，戒勿贸然出手，余不顾也。明人旧抄，常用皮纸蓝格。其竹纸抄白本，人多不敢论定，混称之“旧抄”而已。此本所用纸与晚明刊本用纸无异，写手亦旧，大异清人书势，断为明人写本。后又于朱批得确证，知果出明末人手。遂重付装池。三十年来阅肆问人，都不知此书名目，亦不知全书当有几卷。更无论觅本抄补矣。

宏书八十卷，四库所收为范氏天一阁藏本。上起盘古，下迄周末。今此书卷三始汉武帝建元元年“仲舒对策”，知必续宏书而作。每事各标一目，下缀年号纪年。有二三行即毕一事者，亦必以另叶书第二事。体例颇近纪事本末。明代士大夫著书，常聚书手若干人，给以笔札，取书册中所欲择取段落使抄录之。自行改定，增删钩乙，剪贴粘缀成书。所见明人稿本，类如是也。如先有成书，后加迻录，必上下接写，以省纸墨。然则此必当时底稿，理或然也。

此书作者必当日仕宦中人，留心时政，借古鉴今，时有感慨之语，皆当日清流议论也。其论汉武帝晚年事云：

> 节食服药以少病，力农马复（原注：马复，因养马以免徭赋也）以修备，皆武帝悟后语。一生雄才大略，征伐神仙，至此霜降水落，淡然无味矣。

论“籴粟筑仓”（汉宣帝五凤四年）云：

> 今国家漕转，皆仰给东南。而畿辅山东，岁丰粟贱。仿此策籴谷以供京师，亦可省东南漕卒之费。顾籴本无

所出，迁延误时，有妨国计耳。至常平仓是救荒第一良法，若郡邑长吏，实心奉行，即有水旱，不俟请蠲请赈，而取之裕如者。乃不肖者既以积谷为囊橐之资，不以入仓而以入库，而仓中之积有名无实，及以厉守者至破产以偿，良法遂为弊政，可叹也。

“石显专权”（汉元帝初元元年）条批：

此事本末绝类近来媚珰诸丑行径。

“王商止讹”（汉成帝建始三年）条批：

宋张咏谓止讹之术，在乎识断。至言！

此皆曾官中枢，熟于经济者始能言之。其斥媚珰，亦全是东林人物声口。于“解光耿育论赵太后事”（汉哀帝建平元年）条下有长批，结语云：“近日三案，何以异是。”其人时代，更可确指。卷六“国渊上首级实数”（汉献帝建安十七年）后批云：

近时邹滕妖贼之乱，东抚赵彦以大兵征剿，有报捷疏，类出塞平蛮者。而又筑京观于路旁，以夸大其功。一时效尤，恬不知耻。岂不闻国渊之论耶！

赵彦事见于《明史》。彦万历十一年进士。光宗嗣位，以右佥都御史巡抚山东。白莲教徐鸿儒起义在天启二年，是朱笔批点者，即此书撰者，必启祯间曾居政府之清流人物，惜不能得其主名也。

远山堂明剧品 残叶

三十年前余得山阴祁氏《远山堂明曲品剧品》稿本于书友郭石麒许。原书颇残损，即付装池。剧品卷首碎裂，仅余边角。装书人未以订入。计当有序三叶，目十三叶。扉叶大字题“赏音道人”四字，亦彪佳自署。原书已赠北京图书馆，此残叶杂置书丛，久不发现。其中亦尚有足资考订之处，因补记之。

剧品目于作者名下，记字号，籍贯。如王衡，辰玉、常熟。康海，对山、武功。徐翙，野客、钱唐。来熔，元成、萧山。祁麟佳，太室、山阴。邹式金，仲愔、无锡。顾思义，雁峰、上海。汪廷讷，昌朝，休宁。胡汝嘉，懋礼、江宁。诸葛味水，□□、馀□。钱珠，梦玄、钱唐。黄中正，履之、浦城。凌星卿，□□、新都。张大谌，鉴坤、山阴。高□□，□□、临安。(《五老庆庚星》作者）程氏廉，水泉、休宁。胡文焕，全庵、钱塘。陈清长，□□、会稽。谢天惠，仰亭、山阴。皆残余部分之可辨识者。其后列著录杂剧种数，以南北折数分计，统计共二百四十二种。

又原书夹签条二，细字书：

具品末漏

双喜

此等境界，此等语意，才一经眼，便如嚼蜡，若复把玩，不禁肌粟。

合璧　抄本漏，今从稿本查入，须补写。以李杜为双璧，传天宝韵事，不一而足。其为词也，如宋人玉叶，几夺天巧。惜联合未见精神。

今存《曲品》《剧品》，皆远山堂绿格写本，即清稿本。《曲品》更经彪佳手自点定，颇多改易。此《双喜》《合璧》二种皆清录时所遗也。《合璧》另有王恒所撰一本，非谱李杜事者。李杜优劣，聚讼千年，迄无定论。真可谓可怜无补费精神也。不如此失名作者，能得并赏同珍之义。

印存玄览　四卷存卷一

清初刻本。题“海阳胡正言曰从氏篆　男　其朴其毅同校”。白口，单边。版心上题卷数，中记叶数，下有“蒂古堂”三字。每半叶二印，上印文，下释文。前有“关中社弟王相业撰”《印存序》；“上章困敦冬十一月十二日西阳陈师泰纂并书，时年六十有四”序；“地肺纪映锺顿首题”序。三序皆手书上板，陈序撰于顺治十七年庚子，刊成当在此时。

胡氏印草并世所存凡四种。三种皆朱钤，只此最晚出，且是刊木，镌刻精绝。卷首有“周亮工真赏印”白文方印，又“蔡氏书印”（朱文）、“祖州审定真赏”（白文）诸印，知旧为周栎园物，后入萧山陆氏。二十九年前得于海上，惜仅存卷一一卷。

曰从有《十竹斋印存》四卷，前有周亮工、杜濬诸序，胡奇跋，后附《胡氏篆草》一卷。原印朱钤，郑西谛曾得一本于陶湘。又有《印史初集》，有陈丹衷、杜濬序。又有《印存初集》四卷，有释文，卷首陈丹衷、王相业、杜濬、韩诗、周亮工、钱应金序，吴奇、彭源跋。周序题丁亥，顺治四年也。版心皆有“十竹斋”三字。

曰从治印垂五十年，万历以来，大人先生、清流名士，往往皆存姓氏于其篆草中。甲申国变，隐居金陵，冷眼看人。师泰序所谓“年来曰从妙于观物，固于藏身，而不得已，姑托隐于此，以自卜其千秋”者，曰从当日之心事也。纪伯紫曰：“抑先生久负盛名，静夫翩翩振起，五十年所交彻侯将相、魁人畸士，逝者箕尾之不返，远者冥鸿之莫招。即二三耆旧，亦复江湖魏阙，晨星落落，一展卷而同心异世，感慨以之。是《玄览》一书，将以志缟剑而存龟镜，不独为金石之渊岳也。”知《玄览》之名，意别有在。陈师泰所谓“《玄览》刻成，列姓氏其间者，盖不少矣。毋宁使人谓此编为麟之图，而容有或指为鼎之铸者”。其意乃更为明豁。然此等言语，奈何使朱衣新贵见之！曰从之风骨不可及，《印存》流传之稀若星凤，其故又从可知矣。

此卷一一卷中，凡存七十一印。钱士升、陈麋公、袁宏道、郑二阳、杨嗣昌、官抚辰、韩文镜、孙嘉绩、刘佑、陈名夏等印在焉。去取可谓矜慎，然曰从岂不及见陈百史之贵盛及结末耶?

曰从治印出于文何，纯是晚明风气，颇近张夷令《学山堂谱》风调，刀法每失之于太工。然此谱镌刻之精则并世无两，十竹斋中雕版绝业，足与笺画二谱鼎足而三。是可重之又一事也。余淡心《戊申看花诗》作于康熙六年，同游有胡致果，正言子。其毅字致果。一名澂，字静夫。朱绪曾《国朝金陵诗徵》一称其著有《静拙斋诗选》等。吕晚村于康熙十五年有示子公忠书，嘱其赴金陵卖所选时文并就地刷印，到后当先拜徐州来、周雪客、黄俞邰等，其中亦有胡静夫名。然则静夫继父业，十竹斋当经营刊刻、刷印、发兑书笈业务，以书坊而兼营笺扇，类后来之南纸店者。十竹斋刻书，所见尚有《古今诗余醉》《说文字原》《六书正讹》等，知亦刊通常应世读物也。

类编唐诗七言绝句

嘉靖刻本。半叶八行，行十七字。白口，单边。题“清江敖英批点、慈谿王交删订”。前有叙目。棉纸写刻。颇类万历中刊。然王交识语题“王戌蒲月”，则是嘉靖四十一年也。自宋人刻唐人万首绝句后，历代选者辈出，明时更盛，至清初此风犹未戢也。此亦明人选本之一。目后敖英有记。英正德辛巳进士，撰《绿雪亭杂言》，亦刊于嘉靖中。

右分类之目，一十有五。其人代先后，遂不列次。慨自齐梁以来，诗之六义，微波不扬。点缀雕镂，清音独远。今兹集诸作，皆能追逐变风，翱翔比赋。又构起承转合，为之机轴，以纪时标地，缀景写情。为之错综，摛藻振秀，动荡心灵，咸极超诣，良复名家。英识。

《千顷堂书目》著录此书，作一卷，惟天一阁目中则尚有五言一册，今不存。此本出于甬上书船，疑亦阁中旧物也。王交识语云：

> 予选五言刻成。或曰，子之为此，以备其缺，而反遗七言，缺殆甚矣。初东谷病章涧之严，读者又疑东谷之滥，遂妄加订定，存编中二百三十五篇。我疑我病，其何敢辞。壬戌蒲月交识。

于此知敖英先选七言，只一卷。王交先选五言，后又就敖选增订重刻之，遂有五七言两种、二卷。范黄两目俱不误也。

此选中录李义山《访隐者不遇》一诗：

> 城郭休过识者稀，哀狼啼处有柴扉。沧江白石渔樵路，日暮归来雨满衣。

平居读义山诗，未见有此。明人著书荒率，或以他人之作窜入；然英生当正、嘉之际，其时旧本存者尚多，安知非别有所据耶。

楚辞集注 存卷二卷三

元刻本。半叶十一行，行二十字。上下黑线口，左右双边。三鱼尾，版心中记“辞几”，下记叶数。

此元天历庚午陈忠甫宅刊《楚辞集注》，残存二三两卷，尚是元时印本，收于海上旧肆。癸巳花朝。

楚辞集注 八卷 **楚辞后语** 六卷

万历刻本。九行，十八字。白口，单边。前成化十一年何乔新序。次序目，冯开之先生读楚辞语附。竹纸初印。原订三册，似佚去《辨证》二卷，然书根原题一二三册，似其中又不当有缺佚也。此三册书与山阴祁氏书他种同得，每册书根有“东书堂”三字。堂为祁承㸁读书之所。仁和赵谷林母朱氏出自山阴祁氏，祁六班孙妻抚育长成。谷林父东白翁就婚山阴，成礼即在东书堂中。赵东潜《旷亭读书歌》云“先祖就婚东书堂”，即指此事。余所见祁氏书多写书根，有书“寓山”者，有书“杏庵”者，杏庵为祁五理孙别号。题东书堂者仅见有此。此为祁氏家塾读本，然校刻颇精。元版偶有误字，常可赖此订正。如《湘君》第一节“吹参差兮谁思”句下接注文，“要，汉书作幼，于笑反”。元刻“作”误“你”，遂不可通。元刻纸墨俱古，笔画锋棱劲健，为典型建本风格。从雕版艺术角度观察，则远胜于万历本，非仅以时代之早见珍也。

一九八二年六月二十九日

云烟过眼新录

壬午平海图

崇祯刻本。己丑冬日，余游京师，于厂肆来薰阁后进藏书处检得旧本多种，半是残帙。此晚明所刊板画一册，已为鼠啮去下半。喜其刊刻之精而复罕传也，买之而归。前有大字序，序末撰人姓氏亦啮去。序后七番为北至莺游门、南至普陀山沿海地形图。以下则纪事之图，每图合两半叶为一幅。右上角题故事。自“贼髻王四等淮河谋抢漕船”起，至“苏松道程再□□”止，都二十八图，大似连环画。绘手雕工，皆精绝，为晚明板画中白眉。凡海战情状、抚按会议、行刑散众诸事，俱如实描画。人物衣冠，细如丝发，姿致生动。因知晚明板画技艺之工，施用之广，不仅小说戏曲，始有出像也。后读王重民记在美国国会图书馆所见我国善本书，中有“《壬午平海记》二卷，活字本”一目。因悟实即此书，其卷端部分以伤残为估人抽去，遂幸而独存。又五年，于吴下文学山房见此图残叶十二番，却是全幅，易归重付装池，因得睹全书风格，欣喜无已。

案《晚明史籍考》著录此书，即据王氏所见之本。题程峋撰。据《永丰县志》，著其仕履。“崇祯甲戌进士，为部郎，升镇江守。擢苏松兵备道，迁江南督粮道。明亡入粤，为惠潮巡抚。寻遇刺。”案彭士望《耻恭堂诗》自序有云：“庚辰牵太学生徐仲吉狱，至京口，主郡守程峋。”事在崇祯十三年，峋方为镇江守。同客有沈寿民、周镳、钱邦芑等。士望诗有“此邦妙山水，主人逢李邕”句，知峋之好客。士望自注云：“程峋，吉安。知镇江府。”后更记其死事之状，在“王事兵乱死”条下，云：“程峋，永丰。兵部尚书，死广西。”又案谈迁《国榷》，崇祯十五年三月有“盗犯太仓新开河，杀把总王百度”。又六月庚戌云：“崇明盗平。兵道程恂散其党二千余人，籍其兵四百四十人。”迁书峋作恂，或传抄致误。旧史所记，仅见有此。壬午距明亡只二年，江南民变蜂起，斗争之烈，不下中原。农民起义多不见记载。峋书详辑其任苏松兵道时书札檄揭，意在表功，却于反面保存一段起义史料。髻王四之被诱擒，在洞庭山中。其活动区域在崇明、太仓一带，以舟师往来海上，尤可注意。后此十数年中，郑成功、张煌言辈，纵横海上，为江南抗清斗争一大特色，皆一时事也。

哂园杂录

旧抄本。十行、廿八字。首叶即起“吴平西”条，别无大题。《哂园杂录》之书名，则于册中得之。卷前有“包虎臣藏”朱文小方印。写手甚旧。按哂园为温睿临别署。此册当是撰《南疆逸史》时资料之一。所记晚明史事多异于他书。凡四十四目：吴平西、马宝、西陲纪略、吴启爵开黎事、尚平南、蔡仁庵、梁三、何傅、王妃死节、李相如、钱法、韩大任、刘大胜、饶州兵变、黔苗、孝妇、白猿、来园、牛神仙、守节妇、取鳇鱼法、孙率礼、张煌言、周宗彝、徐昭发、章正宸、沈孝子、唐烈妇、烈女、李长祥、徐云吉、三魏先生种兰、张刘李丐诸仙、姚启圣、崔星海、王础尘、耿精忠、寿山石记、郑芝龙、陈启春、施福、遗史阁部书、史阁部报书。

吴兴包氏藏书，佳本往往见之《京师图书馆善本书目》。鲁迅写校《嵇康集》所据之明人旧钞，即其家物。其藏书烬余似在湖上。辛卯初春，杭估得其旧藏不少。余所见所收有旧抄《马石田集》，有王贻上手跋；旧抄《河东柳仲涂集》有惠定宇陈西畇藏印：淡生堂抄《雁门集》等凡十许种，大半旧抄。过眼烟云，辄复记此。

高峣十二景诗

此戋戋小册，只四叶。正德嘉靖之间刻本。半叶七行，行十五字。板心上有“高峣诗”三字，下黑口。四周单边。不著撰人，实升庵杨慎撰。为天一阁旧物。薛福成目云：“《温泉诗》一首，《高峣十二景诗》十二首，杨慎撰。”即此。《温泉诗》佚去。高峣为昆明一境。尝于翠湖图书馆中见《高峣升庵祠志》，序后以“吴”纪年，刊刻风气则典型康熙刻也。盖吴三桂叛清后刊于昆明者。因知升庵于此间曾有祠祀，至清初犹存。十二景为“翠岩晚霭”“碧关朝霞”“茭塘去帆”“水云归棹”“净洱山带”“罗藏水桩”“八村渔火”“九寺僧钟”“南峦松雪”“东林桂月”“梨园春游”“莲池秋泛”。每题五言六句诗一，后附《莺啼序》（高峣海庄十二景图）一阕。

此本大字写刻，殊茂美。纸用棉料，产于滇中。云南古刻极罕见。最早不过明初刻本。翠湖图书馆有木增家集数种，皆解放后得之丽江木家者。刻印俱精。然一望可知为嘉靖中苏锡一带佳刻，绝非当地墨板。用纸亦与安氏活字印本书所用全同。木氏世为丽江土知府，喜结识中原文士。诸集当日编讫即携至江南，写样、雕板、印刷皆成于其地，然后以印本载归丽江。如执序跋文以定板刻时代地域，如《中国雕板图录》之例，每易致误。云南刻书，别有风格，与内地不同。而用纸尤特出，皆当地产桑皮楮或棉料纸。其较早者往往纹理粗杂，帘纹甚阔，坚如绢帛。至清代尚沿用之。滇刻往往有皮纸印及白纸印两种，如钱南园诗及阮福所著书，皆其例。鉴定云南刻本地域时代，用纸实为重要标准。升庵流寓滇南最久，刊书不少。有于当地刊行者，有携归内地开板者。此四叶书疑为当时诗筒之类，刊印以付同人，不入全集。流传稀如星凤，以此。

余庆录

《余庆录》一卷，嘉靖精写刻本，十行、廿字，白口，左右双边。棉纸印。天一阁故物，通十五番。前有嘉靖甲子仲秋余姚冶山居士徐天衡《引》，卷末有姑苏徐栻《刊书识语》。《引》后即东海乐善道人张谦《劝人勿食牛肉文》，此文后题“钦差提督军务巡抚浙江等处地方兵部右侍郎兼都察院右佥都御史徐栻梓行”。似张谦此文曾别刻刷印、张贴散发，然后江入此书者。次为徐天衡所辑“食牛果报”故事，所据之书有《夷坚志》《睽车志》《萤雪丛说》《广古今五行记》《述异记》《颜氏家训》《法苑珠林》《稽神录》《原化记》《朝野佥载》等，又掇近事附益之。卷末栻《刊书识语》略云：“余叨抚两浙，遵例禁宰耕牛。年来畜蕃而民安之，颇有成验。识者谓八善具而轮回报应之说不与焉。诚有味乎其言也。爰为训注，庶共观省。”

此实政治之书，而非“劝善”之具。封建社会亦知宝爱耕牛，屠有明禁，实为保护农业生产重要措施。于法律之外，不废宣传。张贴榜示之余，更辑成一书，扩其影响，兼期垂远。多引果报故事，仍神道设教之意，视群众如群氓，“警”之“劝”之。然栻于《识语》中，于此不无微词，则颇轶于常例之外矣。此种书藏书家例不一顾，遂多湮灭。然天一阁则兼收而并蓄之，是范氏识解高出侪辈处，亦其藏书之特色也。

西山纪游

明刻本。半叶八行，行十六字。白口，四周双边。板心上“西山纪游”四字；中题“诗几”，记叶数；下“玉磬山堂”四字。前有《刻西山纪游诗序》，后半已佚，不知谁撰。

以下残失四叶。计存佚名诗八首；邓钦文诗八首；陈思育诗四首；沈渊诗四首；杨汝允诗二首；朱正初诗十二首；丘齐云诗十首；李言恭诗十二首；安绍芳诗十首；胡应麟诗十二首；朱宗吉诗十二首。第三十叶以下佚，当尚有潘光统诗。写刻，颇粗放。当是北京地区雕本，用厚黄棉纸印。审其刀法，当在隆万之际。

案此为天一阁旧物。阮目著录，云起邓钦文，终潘光统。知阮元见此时，书已残断如今状，即以第七叶首见之邓钦文名字写入，更不言前有缺失，不见原本，不知其诬妄也。诸家诗所及有金山寺、望湖亭、碧云寺、香山寺、洪光寺、玉泉山、功德寺、真觉寺、卧佛寺、翠微山、摩诃庵、大慧寺、华严寺、来青轩、洪善寺、昌平官舍、沙河城楼、天寿山、圆通寺、翠岩寺诸境，皆在京郊西山至十三陵一带。诗不足观，然所著诸胜，今存者已无几，而燕京地志，旧本绝少。此本早于《帝京景物略》数十年，殆亦言北京风土者所不能废矣。

老子全抄

《老子全抄》一卷，明山阴祁氏抄本。祁承㸁手批阅过。竹纸，绿格。板心上有“聊尔编”三字。板匡上方空格，为“高头讲章”体式。封面有祁骏佳墨笔手跋：“此先夷度府君手自点阅之书也，计其时尚为诸生。先人手泽，子孙当世珍焉。不肖男骏佳谨识。时辛亥孟春，已七十八岁矣。”扉叶有朱记两方：“祁氏骏佳”（白文方印）、“季超氏印”（白文界格方印)。

此本写手极雅饬，通体朱绿两色圈点。间有校字。以“道可道章”为第一，为河上公“章句”以来旧序。题下有解，篇末有说，间有辨析旧注得失处。每章后有论，低一字书。

案此为澹生堂主人小年读本，梅里祁氏子孙世守之物。八千卷楼曾有《蝶庵道人清梦录》，澹生堂抄本，卷首有“旷翁题、男骏佳书”之跋文，可与此比观。骏佳为承爜长子，字季超，号渥水。于祁氏诸子中最为老寿。辛亥为康熙十年，年七十八，当生于万历二十二年甲午。明亡后佞佛，所撰有《禅悦内外合集》，曾见清写残稿，皆塔铭之类。尚有随笔小册，刊入赵之谦所辑丛书中。又《易测》一册，与此书纸墨书手全同。当同是承爜塾中读本。壬辰春晚与此同出越中。

烟花小史八种

此《烟花小史八种》，明万历天启前后刻本，八行、廿字，白口左右双边。前有总目，题“长水澹云王路辑”。著其细目：

《有情痴》十集，题“长水是岸生编　曲江天骐子校”。前有“万历甲寅五月朔西湖雨中篷窗漫书，有发头陀是岸序”，次总目，分贤、节、艳、艺、仙、神、私、别、淫、妒十部。板心中题“几集”，下叶数、字数。

《伎史》五卷，不著撰人。板心下有“左编”二字，起汉代之女儿，终明季之老伎。收藏有“半圃”朱文长印，“清泰”朱文方印。

《薛洪度诗集》，前有“万历四十七年己未季春王路序”，次目录，卷首大题下三行云：

明　新安　贞甫　吴佳　校

　　槜李　澹云　王路　辑

唐　名伎　洪度　薛涛　著

通十八番，板心下有“右编”二字。

《名媛杂咏》，题“铅山费元禄无学著”，此种只二番。

《美人诗》，凡四家，作者：“明朱无瑕字泰玉”“明赵彩姬字今燕”“明马守真字湘兰”“明郑如英字无美”。板心各题朱赵马郑等字，每人之作亦只二番。

《香奁八咏》，题“铅山费元禄著”。

《仙仙集》上下卷，题“长水澹云王路著辑”。卷上《国士谱》，卷下《名姝谱》。各分事宜、事实二分。前有引言，末著“丙辰孟春晦日文若王路书于容安小楼时大雪”。下卷前附“长水萝月轩天放生悦容编引”。

此种收藏有“高阳葵园藏书”白文方印；“秋菊堪餐春兰可佩”朱文方印。

《十宫辞》，题“甲秀园集”四字。

此集罕见。庚寅残腊，收于修文堂孙实君许。岁晚书逋丛集，囊无余金，因以汪士锺家旧藏元刻《伤寒论》易之。孙贾得于吴下文学山房，书实来自甫里许自昌梅花墅，论秤而出之物也。高阳葵园一印为叶九来女、许丹臣妇物，流转之迹显然。王路有《花史左编》，目录中多有其书，不知与此有何因缘。然终亦不知果为全帙否？扉叶大字双行，颇有明刻气局，然刀法板滞，用纸亦不类，疑与总目皆估人补刻，实非旧题，今姑仍之。尝见笔记中记明刊《枕中秘》九种，卫永叔辑，中有《国士谱》一卷，殆即此《仙仙集》之上卷。又有《悦容编》，题“永叔卫泳订正”，不知是下卷否。明末坊间，此种丛刻风起云涌，不知共有几何？皆随岁月消磨以尽，遗十一于千百，至今遂成珍物。然此实亦非弃物，可见出板业资本主义萌芽之初形，一代风气，往往从中可以窥得。山人如陈眉公辈，实亦同类，皆割裂群书，巧立名目，眩读者之目睛，逐蝇头之末利。更降至李笠翁渔，马二先生纯上（云影冯粹中），于举业、小说、曲本之余，更撰造淫书，究心饮馔，叠石雕窗，莫不遍涉。袁随园有食单，金冬心传砚谱，皆此种流风，至乾嘉犹未消歇者也，推宗先辈，王路实其一人。更至清末，始有洋场才子者出。数典论祖，谊不可忘。嘉庆中云间古倪园刊四妇人集为一代佳刻，涛集即借黄丕烈家万历洗墨池本翻出，中有缺叶，仅存白板。此本刻成与洗墨池本时代甚近，存诗不少，当可补其缺失，惜匆匆未及一校。明人喜刻名伎诗篇，余藏《香台集》《玉台文苑》等不少，皆此类。青楼韵语尤为特出，然皆罗列诸家，而非专集，此本独有秦淮四嫩之作，虽篇什无多，亦可珍贵。更数十年，始有柳隐湖上草出，以视马守真，固当以祖妣待之矣。寒夜拥炉，漫忆往事，杂志所感，殆不足当通人之一笑也。

己未立春，来燕榭灯下书。

曹子玉诗十集

上海三马路旧有抱经堂书坊，主人朱遂翔，杭人。尝为九峰旧庐王授珊经手买书，以是起家。王死，精本多归朱。亦自买书于屯溪，佳册皆置楼上，不使人观，肆中架上，皆通常册籍也。一日，忽欲改行营金笔厂，时在解放之初，书市寂寞，修绠堂主人孙助廉伺间说之，去精本以为笔厂资本，于是所藏佳册少少而出。余日过温知书店（即修绠堂沪上支店），常见助廉持书来置八仙桌上，遂得遍观，亦得精本不少，价乃奇昂。忆尝见北宋三十卷本五臣注《文选》一册，残存末本，卷尾有“杭州猫儿桥河东岸开笺纸马铺锺家印行”一行，纸墨俱古，笔法刀工，皆非南渡以后风气。洵为奇秘之物，亟趣助廉送徐森玉丈，即收归国有。此本为北宋刻，当无疑义，助廉更检咸淳临安志，果有猫儿桥名目，题杭州而不作临安，卷中桓构皆不讳，皆北宋开板之证也。后赵斐云疑之，以此册有书手鲍洵名，洵又尝为“释延寿心赋注”书手，则刻于绍兴三十年，云一人不当三十年后尚能写样，然又何尝不可写，文徵明年九十尚作小楷，鲍洵独不能前后作书三十年乎？斐云精鉴别，板本之学为当代第一。然有时亦不免失之过严，此类是也。后助廉更于青岛张氏得此书之卷第二十九，亦同书之失群者。转眼三十年，诸人皆谢世，斐云亦久病废，而余亦垂垂老矣。

余展转于助廉许所得朱遂翔书，无宋元旧本，然亦有至精之册，曹子玉十集即其一。此是崇祯刻本，半叶六行，行十五字，白口左右双边。开板风气甚近毛汲古诸种，疑亦当时子晋代友人刊书之一。凡十集，集各有大题，卷首大题下俱作双行，第一行俱属“江上兰皋曹玑著”，次行则列参订姓氏。

《自娱集》，“苕上端木李令皙订”，前有嵩山王铎序，诗只七叶，又有“壬午立春前一日年盟弟李令皙拜书于澄署之饮山堂”之《曹子玉诗序》，凡七番。

《天许集》，“中江退斋刘若宰订”，前有“戊寅阳月梧塍徐遵汤引”，凡十三番。

《清啸集》，“嵩山觉斯王铎订”，前有王铎题诗四番，手书上板；次“崇祯辛巳中秋日黄冈社盟侄杜诏先题于武丘僧舍”序。

《珠尘集》，“寒山木叔陈函辉订”。

《碎琴集》，“醉李臞仙叶行可订”，前有“戊辰夏日盟弟叶培恕书于吴门舟次”序，七番。

《指水集》，“江右景周朱统镐订”。

《青蕖集》，“楚黄退思杜祝进订”，前有自序十四番，末题“辛未午日题于桃源舟次”。

《感遇集》，“云闲更生薛正平订”，前有“华亭谷社弟薛正平序”五叶。

《饮冰集》，“梁谿汇旃高士泰订”。

《余醉集》，“吴门启美文震亨订”。

子玉，兰皋江阴人，崇祯丁丑进士。官至户部郎。与曹倦圃、陈卧子、魏昭华同科。顺治刻朱衣辑明诗归，录其诗不少，称“子瑜与余忘形忘年，隔世余生，双眼俱在”，又跋其诗云：“丁丑春，余方久客潭署，又梦江城会榜，只登子玉一人，邮筒飞至，始快予梦之验，依稀三十年间，仍是一梦，因念当年结社论文，犹在总角；今余自嗟皓首，而子玉亦骎骎半百矣。”丁丑后十二年子玉年半百，此皆可考见其人生平仕履。又尝于王阮亭倚声初集见所选子玉诗余，卷前诗人爵里，亦有所记。惜书被掠不归，无从引据，为可惜也。集中奴虏之字屡见，而不入禁网，流传之罕，可知。此集中有《出白门却寄顾眉生》诗：“客久须忘世，愁来恐未然。友思前哲善，才叹美人怜。醒醉谁堪老，悲欢一饷全。断烟荒草色，成就别离天。”阮圆海集亦有《女史顾眉生善画，与曹子玉甚欢，赋赠》诗：“蛾眉亦与虎头痴，兰蕙心情秋水姿。欲倩风流京兆笔，为图花睡未醒时。”知子玉亦眉楼赋客也。遂翔告此集得于屯溪故家，已数十年前事，绝无藏记，不知出自谁何也。

己未残腊重写记，是日立春。

中州启札

庚寅初冬十月十八日，收此黑口本四卷一册。卷前别无印记，实出古里瞿氏。黄荛翁所藏为抄本，已称之为希有矣。陆心源有元刻，二十六行，二十二字，今归海东静嘉堂。然此成化本实胜元刻，以误书反少也，语见士礼居跋。书前有大德辛丑四月朔承事郎江西等处儒学副提举许善胜序，序后三印，皆抚刻上板，仍元刻旧式。卷末成化三年十月庚戌莆田后学翁世资跋，大字行草，茂美无俦。此序犹未为估人撤去，以充元刻，尤为大幸。翁跋略云："中州启札，凡四卷，前江西省检校蒲阴吴弘道所集，计二百首。尝板行于世矣。奈何岁久板弗复存，而书肆无传，见者寡甚。幸而同寅右参议方公藏有善本，用是重绣诸梓，以附欧苏尺牍之后，则胜国时中州诸老先生学问之富实，言词之典丽，与夫朋友之音问，往来交孚，皆于是乎可考。不惟足以仰见当时诸公翰墨之盛，抑且足以垂世而示法于将来云。"《静嘉堂秘籍志》卷十二著录此书，云"是书为元江西行省检校掾史薄阴吴宏中元卿（序作弘道仁卿）编，见许序"。后更引《提要》之语，俱误"蒲阴"作"薄阴"，按成化本许序明著"仁卿名弘道，金台蒲阴人也"，不知《秘籍志》何以作此疑似之词？岂过信四库馆臣之说，抑元刻已误耶？陆氏旧藏本序及首四叶并缺失抄补，则抄者所据非旧刻，写复草草，因以沿误，然则此成化刻信可珍矣。余得此本后半年，更收《欧苏手简》四卷，亦黑口本，开板风气与此正同而字微巨。旧是锡山邹氏蕉绿草堂所藏，书前亦有元人旧序，而跋尾已不可见。因启札原跋知是翁氏先数年所刻，为一家眷属，快甚。凡此殆皆所谓书卷因缘也。己未立春。

范运吉传

甬估林集虚所存天一阁故物不少，此亦渠二十年前所得，已刊入所辑《藜照庐丛书》中矣。去冬余游四明，卖书之肆皆识林君，亦皆钦服其目光如炬，能拔善本于丛残之中。余因访之于其家。告此书原本尚在，即嘱其检出挟沪，今日始至。原装一册，犹是明时包背，刻极古雅。倾囊付之挟册而归，喜不自胜。此种单刊小册，最易散亡，并世藏家，少有以之著录者，惟见赵清常脉望馆目中有之，在史部传记类。武康山中，白昼鬼哭，殆已不复更存，遂更添珍惜之念矣。癸巳清明。

得此书后二年，更见嘉靖刻《金子有集》及《白岳游稿》于林估许，皆天一阁故物，索值极昂，遂未能得。近来书兴阑珊如此。甲午初冬。

去年秋重游滇南，数过翠湖访书。滇中旧刻，所藏绝少。只丽江木氏家集数种精妙非常。皆有杨慎、张含序跋，刻于嘉靖，疑是无锡开板，用纸亦全同安桂坡活字本书所用者，滇中固无此名刻手也。此册则确是滇刻，古拙茂美，纸用厚棉料，亦非中原之物。有考滇南雕板史者，此当是绝妙资料。丁酉夏日。

按此书半叶八行，行十八字。白口四周双阑。通九番。每行上空一字。卷首第一行题范运吉传四字。卷末属“嘉靖甲寅四月朔后一日　赐进士出身奉　敕提督学校云南按察司佥事前翰林院庶吉士户科右给事中马平蒙泉徐养正撰”。运吉，滇之蒙化人。

晤书堂诗稿

乾隆刻本。长洲沈钦圻得舆撰。此戋戋小册，刻印甚精。

三十年前得原刻朱鹤龄《愚庵小集》于望江余氏，此册附订《小集》之末。得舆为沈德潜祖父，集末附德潜所撰《家传》。沈钦圻为明遗民，诗甚清峭，多故国之思。忆集中有咏牧斋、柳隐一诗，颇豁刻也。他作亦多有故事。忆曾见德潜《清诗别裁》，亦录钦圻诗，而有改易字句处，不见原刻，不能发其覆也。德潜《别裁》选前人诗，往往窜易。有修饰字面处，病原作不成诗也；有删夷诗意处，则以为有违温柔敦厚之旨，惧干新朝之大忌也。于是悲歌慨慷之句，往往化为俯首帖耳之词。祖孙异趣，固亦常事。乃进而夺其素志，是亦过矣。德潜五朝诗别裁，有盛名。数年前闻人告，将重印此书，以为不可解。好书多矣，何以先亟亟乎此。余有《清诗别裁》之开花纸最初印本，与行世本大有异同；与得乾隆严斥后修板重印之本，面目更异。德潜小心翼翼，冀远祸而沽名，然终不能免，真悲剧矣。昔曾拟取清人别集之原刻以校《别裁》，条列德潜妄改之处，以为必能有所发明。文网之森严，选人之危惧，皆可于此见之。其事甚繁，因循而止。世无解人，为之叹息。闻新刊《别裁》所据实删后之本。不图《十全老人》之余烈，犹得大张于今日，则更不可解矣。

偶阅《虞阳说苑》，于《牧斋先生年谱》后见附录沈钦圻《闻钱蒙叟辞世》诗。《说苑》为丁初我校印，沈诗不知所据何本，当俟书卷归来后勘定之。

真共麻姑阅海桑，俄看文曜掩寒芒。石城众口哀袁粲，南部名曾重范滂。已陨柳枝空有室（时河东君随死，所居名我闻室），未荒红豆尚留庄。史才天与因多寿，转使词人咎彼苍。

《愚庵小集》后发还，然检视此《晤书堂诗稿》，则已拆去不存矣。为之叹怅。一九八二年十二月三十日记。

嘉靖大政类编

明刻本。九行、十九字。白口，左右双边。大题次行属“西吴茅元仪止生甫校”。卷首有“清源山人黄凤翔自序”，后有自为跋，失去尾叶。原扉叶犹存，蓝印大字书名，凡两行。中间有“曼山馆藏板”五字。上钤朱文印，正书，三行。云：“此系茅衙藏板，今在曼山馆发行，如有翻刻，千里必治。”自序后有目录，上下卷共十九章。曰大礼、四郊、庄肃、谥议、章圣南祔、二后丧祔、册立分封、宸章召对、京营、河道、阉宦、大狱、张延龄狱、甘州兵变、大同兵变、大同再变、辽东兵变、南京兵变、北虏、南倭。此黄凤翔撰，为有明一代私史之名书。凤翔曾在史局，多见官书。此书始事癸巳（万历二十一年）秋，脱稿于丁酉（二十五年）春，茅止生为刊之。北虏一章多至四十六叶，诚为大篇。禁毁之余，稀如星凤。止生颇喜刻书，尤重当代野史。前后几四五十年。曼山馆疑为书坊名，扉叶所钤朱记，殆亦晚明书肆板权之绝妙史料。又有《嘉靖以来首辅传》八卷，题吴郡王世贞元美撰，平陵宋献孺订，防风茅元仪止生校。前有万历丁巳元仪序，后于此书者几二十年。至崇祯中，则更刻《石民四十集》，开板纯属汲古阁风格，殆其时已以雕印之事，委之毛子晋矣。壬辰秋日，得于郭石麒书包中，同来者尚有嘉靖刻之光山县志，则天一阁范氏遗书也。

明月诗筒

康熙刻本。此宋荔裳游江南日、主嘉定侯氏倡和诗也。后附《秬园倡和》，亦同时作而少有后先。卷首列琬作十二首，继刊诸人和作，有余怀淡心、马万士延及侯氏诸子诗，凡十余人。又有侯大年所撰记，叙事甚详。诸诗往往有题叙、附注，颇存故实。嘉定侯氏于甲乙之际，死事最烈。诸子或逃禅，或远走。清初人集于侯氏破家以后事，绝口不言。只吴梅村《临江仙・过嘉定感怀侯研德》词，最为凄婉。其词曰："苦竹编篱茅覆瓦，海田久废重耕。相逢还说廿年兵，寒潮冲战骨，野火起空城。门户凋残宾客在，凄凉诗酒侯生。西风又起不胜情，一篇思旧赋，故国与浮名。"言"廿年兵"，是此词作于康熙五年顷。曰"门户凋残""凄凉诗酒"，是侯氏虽衰，尚有旧园；昔时宾客，犹有在者。海滨旧业，亦渐重理。是当日家产未尽入官，遁者亦渐归也。荔裳于康熙五年罢官寓吴中，遂得遍历三吴名胜，其过嘉定当亦此际。十二题皆拈秬园景色，其园不知在城在乡，遗址恐不可寻。今所知仅城中之"秋霞圃"与南翔之"漪园"耳。此册得之徐绍樵许，刊刻甚工。当日诗筒投赠，印必不多。未几而文字狱起，此册中作者多遗民，诗语更慷慨少避忌，恐更无人敢藏弃矣。

案：此册在被抄去时，刊入“乙类书”目中，至今尚未得归。余撰文论余淡心事，因亦不得辑入所作倡和诸诗，实堪憾惜。一九八二年十二月三十日重校记。

绿雪亭杂言

嘉靖刻本，清江敖英撰。半叶九行，行十六字。上下黑线口，四周双边。前有嘉靖戊戌夏五月望日自序，云绿雪亭为蜀台清戎官舍西一境。公余退食，常来此与此君相对，因作此书。写刻古雅，纸用厚棉料，似即蜀中刻本。收藏有“陈氏文卿”朱文方印，“存春庐陈珍藏”朱文方印。此为天一阁早日流出之书，余得之甬估林集虚。《鄞县通志》后附大有山房林氏书目，于此书下注为范氏遗藏。癸巳初春，林氏挟阁书多种来沪，余扫数收之。半为残册，索直甚昂。此本独为完书。后二年更得唐人七言绝句一册，亦英所选。写刻，少后。似在万历中矣。两书皆见天一阁目。英尚有《东谷赘言》二卷，未见。余锐意收明人笔记，遇单刻本必得之，取校丛书本，往往绝异。知汇刻者鲁莽灭裂，为不可思议也。

归田诗话

弘治刻本。十一行，二十二字。黑口，双鱼尾，四周双边。板心中题“归田诗话几”，长卷头，通五十六番。前失去祐自序二番。次成化三年四月二十又九日翰林院学士奉议大夫兼经筵官同修国史莆田柯潜序；成化二年岁次丙戌冬十月谷旦赐进士前翰林院庶吉士文林郎河南道监察御史浙江辛卯解元八十翁钱唐木讷序。次目录，题“存斋瞿祐著”。卷尾有弘治辛酉季春月庐陵陈叙笃垕《存斋诗话后序》，此弘治陈叙刻本，四库馆臣所见即此本也。余曾得祐所撰《通鉴集览镌误》三卷于海虞瞿氏，板刻与此正同。后有赵清常手跋，曾藏季振宜家，前有永乐序，旧目定为永乐刻本，而板刻不类。盖实即弘治刊而佚去刊书新序者，不见此本，不能祛此疑也。诗话卷中有“半槎”朱文长印，“惠定宇借观”白文方印，“诗龛书画印”朱文方印，“玉雨堂”朱文方印，“韩氏藏书”白文方印。知为藏书家珍重久矣。

冷鸥堂集

康熙刻。九行，十八字，白口单边。板心上题书名，下跨边题“莼客”二字。卷首大题及次行作

莼客戊申至辛亥

闽漳浦赵炎二火著一名潜

卷前有“康熙庚戌中秋前二日同里年家眷弟傅为霖序”，次“莼客评语”，凡吴梅村、沈雪峰、董榕庵、田髴渊、董且庵、傅石漪、周釜山、张砚铭、张带三、张豫章、吴六益、周鹰垂、王季友等十三人。卷中诗后亦多附评语，出卢文子、

宋荔裳、董苍水之手。炎，一字双白，闽人。丁未秋携家流寓云间，与吴越文士倡酬。炎别有《莼阁诗藏》之选，五七言古律凡十七卷，亦康熙刻。两集皆罕见。辛卯岁得之松江。后二年更得旧抄本《莼客癸酉岁日记》一册，题“六十二叟漳浦赵炎莼客随笔”。每卷前有“半林卢元昌评点”一行。是为康熙三十二年，在刻集后二十三年。日记中颇多故实，并附所作诗不少。知炎晚岁行藏不出云间一隅。清初闽人多流寓江南。余淡心、张超然皆是。

金陵览古

右《金陵览古》一卷，余淡心儿子宾硕撰。刊于康熙中，卷尾有“秣陵范翰伯刻”一行，是开板于金陵之证，与周栎园《赖古堂集》雕板风格正同，而流转绝稀，与淡心《味外轩戊申看花诗》《江山集·七歌》《咏怀古迹》合订一册。诗撰于康熙五年丙午（卷前小引有“岁次丙午，月穷于纪，我心不乐，驾言出游”之语），尚早于戊申二年。雕板则在八年后。《瓦官寺志》中有“康熙己酉，履公自径山来”语可证。知诗成后更经写定，付梓当更在后也。宾硕平生不可详，而得名其早。周栎园有《从余鸿客乞竹，淡心躬送至，甫种值雨》诗（《赖古堂诗》卷六）；孔东塘有《过余鸿客宅》诗，撰于康熙二十八年己巳；贵池吴铭道《古雪山民诗后》有《金陵伤余鸿客》二诗，下缀“壬寅”二字，是康熙六十一年。其人必老寿至七八十岁。淡心《戊申看花诗》有句云，“唤回五十三年梦”，诗注更有“长儿位同游”语，似宾硕为位弟，惜不能详。陈其年《金陵览古》序有云，“君也，人如张耳，偶赘外黄；父是肩吾，乃生小庾。属生乱离之后，矧当谣诼之辰。用吟眺以摅愁，乃踌躇而吊古。李广对军中之簿，今何时乎？江淹上狱中之书，君其是矣。”俪语诙诡，不可究诘。李客山（果）有《题余鸿客〈金陵览古〉》诗云：“少日曾经戎马间，外黄偶赘壮初还。春来花柳寻常见，愁绝江南庾子山。”（《咏归亭诗》卷一）与其年语若合符节。宾硕于沧桑之际，必有奇遇如恽南田闽中故事者，惜无人作记耳。归隐金陵后，初未甚贫。有田百亩在姑塘，有园宅在杏花村（淡心居南溪，“钟山峰影倒垂”，见牧斋金陵诗注）。遗民生涯，本非寂寞。而牢落愁多，则故国之思，有以致之。吴铭道哭鸿客诗云：“衰迟偷息倦游身，嫚骂天真孰写真。万竹有邻青未杀，盖棺仍是露棺人。”“香软红尘走白头，诸公高会集诗流。燕山夜雪长椿寺，弹指星移二十秋。”铭道为次尾孙，与其年之为定生子者，皆金陵贵公子后人，宜其能知鸿客心事也。鸿客尚有《石农咏物诗》四卷，未见。孔尚任过余鸿客宅有诗云：“寂寞江干宅，寻秋下马看。墨图张粉壁，绿竹护红阑。使客诗为贽，遗民笠是冠。弦中流水意，两话不须烦。”此宅当即城南之竹圃，亦即牧翁诗注所称寒镁道人余怀居面南溪，钟山峰影下垂处。东塘直以遗民称之，可知当时士论，已如是也。

宾硕此集，首出“旧内”，而结以“大本堂”，皆明太祖事，以时代论，不若齐梁之古也，而琐琐言之，详著明初大内诸门及宫殿，其览古之大旨，灼然可见。题“旧内”诗有句云，“居人犹自说高皇”，卷中不别立孝陵一目，而于“昭明读书台”条写云雾中见孝陵宫殿，自云“老死而不能去”，其言亦直露甚矣。诸诗皆未甚佳，文亦琐琐。然时有好句，如公安、竟陵，文字颇费考索。其论“青溪”“石头城”“陆机宅”“古鹿苑”，皆据旧记，别参实状，非仅于纸上论说。又辨有三莫愁，三长干，三石子冈，皆言金陵故实者所当知。《瓦官寺志》洋洋二千余言，如羊衒之《伽蓝记》而加详，是皆此集特色。所采诸书有《金陵志》《庆元志》《舆地记》《宫苑记》《金陵地记》《名山记》《丹阳记》《江乘地记》《金陵世纪》《金陵故事》《金陵琐事》《建康实录》《金陵梵刹志》《鹿苑寺志》《南唐迩事》《栖霞寺志》《莫愁湖志》等，其中颇有异书，赖此而存其鳞爪。所著诸迹，非必甚古；所记人事，每出当时。其“丛霄道院”条所著道士万餐云，即戊申春二月十四日同余淡心、杨炯伯坐丛霄道院看花赋诗者。又记钟山本有松甚盛，鼎革后伐尽。又记长板桥近状，无殊淡心板桥一记之提要也。凡此皆可见清初金陵情状。

余于丙戌之秋，小住金陵，凡二月。辄游故迹，手一二短册，所著六朝遗迹，百无一存。曾撰《金陵杂记》一卷。稿本已付人持去。后得此书，颇惜当日之未见也。后三十年乃以养疴余闲，手写一过。平生未尝抄书，此为初试，七日而毕。读亮工序，知曾欲纂《金陵景物略》，以与刘侗人帝京一略并行，而惜其终不成也。以《闽小记》《画人传》例之，书必不恶，或当远胜此册耳。后跋仅存一叶，失其撰人，以意揣之，当是张僧持作。聊记之。

甲寅闰四月初五日来燕榭中漫书。同日灯下手装，天初燠，似初夏矣。

孙殿起《贩书偶记续编》有《金陵览古》四卷一目。云："清闽余宾硕撰，颠客、和斋和诗附。康熙间刻。又道光庚戌金谿徐汝珩重刊。"又别列一目云，《金陵览古》四卷，清金陵余宾硕撰，白门张揔编。道光庚戌刻。因知此书有康熙四卷本，并附和诗。又有道光重刊四卷本，皆过去所未知也。余藏本为初刻未分卷本，当最早。而道光本且以宾硕为金陵人矣。

《完玉堂诗》十集，浙西释元璟借山撰。雍正中精刻本。卷首"题词"有余宾硕一则，"红椒老人《京师百咏》盖仿应璩百一诗，劝百而讽一之义也。……余选五十余篇入《神京纪胜集》中"。借山《红椒集》（卷三）有《冬夜同余鸿客、向功来赋》一律，此诗后一律为辛未除夕诗，知是康熙三十年在京师作，鸿客时亦同客凤城，其读《百咏》当亦在此时。

《紫柏集》（卷四）多借山漫游吴越之作，有《余鸿客过山中》一诗：

> 五年瓢笠寄京师，深负怜才元老知。破寺往来东阁近，蹇驴驶到午桥迟。棋枰未敛看灯盒，月舫才移沸竹丝。今日与君重握手，黄粱枕畔不堪思。

此两人南归重遇时作。借山师祖道忞曾于顺治十六年应诏于万善殿说法结冬，元璟亦颇邀康熙帝眷，居京师时往还多朝贵亲藩，红兰主人、恒亲王皆过从甚密。一时名士如王阮亭、朱竹垞亦倡酬甚多，尤喜交前明遗老。观其赠鸿客诗，绝不讳言其与朝贵往还。清初三藩定后，太平日久，遗民亦往往走京师，事干谒，事无可怪。《晚香集》（卷八）首列《康熙癸未二月二十日蒙恩召至吴门行官，随驾纪恩》诗，其后又有《送余鸿客归金陵》诗，正在《送查悔余给假南归》诗后：

谈诗老犹健，不忍送君归。燕地无风雅，沧江有钓矶。清秋闻木落，天阔羡鸿飞。春到长干寺，松花菌子肥。

借山似于迎驾之后又随往京师，而鸿客居京日亦不浅。此后集中即更无与鸿客诗矣。

会将重访金陵，又出此册阅之，因缀有关鸿客故事于卷尾。辛酉九月十五日，微雨临窗记。

怀素《食鱼帖》

这两天天气很好，是江南最好的秋日。出去闲走，在书店里买得文物出版社新刊的唐怀素《食鱼帖》真迹，非常高兴。这帖只不过草书八行，五十六字。字写得好，文字尤为有趣。“老僧在长沙食鱼。及来长安城中，多食肉，又为常流所笑，深为不便，故久病不能多书，实疏还报。诸君欲兴善之会，当得扶羸也。九日，怀素藏真白。”

我读此帖，良久，还是不想放手。其实不过五十六个字，一下子就看完了，但还是看了好半日，也许这是年纪大起来了的缘故吧，不过这种习惯，是多年以前就已如此了。欣赏书画，前人每喜用一“读”字，是很有道理的。比起“研究”“玩索”……这些字眼似乎都要好，它表达的意境要更为丰富而生动，也没有那种“正经气”。不只是专家，就像我这种普通的读者也可以用得。我是不懂草书……一切书道的，但喜欢书法。就如这帖，出于老和尚之手，而且又声明他是在久病之中，但还是写得精神饱满，飞动如意，实在值得佩服。他说，来到长安以后，改食鱼为食肉，这就招来了许多人的非议，弄得很尴尬，以致生了很久的病。怀素是坦率的，他公开承认常常吃肉，白纸黑字，不怕被人抓住小辫子，以触犯佛门清规戒律的罪名揪出来批斗，是很可爱的。在这位老僧看来，和尚戒荤酒这种条条，根本就是骗人的鬼话，殊不值得认真对待。他认为持此种迂见者就是“常流”，也就是习惯势力，他可并不在乎。他表示要扶病参加诸君打算举行的“兴善之会”（也许“兴”字是动词）。这是怎样的会，不得而知。推想不会是什么水陆道场之类的正规仪式，而且必然有肉可吃的吧。不过照此帖看来，食鱼可，食肉则不可。难道吃鱼就不算“杀生”么？我于佛法毫无研究，读来读去也终于不能懂。

此帖原迹藏青岛市博物馆，今用胶版印行。虽然不及珂罗板的精妙，但也可以看得，价钱只要人民币五角，可谓价廉物美。在我们社会主义祖国里，最广大的人民群众都有欣赏艺术珍品的方便，这就是很好的一例。近来各地印行的这种书画名迹，日益增多了。真是值得高兴的事。

此帖后有宋人吴喆于宣和甲辰（徽宗，一一二四年）所作之跋，他写得一笔苏字，十分逼肖，比起明代的吴宽来高明得多，完全可以免于“墨猪”之诮，但究竟比起东坡来天差地远。我们因此可以知道，在北宋末，苏轼的书风是怎样地风靡了一世。岳飞也曾写得一笔好苏字，也是受了这风气的影响。岳飞的孙子岳珂，就曾对此作过说明，可证今传岳飞书帖确是真迹无疑。

一九七九年九月十日

近读乙之先生文，谈《食鱼帖》，认为印本释文末句误将“会当”二字割裂，实当标作“诸君欲兴善之，会当得扶赢也。”义较长。

一九八三年中秋日重校记

关于包公的断想

（一）

包拯，在历史中是实有其人的，《宋史》里也有他的一篇传。不过长久以来，在中国人民中间享有崇高声誉的却并非历史上的，而是传说中的包拯。

早在五十五年前，胡适在作《三侠五义序》时就已对包公作过研究，并提出了有名的“箭垛式人物”的理论。初看起来他说的似乎有些像，不过还是经不起仔细推究。胡适说：“不知怎样选出了宋朝的包拯来做一个箭垛，把许多折狱的奇案都堆在他身上。包龙图遂成了中国的歇洛克·福尔摩斯了。”首先，胡适说不出或不愿说那原因，只能用“不知怎样”四个字带过去；其次，传说中包公这个人物的发展、完成，并不只是简单的“堆”成的，其中还有很大也很重要的创作成分。人们为什么要这么做，胡适也不肯说。最后，胡适把包公归结为一个高明的侦探，即使多少也讲了些他的公正廉明，还是不能不大大地阉割、缩小了这个人物。

包拯是宋人，但他的声名在宋代并不怎样显赫。他的突然阔气起来是在元朝，一下子就出现了若干本杂剧；只是关汉卿，就写了《智斩鲁斋郎》《三勘蝴蝶梦》。李行道的《灰阑记》甚至都已流传到了西方。为什么在元代忽然出现了这样的“包公热”，可以从这些戏的情节里得到一些启示。自称“花花太岁”的鲁斋郎的自白说：“小官嫌官小不做，嫌马瘦不骑。……但见人家好的玩器，怎么他倒有，我倒无！我则借三日，玩看了，第四日便还他，也不坏了他的。……我是个本分的人。”就是这个“本分的人”看上了六案都孔目（孔目是专管民刑案件的“公门中人”）的老婆，照例要“借用三日，第四日便还他”。妻子埋怨丈夫连老婆也保不住，这位孔目却说：“你轻说些，倘或被他听见，不断了我也！”《蝴蝶梦》中的皇亲葛彪自称“有权有势尽着使，见官见府没廉耻。若与小民共一般，何不随他带帽子”，因为他懂得元朝的法律，权豪势要之家，打死人不偿命，时常的则是“坐牢”，所以有恃无恐。元朝把人分成蒙古人……南人等四类；一官、二吏、三僧、四道、五医、六工、七猎、八民、九儒、十丐十个等级（见郑思肖《心史》，据《国史旧闻》转引）。“九儒十丐”，知识分子在当时也正是“臭老九”，当时的民族压迫和阶级压迫达到怎样的程度，在大批剧作家的作品里是有深刻的反映的，虽然还说不上全面。

在这种情况下，人们很自然会想到赵宋，虽然也是在封建统治阶级的压迫之下，但究竟较好些；更不能不想到北宋还有过一位“关节不到，有阎罗包老”的包拯。这才是包公在元朝开始“走红”的根本原因。

(二)

在封建社会里，属于资本主义范畴的民主思想是不可能广泛出现的。人民即使是作梦，也只能希望有一位好官。记得从什么地方看到过，俄国解放农奴时，一些被宣布“解放”了的农奴却哭起来了，因为没有了老爷管着，他们不知道怎样过下去了。这不是笑话，也不是对农奴的恶毒诬蔑。这是千百年封建专制主义统治的恶果。人民盼望着能有像包公那样的好官，尽量希望他更聪明些，他的本事更大些。人民的兴趣主要还是在他性格里正直刚毅的一面，而不只是希望他仅仅成为一位福尔摩斯。身在水深火热之中，欣赏“推理小说”的兴致不会是很高的。

“聪明正直之为神”，老百姓于是开始了一个“造神运动”。

“造神”的风气从远古起在我国好像就从来没有停止过。我们有着颇为彻底的泛神论的倾向。火神、瘟神、战神（关、岳）、雷公、电母……真是五花八门，门类齐全。小而至于土地、门神、灶王，那分工可谓细密极了。与此同时，封建统治阶级也在那里积极地造神，不过和老百姓的动机和方法都大不一样。统治阶级的造神是有纲领、有理论、有规条的。那理论就是说不清有多少卷的《大藏经》《道经》。武则天就创作过什么《大云经》。也有许多是从外国翻译过来的，就是从外国的统治阶级那里借鉴了来的。这都是理论。老百姓的造神则没有这种理论装备，至今我们也不曾听到过有什么《火神经》《土地经》《灶王经》，他们只知道在腊月二十三日夜里给灶王爷吃麦芽糖，粘住他的嘴，让他上天口头汇报时打不得小报告。在老百姓看来，灶王也和人间的官一样的。这一方面暴露了他们理论的贫乏，但也证明他们的造神，颇有些现实主义与浪漫主义相结合的味道。

老百姓所造的神，有时也会得到封建统治者的批准，由“民办”改为“官办”的。如关云长、岳武穆等都是。但对声望并不在他们之下的包公却一直没有得到过正式的批准。我就没有听到过哪个大城市里曾经有过包公庙，也许这是因为我见闻寡陋的缘故。

我曾经思索过其中的道理。研究的结果是，关、岳都是武神，对捍卫封建国家有大用处；而包公却是一位“司法之神”，他的所作所为又常常使龙国太、驸马爷之类，有时甚至是皇帝老倌自己头痛、切齿，这样的人物，是万万肯定不得的。他们没有机会学习“四人帮”论客的“理论”，不懂得“清官比贪官坏”“清官的作用是延缓封建统治崩溃”的道理，他们的失策应该是可以原谅的。

（三）

包公的本领，在老百姓的好意培育之下，是越来越大了。他断了许多奇案。像《双钉记》那样的戏曲故事，竟自也和他有关。“村中演剧，每演包待制勘双钉事，一名《钓金龟》，此事也见《辍耕录》。”（焦循《剧说》）发展到一定时期，只有一个人间好侦探的本领不够了，人们就赋予他更为神奇的力。使他能过阴，仿佛阎王和他是好友或同僚；他的权力打破了人间与阴间的界限。还不只此，他在《鲤鱼精鱼篮记》里，还用“照妖镜”“斩妖剑”，降伏了妖怪，无论“何方鬼怪，那处妖灵”。他可以直接到开封府城隍那里去办事。城隍老爷听说他来到时说道：“此人乃天上文曲星，性子不好，可要小心便了。”包公唱道：“你是阴间一土神，我是阳间一大臣。若是猛猛熏熏也，灭了香烟毁殿庭。”又说：“我也容你三日，若有个小姐还我，把你庙庭重整过；若没有还我，把你神像灭了，庙庭拆毁！手下打轿回去。”听那口吻，包公与城隍、土地、玉帝以至观世音菩萨之间的关系是很奇特的。总之，无论按之人间还是天上、地下的法典都不大好解释。解释也只能有一个，老百姓并不通晓那许多法典，他们的兴趣所在，只是要使包公的本领与权力大些、更大些。一般说来，在包公身上，这些是要算作迷信色彩的。但我总觉得，剧作者在这里写得如此放肆、破格，说他是在宣传迷信，似乎也并不十分确切。

有一位有名的演员，过去一直演“怪侠欧阳德”“济公活佛”这样的连台本戏，后来改演包公了。这在他应该说是一种进步。济公活佛这个角色也是值得研究的，这也是老百姓创造出来的。济公进行斗争的对象是像秦桧那样的坏东西，他也有些神怪的“法力”，不过他使用的是偏于冷嘲、揶揄，更为玩世不恭的手法，在他身上也更多非人间的色彩。包公所进行的则多是正面的斗争，相比之下，切实得多，也积极得多。

（四）

直到今天，包公在人民中间还有那么崇高的威望。这事情本身就是值得注意的。

我们从写包公的戏和小说里，可以看到包公身上的许多特点。因为包公的形象是人民群众按照自己的意愿塑造的，因此我们可以借此知道人民群众都喜欢一个好官员有哪些品质。

《宋史》的《包拯传》里说，当时京师汴梁（即开封）流传着一句话，“关节不到，有阎罗包老”。至今舞台上的包公，还是一颗“黑头”。这都说的是他的正直无私。没有人敢到他那里去开后门。也许从“铁面”才衍变出了“黑头”，这是劳动人民的脸色，人民是感到熟悉、亲近的。地主阶级不是肥头胖耳，就是面色苍白，和这样的人物相对，总要使人感到不放心。《宋史》又说他“笑比黄河清”，可见他难得笑笑。奇怪的是这样一位黑脸的严肃人物，人民却热爱他、亲近他。可见有些人只在脸上作功夫，即使整天笑嘻嘻，也还是收效甚微的。

《宋史·包拯传》还说：“旧制，凡诉讼不得径造庭下，拯开正门，使得至前陈曲直，吏不敢欺。”小说、戏曲里也说他喜欢私访。这些都是说他注重调查研究，坚持直接接触群众，取得第一手资料。

老百姓为什么喜欢清官私访，我们从京戏《四进士》里也可以得到一些启示。百姓告官，无论是非曲直，首先得挨四十个板子，这里打的是“犯上”。老头子先就吃不消。官司打赢了，也还得充军，理由也还是“犯上”。这些封建老规矩，我们今天听来似乎是笑话，但它确实是存在过的。正如《宋史》所说，衙门里设有堂鼓，原是为了老百姓击鼓鸣冤的。但却派有专人看守，随便打不得。一时疏忽，被人钻了空子，击了鼓，那看守先得吃一顿板子。你看这规矩定得多古怪，而想上告又是多么艰难。这一切，想来也不是剧作家的凭空捏造，查查《大明律》之类的书，怕都是有一些因由的。

这就是人们做梦也盼望能有一位清官来私访的缘故。无论是包拯或毛朋，当他们扮作算命先生时，是暂时没有架子的，可以以平等态度与之相处，能随意向他诉说心里话。这简直就像一种不可思议的奇迹。人们是多么希望自己也能交上这种好运！彭德怀同志说过一向沉痛的话：“我们不是帝王将相!”讲的就是同样的事情，也就是人民群众至今还那么忘不了并热爱包公这一事实带给我们的应该正视的信息。人民为此甚至还要使包公有一群好助手，带领一个强有力的班子，包括义士、侠客，一起来作这样的工作。

包公有三口铡，龙头、虎头、狗头铡，用来分别惩办不同身份的坏蛋，自然是带有封建等级色彩的。那好处是简洁、明确，就和汉高祖的约法三章一样，说明的是王子犯法、庶民同罪。在法律面前，人人平等。

（五）

今天，人民已经当家作主，干部也不再是骑在人民头上的“老爷”。他们之间的关系已经是崭新的主人与公仆的关系了。三年以来，我们平反的冤假错案有多少？党的五中全会最近为刘少奇同志平反，像这样性质的冤案，决不是任何个人的力量所能为力的。这是由人民、党和党的英明正确的政策所决定的。靠一两个甚至是几十几百位包公都办不成这样繁重、艰巨，数量又极端庞大的积案。在我们广大的干部群中，是有不少像包公那样起了积极作用的领导干部的。但是我们不能只是依靠这些个人，我们应该依靠的是一种完善的制度。这就是我们必须努力建设健全的民主与法制的最重要的根据。

不过任何良法也都还要人来执行。人的因素依旧是决定因素。我们要有知法、执法的好干部，要有知法、守法的好人民。在这个意义上，包公身上确实存在值得我们学习的好品质。包公的传说里有一些封建的落后因素，这是一些都不奇怪的。任何人都摆脱不掉时代历史的局限。却不可因为我们幸运地读了几本马列主义的书，见过一点“世面”，就来讪笑古人。如果我们的子孙，也采用同样的思想方法，那么在他们看来，我们这一辈人必然也是落后、愚蠢、可笑，甚至比起我们的祖先来还要糟到多少倍。因为今天在我们身上，封建主义灰尘与污染的积累之多，与这个伟大的时代相比，实在太不相称了。今天的人民群众对包公依旧有着如此浓厚的兴趣，那原因可能就正在这里。

一九八〇年五月一日

功德无量

得到了一本上海文艺出版社为纪念“左联”成立五十周年而重印的、由瞿秋白同志编选并作序的《鲁迅杂感选集》，非常高兴。这是印制得相当精美的一本书。除了新加了一张白色的封套以外，封面、排版、装订……都与四十七年以前的初版本一般无二。只是用的纸不是当年的米色道林，而是很好的国产书版纸。这其实也并不差，当年用的那种米色道林是“舶来品”，实在也并非怎样理想的印书纸。

这书是毛边本。也就是说，装订以后没有经过切平，依旧保留着印张折叠的原样。这样的出版物，解放以后就很罕见了。年青的读者可能还不曾见过。鲁迅先生曾自称“毛边党”，他自己的著作，最初印行时十之八九都是这种毛边本。买来以后开始阅读时手里要有一把小刀，要边裁边读。性急的读者大约会暗骂出版商偷工减料，连这最后一道简单的工序都省掉了，害得看书人手不离刀。不过也并非大家的反应都是如此，我就很喜欢这样边裁边看。这中间是别有一番滋味的。

这书的出版者是“青光书局”，其实经办出版业务的还是“北新书局”，不过由于种种原因，取了这样一个新名字，那经过细节仍保留在鲁迅书简中间。同样也由这青光书局出版、式样几乎完全一致的是较早三个月出版的《两地书》。

这两本书的出版都是由鲁迅先生“自负盈亏”的。《选集》编选的部分原因，还是为了帮助当时过着地下生活的秋白同志解决生活上的困难。当然，《选集》更重要的意义并不只在这种地方。何凝所制的《序言》，至今看来仍是对鲁迅战斗杂文进行理论上总结的最早的有分量的论文。当然这并非就是定论，也决不意味着鲁迅研究的告一段落。不过，过去由形形色色的反动派给它泼上的污水，在这里得到了彻底的清洗。这篇序言是鲁迅自己看过的，看过自然也并不就是完全同意，但至少可以说明，鲁迅承认这是一种认真的、可以放心地向广大读者推荐的意见、看法。鲁迅送给秋白同志的一副对联：“人生得一知己足矣，斯世当以同怀视之。”就说明了这一点。

这是一本新的“古董”书（应该正确地说“文献”），虽然它本身并不豪华，但就复制的精美论，是超出了许多古本复制的水平的。我用小刀仔细地裁开书页时，偶然有一些篇章落进眼里，真的是使我吃了一惊。第十三页，写于一九二一年的一篇杂感的题目就是《知识即罪恶》；翻到第五十七页，顶头的一行上就有着“瞒和骗的文艺”的字眼，翻到前面一看，原来这是一篇写于一九二五年的《论睁了眼看》。还有五十九页上有一句，“总之，落水狗的是否该打，第一是在看它爬上岸了之后的态度”。……

吃惊之余，就开始怀疑我在上面顺手写下的那句话，这真的已是一本“古董书”了么？鲁迅写这些文章的日子已经过去了五十多年，这是千真万确的，可是就在不久以前，有的甚至还就在昨天，我们不是还听见人们在议论着这些同样的“老话”么？到底是“老话”还是“新话”，终于连自己也弄得糊涂起来。最后决定，就把《选集》放在桌上，并不珍藏在书柜里，准备随时翻翻，甚至觉得它比一些新出的报刊还要更为泼辣、新鲜。

最近偶然翻看一些海外出版的报刊，看到一些海外学人研究五四以来新文学史的著作，也不禁使人吃惊。在我们看来是够不上“古董”资格的作品、人物、书刊，在他们看来已都是进行学术研究探索的重要课题。他们在文章中“引经据典”，言必有据，比起乾嘉的大师的考证先秦典籍还要来得郑重其事。他们对今天国内某些新文学史著作提出的批评意见，也是值得认真考虑的。像《五四运动论集》《二十世纪中国作家笔名录》《中国新文学大系续编》这样的书，在日本等地也都先后出版了。这是不能不引起我们的重视的。如果我们在这些研究领域也落后于海外的研究者，那可就真的有些说不过去。郑西谛在四十多年前说过几句沉痛的愤激之言：“史在他邦，文归海外，奇耻大辱，百世莫涤！”这是在旧社会对反动派的控诉，今天造成这种可耻现象的根源已经消灭了。不过我们还是应该记得他的话，把我们的工作做得更好，更有生气，不应该再落后于世界的研究水平，也不要等到国外的学者重视、研究了以后，才记起国内还有某些存在，无论是作品、作者……都如此。

鲁迅在印造《凯绥·珂勒惠支版画选集》时曾说过类似“欢迎翻印，功德无量”这样意思的话，今天《选集》重新出版，实在也是“功德无量”的。

一九八〇年三月廿五日

诗之神秘

《书林》第二期发表了周煦良的《舟斋随笔》，在我看来，这是近来少见的说诗佳作。文中提到姜白石的名句："处处虚堂望眼宽，荷花荷叶过阑干。游人去后无歌鼓，白水青山生晚寒。"这是《湖上寓居杂咏》之一，当然是写西湖秋晚的景色的。这诗曾经给过我极大的冲击。我曾经有过这样的经验，不是在杭州，而是另外什么地方，可能是在西南的某处，山水雄奇，在群山环绕之中，有一大片澄静的水荡。车经此地，四周几乎没有什么行人。忽然天色变了，太阳钻入云层，似乎忽地漫天罩下了一层幕布，眼前的风景也全然换了另一种格调。山变成深深的蟹青色，水荡也变得格外白。寂静、寂寞，以一种绝大的力量压来，压得人简直透不过气。当时我所有的正是一种"天荒地老"的感觉，好像这里就从来不曾有过生物、人类，是"开辟鸿蒙"的那种境界，这时，就忽然想起了"白水青山生晚寒"，我想，姜白石所抓住的正是这样一种境界。歌鼓，也不过是刚刚散去，但这里好像就从来没有过歌鼓、游人……

煦良同志在另一处谈到老杜的名句"香稻啄余鹦鹉粒，

碧梧栖老凤凰枝”，作了很好的分析。他指出这是一种病句，而且对后人有很不好的影响，照他举出的实例来看，那些本本主义的老杜追随者也确是做出了极蠢的蠢事。这一切都说得很好。不过，我想这不能责怪杜甫，他这两句“病句”还是了不起的佳句。这是一种经过精心设计写出来的诗，它所烘染的那种回肠荡气的效果，是无论怎样调换词序都不可能产生的。

我做不出更深更好的分析，但我觉得老杜这两句，“就是好来就是好”，好像更多的分析也终于不免是多余的。

我想这中间也许还有另外的可能是更为重要的原因。有些从儿时开始就已接触到的诗句，其植根之深，爱恋之笃，都不是后来任何新说所能撼动的，真是比撼“岳家军”还要难。例如李商隐的“留得残荷听雨声”，我最早是从林妹妹那里听来的。后来看到李义山诗的影宋本、校宋本、嘉靖本……都作“枯荷”，每次都引起我很大的反感。我总是想，林妹妹的家藏“古本”一定是不错的，必然胜于我所见的校宋本……这种文学欣赏上的执着，真是一点都没有法子想。

对这种情景说得最坦率、真挚的要算龚定盦。他有一组《三别好诗》，前有小序：

“余于近贤文章，有三别好焉。虽明知非文章之极，而自髫年好之，至于冠益好之。兹得春三十有一，得秋三十有二，自揆造述，绝不出三君。而心未能舍去。以三君皆于慈母帐外灯前诵之。吴诗出口授，故尤缠绵于心，吾方壮而独游，每一吟此，宛然幼小依膝下时。吾知异日空山，有过吾门而闻且高歌，且悲啼，杂然交作，如高宫大角之声者，必是三物也。各系以诗。”

这真是说得好极了。吴诗姑不论，宋大樽的《学古集》和《牧牛村舍外集》我曾翻阅过，实在不知道好在哪里。方百川的遗文未见，想来也不是龚定盦所佩服的。但定盦确是坦率声明了他喜欢这些作品的秘密，也是完全可信的。

昨天翻阅钱锺书同志的巨著《管锥编》，书中也提到了龚自珍的“三别好”和类似的意思，可见这种情形并不是没有普遍性的。

鲁迅先生在《朝华夕拾》的“小引”里也讲到过这层意思，虽然他说的不是诗，而是故乡的蔬果、菱角、罗汉豆……对这些儿时所曾吃过的东西，他说：“都曾是使我思乡的蛊惑。后来，我在久别之后尝到了，也不过如此；惟独在记忆上，还有旧来的意味留存。他们也许要哄骗我一生，使我时时反顾。”我想，人们对诗的感情，多半也属于此类。说不清楚，也很难说得清楚，因此看来好像就颇有点“神秘”了。

一九八〇年一月四日

《书边草》序

五四以来的新文学运动之开始成为文学史研究对象，五四以后的文学书刊的取得新版本书的地位，这两者，大抵都始于三十年代，也就是五四运动十周年前后。一种思想、一篇作品从它化为白纸黑字时开始，就已成为一种社会存在、历史文献，迟早总要成为人们搜辑、考证、探讨、争辩、研究的对象。一般说来，这过程的久暂，要依社会变革的进程而定。在所谓“世变日亟”的情况下，这过程就将缩得很短。例如十年动乱中泛起的“阴谋文艺”和一些代表“作品”、人物，几乎是在它们“方生”之时，就已陷入灭亡的境地了。但它们留下的污迹，则将永远擦洗不掉。无论好心人怎样苦苦劝人们忘记也无效。这就使我们懂得，最好的办法还是采取一种实事求是的老实态度。尽量完整地将原始的、真实的材料保存下来，而且作得愈快愈好；同时，就在这基础上一点一滴地研究起来。那么，在一定的时期内，才有可能出现一种真正科学的历史总结。

可惜的是，对这工作的重要性与急迫性，人们认识得还是迟了一些，没有抓紧。几十年来，人们曾经断续做过些工作，但多半是自发的、缺乏系统的、即兴式的。十年浩劫，造成的损失更是无法估量。文献毁失沦亡，作者痛遭迫害，许多人死去了。这就给今天的工作带来了极大的困难。五年以来，许多同志在这方面付出了艰苦的努力，成果也是可观的。人们懂得，站在废墟上叹气是无用的，也还只有平整场地，打好地基，一砖一瓦地叠起新的建筑来。

总的看来，人们现在进行的主要还是积累材料的工作。这当然是一种正常、健康的现象。因为，闭起眼睛作“研究”，挥动大棒下“结论”的时代到底已经过去了。

在我的记忆里，新文学史料以历史文献姿态首先出现的似乎是刘半农所印的《初期白话诗稿》。那是三十年代由北京的星云堂用宣纸大册线装套色影印的，一本不折不扣的“古董书”。买到这本书时，我还在中学里学习，当然不能完全认识它在文学革命上的重要历史意义，更强烈的感觉倒是它的“好玩”。同时朦胧地悟出，不只古书可以讲版本，新文学出版物也应该有值得珍重的版本书在。至少，鲁迅先生的书所一贯保持的毛边本特色，就可以算作与通常的“光边”本大有区别的一种版本书的特征。同时开始积极地收集起书来。当时在天津的天祥市场、北平的东安市场这种地方的旧书摊也真使人今天想起也还要为之神往。五四以后出版物的初版本、精装本、签名本，都还是可以经常遇到的。有时一本同样的书前后要掉换若干次。遇到初版的、更完整如新的，就贴一点钱用旧有的一本去换了来。记得这中间就有《野草》的初版毛边本，扉叶上还印着“鲁迅先生著”字样的；有着“不周山”的《呐喊》和分订上下两册的《中国小说史略》。这种书前后一起收集了有两皮箱，暑假中寄放在学校的宿舍里。后来是在日本侵略者的炮火下一起化为灰烬了。

鲁迅和西谛合印《北平笺谱》的广告和西谛的《访笺杂记》，记得是在寒假回家的车厢里读到的。这书的预约价是十元，当时无论如何也筹不出这样一笔巨款，这事一直使我懊恼了很久。到了五十年代初在上海的旧书坊里又遇到这书时，它的身价已经涨到与一部明初本不相上下了。

后来回到上海读书。那是抗战初期，在我家附近的一爿旧纸店，天天要从徐家汇的土山湾收进大量的旧书报杂志，转手运到造纸厂去。每天我几乎都要花小半天在这店里翻检。这时的视野扩大了，不只是书，又收集起期刊来。记得在不到一年的时间里，就收齐了全部的《小说月报》（从十二卷开始）和《新青年》《语丝》……抗战胜利后再回到上海，兴趣逐渐转变，不过遇到新文学书刊的精本，也还是不肯放手。这时得到的记得有东京印的《域外小说集》初二集，《会稽郡故书杂集》等。在南京当记者时还特别跑到“金陵刻经处”买来了《百喻经》。

讲了许多这一类算不得经验的经验，只是想说明一个事实。这样的收书，正如章学诚所讽刺的，是属于赏鉴家、古董家的那一类，充其量只是为买书而买书，并借此获得一些愉乐而已。我利用旧《小说月报》找到过唯一的资料是耿济之译《猎人日记》的连载。后来这书在文化生活出版社出版，译者因为旧稿散失不全，有两篇是重新译过的。我发现了那原译，并粗粗进行过一点比较。如果把这也算作研究，自然是很可笑的事。

我当然也并不因此而难堪。我相信，有不少在研究上取得好成绩的同志，开始时往往也是这样起步的，区别所在只是他们没有就此停止，一直锲而不舍地深入下去而已。

严又陵为译品设立的标准是信、达、雅；更早又有人对历史研究工作者提出过“才、学、识”的要求。我想这标准还是不错的，对文学史工作者也适用。才，当然指的是才能，这中间也应该包括了研究方法和文采；学，指的是知识面，这就要求广博与深入，还有辨析真伪精粗的能力；识，自然是见解了。这是很高的标准。这中间的基础也不能不是学。

这些零碎的感想是读过《书边草》中部分篇章以后引起的。自然不是说这些文章都已达到了上面的标准。作者的选题往往是很小很具体的，并非鸿篇巨制。但给读者带来的是实实在在的知识。有些事是很多人不知道的，或多少知道一点却并不真切，甚至还有误解的。也许在有的人看来，这都不是值得作研究的合适的题目。不过说老实话，有时打开一册书刊，看见许多堂皇的论文题目，耐心读下去，捉了半天迷藏才发现论文要告诉读者的只是几句早已听了千百遍的老话，这时就会理所当然的产生一种上了恶当之感。像这样可怕的“论文”，在这里是没有的。

作者的心是很细的，能从细微的地方发现人们通常易于忽略的问题。这和作者收集资料的方法也很有关系。譬如，一些过时的政府公报，一折八扣的盗印书，陈年的旧讲义，甚至一张旧书广告、一本哀挽录……这种东西在有些人看来是不值一顾的，不必说研究，就连保存的价值也没有。这里的“有些人”，我自己也应该包括在内。一些并不稀见的资料，在作者手下经过整理爬梳，分析论证，会出现更新也更为鲜明的意义，使人信服。同时，作者视野的广阔也显示了胸襟的广阔，他没有门户之见，更没有习惯的偏见。只要是为新文学事业做出过贡献的，不论大小，也不管是知名的、无名的、属于哪个流派的，以至像姚茫父、乔大壮这样几乎与新文学似乎很少关系的人物，他也注意到并给以尊重。但作者的爱憎是分明的。在大是大非前面，一些都不含糊。这是使作品有别于一些没有什么意思的笔记的重要特色。

作者是从事新闻工作的，和我是同行。虽然很久以前就已被挤出新闻圈，但对这干了多年的职业我还是不能没有一点眷恋之情。作为一个同行，读作者的新著，就感到格外有趣，也似乎更易于接近。照我的经验，新闻工作的优点是有机会见得多、见得广。但这也并不是一个必然的优点。虽有好条件，但视而不见、见而不思的人还是有的。至于新闻工作的缺点，那就很少有人能避得开。作风粗疏，不能深入，很难伏案研究，缜密思考，可能出现一些出色的“杂家”，但极少产生专家。正是在这一点上，作者的细密钻研作风特别使我佩服。至于“识”，也就是“见解”，作为一个新闻记者倒是有可能在长期的历练中成功地取得，但重要的是正直。古往今来，一切风派、两面派都是有丰富政治经验的人，也都各有他们独特的“贝解”，不过这却不是人民所需要的。

在这里，鲁迅正是一个正面的光辉的榜样。先生曾经有过多年编辑、记者的工作经验，他那锐利的、所向披靡的解剖、批判旧世界的眼光，不能说和他的记者经验没有一点关系。

前些时在北京，曾经到作者家里去作客。在书房里他打开了书橱、书架，取出多年收集的书刊和一些作家的签名本给我看。这中间有许多我曾经有过、曾经见过或久寻不获的书册，不能不引起我对曾经热爱但久已疏隔了的事物的情谊。真是“如寻旧梦，如拾堕欢”，使我感到了很不寻常的高兴。同时也在想，作者大概是会搜得更多珍贵的资料，写出更多有趣的文章，给我们带来更多的新知识和愉快的吧。我想，这愿望的实现是必然无疑的。

一九八〇年十二月

（《书边草》，姜德明著，浙江人民出版社出版）

明清法书观赏

看了上海博物馆举办的《明清法书展览》，非常高兴。首先，展览给了我许多新的知识，增长了不少见闻。这是不能不令人高兴的。近来在新闻中经常可以看到某地又发现了新的风景点、古建筑、古书、古物的记事。有时我就想，这算什么“发现”呢？这许多不是一直就存在着的事物么，只是长期来被湮没，甚至毁弃了而已。如浙江省桐庐县的“瑶琳仙境”，最近去看过一次，确是十分出色的岩洞。但在明初或更早，这里就已是诗人游览、吟咏之处了。那么，与其说是“发现”，还不如说是“再发现”来得更恰当。还有，许多人喜欢逛书店，目的是想发现、买到新出版的好书，这是不言而喻的；又有人爱逛旧书店，那里所有的全是早已出版了若干年的旧书了，但人们还是可以“发现”更为难得的、在新书店里找不到的东西，因此也感到更为有趣。所有这种种，我想就都是因为人类共有的求知欲与好奇心。

十年浩劫，给祖国的珍贵文化遗产带来了无可计量的损失。人民对此是极为关切的。直至目前为止，我们还不曾看到有关主管部门提出过系统的、详细的报告。我们只是零碎地从记者的报道中，从人民代表、政协委员的谈话中知道一点片段的信息，而且大都是使人痛苦的信息。我们很想知道，经过十年动乱的破坏之后，中国人民还保存了多少劫余的文物，它们的现状如何……通过展览会的方式向人民群众报告，就是一个可取的办法。不只是对已抢救下来的现存文物可以通过展览会（还有报刊）的途径向人民汇报，就是对那群匪帮曾经使用过怎样的罪恶手法进行抢掠、破坏……也可以组织同样的展览，加以揭露、谴责。我想，这样做的好处是很多的。可以使人民记住并更深刻地认识那场浩劫的本质，警惕今后不许再发生同样的悲剧；可以加强民主与法制的宣传、教育；可以督促有关部门把善后的工作做得更好。……例如，像康生多年来用惊人的罪恶手段掠夺文物的展览，就应该公开举行，并尽可能到全国一些大城市去巡回展览，并编出一种“图录”来。那将是出现在二十世纪八十年代的《天水冰山录》《钤山堂书画记》。不只有学术价值，也将有更为重要的政治价值。

这个《明清法书展览》的使人感到新鲜而高兴，就因为它多少满足了一点上述的愿望。展览的内容可以说是丰富的，但并不是系统、完整的。博物馆旧藏品的比重占得并不大，但有许多“新”东西。并不强求各时代的代表作家的面面俱到，倒是一个显著的“特色”。有些作品，只因作者在书法史上的地位而出现，但并非他们的代表作，就不如名字生冷但作品可观的展品更能吸引观众。此外，一些有名的历史人物，他们并不以书法名世，但作品却有更强的文献价值，在这里也入选了。可以说是另一个可喜的特色。此外，在每件展品的说明卡片上，只简单地记下了作者的时代、生卒、简历，而没有以种种历史、政治评价作为取舍的标准，也应该说是一种新的尝试。

这里有一张杨龙友的行书诗轴，只两行，纸本。“廊飞石断续，轩隐户玲珑。知有十洲路，桥西见落虹。”下题“杨文骢”三字，一方朱文大印是“文骢之印”。这是使我感到很大兴趣的作品。字写得实在好，确不愧为“画中诗酒杨龙友”的手笔。龙友的画还偶有所见，书法遗物是更难得的。不久前在北京图书馆看到他的《山水逸》的原刻本，后来写了一篇关于他的生平的文字，不想现在就又看到了这真迹。这与故宫旧藏他的一幅墨兰上面所题“龙友墨戏”四字的风格是完全一致的。

就在这附近是一张王思任的行书立轴，写的是《倒撑船赋》。界格，题“崇祯戊寅天中朔日书似德舆先生词宗一笑”。这位喜欢说笑话的作者，写出这种游戏文章，是毫不奇怪的。他并算不得著名书家，但他的书法的标准晚明风格看了使人喜欢。王思任的出名，在很大程度上是由于鲁迅引用了他的两句著名的话：“吾越乃复仇雪耻之邦，非藏垢纳污之地。”这是声讨落荒而走、想到浙江来的马士英的。而马士英的一张字就挂在王思任的右侧不远处，真是有意思。

这是一张绢本条幅，三行，“黄菊枝头破晓残，人生苦放酒杯干。风前横笛斜吹雨，醉里簪花倒著冠”。下属“癸未秋日马士英”。有“马印士英”（白文方印）、“瑶艸”（朱文方印）二印。写此轴时，马瑶草还没有捧出弘光，贵为首辅。大约还在凤督任上。诗也十分潇洒，完全是“雅人”的声口，同时还有些牢骚，字写得也不恶俗。这是很难得的遗物，不像他的一些画迹，没有被人改成“冯玉瑛”（妓女），真是幸运。

在马士英旁边，就又有阮胡子的一张诗轴。三行：“磬石临江路，披襟坐沉寥。晚云频吐电，微雨不胜潮。渔话浮空至，沙痕入夜遥。多生尘土思，于此亦潜消。”下属“大铖”二字。有“阮印大铖”（朱文）、“集之”（白文套边）二印，还有一方朱文收藏大印，“寄翁鉴定宝玩”，不知何人，看来也是明清易代时人。阮大铖的字与张瑞图等是一个路子，此幅与叶玉虎旧藏的诗卷风格全同，是无疑的真迹。此诗是否见于《咏怀堂集》，现在无暇翻阅。看来总是退居林下没有再度出山之前的作品。像马、阮这样人物的书法，今天还保留了下来，使观众欣赏，不能说不是一种“快事”。十多年前吧，因为我曾打听过阮大铖的一本诗集《和箫集》的下落，被“叭儿”告发了，给我带来了一场不大不小的灾难。今天想起也不禁慨然。我们一直是不重视，其实是仇视反面教材的收集的。这种愚昧行径就使我们的历史研究……陷入了片面的困境。这个问题是值得很好地议论一下的。在这里，我只是对看到马、阮的真迹悬在展览会中表示我的高兴。大概这也可以算是打破“禁区”的一种征象罢。

钱牧斋也有一张大立轴，字写得坏极了。只“俗”无“媚”，更不必说骨气了。陈寅恪教授说过：“河东君（柳如是）之书法，复非牧斋所能及。”实在一点都不错。我曾见过一部通津草堂本《论衡》，钱牧斋在书上几乎批满了。破笔草书，倒还不坏。要写正规化的中堂，就不行。

下面我想介绍一幅石涛所写的行书轴。我对石涛的研究没有什么知识，也不知道这张作品有没有发表过。我觉得这里所写出的对绘画的意见确是非常精到，可以作为《画语录》的补充。又因这是随感式的跋文，并非刻意经营的画论，就更为自然，连我这样的外行人也能较易理解。写在旧纸上的小行楷，是石涛平时题画所用的那种面貌，但更显得秀媚。

作书作画，无论先辈后学，皆以气胜。得之者精神灿烂，出之纸上。意懒则浅薄无神，不成书画。善收藏者，勿求纸之长短粗细，古人片纸只字，价重拱璧，求之不易。然则其临笔不易也，故有真精神、真命脉。一时发现纸上，力透纸背，皆是以大手眼，用气力，摧锋陷刃，不可禁当。遂令百世后晶莹不灭。即如文天祥先生所谓“风檐展书读，古道照颜色”也。云逸先生好古，博雅高深，与余交有年。丁卯（康熙二十六年，一六八七）冬，命余作山水大册，时余即北游，未了此愿。今年壬申三月，云老亦来长安，过余借居，谈及绘事，触动初机。余曰，五年之请，今当报命矣。急取内库纸，胸无留藏，外无拘束，如是安有今古哉。犹之乎以瓶泄水，水泼地上，波致自成。虽然良金美玉，鉴之为重。倘不如是，而人皆曰，此狂妄无行者也。清湘陈人乃为大笑云，初犯罪过。济。

看来这是一本山水大册的题跋，抽出来裱作立轴的。这本册页，应是石涛自己非常满意的作品。

另一件有趣的展品是恽南田所写的楹帖。

有时瀹茗思来客

或者看花不在家

这是写赠王石谷的一副小联，四周写满了题跋，下款书“丙寅（康熙二十五年，一六八六）冬十一月，南田弟恽寿平”。有“寿平”（朱文）、“恽正叔”（白文）两小印，跋文是：

> 此江上侍御为石谷子赠句也。石谷既请江上书之矣，复以此小楹帖属余书是句。苦余不善擘窠，乃谈笑之暇，适有以阳羡茶及唐花两盆来，石谷供设清晖阁，因技痒为之。用鲜于伯几困学斋体，不识有合于法度法则否？幸教我。

恽南田的小行楷配上他的花草，柔美清丽，确是相得益彰。但他自己也承认，实在不能写大字。这副对联据说用的是鲜于枢的方法，我实在也看不出来。

袁子才的字，秀而稚弱，和随园的诗风文风都有些像，属款只用一“枚”字。一方“简斋”朱文小印就钤在“枚”字上面。这办法也很特别。王渔洋的字写得坏是有名的。在什么地方看见过记载，有些重要的书件，渔洋都是请人代笔的。我曾有过他的藏书，前面有手跋，倒也别有风致，但大字实在不好。这里有一幅顶天立地的大轴，上款书“青翁年台”，下款是“济南王士禛”。书法之幼稚，完全没有资格立于清初书家之林。但放在这里却很合适。他与袁子才一样，都是有代表性的人物，在一般的书展中大概都不会收，但这里却有，应该也是一种特色。

像这类不特以书名的作者，还有徐有贞、徐光启、侯峒曾、杨廷麟、归庄、冒襄、周亮工、吕留良等，都有很有意思的作品。

孙雪居写在“金粟山藏经纸”上的一张小立轴，实在写得精。陈老莲的诗轴也极精。其他的名家，自陈璧、刘珏以下，大致颇为完备，也各有精品。对比之下，清人书则缺略颇多，所收也不都是精品。使人少少感到不足。

扬州八怪、西泠四家也都有部分作品展出。板桥道人的一幅是论书的，值得注意。完白山人邓石如的隶书篆书轴是难得的。至于宋克、唐寅、杨循吉等的行书卷，都是有名的巨迹；陈白沙的一卷，极为精能，完全不见狂怪的面貌；邢侗的草书轴，除去书法本身的美，还可以欣赏墨彩之佳妙。有许多名迹，不见原物，是不能完全领略那妙处的。今天最先进的印刷技术也传达不出经历了若干年后纸墨的晶莹、光彩与精神。

一九八一年一月十日追记

散文与杂文

散文和杂文作为两种不同的文学体裁，不知道在文学史和文学概论之类的著作里，是否都已各自给予了科学的定义，我想在许多人心目中还是并不怎样清晰的。文学体裁的分类总是日趋细密，科学性也逐渐加强，对理论工作者也更方便，这是无疑的。不过这也有缺点，至少是会给作者带来某种束缚。例如有的作者被称为散文家，有的则被称为杂文家，当准备下笔之前，他们总不免先要考虑，现在是要写一篇散文或杂文了，一定要写成某一种样式才算合乎规格。不用说，这就是一种框框，对创作很不利。

作家创作了作品，理论家为了研究的方便，给以分类，这是一种合理的工作过程。至于作家的工作，则是反映所见的生活现实，并表达出自己的判断和意见。表达的方法可以是多种多样的，要按实际情况而定。写出来的是散文或杂文，事先是很难预定的。有时写出的正是一种介于两者之间的两不像的东西。这也用不到顾虑，如果路走得宽了，理论家必然要加以注意，承认这一种新的存在。这一切，正是合于文学发展规律的，因此也是合理的。

散文这名目，当然已经是古已有之的。不过和我们今天的理解并不一致。在古代，散文曾被提出来与骈文配对；更早些，则是与韵文相对立而出现，也就是我们现在说的诗与散文。这当然是一种不够细密的大框框，不过我觉得自也有它的优点。最近看到论述近年来我国文艺现状的文章，提出了短篇小说、中篇小说、报告文学……的优秀作品，指出了在这些领域内都取得了使人鼓舞的好成就，但没有提到散文。是不是说这几年没有人写散文了？或虽有而成绩不能令人满意呢，好像又并不然。翻开随便哪一本文艺刊物，大抵总有散文或散文随笔这样的栏目；在作家协会这样的地方，分起组来也有“小说散文组”。这都说明散文并未消亡，只是由于我们现在的分类方法，留给散文的活动天地过于狭小了。好像只有写点景、抒点情、温文、含蓄……的品种才合乎规格。当然，慷慨激昂的词句也是有的，不过应在公认合适的场合出现。这里的概括可能不准确，也并不是说这样的作品不是散文，更不是说这样写出的作品不能产生佳作，只是觉得如果这变成了一根绳子，捆住了作者的手脚，是并不怎样合适的。

我们现在所形成的关于散文的概念，恐怕更多是外来的。在西方，散文也有种种名色，如随笔、小品、记事文……也分得很细，好像也没有什么非常明确的界说。据说，在西方，小说也曾算作散文的一个品种，可见他们最初也只是粗粗地划分出诗与散文两个大类。这就使我们明白，散文曾经是一个多么广阔的天地，除了诗歌以外，几乎包括了一切使用文字写成的作品。许多新的名色，都是散文的分支，后来独立成长，成为新兴、兴旺的文学门类。粉碎“四人帮”以来，报刊上曾经出现过许多振奋人心的政治论文、纪念老一辈革命家和悼念在与“四人帮”搏斗中倒下去的战士的回忆录……这许多，读者面之广，感染力之强，受到群众欢迎之热烈，所起的宣传鼓动作用都不是哪怕最杰出的小说、电影所能比拟的，不过谁也没有动念把这些算作文学作品，在检阅成绩时也少加以考虑。这一切，如果分类的话，我想也只有称之为散文才比较恰当。

在这里，我当然不提倡复古，或为散文争地盘、争正统，那是非常无聊的。我只是想提议作者和读者都放开眼界，正视历史和现状，解开捆在“散文”身上的绳索，如果确有这种绳索存在的话。

杂文，是五四以后崛起于文苑的新体，经过鲁迅先生毕生的努力，奠定了方向，提供了范本，树立了风格，已经成长为一种有旺盛的生命力、并为人民所热爱的文学样式。对杂文，人们是有着较为明确的概念的。不过科学的定义好像也还没有。记得鲁迅就曾说过，中国古代编文集，有编纂和分类两种办法。编纂有利于知人论世，分类有利于揣摩文情。如果不是严格按照赋、颂、论、书、跋……来分门别类，就只有一股脑儿按写作年代依次编定。这样就显得“杂”，这样的文集也就是所谓“杂文”了。鲁迅自己的文集，大抵就一直用的是这样的编辑方法。这里所说的“杂文”，和我们现在对“杂文”的理解，是有不小的距离的。值得注意的是，这方法表现出来的宽大眼光，决不把文苑里的果实像豆腐干似的分成多少门类，这种精神到底是值得佩服的。

评论五四以来新文学成就的文学史家，大抵都承认这样一个事实，散文的成绩是出色的。初期的散文作者，有些是以写景、抒情著称的，如朱自清和俞平伯。有一种现象很值得注意，这种“美文”的写作，往往不能持续得久，即如朱自清，中年以后也开始偏重写作议论性的文章，晚年所写有些简直就是我们今天所谓的“杂文”。当然，风格还是他自己的。尤为突出的是鲁迅，像《野草》和《朝花夕拾》那样的散文作品，后期简直就不再出现，除了最后的《女吊》诸篇。从鲁迅的作品看，从散文到杂文的变换是明显的，不过他后期的杂文也都是优美的散文。

对这种现象的合理解释也只能从时代、社会的背景中寻求。三十年代写了《画梦录》的何其芳终于很快地抛弃了他梦中的彩笔，更是一个好例。诗人们自己的解释大抵是说因为感情变得粗了，也就是说，作家做不到在现实面前闭起自己的眼睛，不能不走上现实的道路。

这样看来，散文与杂文的道路其实是相通的。正如我们不赞成把散文的路弄得那么窄一样，杂文的路也应该更为广阔。《且介亭杂文》中有些篇章，例如《“题未定”草》《病后杂谈》，应该算是散文还是杂文呢？恐怕也难说得清楚。

上面所说表面看来很容易被误解为只从形式，也就是文字、文体上着眼。这是应该更清楚地予以说明的。五四新文学运动的功绩，主要是在它的反封建、反礼教的思想内容上。我们今天已经看得比较清楚，反封建的任务后来并不曾坚持下去，五四以后不久就夭折了，一直到今天还是一个严重的未完成的任务。当我们估计五四以后的散文传统时，不能不先看到它思想上的比重。形式到底是次要的东西。丢掉了思想内容，只剩下一些形形色色的新文艺腔，那是无论怎样的货色都能制造出来的。

五四的精神，其实也就是破除迷信、解放思想、实事求是的精神。这正是今天的时代精神。有了这种基本精神，不但可以使散文的内容更为坚实，实在也就是同时解决了种种形式上的问题。有了这样的精神，作者就不会说出连自己也不相信的话，也不会出现装腔作势、搔首弄姿，或吹胡瞪眼、吓得死人的种种丑态。这些乌七八糟的东西，前些年我们实在看得够了。

我们伟大的祖国是有久远深厚的散文传统的。早在两千多年前的春秋战国时期，就出现了《左传》《庄子》那样熟练、精美的散文作品，这确是值得自豪的。在这样厚实的基础上，会产生繁茂丰足的果实，也是无疑的。不过传统也会带来某些病害。即如上面所说的一些丑恶现象，如果仔细检查，在过去的遗存中差不多都多少能找到它的影子。只是遇到特定的土壤气候，突然恶性发作了。只要我们找到了病根，这也就并不可怕。譬如，文章写得漂亮，应该是无可非议的。但这不能超过一定的限度，如果只讲漂亮而不顾真实，那这漂亮就立即化为“豪言壮语”，毫不足取了。

一九八一年五月二十五日

闲情

长夏无事，取出《管锥编》来读，在第四册里看到论陶渊明《闲情赋》的一些话，觉得很有意思。锺书先生指出，这篇赋的题意是“閑情”而非“閒情”，这就使我吃了一惊，过去我实在并没有注意到这一节，连陶渊明在赋前所写的那小“序”也没有仔细读过，一直把这篇赋当作“閒情”的老祖宗。“閒情”有了今天的特殊理解，不知道始于何时，在东晋是否就有了如此明确的涵义，也说不清楚。不论怎么说，陶渊明在序里说得明明白白，他作这篇赋，还是按照前人的办法，要“抑流宕之邪心”，企图“有助于讽谏”的。“‘閑情’之‘閑’，即‘防閑’之‘閑’。”大概是没有问题的了。

不过我也想在这里提醒一下。古今文人在“前言”或“序”里老老实实说话的固然多有，但不老实的也很不少。我们难保陶渊明在这里使用的不是障眼法。

正因为这个问题没有很好地解决，因此围绕着《闲情赋》就掀起了一场不大不小的纠纷。少后于陶潜的南朝萧统叹息道，“白璧微瑕，惟在闲情一赋”，认为陶公没有写这篇作品反而倒要好些。这就说明，萧统是老实人，他对陶渊明是信任并爱护的。他从正统的文学批评观点出发，作了上述的与人为善的评论。萧统的这些意见，说明了一个事实，“作者之宗旨非即作品之成效”。钟书先生又说：“旨欲‘讽’而效反“劝’耳。流宕之词，穷态极妍，澹泊之宗，形绌气短，诤谏不敌摇惑。”换一句话说，陶渊明是好心办了坏事，他的创作意图和客观实际没有达到一致，因而“社会效果”不佳。

这种意见后来受到苏轼以下不少人的反对，他们说萧统是“小儿强作解事”，是腐儒、笨伯。虽然苏轼举出的理由不外什么“国风好色而不淫”，还是用正统的武器作战，但到底不能不说是一种解放、一种进步。

这至少可以提醒我们，文学作品的“社会效果”问题确是早已存在并提出来了。在今天看，《闲情赋》的社会效果也并不怎样可怕，当然这是时代发展进步以后的结论。当拥抱、接吻……在文艺作品中成为家常便饭的今天，陶渊明的那些描写算得了什么呢？但他确是伟大的作者，他写的那些“大胆”的想象是严肃的、高华的，一点没有轻佻下流的气息，比起今天的某些低劣的作品来实在要好得远。

在《闲情赋》里作者提出了“十愿”，都是围绕着他所爱的人而生发出来的。他希望化为爱人所穿衣裳的领子、带子；爱人妆台上的化妆品，发蜡，眉黛；爱人使用的席子，鞋子；甚至变成爱人的影子和夜里的烛，手中的扇，制琴用的桐材。值得注意的是，十愿没有一件是现实的、可以达到的想望。它们统统是虚幻的，不可能在人间圆成的。

近来有些作者在创作时运用了一些人们生疏的、外来的手法，引起了不少议论。如所谓“意识流”即是其中之一。我想，引起议论的“理论根据”却是不大靠得住的。生疏，是因为我们多年来闭塞聪明，既不学习自己的古典遗产，也不接触外国的新鲜事物，因而引起了大惊小怪。“难道外国的事物样样都好么？”这也问得没有道理。在我们的古典文学遗产里，可以找出许多这样的好例。如《闲情赋》，就是一千六百多年以前的作品，一点都算不得新鲜了。这与崇洋媚外没有什么关系，应该算是“数典忘祖”性质的。

我想，一切创作，怕都与意识的活动密切相关。没有了想象，哪里来的创作？人类的思想活动是千差万别、变化不居的。无论是创作家自己还是创作出来的人物，都是如此。作家在设法将这些思想活动捕捉、再现时，也使用着种种不同的手法。我想，在这方面作家应该享有试验的自由，就和科学家在实验室里享有试验的自由一样。也许其间有这样的差别，科学家失败的试验，只有关在房间里的同事知道；而作家的试验品却要交给人民判断成败。一与群众接触，“社会效果”的问题就出现了。这是有所不同的。即使如此，我觉得还是应该给作家以试验的自由、时间，并允许他们走些弯路，犯点错误。没有创新的试验，就不会有发展、进步。为了避免使文学艺术停滞、僵死，我们需要更多的勇敢与宽容。

为什么我总是怀疑陶潜在小序里说的是言不由衷的话呢？这赋虽然据称是一篇“拟作”，但情感的深挚，心理的委曲，情思的凄苦，都不是单凭作者的才华所可能写出的。换句话说，这一切都是非常非常真实的。我想这应该是陶渊明自己的亲身经验，假造不出来的。我没有本领作《陶潜恋爱事迹考》，但我相信在十卷陶集中这是作者向读者掀开他的生活帷幕或一角落仅有的一次。“陶潜诗喜说荆轲”“陶潜酷似卧龙豪”这些话早已有人说过了，但却忽略了这一侧面。而少了这一笔，我们就失去了一个完整的陶潜。

锺书先生细致地分析了《闲情赋》中的“十愿”，并从文献中引述了许多材料，说明这种“意识流”的现象，在我们的古典文学作品中已是一种相当普遍的存在。他有一句结论是很重要的，“顾无论少只一愿或多至六变，（按指明人《乐府·挂枝儿·变》中，‘变一只绣鞋儿，在你金莲上套；变一领汗衫儿，与你贴肉相交……’）要皆未下转语，尚不足为陶潜继响也。”什么是“转语”呢？“事实不遂，发无聊之极思，而虚想生焉，然即虚想果遂，仍难长好常圆，世界终归阙陷，十‘愿’适成十‘悲’；更透一层，禅家所谓‘下转语’也。”《管锥编》中所引诸例，始于六朝乐府，下至清人诗词。虽然情操高下各不相同，但都是一厢情愿的白日幻梦，没有谁肯将自己从梦境里拖回现实。同时，这又使我联想到明末清初词人中流行的一种风气。他们喜欢作“咏物词”，尤其喜欢一些与女人有关的题目，如女性的身体以及用具之类。这也不能说不是一种驰骋想象之作，不过那格调之低，有时是会令人吃惊的。同类的作品还有一种《题〈青溪遗事〉》的“组词”。一组十二阕，每阕各咏一事。我想原本应是一种画册。青溪在秦淮河畔，画册所画大抵是那里妓院中的故事，画手大抵总是什么唐伯虎或仇十洲，内容有些是很不堪的。清初有名的词人如王渔洋等，在别集中大约都有这样的一组词。他们用尽了气力，发挥了想象，但制作出来的是一些情操卑劣，趣味低下的东西。

这应该是更重要的一个区别。

陶渊明说："愿在衣而为领，承华首之馀芳；悲罗襟之宵离，怨秋夜之未央。"

"愿在裳而为带，束窈窕之纤身；嗟温凉之异气，或脱故而服新。"

……

"愿在莞而为席，安弱体于三秋；悲文茵之代御，方经年而见求。"

"愿在丝而为履，附素足以周旋；悲行止之有节，空委弃于床前。"

想象是大胆的，情感是真挚的，思路是细腻而真实的。一切显得那么天真，那么灵巧又那么笨拙。人们在苦恋中真的会产生这许多奇异的念头，有古今普天下读者作证。

大胆突破封建道德的樊笼，在文学创作中接近、深入恋爱的主题，这无疑是一种思想解放。在这里，陶潜是值得尊敬的前辈与先行者。比起千多年后的晚辈来，他依旧是最崇高最朴实的一个。

一九八一年七月十一日

《鞠部丛谈校补》书眉上有樊樊山批注，记为梅兰芳《太真外传》所作诗，诗题《绮怀》：

“六铢衣薄耐春寒，九影花娇就烛看。风里持裙人似燕，月中倚扇女乘鸾。舞馀莲袜凌波湿，歌罢林檎系带乾。消得唐宫娘子凭，愿为亭北玉栏干。”又有小注云：“贵妃初入宫，宫中呼为杨娘子。”最后两句也是很好的例，可为“闲情”作注。

一九八二年十二月补记

《金瓶梅》及其他

《金瓶梅》现存的最古刊本是明万历中刻的《词话》本，据说是四十多年前北京的一家旧书店店员从山西发现的。一般认为山西是以“出产”古本小说出名的地方，因为很久以来，山西的票号就在全国的银钱业中占据了重要地位。商人喜欢看小说，他们的行踪又走得远，因而收藏了大量的古本小说。

这部《金瓶梅词话》后来由北平图书馆买了下来。一些学者用“古佚小说刊行会”的名义影（石）印行世了。这在当时就是很名贵的出版物。记得鲁迅书简中就有函购此书的记事。不久，这重印本就又变成“珍本”，不但价值飞涨，而且不易买到了。解放后人民文学出版社又用这个本子重印了一次，在版本学上可以称之为“孙子本”，当然，仍旧是难得的“珍本”。

这《词话》本其实也并非什么好版本，刻工粗率，错字不少，估计当是较早出现的一种“坊本”。可能就是袁中郎所说“悬之国门”的那种本子，在当时是畅销书。它不但有着全部淫秽的描写，还保留了大量的俗曲，是珍贵的俗文学资料，受到学者的重视。我们也不能断定当时在社会上流行的只有这一种版本。最近有人说最古的《金瓶梅》是“干净”的，一切不能入目的文字都是后来加进去的。这说法固然新奇可喜，可惜论据薄弱，毫无说服力，只能是一种“想当然”。

这个《词话》古本在《金瓶梅》的流传上并没有什么势力。在崇祯中江南出现了另一种刻本，估计可能刊于杭州。版刻较精，还附有一百幅精美的插图。这插图，马隅卿曾选取了几幅重新翻印，这就是“不登大雅之堂”的专用信笺。刻成以后曾分赠友人，数量甚少。我还保存着一张沈尹默先生五十年代寄给我的信，就用的是这笺纸，可惜不能复制。

到了清初，出现了一种张竹坡评本的《金瓶梅》。这才是今天许多不同版本《金瓶梅》的祖本。有清一代的各种木板翻刻本，连同中国香港、日本……的种种翻印本，都是它的儿孙。

张竹坡本有一种特色，他在书前写了一篇《苦孝说》，对这部小说做出了新的解释与评价。他把《金瓶梅》的作者捧为孝子，根据也还是想用这别出心裁的黄色读物毒死杀父仇人的古老传说。不知道是否这种“文艺批评”发生了效力还是另有别的什么原因，这张评本终于大行其时了。

对于一部作品，批评者作出这样那样的评价，也本是寻常事，属于“百家争鸣”的范畴的。但如果深究一下批评者的动机，就往往会发现种种非常有趣的心思。例如这《金瓶梅》反映现实的深广，写作技巧的精美，篇章之宏伟，在中国小说史上都是划时代的，但也不可否认这是一部黄色书。如果出于经济或其他原因，想推销它，就不能不挖空心思想出种种借口来。《苦孝说》就是这样的保票兼广告。在清初，小说还是不登大雅之堂的事物，当然更没有谁来研究它在文艺上的价值。张竹坡自然不可能用向读者推荐文学名著的办法推销。这办法，也只有今天才有可能。事实上也确是有人在这样作了。

张竹坡自然不可能逃脱时代的局限，他的“聪明”也只能限于吹嘘自己货色的高明。他还没有发现为了取得经济上的好处，还有更为巧妙的方法在。譬如，他完全可以宣称《金瓶梅》是一部十恶不赦的淫书，把《苦孝说》改为大批判，郑重宣称，为了使读者增强“免疫力”，并提供难得的“反面教材”，予以重印行世。这样，他就可以大大捞上一票，不但避免了推销“毒草”的嫌疑，相反还可以得到卫道士的美称。“兰兰笑笑生”即使活着，也无法向他结算版税的。天底下也确有这种便宜事，张竹坡计不出此，也只能怪他自己没有能挣脱自己深深陷入的“时代局限”。

十多年前，在祖国的大地上曾出现过一种新兴的兴旺行业，那就是五花八门各种名目的战斗小报。不必登记，不必取得发行的许可，随便什么人都可以用随便什么好听的名义来出版、发行。销路也确是好的，大街上到处都可以看到这种“革命”出版物摊在地上。经过吆喝、叫卖，一下子就销光了。

这种“小报”的特色说来说去只有一条，就是揭露“走资派”和“反革命修正主义分子”的“罪行”与“劣迹”。这是继承并大大发展了旧社会黄色小报“传统”的“新鲜事物”。它的重要意义首先表现在反革命政治方面；但也不可忽视，有些“英雄”也确因此而大大发了一笔财。

为什么会受到读者的欢迎？那原因也是值得仔细分析的。我想，有许多人想从文字的反面看出被掩盖、歪曲了的真相，就是不容忽视的一点。

例如，关于陈老总（毅）的材料就有好几种，或名《自传》，或名《简史》，我至今还好好地珍藏着。我就是从这些小册子里所“示众”的“反动言行”中看到了一位真正的革命者的心，也懂得了应该怎样爱我们可爱的祖国。

这样的“社会效果”大约是“英雄”们始料不及的。但在另一面说，他们却是成功的。他们到底从像我这样的读者口袋里搜集了很不小的一笔财富。对此，我也并无怨言。对商人，就得付给一点“利润”，在“资产阶级法权”还不曾彻底铲除干净之前，这类事原是“天公地道”的。

一九八一年七月十二日

暑热草

今年是鲁迅先生诞生一百周年的年份，纪念活动已经开始紧张地进行。修整了故居，上演了有关的戏剧与电影，纪念文字也已陆续出现，新版的全集也出了一部分了。我想，对先生最好的纪念应该无过于重新细读先生的著作，并力求读懂。但这是不容易的。

鲁迅的全集，曾经出版过许多版本。新刊的本子是注释本，尚未见到，说不出具体的内容。但可以断言，对于广大读者特别是青年一代的读者，这会是有帮助的。鲁迅的作品已经成了“古典”，不用说年轻人，就是上了年纪的怕也不敢说能够完全读懂。困难似乎并不在典实，名物……这些方面，这些都可以查，最难解决的是作品的时代背景与写作意图。而这，实在是属于“鲁迅学”的范畴，需要长期研究、讨论的。这方面我们过去有丰富的老经验。例如《诗经》……这样的“经典”，宋以后通行着的“朱注”，当然也为读者提供了一些方便，但流弊也不小。本来是情歌，却被说成是忠君，或刺这刺那，刺淫奔之类，有时简直就和原意相反。不是诗人在歌唱，而是朱老夫子在“布道”了。时至今日，我们大抵都明白了这方法的不可取。因此，我平常总喜欢作品的“白文”本，无论古今中外，都是如此。研究、注释的书也是重要的，但只能作为参考，不可死心塌地地信奉。因此，我觉得《鲁迅全集》实在应该有一部正确、完备精校的“白文本”。注释本当然也是重要的。不过这应该是研究著作，而且每隔一两年、三五年就要出修订本，和国外的百科全书一样。

连日天气奇热，只能坐在房子里出汗，做不成什么事。唯一的消暑方法似乎就是读书。我取出了鲁迅的作品，先从后面的读起，这就是《且介亭杂文末编》。这里有一篇《我的第一个师父》，我第一次是在《文学》月刊上读到此文的。已经是四十五年前的事了。这是像《朝花夕拾》那样的回忆文，可惜总共也只写了几篇。这些文章似乎都应该算是散文，但称之为杂文也无不可，因为站在正宗的“文学概论”的立场上看，这些都算不上纯正的“散文”，缺少温柔敦厚的特色。我却以为这正是先生文字中极为重要的特色，从他文学生涯的开始就已如此的了，在写作过程中，随时会插入一些“题外”的感想。说是“题外”，有时倒正是“题内”也说不定。

先生记的是儿时寄在和尚名下时的见闻故事，和尚师父年青时传奇性的恋爱并怎样有了师母的经过，在这中间插入的是《宇宙风》上铢堂作的一篇《不以成败论英雄》的论点及先生的评论。铢堂认为中国人有一种特点，或“惰性”，就是崇拜“失败了的英雄”，很要不得，“在人群的组织上实在要不得。”云云……读到这里我想了一想，这确实是很有趣味的问题。事关中国人的民族性，非同小可，我搜索记忆，像鲁迅的师父那样一位年青漂亮的和尚，在观客如雨而下的甘蔗头中，从戏台逃下，逃入一位寡妇的家里……这样的故事，并不是绝无仅有的。如《柜中缘》所演述的情节就大抵如此。当然主角不是和尚与寡妇，不过情节到底差不多。

《柜中缘》这戏我是很喜欢的。最初我看的是汉戏，由陈伯华主演，看过以后写过一篇赞赏的文章。我在文章中并没有接触什么“失败的英雄”之类深奥问题，只是对这出喜剧给了好的评价，同时说明人民需要健康的笑。不料这篇小文不久就被判为“大毒草”。我一直想不通，经过那个十年，总算才多少懂了一点。按照当时正统的“理论”，人民是不该笑的，一定得严肃地哭丧着脸才算保持了正经。那位小姑娘把一位落荒而逃的小将藏在柜子里也实在是丧失立场，毫无警惕的表现。她应该做的倒是告密，把他献出去才对。

这不是笑话，是从千千万万血淋淋的事实中提炼出来的结论。

另外的例子是京戏《白水滩》。挑了柴担的十一郎在山头上看见山下在厮打，一方被另一群打败并死死追赶下去。十一郎这时的反应是“待我打它个抱不平”！他实在并不明白两造争斗的起因与是非曲直，只不过是对“失败了的”或“看来是被横蛮对待”了的一方表示了同情。

这种现象在作品中、生活里多得很。早在两千年前的太史公司马迁就在《游侠列传》中注意到了；最近忽地行时了起来的公案侠义小说里描写的有许多也是这种性格。所谓“路见不平，拔刀相助”的就是。如果称之为中国人民性格中的主要特征之一，似乎也不是没有根据的。

这种性格特征自然有它的缺点，很早以来就受到了指摘。例如“江湖义气”是缺乏阶级分析的。黄天霸与窦尔墩嘴上都讲“江湖义气”，但出发点不同，吃亏的却往往是头脑单纯的一方。流氓打架，也常常拔出小刀子来，他们的主导思想与口号也是“江湖义气”。可见在许多情况下社会客观效果是坏的。

我们不好责怪窦寨主忘记了阶级分析，但不能不说他确有他的局限性，他的觉悟不高，只看见个人恩怨而看不到两种不同人群之间的对立。即使没有学习过马克思主义，只要肯用脑筋思索，素朴的觉悟也不是不能达到的。但他没有。所以该受到批判。

我想，窦尔墩随了黄天霸“到官认罪”之后，在杀头之前，总会有一刹那觉悟到自己的错误吧。

窦尔墩确是一位“失败了的英雄”，不知道该不该给以同情，但我是同情他的，我不同情黄天霸。

理由很简单，窦尔墩是一位觉悟不高、犯了错误的英雄，而黄天霸则是卖身投靠、以出卖人血为生的角色。在这两类人之间，你的同情是在哪一面呢？请问。

窦尔墩应受到批评的是他的粗鲁，他的不肯思考的单纯，而不是他本性中富有的正义感。老百姓看到恃强凌弱、凶蛮无理的现象是会站起来斗争的，他们的同情往往也在弱者

（或失败了的英雄）的一面。这种往往是下意识反应的出发点是应该肯定、保护的，决不能反对，除非我们鼓励两面派。当然“弱者”并不一定就是受迫害者，一下子不易判断得准确。但老百姓不只正直同时也是聪明的，他们最后总是会得到正确的结论，而且时间并不需要很长。

最有说服力的事件就是在天安门前发生的“四五”运动。人民的同情在哪里，人民的判断是否正确，某些“树威”的结果又怎样？这些都早已为实践所证明，用不着争论了。

一九八一年八月二十三日

审查

两年前的秋天在杭州，一天到葛岭去访黄河清（源），谈天时很自然地又谈到了鲁迅先生。天南地北地扯了一通，总之是越谈越感到了先生的伟大。记得我曾讲过这样的笑话。这些年来大家都经过了长长短短、各种形式的“审查”，也确有许多不愉快甚至悲惨的经验。但看起来审查并不一定是坏事。也不只是一部分人命定地要受审查，另一部分人则天生地是审查者。不，看来没有谁是能逃过社会的审查的。就如鲁迅先生，他的全部著作，早在几十年前就已公之于世了。后来连他的日记、私人通讯，包括经过自己改完的手稿，都印出来了。还给他编了好几种《年谱》。这就是说，鲁迅先生接受了多少年最全面、彻底的审查，而且是由全世界的读者进行的。审查的结果怎样呢？人们越来越感到了他的伟大。

虽然是“笑话”，但我的意思实在是很诚恳的。

这当然并不是说，鲁迅是毫无缺点的完人。我只是想说，鲁迅是经得起时间的考验的。他有很多意见，在很久以后会越来越显示其正确与深刻。他的为人实在是非常非常可爱可敬的。他当然不是“好好先生”，但也不是严肃得笑也不笑的正经人。他实在是一位可爱的、使大多数人心甘情愿地跟着他前进的人。

鲁迅在人民中间获得如此崇高的威望，不能不说是他经过、经受了人民最全面彻底审查的结果。

在纪念鲁迅诞生一百周年的日子里，我们读到了许多很好的文章与讲话，多半是正面研究，论述先生的业绩的。不过我们也不要忘记，必然也还有反面的东西存在。事实上从鲁迅诞生之日起，就一直存在着赞成或反对他的两类人了，这情形可以说一直没有改变，将来恐怕也不会完全改变，“盖棺论定”事实上是很难作到的。对一个人的评价再无争论趋于统一之日，就是他被供入“先贤祠”之时，也就是到了他不再对社会、人类发生影响的时候。这情形在鲁迅是不存在的，起码在目前是如此。

见闻寡陋，找不到什么新的材料。我记起了自称为鲁迅在《新青年》时的“同事”的胡适，在一九五八年台北的一次演讲，《中国文艺复兴运动》里，他曾经提到过鲁迅。胡适称鲁迅为“健将”“大将”。胡适说：我们这般人不大十分创作文学，只有鲁迅喜欢弄创作的东西，他写了许多《随感录》《杂感录》，不过最重要他是写了许多短篇小说。这种抑扬的手法，鲁迅也早已指出过，也就是西滢、实秋曾经使用过的，用“小说”压低“杂感”的老手段。胡适接下去说：“鲁迅先生的毛病喜欢人家捧他”，“他要去赶热闹，慢慢走上变质的路子”。这就慢慢清楚起来了，这就是胡适对五四以后新文化运动统一战线内部分化的判断。接着胡适又谈到了

“左联”，还介绍听众去看许广平编印的《鲁迅书简》，说这里有几封信，特别是鲁迅写给胡风的四封信值得看。胡适说，其中一封信是回答“胡风问他三郎（不知是谁，大概是萧军）应该不应该加入党（共产党）？他说：‘这个问题我可以毫不迟疑地答覆你，不要加入！……’”

胡适下面还有许多话，都是对鲁迅原信的引用与发挥。不过只要看看上面这一节，就可以清楚事事都主张“拿证据来”的胡博士的手段与真貌。鲁迅给胡风的这封信写于一九三五年九月十二日，那一句的原文是：“三郎的事情，我几乎可以无须思索，说出我的意见来，是：现在不必进去。”

也许人们会说，胡博士当年是在演讲，手头没有原书，只是讲他所记得的原话。但一篇文字给不同读者留下的印象是不同的，如何运用也大有分别。在胡博士的论述中，至少这许多都是可以看得分明的，也完全可以作为读者对他进行审查的根据。

我读了胡博士的演讲以后，曾经找出《鲁迅手稿全集》（书信）来查，没有查到。后来还是从一九七六年八月人民文学出版社出版的《鲁迅书信集》里找到的。《手稿全集》是一部好书，是鲁迅研究的重要文献，为读者提供了珍贵史料。如《两地书》的原貌，就是从这里第一次与读者相见的。而经鲁迅手定的《两地书》我认为也不可废弃，因为两者都是历史文献，是研究鲁迅的重要依据。不过何以曾收入许广平编的《鲁迅书简》中的手迹却被删却了呢？我不曾仔细校对，至少是先生寄给胡风的信是一封都没有。这与《手稿全集》《凡例》中所说“包括现在收集到的全部鲁迅手稿”怎么对得起口径来呢？不是有些信件并无手迹，仅据印本也收入了么？如致郁达夫、邱遇等信。《手稿全集》是一九七八年冬开始出版的，给胡适、周作人的信也都一一收入，为什么给胡风的信却删掉了，而且不加一点说明呢？而一九七六年八月印的《书信集》却是收了的。这中间也许有种种原因，但不正说明反而成为一种倒退了么？

对每一位重要的政治家，文学家……读者都有权要求尽可能掌握他们全部言行的文献资料。这也是为了对他们进行研究学习，也即进行“审查”的需要。而真正的马克思主义者，如鲁迅，是审查不倒的，愈审查而愈见其光辉。我们没有任何理由为之担心。

一九八一年九月二十三日

附记：关于鲁迅致萧军信，萧军自己有回忆说明，见于黑龙江出版社刊的鲁迅书简注释专书中。

看书琐记

国庆前大扫除，从报纸堆下抽出一本《鞠部丛谈校补》，随便翻了一下。这是挺有意思的一本书，我觉得是反映了清末民初那个特定时代文化面貌的某一侧面的，它所散布的，也正是那个时代所特有的气氛。

这是一本刻印都很讲究的书。刻成于一九二六，虽然不过五十来年，但已很少见了。扉叶是郑孝胥写的，题“罗瘿公遗编，李释戡校补”，背面是一块“牌子”，三行，“丙寅（一九二六）二月下浣，樊山阅，涉园雕，无边华盦藏版”。“涉园”是陶湘的“园”。刻版之精，正可与他刻的宋元人词媲美。罗是出生于广东顺德的有名诗人与戏剧家，程砚秋就是他培养起来的。樊樊山是大家都知道的。李释戡名宣倜，李拔可的弟弟，也是福建出生的诗人。民国初年正在北京当什么“将军”，不过好像只是天天过着听戏、上馆子、作诗的日子，了解得不具体。我是解放初期在缀玉轩中才认识他的。他晚年住在上海，生活上得到梅畹华的照顾，还是过着看戏、吃酒、作诗的日子。言慧珠等一大群梅门弟子都是他的学生。于六十年代逝世，留下两本诗集。但我觉得这本

《校补》倒是可以流传下来的著作。那时他自己也没有这书了，托我代为访求。我又从来青阁中得到一本，重装了送给他，他非常高兴。

前面提到的那些人都是清朝末年就在北京开始听戏的戏迷，可以称得起是剧评家中真正的老前辈。如樊山在跋中说："在京观剧五十九年，所心赏者，青衫则常四、采珠；花衫则望儿，傅四，皆此编所未及者。"这样看来，他开始听戏时还在同治六年，难怪他倾倒的几位演员，我连名字都没有听到过。

《校补》的价值，自然首先表现在戏剧史上。至于他们的观点，有许多在今天看来自然是过时的了。

我初读《校补》时，就曾产生过一种奇怪的印象，觉得这似乎是《武林旧事》《东京梦华》一类的作品。这在志盦的骈俪长序里已经发挥得够充分了。如他说作者"光宣间知事无可为，乃陶写丝竹，寄托荃荪。东墅苍生，归琼枝之软舞；南朝坐部，寻玉树之新声。艳体诗繁，秋痕意远。浅见讥其溺志，达者察其幽忧"。这就把遗老的无可奈何的心情，交代得淋漓尽致，当然还是要引屈子为同调，为醉生梦死找到一点根据。"则朱颜贻上（阮亭），未免呜咽秦淮；白发梅村，因以沈吟沧海者焉。"三百年前的吴王，也拉来作为陪客，这篇一千四百余言的长序，带来的就是这种世纪末的感情。

李释戡则在卷末对梅畹华的艺事成就作了极高的推许。结尾时说：

余独忆己未（一九一九）上巳，兰芳为其祖母八十称觞，听水老人赠联语云：“及闻法曲唐天宝，犹集名流晋永和。”寥寥十四字，中有无限感慨，足以括丛谈一部已。

这几句话，是可以与泗夫潜夫的《武林旧事》序归入一类，都是发抒了大致相似思想感情的文字。

我常想，鲁迅先生《魏晋风度及文章与药及酒之关系》的演讲，是迄今为止最精彩的中国文学史的独立章节。五十四年过去了，我们没有能写出别一章，更不用说一部能与之媲美的文学史，真应该引起人们惭愧与警醒。我又一直在想，如果能有二十篇左右这样的论文，概括了中国文学发展的全貌，那将是多么值得高兴的事呢？因而更加痛切地感到，鲁迅先生编著《中国文学史》的遗愿的终于未能完成，是怎样的一种无比的憾事。

《魏晋风度及文章与药及酒之关系》一文的产生是鲁迅先生用自己的眼睛去读这一活的历史时代大书的结果。史籍具在，文章具在，可是从来没有谁能看得这么透辟，说得这么亲切。仿佛曹氏父子，竹林七贤……都是他的老朋友，能摸得到他们每一个人的心。他论世多，论文少；俏皮话多，正经话少。这一切都与峨冠博带的正宗文学史写法不同，也为正宗学者所看不惯、看不起，因此先生又曾称自己的文字为“学匪派”考古。这里显示的正是极可贵的解放思想的创新精神。

为什么忽然又想到了鲁迅先生的论魏晋风度呢？因为我

觉得清末民初这一历史阶段，从文学史的角度看，虽然不及魏晋之际的重要，但它是新文学兴起的预备期。拿来与历史上不同阶段相比，有其共性也有自己的个性。更因为时间距离近，资料多，较易于了解、研究。如不及时进行工作，不要很久，在青年们看来，就将与魏晋没有什么两样，十分神秘了。

能显示出这一历史时期精神面貌的或一侧面的，表现在文艺方面的事物，随便想来就有，从谭鑫培到程砚秋的新腔；梁启超等集宋人词句的对联，同光体诗……程长庚等的唱腔我没有听见过，据记载，大抵是黄钟大吕一类的。为什么到了清末，竟出现了“满城争唱叫天儿”的“风”呢？研究家说程腔的出现是由于程砚秋有一种天赋的“鬼音”，当然也是一种理由，但没有人指出这种“鬼音”何以竟倾倒了一世？我看谭、程的歌声都应该看作唱出了当时在一定程度上弥漫于社会的时代声音。梁任公和其他一些文士，用精巧的手法，集了大量宋词的联语，使许多人倾倒。如“更能消几番风雨，最可惜一片江山”这样的对子，出现于“九一八”前后，难道是偶然的么？我还有一种清秘阁制、姚茫父画的小诗笺，就与便条差不多大小，选用梅溪词语作画，实在是非常出色的作品。如“想子胥今夜见嫦娥”一幅，就是满纸画了江涛，上面一轮孤月。此外如“子期老矣，不堪带酒重听”“尘侵谢屐，幽径斑驳苔生”诸幅，都是极好的。可惜鲁迅没有看到，不能收入《北平笺谱》或编入与《北京巨笺谱》对等的《小笺谱》。像这一类的事物，简直是大量的，无一不带有时代的印记，散发着时代的气息。虽然只是一个侧面，但无疑也是整体的组成部分。它的流风余韵，甚至可以下推到老舍的《茶馆》。我看这中间确实有着一种不可抹杀的微妙的血缘关系。正是文学史作者不能忽视、不可抹掉的。

一九八一年十月二日

盛况的变迁

前些天走过淮海中路旧书店，看见门前摆着一只小桌子，他们正在廉价推销过时的“热门书”——《尼罗河上的惨案》。书是全新的，照定价打了大约一个二折，还贴着大字的广告，但好像也没有谁去买。我看了这情形又记起没有好久以前人们争购此书的“盛况”，着实有些感慨，同时也不免暗暗高兴。我想，人民群众的鉴别力真是不可低估的。评论家、漫画家……发表了那许多议论，对目前出版界的某些不正常现象提出批评，收效依旧甚微。可是一旦读者站出来表了态，问题可就真的要解决了。新华书店发行部门是讲究经济规律的，又非常注意出版、销售周期。没有人买的东西，他们大约是不肯大量订货的。在这里，我们看到，有时候群众的意见比评论家的话要有效得多。

就在前两天，朋友通知，《陈垣史学论著选》出版了，要我赶紧到南京东路新华书店去买。第二天一早就跑了去，结果还是没有买到。打听下来，知道这书总共只进了五本，一下子就“抢”光了。这是不免有些令人失望的。不过同时又发现书店里新辟了一个文史哲书刊的门市部，万头攒动，盛况空前。挤在柜台前买书的全都是青年人，像我这样上了几岁年纪的挨挤不上，只能站在后面张望。许多人在“抢购”些什么书呢？原来是商务印书馆最近重印的《汉译世界学术名著丛书》，什么黑格尔的《哲学史讲演录》，达尔文的《物种起源》，卢梭的《爱弥儿》……他们一大叠一大叠地买，那如饥似渴的情形，使我吃惊。这都是些怎样的青年呢？没有也不好去打听，可能是大学里的学生，研究机关的工作者……但也完全不敢断定，事实绝不如此单纯。

对我说来，这都是“新闻”“新鲜事物”，至少它可以说明，在这一角落，读书这一角落，社会风气、青年动向，都开始起了值得重视、哪怕还是微小的变化。扎实的寻求知识的热情已经逐渐代替了追求刺激的畸形的好奇心。……我不想据此就作出怎样的估计，但我相信，这确是一种好的动向，使我得到了非常的愉快与鼓舞。

“文史哲书刊门市部”的同志还告诉我，他们保证我能得到一本陈垣的书。他们接手经管这方面的业务以后，像这类书就不会只订购五本、十本了。这也是值得高兴的。他说，过去有些同志认为，这种书是只有老头子才会买的。我想，上海有一千万人口，其中到底有多少“老头子”，“老头子”当中想读陈垣的书的人是否只有五个或十个；不是“老头子”的是否一律不想看，这许多似乎也都是有趣的，值得调查研究一番的小问题。

一九八一年十二月十三日

朦胧

与诗人杜运燮好久不通消息，最近因为偶然的机会才接到一封来信，他寄来了新印的《九叶集》，这里面就收入了他的一些旧作。对于新诗，我的知识实在过于贫乏，完全没有说三话四的资格。对于运燮，我也一直看作一位朴实的、聪明的、正直的朋友。三十多年前在南京我们曾经有过短暂的机会一起漫游，我知道他是一位记者，同时也写写诗。但他是不与我谈诗的，他知道我不懂。

从最近的通信中，我知道他这两年又发表了一些新作了，这自然使我很高兴。可是接下去又知道他曾被划入“朦胧诗”的作者之列而受到过批评。因为我一向少读新诗，不明白这是怎么一回事。今天偶然翻阅旧杂志，才在《新华文摘》里读到诗人卞之琳谈诗的文章，里面就提到了运燮的新作被指责为“看不懂”的大致情形。文末就附载了他的那首《秋》。我怀着好奇的心情读了一遍，觉得很奇怪，连我这样不大读新诗的人，一下子就读懂了，而且为诗人说服、撼动了。我觉得这是一首好诗，也一些都不难懂，他说出了很多人心里的话、心里的感情。诗人描绘的是粉碎“四人帮”后充满生机的祖国大地和重新获得了解放的生气勃勃的人民。这是一篇用不到有怎样高深的素养和理解能力的读者才能懂的诗。

可是评论家说是经过了一个多小时的研究才“猜”到了作者的“用意”。责难诗人使用了没有必要的“深奥难懂”的“手法”。例证之一是诗人写了这样的句子：“连鸽哨也发出成熟的音调”，下面是一大通责难。运用的是生物学上的“科学”根据。“可鸽哨是一种发声的器具，它的音调很难有什么成熟与不成熟之分。”看到这里，我不禁想，诗人到底是难做的，他会碰到许多这样“认真”的读者。

其实何止是诗，就连散文……也何尝不是如此。碰到这样“天真”的读者，真是一种困难。造成这种情形的原因实在是值得思索的。从什么时候开始我们的读者，还有批评家，就逐渐变得这么“天真”而“单纯”起来的呢？人们读惯了政治论文，一接触某些文学作品就自然地会产生一种“朦胧”之感，不懂，不满了。这是一种好现象还是什么呢？

诗是有些“特别”的，有时不像对话，不像报告，喜欢透露一些不大容易捉摸的藏在心底的感情，读起来确也不如看通俗小说那么方便，恐怕是一种没有办法想的“痼疾”。

我想，诗是有些“特别”的。想一下子读懂，似乎也不那么容易。没有一点必要的修养与训练是不行的。不但新诗难“懂”，古诗也不好办。李白说，“白发三千丈”，这是一个神经病患者的梦呓还是像“言过其实、不可大用”的马谡那类人的吹牛呢？如果认真“研究”起来，一小时怕是一定不够的。

一九八一年十二月三十一日

《河里子集》小序

为报纸刊物写小文章，我总喜欢取一个小小的专栏名目。这样做有一个好处，它可以使你经常记住有这样一个需要按时寄稿的地方，可以起一种无声的监督作用，使你不能舒舒服服地偷懒。否则，日子是很容易打发过去的。眼睛一眨就是一年，年终结账，没有干多少工作，就很不是滋味了。现在正是“腊鼓频催”的时候，也是结账的好时机。如果拨动算盘，最后只落得个“天增岁月人增寿”的结果，那就很不理想。

当然还应该赶紧声明一句，我并不是也不想挤进专栏作家的行列，这是用不着多说的。

不过专栏的名目也不大好取。近两年我换过《春夜随笔》《消夏录》《负暄录》……这许多花样，多半是按春夏秋冬的时令为序的。这其实是一种偷懒的办法，实际也有困难。因为种种原因，春天写的稿子，发表时往往已是盛夏甚至深秋，时过境迁，味同嚼蜡。因此有时就得“预制”，就是说至少提前一个季节动手。如果碰上阴晴未定、乍暖还寒的初春，自然更不好办。记得曾经将这意思写进一篇小文里，编者不予采用，现在是连原稿也不知弄到哪里去了。

现在打算还是避开时令节序，另起炉灶。挖空心思，总算想出了一个，叫作《河里子集》。

“河里子”是我还是小孩子的时候喜欢玩的东西，也就是鹅卵石。有大有小，形状颜色也不一。枯水季节它们就睡在河床里。在北方，这是极普通的东西，毫不珍贵。我第一次看到南京有名的雨花石，则是一直后来的事情了。解放初我随一个慰问部队的剧团出发劳军，第一站就是南京。演出间歇我们去游雨花台了。看见人们用一只只细巧的茶盅，注了清水，里面浸着漂亮的雨花石出售。真是五色斑斓，可爱得很。大家都买了一些。我买的是便宜货。每块不过五角至一元。团里的主要演员花了五元的高价买了一只表面有着天然的山水楼台花样的石头，捧了回来。大家都觉得稀奇也非常羡慕。几天后整理行装，石头的主人从水碗里取出了珍贵的雨花石，用手绢仔细擦干，预备放进包里。不料还没有擦上几下，亭台楼阁、山水树石这些奇妙的花纹就一下子都脱落了，剩下的只是灰白的一片，比普通的货色还不如。

这件有趣的小事，我一直没有忘记。在今天偶然想到河里子这个名目时又想起了。河里子是极普通的东西，它的生命应该也是很长久的了。经过多少年的摩擦、冲洗，有的磨去了棱角，成为圆形或椭圆形的石块，有的则依旧保存着不规则的自然形态。色泽也是原有的，并未经过人工的涂饰。它们没有太多的实用价值，也不大受到重视。不过小孩子倒是喜欢的。

我很喜欢这个标题。只怕货色名实不符，玷污了这个好名目，使小朋友也要觉得讨厌。不过决不挖空心思加上骗人的花纹冒充什么通灵宝玉，这一点读者倒是可以放心的。是为序。

一九八二年一月十六日

“冲冠一怒为红颜”

吴梅村是清初著名的诗人，“江左三家”之一，三百年来拥有不少读者。但一般的评价，好像都认为他的“诗格”并不太高。我想这和吴诗的风格与技巧是有关系的。当然诗歌的思想政治倾向是影响“诗格”也许更为重要的因素。不管怎样，人们还是喜欢他的诗。

将这评价并不太高、但却惹人欢喜的矛盾状况说得最好的是龚自珍。龚自珍有《三别好诗》，前有小序，说明这三者都并不是第一流的作品，但由于从小诵读，所以一直喜欢。特别是梅村诗，他举的理由是，“此皆慈母帐下灯前所授”。这心情，我们是可以理解的。

还有一层道理龚自珍不曾说，或来不及细说。那就是吴诗的音乐性。试想，五六岁的孩子，即使是天才儿童，也未必能完全理解诗的内容并发生兴趣，只要朗朗上口能像儿歌似的唱也就是好诗了。我想，吴梅村的有些诗确是可以唱的。

一般的看法，吴诗以七古歌行为最好。如试抄清初以还诸家的评论，可以有好大一叠。我想可以特别指出他的换韵，转折，抑扬……的许多特点。我一直怀疑，曹雪芹是曾受到吴梅村的影响的。《红楼梦》中林黛玉的《葬花词》、宝玉的《姽婳将军歌》，那写法，与梅村的七古是有微妙的关系的。当然更推上去，可以举出明唐寅以至唐代的《春江花月夜》。其实这也正是吴诗的渊源。

梅村的《圆圆曲》是名篇。这名篇的名句是“冲冠一怒为红颜”。最近忽然想到，这一句和上面的“痛哭六军俱缟素”，其实是极为工整的一联对句。虽然这并不是律诗的写法，但对仗的工稳却毫不逊色。这是一种比较别致的写法，通常写七古的人都不大这么办。因此这也正是吴梅村的特色，可能人们认为他的诗格不高，就正因着眼于这些地方。

七言律诗从第一联开始一对到底，也是这类不常见的别致写法。鲁迅“曾经秋肃临天下，敢遣春温上笔端”一律就和龚定庵的有些诗作法一样，从这里是也可以推定鲁迅曾受到龚诗影响的。

如果从诗人安排事件、形象、色彩的方法看，这两句所造成的强烈对比，特别是道德观上的强烈映照，就更显示了石破天惊的震撼力。为皇帝服丧的士兵的白色衣甲，和陈圆圆艳丽的朱颜红唇，是鲜明的对照！士兵的悲哀与吴三桂的狂怒，又是如此不同，它们的出发点就更不同。在那样的时候，士兵与他们的统帅，想的竟是完全不同的事情。

可以想象，这两句诗在三百年前有多大的煽动力！

吴三桂没有请律师上法庭控告诗人诬陷、毁谤，也没有运用他的“薰天势焰”施加什么政治压力，更没有派出帐下偏裨去把吴梅村干掉。为什么呢？他只是想付出惊人的“稿费”，“辇重金，求去此诗”，而“先生不许”。在这一点上，吴梅村倒还有些骨气。

吴梅村手里有什么武器呢？只不过是一支毛笔而已。

吴三桂怕什么呢？那样一个大军阀、大汉奸难道真的怕一个书生么？

吴三桂深深懂得他那远远超出了“为恋爱而恋爱”的行为在全中国的老百姓面前是通不过的，说出了老百姓心里话的人也是万万碰不得的。

人生不能没有爱情，这是对的。古今无数诗人作家抒写了它，好像至今也写不尽。不过必须明白，爱情是也有种种的，有些还是挂着漂亮招牌的冒牌货。吴梅村只是指出、戳穿了一种“神话”，因而名传千古了。

一九八二年二月十一日

一个希望

近些年来，偶尔从书店里看到一些各地出版的从一个侧面反映了地方色彩的出版物，总是觉得很高兴。因为发行上存在着某些问题，读者不可能容易地全部看到这些书，我所接触的也只能是其中一小部分，但即使如此，也够使人高兴的了。如果简略地举出一些例子，像山西的《傅山传》、广东的《南汉书》、四川的《巴蜀古史论述》、云南的《云南古佚书钞》、贵州的《夜郎考》……就都颇有地方特色。这虽然只是图书地方特色的一个侧面，却是不可忽视的一个重要方面。目前，尽管这类出版物数量还少，质量还不高，但还是使人高兴的。因为它使我们从中看出一种可喜的现象，即出版界的同志们已经开始注意到这方面工作的迫切与重要了。

北京近时成立了"北京古籍出版社"，新刊并重印了一批有关北京历史、文物、风土……的有参考价值的古文献，则更是有意识、有计划地进行这种工作的事例。

一两年来有机会与出版界的同志接触，我总是提出我自己的一种设想与建议。考虑到我们的社会主义祖国幅员如此辽阔，文化遗产如此丰富，而相对说来，国家的出版力量还不能与之相适应。因出版分工的限制，一时还拿不出更大的力量来进行这方面的工作。因此地方上的出版社，就责无旁贷地应该担负起这一任务。地方特色是地方出版社与国家出版机构分工的一个重要方面。而在采访、编辑上说，也有相对的有利条件。这虽然一般说来是一种“寂寞”的事业，不那样容易赢利的事业，但我认为却是值得予以重视的一种工作，是为子孙后代造福的工作。与其把注意力全部集中在印行武侠小说、外国惊险作品上面，还不如分出一部分精力着手这一工作来得有益。出版事业与一般企业到底在性质上有着区别，精神产品与物质产品也有明显的差异。我们应当站得高些，看得远些。

我们是有着这样的悠久历史传统的。过去，地方志、地方诗文总集……这类书籍的编辑与出版，一向由地方上的官吏、绅士等出面进行，被视为一种“美德”，比修桥补路还要更重要一些。当然，旧时代人们进行这种工作，自有他们的意图，和我们今天的要求并不一样，因此他们的工作中也必然包含着很大的缺点。但在保存地方文献这一点上，还是有其共同之处的。据说，清代所修的各地方志，流传到今天的就有六七千种之多。这是一个很大的数字。在四个现代化的伟大事业中，在建设两个文明的过程中，无疑将能从这类文献典籍中取得大量有用的资料，获得极有价值的启发与根据。

各地都曾出现过许多对社会、人民做出过不同贡献的人物，自然也包括各式各样的反面人物。这些人当中，名声大的是全国皆知的了；也有些不那么著名的，就只有地方上的人才更能明白他们的底细。他们一律被称为“乡贤”，大抵也都有些著作，也流传着有关他们事迹的故事。而这类著作和故事，也只有在地方上搜集、整理才更有效。这是全国性的出版、研究机构不易做或来不及做的工作。同样，地方志也不能局限于省志、县志，还有些山志、寺庙志、名胜志、镇志、乡志、村志……以及有关的“竹枝词”，都往往是有一定价值的地方文献。诗文集更是浩如烟海，不过也更易于毁灭。及时加以搜寻、著录、保存，有计划、有选择地编辑，用不同形式加以介绍与出版，都是十分迫切、重要的工作。

就目前这方面刚刚起步的出版情况看，数量少、质量不高、选择不严、缺乏计划、校勘不精的情况是存在的，也是不宜作酷刻要求的。但加以重视，调集力量，加强协作，那么这项工作无疑是能够逐步得到改善、发展的。譬如，选题就很重要，缓急先后也应注意。对所谓“乡贤”，也不能只以名气大小为唯一依据。好人要选，坏人也不必一概回避。一切都要持实事求是的态度，从有利于社会主义物质文明和精神文明的建设出发。过去人们进行这一工作时，很大的一个缺点是表现了某种“地方主义”或“行帮气”。不论是谁，只要是同乡，好的自然要说成完人，坏的也要尽力地涂脂抹粉，极尽其辩护律师的责任。例如，过去记贵州人物的专书里，收入了杨文骢，却删掉了马士英，这是一个极端；而贵州人姚大荣作了一部《马阁老洗冤录》，则全力为马士英翻案，把他说成是一个大大的好人，这就走到了另一个极端。

今天看来，无论哪一种“极端”，都是不科学、不可取的。

王安石是北宋著名的政治家、文学家，是“全国著名”的人物。他当然是正面人物，但也不是毫无缺点的。可是清朝有一位蔡上翔，作了一部大书为这位同乡辩护，细心地把有关王安石的一切批评都一一加以辩解。有些是作得对的，但也有一些地方，说得非常可笑，留下了自己也掩盖不了的漏洞。这就大大减低了著作的价值，也同样表现了旧时代著作家的“局限性”。

类似的例子，还可以举出一些。在我们今天从事这一工作时，像这样的缺点，是必须力求避免的。

这里提出的是一个很大也很困难的任务，但又是重要而迫切的，不能加以回避。这工作迟早都要做，而及早动手必然要比拖延有利得多。在这方面，需要考虑的问题很多，不可能在这篇短文里一一提到。但我希望，如能因此引起出版界的注意，把它提到议事日程上来，认真考虑、研究，就非常满意了。

一九八二年二月二十一日

人言可畏

看过电影《西安事变》以后，感到很大的满足，觉得这确是一部好影片。

走出电影院的时候，我曾想了想。为什么对这影片会有浓厚的兴趣呢？回答很简单，因为这个中国近代史重要转折阶段自己是亲自经历过来的。当时我正在天津读中学。事变发生前后的种种，到今天回忆起来还历历如昨。看电影就等于回忆、印证过去的历史与记忆，有兴趣是当然的。可是今天的电影观众大部分是青年人，有的人根本就不熟悉这段历史。譬如我的女儿，虽然已经在大学里作了教师，可是还在问我张学良、杨虎城哪个是率领西北军的？这是使我吃惊的发问。但，年青人也说这部影片好看。那么，他们是给什么东西吸引过去的呢？这问题我一下子还想不完整。只是觉得拍摄这样重大的历史题材的影片，编导和演员身上肩负的任务多么重。必须设身处地为广大观众着想，不能把他们都看作和自己一样是"过来人"，必须把科学的历史真实艺术地再现出来；必须对历史人物，不论是已死未死的，都要公平。……说来说去，真实性还是至关重要的，这是一切文学艺术作品的灵魂。《西安事变》这部电影所以成功，也因为在这一点上做得不错。

有人认为，电影里非加一点“爱情”的佐料才能变得有滋味，这不一定。《西安事变》里的两位主角的夫人都出场了，连宋美龄也出场了，也恰当地描写了他们之间的关系（也许笔触还可以再浓一些）。但没有谁说这是一部“英雄加美人”的影片，而且它也照样吸引人。

张学良将军和赵四小姐的命运特别引起像我这样年纪的人的同情与关切，因为他们至今还活在祖国的宝岛台湾，在许多只眼睛不断地窥伺之下“生活”着。

像我这样当年的中学生，对当时的“少帅”确是抱有一种复杂而微妙的印象与感情。他是一位从军阀父亲手里继承了很大权力的“少帅”，他过着花天酒地的生活，他是葬送了大片国土与父母之邦的“不抵抗将军”，他是蒋介石手中的“驯服工具”；可是在另一面，他又和旧军阀不一样，例如，他喜欢洋玩意：跳舞、开汽车、驾飞机，还和一些有进步思想的人物来往。他还搞“自由恋爱”，和一位赵四小姐相好……这一切，在当时的年青人心目中，并不全是反面的、应该斥责的行为。人们觉得这位“少帅”身上似乎有点新东西，和留着八字胡、戴高顶军帽、挎着洋刀的“老帅”张作霖那辈人不完全一样。

今天看来，这种朦胧的观察并非毫无根据，影片想表现的似乎也是这个。

当年马君武写了几首诗，我到今天还背得出其中的一首：

“赵四风流朱五狂，翩翩胡蝶最当行。风流乡是英雄冢，哪管东师入沈阳。”

为什么到今天还背得出？可见当年就是极为佩服而且熟读的了。诗是写得漂亮的，是从李义山那里套了来的。受到了热烈欢迎也是无怪的，因为诗人写出了当时全国人民抗敌御侮的心情。但诗人援据的事实却并不真确，张学良是百口难辩的。可见那时出自人民的批评还是很有点威力的。

张学良就是在这种“外惭清议、内疚神明”的精神状态下一步步向前走去的。

不过事实究竟是事实。北大营失守之际，张学良和夫人于凤至正在北平的中和戏院看梅兰芳的《宇宙锋》，并未与胡蝶在六国饭店跳舞。他闻变之后，立即召开了紧急军事会议，只是由于蒋介石强制下达了不许抵抗的“铣电”，才使“少帅”赢得了一顶“不抵抗将军”的“桂冠”。这件有名的“铣电”，在影片中曾两次出现，到底给张学良平了反。

至于马君武，作为国民党的元老和桂系的头面人物，他应该不会不知道蒋介石的一贯政策，为什么竟如此不公平地对待张学良呢？而且后来他也一直不曾作过什么更正。一位诗人，不论写诗的技巧多高，如果在政治上不清醒甚至站到了错误的立场上，那就写不出好作品，更可能造成非常严重的后果。这是明明白白的。

不能不看到，批评家有时候是很厉害的。他们手里的笔有时候是能杀人的。这里就是一个例子。人言确是可畏的，但张学良不像阮玲玉那么脆弱，所以他到今天还活着。

张学良是个可爱的人物，他的出身、教养……不能由他自己负责，他本人是正直的、豪爽的、能干的、向往进步的。他身上也有许多沉重的负担，其中之一是最后害了他的江湖义气。江湖义气并不完全是坏东西，只是在政治上不清醒的前提下，就会成为铸成大错的根源。在影片中，周副主席指出张学良竟自“负荆请罪”去了，这是对他的严肃的批评。可是我记得看到一篇回忆录，在另外的场合，周总理指出这是由于张学良受了旧戏《连环套》的毒。这好像更为恰切。

影片中的张学良是演得好的，不过我觉得，人物还应该更粗犷一些，任性一些，应该有更多年轻将军的样子、神气。现在却显得过于文雅拘谨了。

一九八二年七月九日

马君武的诗

前些时，我曾引用过马君武的一首诗，因为只是根据记忆写出，中间错了两个字。前两天在书丛中找到一册《马君武先生纪念册》，其诗稿部分正收入了这两首诗，前面还有小序，诗题是《哀沈阳》，诗序说：

周师取平阳，北齐后主方偕冯小怜猎于三堆。晋州告急，后主欲还。小怜请更杀一围，北齐遂亡。九月十八夜日本师入沈阳，臧方（疑当作式）毅电北平告急。适张自上海迎电影明星胡蝶至北平开跳舞会，兴致正豪。第一次电话不暇接；又来第二次电话，张仓卒答以“日本要什么便给什么”，仍跳舞不辍。东三省遂于二十四小时内亡于日本矣。仿李义山作《哀沈阳》二章。

两首诗是：

赵四风流朱五狂，翩翩胡蝶最当行。温柔乡是英雄冢，哪管东师入沈阳。

告急军书夜半来，开场弦管又相催。沈阳已陷休回顾，更抱阿娇舞几回。

诗和诗序在当时都曾引起极大的反响，可称抗战诗史的重要篇章。“诗序”言之凿凿，但现已证明，这并非事实。张学良受到了不公正的批评，是应予湔雪的。但如不纠缠于细节，从全局着眼，则诗人的感愤正是代表了当时人民大众的感情。这正是两诗所以起了极大宣传鼓动作用的终极原因。遗憾的是诗人没有更深入的批判，没有揭出更重要的责任者而加以谴责。此外，为诗人所深信的那种“流言”，也正是当时在老百姓当中盛传的小道新闻，大家也都没有任何怀疑。这就又为我们提示了一种重要社会现象的成因。无论什么时候，小道新闻都是在某种特殊情景中产生的。在当时，这样的流言有可能由敌人散播或“好事者”创造，但其所以流行，说到底还是因为它符合人民的感情、意愿，否则就不可能扩散、流传。而消灭小道新闻最可靠的途径也只能依靠真实的正面新闻的出现。其他一切手段都无效或收效甚微，甚至还会起更坏的作用。

这本纪念册刊于一九四〇年八月一日马君武逝世后不久。铅印、粉连纸线装一册。包括了遗像、遗墨、事略、哀挽诗文等部分。由当时广西省的当权者编印。全书最后是周恩来同志送的“一代宗师”和朱德、彭德怀同志送的“教泽在人”挽幛。纪念册中最珍贵的是“遗著选录”部分的诗稿。据编者说，马君武诗稿，都古今体诗及译诗一三六首，曾于一九一三年刊于上海，柳亚子以藏本相寄，据以刊入。柳先生又以“马先生留学日本西京帝国大学时所编印之新文学第一册见寄，此书殆为海内孤本”。其中亦载马君武诗，与刻本相同。此后诗稿就没有再刻过，纪念册中又收入补遗二十三篇。《哀沈阳》即在其中。

诗稿的数量不多，但无论就政治意义或艺术性来看，都是有分量的作品。马君武诗的创作时代约略与南社诗人同时，但显得更新鲜、更有生气。在民族革命的浓烈色彩之外，还包含了自己的特色，这就是现代科学精神。这是他区别于同样也善于运用新词汇入诗的老一辈诗人如黄公度等的。马君武是一位爱国主义诗人，在早年（丙午，光绪三十二年，一九〇六）所作的《华族祖国歌》中，少年诗人似乎就已经摆脱了狭义的民族革命的羁绊，甚至表现了沙文主义的倾向了。在六首歌辞的最后一章，诗人唱道：

> 地球之寿不能详，生物竞存始洪荒。万族次第归灭亡，最宜之族惟最强。优胜劣败理彰彰，天择无情彷徨何所望。华族、华族肩枪腰剑奋起赴战场。

这是当时具有先进思想的人的心声，就是今天读来也依旧使人感奋兴起的。马君武为诗稿所写的“自序”（一九一三），不只是自传，也是一篇有力量的宣言。他在叙述了游南洋、日本后，“丙午（一九〇六）夏返国，主教中国公学。时端方督两江，购捕颇急……西游欧罗巴，学冶金于柏林工业大学。辛亥冬间归国，值武汉革命军兴，随诸君子之后，东西奔驰。今事稍定，从友人之请，搜集旧所为诗文，刻为一卷，殆皆壬癸间所作，十年前旧物也。自兹以后，方将利用所学，以图新民国工业之发展，殆不复作文矣。此寥寥短篇，断无文学界存在之价值；惟十年以前，君武于鼓吹新学思潮，标榜爱国主义，固有微力焉。以作个人之记念而已”。

这些话说得是非常清楚的，对诗稿的评价也是恰当的。马君武在同盟会最初成立时任秘书长。据李四光的回忆，在同盟会的正式成立大会上，“忽然有人提出质问，他问：‘我们是要排满革命，假如有满人要加入同盟会，我们怎么办?’一座为之哗然，都以为这位朋友，说话太无意识。在嘻嘻哈哈嘲笑的时候，君武先生站起来直截了当地回答，他说：‘我们是反对卖国亡国的满洲政府，如果满人中有与我们志同道合的，我们当然欢迎。’全体鼓掌，孙先生也鼓掌”。这个小故事可以作为重要的依据，帮助我们了解他的政治思想和他的诗。

取新思想新名词入旧体诗，在马君武的时代，虽然不能算是创举，但像他那样彻底的，也难得。《贺高剑公新婚》（一九〇六）是一首古诗，他开头就说：“娶妻须娶意大里（利），嫁夫当嫁英吉利。我读欧史每怀疑，知是英雄欺人语。罗马诗豪说但丁，世间童孺皆知名。自言一卷《欢神曲》，吾妇烟时披里纯。”这样自如地运用新名词、新思想于完全合乎规范的出色的旧诗，是很少见的。

《诗稿》中还有译德贵推（歌德）的诗、英裴伦（拜伦）

的《哀希腊歌》等，都是译于一九〇四前后的早期译诗。后者有短序："此诗共十六章。梁启超曾译其二章于《新小说》，梁氏非知英文者，赖其徒罗昌口述之。予以乙巳冬归沪，一省慈母。雪深风急，茅屋一椽。间取裴伦诗读之，随笔迻译，遂尽全章。呜呼，裴伦哀希腊，吾今方自哀之不暇尔。"又译歌德《威特之怨》（《少年维特之烦恼》）中《阿明临海岸哭女诗》，都是早期译诗的珍贵史料。读之使人想起鲁迅的译《域外小说》。

下面介绍几首七言律诗，我看都是非常出色的作品：

柳色逢春无限青，含愁独过湖心亭。茫茫云水数间寺，了了尘根一卷经。无主河山惟破碎，有情萍絮自零星。梅花已尽余荒冢，不见孤山处士林。（《西湖》）

西湖杨柳映朝霞，自结花圈拜岳爷。国会冤刑苏拉第，敌军威慑汉尼巴。君臣昏愦河山耻，父老遮留将士哗。正气消沉君莫问，黄龙今日属谁家！（《杭州拜岳武穆王墓》）

在历代千万首西湖诗中，这应该是难得的出色之作。即使被收入旧人的诗集中，也会立即发现那特异之处的。不是因为格律，而是独特的思想和时代气息，显示了作品的异样。

即使是抒写恋情之作，也依旧逃不脱这一规律：

悲凉弦管新闺怨，破碎河山一美人。苍狗红羊惊旧劫，坠萍飞絮话前因。英雄末路悲醇酒，恋爱新词写素裙。金字塔前同一笑，愿身成骨骨成尘。(《赠某》)

《京都》(丙午三月)(一九〇六)诗的下半说：

百年以后谁雄长，万事当前只乐观。欲以一身撼天下，须于平地起波澜。

这是写出了少年诗人马君武的胸怀与志气的。这诗写成至今已经过去七十六年了，距离“百年”还有二十四年，今天读了还是不能不使人激动。

马君武的命运与许多先进的知识分子一样，不能不陷于重重的困惑与颠沛。他自己叹息不宜于政治生活。他办学校，改良桂剧。在抗战中他是广西大学的校长，他提出的口号是：学生要拿书、拿枪、拿锄头。意思就是说要有科学的知识、战斗的本领、生产的技能。这不但在抗战的当时，就是在今天也依旧是一种有价值的见解。他和恩师唐景崧（台湾抗日斗争的领导人）都在晚年关心桂剧改革，马君武曾修改桂剧传统剧目《世隆抢伞》(《拜月亭幽闺记》)为《乱离婚姻》，注入抗战内容，获得很大成功。又请欧阳予倩担任桂剧改进会顾问，作了许多工作。桂剧名演员尹羲就是当年培养出来的优秀人才。

马君武晚年的诗可惜大半散佚了。《补遗》中有五首

“抗日纪事诗”，其第四首是：

如斯诸葛方为亮（左宗棠自豪语），十万雄师受指挥。力战屡穷罗店敌，会攻又解宝山围。遂令学就万人敌，徒使缝成千女徽。松井石根真竖子，难民车上示皇威。（上海南站、松江站难民车为倭寇飞机炸死难民千余）

这是可以作为诗史的。其第二首写北平弃守，结句是“门头沟外奇兵起，种豆于今反得瓜”。这是写京西抗日游击队的，诗人的意思非常清楚，同情所在也是清楚的。

最末一诗也无疑是名作，诗题是《三卅纪事》，小序说，“民国二十九年三月三十日汪精卫在南京成立伪组织”。诗云：

潜身辞汉阙，矢志嫁东胡。脉脉争新宠，申申詈故夫。赏钱妃子笑，赐浴侍儿扶。齐楚承恩泽，今人总不如。

这真是绝唱，在当时也曾引起很大的反响。比起许多大块文章来，这样锐利匕首的效力并不差，可能还更强些。诗中用了典，还不止一两个；诗律、音节都是极好的，简直把浑身软骨头的汪精卫及当时国民党上层的矛盾刻画尽了。这是标准的旧诗，谁说旧诗不能成为战斗的武器呢？

一九八二年十月二十六日

别时容易

近来，在不意中又增长了一点见识。自己觉得很高兴。

人生在世，只要一息尚存，总会遇到一些新鲜事，为过去没有见过、听说过的。从中往往又可以学到一些新东西。有句古话，“世事洞明皆学问，人情练达即文章”。说的就是这种情形。这样的对联，陈腐是有些陈腐的，但我觉得它有一种特点，即不把“学问”局限于书本上得来的知识，也不把文章只看作纸面上的东西。即此一点，就实在很了不起。

大约两个月前，一位收藏新文学旧版书的朋友告诉我，说在旧书店的仓库里看到一本我找了许久的书。这是十多年前失落的群书中的一册，失落时容容易易，可是想补买回来可真烦烦难难。听了这消息哪能不高兴，匆匆赶去问时，不料被一口回绝了，“没有”。没有法子，只好婉转说明，就是前两天还有人在这里看到过，这才答应“慢慢地找找看”。过了十几天再去问时，回答说：书是有的，不过能不能出售，还得请示后才能决定。这“决定”是在又过了十天第三次跑去时得到传达的，“不行”。理由是要留作“资料”，以备将来自己翻印之用云云。

前后费时一个半月，来往奔波三次，结果是彻底失望。但收获还是有的。那就是使我知道，旧书店的经营方向有了改变，不再以供应读者资料为主，而是像出版社一样，要翻印旧书了。此外，又使我明白了另一种事实。旧书的身价看涨了，即使是三四十年前出版的铅印本，也变得如此珍贵，有和宋元版书并驾齐驱之势。

在第三次被“回绝”时，书店的服务员好像也有点不好意思，对我作了一些解释。主要的意思是，旧书店本来自己并不“藏书”的，过去收进旧书也大抵供应了图书馆。可是现在自己想翻印旧书刊，向图书馆去商借底本时，不但困难，还得付很大一笔费用。一赌气，索性自己“收藏”，买进的书也不卖了。

这是我得到的第三种新知识。图书馆是可以免费借阅藏书加以利用的地方，这是多年来形成的概念。现在知道也有了新的发展，在某种情况下，借书是要收费的。

这许多，都是近来出现的新事，也显示了某些社公矛盾，牵涉复杂的经济因素和企事业管理问题，一时也说不清楚。但分明可见的特点是，无论图书馆还是书店，都是建设社会主义精神文明的重要工具，现在似乎都已把经济目标放到了前所未有的地位上。这倒是值得注意的。

翻印稀见的善本这种事，过去的图书馆和旧书店都曾作过。这是有历史传统的。解放前北平图书馆就印过《善本丛书》，南京的江南图书馆也印过不少善本，都是作出了成绩的。但说不上营利，不赔本就是好的了。上海、北平的一些旧书坊也印书，印出了《贩书偶记》这样的书，也影印过《二洪遗稿》《孟邻堂集》《洛阳伽蓝记》……都是些生冷的书籍，销路不会很多，得利也有限。

重印旧书，保存、传播有价值的文献资料应该是首要的任务，营利可以放在次要的地位。看看今天的重印业务，这一点则是不明确的。有的书，并算不上怎样的珍贵资料，却用极大的人力物力重印了，定价贵得惊人，好像下定决心不给一般的读者买似的。如“暖红室”刻的曲子，朱祖谋刻的词，都是好纸精印，锦函牙签，定价动辄好几百元。充古董，不够格；作读本，又太贵。大概是想卖给海外的汉学家或好古之士吧。但他们也不是小孩子，不一定踊跃争购的。而一些真正有版本文物价值的国藏善本，却又印得太草率了。如蜀本的唐人集，确是孤本秘籍。但印制水平，不必说几十年前的日本影印本，连商务印书馆的《续古逸丛书》都赶不上。这是不能不使人感到遗憾的。像这样的善本，依照我们现有的印刷水平，是完全有可能印得好一点的。上海图书馆印过纳兰容若的手札，就是一个例子。这样的书，印数不必多，定价不妨大，但作为代表国家文化水平的印刷实物，却不能不力求印得好些、更好些。

“普及性”的东西不是没有。我看到过一种《养生随笔》，过去没有见过，觉得很新奇。一翻，才知道就是曹廷栋的《老老恒言》。重印所据并非并不难得的乾隆刻，而是几十年前上海书商的翻印本。只要看那书名，就闻得出一股浓郁的商业味道了。所谓古籍重印，在某些地方，从选题开始，就能看出这样的倾向，就是考虑销路多，顾到文献价值少。

至于翻印新文学出版物，那就更是有点随便了。不过有一条“规律”，印的绝大多数是已死作家的作品。我们至今还没有一部版权法，作家逝世后是否版权就立即消亡，也没有明确的规定。这就为重印者提供了“方便”。郁达夫的许多书都重印了，夏丏尊译的《爱的教育》也重版了。重印的时候也并无任何说明，连原书的版本衍变的介绍也没有，也不说明为什么选取这一版本的理由。复印只是复印而已。

无论怎么说，至少有一件好处应予肯定，那就是新文学旧书的身价又提高了，又被人看作可以带来种种好处的“宝贝”。于是大约也多少可以逃掉称斤、销毁、作还魂纸的不幸命运，资料因此而可能得到保存，现代中国资料馆也有可能建立并逐步充实起来的吧。到了那时，研究新文学史的人可以在那里找到自己所需的资料，出版机构也可以取得重印的原本，不必再因这一切而苦恼奔波。资料馆一定不是一个营利机构，这一点我想是可以肯定的。

一九八二年七月廿七日

一夜北风紧

脂砚斋评《红楼梦》有雪芹有传诗之意的话，常常引起人们的误解，以为这是说曹雪芹在小说中写入了大量的诗，意在显露作者的诗才，其实这是个很大的误会。说《红楼梦》里的诗是雪芹写的，当然无可指摘；但这些却不能看作是他的作品，也许说是“仿作”较为恰切。

回忆小时候读《红楼》，最先赏识的是诗，不但赞不绝口，而且抄下来背诵。后来逐渐觉悟，《红楼》的佳处并不在这些诗上，甚至其中有些还是很不高明的。这里并不是指薛大哥的“哼哼韵”或贾环的灯谜，就连林、薛之作，有些也并不足观。

诗，只是作者创作的一种手段，是为刻画人物服务的。这不只表现在用诗来暗示人物的身世、结局。应该说，作者力图做到的是什么人作什么诗这样一种要求。

正如作者非常熟习生活一样，作者对诗歌的写作、欣赏也实在是个行家。古体、今体、五言、七言、联句、应制，还有填词，可以说包罗万有，出色当行。作者借黛玉之口论诗，尤为出色，可惜至今文学批评家还没有将它收入历代“文论”之中。

宝玉所写的春夏秋冬四律，香菱初学作诗的两首试作，以诗论都是劣作，但作为小说中的穿插，则表现了极高明的现实主义方法。读了这些，几乎使人惊呼，这简直是捏造不来的。

在整部大书中，“仿作”的绝妙佳句，应该无过于凤丫头的“一夜北风紧”了。这真是神来之笔，即使请真正的大诗人来“首倡”，恐怕也写不出更好的句子。王熙凤被逼出了这一句以后，诸位“诗翁”纷纷赞赏，她们说得都很对，也不只是对这位从不作诗的二奶奶的鼓励、奉承。

“大白话”与诗之间并不存在不可逾越的鸿沟，这是符合林姑娘的“诗论”的。这起句起得多好，难为曹雪芹想得出来，大观园中怕没有第二个人写得出这句子。只要看接下去的联句，就明白了。简直一些都匹配不上。

曹雪芹真是熟习生活。他写医生把脉处方，写省亲、出殡、打醮，写皇粮庄头交租，写起造花园，采买各色物品……数不胜数，使小说成为一部不折不扣的“百科全书”，但还没有人注意到他作为一位真正的诗家的修养与卓识，以及他怎样使这一切为他的小说服务。

这就使我们想到，写历史题材的作品是很不容易的，不熟习生活是不行的。即使这生活已离开今天很远了，还是非千方百计地设法熟习不可。生活在今天与生活于往昔的都是活生生的人，不熟习今天的人也就说不上熟习古人。至于诗，如有必要在作品中出现，也必须写得像个样子，不能使古人作“打油诗”出乖露丑。

一九八二年一月二日

《红楼梦》与电视剧

听说十五至二十集的电视连续剧《红楼梦》已在准备编写、摄制，这是使人激动的。但同时又觉得这个任务十分光荣而艰巨，有许多问题值得仔细考虑。改编《红楼梦》也应该努力体现“百花齐放、百家争鸣”的精神，不应该只有一个模式。而且也应该允许不断有新的、更完美的制作陆续出现或同时并存。不能想象一下子就能拍出一种“定本”来。

上面说到模式，是因为看了《乘凉乱弹》中的一段议论而想到的。那里说的是戏曲片《红楼梦》：

> 说实在的，这部片子是否从整体上拍出了这部名著全部精神实质，只有由红学家去评论。我总觉得是编者凭个人爱好，从这部名著挖出了他认为“最精彩”部分而加以集中编纂出来。到了观众眼里，更加集中到“哭灵”这些段落。因此，用眼泪去欣赏《红楼梦》这出戏，不等于欣赏文学巨著《红楼梦》。完全是两码事。

我觉得这些话说得实在对极了，也因此而愈益感到上面说的某种模式确实是存在的。

曹雪芹的小说只留下了前八十回，不是完书。不过我总觉得书还是完整的，故事固然没有结束，但并不影响作品的完整。作者实在已经把完整的氛围、气势、结构都交代清楚了。我这里并不只是指的那些诗词、曲子、灯谜之类的暗示。曹雪芹确是使用了这些手段，但这是非常次要的。伟大艺术家不是靠猜谜取胜的。人们常常称赞高鹗续得好，保留了悲剧的结局。但读了前八十回，猜出了这样一点“谜底”，也并不需要特等的聪明；而他所开出的许多具体答案，可实在糟透了！简直不忍卒读。高鹗的得意之笔“魂归离恨天”，就是最有代表性的标本。他让黛玉在临终时咬牙切齿地呼叫“宝玉，你好！”一下子就把作品的全部基础打得粉碎了，确不愧为“高手”！

这一切就正是一种模式，极有势力的模式。不能因为一百二十回书“风行已久”，就必须承认这“既成事实”，就和不能承认帝国主义者霸占了数十百年殖民地的“既成事实”是合理合法一样。

同是一部《红楼梦》，不同的读者看到的却是不同的东西，也就形成了完全异样的模式，这一点鲁迅早就指出了。如果认为曹雪芹志在写出一部纪录儿女私情的风月之书来骗取读者的眼泪，简直是一种诬蔑。我们不应上当，事先准备好一打手绢走进剧场去或坐在荧光屏前。

根据曹雪芹的“提示”和脂砚斋等见过残稿者的批语，我们多少可以知道八十回后的一点情节。黛玉是早死的，但不是钻进那样下作的圈套里死去的。曹雪芹主要的力量放在写出一个封建大家族的覆灭，以及在这过程中许多不同身份、性格……人物的命运。这样，也就“百科全书”似的反映了那个社会。那气局、规模、深度，都不是区区恋爱事件局限得了的。这才是真正的伟大的《红楼梦》。我们不应对高鹗要求过高，他办不了这个。

我不敢也不该说我们伟大的社会主义祖国就不会产生能与曹雪芹比肩或超过他的作者。我们应该努力，应该有这种志气。在目前，至少我们应该跳出已有的模式，根据对原著的认真研究，勇敢、刻苦地力求写出接近于原作的改编本来，不能再给高鹗牵着鼻子跑了。

一九八二年七月廿五日

小说与优生学

上次提到的《乘凉乱弹》里对《红楼梦》还有一种新颖看法，是过去“红学家”们不曾碰到过的。那是从优生学的观点出发，认为黛玉不曾嫁与宝玉，还是不幸中之大幸。否则两人生出一个怪胎来可怎么好。这一点，我过去就从来没有想到，非常惭愧。同时又想，这可是个大问题，如认真考虑，《红楼梦》的全部基础，可就要完全彻底地垮了。

看来曹雪芹是逃不掉“责任”的。什么不好写，偏偏要写这种亲上作亲的故事。其实，优生学虽然晚近才从西方传来，我们的老祖宗却早就知道一点，并总结出“同姓为婚，其生不蕃”的经验了。奇怪的是古往今来许多作家都视而不见。难道他们都是离经叛道、不讲科学的么？怕也未必。这种例子多得是。例如大家都知道陆游不幸的婚姻故事，他那位因父母之命而被迫离异的爱妻唐婉就是亲舅父的女儿。陆游因此而写下了好几首沈园诗和《钗头凤》词，至今还使人心弦为之颤动，并被编成了戏曲，拍成了电影。试去问一问广大读者、观众，大概没有谁会站在陆老太太一边。即使她提出“优生学”的论据来也不会使局面改变。

从当代作品中可以举出巴金的《家》。觉新与梅表妹的故事是大家都知道的。巴金在小说里说得很明白，“因为姨表兄妹结婚，在这种绅士家庭中本来是很寻常的事”。不幸的是，觉新只能接受用“拈阄”的方法为他选定的配偶。

这是一种社会现实。在过去，在人们还不知道或不敢进行自由恋爱的旧社会，青年男女之间的交往似乎只有在亲戚之间还有可能发生，于是就产生了无数《钗头凤》和《家》那样的悲剧。生活是创作的源泉，真正的、严肃的作家只能写他们亲自看到、经历过的真实故事。我们不该希望他们创作出“奇迹”来。

过去的毕竟过去了。不过好的故事不管多么古老，依旧是新鲜的。因为故事中包含着强盛的生命力。在这两个例子中显示的就是反封建的精神，在《红楼梦》中同样也是如此。

人们看了《红楼梦》是不是就都去学习宝玉和黛玉（宝钗又何尝例外），在近亲之间搞恋爱呢？我不敢打包票，但我相信，在今天，这种危险性总是大大地减弱了。

多年来，我们养成了一种习惯，向文学作品中的正面（英雄）人物学习。这本来是不错的，但却宣传、理解得过于片面了。不懂得应该学习什么，扬弃什么，只强调一个“不得走样”。在这样的要求下，不搞“高大全”好像就不放心，结果是扎出了一大堆漂亮的纸人。如果人人都来向“纸人”学习，那后果将是什么呢？

一九八二年八月十一日

曹雪芹的头像

伟大的作家曹雪芹如果没有一幅肖像流传下来，这是多么大的憾事；但流传下来的如是一张伪作，大家胡乱顶礼膜拜，“非其祖而祠之”，那就将是更大的憾事。因此，最近举行的全国《红楼梦》学术讨论会上对此进行了讨论，是很有意义的。

何况，如现存陆厚信绘像果是真品，那就将证明雪芹曾一度南游。作家笔下的江南风物，有关金陵、姑苏、扬州的描写，就有可能是来自作家实地观察所得，不只是仅凭儿时印象或家属传说了。这就更牵涉小说创作的重要研究课题。

讨论会上宣布了小像收藏者河南省博物馆的调查报告。据报载，报告说这像画的是俞楚江。原件早年由俞家流出，落入做书画生意的人们之手。他们几经商量，伪造了题句，托名于曹雪芹，企图获得善价，终于一九六三年以人民币十元（一说五元）卖给了河南博物馆。内容非常曲折并富有传奇性，许多“当事人”都出来作证，其中还包括了一位病残不能说话的人，她用手按了小像头部，摇头示意。据身边人的解释，这是说此画的头部已经改换，不是原物了。

这样，讨论就集中在画像的题句是原有还是后添；像内雪芹先生的头是否换过等实质性问题上。后来请来了上海博物馆的书画鉴定专家和有经验的装裱老师傅。据报载，他们认为，画像上的题词与画像本身都属于同一时代——乾隆。头也不曾换过，是原作。

我曾在展览会中看了一下画像的原作。照我看，画像本身与题句，还有对页尹继善的题诗，都无疑是乾隆时代的制作。如有差别，那也只是画家的书法、图记都不像尹继善那样精工，有那么浓的馆阁体气息。也许这中间就存在着朝野之分，精粗之别，但不能说不是出于同时代人之手。乾隆时代的小民所写的卖身契就与大人先生的法书不一样。这道理很容易明白。

伪造书画谋利也确是过去时代的常事，造了一张假宋画即或是假石涛、八大山人都能骗得几千上万元。但花了许多力气只骗取五元十元的作伪者还是少见的。陆厚信的两印都够得上乾隆年间，如就此旧印，补写题跋，而能如此天衣无缝，也确是高手了。他的“劳动”的报酬，也太低了一些。

这样，这是一张乾隆中不出名的画家陆厚信所绘的“雪芹先生像”，应该是迄今为止一种实事求是的表述。

当然，我们还希望能进一步做调查研究。调查的方法也应该力求更富于科学性，避免这样那样的先入之见，不追求“故事性”“生动性”。我这样说是出于一种感觉。几年前曾发现过曹雪芹的“废艺斋遗著”等一系列“文物”，那发现的经过和文件本身就带有极浓厚的传奇性，读起来不像一篇科学论文，倒更近于“报告文学”。其实“报告文学”与“新闻报道”也是完全不同的两种东西，不应混在一起。近年出现的有关施耐庵家世的“墓志”与李自成的遗物、遗迹……也多少带有类似的特点。我觉得这是值得注意的。

此外，在发表这一类学术讨论的新闻时，我认为也以保持冷静的客观态度为好，不宜在报道或标题中表示过于强烈的倾向性或结论性。因为这是属于百家争鸣范畴的问题，我们应该按照党的“双百方针”办事。

一九八二年十月三十一日

《老人的胡闹》

周作人在晚年依旧不放弃任何机会来攻击鲁迅，这事实由姜德明同志在《读书》上指出，引起了人们的注意。其实周作人这种态度，是多少年来一贯的。不过有时直说，有时隐蔽，随时势转换而采取了不同的手法而已。在刘半农逝世之后，鲁迅和周作人都写了纪念的文字。我总觉得，只要把这两篇文章拿来比较一下，那就极容易看出，作者品格之间的差异是如何的天差地远，姑不论思想境界的南辕北辙。周作人在《半农纪念》的篇末，写下了他作的悼诗。说道“漫云一死恩仇泯，海上微闻有笑声”，并把批评、反对刘半农晚年后退倾向的人比作“牛首阿旁”，不用说，这自然包括了鲁迅在内。周作人正是想把已经死掉的刘半农还要拉、拉、拉，把他一直拉到反动营垒的坟墓深处才拉倒。

这是鲁迅还在世时候的事。

在鲁迅逝世前不久，周作人还写过一篇《老人的胡闹》，是批判一九三六年五月日本上院一位议员三上参次的“投入法西斯潮流”的议论的。三上主张：“中国妄自尊大，僭称中华民国，而我方竟以中华呼之，冒渎我国之尊严，莫此为甚，此后应改称支那以正其名。”这样的“高见”，今天看来似乎也不必吃惊。它原是源远流长地存在于极少数日本人头脑中的宿见，时常会找机会发作的。周作人当时能站出来加以批判，也是难得的。奇怪的是他不站在中国人的正义立场上发言，只是责怪七十一岁的“学者”“明治维新的遗老”三上，不去“力守自由主义的残垒，为新佐幕派的少年所痛骂”，反而“不甘寂寞，趋时投机，自忘其丑”。这中间就有文章了。周作人引了孔夫子的话，“及其老也，戒之在得”，然后说道：“只可惜老人不大能遵守，往往名位既尊，患得患失，遇有新兴占势力的意见，不问新旧左右，辄靡然从之，此正病在私欲深，世味浓，贪恋前途之故也。”这些话从表面上看来，似乎也说得有理，很容易迷惑人们的耳目。其实他的意思只是说，“不问新旧左右”，不问进步、反动，只要是“趋时”就是错的。上了年纪的人就该坚守过去的营垒，即使已经变成落后甚至日趋反动也不能退却，否则就是“投机趋时”。周作人在文章结尾画龙点睛地说道：“其实此类事世间多有，即我国的老人亦宜以此为鉴，随时自加检点者也。”这些话，我看也是针对着鲁迅说的。

三上的该骂，是因为他上了年纪而又投法西斯的“机”，趋军国主义之“时”。凡是这样在反动道路上走下去的老头子，无论古今中外，我们都应该反对。这里有一条严格的科学标准在，一点都不能混淆。实际的情况是，人间尽多老英雄、老革命者，他们绝非那种“忘其老丑，想在人群中胡混，到了暮年还溺爱子孙，希冀长寿得见他们的繁荣，执着人生，私欲益深，人情物理都不复了解”（周作人所引的日本兼好法师的话）的低级趣味的人。不能一概而论的。

周作人实际上是主张老人都“平安”地住在预制的阴沉木棺材里，固守“营垒”，尽力抗拒一切进步的新鲜事物。这样，他的终于当了汉奸，用自己建造的耻辱的坟墓埋葬了自己，其实是一点都不奇怪的。

一九八二年十月三十日

题跋之外

前些日子一位藏书家抱了一包书来给我看，全是我的旧作，希望我能在每本书的扉页上写两句话，我照办了。旧作今天重看，大抵是幼稚肤浅的东西，也没有什么话好说，我能写下的只不过是些题外的闲文。我想，对自己来说，这些旧书有如一份“账簿”，上面杂沓地印着自己过去的脚印，能使我想起已经逝去了的往昔；此外，就是从中可以看到自己年轻时的面影。那种天不怕地不怕的狂妄，敢于议论大小一切事件、人物，仿佛真的知道得很多；对今古一切圣贤豪杰全无应有的诚敬。这后一点，却使我感到非常留恋。因为这特点，今天同样也已大半失落了。

年纪一天天大起来，照理说总要比过去多少成熟一些，但我并不这样看。空疏的毛病并没有得到怎样的改正，却失去了只有年轻人才能有的气质。这是得不偿失的。

送来的那一包书里有一册朋友黄宗江所作的《卖艺人家》。这并非自己的作品，但我还是破例写了一点，其中有这样的话：

这确是一本好书。作者在书里所讲的故事，他那种不合“规范”的文字风格……都是很特别也很美的。……

前两天宗江又到上海来了。见面谈天，我劝他重印此书，他好像有点踌躇。那本小书太薄了，他想把解放后所写的一些散文放进去，重编一下。……我懂得他的意思。看得出，他和我一样，也多少失去了过去的那种气质。三十年来他散文写得少，主要的力量放在写电影剧本上面。但他的“灵感”与“诗意”却并不衰退；有许多奇妙的想法，待写的题材，但一直都在“等待落笔”之中。这是什么原因呢？他不会没有过思索，不过并没有正面谈过这个问题。

《卖艺人家》的特色之一，是将丰富饱满得几乎要溢出来的生活感受，用诗样的精炼语言，集中编织在短小的篇幅之中。这种感受带有纤细、敏锐的特征。随着岁月的流逝，作者的观察力可能更加深刻，不过也不再是旧时面目了。我有一种解释，这是感情变粗了的缘故，但不知可准确。

《山城水巷》是我非常喜欢的一篇散文，说是特写也可以。篇幅很短，不过两千来字。它记录的是一个抗战中在重庆艰苦挣扎的话剧团宿舍的生活。这地方我去过，是在接到作者来信，在信封上看到“水巷黄”的签署，兴致勃勃地赶了去的。我亲自到他睡觉的房子里去过，从双人床的上铺把他喊了下来，在转身都困难的房间里停留了不到一分钟，就到门外露天茶馆的茶座上坐了下来。这是在四川随处可得的理想会客之处。我至今还怀念着这些茶馆。我曾在这样的茶馆里读书、温课、聊天，还写过两本书。茶客们的谈天、茶博士的吆喝、清唱川戏的锣鼓和高腔的独唱，川流不息的小贩的兜揽生意……这一切都毫无妨碍，恰似一曲十分和谐的伴奏，是非常理想的写作环境。水巷子是在重庆最热闹的一条马路将近望龙门的地方，在马路与江面中腰开出来的一条小街，街上没有一间像样的房子，格局和棚户区相去不远。茶馆的桌子就安置在路边，下面就是长江。我这样说人们或许会联想到巴黎临街的咖啡座吧。那次我们坐下以后，要了两碗沱茶，又从烟摊上买了五支“华福”，这是当时重庆最高级的香烟，当然从驼峰飞过来的洋烟不在此列。

“那么风雅的名字，却原来是这么个地方。”我说。

宗江的回答大抵就是他写在文章里的那些。

这两千来字是他半年左右的生活和见闻以及一个年轻人的喜怒哀乐的浓缩。从这里也可以看出，生活对一个作家是多么重要。这还必须是真正打动了作家，使他感到痛，恨，爱与怅惘的生活才行。

读《山城水巷》使我联想到老舍的《茶馆》，这不也是一个挺好的戏剧素材吗?

作者是这样写这个可爱、可恨、可恋的地方的。

> 山在薄雾里，细雨在江上。江边的岩石上嵌了小菩萨，有过路人揖拜……

一个好看的女孩子，站在晒衣竿下笑了，倩脸旁是
两条丝袜。

火上有几个药罐子，就是有几个“多愁多病身”。

这也是生活，不过是只有一双明亮的眼睛才能看见的生活。这也是历史，是今天的年轻人怎样也想象不到的历史。历史是已经过去了的生活。而生活的激流是一直汹涌向前的。今天的年轻人，包括我们这些过去的年轻人，都睁着眼睛注视眼前的生活，我们自己也就在这激流之中。一切都变了，但我觉得观察生活的方法基本上还没有变，也许我们需要的是一双更为明亮、敏锐的眼睛。

一九八二年六月二十四日

题跋一束

前些日子，好久不见的Z来访。过去我们是很熟的，不过，从二十多年前开始，就不曾再遇见过。因此，实在可以说是久违；也因此，可以说明我们的开始认识，是在三十多年以前，实在也算得上很久很久了。见面以后杂七杂八地谈了一通，他告诉了我一些二十多年来的经历，也总脱不开一些悲欢离合的“老套”。近来很有一些朋友对过去一段日子的种种表示了厌倦，不愿意听，也不愿意再想，这当然不是没有原因的。我自己，似乎也受到了这种意见的感染，例如，这里所谓的“老套”，就是这种思想的表现。不过，这“老套”的内容实在是千变万化、异常丰富的；就如Z的经历，就与我的很不一样。我想这样的差别，是到处都存在着的，就和人类的指纹一样。为什么引起了人们的厌倦呢？原因也很多。其中之一怕是我们听到的往往是大同小异的故事，因为开掘不深，所以渐渐出现了公式化。那么，这就不是生活本身的过错，而是简单化的方法的责任。这是个很复杂的问题，我一时也说不明白。

Z是我的一位老读者，又喜欢书，第一次介绍他来的是风子，即著名的新文学版本学家和《书话》的作者。当时我们都有着搜求五四以来新文学作品的狂热，什么初版本、毛边本、签名本……真是有许多讲究与很浓厚的兴味，不过爱好也只是爱好而已，当时做梦也没有想到这会成为一种新兴的学问。乙有许多藏书，其中一些是我过去没有见过的珍本，如鲁迅先生印制的《凯绥·珂勒惠支版画选集》，就是第一次在他那里看到实物的。左联文献专家的D君三十年前找我打听新文学版本的事情，就曾由我带了去Z处看实物，有如读化学上实验室的一般。

近来在编两本文集，找材料时碰到了很大的困难。过去发表在报纸上的一些文字，自己没有存稿；或虽有存稿后被抄没，结果还是一样。那些旧报纸也很少了，有地方有，但已被精装起来当作革命文物藏起，看一看也困难，何况是抄。就是想抄实在也没有这样的精力与时间。我在谈话中想起这事就诉苦，不料Z却说，他那里还保存着几本我的旧作的剪报，除了我提出的一些，他还说出了不少连我也忘却了的篇目。他告诉我这些剪报和其他的单行本，在过去漫长的岁月里几经转移、藏匿才得保存下来，这些东西还旅行了不少地方，包括洞庭山中老屋灶下那样的所在。这实在是料想不到的事。东涂西抹积累下来的“语业”（这是近代词人朱祖谋为自己的词集所取的名字），竟自有了与抗战中辗转逃难的宋版书同等的身价。

我立即提出了请他把贴报本见借的要求。几天以后，Z就送了来，同时还带给我一大沓印本的旧作，有些是精装的。

他希望我在每书前重新写一点题记。这些书都完整如新，有的毛边还不曾裁开，其中有一些我自己也没有了。听说有一位收藏家，每买新书，总是一式两册。一册留作平日阅读之用，一册则用牛皮纸包好藏起，不再翻动，因此他的藏书不但可以保持完整，还能长久"如新"。我想，Z所采用的可能也是同样的方法。

这一包书其实还并不完整，至少还缺五六种。灾梨祸枣竟至如此之多，自己也觉得吃惊。如果不是二十多年来焚弃笔砚，那就不知道还要糟蹋多少纸墨，也许会制造出使自己愧悔不及的东西来也说不定。这样一想，就又不免觉得有些侥幸，要暗暗道一声惭愧了。

题记也只好写一点。题记不过是随笔、题跋一类的东西，余纸不多，只得简短。在这里完全不涉及内容的评价，因为早就认定了这些都不是"传世之作"，没有资格厕身于文艺之林；连译本也一样，有些也早已为更新的翻译所替代了。随笔所及，记下的只不过是一些故事与闲文，即已先后印成上市，那么它们在出版目录里也都占有一席地位，就算是为新的版本学者提供一点参考吧。

锦帆集

一九四六年中华书局出版，《中华文艺丛刊》第四种。

此为余撰著之印为书册之第一种。巴金先生好意为之编入《丛刊》。印本甚少，颇不经见。然校勘草草，错字满眼。五年前香港有翻印本，友人曾以一本见寄，见之怃然，宛如隔世。Z先生爱搜拙作，不弃葑菲，都十二种，一日携以见过，命重加题记，因以暇日，各缀小跋。尝论书籍之有善本，非必因内容之美，亦不全系于印制之精，常因流传之稀，转成奇货，其理与集邮同。然则此本或亦可厕于“善本”之列欤？

旧戏新谈

一九四八年八月开明书店初版。

此书由上海出版公司排版，未印，后因圣陶先生赏识，编入开明新书中，仍用原旧纸型，因此版式与开明他种不同，实《文汇报》排字房诸同人所排也。错字不少，再版时曾少更正。少年好事，除自制宣纸大册一本外，又于市上搜重磅道林纸印此特印本十许册，自存赠人。转眼三十年，自存之一册亦已盗掠不归。Z先生所藏此本并他书，于劫中亦辗转多方，深藏密锁，竟得获全，真出意外。携来重观，感慨记之。

附注：所谓“宣纸大册”，是我在排校竣工之后，买了宣纸请排字工友打的一份“大样”。因此版心仍是原样，只不过天地头特别宽大而已。马叙伦先生的题签，在开明本上只用了书名四字，这时就请刻字摊照原大雕版，下面还有“黄裳作　叙伦署”六个小字。此外还手写了一块“牌子”，也用木板雕成，双行，有边。文云，“民国三十七年春四月上海出版公司刊成以宣纸印制一册以自藏弆黄裳”，订在全书之后。托荣宝斋装成四册，册前各有绫制书签，并用蓝色泥金纸作封面，宣绫包角，外面用锦套。这部“假古董”实在俗气，但在当时却甚为得意，记得曾抱了去给叶圣陶先生看。他看了微笑说道，“了不起，了不起”。今天想来，大约就像小孩子得到一件新要货，来不及地拿去给大人欣赏，又不好谴责，只能“唔、唔”地对付过去的情形。

关于美国兵

一九四七年三月上海出版公司初版，《周报丛书》之一。

这是我三十多年前写的一本通讯集，先在《周报》上连载，一时颇受到了欢迎；后来由上海出版公司出版，虽然先后只不过年把，可是“时移事换”，已经引不起读者的兴趣了。后来还得到了斥责，批评者说：“我不懂上海出版公司为什么会在这时此地出这么一本书。”是的，这情形我在这本书的《叙言》里早已料到并指出了。但虽然明知如此还是把它印了出来。原因首先当然是我很喜欢这本小书。这是我一年多生活见闻的记录，感慨的发泄。在写这本书时我第一次强烈地感受到有话想说的压迫感；也确实体味到生活对写作的微妙关系。“生活”，不是想“体验”就能体验出来的。生活与作者的心理反应也不是按照预定的计划可以安排得了的。等到生活的素材与思想的“发酵剂”融汇在一起并起了某种作用，发生了意想不到的变化时，那就像开了水的锅，想按捺也办不到，只能听任它流出来。当然，流出的是美酒还是毒药水，还得靠另外的条件决定。

其次，我觉得表现在这本小书里的一些看法，今天看来，自然应该重新考虑了；不过我对中美关系的基本认识，可以说至今还是如此。此书写于一九四五年，在《叙言》里我说，“要说的话，牢骚多于称颂，感慨溢于谀辞，恐未必有合于敦睦之道”，这是一个方面。书出版的当时我所受到的斥责大致是“企图缓和中国人民对驻华美军恶劣到极点的印象”，“无耻的程度简直与‘处女膜未破论’者不相上下”，“对‘金元文化’的歌颂，作者也是不遗余力”等等。最后沾了“过去有着光荣的历史的周报社”的光，没有被定为美国的文化走狗。

到了“文化大革命”中，这本小书的“罪名”增多了。据“审查者”的批示，“罪名”大致如下：“吹捧史迪威等美帝头目”“桂林放火”“把美帝侵华说成是‘亲善’，像兄弟那样的亲热”“宣扬美帝‘物质文明’”“胡说圣诞节美机给了延安糖果、酒菜”。……

这就说明，这本小书从无论哪个角度看，都一无是处，罪大恶极。全书最后也是最早写成的一篇《关于翻译官》，曾寄给重庆的《大公报》，不予刊载，还是《周报》第一次用了。

这许多不同的反响，今天看来，是毫不奇怪的，是特定历史条件下的必然现象。

这本小书里的主要意见，卑之无甚高论，不过如下这么几点：“中国人对于美国的看法，一向是很好的”，美国也并非毫无阴暗面的“天堂”，美国的人民也不是铁板一块，也并非都是帝国主义分子，有不少人是对中国怀着美好的感情的，但我主张“君子之交淡如水”，“有许多地方，原不必十分卖力，弄得对方都有点不舒服的”。至于“金元文化”，确有其特点与优点，不能闭眼不予承认，有可能还该学习一点，自然不应弄到进退失据的地步，连外国的月亮也觉得比我们这里的圆。大致说来，如此而已。

新北京

一九五〇年十二月上海出版公司出版，《艺文新辑》之一。此为一九五一年十一月三版印本。

此解放初在北京时所写通讯，曾刊于《文汇报》。师陀时在上海出版公司任编辑，索稿，因以付之。转眼三十年，所记诸人，多成宿草，此册遂亦成为历史陈迹矣。其访江南诸地之作，有记荣德生一文，后为我一大“罪状”，以曾为资本家“张目”也。当日实只匆匆一晤，归沪后又曾访荣毅仁于其办事处，索得德生生日纪念册一本用为参考。往还仅此，思之可笑。Z先生出此册嘱为题记，遂牵连而记之也。

西厢记与白蛇传

一九五三年七月平明出版社一版。

此为初版本，再版时附录一种抽去。此亦“版本学”中一小掌故也。平明出版社颇用心印书，此册印制亦甚精雅，可观。

附记：所谓附录，是《跋祁彪佳〈曲品〉残稿》，后因已着手重刊祁氏书，遂于再版时抽去此文。这是毛边本，但表面却看不出来，是法文书的平装版式。当时傅雷所译巴尔扎克小说正陆续交平明印行。他是讲究书籍的印刷装订的，提议出版社采用这一类的印订方法，并不豪华，也不浪费，可是自然大雅，入手快然。平明所刊《高老头》《贝姨》诸种，都同此式。实在算得是书林逸品，后来这些书由人民文学出版社重印，增加了插图，但一律纸硬面“精装”，看了颇不舒服。就像淡妆素服的村姑，忽然穿上一套貌似艳美实则粗劣的“华服”一样了。傅雷在印他的《约翰·克里斯托夫》译本时，曾特印了一种圣经纸、软皮面的精装本，真是够讲究的，大可代表新中国书籍印刷水平。不知这本子还有没有幸存的。我还看到过傅雷重译此书的稿本，那是用一部旧版译本校改的，蝇头钢笔字几乎布满了每一页的天地与行间，即使如此，也还是清清楚楚，一些都不使排字工人感到困难。

猎人日记

一九五四年四月平明出版社《屠格涅夫著作集》之一，圣经纸印，锦面精装本。

屠格涅夫此书，小年于《小说月报》读耿济之译本，即甚爱之，二十年后又取嘉奈特夫人英译重译一遍。溽暑闭门，脱衣执笔，忘却户外炎蒸世界，两月而毕，颇以为快。文学翻译有种种理论，主张方法亦各不同，不能具详。但我以为原作既已迻译为他国文字，而译者各有手眼，不能不发生作用。所谓能传原著风格云云，悬鹄虽高，多半英雄欺人语耳。

尝问巴金五四以来文学译本名作以何种为第一，巴金说自然是鲁迅译的《死魂灵》。这是很有道理的。人们读果戈理，同时也是读鲁迅。因此，译书不妨多出复本，由读者选择去取可耳。林琴南、严又陵译书，不因其时代已远，新译继出而失去生命，其故在此，Z先生命作题记，因漫述所见如此。

哥略夫里奥夫家族

俄国谢德林著。一九五四年十二月平明出版社《新译文丛刊》初版。

此书已由英文转译。原著者 A. Yarmolinsky。余所译旧俄作者长篇凡三种，此本译出最晚，此后即束手不更译书矣。近出版社欲重印此书，问可有订正之处？然原本假之友人，早已还去，遂无由校改，再印亦不知何日。

附：卖艺人家

黄宗江著。一九四五年十二月森林出版社出版。戋戋一册小书，只一百页，但道林纸毛边，印制颇精。Z君也一起拿来要我写几个字，也许因为封面的书名是我写的吧。但这到底是旁人的著作，不能胡乱涂写。虽然可以说一点这本小书出版的故事。

森林出版社在哪里？版权页上写道，“上海邮政信箱六四五号”。不但此也，它的发行人是辛白宇，而印刷者竟是一家“森林印刷厂”。一切看来都颇有出版印刷托拉斯的气味。当然这全部都是戏法。一切都藏在诗人王辛笛的大皮包里。

这确是一本好书。作者在书里所讲的故事，他那种不合“规范”的文字风格……都是很特别也很美的。作者原来的职业是话剧演员，后来又写过舞台剧本、电影剧本。三十年来没有脱下军装，前些时到美国参加奥尼尔的纪念会，报上发表了他穿 T-shirt 的一张照片，“说明”是中国著名的师级剧作家。……真是使人眼花缭乱。不过我认为这本小书依旧是他的“名作”，当然名作决不仅只这一种。

一九八一年九月二十九日写毕

补记

一脚踏进朝鲜的泥淖里

一九五一年泥土社版。

抗美援朝之初，我在报上发表过一个连载，用日记体通过一个侵朝美国军人矛盾痛苦的内心活动，揭露这场非正义侵略战争的实质。这是一部注定要失败的作品。我没有到过朝鲜战场，依据的只不过是一点过去对美国兵观察所得的知识，此外就是纸上的新闻报道和作者的想象。不过当时胆子很大，顾虑很少，加上一种非常的“赶任务”热情，几乎是毫无困难地写出来了。

当时正好雪峰在编一套“文艺丛书”，我就请朋友把稿子拿去给他看。没有好久，退回来了。退稿的意见因为是间接传来的，委婉而简单，已经记不清楚。不过我想他的决定是正确的。这实在是一种用不足为训的方法搞出来的“创作”，不应该鼓励，助长这种风气。

忽然有一天，一位朋友因筹措结婚费用来找我帮忙。当时办喜事虽然用不着今天这样的“豪华”，但在普通的“文化人”也是不容易的。我就拿出了这本退稿，说如有办法卖掉，就算作我的贺礼，书就是这样印了出来，很快卖完，无声无息，太太平平，后来也不曾作为“罪状”遭到批判。

和平鸽的翅子展开了

一九五一年八月平明出版社初版，《新时代文丛》第二辑之一。

一九五〇年十月，《文汇报》改进版面，增加评论。由唐弢为本市新闻版写《上海新语》，我为第四版写《文娱杂谈》，这些都是千字左右的短文。前后持续了将近一年。

在这本小册子的《后记》里，我就已明白地感到，因为读者政治觉悟的迅速提高，这些短评，在结集的当时，有些就已明显地失去了时效，不能不加以删除了。留下的部分如果还有一点点意义，恐怕也只在于多少保存了这个大时代的面影、痕迹。

从抗美援朝、镇压反革命、戏曲改革，直到批判《武训传》，这一系列政治运动和文艺改革，都在这些短评中得到反映。短评在报上发表时是不署名的，代表的是报纸的意见，但又是通过我的手写出来的，因此也应该负着自己应负的责任。在写这些短评的当时，确是相信说出的是正确、负责的意见。但有些议论，不必多久，就已显出了偏颇、片面甚至荒唐。例如有一篇《不许有空白》的短评，就简直是蛮横地肯定并支持了一种今天看来不可思议的作法，“从五月二十五日起，本市各戏院，将有七天的宣传周演出，一致上演配合‘严厉镇压反革命’的当前任务的戏曲”。

这种“不许有空白”的结果，是许多人都知道的，不必在这里多说了。值得注意的是，虽然经过实践的检验证明并不高明更不正确的意见，却依旧受到了长期的宽容和保护。就在十年动乱彻底审查中，我的一切言行，全部被认为无不“反动”之时，也没有谁对这些昏话说过半个不字。

远山堂明曲品剧品校录

明祁彪佳著。一九五五年四月上海出版公司第一版；一九五七年十一月古典文学出版社新一版。

一九五一年前后，余始于沪市见山陵祁氏澹生堂遗书。皆三百年来深藏密锁之物，一旦论秤售之纸铺，辗转流入杭州、上海，无有过而问之者。余肆力收取，所得多残零小册。其巨帙名编无力举之，则以介之徐森玉、郑西谛，力请收入国藏，免于毁失。余所得小品以彪佳稿本《曲品》《剧品》为尤精，二书于明人戏曲作品，著录繁富，远逾通常曲录，信是人间未见之书，亦戏剧研究者渴欲得之资粮也。乃加校录，并述祁氏藏书故事，撰为跋尾，付之重刊。杀青之日，以原本赠北京图书馆。又一年，更增辑山陵祁氏遗事，再版印行，迄今二十五年，传本亦已稀见。后有戏曲论著汇编本，虽仅存白文，尽去附录，然原著流传，赖以不坠。书初刊时，叶德均教授曾撰评论，纠谬补遗，多所匡正。当日印此戋戋小册，亦非容易，中间委曲，颇难尽述。因知重印古籍，其事甚巨，不努力将终少成就也。

一箭仇　武松

盖叫天主演，黄裳编，一九五五年新美术出版社版。

五十年代初，余编《盖叫天的舞台艺术》纪录片，曾选取盖老名作若干折，每折取其精彩片段，皆非全璧，观者憾之。又曾于片前撰“舞谱”，请盖老就其基本身段谱，分析综合，进行总结。一以示后学规范，亦可见于不同剧目场景中择取运用之途径。以为必有益于学者观众。盖老亦欣然同意，费十数日之琢磨，制成初谱。惜格于样式，未得批准。为弥补此憾乃商之新美术出版社，以戏曲画册形式，加以介绍。一九五五年春，盖老演出于上海，遂约编辑同志，排日观摩，商量选取镜头角度及有关场次，进行现场拍摄。更加选定，遂成此编。所得照片，凡数百帧，溢出于册中所收者数倍。选取标准，初不在于情节之贯串，而特重于代表性身段之起伏变化。手此一册，则盖老当日舞台身影，大致得以再现。如《一箭仇》中“拜庄”之神情；起战场后之亮靴底、枪架子；托枪、剑枪、棍破枪、单刀枪等疾风骤雨各有风格之打法；回庄以后偷营以前，描摹史文恭内心活动之种种特性鲜明之舞蹈语言；直至最后之徒手肉搏，与武松“拉拳”，被武松踢成“抢背”、削去风帽，终被“水擒”。《一箭仇》为盖老名作，经数十年之琢磨、丰富，于一情节简单之武剧中，探索出塑造骄矜武勇人物性格之途径，所凭借者多半为舞蹈语言。身段之美，绝无俦侣。武戏文唱，其真确之解释如此，非徒示庄重、呆若木鸡也。

此一尝试，窃以为于保存古典舞剧形象资料，不无用处。继此出版社又曾出版梅兰芳《醉酒》等，亦同此意。惜未扩大范围，继续工作，所存成果，仅此而已。

玉簪记　彩楼记

《玉簪记》

明高濂著，黄裳校注，一九五六年十月上海古典文学出版社第一版。

《彩楼记》

无名氏著，黄裳校注，一九五六年十一月上海古典文学出版社第一版。

二种皆据《古本戏曲丛刊》初集本校注，各撰一跋。先是得见川剧有此二种，极赏之。归而检明时旧本，知犹存原来规范，改动无多，遂有重刊之意。中国戏剧之发展壮大，大似婆娑老树。岁月既迁，根株广被。往往于辽远地区生根滋长，外貌不同，源流则一，犹榕树之有气根也。有时本干已枯，而梢末别吐新枝，着花更艳。如老桩盆景，往往动人目睛。此种本皆文化史上普遍现象，中国历史悠久，实例最多，往往俯拾即是。惜尚无人排比钩稽，疏通脉络，作通盘之考察，撰宏观之通史。苟循此径以求，则史之丰满生动，必将百倍于既存著作，可无疑也。

林冲

黄裳著，中国电影出版社一九五七年九月第一版。

五十年代前期我在电影厂工作过一个短时期，成绩不好。除了为盖叫天先生编了一部舞台艺术的纪录片外，就只写了这个改编《水浒》的《林冲》。两者都不是“创作”，也没有什么意思。本来还在写一个《白蛇传》的本子，已经作了不少准备，开始了初稿。一天一位领导我们工作的同志见访，告诉我这个题目另有一位同志想写，劝我不如放弃了吧。于是就放弃。这本《林冲》，也已改了不少次，不知道是否通得过，只能呆等。又一天，遇到一位从北京来的领导同志，他对我说：“《林冲》的本子，快点改出来吧。不好再拖了。”于是又匆匆修改、通过、开拍。这是我写电影剧本所得的简单经验，好像颇富于传奇性。不知道别的写电影剧本的作者是否也有同样的感想，在我看来，花在写作上的时间，连十分之一也不到，许多力气消耗在莫名其妙的地方了。

插图的故事

我曾陆续写过一些谈古版画的文字，主要是谈晚明木刻插图的。后于一九五七年结集，交出版社出版。一切都已安排就绪，大量插图的铜版也已作好。一天，忽然一本装订得很好的原稿又从出版社回到我的手中，作为货真价实的“待刊稿本”，杂置书丛，直至今日。本来像这样的待刊稿还有一些，但只有这一本是曾经过一次旅行的，所以破例记在这里，Z 君带给我看的一包书，其实并不完整。朋友劝我少加补充，作为补遗。因回忆补写如上。

后记

多年来的习惯，一书入手，总是要在书前卷尾写一点题跋之类的话。这中间百分之九十说的大抵是空话，这是受了《荛圃藏书题识》一类书影响的结果。偶有数种，读过一遍，查考过一点史实，产生了一点感想，空话的成分少些。抽暇整比，勉强算是读书杂记。这中间包含的错误可能很不少。我至今毫无自信真能读得懂古书，不点出破句、读出白字。加以心浮气躁，作风粗疏，有时仅凭记忆就发议论，这样造成的错误肯定也不会少。我曾随手把吴三桂的孙子写成儿子，又曾将另一人的遗闻装在“武林道隐”金堡头上。文章发表后都随时得到读者的指正。这使我非常感激，也使我时时警惕，力戒信口开河的毛病。读者是热情的，也是严正的。离开了他们的帮助、扶持，要前进是非常困难的。

书跋曾经有过种种样式：经生的考订，史家的辩证，目录家罗列版本源流，收藏家赏析纸墨优劣，古董家历数流传端绪，掠贩家夸说宝货难求……花样多得很。但由于篇幅大抵短小，即有考证发明也往往不过是零零碎碎，做不成大文章，一向只被视为小品。此外还有一种，或记卷册遇合因缘，或说身边种种琐屑，偶发感慨，却往往文情俱胜，于书籍本身倒并无多大关联，但当作文章看却每每令人难忘。这一类题跋，过去尤其不为人重，但要写得好却极难。上面说起过的《荛圃藏书题识》，似乎可以勉强归入此类。缺点是文字拖沓，缺少色泽。虽然也时常记书价，记卖书，但商人气并不浓烈，坦率天真倒是难得的。近代有沈子培，藏书题记也写得好，但时时露出遗老声息，寒酸气味，不免可惜。至于偶尔翻书，偶生感触，写成文字，这一类就更多了，但一向归入笔记或杂文，无人视为书跋。其实也不一定如此严格，反正是由书引起的，那么就视之为广义的书跋也没有什么不可以。这本小书后面所收的一些随笔，就是这一类物事，因为这样的理由，就一起附在这里了。

书名题为“翠墨”，也别无深义。对于碑帖石刻，我是有兴趣的，但没有一点起码的知识，也一直不敢踏进门去，怕一旦被吸引住了，终至泛滥无归。我买过一本季本刻的《岳麓书院石壁禹碑集》，是木刻本，却是黑地白文，和碑帖差不多，一直看作所藏嘉靖刻本中的一种“别格”。古代记事，刻骨、刻石、刻铜都是较早使用的手段，这以后才是写本、刻本、活字本……所以说到底还是一家眷属，不妨借用。因记。

一九八四、九、十七

榆下杂说

《榆下杂说》，读书记，1992 年 8 月上海古籍出版社初版。

据初版本编入。

关于祁承㸁

——读《淡生堂文集》

中国历代藏书家，总数到底有多少，至今也没有详细的统计。叶昌炽是最早做研究统计工作的人，他的《藏书纪事诗》也是一部开山之作。不过这书是以诗为主的，关于具体的个人，材料并不丰富，只不过是简略的小传和一些零碎的资料，对读者的帮助不大。继起而作藏书家事略的也有一些，但总摆脱不掉同样的缺点。大抵藏书家并非同时也是名人，也不一定都有自己的著作，传状资料也稀少，这些都造成了困难。

明代晚期浙江著名藏书家祁承㸁，是留下了不少书面材料，使我们有可能对他进行较深入了解的一个例外。淡生堂的藏书，清初就散失了。但今天我们还能接触到一些仅存的遗物，特别是他家的抄本书，还有那有名的藏书印记，看了都使人感到亲切。他的著作，在清代都是禁书，所以流传极少，但到底并不曾断种。他的传状，由范允临等手写的，现在也还在。他的手写、手跋本也多少还留下了几种。他的家书手迹更是进行研究的第一手资料，也是珍贵的遗墨。这些遗藏的一部分原来是祁家深藏密锁了几百年的东西，直到解放之初才陆续流散出来。崇祯刻本《淡生堂文集》就是其中之一。

原集大约刻于崇祯中叶。刻成不久就遇到了甲申国变，所以流传很少。过去只在傅增湘的《藏园群书题记》初集中有过著录。那是陶湘的藏书，后来展转归北平图书馆，现在台湾。书前有陈继儒、范允临两篇大字序，范序做于崇祯六年（1633），可以约略推定刻成时代。接下去是十篇旧序，都是为承㸁生前著作单行刻本而作的。作者有梅鼎祚、冯时可、邹迪光、姚希孟、杨嗣昌等，都是晚明有名的作者。这些单刻小集今天也大多亡佚了，只能从这些旧序中知道那些名目。《文集》是合编重订本。计诗、序跋、奏疏、记、读书志、传志、杂著、尺牍、吏牍等共二十一卷。

与这部《文集》同时流出的还有《淡生堂诗文钞》稿本四册，是祁家后辈从《文集》中精选写成的，待刻而终未刻。对比之下，可以知道《诗文钞》即据《文集》抄出。被删落的大都是有干时忌的处所。在选抄过程中还对《文集》动了手术，将“奴虏”字样都一一用浓墨涂去了。因此可以断定《诗文钞》写成的时代是清初。而在国变家难之余，祁氏子孙仍念念不忘想使先人遗著流传下来，又为了安全，涂去了触眼的忌讳，但并不销毁，一直秘密保藏着，即使经过乾隆禁书那样的大风波，还是坚持了下来。这不能不说是藏书史上惊心动魄的一叶。

全书涂乙最多的是十七、十八两卷尺牍。有的篇章几乎是满眼墨丁。现在引一首《上赵明宇、高莹塘》书作例：

> 窃计中国之制夷狄，不恃其不来，恃吾有以待其来。此为寻常言也。若今日则直须有以制其来，而战之胜不胜，守之坚不坚，又为第二着矣。何者？职见人心摇摇，略无固志，若一闻虏骑渡河，都门不知作何景状。故今日惟在海上多方出师，以扰其巢穴，老酋如恋栈之马，或未敢一意西向。所以海上之师，惟频益妙，正所谓胜固可欣，败亦可喜者也。前台臺防边八议，固以及此。职之惓惓一念，敢以附于临岐之献。

承㸁在这里提出了对东事的见解。像这样的尺牍颇不少，但都不选入《诗文钞》中，那道理是不言而喻的。篇中“中国”、“夷狄”、“虏骑”、“老酋”等字样都涂去了。在其他诸篇中涂去的还有“建酋”、“辽左”、“四卫”、“奴酋”等字样，甚至连叙述战事的词句也一并涂去。直到今天，我们仿佛依然可以摸到祁氏子孙翻阅先人遗著时惴惴的心。

祁承㸁一直在宁国、长洲、吉安、宿州、磁州等地做地方官，在南京兵部车驾司职方司任职，平生精力大部分耗于吏治，这在两卷《吏牍》中可以见其大略。不过他到底是一个爱书的人，在藏书上花费的精力尤多。卷十四为《读书志》一卷，其中的《藏书训约》、《训略》，缪荃荪已经刻入《藕香零拾》中。这是万历四十一年（1613）家居时所作，是检阅藏书、分别部居以后写下的有关藏书总结性的文字。

其中《整书例略》部分，是有关图书分类的论文。他提出的收书要点是“眼界欲宽，精神欲注，心思欲巧”。举自己收书的实例来加以说明，又罗列古今藏书家的故事激励子弟。这一卷《读书志》可以算得是系统论及藏书的开山之作，给予后来者的影响是大的。只清初藏书家孙从添的《藏书纪要》约略可以相比。他当然逃不掉“子孙世守”的老思想，声明在他自己生时，要每月增添藏书的种类，对子孙则只要求每年增加若干种。还详细规定了藏书楼的规则，但他似乎也感到无论如何细心规画，藏书是否能守而勿失也还是个未知数。他说：“至竭力以守，而有非尔辈之所能守者，夫固有数存乎其间矣。”他所说的‘数”自然是唯心的，但也不是什么神秘的不可知的事物。没有多久，甲申国变，祁家随之破家，藏书自然也不可问了。其实世变的发生与发展，在他自己的著作中也早已多次涉及，只是没有料到来得如此急速而已。

祁承㸁说他自己特别看重的是史书，这是很重要的一种藏书思想。在以尊经为主的时代，是一种难得的卓识，也可以说是浙东学派的一种特色。他回忆少年时的故事：“然性尤喜史书，生欲得一全史，为力甚艰。偶闻华容魏学博有《全史隐括》颇悉，郭相奎使君以活板模行于武林者百许部，一时竞取殆尽。遂亟渡钱塘购得其一，惊喜异常，不啻贫儿骤富矣。”这是很有趣的故事，同时又可以知道明末在杭州是有活字板的，至于这部全史的名目则已不可知。当日活板印书大抵一次只刷印一百部左右，随即拆版，这是活字本特别罕见的一个重要原因。

祁承㸁很早就有著述的志向，也大抵是属于史部的居多。在南京时有《致管席之》一书，略云：

> 白下山川自佳丽，寒暑自寂寞，惟堪闭门读书，自快蠹鱼之癖，日来喜阅古人嘉言懿行，意欲自三代至国朝，将名哲品格之可采者，辑为《古今范》，勒成一书，藏之名山，吾意足矣。但业须遍索之正史、稗史之间，偶于记闻得数种，皆此中藏书家所绝无者。或宅上邺架中一检，不妨借阅。录竟即专人函璧。

为了著书而向人借书，借得以后即抄成副本，淡生堂的抄本书，就是这样陆续积累，终于成为巨观的。

他在《与郭青螺书》中，又劝他为吉安一郡编文献志，建议“采之豫章全书中，已十得其六七；若文，则采辑名公之著作，亦易事也。……所以文献一书，关系不浅。望老公祖慨然力任之。一应笔札刊刻之资，则郡吏事也”。明人任地方官，多喜编刻有关地方史志类书，其中有不少是所谓“书帕本”，是附庸风雅的草率之作；但也有谨严的撰著，无论如何，总是为地方留下了珍贵的史料，不是毫无意义的事。在这信的后半，他又提出了借书的请求：

> 某表彰前哲之意，颇亦不敢自后于人。即书架中所收者，乃古人之蠹简残篇，无不珍重藏之。……今所收

> 古人稗官野史之类，颇不下千种，至于记载朝政之书，更不易得。凡老公祖邺架所藏，如宋元人之文集，除耳目常见之外，或前代与国朝记载及小史之类，俱烦命掌记者录一目见示。如向所未曾经目，则当借抄。在宋朝如刘须溪诸公，皆贵乡人，其遗集定有副本也。外一单皆贵乡前辈名公也，其集有存于其子孙者，并一查示之。

大约他每移一地任职，总是要搜访遗书，借抄收藏。这是澹生堂藏书的一个重要来源。特别是在河南的日子抄得的最多也最重要。这些情况在他的家书中也有所反映。在《与黄寓庸》书中又劝他作表彰地方前辈的工作，江右名家如周益公、刘须溪、杨诚斋、洪景庐、刘贡父、刘原父，“著作不下数百种，今海内尽已失传。兄可加意访求，即以其人，刻之其郡”。在同书中又提到他自己纂辑的一部重要著作：

> 浙中辑著作考，虽古人之遗书十不存其一二，而使后人尚识其著作之名目，犹有存羊之意也。合十一郡中大约有八十余卷。此书于世道无所关系，而于吾乡亦有小生色。

这部《两浙古今著述考》的稿本，是他在万历戊午半年中所编成的。淡生堂蓝格写本，也是祁家世守先世遗书之一。

在《与徐季鹰》一书中，他又进一步提出纠合同志，共搜遗书的倡议：

> 弟以半生食字鱼，改作牛马走。驽步屡顿，钝退同于六鹢，仅此蠹鱼之癖，日老日肥。踽踽焉访求异书，搜辑残编者，二十年如一日也。然苦于僻居海滨，闻见有限。必须相结同志者五六人，各相物色，而又定之以互易之法，开之以借录之门，严匿书之条，峻稽延之罚。奇书秘本，不踵而集。……弟知兄台有此同好，不识可收弟于臭味之末否？

感到个人的力量究竟有限，自然不免想到要联合起来共做收集的工作。这是图书馆思想的早期萌芽，虽然粗略，也没有脱出个人收藏的局限，但到底是可贵的初步设想。

《文集》卷十八有《与潘昭度》一书，长达千言，是论藏书的重要文献，可以看作《读书志》的提要。其中说："大约觅书如觅古董，必须先具赏鉴，乃可称收藏家。若只云漫尔收藏，则箧中十九皆赝物矣，虽多奚为。"他主张以《文献通考》和《艺文志》所载者为第一格，著述中又应以表章九经者为第一格，"次之则记载前代治乱得失事，再次之则考证古今闻见所未及事"。对诗文集则评价不高，但说汉、唐、宋、元人集亦应珍重："故弟于文集中，凡宋元人遗稿，倘得寓目，亦无不抄录而存之。盖文集一事，若如今人所刻，即以大地为书架，亦无可安顿处。惟听宇宙之所自为销磨，则经几百年而不销磨者，自有一段精彩，不可埋没者也。"这里所说的自然淘汰可以说是一种残酷的规律。人们常说书籍有水、火、兵、虫等灾难，其实历史地看，这还不算是严重的祸患。推而广之，就连“文革”中的毁灭文物也不是最致命的症候。读者的鉴别、筛选才是起着决定作用的。坏书、不够格的低劣作品往往逃不过无情的抛弃，要不然真是以大地为书架也将容纳不下了。相反，好书、好作品的生命则是长久的，即使遭遇怎样的厄运，终于还是保存下来，因为它们得到了读者、不是一代而是多少代读者的批准和保护。

在《与潘昭度》信中还提到搜求会试录事：“我朝会试、廷试二录，自开科至今，其板俱存礼部。此昭代大典，藏书家不可不存。知兄亦须办此，并为弟刷印一部。但一科不可使缺。所刷者即留之都门，弟自差人来领，至嘱。”登科录是原始的历史资料，不过不为一般藏书家所重视。在这里可以看出祁承㸁的眼光识见。同一时代以收藏登科录著名的还有宁波范氏的天一阁，至今还大量地保存着，比淡生堂要幸运得多了。这种登科录，并非一本本零碎收集，而是整套地从礼部刷印得来的。

祁承㸁还打算修河北三郡的地方志，请阮太冲主持编辑：“不佞欲合河北三郡为一志，名为《河朔外史》，而体裁不同于郡乘。”（《与竹居宗正》）在《与陶公望》书中更详述自己著述的计划，是重要的史料：

> 弟今老矣，……惟好裒辑古人之遗书，表章前哲之遗范。……故如《绍兴文献志》、《两浙先辈盛德录》、《越中隐佚考》之类，皆有志而未能者也。如《世苑》，如《友鉴》，如《前贤大事案》之类，皆已辑而未就者

也。惟自通籍二十余年来，回环郡邑之间，曾辑有古今守令之事，足为后人取法，名曰《牧津》五十卷，分为三十类，于弥变安民化导肃法之事，颇为详尽。此书或于世有小补乎。至于两浙著作之考，为卷亦六十有四，于吾乡前辈之著述，无不备载其名目，第尚恐有遗于耳目闻见之外。此二书者虽已成卷，然更当请裁于兄者也。

从这些已成未成的著作中，可以看出他的著述旨趣，也还是着重史的因素为多。特别重视的是地方史乘，这与他在《读书志》中所说是一致的。

《澹生堂文集》的前六卷是诗，如细细排比，可以得到不少传状的资料。不过就诗论诗，实在看不出有什么好处。《文集》中最别致也最有趣的是收于卷十二、十三的几种日记：《数马记》、《出白门历》、《江行历》、《归航录》、《戊午历》、《己未历》。其中有的是南北行旅的记事，也有家居琐记。这中间说到访书的很不少，很可以看出他毕生收书的情况。现在从后面四种日记中择录几条，可以约略看到大致的面貌。

七日，密云不雨。早至姚江，市书七种。内有于文定公《读史漫录》，大有识力。《乔庄简集》，亦简令有体。舟中读之甚畅。午后雨甚。（万历四十六年正月）

十日，风雪俱狂。舟泊四明邮亭，推篷四望，大雪弥漫无际，欲觅友人作白战不可得。呵雪水研墨作诗，复检甬东所市书二十余种。内有熊仁叔《象旨决录》，此我朝解经第一手，觅之数年，如渴得饮，急取读之。时雪从篷隙入，遍满几席间。余以一毯褥拥身，都忘风雪。因跋为辟寒编。（万历四十六年正月）

二十二日。有贾人持蠹余残书来，市得三十余种。内有陈植《木锺台》，此宋人解经史语也，颇类王伯厚《困学纪闻》，不免作头巾气耳。他如杨铁崖《史义拾遗》及新刻张献公《曲江集》，皆佳本也。（同上，二月）

十五日，得范元辰年兄寄示《天一阁书目》，并见贻司马文正公《稽古录》。此书大约与吕成公《大事纪》相类，晦翁独称其简要有体，恐亦公编摩通鉴后所成也。（同上，四月）

这是见于纪录的《天一阁书目》的最早本，也即著录于《淡生堂书目》中的一本，可惜已不可见了。四明范汝梓，是天一阁后人，曾为承熼《初集》撰序。

二十一日。贺新郡公张泰符公祖。是日闻奴酋突发，抚顺失事，大帅与全军俱没，辽事几不可为，为之堕箸。余自园居以来，终岁不阅除书邸报，至是亟索近报，不胜藿食之忧，取古人应卒制夷之略，为作《辽事案》。（闰四月）

士大夫居乡，但仍不能不关心国事。不过他们所能做的也只是从故书中寻找有关文献，加以纂辑论述而已。晚明这类著作颇有一些，虽多不免空疏之病，但究竟是时代风云的反映，禁毁之余，都是值得珍重的。

> 初九日。晒书毕。数日来余躬率平头奴三四人，刷蠹理朽，挥汗插架。由朝及暮，瞬息不停，真所谓我自乐此不为疲也。（同上，六月）
>
> 过书肆觅书，得十六种。内如宋人方秋崖集，极佳。又抄本《越峤书》，载交南古今事甚悉，得之欲舞。（八月）
>
> 十五日。与郑孔肩坐湖中小艇快谈极畅。是日同过黄贞父寓林，树老石奇，是湖中第一境。沿堤至西泠，复至孤山。又携手过葛岭。阅闵氏朱刻书四种，精工之极。此简编中清玩也，孔肩戏呼为书妖。天色已暮，始从钱塘门归寓。至寓则居停主人已治具集儿辈待月矣。至漏下二鼓乃罢。（八月）

这是游杭的日记。闵氏朱墨套印本书，过去一般不为藏书家所重，以为不过是给儿童阅读的坊本。但在祁承爜看来，则是精工之至的雕版书，大加称赏。这也可以算是藏书佳话吧。

1987 年 10 月 23 日

不死英雄

——关于张缙彦

过去逛旧书铺，大抵是“有啥买啥”的时候居多，店员也很少问起“您要什么书”，只是说“请随便看看”。这是深得旧书的三昧的。抱着一定的目的，想去搜寻某种书或某类书的顾客也不是没有，但除了《渔洋精华录》之类的大路货外，往往淘不到什么东西。不过铺子里也时常有好书出现，几种或一大批，几乎全是出人意料的东西。这就为旧书铺增加了神秘的吸引力，使你总是牵挂着，常常要去“逛”。

好像也只有这样无意中得来的书，才更有趣味，更觉得可爱。

不用说，用这种方法买来的旧书，那特征必然是“杂”，没有系统，没有标准，鱼龙混杂，泥沙杂下。特别是初上手的时候是如此。后来得书渐多，也就自然可以分别部居，形成统系。因为个人兴趣的制约，也会逐渐出现了“特点”。譬如，关于晚明和明清易代之际的事情，我在四十多年前曾一度发生过浓厚的兴趣，想多知道一些，于是就尽力收求这方面的史料、文集，不久就得到了一大堆。不过别致的、少见的书还是很少。同时因为得到了谁的一种著作，就又希望能得到他的别种著作，以及他的朋友的著作，……这样拉扯下去，就会形成一个“网”，把一个时代一个方面的许多孤立现象联系、组织起来了，也进一步刺激了收藏的兴趣。

明清易代之际是个“天翻地覆”的大时代，没有谁可以逃脱时代的考验。因为种种特殊的原因，知识分子遇到的考验是特别严酷的，封建道德的威力在他们身上显示得特别严厉而强大，个人与“天地君亲师”之间的关系都要求处理得符合标准。这很有点像作茧自缚或作法自毙。读书人平常爱说大话，要求别人极为严格，在发表意见和作文章时提出了许多“高标准”，现在轮到自己接受测验了，于是就有很多人出了丑。同时在当时公认的标准下，被分为好人坏人两大类型。这种舆论标准多少年来并无太多改变，今天看来有些确是过时、不合适的了。其实关于这标准，在当时就已出现了不同意见。有人就说，在关键时刻，一个人的责任在于努力工作与拯救危亡，不只是一死就能了事的。如果自杀可以解决问题，又要你的“道德文章”何用。

在当时，这确是一种“大胆”的议论，但实在是不无道理的。我们看许多晚明的历史书，作者判断好人坏人的标准，只在于他是否在甲申殉节。有些劣迹昭著的家伙只因在“国变”时死掉了（有的还是莫名其妙地被乱兵杀死的），就一律归入《忠义传》（近来有一种意见，说马士英与阮大铖是不同的，前者死去了，后者则是投降的。我们应该承认马、阮之间确有不同，但也不能只用这标准得出过于简单的结论而满足)，反之则归入《贰臣传》或《遗民传》。这种分类的方法简便是简便的，但实在说不上科学。甚至有的人说，像陈子龙那样不屈而死的人还比不上“从容就义”者死得漂亮。真是极彻底的“为自杀而自杀”的高论。在今天，为什么必须要对崇祯皇帝表现那样无条件的“忠诚”，实在不好理解。在当时的群众眼里，崇祯代表的不只是他自己或朱明，他还是在民族矛盾激化的时刻代表着自己的民族的。这种感情上的判断与选择，可以理解，但今天看来也是不够准确也很不合时宜的了。

这是个十分复杂的问题，但无论如何也躲不开，在历史上时时会遇到。彻底的唯物主义者是无所畏惧的，这就说明了在社会科学领域内，没有什么疑难问题是不能获得合理的解释的，回避则不是办法。譬如气节问题，就不妨试用宏观和局部两种观察方法具体分析处理，而分别得出恰当的结论。向敌国、敌人投降是“民族气节”的问题；向“四人帮”卖身投靠、写效忠信，虽然不关“民族气节”，但到底也是一种气节问题。我们什么时候都不能在这个问题上让步，搞灵活性。推而广之或等而下之，今天说东，明天说西，见风使舵，绝无情操，在这样人身上也有个气节问题。与汉奸、叛徒相比，程度固然有大学与小学之分，走的却是同一条路子，为害也并不小。

二十八年前一个初夏的傍晚，偶然走过旧书店，那是已将打烊的时候，店中也没有什么顾客了。向书架上张望了一下，就发现了三本诗集。取下来看，是清初的写刻本，颜体字，相当精致。每种前面都有一两通序文，都是手书上板的。作者是张缙彦，我记得这个名字。许多年前读《玄览堂丛书》中的《怀陵流寇始终录》，在《将亡妖孽》一节中见到有关张缙彦的故事，以为非常出奇。这故事又见于《蕉廊脞录》所引《流寇长编》所记甲申三月甲辰日事中：

> 京官凡有公事，必长班传单。以一纸列衔姓，单到，写“知”字。兵部魏提塘，杭州人，是日遇一所识长班亟行，叩其故，于袖中出所传单，乃中官及文武大臣公约开门迎贼，皆有“知”字。首名中官则曹化淳，大臣则张缙彦。此事万斯同面问魏提塘所说。……

这种传单后来亦称知单，我小时候还看见过。家中不时有人送了这种知单来，但并非议论军国大事，多半只不过是请酒，在大红折子上写了一排“某大人”、“某老爷”的“衔姓”，收到后或写“知”字，或写“谢”字，被列在第一名的往往还要客气地写“敬陪末座”字样。今读晚明野史，知道这种风俗已是好几百年流传下来的“故事”了。从此就记得张缙彦的名字，觉得他是一位颇有代表性的晚明人物。以兵部尚书（国防部长）而领衔倡议投降，在古今中外的历史上也是极少见的。现在偶然遇到了他的诗集，自然非常高兴，买下了。

这书共包含三种诗集：

《徵音诗集》不分卷，题“河北张缙彦坦公著，侄欲含萝月录”，前有“南州年盟弟熊文举拜撰”叙。次目录。卷首大题下有小字自序四行：

> 自甲申以后，丙戌以前，流离间关，痛遭贼虐。偶记于襟袂间，迨归命大清（抬头），山高海旷，痛定而思，涓滴未答，聊存岁月焉。

可见这是他在甲申后两年多时间中所作，主要的用意是剖明心迹，也就是熊序中所说“当世何遂无一能言者，剖心以相明，泣血以相信”的意思。当然中间也保留了一些史料，但不少已被篡改了。如第一首诗题《庆都道中语友》（贼骑押变产纳饷——原注，下同）就说明他以开门迎降的首功，也不曾得到怎样的优待，还是被抄了家并变卖家产。

关于他开门迎降一事，《国榷》还记有下文，李自成命明臣入朝，仍给官做。此时“太监王德化从十余人内出，见兵部尚书张缙彦，诟曰：‘尔犹在耶！国家大事，尔与魏阁下二人坏之。’呼从者批其颊，缙彦至垂涕”。另一种说法是在三月十九日，“本晚，百官出，始言太监王德化数十人拥打兵部尚书张缙彦，责其开门迎贼”（《国变录》）。像这样的丑事，他就一概赖得干干净净，在《述变歌》里他说：

> 天地自定位，日月忽阴晴。造化岂云异，坚脆各自成。嗟我觏凶会，天柱忽西倾。赤羽势已极，苦块泪尚盈。愿言赴国难，辞墓戚子情。旬月瘁臣心，四郊遍鼓

钲。降臣捧檄至，谁使睊孤城（监视杜勋降贼，贼遣至城下，京营王德化缒与偶语）。惟我执愚昧，羞此城下盟。黑风西头急，饷绝全军惊。国亡身亦尽，朝房执硁硁。沉业绵未已，乱我死复生（城破，入朝房自缢。窗棂折，李桂解救）。徒为举朝哭，无以报圣明。彼相前致辞，款曲如蝇声。喋血赊求死，惨楚不可名（贼遣牛金星说降，骂拒，贼怒加刑）。遂有枭杰将，待我以悍兵。踌躇龙泉道（守关伪将李谨欲擒，计脱），孤鸿过山鸣。飞飞脱迹去，黄冠一身轻。徒死不塞责，一去叹冥行。慷慨复呜咽，君储陷鲵鲸。潜结义侠士，白霓贯日精（张一方、蔡元吉，一为昆弟，一为姻娅。后战死，竟寻前约）。茧足二千里，逋臣苦以贞。忽复起弹剑，南指阵云横。雨中急问渡，守卒何狰狞（太原问卜。西岳庙签云，雨中问渡，进退维谷。及至南渡，果遇雨，为伪都尉冯国宁诘获，信有数云）。一手欲补天，运数茫难争。但留此血性，险难常孤行。

这篇五古可以看作《徵音》全集的提要。除了对农民军必须痛骂并赖掉一切投降的事实外，对故明的种种却并不讳言。因为当时清军还打着为明复仇的旗号，这样说还是符合政策的。“忽复起弹剑”两句不但隐约，也含混。看来这说的是他与南明弘光小朝廷的关系，这可万万明说不得。《国榷》记：

> 己未，故兵部尚书张缙彦奏，在河北收义勇，诛伪官，其姻家大学士王铎保之，仍命兵部尚书，总督北京山西河南军务，便宜行事。给空札二百，文武辟用。其家月赌粟五石。
>
> （甲申十月）

清初河南人郑廉撰《豫变纪略》，记甲申春夏间，张缙彦从农民军中逃归，本想到南京的小朝廷中去报到，但听说那边严惩了降臣周钟、项煜，“徘徊睢、亳间，不敢入江南界”。只好投奔驻扎在睢州的许定国，又拉拢许归附驻徐州的兴平伯高杰，好像手里真的掌握了枪杆子，有了向南京要挟的资本了，就上疏说：“大臣义当谒新君，但新抚中原豪杰许定国、李际遇等士兵五十余万，躬自简练，不敢擅离。候旨进发。”这就是张缙彦虽然也是“降臣”，却未被惩治，还受命以原官经营河南的原因。

早在甲申的秋天，张缙彦就已和南京的南明小朝廷接上了关系，还有王铎的内线，因此得复原官。当时南京有人大声疾呼，要追究降顺义军明臣的责任，而张缙彦却不在名单之内，这当然不是一时的疏忽。此后他有几次防河的奏报，弘光元年（1645）二月庚申的奏报说：

> 总督张缙彦报贼败清虏于陈州，许定国东还刘家城。

这里的“贼”指的当然是农民起义军。这以后就不再看到他的消息，没有多久，南明也灰飞烟灭了。

《徽音》一集所记经行各地有庆都、龙泉关、五台、仪封、吉岗、汉寨、六安、麻城、商城诸山，金刚台、松子关、竹根山、龙湖、茶山等地，好像曾多次往复奔驰。直到《江上阁》一题，题注说“奉诏诣江宁，就内院征书”，这才终于归顺了大清。他是取路荻江、采石回到南京的。

《诗集》的第二种是《归怀诗集》，卷首作者姓名下一行是“渠丘刘正宗宪石定”。前有“三原门人韩诗顿首拜课”序，“匡山社晚弟黄国琦具草”跋，次目录。卷尾有“门人刘源洁校”一行。韩序说：“及应召而来燕邸三载，恳期归葬。黄冠故里，苦雨凄风，形为咏叹，曰归怀。”又说到在前明作者已有《蓼居集》一书行世。按《北平图书馆善本书目》有《菉居文集》二卷，《依水园文集》前后集各二卷，皆顺治刻；《北京图书馆目》则有崇祯刻《菉居诗集》一卷，《贩书偶记》著录《菉居文集》二卷，崇祯闽中黄文焕选刻。诸书皆未见。

《归怀诗集》收回家路上纪行诗及在京与友人唱酬之作。往来诗友有陈之遴、刘正宗、丁耀亢等人，大半是贰臣朋友。张缙彦是北人，与北党的刘正宗关系密切，但与南人的陈之遴却也有往来。

《诗集》的第三种是《燕笺诗集》五卷，每卷前各有校定人姓氏，他们是“河阳薛所蕴行屋定”（卷一）；“江右熊文举雪堂定”（卷二）；“琅琊丁野鹤耀亢校”（卷三）；“白下白仲调梦鼐校”（卷四）；“巨鹿杨思圣犹龙选”（卷五）。

每卷尾更有校人姓氏。此集与《徵音诗集》卷尾都有“西湖隐民孙从龙校”或“监梓”一行。行款都是八行十九字，当是同时所刻，是张缙彦官浙江布政使（顺治十一年）时刊于湖上者。

《燕笺诗集》前有“顺治癸巳年家弟安丘刘正宗题”序，“蜀仙井胡世安书”序，“顺治甲午仲春琅琊治民门下士丁耀亢谨题于稷下趵泉之西”序和“门人王士禛沐手具草”的七古长诗。

这里序跋的作者除了年辈较晚的王士禛外，全都是贰臣。王渔洋的长诗，后来编集时不知是否还保留了下来。

刘正宗是崇祯元年（1628）进士，降清后历官弘文馆、文华殿大学士，是北党的重要人物。陈名夏、陈之遴都受到他的排挤打击，一死一谪。他不但在政治上，就在诗歌创作上也与虞山、娄东各树一帜，南方文士选诗也从不选入他的作品。顺治十七年（1660）革职。在这六年以前张缙彦就靠了北党的关系迁浙江布政使，十五年又擢工部右侍郎。十七年六月“左都御史魏裔介劾大学士刘正宗罪恶，言缙彦与为莫逆交，序其诗，称以将相之才，词诡谲而心叵测，均革职逮讯”（《贰臣传》）。所指的就是刘正宗为《燕笺诗集》所撰序中的几句话：

> 先生胸富二酉，裕经术，砥躬饬行，仪表群品。兹且出其生平未弹之蕴，维持世运，当不难易晚近而綦隆。然则捄弊扶衰，岂惟诗哉！岂惟诗哉！

张缙彦到杭州后，很得意了一阵子，向谢三宾买得钱牧斋旧藏的宋板《汉书》。甬上谢为雯《春草堂文约》“宋刻两汉书序”云：“此书自钱虞山归为雯伯祖冏卿公（三宾），质钱千金，时在崇祯癸未。三宾扃于西泠书室。迨顺治戊戌（十五年）春，新乡张司马坦公携是书访真赝于虞山，虞山怂恿取之，缀文三百三十五言跋其尾。……”钱谦益不但为《汉书》作跋，又有诗赠坦公：“中书行省古杭都，曾有尚书曳履无，愿借顾厅居左辖，且抛手版领西湖。”又说：“借草定追苏白咏，浇花应酹岳于坟。”贰臣们互相吹捧，连用典都毫无顾忌，简直不再知人间有羞耻事。《燕笺诗集》中有《牧斋先生》一首：

石湖几处稳花裀，阅历艰危百代身。独树浩歌惟短剑，深山青史见空磷。翻书莫作过秦草，避地何心遇晋人。此去江烟应不改，绿苔丹灶自长春。

《贰臣传》又载御史萧震劾张缙彦一疏，指出其“官浙江时编刊《无声戏》二集，自称不死英雄，有吊死在朝房，为隔壁人救活云云，冀以假死涂饰其献城之罪，又以不死神奇其不死之身。……”分析批判得有理有据。主旨在于说明如此坏种不但明朝深受其害，在本朝也必将为祸不浅。这是必然的逻辑，也是编纂《贰臣传》的指导思想。张缙彦在浙江居然还将自己的神位抬入了勋贤祠，这事真是办得过于出格了。康熙中山阳戴氏刻郑寒村（梁）《五丁集》，卷二有

《跛翁传》（万斯大），中有一节：

> 尝游杭州玉龙山，入勋贤祠，谒拜阳明像前。见东庑有张缙彦神位，立击碎之。

这事大抵发生在缙彦去浙或死于塞外之后，只是不知道神位何时入祠。这些故事都可以说明他一直不安分，不甘寂寞，有时还极尽嚣张活跃之能事。在新朝主子看来，这简直是不可容忍的，先论斩，后从宽，“籍没家产，流徙宁古塔”。

《燕笺诗集》里的诗大约都是在京师所作。他的诗在当时的诗坛上应该说是在水平以上的，虽不及杨犹龙，但在北人中也算得上一个作手。只是人品太差，许多功夫都花在编造谎言、虚张声势上面。他很喜欢写五律，风格颇近阮圆海。卷五有《入西曹四首》，《小序》说：

> 丁亥（顺治四年）三月十七日，邹弁以流言下犹，余并逮。狱具，朝廷宣谕谓，投诚以前，流离殉家，忠臣也；到我国亦当如是，释而不问。其时宣谕诸老，叶马法、党于姜、房海客也。感圣恩如天，永矢弗谖，遂为此什。

这是什么话呢？又岂是诗人说得出口的？

《纪见》五首，倒是写得不坏的小诗，其第一、四、五首是：

红楼张夜饮，一箸钱十万。街头负担人，过午不炊爨。

倚门谁家女，蓬松燕尾长。夫婿跟官来，索酒坐胡床。

旌旛绕松林，无风自飞土。南僧演法毕，士女观如堵。

卷前王士祯的《读坦翁先生燕笺，短歌纪之》七古，也是一篇难得的文献，说明青年的渔洋山人正是北派嫡传，在政治上与诗歌创作上都是如此。诗中有些话也是说得使人毛骨悚然的：

新乡司马（张缙彦）真人龙，挥毫落纸如飘风。安丘相公（刘正宗）志复同，龙吟鸾答相赠呟。一时文苑推两雄，八骏腾踏凡马空。……

对两人的吹捧可以说是达到了可惊的程度，至于“今日杜陵推薛公”的“行屋先生”，也是《燕笺》的参订人之一，当时是吏部左侍郎，也是与缙彦经历相似的贰臣。

张缙彦戍宁古塔后，日子过得还是蛮舒服的，并不如想象中的艰苦，照样诗酒唱酬，与陈之遴等往来甚密。吴汉槎的《秋笳集》中留下了好几首赠诗。其《读张坦公先生所撰〈徽音集〉却赠》诗云：

一编遗事泪潺湲，变徵声中惨客颜。转战幽并军缟素，侧身梁楚路间关。丘墟敢咎王夷甫，词赋空哀庾子山。惆怅白头荒缴客，龙湖当日杳难攀。(《秋笳后集》卷七)

又，《张坦公先生谈甲申岁河北讨贼之事，感赋》：

风尘铜马帝城昏，痛哭孤臣出蓟门。侠客濮阳藏季布，义旗河朔奉刘昆。乌号异代徒余恨，龙战当时岂报恩。赤社既移终不复，空怜心计尽中原。

这诗所记缙彦所述想来就是奉南明弘光朝命在河北一带活动的经历。

缙彦在宁古塔的生活及结末，在吴汉槎于康熙戊午(1678)二月十一日寄顾舍人(贞观)书中也有所记录：

乙巳(康熙四年)以授徒自给。其夏张坦公先生集秣陵姚琢之、苕中钱虞仲、方叔丹季兄弟、吾邑钱德维及鄙人为七子之会。分题角韵，月凡三集。穷愁中亦饶有佳况。其后以戍役分携，此会遂罢。……张坦公先生河朔英灵，而有江左风味，雁群与弟情致特深，唱酬亦富。未殁前数日，即属弟在其榻前作行状，人琴之悲，至今犹哽。

《贰臣传》说他“流徙宁古塔，寻死”。《新乡志》则说“徙宁古塔十载卒”。顺治十七年（1660）下推十年是康熙九年（1670）。他的卒年当在九年后、十七年前，一生活了七十岁左右。

张缙彦不无政治才能，在诗歌写作上也有一定的功力，生活在晚明那样的时代，在政治漩涡里混了若干年，作了许多淋漓尽致的表演。大体上他与阮大铖是一流人，具体的遭遇虽然不同，但在关键时刻采取的则是同样的态度，都不择手段地为个人利益而斗争，一切都在所不计。这是一种典型人物，无论什么时候都不会断种的。也自有些人为之化妆、吹捧，这中间也包括了王渔洋这样的人。这是他们赖以生存的土壤。只有张缙彦这类人逐渐少下去，社会才会好起来。入关以后的清王朝先是对他们加以利用，随后很快就发现了这种人是不可信赖的，因为他们的本质是蛀虫，明朝就是在他们手里被蛀空的，这就不能不引起新朝的警惕。编印《贰臣传》与对明朝死难遗臣的大举封赠，就是吸取教训、头脑清醒以后的果断措施。入关后的新朝统治者终于悟出：气节还是重要的，不能不讲。等弄得满朝都是“贰臣”时，就来不及了，也离彻底垮台不远了。在他们看来，这实在是一个非常严酷的教训。

1984 年 9 月 24 日

关于周亮工

周亮工是明清易代之际的一个畸人。邓之诚《清诗纪事初编》有亮工小传，略云：

> 周亮工字元亮，号栎园，又号减斋。祥符人。崇祯十三年进士，官潍县知县，行取浙江道监察御史。顺治二年，官两淮盐法道，调扬州兵备道，迁福建按察使布政使，入为左副都御史，迁户部右侍郎。为福建总督佟岱劾其贪酷论死。会赦得释。康熙元年，起补山东海防道，调江安粮储道，被劾论绞，再遇赦。卒于十一年，年六十。

周亮工是《贰臣传》中的人物。他在福建先后八年，正值清初动乱，对安定地方、御灾捍患都做了好多工作，正如他的学生汪楫在《闽小纪》序中所说：

> 夫闽地当革故鼎新之后，民穷赋急。加以戈船出没海上，征兵乞饷，日夕不宁。先生以观察而于治狱之外，

而治兵，而治赋，而衡文，事势纷错。

钱陆灿、姜宸英所撰墓志、墓碣中对亮工在闽经历，有更为详尽的叙述。这些出于朋旧笔下的记载，难保没有溢美的地方，但至少可以说，他是个能吏。而在能吏手下的人民却不一定能过上人的生活，也是明明白白的。周亮工的被劾，应当说是“事出有因”，不过据姜宸英的意思，则是“盖公名高，为时所忌”，“自负其能，失当事旨”。等到任左副都御史时，又“上章言闽事，报可。又密有所建白，言激切，颇摘抉用事者，骤擢户部右侍郎，而闻者咋舌曰，祸始此矣”。这里的“用事者”，姜宸英自然不敢实指，但说的是中枢大员则无疑。邓之诚说：“（亮工）屡蹶屡起，由刘正宗恶之。当时满汉相倾，成为风气，亮工不死，属有天幸。”这里根据的不知道是什么，但其为清初统治阶级上层的内部矛盾，是无可疑的。

周亮工不只是一个能吏而已，他在清初文化界的地位与作用是更为重要的。他喜欢交结遗民，为他们刻集。他爱好书画，有许多诗人画家朋友，写有《读画录》。他好藏古墨，又好印章，写有《印人传》。在福建八年，写成四卷《闽小纪》，着重记录风土、物产、风俗、人物，是一部有意思的社会文化史小书。他还在狱中编成《因树屋书影》十卷，又辑有讲测字的专书《字触》，这都可以看出他的兴趣之广泛。他所选刻的《尺牍新钞》、《藏弆集》、《结邻集》等书，影响更大，继承了晚明的风习，虽意在选文，但也保留了不少史实资料。这一系列杂著的影响，实在比他自己的诗文集《赖古堂集》要重要得多。邓之诚说他“诗文未能成家”，但“才名稍亚钱吴”，这些杂著是起了大作用的。

《赖古堂集》是禁书，但实在看不出其中有什么违碍的地方。周亮工是小心翼翼的，不敢触及当时仍处于第一位的民族矛盾。文集中有一篇《书戚三郎事》，是记录江阴城陷后的杀戮之惨的。文章开头说：“江阴城陷，微戮抗命者。”轻轻一笔就为“江阴十日”的惨剧定了调子。可是全文却写得十分刻露，还涂上了一些神怪的保护色，到底揭露了清兵的残杀罪行。可以想见作者在下笔时的战战兢兢。

要说周亮工一点没有故国之思，那也不是事实。《赖古堂诗集》卷三有《钱牧斋先生赋诗相送，张石子、颜晋传皆有和，次韵留别》诗，可以说是集中写得最好的诗篇之一，原因也是诗中含有浓厚的感情因子，揭露了清初文士特别是“贰臣”们的阴暗心理：

> 寒潮入夜不增波，苦忆敲冰渡浊河。失路自怜酒伴少，看山无奈泪痕多。交情雨雪犹分袂，时事东南未罢戈。冻尽劳劳亭下柳，那堪重听故人歌。

《湖上留别》二绝，大抵是作者最后的作品：

> 轻舟欲去荡千回，老境颓唐有限杯。放鹤亭前闻牧马，孤山处士不栽梅。

欲去梅花着意看，严风烈烈岁将残。游人莫厌西湖水，经燠经寒不肯乾。

这是康熙辛亥游吴越时所作，为乱后西湖写真，也写尽了作者的迟暮心情。

邓之诚说：“初亮工知潍县，值满洲兵南下，齐东诸城皆破，独潍以坚守获全。潍人德之，为建生祠。及再起青州道，过潍见生祠，大哭而去。殆有痛于作两截人耶?”邓先生说得不错。贰臣的心事，有时就是如此的，最后不能不陷入精神失常的状态。《年谱》记：

庚戌，五十九岁，在江宁。春二月，一夕，慷慨太息，尽取生平著作与板行者尽毁之。

亮工在绝望心情中把他平生精力所聚的著作、书板亲手毁去了，内心空虚、忏悔达到如此强烈的程度，在历史上还是不多见的。

曹寅的《楝亭文钞》中有一篇《重修周栎园先生祠堂记》，说到周亮工的“好士”：“公之好士，一艺之精，必奖进之。㧑谦揖让，解衣推食，虽富贵与颠沛不少变。”这是周亮工生平的一大特色，也是他能赢得声誉的重要原因。曹寅又说起亮工与曹氏两代交情：

余总角侍先司空于江宁，时公方督察十府粮储，与

> 先司空交最善。以余通家子，常抱置膝上，命背诵古文，为之指摘其句读。

这不能不使人想到曹寅一生的事业，虽然出发点并不相同，曹的“好士”仿佛也是从亮工那里接受下来的传统，后来更发扬光大了。

乾隆五十二年（1787），覆勘《四库全书》，详校官祝堃发现了周亮工的诗中有“人皆汉魏上，花亦义熙余”句，以为违碍，结果将亮工全部著作，连同《提要》中涉及亮工姓氏的地方，一律剔出、抽改。陈垣曾得当年馆中精写《提要》底本，其中保存有后来不见于殿本《提要》的《赖古堂诗集》一节提要文字，略云：

> 亮工所著《节影》，载论诗诸条，皆极排七子，其《赖古堂印谱》，并有一私印曰“不读王李钟谭之诗”。故其诗多刻意为新语而所作终不逮其所论，去王、李诚远，去钟、谭咫尺间耳。

《提要》的话是有根据的。亮工有《与林铁崖》一书：

> 伯敬、友夏只是好新，落笔遂不顾所安耳。他且勿论，即如《穆天子传》、《汲冢周书》，类凡缺字类作□。武王几铭，“皇、惟敬□□先垢□笺□”示缺文也。两君目□为口字，友夏云，四口字叠出，妙语不以为纤。

伯敬云，读口戕口，竦然骨惊。不知几铭与四口字何涉，岂三代时便学作钟、谭诗耶？即此已可笑，何况其他。

这里将锺、谭的浅陋真是说得神气活现，同时也揭露了公安、竟陵派故作奇峭艰涩的毛病，是很有见识的。虽然亮工自己的文字也不免有这种缺陷，如《闽小纪》即是如此，一个时代的文风是很不容易摇脱干净、不受牢笼的。到了《读画录》，就要好得多。

亮工对文章之美有一些值得注意的见解，如《与黄济叔》小札所说：

夜来与冠五小饮，遂尔大醉，灯下任笔题尊册，不觉无伦无次，知不免大方胡卢也。菌次一段，自觉琐屑，然古人文字偏于极琐屑处，写得其人须眉生动。不孝虽非其人，窃有志焉。知公不以为嫌也。

这一节话，正好可以移来作《读画录》、《印人传》的评语，其中确有许多写生的精妙片段。他是懂得运用精选的细节，塑造人物的道理的。

在另一封信中，亮工还说他和黄济叔彼此在篆刻、诗文中互受启发、影响，使作品得以进入更高的层次、境界，他把这种情状说成是“吾两人交相动”，也是很有意思的创作经验。顺便还斥责了同时出现的大量平庸低劣作品：“今人满部诗文，大套印谱，细细搜寻，总如疲牛拽重车，入泥淖中，何处使人动。”

与“满部诗文”相对的正是晚明兴起的小品。亮工作品中成就较大的也并非大块文章而是典型的小品文字。《赖古堂诗集》卷十二有一题云：“重阳后二日得萧伯玉许介寿两家日记，喜其三数行一则，易于作辍，遂尽数叶。”诗有两首：

> 坐作同矜萧伯玉，疏狂独爱许瓯香。连篇累帧真难竟，引睡能消字几行。
>
> 繁华犹梦东京好，凋敝难为白下情。只有数行读不得，故园旧事太分明。

从这两首诗里不只可以看出小品在读者中间的影响，更提示了读者层次与需要的不同。

文学也不只是长篇巨作的天下，短小的篇章只要是言之有物，文字简净，意趣明达，也自有其读者，也有其价值。特别是年纪大一些的读者，这方面的要求也更高些，这几乎是古今中外普遍存在的事实。周亮工用自己的笔墨实践，提供了像《读画录》、《印人传》这样的作品，算是他所提出的创作理想的体现。现在摘取他为陈章侯（洪绶）所写的小传的片段，看看他的笔墨风格。亮工为老莲做详传，但不同于通常的传记。他常常选取一二细节借以点染传主的某种特色，如《读画录》中记：

> 章侯性诞僻，好游于酒，人所致金钱随手尽。尤喜

为贫不得志人作画，周其乏，凡贫士藉其生者数十百家。若豪贵有势力者索之，虽千金不为搦笔也。一龌龊显者诱之入舟云，将鉴定宋元人笔墨。舟既发，乃出绢素强之画。章侯科头裸体，谩骂不绝，显者不听，遂自沉于水。显者怫然，乃自先去，浼他人代求之，终一笔不施也。以此多为人诟厉。年五十六，卒于山阴。

亮工这里没有说老莲死去的细节，但从上文推断，可知是怎样一种结局。邓之诚先生从丁野鹤的诗集《陆舫诗草》中找到一首题为《哀浙士陈章侯》（时有黄祖之祸）的诗：

到处看君图画游，每从兰社问陈侯。西湖未隐林逋鹤，北海难同郭泰舟。鼓就三挝仍作赋，名高百尺莫登楼。惊看溺影山鸡舞，始信才多不自谋。

邓先生在诗后的注语说："案此诗作于顺治九年，陈洪绶以不良死，他书未及。"看诗意，老莲大约是死于某一显宦的迫害，与周亮工在小传中所写的情景相似，这也许就是一种"不写之写"的手法吧。

亮工《赖古堂集》卷二十二又有《题陈章侯画寄林铁崖》一文，对老莲性格及作画种种都有生动的描写，不同于《读画录》。

章侯与予交二十年。十五年前只在都门为余作《归

> 去图》一幅，再索之，舌敝颖秃弗应也。庚寅北上，与此君晤于湖上，其坚不落笔如昔。明年余复入闽，再晤于定香桥。君欣然曰，此余为子作画时矣。急命绢素，或拈黄叶菜，佐绍兴深黑酿，或令萧数青倚槛歌，然不数声辄令止。或以一手爬头垢，或以双指搔脚爪，或瞪目不语，或手持不聿、口戏顽童，率无半刻定静。自定香桥移余寓，自余寓移湖干，移道观，移舫，移昭庆。迨祖余津亭，独携笔墨，凡十又一日，计为余作大小横直幅四十有二。

关于陈老莲，已经有过几本研究的小册子和年谱，不过好像都没有引用过这些材料。其实我看周亮工这些描写，才是老莲的真实而生动的写照，是传记的绝好资料，同时也是亮工文字风格的极好标本。

关于张远

《无闷堂集》诗二十三卷、文七卷，闽张远超然撰，康熙刻本。文集前有屈大均序及自序。自序末题“乙丑端阳题于羊城旅次”。乙丑是康熙二十四年（1685），时作者三十七岁。文集与诗集前十二卷，宋体字，刻于广州。诗集后十卷，软体字，则是在苏州补刻的。扉叶题“金阊刘汝洁梓”。诗集后有男继超跋：“家君《无闷堂集》，前为友人梓于粤东，中多误入，舛错殊多，今悉改削，合近刻前后定为三十卷，藏于家。”补刻不知在什么时候，大约总远在作者康熙五十五年逝世之前。“改削”的好像也不必是“误入”部分，可能有些违碍的诗文都削去了。卷中又有些未刻卷叶的文字，如《屈（大均）母八十寿序》、《徐烈妇小传》等，可能都是因为有所避忌，随时准备抽去的。邓之诚《清诗纪事初编》著录的是从旧书衬纸中抽出装成的一本，诗集只存十一卷，是一个残本。邓先生书衣识语中详细钩稽了张远的生平，说他“一生踪迹，多在客中”，这就不能不使人想起清初有许多遗民文士，往往都是喜欢远游的。如顾亭林就很少住在故乡，足迹遍于北方边远地区，最后死在曲沃。屈大均、李因笃也曾出入塞上，难道他们都是沉溺于游山玩水么？他们都是反清复明的志士，旅行目的也大抵在于联络山海，以图恢复。不过不能直接地声说，时移世换，人们也大都不能明白那底细了。张远也是走过许多地方的。自从离开故乡福建，就来到吴中，定居常熟。这以后到过桂林、采石、泰山、洞庭、广州、北京，交游也多一时名宿，如曹溶、查嗣瑮、梁佩兰、屈大均、王翚、钱陆灿、陆贻典、叶燮、潘耒、杜濬、朱彝尊、顾嗣立等，都有唱和诗篇。五十二岁始中乡举。选官云南禄丰知县，卒于官，年七十。

集中最能表襮心事的是一篇《赵松雪集跋》，他说：

> 论之者谓，子昂文章经济，颇为书画所掩，以是为怅。呜呼，布衣疏贱之士，生之不辰，尚且遁迹丘园，为农没齿，况身为帝裔，反面事仇，无怍容焉。是岂宜令郑所南见之哉！以书画名，未为掩之也。

在当时这是很大胆露骨的议论，大概也就是和屈翁山辈酒酣耳热时相与论议的一事。又文集卷七有《徐烈妇小传》，文末“野史氏曰”说：

> 甲寅之变（按指耿精忠叛清事），生灵涂炭。身污名辱，终于不免者，不独女子也，女子为尤惨。楚蜀两粤，不可胜数。以余所目击耳闻者，独浙闽江右。其死于锋镝盗贼、饥饿损伤、老弱废疾者不具论。其姿容少

> 好，骡车马背，辇之而北者亦不具论，惟其弃载而鬻之者，维扬、金陵，市肆填塞。（以下铲去一行，约失廿一字）累累若若，若羊豕然，不可数计。市之者直不过数金，丑好老少，从暗中摸索。其间士族妻妾，往往有之。……

通常文集中表扬节烈的文字，最不足观，不想这篇小传后面，却有着这样惨痛的纪事。甲寅是康熙十三年（1674），离开清军初下江南，已经二十七年，但人民的苦难，与甲申、乙酉之际几乎没有什么两样。南京、扬州都出现了人肉市场，不见旧记，很难相信这曾经是事实。而作者激愤的心情也昭然若揭了。

文集最后一篇文章是《题黄漳浦先生诗后》，也是一篇立场鲜明、毫无避忌的文字。

> 漳浦黄公，近世之文信国也。公文章经学气节高出千古，而举义旗、殉国难，则与信国同符。然信国当不可为之时，犹举国委之，公则削籍家居，徒手赴难，尤为希有。当烈宗时，公非有言责，属争天下大计，皆忤旨，几致之死。逮放归而事已去矣。南朝草创，委用非人，新君纵逸，左帅内讧，虽至愚无识之人，亦知其必败，矧公精于易数，而举空拳蹈烈焰哉。良以国亡与亡，见危致命，义当尔耳。公自徽州至留都，银铛被系，途中赋诗凡二十余章，书一卷。诗词慷慨，书法端严，无

异平居时。较之信国惶恐滩前之句，殊为精奥。余向在金陵，见公画梧桐秋雨一幅，乃临刑时刽子跪乞者。点缀工妙，逾于曩作。非正定之大贤，能如是乎。……

黄道周弘光时曾官礼部尚书，后又与郑芝龙拥立唐王，率师出衢州，兵败被俘，不屈，死于南京。作者对这位大节凛然的乡先辈是充满了敬爱之情的，放笔写来，竟忘却了禁忌，其实在当时，这是很不妥当的。盛赞了明的遗臣，不就是奚落了投降的贰臣和他们的新主子么？但作者不自改，子孙也没有删，一直流传到今天，使读者读了也不能不为之神旺。清初文集有这样的文字的并不多，正是值得珍惜的。

作者的这种感慨，在诗篇中也时时可以见到。卷十有《赠茶村丈》（杜濬）四首，感慨苍凉，写得是好的。现在抄两首在下面：

耆旧襄阳独老苍，皤皤黄发更精强。鲁连志在秦难主，陶令诗存晋未亡。薄俗滔滔谁砥柱，诸君滚滚亦登场。年来五字波澜阔，一洗陈言笔墨香。

留都山色郁青苍，销尽山公与葛强。谁复新亭生慨慷，独存一老感兴亡。浮云故国惊沧海，秋色遗官见麦场。裘马纷纷矜狡狯，可能秉的布衣香。

这四首诗大抵是在金陵与杜茶村晤面时所作。彼此都是遗民，念念不忘故国，痛骂无耻的贰臣新贵，必然是主要的话题。

秦难主、晋未亡，还不曾泯灭复国的希望；满眼都是裘马清狂的新贵，而明的故宫已成为打麦场地，兴亡之感怎能不油然而生。这诗写的是刻露的，因之也是难得的。

卷十七中有《与许丈谈复社事感赋》五首，同样也是发抒兴亡之感的作品，那末两首是：

谁能铁锁锁留京，江左何人不景清。纵有彦回辛苦在，任他一唱石头城。

闽堤沙冷粤烟销，一衲云山系两朝。白发如霜灵隐寺，背人偷唱浙江潮。（原注：谓蘖庵先生）

卷十一有《读宋遗民林景熙山窗新糊阅故朝封事稿之作》一诗：

德祐遗民对旧扉，防秋遗草见依稀。老生亦有防秋处，豫向西风补旧衣。

像这些带有浓烈的禾黍之感的诗句，在前十一卷中是随处可见的，这都是作者少年时的作品。

十二卷以后诗，面貌就大异了。转而流连风景，看画、聚书，也间有与达官贵人酬应之作，大约少年的豪气已逐渐洗尽，而南明覆灭，不再有恢复的希望更是重要的原因。邓之诚论其事说：“及终无所遇，然后寄托于诗文书画。……甚至博一科，守一县，皆所以揜其迹也。”张远是否有意掩盖自己的遗民心事，虽可不必，但生活道路的改变则是无可疑的。清初人士像这样从慷慨转向颓唐的几乎已成一种公例，这是一种值得注意的转变，无论在文学史还是政治史上都是如此。

张远的诗集中还有不少送人去日本、去西洋的诗，当是客居广东时所作。叶燮还有《送张超然出洋》诗，那么他自己也是曾经泛海的了。他说“背秦终不返，徐福亦高流”（《寄谢君客日本》），明说“泛海”是为了“背秦”，可见当时像朱舜水那样遁去日本的，必不止一二人。卷十七有《送友人之日本》，是十首绝句，记下了不少日本的风俗，是早于黄公度的《日本杂事诗》几二百年的作品，引三首在这里：

> 席地平铺脚踏棉，熏牙才黑便翩翩。旧游唐客能番语，白齿依稀忆去年。（原注：妓女熏齿令黑，遂为名妓，少者则否。以席铺地，谓之脚踏棉）
>
> 街官守栅夜常扃，六点钟鸣见晓星。七十二街传鼓遍，来朝来演八番泾。
>
> 绾臂金条巧凿花，镂金研匣黑于鸦。归来美漫思红粉，满载红铜过落迦。（原注：归贾多铜）

从这些诗篇中可以看出清初海上交通之盛。在迁海之后，还有这样规模的远洋贸易，几乎是不可想象的。［据屈大均《广东新语》，广东迁海，事在康熙元年（1662）壬寅。后七年，才有地方官上展界弛禁之议，“于是孑遗者稍稍来归”。张远诗中所记，大抵就是弛禁以后的情况。］

张远定居常熟，与画人文士交游不少，《马子白六十寿序》中说起：“江东，天下画薮也。予往来其间，若山水则交王石谷、吴渔山、徐㮙存、高澹游；若花草则交王忘庵、恽南田、唐匹士。”于藏书家则交钱遵王、毛斧季，自己也藏书，文集卷七有《元明杂剧书后》一文，最有史料价值。抗战初期，《也是园古今杂剧》在苏州发现，被古董商人买得，郑西谛花了极大的气力，往返奔走，才能收得，不致流入域外，现在已印入《古本戏曲丛刊》中。郑西谛、孙子书（楷第）各为长文跋之，于其授受源流，用力稽考，但在书归黄荛圃前的踪迹，还是说不清楚。张远是此书收藏者之一，他说：

古元人杂剧百三十六种，明人百四十七种，又教坊杂编二十种。旧抄者十之八，旧刻者十之二。皆清常道人手校，悉依善本改正。中有一二未校者，乃陆君敕先取秦酉岩本校勘，朱墨烂然。先辈藏书，虽词曲之末，亦必校雠精密，毋敢草草，为可法也。清常归之东涧先生，先生归之遵王。遵王与予交好，述古堂藏书三万余卷，无一时俗本。装潢精好，吴中无出其右。往往谈及藏书，必歉然以为未足。惟语及元明杂剧，则自谓已备，无复挂漏。遵王殁，归之予。予鲁莽懒漫，读书惟观大略，阅诸老校雠，汗淫淫下也。毛君斧季云，敕先家亦有抄本，欲假此本校定，不可得。以贤遗典签者，乘间取一卷对勘，刻期还之。复伺间得他本，如此者经年，数岁始毕。后亦归之遵王，今为吴趋何氏所得。藏书之不易如此。而陆君之风流，亦见一斑矣。斧季敕先婿也，言殊不谬云。

这是一篇写得很好的书跋，它可以使我们知道，这书从赵清常归钱牧斋，又归钱遵王、张远。这是郑、孙两跋都没有说及的。书原有三百三十六种，五十年前再度从丁初我家散出时，除劫中失去二册外，只存二百四十一种，大约损失了近百种。此外，还知道有陆敕先所藏一本，后亦归遵王。《也是园书目》著录原有两部，过去疑莫能明，读此跋始知始末。至于陆敕先赂钱家小史，窃出原书手校的故事，更是有趣的藏书史话。世传朱彝尊、柯崇朴设法从也是园取得《绝妙好词》付刻的经过，与这里所说几乎完全一致，可见也并非全无根据的臆说。

诗集卷十一有《卖裘》一题，诗尚存；其下《卖书》则仅存一题，原诗已铲去，不可得见，真是非常可惜。大概这部元明杂剧，不久也就转到旁人手里了。但他还是留下了这样一篇跋尾，使我们知道了许多事情，不能说不是意外的收获。

1990年5月28日

齐如山的回忆

知道齐如山的名字，还是五十年前偶然买到他写的《戏班》、《上下场》的时候。我虽然对旧戏有点兴趣，但这两本书却并未细读，觉得这类“学院派”的研究著作过于严肃。但也不能不佩服，一向被视为“小道”的旧戏，居然有人下功夫进行系统的研究，而且是无所依傍、开辟荆棘的研究，没有识见与毅力是不行的。

齐如山是梅兰芳的挚友和合作者，他们有二十年共同工作的历史，梅的艺术成长是得到齐如山的不少帮助的。四十年前梅兰芳开始写他的《舞台生活四十年》（以下简称《四十年》），齐如山已经定居台湾。当时海峡两岸的形势，不能不引起下笔时的顾忌，可是梅先生决定还是按照历史的真实来写。在他的《四十年》里，有关的人物，应该提到的都要提到，这不只可以看出作者实事求是的精神与勇气，同时也说明了他做人的厚道。只要是对他有过影响、给过帮助的，都不被忘记。《四十年》于1951年出版，一时成为畅销书而且远播海外，住在台湾的齐如山一定是看到过的，恐怕也是促成他写回忆录的一个重要原因。《齐如山回忆录》（以下简称《回忆录》）写成于1954—1955年，是十大册《齐如山全集》的第十册。书中没有一字涉及《四十年》，但不难发现对同一史实有时是存在着不同的表述的，这就是使读者在对读两书时感到有趣的地方。

《回忆录》是一本内容丰富的书。作者写他的幼年，参加秀才考试，入同文馆，庚子义和团和洋兵入京，去欧洲，参预反清运动，都是亲自经历的见闻，以当事人记当时事，是有很高的史料价值的。作者因出身同文馆，有机会和洋兵接触，后来还做起了洋庄买卖，这就使我们想起刘铁云、赛金花这种人物的出现，并不是偶然的，正是当时某些“维新派”可能走上的道路。无论对此作怎样的评价，所提供的史实总是珍贵的。作者还花了不少笔墨记下了许多北京的风土习俗，对晚清以来官场、坊肆、人民生活都有极好的描绘，在近代笔记中是少见的。他的眼睛向下的广博兴趣是使他能写出这些篇章的主要原因，也是他研究戏曲，创立国剧学会的重要动力。

齐如山说他自己最早是反对旧戏的：“我于民国二年，曾写过一本书，名曰《说戏》，是完全反对国剧的。”“岂知研究了几年之后，才知道国剧处处有它的道理，我当时所说的那些话，可以说是完全要不得的，是外行而又外行。”这是一个大转变。他的研究戏曲，最早也是从书本入手的，可是找来的都是《燕兰小谱》、《明僮录》之类，全是继《品花宝鉴》而起的赏色评腔之作，对研究可以说是毫无用处。这些书多已收入张次溪编的《燕都梨园史料》，用处自然不能说一点都没有，但它们所反映的是另一种社会现象，于戏曲本身则是风马牛不相及的。齐如山后来就转而向演员请教，向名演员也向一般演员包括后台管水锅的人请教。还注意他们平日议论谈天，得到的东西更多。他问过谭鑫培五次，“他都没有答出来”。几十年功夫，认识戏界的人有四千人左右。就靠这种访问请教，积累了大量笔记，他后来有关旧戏的著作，很大程度上就是整理、提炼、总结这些材料的成果。

《回忆录》中有《名角谈话》一节，是从他的访问笔记中选出来的。现在抄一条在下面：

> 从前看到各脚绺胡子的情形不大一样，但我分不清都是应该怎样绺法，问过许多人，都说不一样。例如扎髯，则必须掏，大致可以说都知道，但都说不出肯定的话来。一次问到名净黄润甫，他立刻就说：“绺髯，掏扎，胡拉满。”请看他有多科学，多有传授（胡拉乃北方的话），如今台湾随便了。黄三跟着又说：“亥，齐先生，唱戏这个玩意儿，细汉子不干，粗汉子干不了哇。”他这话很感慨。

这是很简洁生动的记录，写出了与演员对话的神态口气。他又说：

> 国剧的原理，有两句极扼要的话，就是：“无声不歌，无动不舞。”凡有一点声音，就得有歌唱的韵味；凡

有一点动作，就得有舞蹈的意义。

看来简单的两句话，其实是颠扑不破的。

齐如山最初作为梅兰芳的观众，每看一戏总要给他写一封信，对演唱提出自己的意见，这种信前后一共写了一百多封，在《回忆录》里只摘录了谈《汾河湾》信的一部分。信中批评梅在窑门一场，闭门以后，脸朝里一坐，就不再理会在窑外的薛仁贵了，认为这不合理。接下去就给柳迎春在静听仁贵的每句唱词时试拟了相应的身段。这纯粹是一个细心的外行观众的观后感，根据的也只是人情物理，并非什么老伶工的传授。梅对这些意见都合理地接受并作了改动。这以后就从相识而合作。他写下了所编新戏的一个简目：《牢狱鸳鸯》、《嫦娥奔月》、《黛玉葬花》、《晴雯撕扇》、《天女散花》、《洛神》、《廉锦枫》、《俊袭人》、《一缕麻》、《西施》、《太真外传》、《红线盗盒》、《霸王别姬》、《生死恨》、《木兰从军》、《凤还巢》、《童女斩蛇》、《桃花扇》、《麻姑献寿》、《上元夫人》、《缇萦教父》、《春灯谜》、《空谷香》。除了三四出外，差不多都是特为梅兰芳编写的。在许多场合，他又是集编导于一身的。他还有一节话：

按我给兰芳编这些戏，从前没有对人谈过，所以大家多不知，有的人说编戏者不只我一人，其实并无他人所编，倘他人所编，则我也不该掠人之美。……不过其中也难免有别人一点半点笔墨。如《木兰从军》的《折桂令》一曲及《天女散花》的《风吹荷叶煞》一曲，都是福建人王又点所编……

这些地方齐如山就说得不免简单绝对了些。

现在试以梅的重要剧目《别姬》来看，齐如山说：

还有《霸王别姬》一戏，我编好本为兰芳与李连仲合演，因故未果。……后杨、梅合班，又重排此戏，我把两种本子（按：另一本为同治年间的《楚汉争》）合起来又改了一次，交他二人另排，小楼念“力拔山兮”四句，向来坐着念，我给他添上身段，《别姬》一场也给他们排了几次。

在《四十年》里，所记就更详：

我们新编这出戏定名为《霸王别姬》，由齐如山写剧本初稿，是以明代沈采所编的《千金记》传奇为依据。……他另外也参考了《楚汉争》的本子。初稿拿出来时场子还是很多，分头二本两天演完。这已经到民国十年的冬天，我们开始准备撒“单头本子”排演了。有一天吴震修先生来了，……他仔细地看了一遍后说：“我认为这个分头二本两天演还是不妥。”这时候写剧本的齐如山先生说：“故事很复杂，一天挤不下，现在剧本已经定稿，正在写单本分给大家。”吴先生说：“如果分两天演，怕站不住，杨、梅二位也枉费精力，我认为必须改成一天完。”他说到这里语气非常坚决。齐先生说：“我们弄这个戏已经不少日子，现在已经完工，你早不说话，现在突然要大拆大改，我没有这么大本事。”说到这里就把头二本两个本子往吴先生面前一扔，说：“你要改，就请你自己改。”吴先生笑着说：“我没写过戏，来试试看，给我两天工夫，我在家琢磨琢磨，后天一准交卷。”

结果是吴震修勾掉了原本中不少场子，由大家一起再加以润色加工，才写成不满二十场的初稿，仍旧是臃肿的，后来在长期演出过程中又做了不少压缩，最后成为梅晚年的演出定本。

关于霸王念“力拔山兮”时身段的创造，《四十年》中也有更详的记述。初演以后，梅和冯（幼伟）、吴（震修）、齐（如山）、姚（玉芙）五人去杨小楼家拜访，谈话中杨问起对演出的意见，吴震修说：

项羽念“力拔山兮……”是史记上的原文，这首歌很著名，您坐在桌子里边念好像使不上劲，您可以在这上面打打主意。杨先生轻轻拍着手说：“好！好！我懂您的意思，是叫我安点儿身段是不是？这好办，容我工夫想想，……”

这底下《四十年》还记下了杨小楼的女婿刘砚芳的一节谈话：

从第二天起，我们老爷子就认真地想，嘴里哼哼着“力拔山兮……”，手里比划着。我说：“这点身段还能把您难住？”老爷子瞪了我一眼，说：“你懂什么？这是一首诗。坐在里场椅，无缘无故我出不去，不出去怎么安身段？现在就是想个主意出去，这一关过了，身段好办。”老爷子吃完饭，该沏茶的时候了，掀开盖碗，里头有一点茶根，就站起来顺手一泼，我看他端着盖碗愣了愣神，就笑着说：“啧！对啦，有了！”原来他老人家已经想出点子来啦，就是项羽把酒一泼，趁势出来。

这是很精彩的记述，笔墨生动地传出了人物的口风神气，活脱地写出了一位老艺人进行艺术创作时的精神活动。在这里还可以看出齐如山的《回忆录》与许姬传所记的《四十年》，在文字上都带有自己的特色。他们好像都没有受到五四以后新文学的影响，是直接从旧小说那里吸取营养找到范例的。记得姬传就和我谈起过这个。他提起过《红楼梦》和《儒林外史》，他以为记录梅先生的谈话应该用另一种笔墨，流行的报刊文字是不合适的。我赞成他的意见，觉得这确是一种新颖的风格，虽然它的来源是旧的。

对比了齐如山的《回忆录》与梅兰芳的《四十年》，大致可以说，梅的许多新戏剧本，最初的提纲、初稿，多半出之于齐的手笔，剧本词句则并非出于一人。也就是说，梅的戏大致都是集体创作，是梅自己和许多朋友的共同心血结晶。这是从创作新戏开始逐步形成的一种工作方式，后来就一直延续下来。这是一种很好的创作方法，但又不同于一般的集体创作。那要点应当是尽量发扬了艺术民主，创作过程就是自由论争的过程，最后由表演者自己斟酌取舍，加以体现。齐如山并不否认旁人的议论，说他拿梅兰芳做试验品，事实上这种说法也不是毫无根据的，但把梅说成完全听任别人摆布则是不恰切的。梅的成功的重要因素是善于团结能给他以帮助的一切人，能吸取一切可能的艺术营养为己所用。在取舍之间，他是保持着清醒的头脑的，这才是一位伟大艺术家的真本领，忽视了这一点是不对的。

梅演出《思凡》之前，曾请乔蕙兰排戏。据齐如山说，乔只能指点戏中的“地方”，而没有身段。“我看过之后，从新设法宗着他的地方，回想幼年看过的情形，再按着该剧词句的意义，安了许多身段，比旧的还多，可以说每句都有，演出后大受欢迎。”这就说明，梅演《思凡》，已不是死守着传统，而是一种新的创作了。《四十年》里在《思凡》一节里，详细记录了全剧的部位身段，并说过一段总结性的话：

> 昆曲的身段，是用它来解释唱词。南北的演员，对于身段的部位，都是差不离的，做法就各有妙巧不同了。只要做得好看，合乎曲文，恰到好处，不犯“过与不及”的两种毛病，又不违背剧中人的身份，够得上这几种条件的，就全是好演员。

这是很宽的尺度，给了演员以很大的创作自由。但也有约束，那就是一切以情理为依归。舞台上并没有一定不可改动的成法。梅有许多学生，十分用心地学习老师的表演，在台下用小本子记下了一腔一句、一招一式，却往往发现有许多细微的声口动作，几次都是不一样的，因而感到困惑。其实这样的学习方法，并不是对前辈真正的尊重。他们忘记了“学我者死”的告诫。齐如山也是很重视前辈的典范的，但他实在并不恪守旧套，这从他排戏的方法可以看出。他也不笃信老艺人的一切，如谭鑫培的《南阳关》，他就觉得处理得不好，因为唱腔的风格与人物不合。他又说过杨小楼的《夜奔》，“身段就有许多不对的地方”。他又说在南通听到当地戏曲学校的师生对梅演《游园惊梦》的评论，可真了不得，每一句都给形容出来。可见梅的昆剧与南昆已经有很大的距离了。

《四十年》三集谈《别姬》的舞剑，梅先生说，他在排戏之前，曾学过武术里的太极剑，又学过《群英会》的舞剑和《卖马》的耍锏。但在《别姬》里武术的东西用的比重很少，“主要还是京戏舞蹈的东西，其中还有一部分动作是外行设计的。其中齐如山就出了不少点子，姚玉芙曾说过：‘齐先生琢磨的身段有些是反的。’我说：‘有点反的也不错，显得新颖别致，只有外行才敢这样做。我们都懂身段有正反，也不会出这类的主意。’”这是很有意思的话，很能说出艺术创作的微妙和艺术家宽容的重要。

在梅兰芳移居上海之前，曾与齐如山有过一次长谈。齐郑重地对梅说：

> 倘有人怂恿您改良国剧，那您可得慎重。……因为他们都不懂国剧的原理，永远用话剧的眼光来改旧戏，那不但不是改良，而且不是改，只是毁而已矣。有两句要紧的话，您要记住，万不可用话剧的眼光衡量国剧，凡话剧中好的地方，在国剧中都要不的；国剧中好的地方，在话剧中都要不的。

这些话说得斩钉截铁，听来似乎是出于极端顽固的保守主义者之口，但其实是有道理的，虽然不免说得绝对了些。

关于布景，他的意见是“要知道中国的旧戏，没有一出戏可以加入布景的”。他举《御碑亭》中的亭子与《碰碑》中的碑为例，说“其实哪一个演员也不管这个亭和这个碑，简单着说，就是没用”。“国剧因为随场都是流动的，不能有布景，……而无形的山河房屋等等却时时用的着，且不可少。”他举例说明，河总是偏于下场门一边，河岸则大半在上场门一边。如《打渔杀家》、《回荆州》等剧，萧恩与孙夫人等上下船都是如此。“至于河，则上船后行船便满台都是河了。”楼梯永远在下场门一边，“上了楼之后，则全台都是楼了”。这种安排，都是有规矩的，观众大都不甚注意，但有条不紊，不能错一点，否则舞台调度就讲不通，一无是处了。

齐如山在去台之前，曾在上海与梅兰芳重见，他们讨论了梅所拍的影片《生死恨》，齐如山进一步说出了他的看法，认为要把京剧搬上银幕，必须先懂中国戏，这样无论怎样改动，也不会出了京剧的原理，否则一动就会出毛病。“比方你所说到时候须最近的镜头，按西洋摄近镜头，必是哭、笑、气等等的这些情节，哭时满脸是泪，情景逼真，在国剧中则万要不得。因为国剧的哭，是歌式、舞式的哭，简言之曰艺术的哭，绝对不许真哭。……哭的艺术的表现，在于袖子拭泪的姿式，在于脖颈曲就袖子的姿态，在于腰身曲弯形式。我想你们摄近镜头，绝对不会注意到这种地方。”

近镜头还常用在人物发怔的时候：“国剧之发怔，眼神固然也要紧，但其美观能得好的地方，全在用手指摩腮颊，而手指之姿势最关重要，大致是用中指摩，食指靠于中指，小指微伸张。并且还须上身往后往外微闪，而头则往前微低，如此才是不明白而发怔姿式。”这一切，齐如山认为导演家是看不到也说不出的，因此也决拍不出国剧真正的精华。关于布景，他还说了一句决绝的话：

> 无论什么样的布景，于国剧总是有损而无益，甚至把国剧完全毁掉。

总之，他是认为，只要稍稍牵连到话剧写实的办法，国剧就算是毁了。

这些看来有些稍过偏激的议论，是值得慎重考虑的。解放后我们拍了不少戏曲片，其中也多多少少使用了布景，但一般说来效果并不理想。有时在真的花园里拍戏，景是真实的，但在中间歌唱做身段的演员，就像关在蛐蛐罐里的蟋蟀似的显得那么不自然，歌舞化的程式与真实的山水林石发生了不可调和的矛盾。周信芳的名作《徐策跑城》中有许多繁复的身段，表现人物在奔走中的焦急失措，但在像真的城楼宫阙间进行，夸张的身段就变得十分可笑，使观众怀疑徐策是不是发了疯了。周信芳的《乌龙院》中《刘唐下书》一折，因为在酒楼中安置了真的楼梯，演员就不得不放弃了极为精彩的与刘唐携手登楼的表演。而真实的爬楼梯，是说不上有任何舞蹈之美的。在这种场合，是不能不引起京剧给毁了之感的。至于怎样恰当地运用中景和近景，摄取人物情感交流的场面，也是不易解决的，不只如齐如山所说特写的局限性而已。正如梅兰芳所说："如果不加考虑的随便使用布景，在京剧领域里这种根本矛盾的例子俯拾即是。"梅的结论是："整个分析起来，我看不只是京剧，而是中国戏曲不宜于都用布景。总之戏曲在某一出的某一场，布景道具和表演不发生根本矛盾时，如同传统使用砌末性质一样，灵活地使用布景道具是可以的。当然完全不用布景也可以的。如果每一出戏都要始终使用布景道具就必定为此自困。"

这是梅先生通过长期的舞台实践做出的结论，是值得戏曲工作者认真思索的。

《齐如山回忆录》初版只印了六百二十本，不能不使人慨叹。不知道包含在十大本《全集》中其他著作，特别是有关戏曲和民俗的著作，能有重印的机会不？我们只能寄希望于有识见、有魄力的出版家来担当这一困难的任务了。

1990年6月7日

翻案文章

我常常想，人们常说的“盖棺论定”大约是靠不住的。历来翻案文章之多，就是个老大的证据。作翻案文章的动机是各不相同的，总之都是想将历史上或人民心目中久已形成的概念来一个颠倒，把白的说成是黑的，把丑的说成是美的。这是要花很大力气的事，效果也往往并不理想。前些年史学界纷纷起而为曹操与武则天翻案，应该说是一次差强人意的活动，拂去了多年来留在历史人物身上的尘垢，使人们头脑清醒了一下，多少看清了几分历史真实。但是习惯势力依旧是强大的，人民头脑里曹操白脸奸臣的影子一时也很难洗掉。就连新编历史剧《曹操与杨修》中曹操的脸谱也不能不迁就传统习惯，只将大白脸加以小小变动，改为揉脸，结果曹孟德的气局被缩小了不知道有多少，使原来的大丈夫化为小丈夫，实在得不偿失。旧剧舞台上虽然对曹操很不客气，也不少歪曲丑化之处，但对人物的丈夫气概，还是表现得淋漓尽致的。

如果有人将历来的翻案文章，加以整理、分析，看看作者的动机，使用的手法，产生的效果，该是颇有意义的一件事。这是很严肃的工作，不是微力所能承担，这里只是想举出三本书来，恰恰他们都是为乡贤翻案的，可以作为某一类型的标本，其论辩态度也不无相似之处，是颇有趣味的事。

第一本是为王安石辩诬的，清金溪蔡上翔作的《王荆公年谱考略》。十年动乱中王安石被封为法家人物，是这本不常见的书（过去只有燕京大学的一种排印本）得以复印行世的重要原因。我是十年前从旧书店买得的，还是崭新的新书。三十二开四百多页的一本书，只花了四角五分，可谓奇廉。可惜的是出版《前言》被撕去了，不能知道四人帮的“北门学士”们发了些怎样的高论。谁说新书就不必讲究版本呢？

蔡上翔说：

> 临川人自宋陆象山作荆公祠堂记，元吴草庐、虞道园又继之；明嘉靖中则有章衮汝明作荆公文集序，缅缅至五千言；汤显祖义仍于青苗保甲亦皆有说。近惟李侍郎穆堂稿所辨正诬罔事尤多。夫此数君子皆以文章道德显著于当时，其著书立言亦欲以传信后世，必不肯违直道以党乡人也。（卷首二）

他这里所举出的都是江西人而为王安石辩诬的前辈，其实与蔡氏同时及以后，还可以举出不少，如蒋士铨等，这几乎成为一种势力，大有开同乡会请愿的气势。中国历来小农经济的落后而狭窄的保守生产方式，形成人身依附、与世隔绝的社会封闭系统，在这里表现得十分突出。他们为同乡人仗义鸣冤的勇气真是大得可以，往往走上绝对化的道路，有时不能不使人读了发笑。王安石有名的作品《明妃曲》，其实也是一种翻案文章，辩者却一定要替他翻回去。王诗“汗恩自浅胡自深，人生乐在相知心”，本来是站在女子的立场上说的，辩者却说“恩”只等于“爱幸”，其中并无“倍主忘汉之嫌”，真不知说的是什么。倒不如范冲对高宗上纲上线的控告为有力。范冲引了前面的两句诗后说：“然则刘豫不是罪过，汗恩自浅而虏恩深也。今之背君父之恩投拜而为盗贼者，皆合于安石之意。此所谓坏天下人心术。”在这里攻击与辩护双方用的都是封建道德伦常的武器，自然只能打一场糊涂的滥仗。

王安石还有一首咏西施的诗，更明白地说出了他对女人命运的看法：“谋臣本自系安危，贱妾何能作祸基。但愿君王诛宰嚭，不愁宫里有西施。”这是反对红颜祸水旧说的，不知道还有谁更早提出这样鲜明的论点过。自然这是不能合于封建士大夫的口味的，《鹤林玉露》就加以攻击，正面提出“女宠蛊君心”的主张，蔡上翔也不能不表示赞成，说是“近于正”；然后来了一通狡辩，自然是没有什么力量的空话。他们都站在安石的对立面，把女人看作沾惹不得的东西，他们都认为灭吴之后，范蠡挟西施泛于五湖，是为了“以绝越之祸基”，这就难怪蔡书为荆公辩解之为徒劳了。

这是不能不令人感慨的。“与其被混蛋所称赞，不如战死在他的手里”，实在是极深刻痛切之言。南宋以还，对王荆公的诬蔑之词委实不少，也应当一一湔洗，但必须使用新的理论武器。蔡上翔实在不堪当此重任，他说宋人的许多笔记，包括司马光的著作、苏洵的《辨奸论》都是伪造的，但并不举出有力的证据，甚至连一些极有意味的叙述评论都加以否定。如王安石曾称赞苏轼的佳句，说“即老夫平生作诗，无此二句”，本是奖誉后辈极平常但也极富情感的话，也被当作“诗话夸大其辞”。安石《题西太一宫壁二首》六言诗，是集中的名作。

柳叶鸣蜩绿暗，荷花落日红酣。三十六陂春水，白头想见江南。

三十年前此地，父兄持我东西。今日重来白首，欲寻旧迹都迷。

《西清诗话》说苏轼在西太一宫看见此诗，“注目久之，曰：‘此老野狐精也。’”这是极度叹赏随口说出的赞语，蔡上翔却说“觉此语与诗意全然无着，疑必非东坡之言”。这就证明他不能理解荆公，也不能懂得东坡。也是江西人的黄山谷，集中有《和荆公题壁》诗：

风急啼乌未了，雨来蚁战方酣。真是真非安在，人间北看成南。

山谷与荆公同时而为晚辈，他是亲眼看到当时政治斗争的种种变幻的，在这里很为他的同乡前辈不平，说了几句持平的话。但蔡上翔没有引用，是江右新城杨希闵在《节要附存》里辑入的。

苏轼经过“乌台诗狱”的锻炼，谪居黄州，后移汝州，过金陵，曾访问过他曾反对过的已罢相闲居的王安石，两人的对谈曾记于《邵氏闻见录》中，是一篇非常生动的速写。

> 子瞻曰：“轼欲有言于公。”介甫色动，意子瞻辨前日事也。公曰：“所言者天下事也。”介甫色定，曰：“姑言之。”公曰：“大兵大狱，汉唐灭亡之兆。祖宗以仁厚治天下，正欲革此。今西方用兵，连年不解，东南数起大狱，公独无一言救之乎？”介甫举手两指示子瞻曰：“二事皆惠卿启之，安石在外安敢言！”子瞻曰：“固也。然在朝则言，在外则不言，事君之常礼耳。上所以待公者非常礼，公所以事上者岂可以常礼乎？”介甫厉声曰：“安石须说。”又曰：“出在安石口，入在子瞻耳。”盖介甫尝为惠卿发其“无使上知”私书，尚畏惠卿，恐子瞻泄其言也。介甫又语子瞻曰：“人须是知行一不义，杀一不辜，得天下弗为，乃可。”公戏曰：“今之君子，争减半年磨勘，虽杀人亦为之。”介甫笑而不言。

这是写得极为真实而生动的一场政治对话。但在蔡上翔看来，“殆如村庸搬演杂剧，净丑登场，丑态毕出，呜呼鄙矣悖矣”。蔡君是痛恨《闻见录》的，难怪要加以痛骂，但距离辩论也就愈远了。

1934年安顺姚大荣作了一本《马阁老洗冤录》，是为同乡马士英翻案的。这本书流传似不甚广，等我设法搜求时，已经找不到了。有一次在北京琉璃厂孙耀卿的店里闲话，提起此书，他从架上抽出一本，这才第一次得见。是铅印线装大册，前面有一张马士英的画像，是铜板印的。满脸横肉，一些都看不出有怎样风雅的气息，不像善画能诗的人物。但总算得见马瑶草的本来面貌，也就满意了。书的内容实在不高明，简直就像一位低能律师的辩护状，毫无说服力。他的主要论据是修《明史》的人受了孔尚任《桃花扇》的影响，把马士英歪曲了。这真是天真而奇特的论法。南明野史多矣，对马、阮业绩的评价几乎是众口一词的，也都出现于《桃花扇》之前，不去研究这许多反映了大众心声的著作，只抓住《明史》不放，可见作者眼睛里是只有“正史”的。姚大荣作有《惜道味斋集》，他为王勃作年谱，为《墨缘汇观》作作者考，不是没有史学素养的人，为什么写出这样一部拙劣的论文来呢？没有别的原因，只是他的乡土观念太重了。

这书出版后，陈垣曾分寄给几位研究南明史的朋友，几乎马上就收到了批驳的回信。新出版的《陈垣来往书信集》里就收有两通，较短的一通是北大教授、南明史专家朱希祖在1934年5月14日的回信，他说：

忽承远赐姚大荣先生所撰《马阁老洗冤录》一册，与南明史大有关系，不胜欣慰。姚氏私谥马士英曰忠武，而承认阮大铖为奸臣。以奸臣事君，甚至翻先帝之逆案，斥满朝之清流，致清君侧之师，犹不罢斥阮氏以靖内难，反撤御外之军以急内争，遂致亡国，可谓忠乎？士英不忠，罪案甚多，姚氏专责修《明史》者以《桃花扇》为史料，此无根之谈，颇有深文周内之嫌。然士英与大铖相较，自是彼善于此。鄙见如此，未知尊意以为然否？朱希祖。

另一通长信是容肇祖写来的。他说："姚氏以为史书难翻，稗官曲部易倒，于是颠倒时序，以为《明史》受尚任《桃花扇》之影响，故遂云云。"指出《明史》初稿作者万斯同，是孔尚任的老友，《桃花扇》写成后四年，斯同逝世，他是不会漫不加察而依之作传的。清初人谈到马士英都没有什么好话，如周亮工《读画录》所记王阮亭、黄俞邰的题辞即是一例，姚大荣认为他们也是受了孔尚任的影响。而周亮工卒于康熙十一年（1672），《桃花扇》成于康熙三十八年，"不晓诸人何以得读尚任之《桃花扇》未有轮廓时之心稿也？"姚大荣还硬说尚任是受了左良玉后人的嘱托，写成《桃花扇》的，其实此剧为尚任多年经营之结果，决非成于仓卒，"至于姚氏以为孔尚任之作为左梦庚继起承袭之人而作，事无左证，我们亦可谓姚氏为马氏子孙而作，尚可微有证据。一者非构通马氏子孙，何以书前印有阁老遗像，一者书后有提议应谥忠武之说也"（1934 年 5 月 4 日信）。

这是书初出时读者的意见。事隔多年，陈垣在写《明季滇黔佛教考》（见卷五《遗民之逃禅第十四 · 右胡一青》）时也提及马士英和姚氏的书：

弘光阁臣贵阳马士英，兵败后，亦削发入四明山中，为清兵擒戮，事见刘銮《五石瓠》。《明史》士英传言，“清兵破扬州，逼京城，王出走太平，士英奉王母妃，以黔兵四百人为卫，走杭州。杭州既降，士英率众渡钱塘，窥杭州，大兵击败之，士英拥残兵欲入闽，唐王不许。明年大兵剿湖贼，士英被擒，诏斩之。而野乘载士英遁至台州山寺为僧，为我兵搜获，斩于延平城下”云。所谓野乘，即《五石瓠》之类。老友安顺姚大荣先生谓《明史》以士英入《奸臣传》不当，撰《马阁老洗冤录》以驳之，其说允否，自有公论。惟士英实为弘光朝最后奋战之一人，与阮大铖之先附阉党，后复降清，究大有别。南京既覆，黄端伯被执不屈，豫王问：“马士英何相？”端伯曰：“贤相。”问：“何指奸为贤？”曰：“不降即贤。”谅哉！马、阮并称，诚士英之不幸。《易》曰：“比之匪人，不亦伤乎！”可为士英诵矣。尝见阮大铖《咏怀堂丙子》诗，有马士英序，妙说禅机；又颜从乔撰《僧世说》，有士英及大铖序，足证士英平日之喜谈禅，惜乎其辄与大铖偕也，特附论之于此。

可以看出，陈援庵在论《洗冤录》时，是考虑到并世的公论，也即朱希祖、容肇祖等的意见的。但也指出了马、阮之不同。陈先生著书于抗日战争时期，特别注意于表彰爱国精神与民族气节，所以立论如此。所指马士英为阮集作序，妙说禅机，大约指的就是士英的诗句“深机相接处，一叶落僧前”。过去史家论南明史事，品评人物，大抵都以死难为衡量标准，也是出于同一出发点。不过这似乎不应当成为唯一标准，还当考虑人物的平生大节行事。如果平时做尽了坏事，最后一死了之，还是不能逃脱历史的谴责的。马、阮有其不同处，但也有其相同的地方，应当做具体的分析。像姚大荣的“支蔓之词多，虚桥之气盛，求洗冤之法而不得，则用其诬指之法，以乱罪他人。一冤未去而他冤即生，余觉其白费心力为可惜也”（容肇祖语）。

胡适晚年花了好几年功夫为《水经注》研究中戴东原剽窃全祖望、赵一清成果一案翻案，自称做法官、律师又做侦探，目的“实在是打抱不平，替我同乡戴震（东原）申冤”。像做《红楼梦考证》一样，胡适想通过这一系列文章教给人们一种做研究工作的方法，并提出勤、谨、和（虚心，不武断）、缓（不着急，不轻易下结论）四个字，作为治学的秘诀。他自己在这场论辩中是否真的做到了呢？我不懂《水经注》学，也没有机会看到胡氏全部遗稿，只读过他的一篇讲演录《水经注考》（1952 年在台湾大学文学院讲），本无插嘴的资格，但也偶然发现一些疑点，使人迷惑不解。胡适说：

> 四库全书馆，分东西两院，东院三十个翰林，西院也是三十个翰林，两院整理各省进来的遗书。《永乐大典》是东院整理的。东西两院互相妒忌，东院不知道西院干些什么事，西院也不知道东院干些什么事。这种妒忌情形，可以找出许多证据，赵一清的书由浙江进到西

> 院，戴东原无从看到；至于《永乐大典》中的《水经注》，戴东原也没有看到。

这就干脆断定了戴根本没有看到过全、赵的书，也没有看到大典本《水经注》，可谓“大胆的假设”。但传世聚珍本戴校《水经注》是戴东原自称以《大典》本校成的，而这个聚珍本“胜处全出《大典》外”（王国维跋语）反与赵一清本相合，又将如何解释？王国维发现，戴东原在乾隆三十五年（1770）修直隶《河渠书》，在卷一中有一段话：

> 杭人赵一清补注《水经》，于地理学甚赅……

这是戴东原自陈曾经见过赵氏《水经注释》的话，那么，胡适否定的意见，就全站不住了。戴东原的《水经注》最先出，也是校勘成果最好的一个本子，但他“成书最后，遂奄有诸家之长”，王国维的推论，是合理的。他又说：“（戴氏）对郦书诸本及前人校正之勤，一举抹煞，而欲自成一定本，殊为错误。后人窃书之谤，亦有激而来也。”（《水经注校》跋）王国维又进一步分析戴东原错误行为的动机与手法：“（戴氏企图）郦书为己一家之学，后见全、赵书与己同，不以为助而反以为仇，故于其校定郦书也，为得此善本计，不能不尽采全、赵之说，而对于其人其书，必泯其迹而后快。于是尽以诸本之美归诸《大典》本，尽掠诸家厘定之功以为己功。”可是又怕露出马脚，“既托诸《大典》本，复虑后人据《大典》以驳之也，乃私改《大典》本以实其说。”这就不只是剽窃而是作伪了。我们承认戴东原的学识与进步思想，但同时也不能掩饰他这种见不得人的行径。胡适搜集了那么多材料，花了那么长时间，却驳不倒上引王国维的论断。他可能没有见到王国维的《水经注校》，但不该没有见到戴震修的直隶《河渠书》，避而不提对自己不利的证据，也是不能容许的。这距离他自己提出的治学四字诀，实在是相距过远了。

鲁迅在《会稽郡故书杂集》序中有几句话：“中经游涉，又闻明哲之论，以为夸饰乡土，非大雅所尚。谢承虞预且以是为讥于世。”他是看出了这种缺点的。但有缺点必然也有优点，爱重乡邦，搜辑艺文，考证史实，则是不能一笔抹杀的有意义的工作。我们有那么多的地方志、地方艺文志……，都是极为宝贵的文献。应该反对的是乡土观念支配下的宗族意识、伦理观念和虚妄不实的作风。鲁迅提到的“明哲之论”是唐刘知几的批评《会稽典录》和清沈钦韩的批评谢承《后汉书》。沈氏的话是指谢书记王充事多诬的。他说：“盖谢承书本多虚诬，而充其乡里先辈，务欲矜夸，不知其乖谬也。”这是说，即使是王充这样的大思想家，“矜夸”也是要不得的。何况本来是缺点或恶行呢？有那么多人喜欢做翻案文章，但成绩不理想，往往事与愿违，得到的只是负效果，实在不能不引起人们的叹息。

1991 年 1 月 4 日

老板

找回长久失去的旧书，是一种快事。深夜独坐，一灯荧然，一本本地翻看，读几段题跋，浏览一下内容，不知不觉就已到了夜深。这次找回的书几乎没有什么“善本”，还有许多是残卷。有的当年自己买来时就已是残书了，有的则是这一次被拖散的。但无论如何这总是一件快事，因为它确实为我带来许多愉快或惆怅的回忆。好像每本书都向我争相诉说着一个长长的故事。当年它是睡在什么地方的书架或地摊上，怎样偶然为我选中，带回家来，加上印记，读了一下以后就被塞在什么角落里。一直到十年前的某一天，忽然出发参加了一次集体旅行，……现在居然又回来了。这个故事是不完整的，中间有很长一段空白。不过这不要紧，因为我记起并感到兴趣的是三四十年以前的旧交情。真是衣不如新、书不如故，旧书实在是很有情分的。

此刻手里拿着的是一本《徐俟斋先生年谱》，上虞罗振玉辑。仿宋铅印，白纸线装一册。虽然罗遗老是学者，他所印的许多书目前价钱都涨得使人不敢相信了，但这小册子却并不。学者的著作也应该是有点分量的，但这年谱似乎也并不。总之是疏略得很。旧时代的学者在作名人年谱时好像十九都有这种缺点，他们不肯或不能更广泛地搜集有关资料，特别是与谱主同时或少后的人的文集，于是就只能弄成这个样子。《嘉业堂丛书》中印过的几种年谱，如查慎行、厉鹗等谱就都是如此。也许他们是在努力仿效着前人所撰韩柳年谱的风格吧，力求简古，但这是不能使读者满意的。至于罗振玉为什么要为徐枋做年谱，他在序文里说得明白：

> 呜呼！时至今日，廉耻之道，扫地尽矣。安得如先生者为之师表，俾顽廉而懦立。故予特撰此谱，以风示当世。世之览者，其亦怦然动其秉彝之好，而奋其观感之心否耶！

罗振玉在这里毫不隐蔽他的政治倾向与写作意图。他是“为遗老而遗老”派，借明之遗老徐枋为清之遗老打气，矛头是直指着代清而起的民国的。这其实并非一本“纯学术”的著作。

我的这本小册子还有一个特点是封面有郑孝胥的墨书题记三行：“《徐俟斋先生年谱》。己未四月十九日，罗叔蕴嫁女于王国维之子。余过其居长乐里，叔蕴赠此册。”这就使此书变得更有趣些，好像是遗老在聚会，或学者大联欢。除了王国维，另外两位确是以行动实践了他们的誓言，但这与徐枋不相干。他们哪里肯学徐俟斋乙酉以后的二十年不入城市、又二十年不出户庭呢？这就提醒我们，对有些人的好听言语必须留心，先加分析，再看行动，不可天真地贸然相信，这是很要紧的。

这本有点来历的书，我是从上海徐家汇的一家旧纸铺里得来的。

抗战的前一年，我家从北方移居上海，在徐家汇租了房子。这里已靠近“租界”边缘，出门走过一条马路就是交通大学，它就坐落在一条热闹大街的右首。街这边是租界，对面就是越界筑路。大店铺都集中在租界一边，对过只有一排小房子，开着一些小店。这中间有一家废纸店，只有一间门面，后面就是灶间。白天也总是亮着黯淡的电灯。四面墙上钉着木板叠成的书架，当中放一张长案，报纸、杂志、中文西文书本就胡乱地堆在这上面。老板是个四十多岁农民模样的汉子，剃着光头，常年穿一件没有领子的短上衣，腰间系着一根带子。胖胖的圆脸，满口南汇话。他是天主教徒，但好像并没有什么宗教气。那一排小房子是教堂的产业，好像他是为了取得租赁权才入教的。他没有什么文化，也没有另外的助手，他的妻子也是农民，另外有一个烧饭洗衣的小姑娘，好像是认来的干女儿。他手里总是拿着一杆秤，随时收购上门来出卖的旧报旧书，用不到看书名，只要认得秤码就行了。他唯一的爱好是喝两杯，因此脸常常是红红的，嘴里也总喷着酒气。每逢这时，他的脸上就要漾出快乐的笑。主顾不论大小，一律热情接待。

我是每天至少光临一次，每次用掉不超过点心零用钱的起码主顾，但很快就和他相熟，变成了忘年交的朋友。

因为地段好，店里书架上多的是旧法文书和日文书，可惜我都不能读，只能买些原版英文小说，自然也买新文艺书和杂志。线装书并不多，有的也只是残本。在这里我得到过几本汲古阁刻的《剑南诗稿》残册，是我买明版书的开始。但现在仍在手边的只剩下一本汪兆镛的《忆江南馆词》，薄薄的一本广东刻本了。

小店的开始起了变化是在“八·一三”以后，土山湾变成了难民逃入租界的要道，人们携带着行李、箱笼、家私从安南巡捕架起的铁丝网架里拥进来。人们随身带不了的另外一切东西就自有另一些人代为装运并处置，这中间就包括了大量的书报……，有很大一部分都就近卖在小店里。不很久，那一间的门面就已顶天立地，几乎连门板都关不上了。

这时我还是时时跳过铁丝网到小店里来看书，不过发现连插足也困难了，但老板脸上的笑容依旧，也许还更高兴些。这次我忽然发生了收集杂志的兴趣，《东方杂志》、《国闻周报》、《文学》、《太白》、《中流》、《作家》、《译文》……很容易就能找到全份或全年。我记得只花了两三个月就配齐了一整套《小说月报》从茅盾接手改版起直至停刊，真是非常得意。有时还有意外的收获。一天，“逸经社”把全部货底都秤掉了。这中间不但有大量刊物存书，还有特印的稿纸、编辑部的文件、信札和作家的原稿。在这一大堆乱纸中我翻得了郁达夫《饮食男女在福州》的手稿，是用钢笔龙飞凤舞地写在大张的绿格稿纸上的。真是如获至宝，捧了回来。可惜的是这手稿后来失落了，不然，印在《郁达夫文集》卷前，怕要比目前的那些插图精彩到不知多少倍。

也许是老板听了我的宣传，也开始收集起杂志来。他的魄力比我大，终于集得一套完整的《东方杂志》和另一套《国闻周报》，又在小店后面的居民家里租了一间小屋存放。据说当时管理着天主教藏书楼的神父曾来看过，承认比楼里藏的一部还要完整。

老板的业务日益发展，另外又在拉都路（今襄阳路）租了一间房子作为临时仓库，把他认为珍贵的好书搬过去藏起来。这时他已开始经营木版线装书了。但那详情我不大清楚。有一些人家叫他去秤书，因为他是只会用秤的。有一次他告诉我，到一家人家去秤书，书都堆在楼梯下面的角落里。家里的女人高高站在二楼，倚着阑干，用手绢掩着鼻孔看他一捆捆地秤。他取出两部来给我看，是嘉靖小字本《吕氏家塾读诗纪》和另一本什么明抄，都是褚德彝的藏书。

他还说过，郑孝胥有一个妾就住在徐家汇附近，也叫他去买过书。不过"海藏楼"并不是藏书家，好像没有什么珍贵的书籍，只能有《徐俟斋年谱》这一类货色。

老板忽然风雅起来，请刻字摊刻了一只木图章，上面是四字白文"不读书人"。也并不在每一部书上都钤用。他是坦率的，也表示了对祖国典籍的美好的素朴感情。他知道这些书是珍贵的，但又不能知道那真实的价值，后来听说是跑到三马路去请教了。一位精明的北方书估成了他的好友，用使他感到意外的价钱把他秤来的书陆续买去，一转手获得了使他听了瞠目不知所云的价钱。从此，他就把挑剩下的书深藏密锁起来，不再示人，而对三马路的旧书店也从此深恶痛绝，不再接待，并常常对我发泄他的怨气。表示将来年纪大了，要在南汇乡下造两间房，把剩下的书藏在里面，即使不识字，就是每天摩挲一下也好。

不久我就离开了上海。几年后抗战胜利，回来的第二天，就抽空到徐家汇去访问。小店又恢复了最初的老样子，书报更加稀稀落落。老板还穿着他那件短袄，只不过两鬓斑白了。他的养女结了婚搬了出去，只剩下老夫妻两人过活。生意也清淡，只靠秤报纸敷衍局面。不过他的酒并未戒掉，也许比过去喝得还更多些。老太婆警告他当心高血压，早晚会中风的，他听了只是笑笑。租来的两间仓库早已退掉，他把希望寄托在那一套《东方杂志》上面，但那时可没有谁要买这种破烂货。

我早搬了家，事情也忙，去访问他的机会更少了。不过旧报纸积得多时，还是请他来秤得去。有一天，忽然接到他一封信，要我去一趟。见面后他从阁楼上床铺下面取出一册包得很仔细的旧书，郑重地交给我，这就是那次从褚礼堂家秤来的书中剩下的最后一本，北京客人打了多年主意他都没有出手，觉得应该让给我这个“藏书家”。他说：“我早就看出来了，你会成为一个藏书家的。”这真使我受宠若惊，同时也确实为他的友情所感动了。问他价钱，不肯说，摇摇头，只是笑。最后是用一本书的版税（那是很菲薄的）外加几百斤旧报纸、杂志结清了书帐。我觉得这是我用最低廉的代价买得的一本最好的书，因为这里面还浸满着浓重的友情。

这是一本明嘉靖刻的元代女诗人张玉娘的《兰雪集》。未见著录。过去只有明末孟称舜附刻在他的传奇后面的一种算是最早的旧本。我又买到过一本鲍以文手校的知不足斋抄本，鲍校只是意改，并未真见旧本，取此本对看，就可发现鲍氏的一些失误。

这以后又是久久地没有相见。

十年动乱中从奉贤干校回沪，要在徐家汇转车。每次我总是多走些路经过那家小店门口。那是冬天，只见一位老太太，穿着黑色的棉袄，戴着黑绒线结的暖帽，袖着手坐在收拾得非常干净的柜台前面，静静地看着街上熙来攘往的人群。店里收拾得很干净，一本破书也没有了，玻璃橱里只放着几件小孩子的花纸要货，上面挂着几件小东西，全是没有人过问的货色。

老太太竟还认识我，一眼就看出了我是谁，还像当年那样热情地问这问那。问他老板呢？她十分平静地回答说，前两年死掉了，是中风死的。她平静地告诉我这个消息，嘴角还挂着微笑。

后来我又曾几次走过那间小店，老太太依旧用那种姿势平安地坐在那里，不过我没有再去招呼。后来又一次，没有看见老太太，柜台前换了两个女青年在招呼生意。这以后，我就不再走过，即使走过，也不再向小店张望了。

1983 年 12 月 28 日

爱书者

《自庄严堪善本书目》出版，得到一册，翻阅一过，深感趣味。我有读书目的爱好，这件事初看好像有点不可思议，但事实正是如此。有如讲究饮馔的人爱翻食谱，爱听戏的人喜欢看旧戏单一样，看书目也一样，在每一条目下面，看见简单的版本记录，就仿佛可以想见原书的风貌，如有自己曾经见过的书，就又有旧友重逢之乐了。这本薄薄一百来叶的书目，也反复地看了好几次。这是至德周叔弢先生的藏书目录，原书早在1952年全部捐给北京图书馆。郑西谛答应编印书目以作纪念，本来是并不困难的工作，不料一下子竟拖了三十多年才得完成，说起来也是值得感叹的。

《书目》前面附有书影五十叶，卷尾辑存了叔弢先生的藏书题识一卷，都是可以帮助了解、增加趣味的。我粗略地估算了一下，目中所收有宋本六十五种，元本四十三种，宋人和元人抄本各一种，明人抄本八十三种，明本约一百四十种，校本约一百种，明活字本八种，毛氏汲古阁抄本十一种，士礼居校跋本四十九种。还有蒙古刻本一种，金刻本二种，这事实上也是宋本，只是刻于北方而已。这五百种书大抵都是至精之本，叔弢先生以毕生精力辛苦收集，至今得以完整地保藏在国家图书馆里，不能说不是大幸事。

这个书藏的重要性不在瞿、杨、丁、陆之下，但与诸家目录加以比较，就可以发现一个很大的不同。他不求全求备，在以四部分类的传统书目中，有些部分几乎都有相当的缺略，如唐人别集中就没有杜甫的作品，史部纪传中也多缺略不完。这是以严格的质量为最高标准的书藏，而并非按目求书，填满目录的做法。他当然重视宋元，可是更明显的是对抄校本的爱好。这是有高度修养的访书者的特征。自明代以来，著名的写本、藏书家的手迹，这里的收藏是略备了的。吴宽、钱谷、姚咨、谢在杭、钱牧斋、毛子晋、钱遵王、叶石君……下至清代的黄荛圃、顾千里、吴兔床、陈仲鱼、鲍廷博、劳季言，几乎在藏书史上有重要地位的代表人物，都搜罗不遗。这是一大批极为重要的标本，当进行鉴定各家真迹时，都可以在这里找到比勘的资料。校本的趣味，又不是刻本所能比的。每一册书都留下了前人的手迹：抄写、校订、题跋、藏印，无一不值得流连欣赏。记得1952年我到北京图书馆看书，正好叔弢先生捐赠的藏书运到，一个个厚木板钉起的大小有如装运机器的板箱还没有起封。赵万里先生说："你的眼福好，就先看吧。"打开封盖以后，我从面上取出两三本小书，坐在地下书库临窗的小桌上展阅。记得两本书就看了半小时光景。后来只能叹口气罢手，毫不夸张地涌起了"望洋"之叹。记得大板箱共有六只，像这样看起来不知道要花费多少时间。由此又想到冀淑英同志编写这本书目花费的劳动。只可惜记述得还太简略，不能在更大程度上满足读者的愿望。

叔弢先生关于善本书的“五好”标准，我是在1949年冬就听他说起过的，现在珏良同志又在《后记》里记录下来。这是他选书的标准，也是一个真正爱书的人心情的真实写照。在过去，有些人曾偏激地反对过这个，称之为“古董家数”，说是算不上真正读书者的藏书，实在是所见太小了。欣赏古书而要讲究这些趣味，不免有点奢侈，但这也是一种高尚、纯朴、执着的趣味，并不与养花、下棋、游山、观画有什么区别。没有这种对书籍的挚爱，又怎能想象今天还能留下这些珍贵的典籍?

过去藏书家往往有一种完缺之见，致使不少仅存的册籍遭到毁失，一个真正爱书的人是懂得残本的重要的。在这册《书目》中就收录了不少残本，但又往往是孤本，如六卷本宋蜀刻《后山诗注》，只残存尾四卷，就是久佚的“人间孤本”，“纸光墨彩，焕耀眼目，字体古劲中有秀逸之致”，“是蜀小字本之最精者”，于是毅然以重价收得，“同辈甚诧其痴而讥其大费，余则以为人生几何，异书难遇，……奚暇为财物计耶!”

有本为一书，因种种原因，分储数地，他又能先后收得，剑合珠圆，欣幸无似。这时他的藏书题跋，往往深情流露，成为出色的散文。如他在元岳氏荆谿家塾本《春秋经传集解·春秋名号归一图·年表》一书后所题：

庚子春余从文友堂先得《春秋年表》及《名号归一图》，是年秋从藻玉堂得是书卷十二、十三、卷廿七至卅，计六卷。越岁辛未冬复从肄文堂得卷二至十一、卷十四至廿六，计廿三卷，旧装未改，居然璧合。闻卷一前十年归嘉定徐氏，因急访之北平，乃前数日为一龚姓用六百圆买去，故都人海，渺不可追矣。……甲申十二月廿六日北平书友陈济川以函来告云，嘉定徐氏藏岳刻《左传》一卷，近在谢刚主先生处求售，予闻之，不禁惊喜过望，此正予本所逸，曩日传为毁于兵燹者，今尚然犹在人间也。……此二年中，时时谐价，与日俱增，皆不能成。丙戌十二月姐丈孙静庵卒为我以黄金一两易得之。珠还剑合，缺而复完，实此书之厚幸，岂仅余十余年好古之愿一旦得偿为可喜哉。

这实在已经很艰难也很巧了，可是在这跋后，还有几行说：

丁亥春余既获岳刻首册作延津之后，遂检前得抚州本《左传》二卷，宋汀州本《群经音辩》二卷，归之故宫。此二书纸墨精美，宋刻上乘，《群经音辩》犹毛氏旧装，所谓“宣绫包角藏经笺”者，宛在目前。然故宫所佚，得此即为完书，余岂忍私自珍秘，与书为仇邪！去书之日，心意惘然，因记其端委于此。

好书一定要聚合在一起，不能听任其分崩离析，至于藏在自己家里或国家图书馆中，那是不必计较的。当然书去之日，还是不能不惘然。这正是人之常情，但比起钱牧斋卖宋板《汉书》时有如李后主挥泪对宫娥的情感，却不知高出多少了。也正是出于这种感情与认识，他将全部藏书捐献给国家保藏。这是一个真正爱书者所能达到的最高境界。

周珏良同志为此书所写的《后记》，翔实地记录了叔弢先生对收藏善本图书的种种意见，并记下了他从日本购回善本，免使国宝流散域外等许多故事。在在都能使人亲切地看到这位老人的精神风貌。这本《书目》的出版，正是对老人的最好的纪念。他是藏书史上最后一位古籍版本收藏大家，也是一位真正的爱书人。这些都应该是对他公允平实的评价。

1986 年 7 月 31 日

叔弢先生二三事

周叔弢先生以九十三岁高龄于1984年弃世，至今已是四年了。他是中国藏书家老辈中最后的一人，是真正爱书也懂得书的趣味的人。他以毕生精力搜集的几百种善本，早在1952年已经捐献国家，现在藏在北京图书馆里。这些书后来由冀叔英编成《自庄严堪善本书目》一卷，已于1985年出版。他的书札片段也已集印为《周叔弢遗札》一卷。书目后附有藏书题识，是辑录他在藏书上写下的题跋而成。这与书札一样，写得都很自如，因之也更能表现出他对藏书的意见，同时也保留了不少书林掌故，都是值得珍重的。

善本古书流传到今天，因为种种原因，常有一部书先后"失群"分藏于多人之手。怎样设法将这些零本聚集一处，使之成为全书，这是叔弢先生非常重视并曾为之花费了大量精力的。他在几经周折，配齐了元代岳刻《左传》之后，立即将所藏宋刻另册两种归还了故宫，因为这两种书都是流散在外的"失群"的另本。他在跋文中说：

丁亥春余既获岳刻首册作延津之合，遂检前得抚州本《左传》二卷，宋汀州本《群经音辩》二卷，归之故宫。此二书纸墨精美，宋刻上乘。《群经音辩》犹毛氏旧装，所谓“宣绫包角藏经笺”者，宛在目前。然故宫所佚，得此即为完书，余岂忍私自珍秘，与书为仇耶！去书之日，心意惘然，因记其端委于此。

这段跋文真是写得文情俱胜，充分表露了一位爱书人的内心活动。他给赵万里的信中，也提到此事：

此二书皆宋本上驷，然为剑合珠还计，不应再自秘惜。

他不只将自己的藏书献出，使国藏善本剑合珠还，还时时留意书林消息，为国家图书馆牵线搭桥。“家书”中说：

天禄琳琅旧藏宋本《春秋繁露》，前在沈阳图书馆见之，后调北京，不知在故宫还是北京图书馆……此书有缺卷，近在天津见卷第一，可以配齐，如有机缘，当玉成之。

这部书终于经他展转洽商，由北京图书馆从天津买去配齐了。他这种“好管闲事”的出发点，当然还是对国家重宝的深切的爱。

《藏书题识》中宋本《东观余论》条：

癸酉正月获见日本《文求堂书目》，著录宋、元、明本凡百余种，其中多沅丈旧藏，余尝于双鉴楼中得摩挲者；尤以北宋本《通典》、绍兴本《东观余论》为最罕秘，盖海内孤本也。《通典》索价一万五千元，余力不能赎，乃以日金一千元购此书归国，聊慰我抱残守阙之心。独念今者边氛益亟，日蹙地奚止百里，当国者且漠然视之而无动于中，余乃惜此故纸，不使沦于异域，书生之见亦浅矣，恐人将笑我痴绝而无以自解也，噫！

癸酉是1933年。这是一篇很重要的文字，说明他作为一个爱国的藏书家，不只从日本赎回了被别人卖到异国去的国宝，而且对国事发出了强烈的谴责与慨叹，是真正“舒愤懑”的文字。

他藏书不只重视宋元本，也知道抄校本的重要。他早年给徐乃昌的信里就说过：“暹近颇嗜名贤手抄手校之书，其趣味胜于宋元椠本。”这是真正懂得书趣的人才能说出的。他非常重视古书的装潢，对旧装着意爱护，非必不得已不重新装池，对轻易损坏原装他说“人生不可无所适以寄其意，有小嗜好亦不为病耳”。这部分活字本书，后来也已捐给国家图书馆。

在前几年的一次晤谈中，他曾问我上海刻印的《稼轩长短句》的刻工，我回答不出，甚至连出版过这么一部书也不知道。后来得知此书由上海书画社于1974年刻成。那正是风雨如晦的日子，藏书尽失，也不再走过书肆，难怪竟不知道有此书。他于1980年的家书中曾提到此书：

> 昨见木刻《稼轩词》，名为仿元，实是自成一格，写刻殊佳。我眼馋，竟费廿八元买了一部。惜纸不佳，如得佳纸佳墨，不在董刻之下也。

他的评语是的当的。这是一部写刻俱佳的精品，难怪老人要为雕板事业后继有人而高兴。纸是机制毛边，少缺轻软之致，是一缺点。

老人给我的信中还对影印古籍事发表过意见：

> “文化大革命”以前，我和徐森玉、赵万里二公曾向全国人民代表大会建议影印善本古书。提案如石投海，杳无消息。解放前，商务印书馆影印古书不下千余种，奈何我社会主义国家对于传播保护祖国文化反不如一私人企业？每念及此，不禁慨然！

在这里，他又对影印古籍的工作提出了希望和意见。值得高兴的是，近来《古逸丛书三编》的工作有了很大的成绩，已经有几十种国藏善本影印行世了。使秘本孤籍得以化身千百，不但可以保存、流通，还能使古代雕板艺术的精品，得以普及。过去只有少数藏书家才能见到的书册，现在是更多读者可以看见了。周叔弢先生的遗愿终于在今天得以实现，这正是可以告慰于他的一件快心的事。

1988年6月3日

清刻之美

清代刻本书过去一直不为藏书家所重视，编书目时不予收录，无人加以研究，印书影图录时更挨不到她的份儿，说起来实在是一件怪事。张之洞的《书目答问》开始注意到清刻本，但特地声明“此编为告语生童而设，非是著述”。直到五十多年前北平图书馆编《善本书目》，才加印了两册“乙编”，著录清刻之“精善稀少”者，算是开始转变了风气，但也还只能处于“善本”的从属地位。六十年代初北京图书馆编印《中国版刻图录》，破格收录清刻书影，仅五十种，后来接受意见，再版时进行了补充，但也还是远远不能反映清刻的整体面貌。序文中对明清两代刻书也仅只是合并论述，语焉不详。从上面简单的回溯可以看出数十年来藏书风气逐渐转变情形，正是一种合理的发展变迁，只是不免过于迟缓了。

造成这种状况的原因主要自然是贵古贱今的习惯势力。宋元本时代早，传本少，照“经济规律”说自然应更为贵重。明本流传较多，但比起清刻来，还是珍贵得多。不过这一切只能说是一种“商业观点”。陈乃乾在《上海书林梦忆录》里说到缪荃荪，指出他是造成这种“流弊”的重要责任者，是说得有道理的。但这恐怕也并非他一个人的力量，因为这里说的实在是一种“时代风气”，缪只不过是一个代表性的人物而已。陈乃乾指出缪荃荪曾发明了一种编书目的格式。因为当时有钱的藏书家都要聘请名人编写自己的家藏书目，以便留传后世。像叶昌炽、王国维、缪荃荪、张元济都是一时的理想人选。为了简化工作程序，不能不定出一种格式来。平心而论，这也应算作一种进步，比起早期的书目来那改进是显然的。问题只出在缪荃荪划定的善本与非善本的界限，照陈乃乾的归纳，那原则共有四条：“（一）刻于明末以前者为善本，清朝及民国刻本皆非善本；（二）钞本不论新旧皆为善本；（三）批校本或有题跋者皆为善本；（四）日本及高丽重刻中国古书，不论新旧，皆为善本。”这归纳是大致不错的。只要一看缪荃荪自己编的《艺风堂藏书目录》（特别是《再续录》）就能得到证明。因为缪艺风的名气大，威望高，所以大小藏书家不知不觉都来遵从这规定，否则怕就要算是不够格。那流弊之一自然是：“其康、雍、乾、嘉诸刻本，不论校刻若何精善，传本若何难得，皆不足当藏书家之一顾。”

这种机械化“一刀切”的规定，一看就知道是荒唐的。世界上任何事都不能这样硬切，切的时候必须讲究方法，不能背离实事求是的精神。在文化艺术上的许多问题尤其是如此。就拿缪式善本定义来说，那一刀落在了崇祯十七年甲申（1644）那一年。实践早已证明这是不妥当的了。但流风所及，缪的遗风在今天也并未销声匿迹。听说今天的文物出口规定也在年代上划着一条线，用以区别是否可以放行。具体情况不大清楚，那一刀好像是切在清末，比缪方式移后了三百年。我想，制订这样的规定无非是为了办事的方便，但谁也不去想一下，这一刀切下去会发生怎样的流弊，而在事实上正是否定了清代以后直至遥远的未来中国人民的创造力，否定了今后产生文献上、艺术上珍品的可能。这是一种对现状与未来的可怕歪曲，是极不科学的。清代刻本在版本史上遭到的不公正对待，也正是属于同类的情形。

说到清代刻本在我国雕版史上的地位，自然应该从许多方面着眼，但这不是一篇短文所能讨论的。现在只想从雕版艺术角度来作一点初步的观察，这在过去的藏书家就谈得极少或是不屑或不敢谈。自从洪亮吉在《北江诗话》中把藏书家分了等以后，就不大有人敢碰这方面的问题。他提出的等级次序大约是考订家、校雠家、收藏家、赏鉴家、掠贩家。比较注意雕版艺术、印刷纸墨……的就被列入仅胜于“书贾”的“赏鉴家”之列。洪北江这样说自然有他的理由，只要看他举出的第一等的“考订家”代表人物是钱大昕与戴震，就可以明白这是清代朴学极盛时期的流行观点。藏书是为了读，不能只当作古董鉴赏，这当然是不错的。但把赏鉴家一律看作“玩物丧志”也不免同样荒唐。被举出的赏鉴家代表人物是黄丕烈与鲍廷博，就既不公平也不准确。黄、鲍都是有重要贡献的藏书家兼出版家，《士礼居丛书》与《知不足斋丛书》至今还是文史学者重要的读物。鲍、黄两家的手校本今存尚有数百种，即使他们的校勘方法有缺陷，如黄丕烈的“佞宋”，重视宋版到了迷信的地步，但他们的辛勤校读，对典籍的保护与流传，功绩是不可磨灭的。这好像也是一种“文人相轻”的现象，向来作学问的人都看不起赏鉴家，直到近代余嘉锡先生为《黄顾遗书》作序，还把黄丕烈着实奚落了一通。

朱自清先生给自己的旧诗集题名为《犹贤博奕斋诗钞》，他这是自谦，把业余写写旧体诗说成是比打麻将、下象棋略胜一筹的营生。其实又何必如此。现在桥牌、棋类都已正式列入国际运动项目，不再受到轻视。收集旧书、赏鉴版本，也不见得就比集邮来得低级。在这里需要的正是一种博大的胸怀。应该养成一种良好的习惯，懂得尊重别人的工作与爱好，不只将自己的专业看作天下第一重要。百花齐放的局面也只有在这样的祥和空气下才会迅速到来的吧。

有清三百年间一共刻了多少书，至今也还没有确实的统计。要想大致有个完整的鸟瞰概念，最好是印出一部书影来。以时序为经，以地域为纬。这将使人们比较容易地看出雕版风气的转换，不同地区风格面貌的差异，无论是版本的赏鉴或鉴定都会有很大的方便。不过选择标本可以有不同的眼光。前期与后期刻本的遗存也大相悬殊，不能不考虑适当的取舍。康熙、乾隆之间的文字狱与销毁禁书，道咸之间的太平天国战争，在典籍流传上是两个重大关键时刻。前者造成明清之交出版物的大量毁灭；后者使许多嘉道以还江南雕版中心地区在战火中遭到损失。比较下来，乾隆、嘉庆两朝留下的印本就比较多些。这就是清初刻本与某些道咸刻本成为罕传的稀见书的原因。清初承晚明的遗绪，直到康熙中叶，刻书风格一般接近晚明；此后经雍正、乾隆，进入了雕版全盛时期，精雕名刻层出不穷。从嘉庆起，雕版风貌逐渐落入草率寒窘的格局，直至清末，再也没有能恢复逝去的光辉。在这里，清代三百年社会经济的消长变化也是反映得异常清晰的。

地区刻书的比较研究就更为困难。北方各省与西南边远地区的雕版业是不能与出版中心的苏、杭、金陵相比的，就是北京也不例外。因此今天所见的遗存也主要是雕版业集中地区的产物。想求得较全面的了解，一个可行的办法是借助地方志书。《中国版刻图录》是注意到这一问题的第一部书，不过这样做也有许多困难，非经过细密的考察与文献比勘，不易获得正确结论。简单地认定某地地方志或地方人士著作一定就是当地出品的方法并不是最可靠的。如张岱的《西湖梦寻》，《图录》定为山阴刻本，就不一定准确，据原书的凡例，书当刻成于粤东。判定版刻时代也有不少困难，除了保存着明确记载刊刻年代的刻书牌记或扉页的书，都不能简单地根据序跋推定。序文有原序、旧序与新序的不同：也有手稿编定后多年才付刻的，也有雕版辗转易手重印的，情况错综复杂。《贩书偶记》在这个问题上常有错误。例如汪士慎的《巢林集》、罗聘的《香叶草堂诗存》都刻成于乾隆晚期，两书版片后来都归了嬾云草堂金氏，于道光中加新跋重印，就被误认为道光刻本。又如吕留良的《吕晚村先生文集》，刊刻风格与康熙中雕版无异，估计当与吴之振的诗集及《宋诗钞》同出一家写样雕工之手。如非扉页上偶存“雍正乙巳天盖楼镌”朱印，就很难确定刻于雍正中。以上说的是刊刻绝对年代的确定，至于约略的雕版时期的判断倒并不困难，只是不能肯定绝对年代而已。必要时著录使用“××几年序刻本”较为妥当。

清刻一般可分写刻与宋体字刻两大类，精粗美恶各不相同，过去认为软体字写刻书就是“精刻本”（《贩书偶记》即如此标示）是不准确的。中国雕版早期的作品无一例外都是写刻本，从唐五代起，历两宋、元，直至明初无不如此。宋刻中精写付刻如世彩堂本的韩柳文，可以说是精极了，但近于后来方板的宋体字本的《金石录》，细看也依旧是极好的写刻本。这风气直到明代正德、嘉靖，才有了转变，出现了“宋体字”。开始字形是方的，后来渐趋狭长，或如汲古阁的微扁，总之是出现了规范化的字形。这在雕版史上是一种进步现象。书籍需要的激增，手工业作坊的发展，使操作过程日益变得规范化，过去那种一二有名书手包办写样的方法已不适合时代的要求，必须设计出一种规范的、易于仿行的书体，使并非书法艺术家的写手也易于掌握。这就是大量宋体字刻书出现的原因。同时也不可避免要出现大量粗劣的作品。今天我们看到的大量明末坊本、清代刻本，很多都属于此类。宋体字本书也有不同的时代地区风格，如明富春堂刻曲，就使用了一种奇怪的字体；嘉靖中关中许宗鲁刻书，也有自己的特殊风格。到了清代的内府刻书的所谓“殿本”，各地官书局所刻的“局本”，几个出版中心地区的产物也都出现了自己特异的风格。

在大量粗恶的雕版书之外，宋体字刻本也自有其精美的作品，它那静雅的气息、疏朗的格局，我以为有时更要超出一般软体字本之上。看多了软体字刻书，正像吃多了奶油食品，是会使人发腻的，这时就能发现精致的宋体字刻书的好处。如乾隆中杭州所刻的《宋诗纪事》、《东潜文稿》等都是这一类的代表作品。像杭州“爱日轩”这样的书坊也接受作者的委托代刊书籍，从乾嘉以还，风格也时时在变，字体逐渐变得清瘦细长了，但依旧保留着秀美疏朗的特色。过去的藏书家常说从此可以看出“世运的升降”，虽然是一句迷信话，但其实并不奇怪，它确实是社会经济生活变化的曲折反映。只要我们依时代顺序把不同时期的出版物进行对比，一切都可以看得清清楚楚。

为读书界所熟知并赞赏的写刻本，也即软体字的精刻本，在有清一代雕版史上自然占有特殊重要的地位。它所继承的传统可以追溯到明代嘉靖、隆庆、万历时代，那是从宋代起经过元代赵（孟頫）体书盛行后写刻传统的又一次高峰，从明初的粗放转趋非凡的精丽。一百多年来不绝如缕，到了康熙又逐渐恢复了。开始是文士们珍重地写成了他们的诗文作品，付工雕版，这是要以有比较安定、富裕的生活为必要前提的。与此相对是皇家官方的出版机构所刻，如武英殿与曹寅主持的扬州诗局，都备有大量高明的书手，后者刻出的《全唐诗》与《楝亭十二种》，皇皇巨制如出一人手写，虽然免不了有呆板局滞的毛病，但到底是了不起的。明代为了抄写《永乐大典》，集中了大量的书手，但写本风格精粗就很不一致，比起清代的《四库全书》，是不及的。徐乾学为纳兰性德刻《经解》及《通志堂集》，和为自己所刻的《澹园文集》，精写付刻，也是有代表性的官方刻书的标本。

与此相对的是风起云涌的私家刻本，精品真是多极了。叶德辉《书林清话》曾列举林佶手写《渔洋精华录》、《午亭文编》等事例，当然只是不完备的著录，可以大加补充，通过调查写出一份较完整的著录来。如惠周惕的《研谿先生诗集》，每卷后都有“小门生王薛岐谨录”一行，写手之精，殊不下于林吉人，风格与顾嗣立的《书馆闲吟》正同。清初以手书顾炎武的《音学五书》上板而著名的张力臣（劭），又曾手写他父亲张致中的《符山堂诗》，刻板瘦劲如活字本。雍正中项氏群玉书堂刻《绝妙好词》，精美绝伦，与同时或少前玉渊堂刻《之溪老生集》等，风格如一。金冬心所刻书，经徐康《前尘梦影录》介绍，人们都知道其刻意经营，完全当作雕版艺术品来制作的，不过传本绝稀。曾见他在乾隆庚午（1750）所刻的《画竹题记》，卷尾有一行云“金陵汤凤仿宋本字画录写”，用粗黄宋代印经纸精印，墨色晶莹，大约用的就是徐康所说的明墨。像这类书，刻印者已经不仅将书册作为传播思想的工具，同时作为一种“文玩”性质的东西来制作欣赏了。金冬心曾经刻过许多方砚台，还做过灯影，加上他的绘画，大部分都是为了生活，只有刻自己的这类小集子，用力最多，印数奇少，完全没有功利目的，只用以自怡悦。世间有不少艺术品都是这样制作出来的，制作者没有料到，这些只供自己和朋友欣赏的物事有朝一日将成为传世的艺术珍品、文化遗产。我们应该知道加以珍重，不能简单地用“玩物丧志”的口号来加以责难。

这一类的精刻本，多半不是书坊的出品。其制作动机也很少是为了营利。多年前我曾在郑西谛案头见过一部平湖沈彩的《春雨楼集》，原刻罗纹纸初印，光彩照人，书前有作者名印若干方，其中之一是“青要山人”。这部女诗人手书上板的集子真是使人见之眼明，从这书可以懂得初印与后印，佳纸与普通纸，原装与改装……的区别，那是很难传述的。后来我也得到了一部《春雨楼集》，也是初印（这类书不会有许多印本的），但与西谛那一本是不可同日而语了。这集子在卷尾常有作者题记，如卷四后有“七月巧日，薄病初起，菱芡既登，秋海棠盈盈索笑，香韵清绝。御砑绫单衣，写于奇晋斋之东轩”。这就证明是作者手书上板的本子，也证明他的丈夫陆烜的《梅谷十种书》中有几种也出自她的手写。

宛平查为仁的《蔗塘未定稿》的开花纸印本，也是可以作为乾隆中精写刻本的代表的。真是纸洁如玉，墨凝如漆，笔法刀工，风神绝世。过去不知是出于何人之手。后来又见汪沆的《津门杂事诗》，风貌全同，知同出一人手写，最后得到陈皋（对鸥）的手稿《沽上醉里谣》，才知道几部书都是他手书上板的。这稿本前半部简直就是上板前的底本，后半才有随时录入的手稿，还有许多改定，变成了行草。陈皋与厉鹗、万光泰、汪沆、符曾、吴陈琰等都是水西庄中的上客，是查为仁殷勤招接的好朋友。查氏的园亭一时聚集了众多的杭州名士，成为文艺沙龙那样的地方，这是研究天津文化历史不能遗忘的。水西庄早已湮灭了，只剩下几部精刻书还是当时活动的见证。

清道光以后刻书别有特色的还可以举出一个乌程范锴。这也是一位奇特的人物。好像一生没有作官，也许在经商，长期流寓汉口。但对三吴一带的文士交往甚密，也注意藏书掌故。见识丰富，著书若干种，都有价值。他喜欢用奇字刻书，满纸都是怪字，常将篆隶化入今体。书刻得并不精致，但一见就知道这是他的著作了。如《花笑庼随笔》、《汉口丛谈》、《得溪记事诗》、《幽华诗略》等都是。他还有一卷《蜀产吟》，分咏四川名物，各有长序。如早期有关四川“灯戏”的记载就见于此书。

过去徐森玉先生很推重许（梿）刻。这也是一位值得注意的刻书家。许梿生活于嘉庆、道光、咸丰之际，所刻书多自用软体小楷精写上板，著名的有《六朝文絜》（我曾得到一部墨印未套朱本，非常少见）、《笠泽丛书》等。这是一位极为严谨的刻书家，不但书写工丽、校对细密，对版式、用纸、装订无一不注意精益求精。所刻大册书《字鉴》与小册书《刑部比照加减成案》正续编，一律工整如一，有的书不用签条，书名就印在封面纸上。初印本序跋多钤自用名印，各各不同。他还用双钩法刻过《赵书天冠山诗帖》，细如毫发，工整绝伦。他的兴趣广泛，所刻多实用书，如《洗冤录详义》等。但一丝不苟，极为认真地从事刻书工作，使之于实用价值之外，别具艺术品的特征。可惜他晚年刻书多成于道咸之际，太平天国战争中书板毁失，流传绝少，也终于不能知道他一生一共刻了多少种书。

至于清代版刻的装饰风格，也是多种多样的。康熙中《红萼轩词牌》，仿酒牌形式，每半叶一词，四周有各色花边，无一雷同；两色套印的书也所在多有。用纸有开花、罗纹……的不同品种。这许多都是构成一种雕版艺术品的必要条件。

在版本研究中涉及其艺术性，过去是注意不够的。现在是到了应该从工艺美术的角度，对这一问题进行研究总结的时候了。同样一部古典名著，一册精刻旧本与一册铅印新书给予读者的感受是不同的。在这里我并不想提倡怀古与古董家数，只是想说明，前人曾经在出版印刷工作中作出过怎样辉煌的业绩，我们应该有所了解，并尽可能吸收那优点和长处，放进今天的工作中去。我们总是希望能够多出版好书，不只是内容好，而且要在版式印刷、纸墨、装帧上都达到一个新的高度。一本好书是两者的统一，忽视了任何哪一方面都是不可取的。

1984年12月21日

访书琐忆

几十年来胡乱买书，颇有些特别的经历，不易忘记，当时就随手写在题跋里，闲时重看也觉得有趣，常想记录一点下来，大概也可以算作“书林逸话”之类。说起题跋，自来就有学术性与随笔性两大类。学者重视的是前者，考辨故实，校订文字，有功于学术研究，历来被看作题跋的正宗。但在我自己，喜欢的却往往是后者，而其代表作者则是黄荛圃。他的藏书题记经缪荃荪、吴昌绶等搜辑重刻，有煌煌十册之多。看那内容，虽然也谈板本、雠校，但更多的是记书坊、书友、藏书家故事的“闲言语”，而这是很为许多学者所不取的。黄荛圃先是买书、刻书，后来又卖书，还开设了滂喜园书店，商人当然要重视广告，在黄荛圃那个时代，还没有近代流行的种种广告手段，于是有人就说他的题跋也就是广告。这很丢了读书人的面子，遭到讥笑是当然的。不过我觉得这种指摘并不公平。黄荛圃在题跋中总是直白地记下了书价，书籍的抄刻先后，是否善本，是全本还是残帙这些细节，而这作为广告是不合适的。因此我怀疑他在买书的时候，是否就先已算计着出卖、获利。

真的把题跋、目录作为广告手段的是缪荃荪，那已是比黄荛圃晚一百多年的清末民初。古书作为商品，有了更广阔的市场，大官僚、大商人、大地主为了积累财富和附庸风雅也纷纷收罗古本，日本、美国的“洋庄”生意也日见兴隆。缪荃荪的办法是刻书目，每当他聚积到一批书以后就急急地刻《艺风堂藏书目》，在每种书后面附加的板本说明，就大有广告气味，夸张的语句是经常出现的。从许多实物看，这种说明常常有错误；但并不是缪荃荪的鉴别力特别低下，只是他千方百计地想把这些书说成不可多得的宝贝而已。他的藏书目录一刻再刻，以至三续，这就给书坊开了先例，纷纷印发书目，变木刻为石印，出板更为迅速，成为不折不扣的广告了。

继缪荃荪而起的有傅增湘，他也先后刻成了几种书目与题跋，而尤值得注意的是不久前出版的他与张元济的通信集。这是比题跋更为直白的经营古书业务的纪录，不但保留了大量古书流转的珍贵史料，也更暴露了藏书家活动的真相。

以上说的都是旁人的事，与我本来无甚关系。不过天下事有时确是不可思议，二十年前承蒙一位熟人揭发，说康生有话，我在书前书后写的许多题跋都是企图“以伪乱真”的手段，目的则是投机倒把。因此造反派就要细查、追查，责令我细细交代历年所买的书，每本的进价，……这可是个艰巨的任务，只能坐在牛棚里苦苦思索，这时最容易记起的就是买书中一些有趣的经历。按照指定的前提，加以点染，是可以制作出符合要求的货色来的。当然，在“创作”过程中常常不免背离了真实，带有“哗众取宠”的趋向，则是难以摆脱的“历史局限”。自己虽然不满意也没有法子想。从这里是可以悟出“报告文学”写作的困难的，特别是个人的回忆，无论是痛骂或夸赞自己，都只能表现出扭歪丑恶的面目。这些“创作”的故事已经找不到了，并不可惜，不过作为“创作”的教训失误，总是不应忘记的。

1953 年的秋天，我在杭州住了两个月，有很多时间就消磨在书店里。住处在里西湖，出门叫一只小船横渡过去就是湖滨，上岸以后沿解放路走入新华书店，又从这里走到延龄巷、丰乐桥、清河坊，这些地方都零零落落开设着一些书坊。当时旧书业很不景气，货色也少得可怜。有一天踏进了抱经堂，店里空空地没一个顾客，只有女主人抱着小孩在看守。案上摊着零碎的破书，真是一无可观。这时发现书架背后一叠叠放着许多残书，大约多年不曾触动，书上的灰尘也有寸把厚了，抽出两本来看，多半有结一庐的印记，真是意外的高兴。选了半日，得书一叠，问价付钱，正要离开时，店主人一步踏了进来，立时惊惶失色，打开纸包，一一检点，说是无论如何也不肯卖了。最后讨价还价，以十倍于原价成交。还被抽下了一本吴枚庵抄的《百川书志》残卷。在这中间，他还大声地叱责着主妇，使她几乎哭出声来。

塘栖朱氏的遗书本来藏在杭州，后来把重要的善本移至上海，残零书册都就地处理掉了，这大概就是这些书流落在旧书店头的来历。书并不珍贵，只是这点流转因缘很值得纪念。现在还在手头的是蒙古博明希哲所作的《西斋偶得》三卷、《凤城琐录》一卷、《西斋诗辑逸》三卷。嘉庆辛酉刻本，纸墨明净，是刻成后最早的印本。书前有翁方纲的序文和手书上板的“附识”，知道这是心斋（广泰）为妇翁刻梓的遗集。更难得的是书前有“大兴翁氏石墨书楼珍藏图书”的朱文大方印。可知是书刻成后持赠翁氏的本子。在卷尾还有墨书一行，“甲戌仲夏叶志诜借看一过”，下钤“平安馆印”白文方印。甲戌是嘉庆十九年（1814），是书刻成后的第十三年。叶东卿是藏书家，还不能不从翁方纲展转借读，也可见此书流传之少了。

杭州丰乐桥堍有松泉阁书肆，主人王松泉与阿英相熟，是颇有眼力的书业经营者。那年秋天，在他的店里买到不少清代杭州诗人的集子，携归旅寓，颇能驱遣岑寂。清人别集那时真是贱如泥沙，可惜当地的图书馆不加重视，听任这一大批地方艺文流散毁弃了。杭州也真是文风极盛的地方，乾嘉以还竟自出现了那许多诗人，当时雕版的工值又贱，刻集成了一时风气。当然这中间缺乏第一流的诗人，但也有名姓不彰、著作自有分量的作者。如王曾祥的《静便斋集》就是那时所得。他的两篇《吴梅村集书后》就是我所见仅有的对吴伟业的严肃评论。

也是在松泉阁，前一年的冬天曾经见到一册明初黑口本的《晞颜先生诗集》，写刻，字体静雅朴厚，黄皮纸印，是浙东汤氏藏书。当时钤有汤氏印记的旧书，狼藉市上，比论斤的市价高不了多少，但这本书却为主人看重得非常，认定是元板，因为原书卷前只列编录校正人姓氏，没有撰人题名，而在陈颀的前序中却有“公讳翥，字仲举”的话，所以就确认这是元代著名诗人也字仲举的张翥的遗集。我翻看序文，发现中间又有这几句：“若礼部尚书致仕杨公，其颜之徒欤？公苏人也，……”就说这是一位明代姓杨名翥的诗集，主人听了大不高兴，立即将书收回去了。转过年来的秋天，又走过松泉阁，主人一把拉住我，说那本黑口本不曾卖掉，是特为我留下的。劝我一定要买下，价钱虽然依旧很贵，但已不再坚持是元板。于是就买下，回来细看，才知道卷尾被割去了四行，已用旧纸粘补，虽然是个残本，不免有点懊恼。不料下一个春天再到杭州，书店主人却高兴地对我说，上次买去的是个残本，不过下半已经发现，还是劝我一定买下，凑成全璧。这次我不再迟疑，用比残本更高的价钱买下了。

这书前面有两方旧印，“金星轺藏书记”和“汪鱼亭藏阅书”，知道是先在文瑞楼后归振绮堂的。查稿本《振绮堂书目》，有这样的记载：

> 《睎颜诗集》，不分卷，二册。刊本。金星轺藏，后归曹倦圃。明杨翥撰。字仲举，吴县人，官至礼部尚书。

这里说书曾归曹溶，却不见旧记，今汪氏印上有剜补痕，灭去的大约就是曹氏藏印。流传次序也应该是曹氏在前才对。值得高兴的是，这书藏在汪家，在太平天国战役中失散，分别为两家所得，又都未因残帙而弃去，终于在整整一百年后得以重圆，实在是很不容易的。我过去也曾有几次用先后买得的残卷配成全书的经验，不过那到底是拼配，是百衲本，与原是一书的分而复合是不能相比的。

《诗集》以“在朝”、“纪行”、“述怀”、“游览”等若干细目分类，诗语平稳，缺乏特色。朱竹垞《静志居诗话》说：“《晞颜集》借之琴川毛氏，蒙叟为施铅评，云宜亟焚毁，勿暴其短于后世可也。”可以看出钱牧斋的谿刻，连竹垞也觉得他“未免太过”了，还是在《明诗综》中选入了两诗。余淡心《东山谈苑》也记有有关作者的故事，原来他是因为曾让馆于流寓武昌的杨士奇，后来士奇当国，“乃相引拔，官至尚书”的。梁维枢《玉剑尊闻》也记有他的一段故事，“邻省作檐沟注水于其庭者，则曰晴日多，雨日少”，说他是深通黄老之术的人。

上海复兴中路淡水路口曾有一家春秋旧书店，主人严氏，能装书。解放之初书市寥落，生活困难，我曾请他修补过旧书。有一天他对我说，过去他曾在宁波一户人家装书，这家的主人不懂书，但喜收书，只要送到门上，不论完缺一律收入，出价大约是明板白棉纸书每本一元。因此得了个“垃圾马车”的绰号。不过当时宁波市上的好书是很多的，散出的浙东故家藏书集中在这里，天一阁流出的书也常常可以遇见。所收满满的一屋旧书虽然大半是残本，但确也有不少好书。现在主人已经八十多岁了，住在上海，藏在宁波的书已先后给族人论秤卖出了不少。他取得主人的同意，可以到宁波去收书，不过缺少盘费，向我通融。我就借给五十元，答应书到之后请我来看，选中的书作价折回借款。

大约十天以后书由轮船运到。一起大约有几十麻袋，只好堆在书店隔壁的弄堂里。我得到消息后去看书，从清晨一直看到过午，弄得两手如漆，浑身灰土。书大半是残本，明本不少，但没有一部全书。当时我正收集明刻书影，大量的残本正是绝好的素材，就选了几十种。偶然在书堆里又发现了一包书，包皮的报纸已经发黄变脆，细白皮纸的原书却一些都没有损坏。这是四本《王状元标注唐文类》，明铜活字印本。卷首大题下次行题“祁东李氏铜板印行”。这是很少见的明初活字本，祁东不知道是什么地方，过去的书目里只瞿中溶的《古泉山馆题跋》中曾加著录，也不能确定祁东的地位，只是推测而已。原书四册，每册前有“春、夏、秋、冬”的签条，还保留下两纸。看铜模字体，扁体写刻，与苏南一隅的安氏华氏活字的风格不类，与较早的唐人小集等更是不同。这四册书却是全的，可以算得这次所得书中的白眉。全书别无藏印。《藏园群书经眼录》著录了同样的一部，则是劳权、徐渭仁的旧物，现不知流落何处。

这一次的买书经过大略如此，但在十年动乱中却成为一件大案。据说我曾到宁波去贩书一船，其中有多少种宋元本，发了大财云云。历数多年买书的经验，要算这次惹出的乱子最大了。

我的买书，正是有啥买啥，杂乱得很。买来的书也未能本本细看，总的印象是，旧书中间多的是封建说教的陈词滥调，偶尔发现片段的好意思、好文字，可真像披沙拣金那样的繁难。不过换一种眼光看，这又是可贵的资料，真想追寻中国传统文化的根，不能不从这里着手。杂和乱并不是坏事，只有这样才有希望较能窥见全局。

抄写旧时的记忆，实在也是很无聊的事。在今天的书市上，旧书已经不再可能遇到。几十年中间，有的化为灰烬，有的变成纸浆，剩下来的也大都藏在图书馆里，想看一下也不容易，因此这些访书的故事，也真的成为梦一般的故事了。

1986 年 5 月 23 日

《前尘梦影新录》前记

十五年前一个春天的上午，我正在干校里“造房子”，忽然得到通知，要我第二天一早赶回市区报社人事科报到。原来是要按照“政策”没收我的全部藏书了。这一节事先当然对我是保密的。

一部大卡车，二十几个工作人员，由一位平常总是安安静静，甚至在“批斗”、“提审”时也还语言缓慢、保持着温文尔雅气度的Q君率领，在我家的两间屋子里“工作”了整整一天。凡是有字的书本、包括拓片在内，一律装入随车带来的麻袋，运下楼去。麻袋不够了，又有人自告奋勇回家取来补充。卡车来去了若干次。总算抄得一干二净。当然，我以前住过的地方也还有不少书，包括父亲留下的一大批德文旧书，也没有被放过。还是Q君押着我前去。记得他背着手监视查抄、装袋时曾轻轻地叹息道：“看这许多毒草，害得你弄到这步天地了，还是抄掉的好。这对你的改造有好处。”

我在地上发现了一本鲁迅译的《死魂灵》，忽然产生了贪惜之念，就请问这一本是否可以留下给我看看。Q君轻轻地摇着头说：“鲁迅么，也不是没有错误的。何况这书又是俄国人写的，封资修一类的。……”

好像只给我留下四卷《毛选》有点过意不去，他又从地上取了一小本胡风事件的《按语》递给我：“这个么，倒可以留下看看，可以举一反三么。”这“举一反三”四个字他是很喜欢用的。在每次“提审”、追查时就不知道曾经说过多少遍。

我还曾不识趣地提出，这许多书，是否应该留下一份目录呢？这次得到的是另一个小头目的一声断喝：“嚣张！”

出乎意料，第二天又来通知，要我一起到报社去参加编目的工作，走去一看，在三楼的一间长大的房间里，从我家里抄去的书已经排列得整整齐齐。自己也觉得有些奇怪，一包包叠起不觉得，一摊开来竟自有这满满的一房间。

参加编目的大约有五六个人，其中竟有过去认识的顾廷龙先生。连顾先生也请了来，可见对这些“封资修”的烂货的“重视”了，当时也确实使我吃了一惊。

顾先生是负责鉴定的，他大概先已粗粗地看过一遍，把较好的版本放在一边，由另一位登记。交给我入册的则是一些普通的版本。后来我曾看到过顾先生手写的一份“二类书目”，目后写道：“以上二类古书共计捌佰贰拾贰种，贰仟壹佰陆拾册。制单人顾廷龙　周贤基。一九七二年十月十九日。”

从清理、移交，直至制单完毕一共花了大约半年时间。我是第四五天就又被赶回干校“造房子”去了。没有看到编目、分配、搬运……的收梢。

又过了两年，我因病回到家里。养病之余，就写写字消遣。当时抄家时有一条规定，凡是有字的纸一律拿走，没有字的除外。这样，就有一大包旧纸被留下了。其中有明代的白棉纸，明清的竹纸，这都是预备装书用的，还有一卷五彩的旧高丽发笺，是准备做书皮子的。笔也还有一大把，但都已是“退笔”了。墨是一块也不曾留下，是从一位小朋友那里讨来的。在一两百年前的旧纸上写字，实在是很愉快的事，但也觉得随意涂写的可惜，就打算就回忆所得，陆续编写亡书目录，仿徐子晋的旧题，命之为《前尘梦影新录》。记忆是不可靠的，内容也记不真切了，所以这只能是一种挂一漏万的回忆录，随手也记下一些得书经过，书坊故事，近于随笔。其中有少详的几种，所据则是抄掠之余残存的几叶读书札记，也参考了一二种可能到手的新著，如邓之诚的《清诗纪事初编》、孙殿起的《琉璃厂小志》。

感谢齐鲁书社的好意，愿意印出这本小书。我是非常高兴的。因记始末，以当缘起。

1987 年 1 月 18 日

《清代版刻一隅》序

自八世纪前后，雕版印刷术开始在我国发明应用以来，在长达一千二三百年的时间里，中国人民创造、积累了无比丰富的雕版印刷品，为世界文明作出了辉煌的贡献。我国是造纸和印刷术发明最早的国家，历代出版物数量之巨大，品种之丰富，技巧之精美，都是无与伦比的。从很早以前，人们就开始注意到典籍的著录工作，《经籍志》、《艺文志》一类专著陆续出现，记录了历代书籍出版流通的情况。从明代起，公私藏书目录相继大量出现，最早只是简单地记录书籍名目，不详版本。这些目录书大部分按实物登记，因此能使我们约略知道不同时期书籍流转存佚的情况。但对版本目录家说来，还不能满足研究参考的需要。人们迫切希望了解原书的面貌，以便于考订、鉴别，不只以知道书名而满足。因此《行格表》、《留真谱》这样的工具书相继出现了。石印技术传入以后，各种书影也纷纷印行。这是顺应研究需要而出现的新事物，理所当然地受到了读书界的欢迎。不过早期的书影，只以宋元刻本为收罗对象，明代刻本就少有著录，更不必说清代的雕版了。这是藏书风气受时代局限的结果。自北京图书馆编印《中国版刻图录》起，才算打破了这种偏见，使明清两代的刻本书也能踏入书影的园囿，这自然是一种进步。

清代三百年的雕版事业在明代的基础上又有了长足的发展，远远超过了宋元。全国出版中心集中在南京、北京、苏州、杭州、福建、徽州等地。其他内地城镇、边徼省份也都散布着大小雕版业和工人。从中央政府的官刻本，直到地方官署、书院、私家、书坊的出版物，显示了一派异彩纷呈、繁花似锦的兴旺景象。不同类别、等级的出版物形成了多层次、多渠道的出版发行网。对此，目录学家还没有进行过充分的积累资料、整理研究工作。过去人们多注意校勘学家校刻书，因为它质量好；也留心殿版一类的官刻书，因为它篇幅大、收罗广、印制豪华。眼光所及大抵以内容的精善为主，这是自然的趋势。不过同时也相对地忽略了作为雕版工艺美术品的特色，更不必说为广大人民群众所使用的通俗读物了。

《中国版刻图录》注意到了不同时代、不同地区的雕版特点，在版本目录研究上是有突破的。不过这是一部通史性质的开创性著作，不能要求它对每个局部都照顾得周全。譬如清代刻本书所收分量就过少，今天实在应该有一部较详的、能与一代雕版成就相适应的图录献给读者。但这工作是非常艰巨的，只有通过集体的努力才可望较为完善。

作为一种尝试，一种摸索，这部《清代版刻一隅》只希望从雕版工艺美术的角度，开个小窗口，使读者能多少窥见这座宏伟殿堂的一个小小的角落。

清代初期的刻书，自然还保存着晚明的遗绪。但没有多久，就逐渐形成了自己的面目、风格。中间经过社会的变革，战乱的起伏，经济的兴衰，反映在雕版物上，痕迹也异常清晰。以时代为经，不仅能显示一种完整、延续的概貌，较易看出发展变化的轨迹，实在也是鉴别不同时期产物的有效方法。鉴定版本并没什么神秘，关键只在尽可能多观察实物的各个方面，进行对比研究，自然能掌握一种审定的可靠尺度。这是很难用文字加以表达的。这里所有的只是“一隅”，它能起的作用也只是打开帷幕的一角，使人们有兴趣进而尽窥此外的“三隅”而已。

清代刻书家很少对雕版工艺过程发表意见，但这实在是人们注意的焦点。例如康熙四十二年（1703）顷栖凤阁刻的《晚唐诗钞》，编者查克弘就在《凡例》中有这样的专条声述：

> 是编竟欲仿宋人刊本，字画疏密中少具错落之致。今杭郡刻工，得传者甚少。倘强而行之，未免有寿陵余子之诮。然较之坊刻，颇有可观。若近日吴趋新样，亦得其大略耳。

这是难得的刻书家对杭郡苏州两个出版中心雕版技术的评论，也表明了他们尽力把书刻好的愿望。《晚唐诗钞》是写刻本，确是精美的，可以代表一代精刻的面貌。值得注意的是，一般所谓宋体字刻本，其精粗美恶也大相悬殊，其中佳品，字样的严整疏秀，雕工的工致不苟，所呈现的自然大雅风格，并不下于写刻本。应该破除只将写刻本归入精刻的习惯看法。

这本小书的局限性和缺点是很多的。首先材料的掌握就不充分，只能就手头所有的素材进行选择。因为同样的原因，在体现不同地区的雕版成就时就更不完整。材料来源，十九出于东南雕版中心地区。版画、活字部分尤感贫弱。殿版官刻几乎没有触及，时代比重上也仍有前后轻重不谐的现象，这只能等待今后更完整、成熟的著作加以补救。

书中所用底本，十年动乱中曾遭抄没，匆促为遍加钤记，有如林教头脸上的金印，拂拭不去。大约也可以看作一种典籍聚散的时代印记。

序《石头记会真》

《石头记》自问世以来，历经种种磨难，这在中国文学史上是少有先例的。作品的传世，最早是借传抄本而流通，等到程伟元与高鹗的木活字本出现，其间已经经过多少道删易、纂改，远非曹雪芹手稿的原貌了。二百年来读者接触的就是这种劫余的本子。这真是很大的不幸，对作者和读者说来同样是很大的不幸。

雪芹穷愁著书的情况，我们今天所知甚少。但从几个脂砚斋重评的传抄本来看，还可以推知一二。今传几个脂本的文字是有很大的出入分歧的，推其原因，约有数端。

首先是在创作过程中，雪芹自己的增删改定。这是有作者的自述为证的。所谓“披阅十载，增删五次”是也。这种修改润饰的痕迹，在旧抄本中还多少保存着。最显著的一例是作者删去“秦可卿淫丧天香楼”一案。据脂批，雪芹是听从了亲近人的劝告加以删除的。最早揭露此一疑案的则是小说写至秦氏之死，引起合家上下的“伤心”或“疑心”的一字异文。早期的红学家曾就此一字的考定，写下了一系列讨论文字，终于为后出的脂批本所证定。这一事实说明，校勘学在《石头记》研究中的作用是不容忽视的，也回答了一部小说值不值得用清儒朴学的方法进行研究的疑问。

《石头记》终于成为一部未最后完成定稿的作品，是雪芹不幸中年逝世的结果。作者在贫困艰辛的环境中奋笔著书，也还得到身边几位亲近人的关心和帮助。他们为他整理文稿，抄成清本，校对文字，提请作者弥补缺失，还写下了许多批语。在雪芹进行修订润色时，可能也接受过他们的意见与建议。在重抄定稿过程中，文字上出现过一些违异，是可以理解的，这些都应该看作作者的稿本，虽然有初稿与定稿（事实上终于没有完整的最后定稿）之别。

这种经脂砚斋评阅过的本子传出以后，就又产生了大量的转抄、传抄本，此中自然存在着一些抄误，也不能排除某些改动篡乱。这些改动有的是为了弥补原作存在的矛盾与漏洞，大致还保留着原作的面貌；后来到了程伟元与高鹗手里，这才大刀阔斧地加以删动，并补作了后四十回，经活字排版后得到了广泛的流通。程、高的篡改与过去的小修小补是完全不同的。他们首先是从思想上否定曹雪芹，尽力删除那些与现实社会正统思潮格格不入的地方。试举一例，如十八回写元妃归省，贾政帘外启奏，有“切勿以残犁为念，懑愤金怀”的话，在《石头记》中这真是少有的特笔，绝无顾忌地透露了作为贵妃家族的不平心事。于花团锦簇的文字中着此清冷之笔，使读者猛然憬悟，自然瞒不过政治嗅觉灵敏的高鹗，于是径改“残犁”为“残年”，又删去了“懑愤”字样，完成了一个恪守封建家法、驯顺奴才的形象。所谓“残犁”

即指“残民”，字出《左传》。庚辰本即写作“犁”。“残年”虽合于通常阅读习惯，但全然湮没了作者的深心，正是高鹗阉割原作作意的确证。雪芹又曾在书中说过“女子无才便有德”，这也是反世俗观念而出的一句反话，也为后来的坊本改为“便是德”了，这些都是在政治意义上的删改，是磨去原作锋利棱角的不可告人的勾当。雪芹有时也故弄狡狯卖个破绽，写秦可卿之丧时，贾蓉捐了个御前侍御龙禁尉，这虽然是个清代所无的名色，但御前侍御却是触眼的，很容易与清代实官相混，在几个旧抄脂本中一处就写作“侍值”。而与五品龙禁尉并提的则是“秦氏恭人”，各旧抄本都如此，而程高刻本则以为是错误，径自改为“宜人”，却不知道雪芹避实就虚、闪展腾挪的作意。

至于论及文章的风格、品味，则是属于更高一级的欣赏层次。历来鉴定家对艺术品评比高低，辨别真赝，往往取决于此，看来似乎无迹可寻，实则斑斑可见。并几而观，两相比照，自会妍媸立辨，高下判然。这种绝妙的对比材料，无过于第六回宝玉与袭人的故事。读者试取脂本与程乙本相比，就会看出高鹗怎样把一对小儿女的顽皮行径写成痴男怨女的草野偷情。他写袭人“把眼又往四下里瞧了瞧”，宝玉不答，“袭人却只瞅着他笑，迟了一会”，宝玉才说出梦中之事，最后袭人“扭捏了半日，无奈何，只得和宝玉温存了一番”。袭人被写成一个老练的荡妇，顽弄宝玉于股掌之上，真可与宝玉在晴雯家相遇的灯姑娘相比。再看雪芹写此节则干净利落，绝无多余的离开人物性格的渲染。不料二百年来竟遭无情的点污，遇此等处，真不能不为作者一大哭。除了大段删改之外，一字一句的篡易更是所在多有。第六回写贾蓉在凤姐房中说话，“那凤姐只管漫漫的吃茶出了半日的神”，这真是包含无尽的勾神摄魄之笔，是绝妙的白描，但高鹗却在这里加上一句“忽然把脸一红”，把原作创造的一种高华境界，破坏无余。两者的品位、格调，竟是如此的悬远，不能说不是一种奇事。至于把“黛玉已摇摇的进来”改为“摇摇摆摆”，程乙本的删改者真不知用字遣词为何事，一下子就把舞台上的正旦化为丑旦，真也不能不佩服这种点金成铁的手段的“高妙”。

面对这种严重的情况，读者是早已盼望能有一部扫荡烟埃，斥伪返本的恢复雪芹原作真面的定本出现了。事实上也曾出现过不同的校定本，也都是以现存几种传抄脂本及刻本为依据的。但同时也存在着一种不易克服的矛盾，就是在择善与存真两条歧路之间徘徊，不能不影响校勘的质量。对“善”可以有种种不同的理解。大要是不违背今天读者的阅读习惯，在情节上不出现大的漏洞……《石头记》写成于二百年前，已经是古典了。今天我们就不能不以古典相待，因为工作的目的是写定一个接近原作面貌的校本而不是只求适应读者需要的普及本或重写本。二百年前的曹雪芹是有他自己的笔墨风格的，他有他的句法、词汇，在选字遣词时有自己的习惯，他有时变用成语，有时自铸新词，都是为创作服务的。这就不能因为已与今天的书面文字存在大的距离而加以改动。因为我们到底不是在复述重写古典如《莎氏乐府本事》。

小说写刘姥姥初到荣国府，在门前徘徊，不敢径入，作者用了一个“䞴”字，“然后䞴到角门前”。这个字是雪芹按照北京话的语音选用的一个“怪字”。后人不识，连遭篡改，出现了“蹭”、“蹲”、“挨”等不同异文。愈改离作者的原意愈远。在这里，恢复稿本的原貌，择善与存真是应该也可以统一的。

对这样一部大书，连同存世的十种旧抄本，详加校勘，一一审定，要求无一字无来历，对去取的缘由、根据，一一著明，对残文、缺文、隐文以及回尾原稿形式诸端无一不加论及。这需要多少时间与功力，简直是不敢贸然想象的。祜昌、汝昌兄弟，以四十年的努力，坚持不懈，完成了这一工作，真不能不使人叹服。对一字一词的写定，都经过周密反复的考虑，从不同侧面加以斟酌，反复推敲，才得定稿。其用功之苦，殆尤过于严几道的“一名之立，旬月踌躕”。在《会真》的校字部分，他们随文设注，说明去取的缘由，阐明前后照应、文心作意，简直就是一系列独立的小论文。他们正是在这样坚实的基础上，进行《红楼梦》的研究的。厚积薄发，遂能新义时出，境界渐拓。推源溯始，都离不开他们下了几十年的死功夫。当然，《会真》提出的论点，未必都是定论，当有可供推论辩难之处。这也正是百家争鸣的题内应有之义。问题是提出来了，也就奠定了解决的基础。

回想与汝昌同学天津课余即以谈红为乐，匆匆五十年过去，当时谈了些什么，自然无从也不必追忆。不过这种小孩子的营生，在心头留下的温馨回忆却是的确的。这以后几十年汝昌专心肆志研红，成果丰富。我也知道他们兄弟有会校《红楼》异本的计划，但一直不敢想象他们怎样才能完成这种“举鼎绝膑”的盛业。这中间也时时听到种种议论，说他们研究的只是《红楼》“外学”、“曹学”，颇致讥嘲，但汝昌不为所动，一直坚持下去。现在《会真》终于杀青定稿了，不知在评论者眼中，这到底算是“外学”还是“内学”。又有多少人理解没有坚实的“外学”基础，“内学”也无从谈起这个浅显的道理。书成后汝昌来信索序，这使我非常惶恐，惧非微力所能及。谊不能辞，也只能写下这些浅薄的读后感，聊申对此巨著最后完成的一点欣慰之情而已。

1991 年 7 月 22 日

三部书

在过去的一年里，接连读到了三部版本目录学著作。其实同样性质的出版物还有好几种，但就篇幅之巨大、特色的显著说来，却不能不以此三书为代表。它们是《藏园群书经眼录》十九卷，总目一卷，傅增湘撰，1984 年 9 月中华书局印行；《中国善本书提要》，王重民撰，1983 年 8 月上海古籍出版社印行；《明代版刻综录》八卷，杜信孚纂辑，1983 年 5 月江苏广陵古籍刻印社出版，线装八册一函。

三部书都是作者多年经营的成果，体例不完全一致，大体上则表现了几十年来版本目录学继承、发展、创新的轨迹，方法上趋向细密分工，内容上力求完美丰富，各有其优点特色与局限性。它们为读者带来了不少方便，为这一研究门类闯出了新路子，为将来更完善的大型著作奠定了基础。这都是非常可喜的。说明读书、出版界日益重视基础研究的建设，认识到目录学在学术研究上的重要性，这一切都反映了良好的学风的逐步形成。

想在一篇短文中对这三部大书进行评论介绍不是容易的事。在进行评论时，又必须先要确定一种标准，这也很难说一定是恰当的。关于这一类著作理想的内容与形式，我过去曾简单地发表过一点不成熟的意见。那就是在尽可能收罗完备的基础上，根据实物考察（目验）的结果详尽地记录每一书的雕版时代、版式行格、序跋牌记、雕手风格、写刻姓名、纸墨刷印、藏书印记、流传始末、作者事迹、内容提要、著作特色、优点缺误……这只是一种理想，目前还没有一种著作可以达到这要求。大致说来，一方面是希望通过纪录，能大体认识原书的面貌，这是版本目录家的工作，除了要具备必要的鉴定力，很大程度上是属于机械性的事务。另一方面则要求对原书有通盘的理解，并能在这基础上进行有分量的评价，这就很不容易了。这并不是一两位学者可以负担得起来的重任，只有发动集体的力量才能完成。在旧有的著作中，如果说《郘亭知见传本书目》大体上担负起了前半部分的任务，剩下的工作就只有由《四库总目提要》这部钦定大书来担承了。今天比较理想的目录提要著作，其实就是这两类著作的合并与进一步充实与提高。

《四库总目提要》也是一种集体创作，尽可能集中了当时第一流的专家，通力合作完成的。因此它至今还享有一定的学术威望。当然缺点也是免不了的，首先是那种钦定的标准，这在今天已没有价值，全书都在这种指导思想下完成，因此就带来了先天严重的缺陷；其次在技术上也有很多失误，余嘉锡先生撰有《辨证》三巨册，可见缺失之多。尤为触目的是编者随手摘出原书的某些优点或失误，随即下断语，加以肯定或责备它犯了这样那样的错误。也许篇幅所限不能不如此，但也不免过于简单化了。“攻其一点，不及其余”的毛病是明显的。特别在责任编辑并非合格对路专家时毛病尤为严重。

记录古书的白口黑口、几行几字那一套程式，据说是缪荃孙发明的。有很多人讨厌并贬低这方法，认为是低级的、无价值的。我却觉得并不如此。在目录学发展史上，这其实倒是一种进步，为明清以来书目所未有，多少在科学性上有所前进，虽然还极不完备。过去买卖旧书的人，大抵都会感到这方法的便利，因为这是决定版本异同的一种起码依据。今天我们只有要求记录更加细密而准确，决无采取取消主义的理由。

在我读过的同类书中，陈垣的《中国佛教史籍概论》要算是比较理想的一种版本解题著作，也是前无古人之作。它所著录的每一种书，大体上都讨论了作者略历、体制特色、内容得失、版本异同、流行利用、纠谬辨诬等方面。在初学者是入门书，在专门学者则是精湛的学术论文。没有一句空话，每一条意见都是长久推敲研究的结果，是前人所未看到的新问题，因此其学术价值是很高的。不过陈先生不记书版行格，所作评价也只着眼于史实与技术性方面。继承了师说并开辟了新园地的是柴德赓的《史籍举要》。这也是一本功力甚深的深入浅出的书，对初学者或研究家都是饶有兴味使人获益的著作。柴先生此书大体上遵循了陈著《概论》的体例，却有意识地在评论方面增加了新的内容。多引旧说而以新的研究加以折中，提出了自己的意见。著作的可读性在此，但这些地方也只是一家之言并非公认的定论。这也是提要性著作的难点之一。但这不应该成为阻碍前进的理由。

前面提到的三种著作，傅、杜二家都只是着重于前半部分的著录功夫，王重民书则用力于辨析板刻源流，版本异同，并多所探讨。有许多条目几乎都可看作单篇的小论文，这是一种明显特色。可惜的是这是一部未经作者自己定稿的未完之书，有许多意见还未经写定，限于客观条件，不少问题还是存疑的，这当然还是一种严谨态度。凡所著录，记录特详，大体上可以借此得知原书面貌。全书最可注意的是美国国会图书馆所藏中国善本书的著录，共有一千六百余种。这都是抗日战争前从国内搜去的善本书，是留在海外的一个重要书藏，过去只从重民先生的零篇著作中得知鳞爪的，现在可以窥其全豹了。

王书著录的善本另外两个重要的来源是：一、抗战中北京图书馆秘密寄存于美国国会图书馆远东部的二千七百二十余种书；二、1947 年后重民先生在北大图书馆阅读的六百种明代刻本。这就说明了王书资料来源的局限性，也是使读者感到可惜的。这样，原书称为《中国善本书提要》就并不完全符合实际，缺漏颇多。即以北大图书馆所藏而论，反映的也远非全貌。今天国藏的许多重要善本，更是付之阙如。因此，这书只能作为案头读物，也即个人专著，而非有更多检阅价值的参考书。为了特定目的去检索时，往往得不到满足。自然这不是作者的责任，他已经用艰苦卓绝的工作，作出了优异的贡献。

王书后面所附几种索引，如《撰校刊刻人名索引》、《刻工人名索引》、《刻书铺号索引》，都是书目中出现的新颖品类，不但反映了原作著录的详密，更说明编辑此书的刘修业同志的特识。杜信孚《综录》所采用的体例就与此暗合。全书一巨册，近二百万字，校对精审，更是难得。

以《经眼录》为题的目录学书，过去曾有过不止一种，如莫友芝就有过一种《宋元旧本书经眼录》，但和傅先生这一部比起来，真是小巫见大巫，贫薄得多了。傅沅叔是藏书家，又是一位有心人，只要他见过的书，不论是否买下，都要做记录，积数十年的辛苦，乃有此长编。全书著录善本约四千五百种，还没有来得及手自削定就逝世了。原稿经乱也少有散佚，经裔孙熹年整理，得以现在的面目与读者相见，实非容易。这是一部继承了过去传统的著作，缺点是随手记录，详略互异；且鉴定眼光较旧，通俗书及大众文学如戏曲、小说、板画都屏而不录，眼光比缪荃荪还要旧些；集部所收也不够丰富，明人集所录就更少，清集更是寥寥可数，且只重视钞本稿本；地志所收也不多。凡此都表现了老辈收藏家的局限性。但传统的善本，则见必收录，确是一部比较完备的参考书。凡有著录，都曾经目验，没有捕风捉影之谈，因此可信性高。我曾见过《录》中所记的一些书，都是信而有征的。《贩书偶记》也是一部《经眼录》，但因是经营书肆者的记录，又以近刻为大宗，所记诸书多已无可踪迹。但藏园此书所记却能大半知其下落，相比之下，就更切合今存善本书的实际。《整理说明》说，此书“是了解近代所存善本概貌和流传、佚存情况的重要史料”，并不夸张。

商务印书馆同年将《张元济傅增湘论书尺牍》印出，所收都是两人讨论古籍的往来书札，内容相当完整，如与此《经眼录》对读，就无异是《尺牍》一书的详尽脚注。《藏园群书题记》所记，当然更为详赡，此外这种书林掌故还所在多有，如《艺风堂友朋书札》中所收吴昌绶等人信札，也是此书对比研究的好材料。

读了这些书面材料后不能不引起一种感想，应该由国家机构组织人力编制一份善本书档案，这实在是一项应该抓紧进行的工作。以国内公藏为主，加上现存台湾与流失域外的善本，通过调查研究，作成一本总账，以便摸清家底。这并非不急之务，现在还有相当的条件，完全可以作得。像书法、绘画、铜器……一样，都需要有一本细密的总账，这是大有用处的。如能将流传端绪理得清楚，那将是一部比《书林清话》不知道丰富多少倍的书话。

《明代版刻综录》是杜信孚先生在图书馆工作三十年的研究积累。所录只是有明一代的刻本，通得八千余种，也是功力深厚之作。此书的特点是用刊书人及书肆堂名……为纲，书籍名目……条列于后。这方法过去还没有人使用过，是一种有意义的尝试。例如十竹斋条，所收胡正言家所刻书有二十四种，其中罕见著录的就有近十种，可见作者收罗之富。但也还不能说就已没有失落，如胡正言的《印存》四卷，顺治中“蒂吉堂”刻，就不见著录，其实这也是胡氏家刻，只是换了个堂名而已。此外如金陵书肆世德堂、富春堂、文林阁诸家刻书，收罗也是较多的。只是诸书或记行格，或不记；出处也多缺而不书；所标各书出处，有其书现仍存在的，也有仅存一目，非必实有其书的。因此作者著录，大抵并非全凭目验，这就不能不影响其可信赖性，应该说是一个缺陷。如可以引用《清代禁书知见录》，自然也能引用高儒的《百川书志》了，那正是一部专记明代刻书的专著。而这两部书又同样是镜花水月似的东西，实用价值是不高的。

用刊书人为线索，也自有不易说通之处。如“九江郡斋”、“大隆福寺”、“山西省”……实在过于宽泛，不能恰合原来的用意了。

明人特喜用厅堂斋馆字样，要确定归属也不是容易的事。如《嘉靖大政类编》一书，原书扉叶题“茅衙藏板、曼山馆发兑”字样，此书失记；但“曼山馆”条注“见徐象云条”，当是同名异属。又《咏怀堂诗集》入毛昇条，不知何据？此书原刻扉叶题毛恒所刊，这是金陵书肆，即刊《石巢传奇》者。《曲律》入毛以燧名下，后又入“方诸馆”，则是一书重出。《钓台集》凡四见，其实这只是同一部书，原板置桐庐官廨，凡来作县官的都添刻姓氏，刷印送人，所以常被误为数本。净芳亭本白文杜诗，确是许宗鲁刻，应入许氏名下。《六朝声偶集》卷末题“长水书院刻”，书耳又题“华亭徐氏文房”，这里就分作两处著录，一书似有两刻了。收《大统历》而不收《登科录》，也不知道用意所在，其实这两类书在天一阁和各地图书馆中还藏有不少。祁理孙所刻书，不只彪佳行述一种，北京图书馆所收山阴祁氏书，尚有理孙所刻他种。《弁而钗》刻本已在明末，不知是否尚有万历刻？这是牵涉到晚明风俗史与小说史的问题了。两种《花庵词选》都有“万历龙丘舒氏刻书”牌记，这里只著录一种，是未见《唐宋诸贤》十卷也。

这部《综录》用铅字排印，毛边纸线装，印得相当精美，可惜的是校对不精，时有误字。前附书影数叶，选取不严，多非精本。但读起来倒实在获得了不少趣味，随手记所见于书眉，现在选录的几条，都是取实物查对的结果，聊供作者的参考。

说读书目觉得有趣，恐怕很少有人相信了，但这却是实在的。弄旧书的人总是要查书目，包括题跋记、笔记等在内，一起可能有近百种，还不算传抄秘本在内。读书目的主要是增加知识，这样买起书来可以有选择去取，也不会上当。现在是已经没有这种必要了，可是习惯不易改，看到没有见过的书目还是喜欢翻翻，翻过以后也总是有所得，因而觉得高兴。去年出版的《明清稀见史籍叙录》（武新立撰）也是一本有趣的书。全书收入书一百三十七种，大半是中国社会科学院历史研究所图书馆的藏书。虽然所收有集部和讲本草、烟草等各种不同门类的书，称之为“史籍”少觉宽泛，但广义地看也可以说都是一种历史素材。作者的写法也有创新，多介绍原书内容并摘录部分材料，这就与过去的提要书有所不同。特别值得指出的是，近年以来各地大小图书馆，包括学校、研究机关……的图书资料室，都争先恐后地收购古书，有的书与专业毫无关涉，也以到手为快，以便用去分内的×

×费。尤以年关将近时书市最为兴旺。有的采购员到了书店，用手一指，说道“这面墙我全要”，店员于是就加紧算账、打包、收款、发奖金。一切都爽快得很。面对这种书林豪客，人们简直不知道说什么才好。书荒是日益严重了，这种现象虽非主要原因也无疑起了作用。有些卖到边远省份不知道什么地方的书，就如明妃远嫁，少有为人民服务的机会了。为了改变这种状况，应该抓紧调查全国大小机构的藏书，必要时采取调拨、调剂的方法。如有更多的人立志读书，将本单位所藏陆续写成“叙录”，用以传播信息，使书籍发挥更大的作用，那就更是功德无量的胜业了。

1984年9月27日

张岱的《史阙》

张宗子的遗著，最近浙江古籍出版社又印出了三种：《四书遇》、《快园道古》、《夜航船》。它们分别是读书札记，掌故杂说和类书，代表了张岱著述的三个方面。张岱的创作，严格说来只有一种，那就是《梦忆》。其余都带有读书札记的性质。他是明末人，自然受时代的影响，编著了不少流行一时的类书和小品，而其中又大多是与史部有牵连的，可以看作一种突出的特色。

张岱还有一种著作——《史阙》，也是性质相近的史抄。我所见的是稿本。这书曾有道光刻十五卷本，曾与原稿少加比勘，并无多大差异，只不过原书不分卷，分订六帙而已。原稿竹纸黑格，半叶八行，白口单边。笔迹用纸都与《琅嬛文集》无异。卷中还保存着剪贴的痕迹，可以推知，作者开始时是见书即抄，积累了大量的长编素材，最后才编纂粘接成书的。经过三百多年，有些地方已经脱粘，幸亏由装池高手一一补缀，得以保持原状，这是值得高兴的事。卷首有大字序四页，序末题“古剑陶庵老人张岱撰”，下钤“张岱之印”、“天孙”二印，俱白文。每卷首大题下属“古剑陶庵张岱紬”。

张岱在序中首先提出“春秋书夏五阙文”的问题，认为从阙文中求得完整的历史真相不是不可能的，又举唐太宗玄武门事加以申明：

> 由唐言之，六月四日，语多隐微，月食而不匿也。食而匿，则更之道不存；食而不匿，则更之道存。不匿，则人得而指之。……使太宗异日而悔焉，则更之道也。太宗不自悔而使后人知鉴焉，亦更之道也。此史之所以重且要也。虽然，玄武门事，应匿者也，此而不匿，更无可匿者矣。

他看出了史书中存在着许多缺而不完的事实，但又发现即使如此人们还是有可能求得历史的真相，于是发愿写这部《史阙》。他在序文中接下去说：

> 余于是恨史之不赅也，为之上下今古，搜集异书。每于正史世纪之外，拾遗补阙，得一语焉，则全传为之生动；得一事焉，则全史为之活现。苏子瞻灯下自顾，见其颊影。使人就壁摸之，不作眉目。见者皆失笑，知其为东坡。盖传神正在阿堵耳。

从这里的叙述，可以看出张岱是历史学家，但更重要的是文学家。他对历史著作的要求不只是真，而且要美，而终极的目的还是高度的历史真实。所谓“生动”、“活现”，都是构成真实的不可少的要素。他是懂得运用细节的真实求得整体的真实的道理的。他接下去又举了一个例子：

> 又尝读唐正史，太宗之敬礼魏徵，备极形至。使后世之拙笔为之，累千百言不能尽者，只以“鹞死怀中”四字尽之，则是千百阙而四字不阙也。读史者由此四字求之，则书隙中有全史在焉，奚阙哉。

张岱作此书的理想不为不高，他不收正史，专取杂书。这中间就有野史、笔记……，但一个大缺点是不记出处。这是明人著作的通病，也不好专怪张岱。全书从《三皇五帝纪》起，《元史》止，包括了明代以前的全部通史。由于史料的限制和作者的好尚，其中分量比例是存在着轻重失调的缺点的。例如，他对曹操、隋炀帝都大有兴趣，摘取逸事独多。这当然是因为有关的别史、野记特别丰富，也因为这是符合他的撰作思想的缘故。他尽情地运用了传说故事来点出人物的性格。不过这样做也包含着一种危险，那就是别史、野记的真实性的问题。张岱对此恐怕是缺乏必要的警惕性的。他在《蜀汉志》中就说：

> 昭烈之继汉，非特名义而已，实炎祚之正统也。按《异苑》，蜀临邛县有火井，汉室之盛，则赫炽；桓灵之际，火势渐微。孔明一窥而更盛，至景曜元年人以烛投

而灭。其年并于魏，此亦一徵也。

在这里不但表现了他尊蜀汉为正统的偏见，更显示了他对谶纬、果报、怪异……的特别爱好，全书中摘录这类纪事很不少，实在不能不说是一种大病。他在记关羽的事迹时称之为“关公”而不名，显然更是受了演义、戏文的影响，破坏了全书的体例了。他在记下汉武帝时东都献五寸短人，原来是王母使者巨灵的神话传说以后，加了很长一段按语，列举“古人以博物名者”。其中就有不少荒唐无稽的事物。结论是：“古人博物，实有此一种学问。余谓秦火之后，无论其书不传，即有传者，如周公《尔雅》、伯益《山海经》，有能多识其鸟兽草木之名者，谁耶？”他看重博物，自然不错，但分不清神话传说和事实的区别，就只能给他带来大量的糊涂观念，这也是过去的作者的一种通病，在张岱也未能幸免而已。

在《秦纪》的结尾，张岱也有一段议论：

秦灭六国而自王，秦乃为吕，六国未灭，嬴氏先亡。……唐太宗歼建成、元吉，天遂生武氏，诛太宗子孙略尽。……天数之默定，乃人之业报取之；数定于天，实招之自人也。

这是毫无掩饰的历史宿命论与果报观，不能说不是张岱身上最严重的局限。不过他也有说得好的地方。如他记秦焚书后，诸儒多谤怨，结果都拜为郎，共七百人。“乃密命冬月种瓜于铏谷中温处。瓜有实，诏下博士诸生说之。人人各异。乃命就视之，先为伏机。诸生各相难不能决，因发机填之以土。”固然已经将儒生的性格、习气写得惟妙惟肖了。接下去还有一节按语，则是提出了长久以来人们无从解释问题的答案，而且是言之成理的。

> 昔人云，坑法不传。盖咸阳伊洛间多山谷，一入数十里，皆峭壁悬崖，陡绝不能上。以丸泥塞谷口，则数万之生灵，俱束手就毙矣。今视秦政之坑儒，乃知白起、项羽之坑降卒多至四十万者，其坑法的的如此。

张岱确信这是一种确实的解释，看来也许正是如此。

张岱记下了唐太宗命萧翼赚《兰亭》的故事，这是他在序文中曾经说到的：“余读唐野史，太宗好王右军书，出奇吊诡，如萧翼赚《兰亭》一事，史反不之载焉。岂以此事为不佳，故为尊者讳乎?”其他如牛仙客与古押衙的故事，也是从唐人小说中转录的。《史阙》的另一特点是记录历代故事之含有特殊意趣的，常常会引起人们的思索，在体例上就像一部放大了的《世说新语》。如在北宋卷中记杨朴事：

> 真宗祀汾阴，过郑，召朴欲官之，问卿来有以诗送行者乎？朴揣知帝意，谬云无有，惟臣妻一篇。使诵之，曰：“更休落魄贪杯酒，亦莫猖狂爱作诗。今日捉将官里去，这回断送老头皮。”帝大笑，赐束帛遣还。

不几叶后就又记苏轼事：

> 苏东坡坐作诗追赴诏狱。妻子送出门者皆哭，无以语之，顾王夫人曰："独不能如杨朴处士妻作诗送我乎？"王夫人不觉失笑。

短短两节，就将当时以文字罪人的风气生动地写出来了。

又记王安石故事云：

> 王介甫为相，大讲天下水利。刘贡父常造介甫，值一客在座，献策曰："梁山泊决而涸之，可得良田万顷，但未择得利便之地贮其水耳。"介甫俯首沉思曰："然，安得所贮如许水乎？"贡父抗声曰："此甚不难。"介甫欣然，以为有策，遽问之。贡父曰："别穿一梁山泊，则足以贮此水矣。"介甫大笑，遂止。

这个故事是讥讽新法的，但也从一个侧面反映出王安石推行新法的努力，和改革保守两种思想的矛盾，不是没有意义的。

张公在撰辑《史阙》时，自然也不免流露出他的遗民心事。在《唐纪》中记李光弼事一节后，张岱的案语说：

> 李光弼将战，纳刀于靴曰："战，危事也。吾位三公，不可辱于贼。万一不捷，便当自刭。"光弼名将也，不时将身首置刀俎上，此其所以为名将乎？今之大将，

身在战场，先将此头安顿在家，是以非败即逃。正须朝廷执刀临之，代渠纳靴中耳。

这自然是针对晚明诸将而发的谴责之词。

在南宋卷内又有谈《清明上河图》一节：

张择端《清明上河图》，因南渡后想见汴京旧事，故摩写不遗余力。若在汴京，未必作此。乃知繁华富贵，过去便堪入画，当年正不足观。嗟乎，南渡后人但知临安富丽，又谁念故都风物。择端此图，即谓忠简请回銮表可也。

这短短的一节话，可以看作《梦忆》、《梦寻》的跋语，张宗子也是在国破家亡之后，才来追忆记述往昔的。难怪他对张择端的画怀有别样的感情。在六册《史阙》中，可以发挥故国之思的地方本来不少，如记文天祥、谢枋得事，又元浮屠杨总统发掘南宋诸陵事，都用了颇多的篇幅，但直接发表恢复故国的思想处则不多，总没有比上引两节更为显露的了。

1987年10月29日

几种版画书

四十年前开始买旧书，前后大约有十年光景是最起劲的时期。买的书很杂乱，并无明确的目的，所以各种门类都有一点，不能形成系统的专藏，成不了气候。就说版画，也买到过十来种，大抵是明代晚期的制作，也就是中国版画艺术极盛时期的出品。这如果拿来和郑西谛、马隅卿、王孝慈诸君相比，简直就连小巫也算不上，不过这些书的收得，都各有一段故事，今天看来，也可以算作书林掌故了。

五十年代初，有一天到三马路的来青阁去闲坐。一位店员问我，有一本宋板的《尚书图》，要不要？打听下来，这原来是孙伯绳君的书，他买到以后，发现纸墨太新，印工太好，怀疑这不是真宋板，有点后悔了，想转手卖掉。我取来一看，是一本白麻纸精印、典型建本风格的宋刻版画，毫无可疑，就留下了。以极偶然的机缘，买到宋刻版画，实在是十分难得的巧遇。原书别无收藏印记，只有琳琅秘室主人胡心耘的两行小字跋尾，说是从费圯怀家流出的，过去未见著录。

传世有《六经图》或《七经图》，明万历中熙春楼吴氏刻本，大册。我前后收到过两本，分别为四明卢氏抱经楼和堇斋昌龄所藏。对比下来，吴氏正是根据这个宋本翻刻的。只不过宋板今天只剩下了“六经”之一的《尚书图》而已。翻刻是忠实的，于此可见宋代的版画就已有非常高的水平，工细简直不下于明代中叶的作品，自然更多些端严气势。可能这就是孙君怀疑它不是宋刻的理由之一吧。

吴刻《六经图》于每卷首大题下都有熙春楼刻书记事一行。堇斋所藏的一本，已将这一行割去，补以棉纸，上钤他的藏书大印。这当然是意图冒充宋板所作的手脚。昌龄是曹寅的外甥，楝亭藏书后来大部都到了他的手里，传世曹氏藏书往往都有两家藏印，可以知道流传的端绪。不过这书并无楝亭印，可知作伪的并非曹寅。此外，我还见过季沧苇藏的汪文盛刻《前汉书》，也是用了同样的手法来冒充宋板的。可能这在清初是一种风气，藏书家意在夸奇斗富，难免出此下策。因此对季氏书目、楝亭书目中那些累累的宋板字样，不能无疑了。可能这中间就正夹带着这样的假货。

孙伯绳君是个很有意思的人，他喜欢收藏，最早是书画，曾由商务印书馆印过一册《虚静斋藏画》。后来又转而收藏鼻烟壶，最后是买书，常在来青阁里碰到。不过我们之间并没有什么矛盾，因为彼此买书的路子不同。他只买刻本，不买钞校，因为后者鉴别困难。他买明板书，只收白棉纸本，不收竹纸印本，又一定要初印干净的，那标准是纸白如玉、墨凝如漆。至于书的内容，则不大过问。他曾由来青阁介绍从丰润张氏后人买到了结一庐旧藏的四种宋元版书，十分得意，曾约我到他家里去看宋本《花间集》。真是极精的宋本，还是席玉照家的旧装。他本打算重新装修，后来被徐森玉劝阻了。到底取原书一叶，制成锌板信笺，以为纪念。不久，他的兴趣又转移了，将这四种书连同其他明版一两百种，一起卖掉了。“文化大革命”初期，一次在电车上偶然相遇，他说刚印好《虚静斋藏书目》，要送我一册，问了我的住址，过两天就寄了来，是一册手刻蜡板印的小册子，那几种宋元本都在目中，其他虽然都是些较常见的明刻本，但都是印刷精美的印本，也要算是难得的了。不久，又听说他已去世，详细情形不知道，自然也无从去打听。

我买到《尚书图》后，又有机会到北京去，就随身带着想给郑西谛看看。在团城他那有点阴暗的办公室里，西谛翻开书页就忍不住跳了起来，问我从哪里得到的，一定要留下，列入即将开幕的中国印本书展览会，就这样，《尚书图》归了北京图书馆。后经《中国版刻图录》收入。宋刻版画所著只四本，《东家杂记》外，此图最早亦最精，云“疑是绍熙前后建阳坊本”。

1950年，上海旧书市场曾经热闹了一阵子。修文堂主人孙实君伙同古董商孙伯渊买到了无锡孙氏小绿天的藏书，就陈列在孙家，整整摆满了楼下的三间客厅。孙毓修是商务印书馆的旧人，曾写过一本《中国雕板源流考》，又编印过《涵芬楼秘笈》，翻印稀见的古书，各有书跋。张元济编印《四部丛刊》，他也是重要的合作者之一。他自己也收藏古书，没有宋元本，以明刻为主，尤注意活字本。因为无锡安国是他的同乡先辈，所以更重视安氏桂坡馆的活字本以及安氏家集。身后家人出售藏书，曾将书目送请张元济先生定价，菊生先生按照过去的书价一一批出，这与五十年代初期的行市相差得太远了，最后折价为孙实君等三家合伙买得。

与此同时，修绠堂主人孙助廉又从北京买得姑苏王君九的遗藏若干种，带来上海。其中以毛抄和黄（荛圃）跋数种为最精。孙助廉又从抱经堂主人朱遂翔处陆续买得精本若干种，每天收进的旧书就摊放在温知书店楼上厢房里的大案子上，真有点版本展览的味道。我是每天午饭后都要过去看看的，真的看到了不少好书。

朱遂翔本来常在九峰旧庐主人王授珊家走动，王氏的藏书绝大部分也都是他经手收进的。王氏身后，他从王家得到了一批精本，一直深藏密锁，不给人看。这时的抱经堂已经不大经营旧书了，虽然店还开着，四壁琳琅也摆满了旧书，但主人却在另外经营着金笔生意，颇为顺利。孙助廉就劝他将所藏精本出让，用这笔资本来经营笔厂，真的说动了他，于是下了决心将藏书精粹扫数拿了出来。

就是在温知的楼上，我见到了宋刻的《文选五臣注》。这是一册残本，存卷三十。卷尾有二行云“钱唐鲍洵书字，杭州猫儿桥河东岸开笺纸马铺钟家印行”，字体朴茂，抚印精美，卷中宋讳桓构等字均不缺笔，定为北宋刊本是有足够的条件的。赵万里先生因鲍洵曾于绍兴三十年（1160）写刻《释延寿心赋注》，说鲍洵一生可有三十年左右工作时间，因定此书为建炎三年（1129）升杭州为临安府之前，也就是南宋初期刻本（见《中国版刻图录》说明）。这一考订看来精密，而实际成为问题的关键期也不过三年而已。即使定为北宋末期所刻，也完全可以在鲍洵可能的工作时期以内。版本目录学者往往采取严格的标准，判定两宋刻本的分野，这与某些藏书家为了夸说所藏旧本之古，提前确定刊刻年代，是两种相反而实际同样不符合实际的表现。

与这本《文选》同时从抱经堂取来的书中，有一部《吴骚合编》，同样是令人为之眼明的精本。《合编》并不是稀见的书，过去在书肆里也见过不只一本。只是大抵后印，线条模糊了，甚至还有抄配的本子。这一本却是最初印的，卷中版画二十余幅都出自晚明著名刻工项南洲、汪成甫等之手。画面的工丽，人物衣褶的生动飘举，眉目之间的喜笑颦蹙，都用极纤细但却刚劲的线条表现出来。这是明季版画烂熟时期的代表作。书前还保存着棉纸印的扉叶，蓝印书名，朱印牌记，上面盖有“云龙大园”朱印，多是别本失去的。据为王家管理藏书的人说，这书出自杭州，索价三百五十元，郑西谛争购未得，终归王授珊。

从版本历史价值上着眼，自然是《文选》来得重要，但我还是选定了《合编》，书价高低也不论，先拿回来再说。后来勉力付出书值，不足部分，还车去了整整一三轮车旧书才找补齐全。这在我买书的经验中是不易忘怀的一件。正是所谓“书痴加人一等”，今天想想，真不知当时何以会有如此的“豪兴”。

1949 年冬到北京。抽空去琉璃厂访书。当时旧书市场寥落，书店大都门可罗雀。偶然走进来薰阁，主人陈济川在上海时有点认识，让进去吃茶闲话。架子上书满满的，却没有什么可看，记得各种版本的《金瓶梅》就塞满了半架，就中还有崇祯本，不过已是后印的了。说起来似乎有点不可思议，《金瓶梅》在当时实在算不得什么宝书，几乎随手可得。就说崇祯本所附全图，也有极初印的本子在。后来影印万历本《词话》，就将这图印在卷首，也不加说明，其实《词话》本是白文无图的。马隅卿还用这图复刻了四叶，制成诗笺，就是“不登大雅之堂制笺”，分赠友人，流传甚少。沈尹默也分得一盒，给我写信时曾经用过。

坐在店堂里既无书可看，我就提出看看他们积存的残本。后进有好几大间，满满地堆着旧书，这里倒颇有些善本，我选得了棉纸初印阔大的嘉靖刻《宋文鉴》十几册，每册都有会稽钮氏世学楼藏书图记，又有莫友芝手写面叶与书根，就是莫氏得于皖口行营后来著录于《宋元旧本书经眼录》的那一本，本来已是残书了。又有嘉靖重庆府刻黑口本《兰关记》一册，是敷衍韩湘子故事的。又正统关中刻《诗林广记》一厚册，存后集卷五之十。有阳平王瑛跋。皮纸极坚而薄，开板古朴。此书曾数见明刊本，大抵都是嘉靖前后翻元刻本，此本却未前见，可以作为明初宁夏复刻书标本。在积满灰尘的书架上，又抽得了一册版画，是崇祯本《壬午平海记》的卷首插图，是用连环画形式记录镇压“海盗”始末的官书，每两半页合为一幅，图绘细密，刻工极精，举凡海上战斗、枭斩盗犯、抚贼散众、班师赏功等场面，无不细细描绘，是极好晚明历史的写真。全书共二十七图，并大字序两通。可惜的是书已被老鼠咬过，啮掉了下角的四分之一，作序人的姓氏也不能知道了。从王重民先生的《中国善本书提要》中知道美国国会图书馆藏有此书，二卷，崇祯间活字本，程峋撰。原书是峋官苏、松兵备道时镇压海盗军的往来书札、檄揭。看来这原来是一部书，只因卷首残破，遂为估人抽下，只以本文二卷出售，终于流出域外，这图却因残破而获存。又过了五年，又从苏州买到此图的残页十二幅，却是完整的全幅，就将两书合装在一起。虽然是小小的一册版画，其离合完缺也自有这一番曲折的经历，访书的辛苦与快乐，更不是局外人所能领会的了。

解放初期，江苏各地的旧家藏书，大量流入上海，正当书市寂寞之时，书店无力收购，全部落入了还魂纸厂。这是极可惜的事。当时唐弢同志在华东文化部文物处工作，我曾建议他组织人力在这些“废纸”化浆之前加以拣选，虽然只是小规模地进行了一个短时期，也不无收获。记得孤本《蟠室老人文集》残卷就是从纸厂的车间里拣得的。此书宋葛洪撰，东阳人。其文集原藏东阳葛氏祠堂，已有残轶，尚存十卷。现在则只剩下了两卷，是宋以后公私目录都没有著录的书。大字精刻，黄棉纸初印，纸墨晶莹，夺人目睛。郑西谛南来观书，也极赞成这种办法，可惜工作没有持久深入，所选也只以旧本古刻为主。大量近代史料，都这样淘汰销毁了。当时人们还不大懂得利用经济规律处理问题。如能对还大量存在的旧书店铺，加以扶持，国家再用较高的价格（不过较高于废纸价而已）收购，则大量的图书文物就不会落入纸厂而转入坊肆，终于得到保存，不致造成无可挽回的损失了。

记得有一天走过陕西路上的秀州书社，主人朱惠泉告诉我，上海城内奚氏铸古庵的藏书已经卖给旧纸铺，就要转入还魂纸厂了。我就请他马上去看，尽量开包拣选，谅必有些好书。第二天又去，他只取出了两三本书给我看，说是纸铺怕麻烦，只打开了两三包，就不许再动了，只拣得了这两三本破书。其中一本《续复古编》黑格旧抄本的残卷，有鲍以文、何梦华藏印；还有一卷破画，倒是棉纸印本，已经是稀碎的一堆破烂了。买回来后请人装潢，经过整治，竟自楚楚可观，除脱去第一页的半幅图版外，其余竟毫无破损。这是一本明万历刻的《罗汉十八相》，大本方册，是新安诸黄最精美的版画。刻工有黄应瑞等六七人，都是当时的名工。人物衣冠都用极纤细而劲健的线条表现，有如富有弹性的金属丝，人物颜面肢体，似乎都带有弹性的活力。衣饰层次分明，袈裟的厚重与内衣的轻柔都有差别显然的精细体现。飘举的衣袂更是生气盎然。

像这样的方册版画，另外我在济南市上见到过一册《东方三大》图，版式如一，刻得较早，也不及此册的工丽。另外又曾看到过几本春图，也是同样形式的大方册棉纸印本。可见晚明版画施用之广和风格之多样，自然也表现了时代气息和那种世纪末的风调。

以上所说大抵都是近四十年前的旧事。公私合营以后，旧书肆都已合并，从业员也都另分配了工作，说到的几位书友，也都已去世。北京的琉璃厂重修以后，曾去过几次，不记得来薰阁是否还在，但从前那种吃茶闲话访书之乐，是不可再得了。这是想起来总不免觉得有点寂寞的。

《明月诗筒》

三十二年前从书肆中买到一册《明月诗筒》，是嘉定侯氏在康熙九年（1670）顷与友人宴饮分韵的合集，一直珍重地收藏着。劫中与群书同被掠去，久久不归，心里一直惦记不能忘。这本小册子里收有余淡心诗十四首，他处未见。三年前辑录淡心遗诗，也不得辑入，心常惘惘。后来将偶然记起的亡书试开一单请予复检，果然不久就又找回了几本，此册亦在其中，展卷摩挲，大有“相见如梦寐”之感。这只不过是一册康熙刻本，算不得什么善本秘笈，为什么觉得喜欢呢？首先当然因为这是侯峒曾的后人所刻的书。嘉定三屠是三百年前发生的一场大惨剧，侯氏父子都在这一役中死难。那详情在清代只在野史中留下一点记录，士大夫辈是不大愿意提起的。侯氏的遗集好像也直到清末才印出了一种铅印线装本。吴梅村有一阕《临江仙》，题云“过嘉定，感怀侯子研德”，是所见清初人作有关侯氏的诗词中最动人的作品了。

苦竹编篱茅覆瓦，海田久废重耕。相逢还说廿年兵，寒潮冲战骨，野火起空城。　门户凋残宾客在，凄凉诗酒侯生。西风又起不胜情，一篇《思旧赋》，故国与浮名。

梅村词意凄惋，感慨万端，写景写情，说出了浓郁的家国身世之感，是难得的好作品。

嘉定历来是人文荟萃之区，清代也出过不少著名的史学家、文学家，但他们对乙酉之役的态度则各不相同。王西庄（鸣盛）在《始存稿》中就不着一字；还是钱大昕可爱，《潜研堂文集》中就有记嘉定兵事的专文，不少加讳饰，这在文字狱大行的乾隆中是很难得的一种态度。大昕还有《题侯大年先生凤阿山房图》七绝二首，也是大胆的作品：

朱查（竹垞、初白）题句吴梅（渔山、耦长）画，前辈风流若可攀。突兀山房疑在眼，胜它广厦万千间。

买山毕竟付空谈，留得诗书一味甘。忠义文章有嗣响，故家乔木重东南。

清初禁书的可贵，因为它往往是当时社会政治的直接记录反映，后来被大量销毁了；但尤为难得的是事后的记载，那几乎是无人敢于着笔的。嘉定侯氏在乙酉之顷是破了家的，峒曾赴水死，弟岷曾、岐曾殉丙戌（1646）之难。峒曾有三个儿子，演、洁与父同死，侯瀞与从兄汸作了和尚。《重麟玉册 · 秬园传》说：“峒曾死难时，先生与季从弟瀞适在他处，得不及于难。官购之急，遂走吴山就老僧髡发，易名一正。

时家产籍没，官吏络绎于门。先生父岐曾坐陈子龙案死，六年后始得归里。时顺治九、十年（1652—1653）顷也。”

所谓丙戌之难，就是陈子龙一案，实际应是丁亥。侯汸（记原、秬园）逃回家来以后过的是怎样的日子呢？事实上已难想象。现在有了这一册《诗筒》，大致可以得知一二情况，所收诸诗也往往含有浓郁的故国之思，可见当时文网尚非甚密。又因这《诗筒》只是友朋间传观投赠的小册，流传本就不广，因此逃过禁毁之厄，成为漏网之鱼。这就比禁书目中著录过的书尤为难得。

> 书前有周茂源序（庚戌）、苏渊序。卷首大题《秬园倡和诗》，属“莱阳宋琬荔裳著”，以下为和作，计嘉定王泰际、建邺余怀、嘉定王翃、嘉定陆元辅、上海赵子瞻、嘉定张鸿磐、嘉定王晦、昆山叶奕苞、西泠沈武音、吴江赵沄、长洲马万、嘉定苏渊、嘉定孙翙、嘉定许自俊等十四人。后附《宴集分韵》、《中秋分韵》两辑。

秬园是侯峒曾的父亲震旸始建的，园址并不大，“翠岗碧流，水天合抱，则以明月堂为最”（苏序）。家难以后，“园曾他属，今始复故”（《赵子瞻诗注》），看诸人诗中有“荷叶浜前路”、“小阁倚回塘，危桥客屐妨”、“水涨陂塘阔”之句，这园是在荷叶浜边，有颇大的回塘。朱琬诗：“老树清溪曲，柴扉乱竹间。家同曹社覆，园似楚弓还。”“空余袁粲宅，不返汨罗魂，君问浮生事，苍茫掩泪痕。”陆翼王诗“城破荒园在”；马万诗：“孤城百战后，兴废十年间。泪与铜仙下，人随木主还。”诗注云“记原复故第为家祠”。不只写景，也记下了故事。像侯记原这样以抗清死难者家属，做了和尚又逃回来的人，想保存故居，唯一的办法也只能改作家祠或舍为佛寺。集中所存诸诗都不避忌地抒写了兴亡之感，如为当年的大吏所见，完全有可能兴起一场大狱，判定这些遗民人还在心不死的证据是足够的。侯记原与苏渊的交谊极为深厚，所以请他写序，同时又在苏的和诗后面写了一篇跋，写得更是文情俱胜：

> 眉声归自济北，见予《诗筒》而序之，历三世五十年，兴废存亡之故，既详之矣。眉声亦曰：“非某莫详也。”顾予独惭乎富贵何常，子孙不可无文之说也。骨肉残矣，典刑尽矣，诗书废矣，年齿衰矣，虽欲文之，乌得而文之！矧兹园也，十七年来披荆剪茅，苟栖其身。瓶无粟也，园无丁矣；沼无鱼也，门无宾矣。荷花桂树，自荣自落，凌霄之木，或出爨下矣，尚何有于园乎？我先人浩气孤行，敝屣去之亦已久矣，其子孙则将不遑宁处，薪胆以自苦乎？抑饮啄信天，姑择木以苟全乎？将息交绝游，括囊以无誉乎？抑同心之言，不废如兰者乎？顾予自今不得已而勉其次，其无乃非先人之志矣乎？……诸君子又各镌板以授之，嗟嗟！三十年父兄师友文章之乐，澌灭无余，一旦拔之湮郁之中，续其衰迟

之气，匪缘世好，凉德何堪。教之诲之，弘于训典，唱和云尔哉。……

这是一篇难得的自书所怀的文字，公然宣称他们并非为唱和而唱和，是像嘉定侯氏这样的故家遗属生活在那个特定时代心情处境的真实暴露，不只是史家，就是有志反映那个时代的文学作者也应视为珍贵记录的吧。不过即使如此，侯家到底还未被定为某种特殊户籍，严加管束。一时知名的文士还能自由地交往，饮酒赋诗，传刻相赠。这情形不见旧籍也是不易想象的。看样子，侯记原虽然是好客的主人，但家境是窘迫的，刻《诗筒》的钱也要靠朋友帮助，酒也是用家里剩下的古董换来的。侯策（天存）在诗注里说："家君以汉印二枚属策飞棹从昆阳王宛仲换酒百斤适到。"记原自己的诗题也有"假坐邻园有不能为主之感"，可见此类宴集情况的一斑。

唱和十四人中，宋琬、余怀、陆元辅、叶奕苞、赵沄都是有名的诗人文士。陆的一首和诗写得最痛切：

城破荒园在，啼枝夜有乌。血藏悲二父，玉碎痛请孤。乔木年年冷，桑田日日殊。知君家国泪，暗洒向春芜。

辈份最老的是王泰际（研存）。"乙酉嘉定城破之日，黄淳耀守西门。城中男妇请启关不允。研存与黄为同榜进士，亦为民请命，不从。复以年谊动之，黄怒曰：‘汝欲献城耶？我顷刻死人，不顾年谊矣！’研存急走南城，缒而逸去。”这虽然只见于笔记，但大抵不可能是捏造，也正像黄淳耀的为人。读了使人感到道学家的可怕。那许多无辜的男妇，就这样变成了屠戮的材料。

可以与宋荔裳比并的诗人，在这里要属余淡心了，他是遗民，身份又与将北上选补的宋琬不同。侯秬园在淡心诗后写下的评语，也记下了一些故实，文字也写得好：

> 往与君遇于吴阊酒楼，出片纸索君新诗，置夹袋中，十年不灭。后研德与君为僚婿，情好日殷。及研德没，余携大年过君，开君阁，坐君床，左右图书，十日不去。顷来游嘐，不信宿。仅与荔翁一酌明月，和诗十二首，笔不加点，烂漫浏漓，感慨无限。一时双璧，留镇溪山。自有兹园，得未曾有。千里而远，百世之下，斯会俨然，岂偶也哉。

淡心的十二诗，也只有“破巢留李燮，逝水问巫咸”一联少有感慨，此外就只是“蘋风生篴浦，花雨覆琴床”、“微风吹柳絮，正是晚春时”这样留连光景的句子，与他十年前写《七歌》时心境不大相同了。

侯岐曾的孙子大年，当时正在北京，不及参与诗会。大年是陆翼王的学生，所筑“凤阿山房”，就在峒曾父子自沉的荷叶池边上。嘉定张云章为撰传及《凤阿山房记》，详记侯氏家世及殉难破家始末，在《朴村文集》中。云章弟大受的《匠门书屋文集》，却只存《与侯大年书》一首，甚致钦仰。此外别无一言涉及侯氏家难。那结果是《朴村集》列入禁网，《匠门集》却幸免了。

《明月诗筒》刊成后六年，陈其年有诗，题云："余不作诗已三年许矣。丙辰秋日，秬园先生同小阮大年、令嗣天存过访，且示我《明月诗筒》一帙，不觉见猎心喜。因泚笔和荔裳先生韵，亦得十有二首，辞旨拉杂，半属谰语，先生第用覆瓿，慎勿出以示人也。"其第三首云：

> 怕说君家事，令人作达妨。一门苏武节，半世管宁床。云水荒前梦，关河落晚凉。更声真历历，似为两人长。

陈其年不愿秬园出以示人的，大概就是这些"谰语"吧。这十二首诗不知后来曾补刻入《诗筒》否？今只见于《湖海楼集》中。

1984年12月25日

《天津杂事诗》

三十年前偶然买到一册词集稿本，作者是“古杭陈皋江皋”。竹纸黑格，书名是《沽上醉里谣（己未)》和《续谣》。己未是乾隆四年（1739)。写手极精，后半逐渐率易，不再是精楷，朱笔改定甚多，正是作者的稿底本。书当未刻。他还有《吾尽吾意斋乐府》二卷，有乾隆刻本，未见。

我买这本词集，首先当然因为它是有关天津的文献，此外又因为写手与天津查为仁的《蔗塘未定稿》同出一人，觉得是个有趣的发现。我还见到汪沆的一册《天津杂事诗》，乾隆刻本，写手亦同。可证两者都是陈皋手写上板的。陈氏是水西庄查氏家的常住客人，所以才有机会为这两本书写样，书又都刻得极精，可作清初精写刻本的标本。

陈氏书前的小序说：“仆来海津半载余矣。……缘日来友朋相递归里，孤处岑闷，无以破怀，因与嘉禾万子柘坡，订为消寒之咏。……津有七十二沽，故名。”可见当时查氏的水西庄是有点像文化人招待所那样的地方，来来往往，很有些著名的文士，情形与扬州马半槎兄弟家相似。这是很值得注意的。清初的大商人，尤其是盐商是最富有的一群，他们在穷奢极欲地享乐之余，也往往附庸风雅：收藏古董、藏书藏画、讲究吃喝、饮酒赋诗、游山听歌……这就烘托出了乾隆“盛世”的一派升平气象。而要玩这些花样，又离不开文人墨客来帮忙。像《红楼梦》中贾政身旁山子野等一群，就是极好的标本。天津也是一处水陆码头，又靠近京畿，文士们进京出京，大抵都经过这里，留下来小作盘桓，是自然不过的事。

汪沆的《天津杂事诗》，许多年前曾借给友人一直没有还来。幸好手边还有一部汪沆的《槐堂诗稿》，那一类记事诗也收集在内，是《沽上题襟集》的卷下。少加翻阅，就可以看到《秋日雨中水西庄杂咏》、《坐冰床至海光寺》这样的诗题，都是写天津风光的作品。

《杂事诗》一题云：“出郭嬉春花事烦，康园才过又怀园。二分修竹三分水，毕竟终推揽翠轩。”（原注：慕园老人构园城西，号水西庄。中有揽翠轩、枕溪廊、数帆台、候目舫、绣野簃、碧海浮螺亭、藕花榭、花影庵、课晴、问雨诸胜。康园在城外东南隅，今归牛氏，名南溪。怀园王氏别业，城东五里）

这里记下了水西庄的大致情况，当然今天一切都已不复存在了。记得五十年前在天津读书时，曾经到八里台左近去过，也不知道是不是当日的原址，但见高柳垂荫，一溪环绕，满目荒秽，久已无人来游了。

下面的又一首云：“吴绫洒遍湛园墨（姜编修宸英），越纻歌残秋谷词（赵宫赞执信）。更有莲洋老徵士（吴雯），垂虹亭上日题诗。”（垂虹榭在张氏一亩园。张氏倾资结客，前辈若梅定九、朱竹垞、查初白、查浦、朱字绿及姜赵诸公，咸主其家。时人有小玉山之目）

这里说的是康熙中事，可见在查氏之前，早已形成了这种结客的风气。过了多少年，主人换了水西庄，客人也换成厉樊榭、杭大宗、汪沆、陈皋一辈了。汪沆是来天津修郡邑两志的，一住三年，留下了这一卷《杂事诗》，多记风土故实、物产、人物，诗注也翔实可读。写刻本前似无序，但在《槐塘诗稿》中则备录旧序七通，作者为吴廷华、郑江、陈宏谋、杭世骏、查礼、陈兆崙、齐召南。如有机会，似乎可以重印一下。就是水西庄及其先辈张氏的故事，也应该花些力气加以研索。

记《咏梨集》

《咏梨集》一卷，道光丁酉（十七年，1837）精写刻本。题“吟啸楼主人”著，作者程氏，字景门，似是杭州人。所筑吟啸楼在杭州白堤之左。书前有憩园居士序，蒋庆锡序，何桂馨题词，陶文潞序，金潮序，又胡骏声绘吟啸楼图一叶，后附题词，又冯子英题词。卷尾有族弟岭梅跋。

这本小册子收有一百六十首五言律诗，诗不足观，不过是一束试帖诗。可以珍重的则是目录，它详列了一百六十折传奇杂剧剧目，每题下更附说明。从这中间可以看出嘉道之际流行于江南一带舞台上的都是些什么戏文，其中有一些目前还能看到，但大部分都已湮没了。因此，这目录就成为颇有文献价值的史料。在封建社会里戏剧没有地位，普遍受到士大夫的歧视，看戏被视为费时失业甚至是伤风败俗的无聊事，极少人肯加以纪录。偶有写写“观剧诗”的，也往往不肯写上自己的真名。像这位吟啸楼主人就是一例。这种书又是藏书家看不起的，流散最易，不能不说是难得的了。从明末远山堂祁氏作《曲品》、《剧品》以来，直至姚梅伯的《今乐考证》，曲目的著录不绝如缕，不过他们记下的往往是案头的作品，并非全是场上的演出，这中间还是有差异的。如果想看出不同时代剧目流传的盛衰，还是这种“观剧诗”来得有用。在诗文笔记中间有时也偶有这类史料，但零零碎碎，不易收集。不过这工作还是值得做的，加以收集、补缀，以时代地区区划，是可以看出剧场变迁的活生生的面貌的。现在就将《咏梨集》所收的一百六十折戏目抄在下面，只记出处，详细的说明只能少量选录，以供参考。

《捞月》（《长生殿》）、《观风》（《钗钏记》）、《跌雪》（《万里缘》。彭二林题黄向坚入滇寻亲诗：“白盐井畔三生梦，玉笛声中万里归。”吴人歌其事为《万里缘》传奇）、《堕冰》（《衣珠记》）、《斩夏》（《鸣凤记》）、《拜冬》（《荆钗记》）、《春店》（《节孝记》）、《秋江》（《玉簪记》）、《火判》（《九莲灯》）、《水漫》（《雷峰塔》）、《汲水》（《双珠记》）、《杀山》（《翠屏山》）、《梅岭》（《荆钗记》）、《芦林》（《跃鲤记》）、《狗洞》（《燕子笺》）、《鹊桥》（《长生殿》）、《饭店》（《寻亲记》。记元周瑞龙弃官寻父，遇于旅店事）、《酒楼》（《党人碑》。宋元祐谢琼仙酒醉打碑，得罪被救出狱事）、《归第》（《金印记》。苏季子洛阳郊迎事）、《见都》（《十五贯》）、《石洞》（《醉菩提》。僧道济正果事）、《瑶台》（《南柯梦》）、《絮阁》（《长生殿》）、《绣房》（《荆钗记》）、《下海》（《洛阳桥》）、《送京》（《风云会》。千里送京娘事）、《石室》（《浣纱记》。勾践被囚石室养马事）、《山亭》（《虎囊弹》）、《花荡》（《西川图》）、《草桥》（《西厢记》）、《西谍》（《邯郸梦》）、《北樵》（《烂柯山》。朱买臣渔樵问答事）、《井会》（《白罗衫》）、《塔圆》（《珍珠塔》）、《杀庙》（《艳云亭》）、《争朝》（《八义记》）、《十宰》（《安天会》。唐太宗、魏征对弈，魏梦斩龙王，太宗遣三藏西天求经事。亦名《北饯》）、《五台》（《昊天塔》）、《鬼辩》（《红梅记》）、《佛圆》（《醉菩提》）、《醒妓》（《醉菩提》）、《劝农》（《牡丹亭》）、《盗甲》（《雁翎甲》）、《刺丁》（《连环记》）、《认子》（《慈悲愿》。唐三藏事）、《邀申》（《玉蜻蜓》）、《冥勘》（《一种情》）、《仙圆》（《邯郸梦》）、《埋玉》（《长生殿》）、《拾金》（《摘锦》。花子拾金事）、《看策》（《香囊记》。张九成事）、《询图》（《铁冠图》）、《访素》（《红梨记》》、《救青》（《宵光剑》。金日磾援义兄卫青事）、《刺字》（《精忠记》），《玩笺》（《西楼记》）、《扯本》（《吉庆图》。柳芳春醉中涂抹吏部会推鄢茂卿仇鸾疏，下狱得释事）、《跌包》（《寻亲记》）、《侍酒》（《金不换》。姚英家业荡然，守岁悬父像哭悔事）、《吃茶》（《鸣凤记》）、《复学》（《寻亲记》）、《离魂》（《牡丹亭》）、《投井》（《金印记》）、《谒师》（《钗钏记》）、《刺血》（《寻亲记》）、《描容》（《琵琶记》）、《切脚》（《翡翠园》）、《审头》（《一捧雪》）、《斩窦》（《金锁记》）、《刺汤》（《一捧雪》）、《观画》（《八义记》）、《卖书》（《渔家乐》。简人同因贫卖书）、《闻乐》（《长生殿》）、《教歌》（《绣孺记》）、《罢宴》（《吟风阁》。寇准于母难日设宴，司厨得罪，婢以母夫人为讽，寇遂撤宴，司厨亦获免罪事）、《逐斋》（《双珠圆》。守财虏某母舍金斋僧，某令逐之。僧自买肉作散堂，再聚众手谈）、《荐白》（《彩毫记》。郭子仪荐李白于玄宗)、《拷红》(《西厢记》)、《嫁妹》(钟进士事)、《见娘》(《荆钗记》)、《乔醋》(《金雀记》)、《诈疯》(《金貂记》)、《泼粥》(《彩楼记》)、《吃糠》(《琵琶记》)、《祝发》(《祝发记》)、《叹骷》(《蝴蝶梦》)、《剔目》(《绣襦记》)、《拔眉》(《鸾钗记》)、《奏本》(《精忠传》)、《楚歌》(《千金记》)、《破阵》(《昊天塔》)、《扬兵》(《麒麟阁》)、《醉隶》(《红梨记》)、《打差》(《万里缘》)、《别李》(《寻亲记》)、《骂曹》(《三国志》)、《醉易》(《鸣凤记》)、《吟诗》(《彩毫记》)、《算命》(《红梅记》)、《请医》(《幽闺记》)、《阳告》(《焚香记》)、《冥追》(《长生殿》)、《赐盒》(《长生殿》)、《拜香》(《盘陀山》)、《草相》(《鲛绡记》)、《花婆》(《红梨记》)、《交印》(《精忠传》。宗泽病甚,交印与岳飞,大呼渡河,呕血死)、《演官》(《人兽关》)、《梦怕》(《狮吼记》。即《跪池》)、《醉归》(《占花魁》。亦名《受吐》)、《十面》(《千金记》。九里山十面埋伏阵,韩信用以困楚霸王。魏豹督阵,感旧恩纵之,被信斩)、《八阳》(《千钟禄》)、《击鼓》(《永团圆》),《撞钟》(《铁冠图》)、《题曲》(《疗妒羹》)、《弹词》(《长生殿》)、《书馆》(《琵琶记》)、《学堂》(《牡丹亭》)、《仲子》(《东郭记》)、《番儿》(《邯郸梦》。即《西谍》)、《称庆》(《琵琶记》)、《舍财》(《一文钱》。一名《济贫》,俗云《老驮少》)、《密告》(《乾坤啸》)、《私奔》(《吟风阁》。红拂事)、《进美》(《浣纱记》。西施事)、《思凡》(《孽海记》)、《上路》(《荆钗记》)、《下山》(《儿孙福》)、《走雪》(《葛衣记》)、《觅花》(《金雀记》)、《踏伞》(《幽闺记》)、《捆鞋》(《双官诰》)、《照镜》(《望湖亭》)、《舞盘》(《长生殿》)、《思饭》(《金锁记》。张驴儿羊肚汤事)、《拾柴》(《彩楼记》)、《击犬》(《双红记》。崔生、红绡事)、《闹鸡》(《白兔记》)、《看谷》(《跃鲤记》)、《翳桑》(《八义记》)、《告雁》(《牧羊记》。苏武事)、《嘱鹞》(《风筝误》)、《赏石》(《雪中人》。海盐查伊璜与吴六奇事)、《品花》(《占花魁》)、《打虎》(《义侠记》)、《赶蛇》(《白兔记》)、《议剑》(《连环记》。曹操、董卓事)、《对刀》(《铁冠图》)、《赠马》(《西楼记》)、《牧羊》(《牧羊记》)、《起布》(《连环记》)、《分纱》(《浣纱记》)、《毁扇》(《蝴蝶梦》)、《别巾》(《玉带记》。施槃白首穷经榜前别巾，后大魁事)、《折柳》(《紫钗记》)、《采莲》(《浣纱记》)、《报喜》(《儿孙福》)、《召登》(《百顺记》)、《蜓赋》(《金印记》)、《笏圆》(《满床笏》)。

作者是用对偶的方法来排列折名的，可能因此而有些改字，影响了准确性，但绝大多数还是当时的原样。戏班中大抵备有一种戏折子，演出前呈交主人、客人点戏，折子戏名大抵都只有两个字，另于下侧注明原剧名目。《红楼梦》里对此曾经有过描写，有的折名也见于集中。全书共收传奇杂剧一百种，大约与《元人百种》的说法不无关系。虽然在这里作者并不限于元人，不过是一种戏曲的泛称而已。最受欢迎的是《长生殿》，共选入十折，依次是《荆钗》、《琵琶》等。名作如《西厢记》只选入两折，汤显祖的《牡丹亭》也只选入三折。

《鸣凤记》与《铁冠图》都是时代很近的历史剧，在创作的当时则是“现代剧”，也得到重视，可见当时的剧场风气，也还是欢迎反映时代现实的作品的。《十五贯》、《党人碑》、《一捧雪》、《千钟禄》等也以同样的原因而流传于舞台之上，与传统的古典名作并存。奇怪的是《桃花扇》不见著录，其实这才是最有现实意义的大胆写实之作，在康熙一朝也曾是盛极一时的剧目。只因在政治上遭到疑忌，才一下子绝响歌坛了。这原因是可以理解的。著录的最新作品有《吟风阁》，自然也有些今天已无传本的剧作，它们散佚的最重要原因恐怕也是自然的淘汰。《骂曹》一折的出处，并非徐渭的《四声猿》，而是名为《三国志》的本子，可见在清代中叶已经出现包含许多散折的《三国》戏了。而《花荡》（即《芦花荡》），又出于《西川图》，同样也是搬演《三国》故事的。

粗略地估计，这些曲目至今仍能在舞台上见到的差不多有五十种，将近全数之半。有些仍活跃在昆剧舞台上，如《题曲》、《芦林》、《送京》（即《宋太祖千里送京娘》）、《山亭》（即《醉打山门》）、《认子》、《见都》、《起布》、《吟诗》（即《太白醉写》）、《埋玉》、《吃茶》、《离魂》、《见娘》、《八阳》、《醉隶》（即《醉皂》）等，又约及其半。有些是活在不同的地方戏曲中的，如《秋江》、《五台》（《会兄》）、《阳告》、《踏伞》、《议剑》等都是川剧中的优秀传统剧目。转入京剧舞台上的就更多了，《学堂》（即《闹学》）、

《思凡》、《北饯》（即《沙桥饯别》）、《杀山》（《翠屏山》）、《审头》（《一捧雪》）、《刺汤》、《拷红》、《楚歌》（由《千金记》而来的《别姬》）、《水漫》、《破阵》（《大破天门阵》）、《骂曹》、《火判》、《嫁妹》等就都是的。从这里又可以看出传统戏剧舞台上横向联系，吸收、融化的生动景象。凡此种种，都是中国戏曲史的研究者会感到兴趣并能从中得到启发的。

作者写了一百六十首诗，都是赋得体的五言八韵。论思想、论文字都没有什么可看，现在选录一首《题曲》，聊见一般，可能也是最好的一首了：

> 一卷临川本，挑灯费苦思。低回才子笔，想象丽娘姿。有愿怀莲蒂，无缘托柳枝。夜深肠欲断，窗外雨丝丝。

《锦瑟》

从小就喜欢李义山的诗，可是到今天也不能说真的读懂了李义山的诗。这是一个很大的矛盾。没有真正读懂而说喜欢不喜欢，岂不是像点了破句的人议论古人文字一样的可笑么？《锦瑟》是李义山集开卷的第一篇诗，也是历来认为他的代表作的：

> 锦瑟无端五十弦，一弦一柱思华年。庄生晓梦迷蝴蝶，望帝春心托杜鹃。沧海月明珠有泪，蓝田日暖玉生烟。此情可待成追忆，只是当时已惘然。

从来论义山诗的，都重视《锦瑟》。差不多每个读者都有他自己的理解，如果把诸家异说聚集在一起，差不多可以成为一本小册子。元遗山《论诗绝句》说："望帝春心托杜鹃，佳人锦瑟怨华年。诗家总爱西昆好，独恨无人作郑笺。"这首诗是专为义山诗而作的，特别选出《锦瑟》诗来作代表，是值得注意的。恐怕不只是因为历来流传的义山集都将此诗列为开卷之作的关系。元遗山也坦率地说出他希望有人出来为义山诗做一部理想的笺注，也就是间接地承认了义山诗的难懂。王渔洋也有《论诗绝句》，中有“一篇锦瑟解人难”的句子，他还特别推崇了明末一位道源和尚为义山诗所作的注解。这部诗注没有流传下来，但已大部保留在朱鹤龄的注中，朱是曾经看到过原本的。看来其主要成就是在古典的注解方面，至于“笺”的部分，并不能对读者有太大的帮助。也就是说，即使找到了义山诗中使用繁复的典实，还是不能真正了解作者的作意，也就是说还是不能真正说是懂。诗论家中也有坦率地声明读不懂这篇诗并从而加以痛斥的，可以举清人黄子云的《野鸿诗的》为代表：

> 诗固有引类以自喻者，物与我自有相通之义。若“锦瑟无端五十弦，一弦一柱思华年”，物我均无是理。“庄生晓梦”四语更不知何所指。必当日獭祭之时，偶因属对工丽，遂强题之曰《锦瑟》。原其意亦不自解，而反弁之卷首者，欲以欺后世之人，我之篇章兴寄未曷量度也。子瞻亦堕其术中，犹斤斤解之以适怨清和，惑矣。

黄子云的态度是明朗的，他承认不懂就是不懂。不过他所推测义山的作意却不大有说服力。这真是一种可悲的误会。至于“适怨清和”的说法，最先见于宋人的《许彦周诗话》，说诗中的两联四句，就代表了这四种乐曲的境界。据说这是赵推官深的解释，并不说是苏轼的话（后始见于《缃素杂记》)。《诗话》又引《古今乐志》:“锦瑟之为器也，其柱如其弦数。”这也是不可理解的，难道不就一直是一弦二柱的么?只是瑟的弦柱问题，就出现了纷纭的说法，诸家注多引《汉书·郊祀志》:“泰帝使素女鼓五十弦瑟，悲，帝禁不止，故破其瑟为二十五弦。”有的注家就说五十弦断为二十五弦，这就说的是“断弦”的意思，而“断弦”后来是特指丧妻而言的，但说不清李义山的时代，是否已经出现过这样说法。这是悼亡说的发端，还引申出女方死时为二十五岁，还说五十弦、五十柱合起来是一百，这象征的是百岁偕老。这都是想入非非的臆说，是连考证的条件都够不上的。

悼亡说是清初诸家比较一致的看法。这里所引华亭姚廷谦《李义山七律会意》的解释，说得比较简净:

> 此为义山悼亡之作。托锦瑟起兴。瑟本五十弦，古人破之为二十五弦，是瑟已破矣。今曰无端五十弦，犹已破之镜，而想未破时之团圆。一弦一柱，历历都在心头，正七句之所谓追忆也。次联蝴蝶杜鹃，乃已破后之幻想。中联明珠暖玉，乃未破时之精神。结联又进一层意，言当未破之时，而已愁到已破之后。盖人生奇福，常恐消受不得也。

钱锺书《谈艺录》引施国祁《遗山诗注》引厉鹗的说法，也以为是“悼亡之作。锦瑟五十弦，剖为二十五，是即其人生世之年。今则如庄生之蝶，望帝之鹃，已化为异物矣。

然其珠光玉润，容华出众，有令人追忆不能忘者。在当日已惘然知尤物之不能久存，不待追忆而始然也”。和姚说大体相近。

樊榭的说法也是“简快”的。此外朱彝尊、何焯等也都曾对此诗作悼亡的理解。朱鹤龄提出，义山别有悼亡诗《房中曲》，中有“归来已不见，锦瑟长于人”句，说与《锦瑟》诗“寓意略同”。这是义山诗中的“内证”，是悼亡说最有力的论据。不过义山诗中还有几处用了“锦瑟”字样，却用意各有不同，是不能一一拿来与此诗类比的。还有一种说法拿庄子鼓盆的故事与梦蝶牵合，用以证明是悼亡诗，做的更是拙劣的截搭题了。

叶葱奇《李商隐诗集疏注》论《锦瑟》诗，提出这“分明是一篇客中思家之作”。他说此诗与《夜雨寄北》是同一年的作品，取意亦相同，说“无端五十弦”是无由聚合之意，说月明而珠生是指商隐得子衮师而言。结论是“细味通篇，纯然交织着离情归思，何尝有丝毫悲痛哀悼的意味”。这是一种新颖的说法，不过说服力并不是很强的。

王汝弼、聂石樵《玉谿生诗醇》则比较同意何焯的说法：“此乃自伤之词，骚人所谓美人迟暮也。”而又加以引申，指出诗的“主线是在自悲怀才不遇的凄凉身世”。又在义山诗中找出了“堪叹故君成杜宇”的内证，对“望帝春心托杜鹃”句做了如下的解释：

“春心”二字写的是他自己，“望帝”化为“杜鹃”

则影射的是客观现实，实际指的是武宗死亡。由于武宗死亡，而作者“欲回天地”的豪言壮语，成为徒“托”的空言了。

此外，对“沧海月明”一联的“出处”，引《困学纪闻》：

> 司空表圣（图）云：“戴容州（叔伦）谓诗家之景，如蓝田日暖，良玉生烟，可望而不可置于眉睫之前也。”李义山“玉生烟”之句盖本于此。

义山诗全袭司空图语，说明作者是在论诗，论自己的诗。但如说这是“抒发诗人既不见用于时，不得已而求其次，别图以辞章名世的坚强意志”，则似乎求之过深，反而显得有些牵强了。

还有一种说法，就是义山的《锦瑟》自题其诗以开集首，见于王应奎《柳南随笔》：

> 何义门以为此义山自题其诗以开集首者。首联云云，言平时述作，遽以成集，而一言一诺俱是追忆生平也。次联云云，言集中诸诗，或自伤其出处，或托讽于君亲；盖作诗之旨趣，尽于此也。中联云云，言清词丽句，珠辉玉润，而语多激映，又有根柢，则又自明其匠巧也。末联云云，言诗之所陈，虽不堪追忆，庶几后之读者，

知其人而论其世，犹可得其大凡耳。

钱锺书先生深喜此说，以为“殊有见”，在《谈艺录》中有详细的阐说。何义门本来以此说新而可喜，但后来又说《义山集》出于后人掇拾，并非自定，又加以否定。旧传《义山集》三卷有宋本，现在不传了，但明清以来的旧抄、旧刻尚有据宋本覆刊的，如汲古阁毛氏所刻义山集，即是翻宋本，《锦瑟》即列于卷首。这个宋本虽然不能肯定是作者的自订本，但其编集的方法决非胡乱掇拾，而是有一定的传承根据的。历来编集，大致不外有编年、分体种种方式。《义山集》并不如是。而特以《锦瑟》一诗刊于集首，如非别有用意，是很难加以解释的。《谈艺录》说此诗，据程说而加详，辨析入微，不失为一种较为合理的解说。

说《锦瑟》诸家，虽然异说纷纭，但大体上都脱不开自叙自伤的大格局。这是无法否定的事实。我看这就是一种一致的倾向。自叙生平，离不开作品，那么这正是作者的“自叙”了，用以开集，实在是非常合理的。如加以缩小、加以指实，以为是悼亡或念远，就不免缩小了作品的意义了。

关于《锦瑟》的笺解，可以说是纷纭极也热闹极了。能不能真正懂得义山诗，看来也不是容易的事。李义山可以说是中国古代最大的朦胧诗人，他并不是在字句里、选词摛藻中使读者不解，其迷离惝恍处只在作意。这样，因读者的感受各有不同而产生不同的效果，原来也是正常的事。唯一的方法只能是用自己的感受深入地贴近诗篇本身，不为瑰奇的词采所眩惑，以致走向岔路上去。正如一座七宝楼台，游人随便从哪个角度看去，都能得到自己的感受与认识。这样所得的印象，可能是不完整的，但不会是谬误的。

1988年3月16日

补记

《选玉谿生诗补说》，清姜炳璋撰。南开大学出版社出版。其评《锦瑟》，也是主张“自叙说”的：

> 此义山行年五十，而以锦瑟自况也。和雅中存，文章外著，故取锦瑟。瑟五十弦，一弦一柱而思华年，盖无端已五十岁矣。此五十年中，其乐也，如庄生之梦为蝴蝶，而极其乐也；其哀也，如望帝之化为杜鹃，而极其哀也。哀乐之情，发之于诗，往往以艳冶之辞，寓凄绝之意，正如珠生沧海，一珠一泪，暗投于世，谁见知者？然而光气腾上，自不可掩。又如蓝田产玉，必有发越之气。《记》所谓精神见于山川是也，则望气者亦或相赏于形声之外矣。四句一气旋折，莫可端倪。末二，言诗之所见，皆吾情之所钟，不历历堪忆乎？然在当时，用情而不知情之何以如此深，作诗而不知思之何以如此苦，有惘然相忘于语言文字之外者，又岂能追忆耶？盖心华结撰，工巧天成，不假一毫凑泊。此义山之自评其

诗，故以此为全集之冠也。

黄氏指出，《锦瑟》是义山自评其诗之作，对中两联的解释可备一说，也是可以说得通的。黄氏原书稿本已佚，此系从旁人过录于《义山集》书眉批语中辑出者，弥可珍矣。

晚读书记

最近又找回了一些旧书。连日来整理、翻看，往往要弄到夜深，打破了一直早睡的老习惯。这堆破烂书里并无一本“善本”，奇零残破，绝大多数是小册子。但在我却产生了多年离散后老朋友重逢的欢喜。其中还有在中学时最早买到的书，随我转徙南北，几经乱离，居然重新又回到自己手中，真是“相逢如梦寐”。旧书还是老样子，至多也不过添加了些蛀孔、水痕，但我自己，却已由一名中学生变得两鬓萧疏，这是不能不使人感慨的。翻看着当年手写幼稚的题跋、印记，一下子就又重新回到了少年时代……

说起写题跋和盖印章，这也是我的一种老习惯了。买到一种书后，第一件要做的事就是在卷尾、书前写几个字，并盖上印记去。这并不是值得赞赏的好习惯，不料却显示了意想不到的好效果。没有它，这些破书是一本也找不回来的。

旧书到底是旧书，在这里面找不到多少有趣的东西。但却自有其历史文献价值。孙殿起的《贩书偶记》是被公认为有如《清史·艺文志》那样的资料书的，正、续两编收集的内容也确很丰富。它比《艺文志》之类更可贵的是，凡所著录都是根据了实物，而非仅只转引传状之类的第二手材料，因而也更可信赖。不过它到底只是个人见闻的积累，还是有很大的局限性。在这次找回的旧书中，几乎十之八九都是《偶记》所未收的。可能因为作者久居北京，不易看到南方各地的出版物。总之，清一代的著作数量，恐怕要比《偶记》所收要多出十倍左右也不止。这样，一部根据现存实物，广泛收集编定的《清人著述总目》将是迫切而重要的著作了。

对待旧书，似乎也应采取一种实事求是的态度，不能要求过高，求全责备，这是不现实的。只要其中有一二故实、见解，有可取之处或值得参考的地方，就应该加以注意、“利用”。如采取这种开明态度，许多书都可发挥作用。这中间自然也包括了“反面教材”的利用与借鉴。“鉴”的原义是镜子，在镜子里可以看到美的也有丑的形象，两者都有重要的参考价值。

《大唐三藏取经诗话》

罗振玉珂罗版影印巾箱本。这是曾经引起鲁迅与日本德富苏峰辩难的有名的书。还有一本《大唐三藏法师取经记》，也已由罗振玉影印，但开本较大，两种印制得都很精致。影印古书，可以有《古逸丛书》那样的大册，也不妨有《吉石盦丛书》这样的小册，大可不拘一格。但印刷的要求要高些。即如这《诗话》，原刻的风貌传达得就很好，“中瓦子张家印”的牌记和全书的刊刻体式都可以获得如实的了解。

争论的焦点在于书是宋刻还是元刻。《诗话》后附王国维和罗振玉两跋。王跋尤详，详考南宋临安坊市，并断言“此云‘中瓦子张家印’，盖即《梦粱录》之‘张官人经史子文籍铺’”。而藏书家的德富苏峰当然同意罗、王之说，一口咬定自己藏的是宋版，还讥笑鲁迅未见两书原版，不知究竟，因而闹出“元人著作的宋刻”的“笑话”。这就又牵涉到小说史上的问题了。

现在两书都已影印，我们即使未见原书，也可以从影印本中看出一些痕迹。鲁迅当年也是看到这两种影印本而作出论断的。鲁迅在《华盖集续编》中所提出的理由是有说服力的。照我看，“张家印”的“印”字最后一笔，确有南宋临安书棚本牌记的风格，但这也完全可能是写刻工人的一种习惯，并不因由宋入元而立即改变。书中的刻工刀法，草率板滞，已经不是棚本的风貌了。怀疑可能是元代坊本，不是没有理由的。王国维把“张家”坐实为“张官人……”也不免多少缺乏细密、审慎，谁能断定中瓦子没有同时开设着多于一家张姓的书铺？何况还有出售正经、正史与通俗读物的区别呢？

古砖及其他

《晋砖唱酬诗》一卷，嘉庆刻本。二十七叶，前有抚刻砖文八枚两叶。首胡虔序，以下谢启昆、阮元、张曾谊、张映玑、秦瀛、谢振定、侯凤苞、钱泳、王廉、王聘珍、潘相、张宝镕、侯烈、周春、冯应榴、李尧栋、张燕昌、沈德鸿、吴廷镛、许庆宗、袁钧、项墉、邵志纯、赵魏、杨秉初、顾式金、陈广宁、许元仲、继昌等古诗二十九篇，都有考证的内容。八砖于嘉庆丁巳（1797）于浙江藩署出土。

浙江文士有收集古砖的好尚。张燕昌在《金石契》中也收了许多古砖，冯登府有《浙江砖录》，收集更富。鲁迅的《俟堂专文杂集》则更是许多人都知道的。

像这一类的小册子往往刊印无多，流传遂少。但却反映了一种可以注意的社会风气。清代乾嘉之际，有许多以学者而兼贵官的名人，如阮芸台、朱竹君、毕秋帆、卢雅雨等，都喜欢招集一大批学人、名士聚集在自己身边。不但代作各种文字工作，还能撰作学术著作，由自己署名或领衔出版。这实在是一种一举数得的好办法，诗酒唱酬，流誉人间，得到怜才好士的名声，更是一种理所当然的额外收获。不过它对文化建设的推动也有很大的好处。我认为乾嘉学派的兴旺发达，与这些人物的倡导扶持是有很大关系的。通常我们把许多经师、学者都看作地主阶级的文士，这是不错的。但其中大量出身于下层地主阶级，生活贫苦，只能靠游学四方或依人作幕为生。他们有机会找到一个有地位、有学问的官僚知音，聚集在一起，探讨学问，诗文唱酬，就为大量学术艺文的产生提供了条件。这是应该看到的。早在康熙中，纳兰性德、曹寅等就开了风气，同时一些有钱的商人也闻风而起，如扬州的马曰璐兄弟，天津的水西庄查氏，就都是有名的文化名人。像厉鹗、陈撰、金农、陈章等一大批文士几乎终年住在他们家里，从事学术撰著和文艺创作。最后的代表人物可以举出刘翰怡和张石铭等。可以说有清一代的艺文，和这些人都有着肉骨相关的联系，其影响并不在清政府的文化政策之下。

也曾经有学者、作家注意到这些文士在“府主”帐下彼此的关系，融洽的和对立的关系，并加以探讨、研究，如柴德赓教授的研究章实斋与汪容甫，郁达夫的写黄仲则与洪稚存，这也并非无益的工作。因为这都是了解学派异同、诗文涵义必要的背景材料。

此外当然还有一种用处。如这《晋砖唱酬诗》所收的三十人作品，有的并无专集流传，有的虽有个人诗文结集可能也不收这类诗篇，或有改动异文。那就又可提供辑逸与校勘的依据了。

《小说字汇》

我一直不大买日本和高丽刻本书，但三十年前却偶然得到一册日本刻的《小说字汇》。巾箱本，宽政三年辛亥十一月皇都书林。风月庄左卫门出版，大坂书林称觥堂、赌春堂、嵩高堂发行。皮纸印，前有芦屋序、凡例（天明甲辰秋水园主人识）、《援引书目》、画引（即按笔画的索引）。全书列举从中国小说中择出的词语，用日文加以解释。

天明甲辰是乾隆四十九年（1784），凡例撰成后七年宽政辛亥（1791）出版。年号虽然陌生但干支却是一样，这就引起了非常亲切的感觉。我买这书的用意有二，一是看中了那一份小说书目；其次则是想从选出的词汇中找出一些中国古俗语，还可能为写不出的字眼找到一些依据。不懂日文，解释对我是无用的。但对研究古语的学者却有参考意义。早在整整二百年前，日本朋友就已经对我国的俗文学进行了这样的学术研究。这要比我国同类研究著作的出世要早一百多年，不能不使人感谢、惭愧。

《援引书目》共收书一百六十种。其中有许多名目是闻所未闻的。秋水园主人不知道是怎样人，他大概是一位对中国小说有浓厚兴趣的藏书家或编著家，他大概努力搜求了尽可能完整的样书。从这《字汇》的得以雕版发行，可见社会需要也是很大的，反映了当时在日本中国小说读者的众多。这都是中日文化交流史上值得注意的美好篇章。

《书目》中有些其实并不是小说，如《春渚纪闻》、《两山墨谈》、《孤树裒谈》（一种明代史料的摘录）、《俗语难字》等，但为数很少。一些著名的小说，如《三国》、《西游记》、《金瓶梅》都应有尽有，现在将在我孤陋的见闻之外的书名摘录一些在这里：

《杜骗新书》、《珍珠舶》、《百家公案》、《古今言》、《点玉音》、《寒肠冷》、《水晶灯》、《梧桐影》、《云仙笑》、《归梦莲》、《炎冷岸》、《玉楼春》、《五金鱼传》、《春灯闹》、《锦带文》、《南北宋则》、《金陵百媚》、《八洞天》、《幻缘奇遇》、《三教开迷》、《巧联珠》、《一百笑》、《美人镜》、《赛红丝》、《双剑雪》、《风流悟》、《遍地金》、《荔枝奇逢》、《利奇橼》、《惊梦啼》、《混唐平西录》、《混唐后传》、《女开科传》、《东度记》、《鸳鸯针》、《醒名花》。

还有一些，在马隅卿、孙子书的书目中好像看到过，就不再引。还有一点值得注意，《书目》中已经有了《聊斋志异》，但没有《红楼梦》，那自然是因为曹雪芹的书刚刚在传抄，活字本也刚刚排印的缘故。

《阿芙蓉谱》

1956年在成都，蹓书店的收获很少，只买得一些大板精刻精印的《费氏遗书》之类的新书，旧本一部也不曾遇见。但也得到了几本不见经传的小册子。一种是旧抄本《寻芳漫述》。我先已有此书的清初巾箱刻本，是一种用古文写成的小说。这两册书抄去以后至今没有找回。另外一种这次倒回来了，名《阿芙蓉谱》，一起只有九叶。属"何许人纂辑，莫非我校订"。看版刻大抵是道咸之间的刻本。

过去记载草木、虫鱼、游艺、饮馔一类的书虽不太多，但如《香乘》、《烟草谱》之类多少还有一些。但谈到鸦片烟的却只知道有李圭的《鸦片事略》一种。这《阿芙蓉谱》则是仅见的第二部，而且是用正面欣赏的态度编写的，所以觉得更是难得。作者大约是一位深得此中趣味的瘾君子，不过胆子还嫌太小，不敢以真名问世，只用"何许人"这样的笔名蒙混着。不过见解则并不吞吞吐吐，这是难得的。

前面有一篇作者自序，最后一行是"本朝太平年团圆月晴明日无事时何许人志于天覆地载之庐"。看这话头，作者是一个不折不扣的寄生虫无疑了。他一开头就发牢骚："茶有经，食有单，琴棋书画莫不有谱，独阿芙蓉胶嗜之者多，品题者少，其故何也！”接下去就进一步分析，原因大抵在于禁令和吸烟有害的宣传。他以为，有害的东西不只鸦片，酒色财气都有害，但人们都安之若素；衣食二字更是大害：“吾见冻馁而死者矣，吾未见发瘾而死者也。”何况“烟实有益于人，疗病消愁，……”幸亏“迹因嗜者益众，圣天子曲体人情，弛其禁而榷其税，名之曰药”。所以才来撰这部谱，但“毋许无福者观之”！

这真可以算得是一篇上等论文。地主阶级的内心世界、精神状态暴露得淋漓尽致了。世界上最困难的工作莫如将歪理说成正道，如将侵略说成正义行动，将战争贩子打扮为和平之神之类，就连高手也会感到束手无策，颠三倒四、语无伦次是常见的。像这篇序文说得如此头头是道、振振有词，实在极不容易。可惜我们无法得知这才子的姓名。

全书分《四十四别名》、《论土》、《论枪》、《论斗》、《论器具》、《十二益》、《十二忌》、《十六品》等章。其中还有许多妙语。如“帐子”名“不夜城”、“烟缸”名“弥勒佛”、“烟枪”为“留客住”、“烟灰”为“返魂香”、“灰胶”为“金不换”之类。《论土》一章颇有史料价值：“烟土最上者为贡土，状如西瓜，俗名‘人头土’，亦曰‘大土’，每件重五十两，出西洋各国。其次为广土，状如马蹄，故名曰‘马蹄土’，又曰‘小土’，每包四五件，重五十两，出广东。其余云贵川陕江浙等省出土甚多，名色不一，未及备载。”《论枪》则以建蔗为上，以崖竹为贵。《十二益》中最有趣的是“迟眠可以备宵小”，“好色子弟可以节欲寡欲多男即以种子”两条。《十六品》分列“仙品”、“豪品”、“福品”、“高品”等名色，仿《诗品》的形式，写法则近于《嫖经》（即《青楼韵语》）。总之，不是行家里手，是写不出来的。

《菊部群芳》

同治十一年（1872）抄本。抄手甚工。红格，板心有“松竹斋”三字。卷中有旧人墨笔批注。目录分列地名，下列班名。计猪毛胡同、朱家胡同、羊毛胡同、石头胡同、百顺胡同、陕西巷、大外廊营、韩家潭、李铁拐斜街、樱桃斜街、小安南营、大安南营、宝吉巷等十三目，列班社六十三。

人名下记小传，次记剧目及角色。首列“北春馥主人郑秀兰”。兹引“绮春主人时小福”一叶为例：

> 正名庆，小字阿庆，号琴香，别号赞卿，苏州人。年二十六岁，九月初九日生。唱旦，兼昆乱，善饮奕。出“春馥”。本师清馥徐阿福。
>
> 《挑做》（潘金莲）、《折柳》（霍小玉）、《小宴》（杨贵妃）、《教子》（王春娥）、《戏妻》（罗敷）、《回龙阁》（王宝川一代禅公主）、《彩楼配》、（又）《击掌》、（又）《探窑》、（又）《跑坡》、（又）《牧羊圈》（赵景棠）、《斩子》（穆桂英）、《宇宙峰》（赵小姐）、《三堂会审》（玉堂春）、《打金枝》（公主、正官）、《金水桥》（银瓶公主、西官）、《探母》（四夫人）、《祭江》（孙夫人）、《汾河湾》（柳金花）、《二进官》（李彦妃）、《虹

霓关》（丫鬟）。

据所记时小福的年龄，及《道咸以来梨园系年小录》记时小福生于道光二十六年（1846），又复查其他数人生年及现年推算，知此书写定在同治十一年。这是有绝对写成时期而又较为翔实的同治中北京戏剧史料。

书中所记尚有：

> 蕙兰，姓乔，号纫仙，冀州人，己未生，年十三，小字桂祺。（佩春）部，同唱昆旦，能书，春季出台。

一条。乔是梅兰芳曾向之学习昆曲的先生。所演剧目有《花鼓》（婆子），《折柳》（霍小玉），《琵琶行》（花秀红），《盗绡》（红绡），《挑做》（潘金莲），《说亲回话》（田氏）等。

> 保身主人刘赶三，号宝山，本京人。年□□岁。隶四喜部。（剧目十九折，略）
>
> 维新主人钱金福，号□□，苏州人。年□□岁。前唱□□，瑞春钱阿四之胞兄。
>
> 李铁拐斜街
>
> 景龢主人梅巧玲，正名芳，号慧仙，又号雪芬，苏州人。原籍泰州。壬寅八月二十一日生。隶四喜部，唱旦。兼昆乱，精鉴金石、隶书。出醇和，本师福盛。名生陈金爵之婿。

《刺虎》(费官娥)、《絮阁》(杨贵妃)、《小宴》、《寻梦》(杜丽娘)、《剔目》(李亚仙)、《双铃记》(赵玉)、《定情赐盒》(杨贵妃)、《万事足》(邱夫人)、《红楼梦》(史湘云)、《雪中人》(夫人)、《黄河阵》。

这些记载是很可贵的。有些事情连梅畹华恐怕都不太清楚。梅巧玲主要演出的是昆曲，可是还演过赵玉，这是不易想象的。《红楼梦》应该是他的新编戏，以史湘云为主，可谓别具手眼。这在《红楼梦》研究中也是一条新消息。看旧跋，此书于1948年顷在苏州护龙街旧肆买得，阁置书丛，久不发视，也没有拿给畹华先生看，真是非常遗憾的事。又记得陈墨香在一篇文章中曾谈到《菊部群英》，有一字之差，恐怕并非一书。此书的旧主人曾有许多批注，并在一些演员名侧加上了许多圈，想来应是他所激赏的人物。上面引的几个人，却连一个圈也没有得到。也许如钱金福、乔慧兰等还都出台不久，所以未曾引起注意吧。

陈圆圆

《蓝尾轩诗稿》四卷，大约是道光刻本。昆明王毓麟匏生撰，前后无序跋，不能知道作者的生平身世。所与来往者也没有什么“知名人士”。只知道他曾到过一次北京，大概是去投考，没有考中。作者的诗写得也平常，只有一种特色，是写了不少昆明和云南各地的风景古迹。

一九五六年旅行到昆明，曾买到一些这类当地人的诗文集，都是用云南皮纸印的，雕版也有地方特色。可惜后来大半失掉了。这样的书藏书家大抵是不肯买的，但我以为也并非毫无可取。站在地方艺文的角度上看，其实都是应该收集的。即如此集卷三就有《城北安阜园故址寻陈圆圆墓不得》一诗：

> 北城安阜旧行宫，太息繁华一梦中。古冢夜深狐拜月，荒林日落鸟呼风。草埋废堵芊眠碧，血染春花寂寞红。绝代艳魂应饮恨，玉鱼销蚀墓田空。

诗写得不好，但可以使我们知道，陈圆圆到了昆明，死在昆明。这是一百多年来当地人都知道和相信的事实。

《沧桑艳》二卷，丹徒丁传靖阍公填词。光绪豹隐庐刻，朱印本。这是以陈圆圆为主角的传奇。作者是想仿照《桃花扇》的前例，想写理想的史剧，力求做到无一事无来历的。因而在书前刻了一卷《陈圆圆事辑》，但又说："传奇院本，非以考古，阅者勿议其暗于地势也。"这是针对陆云士《圆圆传》内容的讨论而发的。总之，在两种关于历史剧创作方法的论争中，这书也不妨作为一种主张的实践例证看待的。

作者在《事辑》中首列《明史·流贼传》和《资治通鉴纲目三编》的两条有关记载，其次陆云士、钮玉樵两传，其下即自撰的《圆圆传辑补》。比起李根源的《事辑》来，内容单薄得多了。但也有一二故实为我前作《陈圆圆》一文时所未见，摘记如下：

（圆圆）父业惊闺，俗呼曰“陈货郎”，常州金牛镇人。（朱康寿《抱膝庐笔乘》引《常州府志》）

为吴下女伶。（毛西河《后鉴录》谓系金陵倡，与诸说小异）

毛西河《后鉴录》谓田死，吴以他姬易得之，与此异。

三桂偶问圆圆宗没吵鄗，以陈玉汝对。乃使人以千金招致。玉汝笑曰：“我前明老孝廉，岂能为人宠姬作叔父耶？”谢弟弗。得陈货郎，三桂觞之曲房。持玉杯，战栗坠地。圆圆内惭，乃厚赠之以归。（《武阳县志摭遗》）

后为正妃所妒，辞宫入道。（《艮斋杂说》）

道光中，阮公子赐卿曾亲至圆圆墓上，访求遗事，作《后圆圆曲》。（《颐道堂诗注》）

四印斋藏圆圆小像三幅。一明珰翠羽，一六珈象服，一缁衣练裙。名人题咏甚夥。（见近人笔记）

木居士《愤言》云，陈圆父邢三，生圆时群雉集屋，因呼为野鸡。母姨陈，俗所谓卖瘦马者，母没，依之，遂陈姓。归三桂后，贼将掠献闯，使侍崇祯太子。闯败，归太子及圆。三桂怒为太子侍，罢五月朔迎立义兴之议。此太子自言之。后见王永章《天崩地坼记》。信然，一朝兴废，实系此雉。（按此谓三桂以圆圆曾侍太子，遂罢迎立之议。他书未见此说。当是明季遗民，痛明之亡，故为是语，以甚延陵之罪，殆非事实，附存一说，以备参考。）

以下还有《新义录》引《天香阁随笔》一条，又说近时江阴定峰沙氏有新出《圆圆记》一篇。种种异说的出现说明当时这是一件流传极广的新闻，站在各自不同立场上的人们都根据自己的政治观点加以转述并进行修改润饰。三百年前的陈圆圆事件实在是说明这种社会现象的一个绝好的特例。

《三州诗钞》

《秋塍三州诗钞》四卷，会稽鲁曾煜启人撰，乾隆刻本。三十年前在杭州买得。那次借住在盖叫天先生金沙港的寓中。夜间枕上翻读一过，有几首诗曾引起了我的兴趣，那是收在卷三中的《桃花扇传奇订误五首》。清初人诗文集中说到《桃花扇》的很不少，曾煜是乾隆中人，距离剧本写成已很远了，所以对了解创作背景、作者思想……没有什么帮助，但他也不是泛泛而谈，是站在戏剧评论家的立场上发言的。

才子声名魁复社，翰林风月冠吴趋。闲来旧院翻新曲，同听歌喉小串珠。（侯朝宗访李香，与张天如偕往。今《桃花扇》误杨龙友）

奄儿心事费招要，岂有调停仗阿娇。公子自藏金跳脱，将军莫进董妖娆。（阮大铖赠奁，有王将军者为之缓颊。今《桃花扇》亦误杨龙友）

憔悴深宫读曲时，李香不学李师师。无愁天子难消

受，京兆田郎枉见疑。（田仰买李香为妾，香不往。仰遗书责朝宗，无李贞丽代嫁事）

尚书甲第已沧桑，屈子离骚四负堂。只有佳人难再得，更无弓剑忆君王。（朝宗归归德，应顺治二年乙酉科乡试。无《桃花扇》后半事）

春色年年事可哀，烟花南部闭青苔。早知续命无长缕，悔不当初入道来。（朝宗早夭，无入道事）

当时我曾在书眉写了两句意见："此真学究之见，不知场上事者。"

今天重读这五首诗，可以看出作者对李香君、侯方域、福王的爱憎还是分明的，意见也并不错。问题只在于他混淆了历史与戏剧的界限，以为这两者可以出现在一个统一体中，不发生任何困难，这都只能是天真的梦想。我们不必过分责怪两百年前的诗人，同样的问题不是直到今天也还没有争论清楚么？在《桃花扇》中，孔尚任给杨龙友添加上过分的负担，很重要的原因是由于剧作家的不得已。试想如使张溥、王将军、田仰等一一登场，戏文可就杂沓吧嗦得不成样子了。他只好让杨龙友出来在许多场合作替身。杨龙友的为人行事，原也具有相近的素质，这怪不得作者。可能有时笔写得滑了，颇有把这位杨老爷刻画得过于不堪的地方。

历史剧应该基本上忠实于历史。也就是说，重要的史实是不可违反的，对小节却可不必作琐细的吹求。也许这个原则是可能得到多数人同意的。但这又与《桃花扇》后半的具体处理发生了矛盾，想圆满地解决这个疑难是比较困难的。我想这是孔尚任在构思时为了维护他心目中至关重要的主题而勇敢地做出的取舍。在作者看来，李香君是无可指摘的正面人物；侯方域是“四公子”之一，是清流的代表，又是个晚节有亏的软骨头。如果按照历史真实描写，全部戏剧结构必将垮台，作者意图歌颂的主题也将随之毁灭，这是千万做不得的。没有办法，为了维护主题的完整，还是只好忍痛牺牲了历史真实。“入道”原是中国文学史上常见的处理手法，其作用与“大团圆”无异，只是有喜剧性与悲剧性的区别。《长恨歌》中杨贵妃入道，《红楼梦》里宝玉出家。在文学概念中出家、入道与死亡的差别是微小的，但造成的意境却不同。

我想，历史学者、科学家都不宜于兼作文学评论家，除非他们也有通达明净的文艺欣赏修养。否则，文学家遇见科学家就只有一败涂地。

《女英传》

《女英传》四卷，题“清风室主编”。同治十年（1874）五月清风室主序刻本。这书也颇稀见，“清风室主”也说不清是谁的别号。查《室名别号索引》，清海宁钱保塘与清南海叶应铨两位都有“清风室”，但也说不清作者是否即是二者之一。

这是一本“女英雄”的传记汇编，其中有历史人物也有传说人物，四卷共收一百余人。材料都是从史传、方志以及笔记小说中辑录的，只录旧文，并无考证。编者的意图写在序中：

> 余客京师，先后七八年。京师梨园之盛，为南方所不及。暇日酒酣耳热，时与友人一往观焉。尝中坐哑然而笑曰，甚矣，人之好色也。好之不已，至并优伶登场，饰为好女子者，而亦好之。又好观其与男子战斗，必胜之而后喜。于是取传奇小说所载诸鄙陋诡诞之事，加附会焉。演之以实其事。观者目眩口呿，惊叹喜悦，虽有奸诈百出，绝灭伦理者，亦嬉笑视之，不以为异。然不悟其事大半皆无有也。夫为此者，不过欲极状妇女之雄猛胜于男子，以餍夸者之意耳。

原来作者编这四卷书的动机，是由看戏引起的。虽然他将观众心理笼统称之为“好色”，不免沾染了传统封建道德臭味，因而并不准确；但他到底看出了观众对女性的同情，一定要看到男子在异性手下战败才高兴这一点，却是很敏锐深刻的意见。当时坐在戏院里的观众，几乎全部是男人，这种心理分析就更有分量。这种对受了几千年沉重压迫的女性的同情，无疑正是对正统封建道德的不自觉的抗议。作者从这一点出发，想对剧场的现状加以改造，但不可避免地也陷入了混淆历史真实与艺术真实的困惑。他虽然想“取古今实事，存其姓名，稍加文饰，以悦耳目，务使不失其真”，当然这是不可能做到的。他虽然极力反对“齐东野人之语”，但还是采取了唐人小说、《太平广记》，以至《寄园寄所寄》、《俞楼杂纂》一类书的材料。但编者的胸襟还是比较阔大的，不但“其流为盗贼者，则附于后”，而且对少数兄弟民族中女性英雄豪杰更给了相当的篇幅，他所提供的杨娥、陈硕真、沙定洲妻万氏、唐赛儿等人的遗事，用封建道德标准衡量，都不是应予正面表彰的人物。个别的题材是直到四五十年后才第一次受到戏剧家的注意，但他却大胆地推荐了，这是难能可贵的。

序文的结末，可以看作一百一十三年前提出的戏剧改革建议，也是颇有价值的史料。

> 诚举吾说而推广之，取今世梨园所演故事，去其诡诞不经、绝灭伦理、奸盗猥亵、伤风害俗诸事，而存其事之近理者，益其无害于教而变化奇幻人所欲观者，不特可广异闻，亦以潜消其匪僻之心，动其向慕之意。吾观凡演忠孝节义之事，切近情理，犁然有当于人心，虽村农牧竖之愚，桀骜勇悍之夫，有叫笑欲绝者，有忽然不知涕之何从者。此其入人之深、感人之速，其胜于父兄之教、师长之训、官司教令、刑禁之力，相去远矣。知其有益如此，则反是而其损可知矣。是在司教化者加之意焉。

这是一百多年前一个封建知识分子提出的意见。他脑子里装着“忠孝节义”，看不起劳动人民，但却看出了戏曲宣传的极大的威力，远远超过了一切官长、父兄的说教，他还懂得潜移默化的道理，懂得没有艺术性也就没有了其他。这一切，今天读来，也仍然新鲜得很。

1957年春，上海传薪书店从硖石买到一批旧书。据说是从徐志摩的故家中流散出来的，看其中多有“徐蓉初”和“紫来阁”的印记，店员的话是可信的。海宁是浙江藏书家聚居之地，曾发现过不少古刻名抄，蒋生沐、寅昉兄弟的遗藏一直到解放后还时有发现。徐家的藏书几乎都是清刻，但都是稀见的本子，有许多是拜经楼吴氏、向山阁陈氏的旧物。这本《女英传》也是其中之一，但却只能被看作“下驷”了。

拙政园

《瘠斋诗馀》，海昌查元偁撰，道光刻本。元偁尚有《文存》一卷、《诗存》二卷，与此《诗馀》同刻，未见。

数十年前藏书家中有一种搜集清词的风气。徐乃昌、叶恭绰、林葆恒等都做过努力。积学斋刻了好几种词集丛书，叶玉虎的《全清词钞》最近也出版了，林葆恒则辑刻了《闽词征》，这就是他们搜集的部分成果。这批词集最后几乎大部都集中在林家。1955年前后林氏书散，流到书肆中的最先是一批清初刻的词总集和单刻词集，然后依时代先后陆续散出。这是一种必然的规律，也是这个专藏遭到分散流失不可避免的命运。我得到朋友介绍到林家去看书时，还剩下两橱残零的单本，都是书店挑剩下的，当然都是时代较近的不值钱的货色了。可惜没有办法全部留下，图书馆对此也没有兴趣，不久之后，就在书店里、地摊上陆续出现，很快地零散消失了。

最近遇见程千帆教授，知道他接受了国务院古籍整理出版规划小组的委托，正在进行《全清词》的编辑工作，觉得这确是一项宏伟、艰巨但也急迫的工作。清词的数量到底有多少，今天谁也说不出一个确当的估计来。叶玉虎的书里是提供了一份目录的，但必然也不可能是全豹。何况他所见的并不全是原书，更多是从文献中辗转引录的。在今天，想写出一部较完善的全目，并访得原本所在，实在是非常困难的。谈话中自然要提起林子有的这一批专藏，如在当时由图书馆全部收购下来，那就是一个相当厚实的基础了，因为徐、林递藏的绝大部分都是清词。目前除国家图书馆的收藏以外，私藏的清人词集也还是不少的。数量未必都很多，不过稀见的稿本、刻本还是很丰富的。但访求起来也很不容易，有些藏书者已去世，书籍由家人保管。因种种原因，秘不肯出的情形也不是没有。这实在是值得叹息的。

徐乃昌、林子有等所藏的清人词集中，有许多是单刻本，但更多的则是从个人专集后面拆下来的词集，有时还将四五种词集合订为一本。这种办法今天看来是不足为训的，但在当时他们却有条件这样做。像这查元偁词就是从原集拆下来的。

《臶斋诗徐》中有《复园十咏》，这“复园”就是拙政园。从明代以来，拙政园曾换了多少代主人，至今还不曾写出过一本细密的园史，其中有些环节知道的人不多，几乎湮灭了。不过零碎的材料还可以从清人别集笔记中找到不少，加以辑录，缀辑成篇，就是很好的园史资料。

《复园十咏》前有小序：

> 复园即拙政园也。自前明至国朝，其兴废嬗易，吴梅村祭酒诗盖详言之。后归蒋氏。沈归愚宗伯尝为之记，刊石壁间，岁久渐圮。嘉庆己巳，始售于余。池之堙者濬之，石之颓者葺之，木之芜者攘之、剔之，亭之攲者扶之、翼之。鱼鸟翔咏，水木明瑟，翻红当阶，剪绿成径。前哲所咏歌而记述者，庶复旧观焉。嗟乎，梵贝之宇，无何而管弦；将相之居，无何而隐逸。清风白云，千载如昔，豪华寂寞，转瞬而易。所由感不绝于余心，溯流风而独写者也。爰成小令十阕，以志其胜。

词是十阕《画堂春》，分咏十境。题注也保存了一些故实。

> 远香堂（额为沈归愚宗伯书），雨醉风笑，绿波楼，烟垂雾接（楼额四字出《水经注》，吴梅村书，故用《拙政园山茶花》诗意）春风槛，笠亭，憩轩，筠谷，虚舟，槃阿。

昭文吴蔚光《素修堂诗集》卷二十三，收甲寅（乾隆五十九年，1794）一年诗，有一诗写及拙政园。诗前有长序，几乎可以看作一部园史。尤为难得的是，这是仅见的较详谈及陈之遴与此园关系的文献。过去人们往往略而不提，最初自然是由于避忌，到后来人们则往往已经不再知道这段故事了。诗序说：

复园又名北园，即拙政园之旧也。在娄、齐二门间，故大宏寺基。明嘉靖中王御史献臣居近侵之，经始有名，文待诏为之图记。子以赌墅归徐。徐传最久，兵后为镇将所据。海宁陈相国之遴得之，身居政府，未睹园中一木一石。内连理宝珠山茶，江南仅见，而吴祭酒伟业女实陈子妇，所为咏也。之遴先谪沈阳，再起，再徙家辽左，以园籍官，为驻防将军府，又为兵备道馆。既归吴三桂之婿王永宁。三桂为逆，永宁惧而先死，复籍于官。康熙十八年改苏松常道署。缺裁，散为民居。其梓楠珹玏，皆输京师，供将作焉。乾隆初年，蒋棨诵先始复其十之六，沈宗伯德潜有壁记，王御史峻书。今皆蒋子若孙矣。园东偏居王氏，木石较胜，已废为圃，西不知何氏。山茶则更不知何时摧败萎死也。因次《梅村集》中《咏拙政园山茶花》诗韵，赋呈松云先生。

诗长不录。作者所感慨的不过是富贵无常，名园易主，其实这就是杜甫所说“王侯第宅皆新主，文武衣冠异昔时”的意思，“君子之泽，五世而斩”的老例，越往后就越加快了速度。在这一点上，拙政园的历史，就是一个很好的说明。此外，诗序还透露了在乾隆初年，曾将园中精好的建筑材料构件，拆运到北京。是造了宫廷王府的哪处花园，就不得而知了。这应是康熙、乾隆多次南巡的副产品，也可以用来说明南北造园尽管有明显的风格差异，但也有许多共同点的原因。把这篇诗叙与查元偁的词序联接起来，嘉道以前的拙政园史就大略可以知道了。

吴诗中有小注："尚有王奉常时敏隶书'春晖堂'及吴祭酒'烟垂雾接'二额。"也可以与查词比证。

读诗词集而注意寻找其中记下的故实，看来并不是诗词欣赏的"正轨"，但我以为也不失为一种读法。

关于《藏书纪事诗》

过去买几本旧书的人，案头总缺不了一部《郘亭书目》和《藏书纪事诗》。再扩而大之，一部《千顷堂书目》和孙殿起的《贩书偶记》也是不可或缺的。至于公私藏书目录，当然也是必要的参考书，数目多达数十百种，这就得靠平常留心搜集，一下子想收得齐备也不是容易的事。每次买得新书，总要从这些书中找寻它过去的踪迹，遇有前人的收藏印记，就要请教叶菊裳的《纪事诗》，一旦发现，就好像遇到旧日的友人似的产生一种特殊的亲切之感。这是一种特有的藏书乐趣，很难恰好地形容得出的。

叶昌炽的《藏书纪事诗》是总结记录中国历代藏书家的开山之作，影响甚大，直至今日也还没有一部可以代替的新著，作者花了多少年的精力，锱铢积累，从艺文志、地方志、藏书记、笔记杂书中收集了大量的资料，更加以亲身的闻见，排比综合，以时代为经，为七百三十多位藏书家立传，用纪事诗的形式写出，确实可以说是一部高质量的学术著作，特别是明清两代的藏书家，除了极个别的例外，大体上是搜罗齐备的。目光所及，还旁及贩书的书友，雕板、写样的匠师，……完整地反映出了中国历代藏书家的全貌，正是前无古人的创新之作，影响所及，继起而作续补纪事诗的也有三四家之多，可见这一形式是得到广泛的接受与肯定的。

用竹枝词的形式，记录山川风物、古迹民俗，是我国文学、史学的一种传统形式。叶昌炽显然是接受了这一影响进行创作，并扩展到藏书领域中的。一般说来，竹枝词是以诗为主的。但咏物诗是不容易作得好的，往往是诗的佳作难得，倒是诗后的附往更耐读而富于史料价值。叶书也不能逃出此一公例。但我想举出他的一首写潘祖荫的诗来，沉痛苍凉，在全书中可以算作白眉了。

> 雷塘弟子追成录，雪苑宾僚忆赋诗。犹是羽陵亲到处，不堪东阁再窥时。

潘是叶的同乡又是“座主”，对这位门下士极为赏识，曾经让他遍读滂喜斋的藏书，还请他撰写藏书记，并答应要将《藏书纪事诗》付刊。有了这一层亲密的关系，诗里自然就充满了怀旧的深情。

《纪事诗》也不是没有缺点的。主要的原因恐怕还是时代的局限，作者不可能更多地看到善本，搜集文献也难免漏略，目光所及详于江浙一带的藏书家，就全国范围来看就难免有畸轻畸重之感。就在江南一隅，缺漏也是不少的。例如彭元瑞就没有得到一诗，是很奇怪的，作者引书中就有《知圣道斋读书跋》，但却将这位重要的藏书家放过了。同样，叶氏的同乡，同住木渎的徐坚（友竹）也不见收，他是黄丕烈几次提到的藏书家。还有严豹人（蔚）、王惕夫、毛叔美、石同福等都未入录，不能说不是一种缺失。近在甫里的许自昌，是明代一位重要的藏书家，又曾大量刻书，比汲古阁毛氏还要早得多，在《纪事诗》中却只著录了他的儿子许元溥和许心扆，而且还有误解。叶昌炽说“甫里集中有丹臣（心扆）题记，有先中翰云云，中翰当指自昌”，其实据稿本《甫里许氏家乘》，许氏世系中一支应该是“自昌——元方——虬——心扆”，这是文献不足所产生的误解，难以苛求的。又例如据《前尘梦影录》“《墨表》上下两卷，禾中名士戴松门光曾辑”，其实《墨表》是万寿祺辑，戴光曾托黄丕烈代刻的，这是未见原书所致的误说，类此的错漏却是由于见闻所有，像这样一部大书，自然是难免的。

太仓顾氏謏闻斋，也是重要的藏书家，《纪事诗》也失收了。涵芬楼收得顾氏的遗藏，为搜求善本奠定了基础，这位顾锡祺（竹泉）的事迹却不为人所知。我曾见他的藏书中有一方套边正书朱文大印，文云：

> 昔司马温公藏书甚富，所读之书，终身如新。今人读书，恒随手抛置，甚非古人遗意也。夫佳书难得易失，稍一残缺，修补甚难。每见一书，或有损坏，辄愤惋浩叹不已。数年以来，搜罗略备，卷帙颇精。伏望观是书者，倍宜珍护。即后之藏是书者，亦当谅余意之拳拳也。謏闻斋主人记。

像这样长的藏书印是不多见的，藏书者表现了他爱书的热诚，也没有什么“子孙世守”之类的小气话，实在要算是难得的。

山阴祁氏遗书，在解放后于绍兴散出，其中重要的家乘数种，都已归北京图书馆，可以为祁氏四世藏书理出一个清晰的眉目来了。叶书说祁骏佳季超是彪佳弟，这是错了。其实季超是彪佳的哥哥。彪佳之后，守祖父遗书的是祁理孙，也是个重要的藏书家，有《奕庆藏书楼目录》，前些年重印过，却误称《鸣野山房书目》。祁理孙保存了彪佳多年收集的杂剧、传奇，是一个重要的特藏，可惜散佚了。只留下了一部《柳枝集》，是珍贵的戏曲总集。

最近上海古籍出版社重印了《藏书纪事诗》，附王大隆补正。这是原书出版后第一次出现的增补本。所收材料丰富，也是王氏积数十年精力补辑而成的。不过此事看来终于没有穷尽，还值得学者进一步的努力。王氏所辑也以清代藏书家部分为多，明以上就很少了。如能多读明人集部、笔记，则可增补之处必不在少。例如卷三明代活字板出版家安国民泰，无锡孙氏小绿天就收藏有其诗稿及家乘。叶氏只引了《无锡县志》的材料，而高陵《吕泾野集》中有《安国传》，所述更详。又如卷三赤岸李氏条，缪昌期《从野堂存稿》中有《内兄李贯之先生七十寿序》，也是绝好的资料，明人别集中保留的藏书史料是很多的，都值得仔细钩稽。

草草翻阅，新本《纪事诗》有一些误排错漏，附记于此，供参考：

元刻《松云斋文集》疑当作“松雪斋”（145 页）。《槐塘文稿》的作者是汪沆，误作“汪沅”（470 页）。鲍以文有一方藏书印，“遗稿天留”，误标为“遗稿‘天留’朱文方印”（529 页）。张芙川的藏书印是“蓉镜私印”，今作“芙镜”，疑误（581 页）。“贵念慈跋明抄本《太平御览》……”“贵”为“费”字之误（700 页）。“……从闽南萧氏购补是书已，翁忆旧事，挥泪记。”当作“巳翁忆旧事”。周星诒生于道光癸巳，有“癸巳人”印，此当作“巳翁”（705 页）。

读画记

从杭州回来，看见案上放着一只大画夹，是画家马得送来的。他的画戏作品打算选印成集，前些时来信说希望我写几句话印在画册前面，这是一个困难的任务。对于中国古典戏曲和绘画，我都只是一个热心的外行观众，并非合格的评论家，恐怕说不出什么有价值的意见。正在踌躇的当口，画家却把作品送来了，殊有迅雷不及掩耳之势。不过看画到底是愉快的事，于是就来细看原作。这些画真的给了我很好的美的享受，似乎只有作小孩子时第一次看到小人书的惊喜可以相比。如果说连环画是低幼儿童的读物，那么这些画是可以看作成年、中年或老年人的恩物的吧。

坐在台下看戏的观众中间，真正的戏剧评论家恐怕只占极微弱的少数。不过这并不妨碍人们对演出作出自己的评判。正如剧评家用文字写出剧评一样，普通观众用嘴巴叫好，用手鼓掌；画家就用笔来画戏画。他们使用的工具与方法不同，但想表达自己观感的愿望是一致的。

我国画家画戏是有悠久的传统的。金元时期出现在山西一带寺庙中的壁画，传世的宋元之交的小幅绢画都有采用杂剧作为题材的作品。清代产生的工笔戏画，无论出于宫廷或民间画家之手，都忠实地纪录着舞台场景，更大量的同类作品是不同时期各地产生的木板年画。在历史题材的连环画中不可否认也存在着这一形式的深刻影响。作品的精粗美恶尽管十分悬殊，但基本的写实画风是一贯的。只有到了晚近才出现了戏画的新形式。作者有意识地摆脱忠实记录舞台形象的旧法，用简练的笔墨线条再现从舞台演出中得到的画家自己最强烈的感受。以速写为基础，从漫画获得启发，创造了崭新的画种。历史并不很长，但作者却并不寂寞。因笔墨情趣的不同也形成了不同的流派。这现象在画苑中是值得注意的。

漫画本是一种外来的形式，这并不存在太多的争论。但我曾想，在我们悠久的艺术传统中，也并不是完全找不出一些漫画的痕迹来的。罗两峰的《鬼趣图》是大家都熟习的作品了；中国画家又非常喜欢画钟馗，终南山进士并没有留下标准像，他的形象只存在画家的想象中。于是就产生了胖的、瘦的，沉醉的、清醒的，和善的、严厉的等等不同的钟馗。石涛曾画过在牛背上打瞌睡的自画像，齐白石画过不倒翁，配上画家的诗跋，我看就都是典型的漫画。就是在以传神为主的人物画中，任伯年在《酸寒尉图》中所写的吴昌硕的苦脸子，却使我们联想起千多年前《夜宴图》中的韩熙载。笔墨技法尽管有绝大的差异，“传神”的精神却是一致的。米家云山和金绿山水的格调可以说天差地远，但作者努力追求的却是同一个真实。

在中国，画家的眼睛和戏剧家以至广大观众的眼睛有着使人惊奇的一致性。我想，这中间就藏着民族传统、民族风格的奥秘。

许久以前曾经听到过对中国画家不懂或不讲究透视……因而造成画面缺乏真实感的责难。这是用某些外来的艺术标准衡量中国艺术品的必然结果。我想，如果不换上一双中国人民艺术欣赏的眼睛，恐怕许多东西都是通不过的。在石涛的山水画中，常常出现一两个古衣冠的人物，严格按照实物的比例看来，这些人物不免画得太大，太突出了。有时，一只小船，一间茅亭，大小也往往和周围的事物不相称。是石涛不懂得写生么，那当然不是。“搜尽奇峰打草稿”的石涛，是深深懂得“师造化”的重要的。不只是石涛，就是界画的山水楼台中活动的人物，《秋山行旅图》中出现的旅行者，在普通照相机的镜头中也不可能看得如此清晰。只有一种解释可以说明，画家的手眼有些像多种焦距的长镜头，可以按照不同需要把重要的形象捕捉在同一画面之中，不必受到自然的限制。这种艺术上的自由在舞台上得到的是更为充分的发挥，形成了民族戏曲艺术的重要特色。中国人民接受并习惯了这种表现方式，早把一切视为当然；只有被各种技法框框捆得紧紧的外国艺术家，才能发现这种自由的可贵而发出惊叹。

在《长坂坡》中，曹操站在山头上看赵云在万马军中厮杀，这场面，无论在怎样宏伟的舞台上也不可能“真实地”再现。《三岔口》中两人在黑暗中交手，刀尖过处，距离鼻尖不过一公分，观众看到的则是光亮如昼中真实的特写。这种变幻不居、十分经济而又高度自由地再现人物、环境转换的手段，是中国戏曲艺术的重要特征之一。艺术家牺牲了形式上僵死的自然主义却获得了真正的艺术上的真实。在这一点上，中国的传统绘画与戏曲是有许多相通之处的。齐白石在大写意花草的枝叶上，用工笔添写出极为逼真的草虫，可以看作《三岔口》的处理方法在纸绢上的运用。

在必要的地方不惜付出最大的劳动与笔墨，否则就惜墨如金。

在舞台上一次上下场就过去了若干年，一个转身就行遍千百里的事是常见的。艺术家在这里获得了“随心所欲”的绝大自由，但他所追求的却是写出真正的真实，而不是制造弥天大谎。这才是判断作品的重要标准。手段是重要的，但并非起决定性的因素。

画家画过《烂柯山》中的场面。这里的《痴梦》是昆曲中精彩的单折戏。过去我曾说过，《痴梦》里面有着意识流的方法，也许有人觉得牵强，因为这与现代西方的意识流并不完全是一回事。不过我想说的只是，艺术家在进行创作时，苦苦追求的只是尽可能真实地塑造出人物来，他可以尝试使用种种方法，摸索每一条可行的途径。有时不同时代、不同民族的作者遇巧是会想到一起去的。在文学史上这种例子多有，目前流行的比较文学研究探索的就是这方面的现象。评论一部作品属于什么主义、什么派别是评论家的事情，他们为了探讨或其他原因，不能不把作品详细分类，进行比较研究。这是可以理解的。但从作者方面看，事先立志想写出一部什么主义作品的人到底不多。万一他把精神集中在这里，就十九写不出好的作品。如果把《痴梦》的创作方法归入心理分析一类，也许更容易使人信服。但在《烂柯山》产生的时代，一切“时髦”的创作方法都还不曾出世，却也是文学史上的真实。

传统戏曲反映的是封建时代的生活。长时期得到人民保护得以流传至今、传唱不衰的优秀作品，几乎无一例外都是表达了人民的心愿同时获得了自己的生命的。画家选题、落笔当然都注意到使他受到感动的东西。这中间值得注意的是尤为接近漫画或杂文风格的作品。如题作《少年英雄风尘老》的林冲，实在画得有力。线条极简单又极精炼，充分发挥了中国画的笔墨功夫。林教头拖着迟缓的脚步踽踽独行，回首望去，在满天大雪中只见花枪挑着的酒葫芦和枪头的一点红色。寂寞极了，沉重极了。《六月雪》的控诉，《打神》的无告，《写本》的决绝，《空城计》的冷嘲，《蒋干盗书》的牢骚，《写状》的严冷……都是用画笔作出的戏评，既论戏态，也写人情。笔姿墨韵，神情俱足。画家在这方面接受的传统影响可以上推到青藤、八大、板桥、冬心以至齐璜，并发扬光大了。更不需要题词，自有读者观众熟悉的舞台形象加以补充，帮助欣赏、理解。

画家最得意，为之花费了更多笔墨的作品是《牡丹亭》。长眉入鬓的少女杜丽娘的似水春愁，全凭飘拂的衣襟和水袖，倾泻出来。寥寥数笔跳跃而有弹性的线条，浅淡的着色，衬景的配置，都是经过仔细经营的。

画家笔下出现得最频繁的题材是昆曲，无疑是受到了剧种歌舞比重的有力吸引。南京有一个出色的昆剧院，拥有一批优秀的演员，很自然地成为画家的生活基地。把舞台上瞬息万变的光影捕捉到纸上不是容易的事情。艺术就是克服困难，这中间有着多少创作的愉乐，是可以想象得出的。

戏画主要是人物画，不过这是充满了动作的人物画，与以描摹静止状态的对象为主、细写人物须眉的传统人物画是不同的。画家善于使用纤柔劲健的线条，但更喜欢也更得心应手地运用粗笔挥洒，画面上洋溢着笔情墨趣，这中间有许多我们非常熟悉的传统中国画中的东西，但又是有发展、有创造的。《见都》的况钟扬鞭策马深夜疾行，草草数笔写出了人物身上蓝袍的飘拂，写出了身段，也描出了人物内心的焦急。从墨彩晕染的层次上可以看出，极经济的笔墨往往是经过反复考虑经营的。打虎的武松也只使用了浓淡两种墨色写出了最后一击的武松是怎样使尽了平生的力气。《戏叔》的武松的身躯长得像一根电线杆，他微侧了上身，像在躲避什么极为可怕的事物的袭击，生动极了。至于这是对武松的歌颂或揶揄，持不同观点的读者可以得出自己的结论。《杀惜》的宋江一手抓住对方的领口，短刀藏在背后。画家把他画得那么瘦弱，又那么“勇敢”，仿佛可以看到他在打战、在喘息。用焦墨补出的两缕“黑三”也不是静止的。

画家在人物面部使用了最经济的笔墨。美丽女子多半长眉细目，勇武的男子也只是画出了他们的浓眉。这是简略也是深思熟虑后的安排。《别姬》有两幅，画家巧妙地借了霸王脸谱眼圈的特色，写出了焦急无措、穷途末路的项羽的心。在另一幅《虞姬伏剑》中，这两只眼窝又变为两团墨块。但读者都认识，这是同一个项羽。画家在写人物时，无论是在静止或激剧动作中，身段都表达得极为准确，用的是非常简练的笔墨。我想，在这里，也只有奔放但有控制的粗笔才能达到这样的效果，工笔画怕是无能为力的。

在传统戏曲舞台上，曾经出现过数不尽的美丽的造型。在不同性别、不同身份的人物身上，在不同情境中出现了变化无端的无数举止、身段，这不只是解释动作，同时也是传达情绪的。在画家笔下，写身段比写眉目成为更重要的捕捉、表现情绪的手段，不是没有原因的。三十年前，在与盖叫天先生的接触中间，发现他在琢磨、追求创造人物造型上花费了可惊的精力。他不倦地追求的是舞台上的美，这美则是通过真实人物的完美的再现获得的，是形神兼备。这一切必须通过艺术家剪裁、提炼的创造过程。盖叫天先生常常批评一些不懂得美的造型的重要的演员为“棒锤”，这是很深刻也很形象的概括。他的批评也不只是专为武生演员而发，女性的身段也包括在内。烦琐的、卖弄的、无目的的旦角身段也是另一种意义的“棒锤”。在细读画家的作品时，我想起了这一番话，就试图借助这一方法作为欣赏的标准，我觉得是找到了一把可信赖的钥匙了。

我也愿意把这方法推荐给欣赏这本画册的读者。

1983年10月25日

读《戏考》

古典戏曲之有总结性的总集，一般都以明万历中臧懋循的《元曲选》和稍后汲古阁毛氏的《六十种曲》为典范之作。它们在保存戏曲文学资料、反映一代创作曲目上都确有不可磨灭的功绩。其实这两种戏曲总集还不能说是最早的成果。近来旧本陆续发现，晚明以《柳枝集·酹江集》、《盛明杂剧》为代表的曲选就有不下三四种，《脉望馆古今杂剧》的出现，更为我们打开邻于消灭的古剧的宝山。赵清常是爱好戏曲的藏书家，他在举世鄙视戏本为小道而不屑收藏的空气中，独辟蹊径，辛勤搜访，援转传抄，汇集了数量可惊的古剧。不只保存了文献，也打开了藏书、刻书的风气。可以说晚明汇刻戏曲的风起云涌，与赵清常这样的藏书家的倡导是分不开的。

有清一代，汇刻戏曲之风衰落了。这与舞台上出现的新形势有很大的关系。传奇的创作渐呈颓势，地方戏的繁荣取代了昆曲一枝独秀的局面。新涌现的大量剧目都缺少文字记录，特别是由民间艺人保留下来或新创作的剧目，绝少得到刊行流布的机会，有的只是老伶工口耳相传的脚本，今天也大部散失了。偶然发现旧时梨园手抄剧本，数量也很少，即使有心人想加以汇编也无从着手。因此总结的工作不能不中断，终于出现了一大段无可弥补的空白。这种情况直至民国初元才有所改变。

戏曲与通俗文学的关系一直是十分紧密的。封建社会不入文艺之林的小调、唱本……一直是一种流传极广但不受士大夫重视的品种。它们大抵以粗陋的雕板、戋戋的篇幅、草率的印刷、低廉的定价出现在市场上，成为广大市民阶层的爱读物。但也最易毁失，难以保存。传世最古的元刊《古今杂剧》就是这种出版物的前期标本。当它最初由书坊刻行时，可能也只是一种两种，并无一定的总体计划。受到读者的欢迎之后，才继续刊行下去，有了今存的三十种。至于是否仅有此数，今天也无法确说。这可以看作此类剧本汇刊产生的一般规律，也正是先由中华图书馆、后归大东书局出版的《戏考》所走过的道路。

《戏考》是民国初年创刊的。我看到的第一册是“民国四年十月十板”本，可见受读者欢迎之一斑。全书四十册，收长短剧目数百。主要是京剧，也间收少量的地方戏。就中以单折戏比重最大，也有些是全本戏。剧本的来源是通常舞台上的演出本，也间有演员独有的脚本。无论从数量和覆盖面上看，都不失为一代有代表性的戏曲总集。它起着承先启后的作用，大体反映了那个时代的舞台风貌，保留了一大批舞台脚本。它的受到戏剧家的重视，不是没有理由的。

全书的体例是每戏先作介绍，继以剧本。虽然编者的思想失之陈旧，不脱当时剧评家的习气，但也从一个侧面反映了时代道德风尚，使读者得以领略当时的评论尺度。编者立足上海，力求反映京剧舞台的全貌，自然也不能不有所侧重。有些活跃在上海舞台上的演员，都能留下名姓，从而保留了海派京剧的早期史料，也是一种特色。所收剧本就有汪笑侬、冯子和、赵君玉的作品。所收梅兰芳早期演出台本，有《童女斩蛇》、《风流佳话》、《浣纱溪》、《天女散花》、《奔月》、《葬花》（所收为欧阳予倩本，并指出梅兰芳本系出诸樊樊山的手笔）、《晴雯补裘》、《牢狱鸳鸯》等，这许多都是梅氏后期所不演，却能借此得以一窥原状，不失为珍贵的梨园史料了。

解放以后，戏曲研究者印行了《古本戏曲丛刊》，是前无古人的集大成之作，又曾陆续出版过一批《京剧丛刊》，这是经过整理的，质量自然较高，可惜没有能坚持出下去。这样，《戏考》就仍有其历史性的文献价值，复印出版，以供读者观众和研究家的参考使用，是有意义的，不只因为它填补了戏曲汇编的一段空白而已。

《双行精舍书跋辑存》

偶然买到一本《双行精舍书跋辑存》，是齐鲁书社出版的《王献唐遗书》之一。《遗书》好像已出版了好几部，但我只买过其中的一两种。献唐先生是考古学家与版本目录学家，他的有些研究著作是很“专”的，不容易读。但 1960 年出版的《黄县㠱器》一书，读过以后，留下的印象却是很好的。处理的材料与企图解决的问题那么古老、困难，但文字逻辑非常清新而严密，读起来与某些同类著作不大一样，就是我这样的外行也是可以并乐于接受的。从中可以体会出一位老专家平等对待读者、循循善诱的恳挚态度，很值得学习。

这《书跋》就又不同。这不是一部专门系统的著作，只是写给自己看的随笔短文，包含的学术研究分量相对地少一些，流露的个人感慨与情趣却更多些，短短的文字透露的只是作者一鳞半爪的面影，但通读以后，一位山东老学者的声音笑貌却清楚地凸现出来了。

我与献唐先生有过一面之缘。1951 年的夏天，我随老根据地慰问团去苏鲁一带访问，在济南停留过好几天。工作之余跑过好些地方，其中就包括了山东省立图书馆，目的是访问献唐先生并向他请教关于山东文物图书的现况。他的名字我是很早以前就知道的。从山东图书馆的馆刊上读到过他写的关于海源阁被劫的报告，还附有不少图片，印象极深。不知怎的，这一下子就和《老残游记》里那首“一齐归入东昌府，深锁琅嬛饱蠹鱼”的诗联系起来了，读罢着实使我感叹了许久。就是从这报告里我感受到献唐先生热爱乡邦文献拳拳的心，那比起摇串铃的老残来可是深厚得多了。

记得图书馆的房子是破破烂烂的一处旧建筑，古色古香；穿了长袍从房内走出来的献唐先生也正是一位黑瘦的“古貌古心”的人物。这一切都和我的预想差不多，就和几年前在南京盋山精舍拜访柳翼谋先生所得的印象一样。两位都是旧时代知识分子的典型人物，王先生的行辈晚一些，但风格大体上是一致的。他们都是讷讷的“拙于言辞”的读书人，但一提起抗战中保护馆藏图书历尽艰辛的经过，就同样激动起来，不再是平居时那种“温良恭俭”的姿致了。

关于献唐先生辛苦护持图书馆藏书，远避西川的种种，在《书跋》前任迪善同志的《前言》里有详尽的记述，这与柳翼谋抗战中保护江南图书馆藏书的经历几乎是一致的。难怪他们有着相同的愤懑。在国民党治下当一名省立图书馆的馆长，那处境是可想而知的。海源阁的藏书在兵匪劫后为杨氏后人整批携出出售，“宋椠二十六种索价八万元。其单当时贾人曾持来馆，力不能收，后闻为周叔弢等分有，不意此种又归异域。皮之不存，毛复何惜！为感慨系之矣”（跋《影宋本三谢诗》）。又说：“(日本《东方学报》载文）记其在大连图书馆所见善本书籍，有北宋本《淮南子》、《说苑》、《击壤集》，宋本《荀子》、《管子》，皆海源阁故物，与此《三谢诗》原属一批，共售大连图书馆者也。即此一端，当轴之识量已逊外人，吾终日皇皇又何为哉！徒自苦耳。”当时山东省的“当轴”是韩复榘，哪里能要求他有懂得宋板书价值的“识量”。献唐先生眼见乡邦文献流散异域，无力挽救，痛苦可知。这与柳翼谋说到请拨卡车抢运藏书被断然拒绝时的戟指大骂“周逆佛海”，正是同一性质的愤懑。

记得我当时曾请求看一下馆藏的善本书，献唐先生就取出一份从四川运回的善本书目录相赠，只有薄薄的几叶，油印一册，除了山东学者的一些稿本之外，目中也并无什么惊人的“秘籍”。记得目中有一本黄跋的《霏雪录》，也不过是清人抄本而已。

这与《书跋》中反映的情况也是一致的。这里著录的并无什么珍异的书籍，大半是一位学人应备的通常读本，但作者对书籍的爱惜，对乡邦文献访求、保护、流通的心事，反映得异常强烈。作为一册书跋，地方色彩是很浓重的。可以举《杨氏海源阁印砚拓本三卷》一跋作例。作为一位省图书馆的负责人，无力抢救阁中的藏书，只能收拾丛残，捡些石头瓦块回来保存，但仍珍重拓印付装，那心情是凄苦的。

> 聊城杨氏海源阁藏书，匪乱之后多流落济南、平、保市肆。其藏书印记，亦续续散出。余先后为山东图书馆购藏十一石，尚有二石，一则索价过昂，余为贾人磨

去印文，皆未收。……杨氏藏书印记见于图籍书画，据余目验已有四十九石，迭经兵燹，沦于牛溲马勃、碎为砂砾者，更不知凡几。即图书馆所收数石，设稍迟数日，亦将为贾人磨毁，恐其沽祸也。展转于暴徒伧估之手，历劫不毁，卒归图书馆保存，其间几不容发。外有砚石三方，亦海源阁故物。雨窗多暇，既钤存杨氏印记，复摹拓砚石附后，合为一册。余前观书海源阁，见墙角檐陬，砚箧垒积，空无一石，问之均被匪徒携去矣。呜呼！此戋戋印册，即作劫后余烬观可矣！时二十年八月十三日，王献唐。

此文与另外一些跋文，所记海源阁书流散情况，都是有价值的史料。

献唐先生留给我的印象是一位朴实而厚重的学人，实事求是，决不矜才使气，这是典型的北方学者的作风，是有着悠久的传统的，但这并不就能证明他没有幽默感。在《书跋》中到处都找得到显示作者特有风趣的处所。在跋容媛的《金石书目》时，他说：

希伯（容庚字）此书甚有用，体例亦较他书为善，其作《金文编》诸书亦然。使鲁侉见之，必曰善取巧矣。齐伧再书。

这里作者自属为“齐伧”（其实也就是“鲁侉”）是对北方学

风的一种委婉的表述，说明他自己是作不来这种“取巧”的书的，但又不否认这书的实用价值。这是很难得的一种态度，不因学风不同而抹杀他人的成果，这大概就是“厚重”吧。

作者是很推重傅沅叔的，他在跋符山堂刻《广韵》时说：

> 此《广韵》字体与顾氏《音学五书》相同，当出张力臣手写，与亭林诸老共校刊者。遍检各家书目，都未著录。治《广韵》版本者，亦皆未见。昔岁获得，深自珍秘。后傅沅叔先生寄所撰《藏园题记》来，内有是书。知藏园一老，鉴裁正高人什佰。海内所存，今知只此二帙。傅氏词旨夸诩，良有所自，知者审之。

《藏园群书题记》中著录的多为宋元钞校书，但也偶有清刻，那就一定是非常难得的善本，因而也就不能不“夸诩”一番。在别人的书目或题跋中，偶然发现自己见过或藏有的书，是会引起很大的兴趣的。这是在读《书跋》过程中，也会时时遇到的高兴事。例如观妙斋刊《无声诗史》，是刻得极精美的书，过去在旧书店里定价极高，但在三十年前，其价值却只稍高于论斤的纸价，这确是一种不可思议的“神话”。献唐先生在跋此书时说：

> 观妙斋刻书，最为世称。前在北平厂肆见一本，与此相伯仲，索八十番。余笑曰：“五百年后，价不为

昂。”彼答曰：“届时视此书，犹今之视宋、元本；使宋元精刻如此，岂只八十，恐进十为百矣。”明月积雪，虚室生白，追忆昔游，漫记于后，以谂五百年下之藏书者。是夜十二时，书于大明湖畔赁庑。凤笙。

这篇小跋写得有风趣，记述厂肆估人与作者的对话，声口毕肖。但他们所作的“预言”，却提前实现了。用不到五百年，在今天，像这样的清初精刻本，比起宋元本之于清初人怕同样罕遇而难求了。

作者还对薛雪的《一瓢斋诗存》发生浓厚兴趣：

此书写刻极精，书法出于诚悬。内有数叶，竟极似沅叔前辈，殊可异也。有清乾嘉精本，远过元明，与天水一朝，异曲同工。此虽小品，亦其中翘楚。沈序隶胎《礼器》，尤可爱玩。后题“吴门李士芳镌”，殆当时名工也。二十五年花朝，午后饭罢书。

一瓢先生精岐黄术，与叶天士齐名，颇不相下。因以“扫叶”名村。本书中缝下题者是也。世传如此，书以破闷。是日再记。

献唐先生在这里给了清代刻本书以很高的评价，表面看来似乎是故作惊人之语，其实是极有见地的。过去藏书家因为厚古贱今、物希为贵的宿见，看不起清刻本，一些著名藏书家的目录里，也一概屏清刻而不录，实在是很可笑的。这个问题值得专门加以论述。我所感到兴趣的是，关于名医薛雪的著作。这在《贩书偶记》里，也只著录了两种，即《诗存》与《医经原旨》六卷。其实薛氏的著作远不只此，至今也不清楚共有若干种。我历年陆续收得的就更有：

《斫桂山房诗存》（河津薛雪生白，雍正乙卯沈岩序刻）

《抱珠轩诗存》（乾隆庚申徐士林序刻）

《吾以吾鸣集钞》（吴由薛雪生白，乾隆刻，袁枚序，自序）

《旧雨集》《旧雨二集》（乾隆刻。作者与叶长扬、李果等倡和诗）

《一瓢斋诗话》（乾隆李鹿山序、自序刻）

《唐人小律花雨集》二卷（江南布衣薛雪集。乾隆叶长扬序刻）

《卷石梦》（扫叶庄一瓢辨谱，载酒池访槎填词。旧抄）

诸刻本板式如一，都是十一行二十字的精写刻本，板心下也都有“扫叶村庄”字样，诸序多从原写本上板，也都有刻工李士芳的款识。三种诗集都依诗体分六卷，叶数却是“长卷头”。

薛生白是名医，但今天人们只知道他写有一卷《诗话》，他是叶燮的学生，诗话尊奉师门论诗家法，颇有大胆的议论，比起自作诗来要好。他是学李商隐的，有些刻意模仿之作真也学得像，但其实是假古董。

《一瓢斋诗话》中有一条论“漫兴”、“漫与”，是这一辞语的争议由来已久的证据，早在鲁迅文字之前就已议论不休了。

> 一友与余论诗，引朱竹垞、王阮亭两先生云：杜诗中“老去诗篇浑漫兴”是“漫与”，钱牧斋改为“漫兴”。余曰：“先曾祖为泸州外翰，秩满悬车，合户谢客。日书小楷千字，注杜诗一首。今坊间流传《杜诗七律薛注》者是也，系天启初刻本。其中亦是‘漫兴’。可见虞山笺本以前，已皆如是。若果牧斋所改，其才气学力横绝一时，必非无据。朱、王两公南北名家，骚坛宗匠，亦非无见者。改‘漫兴’而对‘深愁’，恐无其说。姑互存之。”

这里的论定是非，不做分析推理，却只看两造名气大小，地位高低，因而只好采取“两存”的态度，胆子小起来了。

献唐先生还有许多意见，也是很大胆、很有意思的。例如他论赵松雪与吴梅村，倒真的看出了两人在身世与文艺成就上的某些相似之处：

> 尝谓松雪、梅村二家，身世略同，吴诗、赵书亦正相俪美。凡其所传，类在入仕元清以后。若早以身殉国，《艺文》无传，书坛、词苑皆减色矣。得此失彼，是非正复难论。（《跋吴诗集览》）

作者看出了两人身世有相似处，是有见识的，也暗示了文学艺术史上确实存在着一种“贰臣文学”或“贰臣艺术”。但后面下的“转语”却是说得过头了，也颠倒了上层建筑与社会经济基础的关系。器识与文艺到底是不能分割的，人们不能为了单纯得到后者而不顾前者。这里表现的正是一种天真的幻想。

此外还有一些意见，也很能引起读者同感。如他作研究工作，手头的藏书不足，只能别借，但终觉不便，“书非自备，乞邻终觉不便，亦非到用时不知其少也”。（跋《世本》）这是深知个中甘苦之言。自己有一种书和从图书馆中借到一种书拿在手中是很不一样的。这心情也只有自己知道。何况现在向图书馆借书又是那么烦难。在某些人看来，“藏书”是一种封建主义、资本主义的坏习惯，在今天说来，更是一种不能容忍的奢侈。“书放在图书馆里还不是一样，要用时去看就是。何况还能发挥更大的作用。”这些话说得轻巧，其实是自己不读书也不检书的人顺口说出的“官话”。献唐先生又说：

> 是书不及《庚子销夏记》，而写刻差堪媲美。昔年曾阅一过，复取阅之。老病侵寻，渐信大字悦目之说，可悕也！（跋《岳雪楼书画录》）

这也是年轻的读者不大容易理解的一种感觉。不只是“字大”易读，刻本书与铅字排印书相较，又别有一种明显不同的味道，很难用文字表达出来。同是李、杜诗，不同的本子拿在手中，读起来是会产生不同的感受的。当然，今天说来，这倒确是变成一种“奢侈”了。

最后应该提起的是，这册《书跋》的编辑整理与制版、印刷也是很有特色的。忠实于作者的手稿，即有疑误也不径行修改，只加注说明，这是一种可取的老实态度。字大行疏，每篇各为起讫，并不接排；天地头也留得足够，可以随时写上些读后感。这都不应看作是一种浪费。在新近的出版物中，是不多见的。初版印数只有二千五百册，赔本是无疑的了。但齐鲁书社却一直坚持着出版这类书。作为出版家，识见与魄力都值得佩服。印行乡邦文献过去一直是一种流传不替的优良传统，论者常常指出这是一种封建地域家族观念的表现，往往忽略了它保存、传播文献的功绩，这是不全面的。如献唐先生的遗书，当然有其出版价值，但就全国范围看，这样的任务是国家一级出版社负担不了的，这就不能不寄希望于地方出版社。集腋成裘，众志成城。如果全国各省市的出版机构都来重视这一工作，那就在不长的时间内必然会产生巨大的成果与影响。

流览一过，也发现了一些可疑或可能是失校的地方，就写在这里供出版者参考：

“陈，篁斋”逗号当移前（65 页 3 行）；“此宋刻”当作“北宋刻”（747 页 4 行）；77 页 4 行，“疑有讹误”，实不误；“郑昌午”当作“郑午昌”（204 页 6 行）；“由金本，出从可知矣”，逗号应移“出”字后（213 页 4 行）；“今午整此书”

“此”当作“比”（214 页 5 行）；《孟东野诗集》，原题“影印陶氏涉园本”作“涉园影印本”较妥（250 页），因此为陶兰泉据海源阁旧藏本所影印者也。

1984 年 9 月 19 日

《书林琐记》及其他

多少年前在书坊中走动，曾经劝说一些上了年纪的书友，如郭石麒、杨寿祺、孙实君等，抽闲将他们肚子里的书林掌故写下来，可是始终没有结果。随着他们的离去，这计划也终于成了泡影，觉得是难以弥补的损失。过去我们只知道有《书林清话》这样的书，是通论古今典籍聚散、板本流别、藏书掌故的，可惜的是对近代的史实着墨不多。叶昌炽的《藏书纪事诗》也一样，为了补救这缺失，后来又出现了伦明、徐绍棨、王謇、吴则虞等人的“续补”，这些以诗为主的“纪事诗”，虽然诗后都附有小注，但往往语焉不详，很难满足读者的要求。这些作者，本身是藏书家或留心书林逸事的有心人，但见闻毕竟有其局限，这就不能不让从事书业的老板或店员显示出其特有的优越性来。他们是书贾，经营的是营利的事业，书籍在手中流转得快，见的也就多，绝非偶尔购买一两本书的顾客所能比。为了营利，他们又必须细心研究，于板本之优劣、流传的多寡、风气的转变都不能不随时留意，因之就掌握了大量的灵通的信息。将这些信息随时记录下来，也就是珍贵的史料。在爱书人看来，是不但有益而且有趣的。

好像很久以前就有人看出了其中的奥妙。很有不少人就用开书店的方法来搜集书籍，罗振玉是开过书店的，他的兄弟罗振常在上海开设过蟫隐庐，前后三十年，所见古书辄加疏记，成《善本书所见录》四卷，1958 年由商务印书馆印行。更为成功的是伦明，他在琉璃厂开设通学斋书店，委托孙殿起经理，孙氏集数十年的见闻，先后撰有《贩书偶记》、《丛书子目拾遗》等若干种，成为《四库》未收书的重要簿录，是谈板本目录之学的必备参考资料。其特点是所收各书都是目睹的纪录，是确凿可信的，绝非《千顷堂书目》之类的多由第二手资料辑成者可比。屈伯刚（爔）也在北京开设过“穆斋”书铺，南归后又在苏州与邹百耐合设“百双楼”书肆，目的都是为了收书。琉璃厂的王晋卿，也积数十年的见闻，撰成《文禄堂访书记》，是荟粹古刻善本的目录巨观。近时出版的傅增湘《藏园群书经眼录》更是一部可以反映近代古籍流转存佚的大规模的著录书，作者就自藏、公私藏家、书肆所见的善本勤加辑录，花费了巨大的精力。他虽然是藏书家，但并不像图书馆那样的只收不出，也常常进行交易，因此见识之广、流转之速是并不下于书坊中人的。这也是这部《经眼录》收罗十分广泛的重要原因。缺点是他的取舍标准毕竟陈旧了些，心目中有一条时代的界限，于晚明、清代的集部书、地方志、戏曲小说插图书等都很少著录。这就不能不由《贩书偶记》加以补足了。

这类书林记事大略可以分为两类，其一是目录，还有就是琐记，也就更是随笔的了。上面所说的几种，大抵都是古书目录，说起来足当傅增湘《经眼录》先河的应推叶菊裳的《缘督庐日记钞》。时代也较早，前后与傅书正好衔接。日记的文体更自如，也更多风趣，中间有许多人事往还的记事，也都富于史料价值。再往上推，我以为最先写作这类随笔的应推徐康的《前尘梦影录》。徐子晋也是一位书贾，他的这部随笔是杂记平生所见古墨、旧纸、印章、名砚、金石的记录，古书只是其中的一部分。书由江标刻于光绪中，江序略云：

> 标生也晚，年十六七时，曾见窳叟于元妙观世经堂书肆中，闻述访古源流，皆非寻常骨董家数。……未几闻叟已归道山，访问遗事，潘笏庵（老万）为余言，有《前尘梦影录》在，匆匆七八年，始介笏庵问翰卿（康子）乞得副本，读而刻之。仍如对叟坐于元妙书肆也。书肆为湖州侯念椿所设。侯年亦六七十，目睹各家藏书兴废，分别宋元椠刻，校钞源流，如辨毫厘，尝称之曰今之钱听默。曾属其将数十年来藏书见闻，杂写一册，亦吾乡掌故也。

江建霞的这种意见是有道理的，与我上文所说的意思相同。而事关书林史料，并不只是三吴掌故而已。

徐子晋记藏书逸事，往往只是寥寥数笔，但都是非常有趣也极有价值的。如他记金冬心所刻书云：

旧藏冬心翁著作最备。其自序一卷，用宋纸，方程古墨，轻煤研印。每半叶四行，行二十余或十余字，丁钝丁手书精刻。古香古色，不下宋椠。虽在灯下读之，墨彩亦奕奕动人。余如三体诗、画竹、画梅、画马、自写真、画佛，共题记五种，皆以宋红筋罗纹笺研印；诗集、续集、研铭用宣纸古墨刷印，皆墨笺作护面，狭签条。所未见者自度曲一卷而已。

金冬心的著作都是自刻本，开板、用纸、印刷也都由自己精心经营，在有清一代刻书中，是无疑应列入无上精品的。只是流传特别稀少，比起一般明代刻本来更是罕遇难求。二十多年前曾在来青阁见到四五种。都是原刻精本，可惜已为郑西谛购定了。直到前几年，才在北京图书馆的善本室中重读，回忆徐子晋的这些话，真是一些都不夸张。

徐氏还有记柳如是著作的一节，也是很有趣的记事：

先叔父鸿宝公尝携弟子张、陆两生同至平桥书肆小憩，书贾出河东君诗四本，卷帙甚薄，丹黄殆遍，系河东君手录底本。中有与松圆老人倡和及主人红豆诗甚多。索价四金，订以少顷携值往取。讵叔父归舍，旋赴会文之约，二鼓始返。翌日遣弟子持资去取，书贾复云，昨日令师去后，即有人来如数付价取去。人海茫茫，无从踪迹，叔父为之怅然者累日。

这一则记事看来也不大像是捏造的。陈寅恪撰《柳如是别传》，好像也不曾看到这条资料，《别传》特别注意到柳如是与程嘉燧的关系，他们之间曾有许多唱和，是在情理之中的。记得前些时印行的虞山赵氏《旧山楼书目》，中间就有柳如是稿本数种，不知是否即是这里所说的稿本。

陈乃乾有《上海书林梦忆录》，是南方古书业自民初直至四十年代的详尽的纪录。作者是中国书店的主持人，又是有学识、阅历的版本目录学家，所记南方一些著名藏书家藏书流散的经过，详尽无遗。记北方藏家故实的就有新近由人民日报出版社出版的雷梦水著《书林琐记》，也是随笔性质的文字。他还有一本《古书经眼录》，1984 年齐鲁书社版，则是目录性的专著。雷梦水是孙耀卿的晚辈弟子，受孙的熏陶，多年来在售书之余，辛勤记录所见古书板本异同，尤重稿本，在在可以看出北方学人的朴实学风。每记一书，往往罗列前后诸种刻本，并著异同，指出何者最善。对丛书的另种、单刻和随刻随印等板本异同，也注意标出。这些看起来虽然琐细，但没有多年经历，多见异本，细心比勘，是无从着手的。只有在书店中长时期工作才能有此方便，而缺乏锲而不舍的韧性功夫，也无法取得应有的成就。同文书局早期的石印本书，过去藏家是往往不屑一顾的，但这里也并不歧视，详加辨析。清末的铅字排印本同样也不被放过，如《痛史》，就补足了《中国丛书综录》所收本的不足。又如程瑶田的《通艺录》，作者指出书肆往往因所得非足本而视为残书，其实“盖不知原系随刻随印之书，初印本仅有如是，然其书可称初刊，非足本，不可以残书论也”。从以上种种特点，可以看出雷梦水是谨守孙氏治学道路的，并无偏见，不因近刻而不予重视，与古刻善本同样对待，在并世书林中开辟的是一种新的风气。

《琐记》中谈到藏书家傅增湘、陶湘、伦明、傅惜华、朱自清、邓之诚等的佚事，都是很有风趣的散文，也是难得的史料。作者以一个挟了书包送书的书店伙计，得以与许多学人交往，朴实的记事中自然流露出深厚的情谊。他记朱自清对他说的一番话是值得注意的：

> 有一次我在给朱先生送书时，先生忽然和我讲起写作的问题来。他说：“雷梦水，你也可以锻炼锻炼写作呀！”我说：“我是一个卖书的，文化程度又很低，哪能写出东西来？”朱先生正言厉色地对我说：“唉！你看宋代的陈起，你的舅父孙耀卿，不都是卖书的吗？只要自己能树立雄心壮志，肯刻苦学习，还得要坚持，锻炼锻炼，不就行了吗？”他还告诉我：“写文用字要用日常语言所用的字，语言声调也要用日常语言所有的声调。……写完后再请文化程度高的人予以改正，不就可以了吗？”

《琐记》中最著力之作应属《琉璃厂书肆四记》。自从李南涧、缪艺风以还，记厂甸书肆者不绝如缕。孙耀卿撰有《三记》，经过细密的调查研究，所记较李、缪二记为详密，不过缺少文学意味，只以史料见长。《四记》起1940年左右，至 1958 年公私合营为止，一依《三记》旧例。其中最可贵的是记录了历年诸肆所得善本古籍，有时还记下了书价与归宿之地，这些琐细的记载，都有很高的资料价值。可惜的是所记尚未赅备，在读者看来只是尝鼎一脔而已。

1988 年 11 月 13 日

四印斋

六十年前家住天津，寓居在墙子河畔一处名叫小孟庄的地方。出门即是一座桥，对岸河边种了几行柳树，还都未长成，稚弱可怜。暑假里常携一卷书到稀疏的柳荫下坐读，觉得很有意思。不知从哪里借得了两册《小说月报》，从那里第一次读到郑振铎写的《北宋词人》和《南宋词人》，不禁为那些清词丽句深深地打动了。这是我接触并深深爱上了词的开始。

过了几年，又回到天津南开中学读书。假日常到劝业场一带闲逛。劝业场中有几家北平分设的书店，好像其中就有藻玉堂。那里满壁缥缃，窗明几净，自然不是一个中学生驻足的地方。但也乍着胆子闯进去一两次。记得曾在那里看到过光绪兰雪堂刻的《桃花扇》，纸墨明净，镌刻工雅，但不敢问价。又看到吴昌绶刻的宋人词集，是依宋元本原样抚刻的，更是精美。纸用罗纹，装帧也极豪华，当然更不是一个中学生所能染指的了。走出书店就是几家书摊，这里也有旧书，价钱比店里当然便宜得多。一次（1935 年）偶然看到一函《四印斋所刻词》，共八卷十家，白纸初印，装池甚精。

就论价买了回来。仔细检查，才知道这是一个残本，《稼轩词》只存卷上，但并不觉得三块银圆出得冤枉。王幼遐刻词大概始于光绪七年（1881），初刻只有《双白词》等四种。苏辛词是十四年刻的。随刻随印，所以就无所谓残。而这种刻成后随即印出的本子必然是初印本，虽然晚清刻书说不上有怎样的古趣，到底是值得摩掌赏玩，比起竹纸后印本要好得多了。像《梅溪词》前的张镃大字序，就刻得极有神采。在《东坡乐府》的书衣上，有旧藏者手题一行，“幼遐侍御持赠，辛卯杪秋得于凤城”。辛卯是光绪十七年，在苏、辛两家词刻成三年之后。这位藏书者有“小珠玉词人”等藏印不少。他好像名宗慈，字蔼余、凤逸。又有“太瘦生”一印，好像姓沈。到现在也没有查出他的生平事迹。

《四印斋所刻词》一共有多少种，到现在也还不易查清。据《中国丛书综录》著录，共二十四家。但我有四印斋刻朱敦儒的《樵歌》，却并未收入。《樵歌》后有光绪庚子春王鹏运跋，那已是光绪二十六年，是王氏刻词最晚的一种。也许因此，又经庚子之变，刻成后印本极少，遂不为藏家所知。近刻之稀见本往往比乾嘉刻还要难得，那道理大概在此。

这八册四印斋词，是我买旧书最初出手所得，虽南北舟车、历经劫火，依旧完好地保存在架上，也算得是难得的了。几十年来在南北书店里注意搜求，想配成全书，不料竟自花了五十年的时光。不知是什么缘故，这并不太旧的光绪刻本，竟如此地罕遇难求。

我陆续从徐乃昌的遗藏里收得《草堂诗馀》和《明秀

集》两种，都是初印本，可能也是徐积馀得王氏所赠。解放后在琉璃厂又买得辛词下半，初印阔大，至此才算配齐了旧藏的残卷。周美成和《花间》、《天籁》诸集，则是在京、沪两地配得的，每次都要买下零种四五种，才得抽出配全。书店是不肯拆售的，前后也花了二三十年功夫。最后只剩《南宋四名臣词集》一种，久访不得，想想未必能找到了，不料有一次去琉璃厂中国书店访书，与雷梦水君闲话，随便提到此书，他起身走进内室，从书架中抽出一本薄薄的小册子，拿来一看，正是此种，不禁高兴得跳起来。数十年积想，一旦圆成，我的《四印斋所刻词》总算是收全了。常见前人藏书题记，有收书辛苦、其谁能知的话，这时才真正领会此中意味。

这本《四名臣集》是汇刻赵鼎、李光、李纲、胡铨四家之作。前有李慈铭序并致王半塘书简四通，后有王鹏运跋，半塘本来只打算刻三家词，请李越缦撰序。越缦又提供先世李光遗词，请更今名合为四家。李慈铭与王鹏运是同年，他在序中畅论两宋之交史事。斥责高宗赵构不少假借，他说："而高宗区区于残破之半壁，惟恐失之，亡亲事仇，仅 亡秦老奸（指秦桧），能申其欲。……其所昵者，亡秦以外，惟汪黄耳，是尚得谓有人心者乎？故北宋之亡，不于徽宗，而于高宗；南宋之不竞，不于亡秦而于思陵也。"

越缦又进一步抉出高宗心事："盖高宗深恶恢复之说，惟恐二帝之得还，而已有窃位之惭，故于仇和议者即以为仇桧，于仇桧者即以为己不共之仇。"说得何等明白透彻。世之论南宋和战者，大抵不敢明指高宗应负的责任，只明文徵明岳墓一词碑，敢于揭露事实真相。再往后看，就是慈铭的这一序了。王、李都是谏官，又都处于晚清，自然都有满腹的牢骚，其刻《四名臣词》，也正是一种感情的发泄。这在他们的序跋中是可以清晰地感觉到的。

继王氏起而刻词的，有朱祖谋的《彊村所刻词》，数量更多而校雠尤精，但我仍喜欢四印斋，板式多变化而都可喜，是极好的词学读本。它又是我收旧书中最早入藏的一种，在我的书架上也算得是最早的老朋友了。展看翻读，是不能没有故旧之思的，因为之记。

1991 年 7 月 5 日

雍正与吕留良

清朝的文字狱，一般的意见都以为到了乾隆时才盛行，自然，以数量而论是如此。九辑《文字狱档》差不多有八辑都是说的乾隆一朝事。但以质量论，却都远不及雍正中发生的曾静、吕留良案之重要。雍正的处理方法也是很独特的。一般的逆案，犯人的言论总是干碍着皇朝的体统与机密的，即使在官文书中有所触及，也大抵一鳞片爪，语焉不详，因为这都是“防扩散材料”，不宜使大众知道。可是雍正却反其道而行之，决心将这些材料公布于众。对于案犯的处理，常例是由大臣们审讯定拟，奏请皇帝批准执行，但雍正又一反常规，自己站出来与案犯面对面地辩论，写下长篇的上谕，为自己的政策、言行作辩护。对于这类大逆的案犯，照例是要凌迟处死的，但雍正又一反旧例，并不杀掉，还要罪犯到处讲说，现身说法，宣扬政策。而且告诫子孙，永远不得杀害，这又是石破天惊的做法，为一切人所不及料。但这最后一着却终于失败了。雍正一死，嗣皇帝乾隆就立刻处死了案犯，并且将雍正颁布天下的《大义觉迷录》列为禁书，下令销毁。乾隆为这一翻案活动找到的理由是：“然在皇考当日，或可姑容，而在朕今日，断难曲宥。前后办理虽有不同，而衷诸天理人情之至当，则未尝不一。”到底也没有说得明白。但从皇帝一换，政策立刻就变这一事实，也足以说明雍正确有点特别的地方，不大像人们心目中的皇帝模样，作为一种别格，不能不说是难能而可贵的了。

关于曾静一案处理的另一破格之处是宽恕了现行的曾静而狠狠地惩办了死去多年的吕留良及其子孙亲属。雍正自己的解释是，如不经曾静投书，“则谣言流布，朕何由知之，为之明白剖析，俾家喻而户晓，……在曾静亦未为无功”，而吕留良则“谤议及于皇考”，是不能宽恕的。这解释不用说也是支离的，就连他给亲近的大臣的朱批中，也不能不承认是一种“出奇料理”。其实他是看出了思想上的叛逆比具体行动尤为危险的。而要彻底清除思想上叛逆的根源，不能不抓住一个有代表性的靶子来大做文章。吕留良搞过结社讲学，又大量批点时文，在读书人中有颇高的声望，又正好碰到刀口上，被他抓住了。他的这一思想被乾隆接受，贯彻下去，就成了此后办理文字狱的原则、基调，也是通盘政策由武力镇压转向思想统治的契机。而雍正则是它的奠基者。

《大义觉迷录》四卷，现有重印本。所据底本有雍正内府刻本与雍正刻本两种，前者是御制的原本，后者则是地方上的翻刻。当日既要使之“家喻户晓”，那翻刻就不止一种两种，印数也必然可观。但被乾隆宣布为禁书之后，就变成罕见本，成了藏书家的宝贝。本来是人人必读的政治教科书，转眼竟成为“防扩散材料”。在浩瀚的禁书目中，因此而出现了仅有的一种本朝皇帝的御制书。凡此种种，都增添了它的神秘性。但要了解曾静一案的真实情况，它却不及文字狱档中所收材料之原始而可信，它略去了案件发生初期种种有趣的事实，曾静的口供虽占了很大的篇幅，但内容千篇一律，都是按照雍正的口径进行的自我批判，口口声声“罪该万死”，与“文革”中中国知识分子差不多都写过的交代和思想汇报没有什么两样了。这一切又都经过御览，整理修饰，成为典型的认罪八股，看起来只能使人昏昏欲睡了。

此案的发露是“南海无主游民夏靓遣徒张倬”向陕西总督岳锺琪上书，这时曾静和张熙用的还是化名，投书的封面上写的是“天吏元帅”，书中“且谓臣系宋武穆王岳飞后裔，今握重兵，居要地，当乘时反叛，为宋明复仇”。从岳锺琪的奏折中透露的零散材料，可以知道投书大致内容是反清复明和攻击雍正的种种失德。雍正的反应则是故作镇静，声称“竟有如此可笑之事，如此可恨之人”，同时指出岳锺琪的秘审、用刑是“料理急些了，当缓缓设法诱之”。还替岳设计了诱供的手段、言词。岳锺琪照办了，对张倬予以优待，还“与之盟誓，伪为激切之言”，这样，张倬果然上了圈套，供出了真实姓名居址和一切关系人。雍正满意极了，肯定了岳的做法，朱批说：“览虚实不禁泪流满面，卿此一心，天祖鉴之。……朕与卿君臣之情，乃无量劫之善缘同会，自乘愿力而来，协朕为国家养生者，岂泛泛之可比拟，朕实嘉悦之至。”这种灌米汤手法是雍正的拿手好戏，对年羹尧早已使用过了，它也真的有效，立即使岳锺琪“感泣悚惶，惊喜交迫”。雍正又有朱批云：“朕生平居心行事，惟一诚实二字。凡谕卿之旨，少有心口相异处，天祖必殛之。朕之诚实，卿必尽知，而卿之忠赤，朕实洞晓。朕惟朝夕焚香对天祖叩头，祝愿祈我良佐多福、多寿、多男子耳。五内欣悦览之。”为了收买臣下的忠心，不惜赌咒设誓，这在历代皇帝身上也是少见的表现，但恰好反映了君臣之间的猜疑、危惧。岳锺琪的审问张熙，一定要拉一个满洲大员陪同，也是为了撇清嫌疑。封建统治阶级上层之间的矛盾与合流，在这里是表现得如火如荼，好看极了。

曾静给岳锺琪的原信一直没有发表过。开始时岳锺琪是不敢冒昧呈览的，因为内容实在太露骨了，但雍正却说：“犬吠兽啼之声耳，有何可介意，送来闲览之。”态度似乎颇为从容，但当他看到原件之后，却不能不惊呼：“朕览逆书，惊讶堕泪览之。梦中亦未料天下有人如此论朕也。”这确是由衷之言。他又庆幸曾静、张熙的自首是一件好事，并表示“此书一无可隐讳处，事情明白后，朕另有谕”。这是下决心作“出奇料理”的开始。雍正经过明察暗访，知道“逆书”中指斥的情节，并非出于投书者自己的捏造，而是流布已经十分广远的公论，加以掩饰将是毫无意义的。他分明感受到了舆论的压力。即使是在封建社会里，舆论自也有它的力量，这正是一个好例。按照惯例，曾静也将雍正的罪恶归结为十条：谋父、逼母、弑兄、屠弟、贪财、好杀、酗酒、淫色、怀疑诛忠、好谀任佞。具体内容从雍正自己的辩护词中可以约略窥见，这是清初著名的公案，有不少学者都曾加以考证论定了。总之，这里说的是雍正做皇帝是否够格的问题，到底还是次要的。《大义觉迷录》中所载第一道上谕的主要内容则是有关夷夏之防的辩论。

雍正说："在逆贼之意，徒谓本朝以满洲之君，入为中国之主，妄生此疆彼界之私，遂故为讪谤诋讥之说耳。不知本朝之为满洲，犹中国之有籍贯。舜为东夷之人，文王为西夷之人，曾何损于盛德乎？"他把民族的问题说成是籍贯问题，在当时是不得已的，但今天看来，这已完全不成问题，而且他的说法也含有不少合理的成分了。何况他也并未完全回避异民族的事实。"且逆贼吕留良等以夷狄比于禽兽，未知上天厌弃内地无有德者，方眷命我外夷为内地主。若拒逆贼等论，是中国之人皆禽兽之不若矣，又何暇内中国而外夷狄也？自骂乎，骂人乎？"这里就坦率地承认了自己是"外夷"，哓哓争论，有如小孩的相骂，这样的上谕也是少见的。

雍正又推论华夷之论，盖起于晋宋六朝偏安之时，还指出中国幅员的拓展与民族融合的事实，也都是符合历史实际的。"且自古中国一统之世，幅员不能广远，其中有不向化者，则斥之为夷狄。如三代以上之有苗、荆楚、玁狁，即今湖南、湖北、山西之地也。在今日而目为夷狄可乎？"这已经把问题说得很清楚了。雍正还举出了圣经贤传的"皇天无亲，惟德是辅"、"抚我则后，虐我则仇"、"顺天者昌，逆天者亡"，说明只有有德者才有资格做皇帝，民族、地域并不是决定性因素。这样，就接下去顺理成章地辩解自己实在是个够格的好皇帝，并非曾静等所说的昏恶了。当然还免不了指天罚誓，为了杜绝流言的影响，“是以特将逆书播告于外，并将宫廷之事宣示梗概，使众知之。若朕稍有不可自问之处，而为此布告之词，又何颜以对内外臣工、万方黎庶？将以此欺天乎，欺人乎，抑自欺乎？”看来他的处理此案是下了极大的决心的。“倘朕言有一字虚捏，……必遭上天之责罚也”、“挥泪书此”这些话，都说明他确是感到了反对派的强大与自己的孤立与无力，不能不说出这些急话来了。

岳锺琪在审问张熙时曾盘问“平日往来相与之人并其所祖述师承之具”，据供，“我辈同志之人素所宗者，系吕晚村，号东海夫子。我曾亲到其家，见其所著《备忘录》并《吕子文集》。惜其子孙不肖，忽背先志，贪慕荣利，已作仕宦，可为痛恨。今行李中所有抄录诗册，即晚村作也。”这是此案牵涉到吕晚村并引起雍正注意的开始。所说不肖子孙是指吕留良子、考中进士的吕葆中，此时亦已死去。文集是指《吕晚村文集》，雍正初刻本。晚村诗集没有旧刻，只留下一些传抄本，张熙所抄大抵就是这一类。

《大义觉迷录》卷四差不多就是批判吕留良的专卷，方法是首先打掉吕留良明遗民的头衔。清朝对待明遗民的态度是既防范也尊重的。固然希望他们出来为新朝帮忙，可是对真的降顺过来的又加以鄙视，修《贰臣传》就是一种表示。这种看来似乎有点矛盾的现象只能用封建道德标准的忠字来解释。统治者需要的是死心塌地的忠顺奴才，恨的是反复无常、见风使舵的角色。贰臣既然背叛了前朝，那就不可能是新朝的可靠帮手。为了统治者的利益，是不能不表彰前朝的孤忠，正是为了效力新朝的榜样。清初的隆重为明遗臣赐谥予祭，做的就是这个题目。也就是说，主子虽然换了，奴才固有忠的道德是不能变的。而吕留良却是考中过清朝的秀才的，一入黉门，君臣之份就定了，再行反复就将不齿于士类。雍正说，吕留良"于顺治年间应试，得为诸生，…是吕留良于明，毫无痛痒之关，其本心何曾有高尚之节也。乃于康熙六年（1667），因考校失利，妄为大言，弃去青衿，忽追思明代，深怨本朝。后以博学宏词荐，则诡云必死；以山林隐逸荐，则剃发为僧。按其岁月，吕留良身为本朝诸生十余年之久矣，乃始幡然易虑，忽号为明之遗民。千古悖逆反复之人，有如是之怪诞无耻，可嗤可鄙者乎！"

雍正接下去又对吕留良著作中的"悖逆狂噬之词"，举例加以批驳。雍正当日接触的吕留良著作，除日记已经消失外，《文集》还留下了雍正初南阳讲习堂原刻的《吕晚村先生文集》八卷，续集四卷，后附"男公忠谨述"的《行略》。少加比勘，就知道雍正当日是颇为细心地通读了原书的。也确能摘出一些反映作者思想的词句。如《文集》中"德祐以后，天地一变，亘古所未经"，又云"将以小庄为桃花源，为不知有汉，无论魏晋之人"等等，其实这样的词句在文集中是所在多有的。文集卷五有《秋崖族兄六十寿序》一文，看题目大约是不会说出什么出格的话来的，然而不然，文章一开头就说去常熟为钱牧斋庆祝八十寿辰的事。这钱牧斋就不是清朝统治者喜欢的人，他自己的著作全部被禁且不说，任何文字只要牵涉到钱的名姓议论，也得一律抽毁。钱牧斋对吕留良说的一段话更是皮里阳秋、意在言外，他说，你算了吧，要为我祝寿无过于引用彭祖的先例，但彭祖又怎样呢？“八百年内享升平，歌暇豫，轩眉皤腹，开口而笑者，固无几也。”这一通牢骚又引起了吕留良的一大段议论。他说，照彭城的旧例，为吕姓家族祝寿，“必以蒲州也，……言长生家必以为宗。然吾数其后，未四十年，遘金统之难，区宇糜烂，又五十余年而阴山微种，开门揖盗，燕云以南，无复人理。数不半百，五朝八姓十主，自生民以来，未有若斯之酷也。宋德□长，东罢于耶律，西躏于拓跋，完颜蒙古，相继甘人。磨牙吮血，腥闻过百年。是蒲州所阅历，固有倍蓰于彭城之八百。……则变乱之奇，自今日以迄不可推测，抑又烈矣。湘潭岳鄂、汴淮吴越之墟，耳断鸡犬，目断爨烟，……狐狸叫嗥，鼷鼠厹迹。城郭如故，寂无人声”。结论是这种世道，即使有长生之术，怕你也不情愿吧。这一大段议论，可以说明吕留良对清初政治形势联系历史旧事作出的完整估计。在雍正看来，应该是极端狂悖的，但却轻轻放过了。

雍正又摘引行状中的话：“有故人死于西湖，为位以哭。坏墙裂竹，拟于西台之恸。”查原文前有“甲辰岁”三字，后有“己酉葬于南屏山石壁下”。这正是说的张煌言，也暗示了他们之间存在着某种联系，只是不好明说而已。雍正似乎并未能觉察这一节。又《文集》卷四有《答徐方虎书》，是留良落发为僧后所作，中有云：

> 有人行于途，卖糖者随其后，唱曰，“破帽换糖”，其人急除匿。已而唱曰，“破网子换糖”，复匿之。又唱曰，“乱头发换糖”，乃皇遽无措。回顾其人曰，“何太相逼”！弟之剃顶，亦正怕换糖者相逼耳。

这里很巧妙地说明了他对清政府剃发令、推举山林隐逸等一系列措施的态度。逼到无路可走时，只能用落发来招架一阵。心事说得十分清楚，雍正也看得明明白白，在摘引了若干条文字后，下结论道：“此即其梗化不臣，明目张胆指我朝为闰统，托吠尧以自文者，皆此类也。”在雍正看来，曾静是“山野穷僻，冥顽无知”的人，他的谤讪只是因为误听了流言，至于吕留良著作，“是吕留良之罪大恶极，诚有较曾静更为倍甚者”。至于吕留良的影响更是不可低估，“恣为狂吠，坐致盛名”，使读书人“转相推服，转相慕效，多被愚迷而不知”。甚至地方官吏也怵其声势与徒党之众，不能不加意周旋。“如近日总督李卫，为大臣中公正刚直之人，亦于到任之时，循沿往例，不得不为之赠送祠堂匾额。”再看吕公忠所作的《行略》：

> 时同里陆雯若先生方修社事，操选政，每过先君，虚左请与共事。先君一为之提倡，名流辐辏，玳筵珠履，会者常数千人。……人谓自复社以后，未有其盛。亦拟之如金沙娄东，而先君意不自得也。

可以看出，吕晚村并非只是一个批选八股文的专家，实际上已俨然成为一方社盟的宗主，一言一行，都为人们所信服、景从，也正是因为他的这种声望，使地方大官也不得不敷衍周旋。如果这样的人物平日发出的都是“狂吠”，而“狂吠”又立即转化为公论，对统治者说来实在没有比这更为危险的事了。

《行略》中又引录了吕留良的一首遗诗：

> 谁教失脚下渔矶，心迹年年处处违。雅集图中衣帽改，党人碑里姓名非。苟全始信谈何易，饿死今知事最微。醒便行吟埋亦可，无惭尺布裹头归。

吕公忠说此诗“人莫测其所谓”，当然是打掩护的话。这哪里瞒得过雍正，看不出是一首明明白白的政治异己者的宣言呢？

《大义觉迷录》卷末附有曾静的《归仁说》，是一篇“悔过书”与“讲用稿”。从中可以窥见曾静被宽免以后奉旨往各地宣讲的某些内容。其后半主要也是批判吕留良的。这种现身说法的方式是得到了雍正的肯定的，“可见人无智愚贤不肖，无不为感格之人”。对自己的“出奇料理”是很得意的。

雍正的政治敏感与魄力都是少见的，他又很精细勤奋，在某种意义上也许可以称之为一个英雄。不过曾静在《知新录》里说：“皇帝合该是吾学中儒者做，不该把世路上英雄做。……即谚所谓光棍也。”曾静说的是迂阔话，但他指出雍正是光棍却是不错的，光棍也就是流氓，流氓皇帝在历史上有不少先例，但像雍正这样的却极少。看他对付读书人的手段，从吕留良到钱名世，不只是残酷，同时还是残忍，他的努力获得了很大的成功，终于转移了一代士风，大大加强了奴性。流风余韵，至今还没有消歇净尽，这一点是不应忽略的。

查·陆·范

三百二十年前的康熙初叶曾经掀起过一件著名的大狱——“庄氏史案”。一部私家刻行的明史著作被告密者挟嫌向皇帝告发了，接下去就是查抄、捉人、杀头。被处极刑的一共有七十多个。出版家、列名参校者，刻工、印工、订工、送板人，买书人和卖书人，连同他们的亲属朋友，一个也逃不掉。这是一个严厉的信号，不久，规模庞大的文字狱就开始了。关于此案，当时没有人敢记下始末经过，只能在有关的文字中多少提到一鳞片爪。直到清代后期才有人出来搜集故事，辑录遗文，例如傅以礼所辑的《庄氏史案本末》就是其中之一，而且已由上海古籍书店据抄本印行了。不过出版者并没有指出编辑者的姓名，也没有说明作序的巳翁就是周星誉。

刻一部书，请许多名人来列名参校，这是晚明直至清初的流行风气。原意不过是借此壮大声势，提高身价。这和今天许多刊物请名流作顾问的用意差不多。认真参加了编辑校定工作的是极少的，多半只是挂个名。这样因列名参校而被杀的就格外显得冤枉，如著名的文士吴炎、潘柽章等就是。

不过同时列名参校的却有三位逃过了这场灾难。他们又都是有极高声望的学者、文士：查继佐、陆圻和范骧。怎么会幸免了的呢？是因为事先检举了的缘故。这是许多记事一致肯定的说法，不过只是一句话，没有细节的说明。只有当时当事人才能知道其中的底里。这样的著作今存的有两种，其一是陆圻的女儿陆莘行的《老父云游始末》，已经傅以礼抄入《庄氏史案本末》；另外一种则是范骧的儿子范韩所撰的《私史纪事》。多年前偶然得到了这书的稿本，是一本毛订的册子，卷首属“七十有二范韩魏公谨述”。有“范韩之印”、“魏公”、“寄情处”等三方印记，书名原是《史祸纪事本末》，后来作者用朱笔改过了。卷中有朱墨笔改定甚多，最后是作者的手启：

> 壬午（康熙四十一年，1700）冬十二月，太史毛大可先生顾余荒斋，细讯南浔史事，余一一详言之。先生年高，不能记忆。后为友人作叙，见其前后遗忘，年月失次，殊为可惜。今年春王正月，吴庆伯先生命令子过索史难始末，余恐当代名人不知其中觍缕，徒为好事者粉饰其词，敬直书之以质诸高明长者，恳鉴而分明辨别之。七十有二老人范韩拜启。

看这手启可以知道史狱发生后四十多年来，人们口耳相传，已经产生了许多异说与议论。这是史狱惨酷的直接后果的附产物，在被害者身边所产生的影响，一直扩散开去，从江南直到全国的知识界。在凛于清廷的淫威之余，必然会在内部产生种种微妙的矛盾。死难者被人们看作为国殉难的义士，偷生者自然难免不受到种种揣测。查、陆、范三人并未过目原书，怎能在案发之前忽然发现了危险，抢先自首，而在严刑酷法之下竟自幸得宽免，这是不能不引起人们的疑惑的。受不住舆论的压力和内心的谴责，终于弃家出走的陆丽京（圻）的遭际，就足以说明这种矛盾的严重性。黄宗羲在《思旧录》里有一段记事：

> 陆圻，字丽京。鲲庭兄也。为文长于俪体，乱时避至东浙，馆于吾家。言“当此兵戈载道，无不闭门听难，而宾客满座，盗贼不犯者，惟朱湛侯与黄氏两家耳”。庚寅同宿吴子虎家，夜半推余醒，问旧事，击节起舞。余有怀旧诗：“柔间隐迹怀孙爽，药笼偷生忆陆圻。浙西人物真难得，屈指从云某在斯。”史祸之后，丽京以此诗奉还云：“自贬三等，不宜当此，请照月旦。”其后不知所终。人有见之黄鹤楼者，云已黄冠为道士矣。

这里记下的正是陆圻矛盾、痛苦的内心活动。范韩记：

> （庄）廷钺续刻伊兄铣之《纪事本末》，参阅姓氏二十一人。首列查伊璜先生，次即余父，又次陆丽京先生。……壬寅（康熙元年）冬史祸发，奉旨二十一人皆凌迟，期亲斩。男十三以下，妻女并没入为奴，法无赦。

曷以得邀皇恩幸免也，以检举在先故也。刻书，刊参评，常事也。曷以知其有祸而检举焉？得故人周栎园先生语余父曰：“偶见庄氏书，载闯逆入宫。有禅表，下注龚鼎孳手笔。”且言：“合肥（龚）慕大范老子久，以未获一识为恨事，望速检举，日后好相见也。但为首查某，为人反复，勿使知可耳。”

原来发觉庄史存在问题的是周亮工，而问题所在只不过是开罪了龚芝麓。检举也只是为了留下后来与龚见面的余地，根本没有看出更严重的毛病。可见当时一般人对庄史的认识也不过如此。

查伊璜因为是参校的第一名，所以已先提部候审，陆、范也在壬寅冬题解北发。《纪事》记从杭州乘船北上情事甚详。这稿本后来曾经陆圻弟堦的曾孙宗楷读过，在好几处加了眉批。如《纪事》记范、韩入都后“二月初旬，晤丽京父执之弟梯霞于前门，相见失色。拉余至静处，聆其言，语语秘密，心悸气动，似一刻不能存住京师者。谆切相告：‘范、陆二姓，至我两人而斩。急速逃避海滨，觅一村妇，延两姓嗣续，勿愚，徒留京师，待缚尔，噬脐无及也。’余答曰：‘汝弟兄也，或可以不相顾而自为谋；余人子也，义与父同生死。誓叩九重，图申救于万一。’梯霞含笑而别。”

在这一节的书眉，有墨笔批：

史祸作时，梯霞公单骑入都，竭力营救。寒门子姓，同籍生全。即查、范两宗，亦获同舟之助。迨丽京公发南质讯，梯霞公京身自缚，亲投宪辕，监禁在狱。恩纶既沛，省释同归。魏公造作无影之词，玷污孝友，亦天理所不容矣。宗楷笔。

是不是“无影之词”，很难断定了。但这节对话，好像又不是可以造得出来的。在专制的淫威之下，受难者的心理状态在这里表现得典型而生动，正是难得的记录。《纪事》记北行舟车行旅种种情状，也是十分难得的，是巨犯押解的实录。

记后来陆、范押解南归，有一节说：

次早，余父乘西骡，余与二仆，驿骑随行。（天主堂汤若望先生，有旧，差官姓致殷勤，为余不惜重价雇西骡，为南归之用）黄沙白草，冷月酸风，或三站，或二站，西骡安稳异常。……而陆老人有二仆一弟，卷其行李资斧，遁去不顾。只身鞍马，雨雪之日，难堪细述。且囊橐无金，解官辈惟利是视，有何道义，不无窘辱耳。此皆弟仆为之也，其又何尤。

在这里，又有书眉批语：“丽京公被逮时，有张仆在逃一事。然左右有人，不至十分狼狈。至一弟云云，更为可骇。梯霞公原非同行，此外已系南狱。此等纪载，含血喷人，适以自污其口矣。宗楷笔。”

这一节与后面记周亮工与查伊璜的凶终隙末，都可以看出士绅阶层之间的矛盾，因史狱或通南一类事件的刺激，更趋复杂、激化，是值得加以注意的。

查伊璜的免祸经过，在《纪事》中没有记录，传说是得到了两广水陆提督吴六奇的援救。而查、吴的遇合又是很有点传奇性的。有不少人曾记入笔记，是流传较广为人们所熟知的故事。

至于庄史成为“秽书”的主要原因，范、韩也有较为详细的说明分析，为他书所不详。

> 客曰，庄氏刻史书，罹灭族之辜，知而为之，抑不知而为之乎？……余曰，庄钺之弟廷钺，婢出也。钺知弟轻佻，不克绳祖业，自谋为不朽之事。乃购朱氏史稿，寿之梨枣，沽身后名。朱氏稿至宗朝，绝无忌犯，其一代良史也。不意庄钺刻至大半，双目失明，继以疯疾死。廷钺拥兄数十万之资，骄侈无状。日与年少相游戏，量此书高阁矣。下路书船，往来门下甚伙，无知好事之辈怂恿刻完此书，与坊间水客兑换书籍，将来其利不穷。廷钺于是延名流严云起等十会人，续成是书。夫所谓名流者，取媚于主人，道古今而誉盛德，入耳而不烦。且博弈，斗叶子，朝夕欢呼饮酒。或酣醉无聊，不平有动于心，迅笔直挥；或怨恨思慕，胸中触发所至，落纸如愿，罔知所忌，肆其狂言。廷钺蒙昧无知，是非莫辨，计字每千酬金三十两，竟成是书。其为荒谬草率可知矣。壬寅冬，史难发，奉旨，谕承审大人及督抚，问书内赞扬故明、毁谤本朝，是何情

由，着严刑夹讯。呼太祖为某子，是何情由，着严刑夹讯。呼尚王、耿王为尚贼、耿贼，是何情由，着严刑夹讯。呼本朝为后金，是何情由，着严刑夹讯。共八条，其四条，年久，余忘之矣。庄廷钺、严云起等以兹召祸，盖自取之，此其尤大彰明较著者也。

这里所记的正面“罪案”大抵是确实的。明清易代之际风起云涌的私史著作，也大都具有这些特点。查伊璜自己就撰成了一百零二卷《罪惟录》，原名《明书》，经过庄氏史狱，始改今名。据考证，他是从史狱放还以后埋首数年最后成书的。不像陆丽京那样一走了之，却冒着大风险，继续闭门完成了这部巨著，他真的是对着干的。这部稿本的得以保存下来，最后印入《四部丛刊》三编，也不能说不是一个奇迹。

书买得后曾匆匆看过一下，觉得所说的故事过于阴冷了，遂掩卷不愿再观。三十年后取出重读，却有一种新的印象，深感历史遗存负载之沉重。自五四以来，多少仁人志士曾向封建主义猛烈开火，轰轰烈烈地闹过一阵子，不幸半途而废了，终于还是反得不彻底，留下的病根时时发作，有时还变本加厉，闹出连前辈英雄想不到或不敢想的花样来。最近看到一种意见，说是五四运动全面打倒了历史传统，彻底否定了中国文化，负面作用大大超过了正面价值。不禁产生一种疑问，难道我们反封建的工作真是做过了头了么？这真是么说才好呢？

1985 年 11 月 17 日

清代的禁书

清代禁书政策的酝酿诞生，实际上怕是始于乾隆三十九年（1774）两广总督李侍尧查缴屈大均诗文的奏折。乾隆皇帝从这里得到启发，才下决心逐步实施、全面推广的。四库全书馆已经成立，访求遗书的工作也已开始，但李侍尧却悟出了工作中有一个很大的漏洞，他说："从前臣等止就其书籍之是否堪备采择，行司照常办理，竟未计及明末稗官私载，或有违碍字句，潜匿流传，即可乘此查缴。"这一陈述正好与圣意相合，立即得到了详细的指示，那要点是："传集绅耆，明切开导，谕以此番仰蒙皇上如天之仁，特免收藏之罪。即有前存忌讳书本，不妨及早缴官，并无干碍。倘再匿留不献，则是有心违犯，自取罪戾。"那开始也还在威胁之中含着劝诱，如对于屈大均的诗文，就止须销毁，并不追究藏书的屈氏子孙，乾隆在上谕中又进一步说明：

朕屡经传谕，凡有字义触碍，乃前人偏见，与近时无涉。其中如有诋毁本朝字句，必应削板焚篇，杜遏邪说，勿使贻惑后世。然亦不过毁其书而止，并无苛求。

朕办事光明正大，断不肯因访求遗籍罪及收藏之人。

这是开始收缴违碍书籍时的情形。不过成绩一时并不理想，特别是江浙一带地方官办理不力，三十九年十一月又有谕旨，指出：

> 此等笔墨诋毁之事，大率江浙两省居多。其江西闽粤湖广亦或不免，因指名交各督抚留心查办。乃高晋、萨载、三宝皆覆奏称，查无违碍之书。今李侍尧等既从粤省查出屈大均诗文，不应江浙等省转无明末国初存留触碍书籍，岂高晋等办事不及李侍尧等之实力乎？抑江浙各藏书之家尚不能深喻朕意乎？

这个压力很不小，江浙各省的地方官加紧卖力奉行了，许多藏书家也不得不将家藏书籍上缴四库馆，但我猜藏书家们在缴书之前，是曾经仔细拣选过的，送去的大抵是古书，而极少明清易代之际的作品，这些书也大抵平安地通过了，被收入《四库全书》，只是在重抄的时候，做了手脚，进行了删改抽换。但献书人大抵平安无事，而且各蒙赏给御制《图书集成》之类的奖品。所献之书也奉旨一律发还，但词义违碍的不在此例。据汪启淑《水曹清暇录》载，自乾隆三十七年（1772）开始征访以来，三年中共访得书一万三千七百八十一种，而以浙江进呈者为最多，共四千五百八十八种。可见经过一番斥责督促后，是收到了明显的效果的。

在纂修《四库全书》的过程中，又发生了以下事件：

乾隆四十一年，诏应毁书籍内有止须删改字句，不必因一二卷遂废全部。这就开了抽毁的例，也为抽换删改种种手法铺平了道路。

乾隆四十三年，查办了徐述夔《一柱楼诗案》。为徐作传的沈德潜也获得革去官衔、谥典，撤去乡贤祠牌位，扑毁祭葬碑文的处分。

同年十一月，又重申查缴违碍书籍的禁令，这次定了二年的时限，限满后仍有隐匿存留，从重治罪。显然与开始时的宽松态度大不同了。

乾隆四十四年十一月，令各省郡邑志书内如有登载应销毁各书名目及悖妄著书人诗文者，一概俱行铲削。禁网所及已经注意到了地方志，今天旧刻方志流传的稀少，与这次清理是不无关系的。

乾隆四十五年，令于野史诗文外，更注意于演戏曲本。这次网撒得更大，已经伸向俗文学领域，小说也随之受到严格审查。

乾隆四十七年，发现四库馆进呈原任检讨毛奇龄所撰《诗说》内，有字句违碍，总纂官没有签改，交部议处。

乾隆五十年，下令改正谷应泰《明史纪事本末》中吴三桂击走李自成事，指出击走李自成的是清军而非吴三桂。

乾隆五十二年，重校三阁《四库全书》，又发现阎若璩《尚书古文疏证》内引有李清、钱谦益诸说，未经删削，应将承办各员惩处。后纪昀奏，除认罪删改，陆续赔写外，并请将文渊阁所贮明季国初史部、集部及子部之小说、杂记诸书，自认通行校看，凡有违碍，即行修改。并知令文溯、文津二阁详校官划一办理，赔写抽换。从此修《四库全书》就开了抽换、改写的方便之门。除了经部之外，其余史、子、集三部无一幸免，遍遭蹂躏了。这就是鲁迅先生所说满清对中国著作的暗杀。

乾隆五十三年，令违禁诸书恐尚有留存之本，著各督抚严饬所属，悉心查缴，解京销毁。同年查办禁书最为起劲的浙江刊布了禁书总目，其中包括了乾隆四十七年四库馆奏进本；军机处奏应全毁书抽毁书；专案查办钱谦益等应毁书；浙江历年奏毁书；外省移咨应毁书五大类。这时的浙江巡抚觉罗琅有一通奏折，就是对乾隆谕旨的覆奏。说明自乾隆三十九年奉旨查办以后，中经两次展限，先后奏缴禁书二十四次。书五百三十八种，一万三千八百六十二部。以后即未再缴，“浙江为人文渊薮，民间书籍繁多，实难保再无存留，乃近年以来，并无查缴，或系各属因限期已满，奉行不力；而藏书之家，亦因查禁稍懈，匿不呈出，均未可定。……臣现已通行各属，剀切出示晓谕，并督同司道府实力查办。酌委妥员，于各处书坊，不动声色，分头购觅，……断不敢视为具文，日久生懈，亦不敢稍涉矜张，致滋扰累。……”即使如此，也还留下了不少漏网之鱼，使后来的图书馆、藏书家得以编出一部部禁书目来。如果乾隆的兴大狱，搜禁书，也算得上是一种“文化革命”，但比起二百年后那一场史无前例的“革命”来，可真是相形见绌，天差地远了。乾隆不敢大肆发动群众，依靠的只是一群奴才，即使是得力的奴才，也到底办不成如此伟大的“事业”。乾隆也长于抄家，但却不能不局限在被他抓住把柄的对象身上，没有普遍推行的气魄。这都是他的“局限性”。不过他到底是“前辈”，曾经做出过“光辉的榜样”的，因此今天无论如何也不该忘记这位“先行者”。

陈垣有《四库撤出书原委》一文，引用乾隆五十二年四月初二日档，说明撤出各书后填补空函办法，是很有价值也很有趣的掌故，是揭露《四库全书》删改抽补手段的原始记录。查出问题的书有李清撰《诸史同异录》，要点是“因书内妄称世祖章皇帝有与明崇祯相同四事，悖诞不经”。奉旨应毁，并将李清所撰其他著作三种一并销毁。又有吴其贞的《书画记》，“因书内所载春宵秘戏图，语多猥亵，奏明应毁”。另一种是周亮工的《读画录》，“因诗内有‘人皆汉魏上，花亦义熙余’，语涉违碍，奏请销毁”。同时并将周亮工其他著作二种同时销毁。书既销毁，就必须补足空函，那办法是：

> 查得《四库全书》每分六千余匣，均只于匣面按次标刻第几函字样，其书则各自分部，不相联属，并无通身流水卷数，是以屡次奉旨添书撤书，皆可通融办理。此次所毁李清书四种、《南北史合注》一种，系在史部别史类中；《诸史同异录》及《不知姓名录》二种，系在子部类书类中。此二种备抄之书尚多，均可按其时代，

另检别种约计卷数多寡依次补入，不见抽换之迹。

还有一种《南唐书合订》，无可抽补，就用衬纸之法，塞满空函。

周亮工是著名文士，馆臣在《四库提要》中常常引用他的意见，这就带来了颇大的困难，改撰《提要》，挖改原书，为了一字一句，要花很大的弥缝功夫，留下了破绽，为读书心细如发的陈垣先生一一指出，使真相大白于今日，成为纪昀等玩弄不光彩手法的铁证。凡此种种，都证明着一件事实，《四库全书》是经过大手术的一部大丛书，其可信赖性也即科学性是大可怀疑的。使用时必须时加小心，最好的方法是能找到未经做过手脚的古本原著，如果能够得到的话。多年来就有影印《四库全书》的动议，但因以上原因学术界是并不赞成的。如果真能影印出来，自然是一部新古董，也有它的文献价值，不过其实用性是大可怀疑的。

传世禁书目录较早的刻本是姚觐元的咫进斋本，已经是光绪中出版的了。但在很久以前就在读书人中流传着种种抄本目录，所收禁书也多少不同，有的是传抄的当时官方簿册，可见在很早以前，即乾隆禁书后不久就已出现了著录。他们大抵是留心掌故的有心人，对这场大灾难抱着深切痛恨的感情。抄存禁书目，这在当日无异于暗藏着变天账，其危险并不在收藏禁书之下。但到底还是流传下来了。姚觐元就据以付刊。他在跋尾中说：

> 方今圣人在上，稽古右文，百无忌讳。各行省书局宏开，博采旁搜，典籍大备。士生宽大之朝，或亦妄识禁忌，因就其所得，详著于篇。于以见国家功令，所以维持风教者在是，而为目录之学者，于艺文掌故，亦有所考焉。

这是一通涂上厚厚一层保护色的官话，如果细看，是可以看出那言外之意和惴惴之心的。这就不能说他纯粹是为了艺文掌故，也就并非完全是学术性的了。姚觐元作跋时是光绪八年（1882），已经到了清末，统治者这时已经没有余力管这些闲账，社会上各种不同思想一时蜂起，其主流则是排满的民族思想。果然，再过三十来年、就又有了《国粹学报》的排印本，是作为民族革命的匕首投枪而出现的。以后又有商务印书馆和大东书局本，一直到海宁陈乃乾扩编的索引式的《禁书目录》出现，才转而成为书坊和藏书家不可少的参考书，起着商业性质的作用了。随之而来的是禁书在旧书市场上的大涨价，使买书人叫苦不迭，不过也因此而使深藏密锁了几百年的禁本重新露面，使孙殿起得以辑成一册《清代禁书知见录》，宣布了乾隆禁书政策的破产。同时还有一册《外编》，所收都是明明有可禁之由然而逃却了法网的“遗珠”，更进一步证明了当日雷厉风行的禁书运动的粗疏、马虎和奴才们的偷懒和无能。

禁书目中有一小部分在书名下附有审查意见，读起来是很有趣的，从中可以悟出被禁的缘由和审查标准。所用词句虽然有千篇一律之嫌，但也不时出现有趣的妙文。总计起来，用得最多的官话是“词涉乖谬”、“语有偏驳”、“殊为谬妄”、“俱有违碍诬妄语”、“语极狂悖”、“语有干碍”……。从口气的宽严可以推测原书内容，也可以看出考官的面色。此外，金堡、钱谦益、屈大均、吕留良等人姓字是不能提的，更不必说是加以推崇了。岳飞的事是不能说的，宋高宗同样也该回避。给明郑贤辑《古今人物论》的评语是：

> 内顾充《宋高宗论》，柯维骐、王世贞《李纲论》，屠隆《宗泽论》，张静峰《张浚论》、《秦桧论》、《郾城大捷诏》，陈敬《书生叩马论》，俱有偏谬语，应请抽毁。

这就是说，南宋和、战问题不能谈，抗战派与投降派一律不许议论。明于慎行撰《读史漫录》，其中“金兵将薄汴”一条，“自古国家成败”一条，“高宗初立”一条，“高宗主和”一条……“俱有偏谬之语，应请抽毁”。许诰撰《霞城集》，因“《闻道关门》四首当系指俺答入边事，而措语偏谬，应请抽毁”。此外，岳墓诗和岳王绘像歌，武昌府重修岳忠武祠碑记这些文字也不许有。可见一切涉及民族矛盾的内容都是不能容许的。至于诗文中有“意寓感情”的，也都在抽毁之列。绞索已经套住了人们的思想感情，不仅限于客观存在的历史事实了。

对于南明史，禁忌就特别多。《了凡纲鉴补》因“其记载明末唐、桂诸王，多用其年号，且中多触悖语句，应请销毁”。《国书》因“内称福王为赧帝，又称唐王为隆武帝，均极悖谬，应请销毁”。《比玉楼诗集》中有“福王为天子南渡”的话；明人沈氏所作《思贻堂集》，内称崇祯为先帝，都被看作大逆不道。明张铨《国史纪闻》卷九有叛降朝鲜一段，是揭了清朝先世的老底，当然应予禁毁；《开疆奏疏》“皆逆贼吴三桂自四川入黔滇时所上奏疏，未便存留”。这都是销毁史料的例子，标准是是否对清朝的统治有害。

凡是文字狱中人物的著作，不问内容，一律全毁；凡在书中提到钱谦益、周亮工等人姓氏或有其序跋评语的，也一律销毁。沈德潜的《国朝诗别裁集》，初刻于乾隆二十四年，因卷首选有钱谦益诗，几乎惹出大祸。后来由翰林院诸臣动手删定重刻，铲去了钱诗，换上了慎郡王诗，并在书名上加上“钦定”二字，才重新准予发行。全书也由三十六卷缩成三十二卷。沈归愚的诗选到今天仍为不少人奉为标准读物，多次重印，但知道最初问世时的故事的怕不多了。乾隆皇帝的余泽，到今天也并没有消失：人们还在“钦定”范本的指导下思索，欣赏着温柔敦厚的诗教，这是不能不使人发出苦笑的。

几乎无事的悲剧

翻看《清代文字狱档》，其中有些案子论性质都可以归入《笑林广记》一类的。然而读了以后却笑不出来，那结果往往是很悲惨的。人的价值已经贱如泥沙，而掌握着人的命运者也已堕落在禽兽之下。老虎吃人之前，并不发表一通什么宣言申明罪状的，相比之下，不是还是更有道德的么？

顺天学政倪承宽在考试生童时，发现了试卷诗内“语涉讥讪”，立即将该生斥革拿问，抄家，并根究有无别滋事端了。审问下来，据供：“该犯做诗平日原没讲究，卷内诗意，极要颂扬，苦于词不能达，又因不能诗学，随意填写，以致字句多不妥协，并无他意。”但倪承宽仍主张“非重加惩治”不可。看那试卷原诗，实在是打油之作，与乾隆御制的皇帝诗不相上下。这次乾隆的朱批是“其诗是不通，尚无别故，不必斥革”。比起倪承宽来要宽大得多。不过也怪不得这位顺天学政，实在被此起彼伏的文字狱弄得神经衰弱了，不得不从严批判，而皇帝的御批又是摸不准的，难保不作出天差地远的结论，要找明确的衡文定性标准，那可又没有。这就是文字狱中常常出现“狗比主人凶”情形的来由。

与此案有些相似的是“龙凤祥麝香山印存案”。龙凤祥是问流在配的官犯，被搜出印谱二册，据贵州巡抚觉罗图思德奏称，“图章语句，多有狂诞不经之处”，随即锁拿抄家。审问后案犯供称，因贫苦无聊，刻成两本印谱，希图送人获利，不料即被查获。“那图章字面，有用成语，有自己编造，并无别有意见”。刻闲章是从晚明开始盛行的一时风气，内容有大话，有牢骚，但没有颂圣的豪言壮语，要找怨望悖逆的字眼，不必断章取义，处处都是现成的，不过经乾隆“细加披阅，并无悖逆不法字句，毋庸照逆案办理”。总算逃出了一条性命，发遣到伊犁等处充当苦差去了。

审问这类案件，自有一套“圆机活法”，“诗句虽非诽谤但缺望情词，已属显然”。（刘统勋查抄鄂昌奏折）这是一个通用的套子，随时随地都能套中对手，逃脱不得。有时不必出于自作，批点前人之作也可以构成罪案。程明諲因妄作寿文，圈点成语，被问官捉住，问道：“《后汉书 · 赵壹传》内五言诗二首，你何以独取‘文籍虽满腹，不如一囊钱’二句，密加圈点，且批‘古今同慨’四字？”这在批点之风盛行之时，对在书房里用功的人可是一种严重的威胁，不知何时何处会被捉住，牵连到逆案中去。乾隆对此案的处理也是别具手眼的。他认为作寿文、圈成语，不过是“文理不通，滥用恶套，与公然造作悖逆语者有间”。但因此而引起的纠纷，“此种党同恶习，实启师生门户之渐，与世道人心甚有关系。程明諲之罪实在于此”。虽然免却凌迟处死，还是“斩立决”了。真是天威不测，想揣摩也困难。

乾隆一朝，虽因文字狱案最盛，引起人们的注意，但多半是属于这一类“几乎无事的悲剧”。禁书因销毁而多半成为秘本，难以得见，但偶然读到，也还是失望的时候多。鲁迅在给杨霁云的信中说：

> 乾隆禁书，现在每部数十元，但偶然入手，看起来，却并没有什么，可笑甚矣。现正在看《闲渔闲闲录》，是作者因此杀头的，内容却恭顺者居多，大约那时的事情，也如现在一样，因于私仇为多也。（一九三四年十二月十四日信）

私仇之外，还应加上一条，就是奴才们为了献功邀赏或保全自己的捏造。许多冤案都是这样制造出来的。邓之诚《清诗纪事初编》中的王仲儒《西斋集》条说：

> 仲儒身后得祸最烈，列入禁书专案。自今观之，略无抵触。仅故国之思，偶一流露。视同时诸人之作，或尚蕴藉。乃有禁有不禁，殆亦偶值其会耳。乾隆时禁书几以全力为之，及今所禁之书，依然流传世间，知为徒劳也。

既然是“几乎无事的悲剧”，那偶然性就是必然的。说禁书是徒劳固然不错，说它为文化带来了浩劫也是事实。乾隆十八年（1753）发生的“丁文彬逆词案”，也许是这类案件中最为典型的一例。

一个口称孔家亲戚的浙江上党人丁文彬，来到曲阜孔府门前求见。衍圣公看了来书，发现“狂诞虚拟”，不禁胆战心惊，立即将丁文彬捕拿送县，同时密札山东巡抚查办，又上奏给乾隆，后来得到了“所见甚正，所办甚决，嘉悦览之”的朱批。这个丁文彬身边带了自著的《洪范春秋》，书中“丁子曰”字样经剜补改为“天子王帝曰”。这书事前又曾呈献给当时任浙江学政的庄有恭，但并无回覆。丁文彬又声称“已故衍圣公曾许其二女为配，传以尧舜之道，于前衍圣公孔广启故后，即自以为承其统绪，即位为王，国号大夏，年号天元。擅加封赠”。“同时又伪造时宪书，开列年号，并自画铸钱样式”。“复捏写寄与孔氏书稿，称其为岳母妻室”。问他因何来禀，则捏称“因困苦之极，欲将书籍交与衍圣公，传位与他”。正如山东巡抚杨应琚所说，此案是明明白白的大逆案件无疑了。但同时又不能不感到有些离奇。要解开这“神话”的谜底，就不能不看丁文彬的供单。据自供：

“小子从前跟了族叔祖丁芝田到过曲阜，见过老衍圣公，讲尧舜之道，辟佛老邪教，曾把两个女儿许配小子的。”

“问：你既是小家出身，现在看你形如乞丐，当年衍圣公怎肯与你结亲？况结亲从无两女同许一人之理，又并无媒妁，显属妄赖了。”

“供：小子结亲是奉上帝命，何须媒妁呢，那一夫二妇乃尧舜之道，舜妻尧之二女，班班可考。当年老衍圣公守先王之道，实应称帝，看小子讲道论德，与舜无异，故传位与小子，以二女妻之。这都蒙上帝启迪所成。小子闻得衍圣公殁了，就接了位，如今已八年了。”

问伪造逆书的经过，供：

“到乾隆十五年，上帝又命我改作《洪范春秋》，把这书又增添了好些，把书内六十章之后，‘丁子曰’都改作‘天子曰’、‘王帝曰’、‘王若曰’，是上帝命改，才剜补抽换粘联的。”

问到有无主谋、党羽，供：“小子原不愿做这件事，实是上帝之命，无奈何，并没有什么主谋的。”至于上帝，“上帝是上天，如何有人？小子实是蒙上帝时时启迪，常在身旁说话，人不能听闻的。”动了夹棍以后，还是供不出主谋，不过已经悟出“如今受刑，亦是上帝带累的了”。后来问官又追问所封的董妃，那供词就尤为有趣。

“封董氏为妃，那董氏是松江人。他父亲叫董恒山，开茶馆的。小子没饭吃，帮他扇过半年风箱，见他这女儿年方十五，生得好。小子心里想，就把她封了妃，记载在书上的。”依同理，孔大舅被封为冢宰、平虏将军，叔舅为大宗伯，伯舅为大司徒，理由也是“官员原该都是孔家人做的”。

“又问：你书中记张七，是什么样人？为何这样恼他呢？供：张七即张不赓，他是松江张司寇之子。小子承圣人之绪，圣公之女应配与小子，不料被他夺娶了去。那年张七娶亲，豪华已极。不特小子不得妻，且念师妹不得所，故此恼不过，记这一句的。”

原想追出大逆案背后主持人及其同伙的问官，不料却问出了这样一连串荒诞不经的供词，那失望是无疑的，虽然用了“悉心研究，严加刑讯，用言开导，遣人诱探”种种方法，还是无效。巡抚杨应琚终于不能不承认：“丁文彬乃一至贫极贱之人，一旦少习陈言，遂自诩为奇材异能，无出其右。因而妄想富贵美色，痴心日炽，结为幻影，牢不可破。”这不像是审结，倒像医生开出的病历，其实还要算是明白的。不过即使是个精神病人，也还是不能放过，何况“该犯语言气短，面带死色，不便久候”。随即得旨，“丁文彬着即凌迟处死”了。犯人亲属丁文耀等三人也判了“斩监候”。以牵连规模论，也还不能算是一件大案。

丁文彬投书的当事人是衍圣公孔昭焕，虽然因及时上报得到皇帝的好评，但还是脱不了干系，不能不交上一份“亲供”，声明“我家世受国恩，焉敢僭称王号”。同时还汇报了一姐一妹的婚嫁情况，辨明与丁文彬无干。可见即使贵为衍圣公，也不能不诚惶诚恐地接受审查。乾隆到底给他留了面子，没有追问下去。至于在学院任内曾经接受丁文彬献书的江苏巡抚庄有恭，就没有这么轻松，不能不奏陈当日情景，并声称“当时臣本未留心查阅，后亦不复寓目，今事隔五年，实不知败簏破箧中果存此册否?”这话是骗不了皇帝的，朱批：“此奏又属取巧。细查书来，不可终归乌有。”庄有荣到底没有将逆书找到交出，自请交部严加治罪。乾隆对此发出了长篇的谕旨，说明早就“知其存心取巧，必不将原书查取呈览”，今果空言回奏，不出朕之所料。……庄有恭之意，盖恐进呈此书，则罪戾显然，故藉词寻觅不见，以此避重就轻。……必系闻信查出私为销毁耳”。这精明而合理的判断，说明皇帝也明白文字狱在奴才心目中的分量。但最后只是“照庄有恭学政任内俸禄养廉数目加罚十倍”，“以为徇名利而忘大义者戒”，不能说不是法外施仁了。

从处理这样一名癫病患者的过程，是可以看出清统治者的用心的。推广开来，也可以看作处理类似案件的原则，那就是宁肯失之冤滥，也绝不使任何可疑的反对派漏网。当然，有时候奴才奉行得过了头，也要站出来说两句“公平话”，好像皇帝自己倒是宽仁的。但奴才到底是聪明的，绝不因此变得实事求是，因为这实在是太危险了。清代文字狱为什么会出现大量“几乎无事的悲剧”，看来实在是必然的。上面是皇帝，手下跟着一批奴才，老百姓全是蚂蚁，被随意捉来玩弄，像猫逮住老鼠一样，并不立即干掉，只是尽情摆弄，直到尽兴时才一口咬死，还得赶在他剩下一口气之前，想想这实在是特等的残忍，不过虽然登峰而未造极，后起之秀的业绩往往有青出于蓝之妙，可是推本溯源遵循的还是过去的老谱，只是翻新了花样而已。

避讳的故事

研究避讳学的名著，有陈垣先生的《史讳举例》。其《清讳例》一节的小引说："清之避讳，自康熙帝之汉名玄烨始，康熙以前不避也。雍乾之世，避讳至严，当时文字狱中，至以诗文笔记之对于庙讳御名，有无敬避，为顺逆凭证。"下面举出的实例，就有王锡侯的《字贯》案。乾隆不但教人们敬避本朝庙讳，还替汉武帝说话，命令四库馆臣将《北史·文苑传》中的"颉颃汉彻"改为"汉武"，真是管得太宽了，难怪陈先生要发出"使天下知皇帝之尊，百世下犹可为厉也"的慨叹。这样随意删改的结果，是给古文献增添了无数错乱，使读者头昏脑涨，但学者利用这一病态现象，又可以考订史实真伪，断定历史时代，正是所谓有一弊必有一利的吧。

陈垣先生又撰《旧五代史辑本发覆》，极详密地揭露了四库馆臣在用《永乐大典》辑集遗书时所作的手脚。这也是解剖麻雀的方法。就一种书中的个别状况，可以推知其他辑本以及全部《四库全书》的整体面貌。陈先生此书分忌虏第一（虏改敌，虏骑改敌骑，虏改契丹，北虏改契丹，虏主改契丹主）；忌戎第二（戎王改契丹，戎王改契丹王）；忌胡第三；忌夷狄第四；忌犬戎第五；忌番忌酋第六；忌伪忌贼第七；忌犯阙第八；忌汉第九；杂忌第十。不必细按诸例，只看这一目录，就可以领会当日四库馆臣是如何兢兢业业，惟恐失误的了。这种科学的检定是一大功德事，它可以破今人对“御览”、“御制”……一类书籍的迷信，至少可以提醒人们，在运用这些材料时要格外小心。例如《古今图书集成》自然是一部规模庞大的类书，但为什么过去在学术界的身价竟如此之低，这“钦定”的一节不能不是一种原因。

雍正十一年（1733）四月上谕：“朕览本朝人刊写书籍，凡遇胡虏夷狄等字，每作空白，或改易形声，如以夷为彝，以虏为卤之类，殊不可解。揣其意盖为本朝忌讳，避之以明其敬慎。不知此固背理犯义，不敬之甚也。”宣称以后如不加改正，就要“照大不敬律治罪”。乾隆四十二年（1777）也有过同样意思的谕旨，这本来是清醒的实事求是态度，但聪明的馆臣是不敢相信的，还是照样做手脚。我有一部康熙壬子常州岱渊堂刻的《杜诗论文》，原刻初印，但诗语中却出现多处空白，如“（羯胡）事主终无赖，词客哀时且未还”；“汉朝陵墓对南山，（胡骑）千秋尚入关”；“东（胡）反未已，臣甫愤所切”；“黄昏（胡）骑尘满城”等括弧内字都一一“敬空”，正好为雍正的谕旨作注脚。在这种神经质的避讳中，正可看出隔阂与敌意，陈先生叹息说：“四库馆之开，清之据中国百三十年矣。士大夫之心理仍若此，此其故亦耐人寻思哉。”陈先生此书撰于抗战初北平陷敌之时，自然有他的寓意，但推广开来，也可以悟出一切忌讳的本意，大抵总是隐伏着抗拒至少是不信任的因子的。这种现象存留在明清易代的书籍中的很不少，有的是裁去了书名，有的用笔改写了作者的姓氏。如我所见的一部康熙刻的《南山集偶钞》，就是将《南山集》改为《南田集》，将桐城戴名世田有改为“戴吝槿田直”的。笔墨荒率，一眼就可以看出涂改的痕迹，如落入清廷胥吏之手，是绝难逃出审判官的洞鉴的，但藏书者不愿焚毁，秘密收藏，只加些小小改动，换得自欺欺人的安慰。书中还将“弘”字一律改为“宏”字，可见这正是乾隆中事。这一类带有明显文字狱阴影的幸存书本，是能格外引起读者的感喟的。

我还看到过明祁承㸁作的《澹生堂集》崇祯刻本，是祁氏家藏的遗书。书中夷虏之类字已经祁氏予孙用浓墨一一涂却，有些字还能依稀辨别得出来。看那涂改的字样，与陈垣先生从《旧五代史》辑本所归纳出来的几乎大致暗合，这一删改是清初时事，可见数十年中习惯俗成已经成为一种“不成文法”。

叶景葵《卷庵札记》，“阅《遂初堂集》初印本与石濂书两通，四十卷本删去。而《与粤东当事书》、《与药亭书》、《与与霖和尚书》，均系诋殷石濂，却未删去。因《与石濂书》牵涉清世祖之语甚多，重修者惧罹法网，故去之耳。”这是从比较中看出避忌用意所在的好例。朱彝尊的《曝书亭集》刊于康熙季年，是得到曹楝亭的帮助刻成的，所以刊书风貌与《全唐诗》颇近，刻成不久，汪景棋的《西征随笔》

案起，少后印的朱集即将景祺的名字剜去。这是校对了汪景祺的诗集才得到确认的。

邓之诚《清诗纪事初编》王时翔条：

> （小山诗稿）集中有读《大义觉迷录》诗已铲去。雍正初，曾静之狱，诛戮多人，特有静死。颁《大义觉迷录》于学官，令士子习之。乾隆初元，立诛静，禁止《大义觉迷录》流行，此书印于禁书后，故删此诗，忘去其目，遂留为禁书一段谈资耳。

这种铲却板片的情况，在清初人集中颇不少见。铲去原文却忘记铲去目录中有关条目的事固然不少，把目录删改得次序零乱，与原文对不上号的事也是有的。邓先生又在论史申义诗集时说：

> 诗中铲去查嗣庭、饯名世之名，而虞山、翁山不改。《读史》六首，咏吴三桂事，于永历不无恋恋，亦并存之。知雍正时忌讳，与乾隆禁书不同。

这还是先刻集后剜改的例子，至于刻集于文字狱发生之后的，往往先已将原稿删改过，然后墨板，于是什么痕迹都看不见了。如查嗣瑮的《查浦诗钞》刊于雍正中，十二卷书中找不出查嗣庭的名字，也没有一点值得注意的时事故实，可以知道编集时的胆战心惊，栗栗危惧。又如李果是李煦的门客，关系甚深，可是他刻于乾隆中的《咏归亭诗钞》里却无一字涉及曹寅、李煦，使考订《红楼梦》和曹、李事迹的学者大感失望。不像禁书的被禁于出版之后，它们都是被阉割扼杀于出世之前的。谈禁书时人们很少注意及此，其实这要比有形的文字狱更为可怕，简直无从估计它的后果的严重。这不能不使我们想起《红楼梦》旧抄本的《红楼旨义》：

> 此书不敢干涉朝廷，凡有不得不用朝政者，只略用一笔带去。……作者本意原为记述当日闺友闺情，并非怨世骂时之书矣。虽一时有涉于世态，然亦不得不叙者，但非其本旨耳。

曹雪芹是在戴着枷锁跳舞，这一则凡例就是自卫的声明。他的多次披阅增删原稿，正在乾隆中文字狱搞得如火如荼的当口，就是在这样的环境与气氛的重压下，他才改去了“大明角灯”之类的危险字面，又删去了“耶律雄奴”这样的情节。忘记了曹雪芹是在怎样的政治环境下进行创作，是不能真正理解《红楼梦》的。至于八十回以后的“迷失”，恐怕多半也由于作者不敢拿出来传抄。在那动不动就要抄家籍没的时候，细写贾府的抄家败落过程，就是反映了当时最使人触目惊心的现实政治，曹雪芹不可能没有顾虑。他不能不预防这些充满了“碍语”的章节落在乾隆和他的奴才们手里的严重后果。这样看来，使杰作《红楼梦》终于成了断尾巴蜻蜓的只能是当时盛行的文字狱黑潮。

在已经有了创作自由与双百方针的今天，回头重新看看这些古老的故事，好像真的是“三代”以上的陈迹了。然而不然，痼疾不是一朝一夕所能痊愈，余悸也并非如禅家的顿悟一样可以一下子消除。作为一点余兴，还可以举出一二近事来看看。

齐鲁书社出版的《梦苕庵清代文学论集》编定于1982年，出版于1983年，其中一篇《近百年词坛点将录》是评论近代词人的。体例是先举出《水浒传》石碣中一位头领的绰号与姓名，然后指出那相应的近代词人来，下面就是有关的评论。但其中的三位却写作“地贼星鼓上蚤时迁　黄□；地狗星金毛犬段景住　赵□□；地耗星白日鼠白胜　梁□□。”他们都是“军中走报机密步军头领”，但有关的评论没有了。这颇有些特别，少加思索，就发现这里因避讳而略去的其实就是黄濬、赵尊岳与梁鸿志，都是抗战后投敌的活跃人物，其中黄、梁两名后来都因汉奸罪而被处决。这样就可以明白避讳的原故了。

另一件是陈寅恪的遗诗。

1980年初版的《寒柳堂集》的《寅恪先生诗存》中有一首《丙申六十七岁初度，晓莹置酒为寿，赋此酬谢》，其腹联二句为“平生所学供埋骨，晚岁为诗欠□头”。编者下有小注云：“按诗中脱一字，以□代之。”同一首诗见于同一作者、同一出版社，同于1980年出版的《柳如是别传》的《缘起》中，这两句则作“平生所学惟余骨，晚岁为诗笑乱头”。并无脱字。直到1982年2月，《寒柳堂集》重印，这原脱的一字忽然不声不响地走回来了，作“晚岁为诗欠砍头”。

这虽然不过是近人、近作，却出现了如此离奇的幻景。《别传》中的诗不知道是寅恪先生的定稿还是别人代为润改，总之是大不高明。什么叫“惟余骨”，难道是说“平生所学”只剩下了几根条条杠杠么？“笑乱头”更是不成话，也许是暗用东坡诗“花应羞上老人头”，可是情境都不合，只能是拙劣的篡改。好的是经过了两年时光，终于恢复了原貌，同时也说明我们的确是多少有了一点进步。

“名教罪人”

对于清朝的第三个皇帝雍正，历来恐怕是怀着恶意的多，但近来似乎有了转机，有的研究者说，雍正一朝只有短短的十三年，又夹在康、乾两朝各占六十年的“盛世”之间，因此常为历史研究者所忽略，“康熙宽大，乾隆疏阔，要不是雍正的整饬，满清恐早衰亡。”（杨启樵）清史专家郑天挺也称赞他是清初的“三个好皇帝”之一。专家的意见是有根据的，例如指出他每天批阅的奏折、部本、通本，就多至二三十件甚至五六十件，因此可以无愧为古往今来“最勤政的皇帝”云。而他的“朱批谕旨”，他不只是讨论政治问题，有时还要对宠臣说些甜蜜的心腹话，甚至指天发誓，有如情书，就没有别的皇帝这样做过。称之为极有特色的封建社会最高统治者，是没有疑义的。

雍正别出心裁富有创造性的言行是很不少的。继位前后的措置，收拾弟兄间的争位对手，对年羹尧、隆科多这样的“重臣”心狠手辣的打击，就都办得干净利落，使人佩服，但这些还并未跳出历代统治者的常规，算不得崭新的创造。只有雍正七年（1729）颁布《大义觉迷录》的一案，才是值得认真注意的。有人煽动大将军岳钟琪造反，雍正知道了，没有立即大张旗鼓地查办，却抓住时机写出了《大义觉迷录》一书，向全国公开进行自我辩解。煽动者不但未被处以极刑，反而被命为宣讲员到各地去现身说法，逐条批驳他们对雍正进行过的指责，消除影响。这种敢于在全国展开一场大辩论，借以制造舆论的方法，确是一种非凡的创造。

雍正命令将这本书“加以刊刻，颁于全国各府州县学，使读书士子观览知悉。如不知此书，一经发现，就将该省学政、该州县教官一体治罪”。可见在他的心目中主要的宣传对象是全国大小知识分子，他将这些读书人的“能量”看得远远超过其他的农、工、商，这也是独特的识见。

《大义觉迷录》虽然算不得古书，刊行量也一定大得惊人，但在很久以前书肆中就已极为难得，偶然发现价钱也几乎和宋本差不多了。这是一件怪事。有人说这是后来发现这办法不够妥当，又被宣布为禁书，一本本地收缴销毁了的缘故。可见这种破格的行动原不是可以被普遍理解、接受的。雍正自己也明白这一节，所以他才在田文镜的奏折上批道：“遇此种怪物，不得不有一番出奇料理。”

陈援庵先生有一篇《钱名世轶事》的小文章，介绍了雍正的另一件“出奇料理”，不过这回案情并不十分严重，所以处理上带有恶作剧的玩笑性质。就像捉住了老鼠的猫儿在尽情玩弄到手的猎物似的了。

钱名世，字亮工，号絅庵，江南武进人。康熙四十

> 二年一甲三人进士，官至侍讲。雍正四年三月三十日，大学士九卿等奏食侍讲俸之钱名世，作诗投赠年羹尧，称功颂德，备极谄媚。……应革职，交与刑部从重治罪。

这里说得十分清楚，钱名世不过是一个风派，在年大将军圣眷优隆、炙手可热的时候，投诗献媚，是属于一般性的拍马，还算不上是年党，这一点雍正是看得清楚的，也是他的“英明”之处。有意思的是他的意见：

> 得旨：向来如钱名世、何焯、陈梦雷等，皆颇有文名，可惜行止不端，立身卑污。所以圣祖仁皇帝摈斥不用，置之闲散之地。而钱名世谄媚性成，作为诗词，颂扬奸恶，措词悖谬，自取罪戾。今既败露，益足以彰圣祖知人之明。但其所犯尚不至于死。伊既以文词谄媚奸恶，为名教所不容，朕即以文词为国法示人臣之炯戒。

雍正懂得看菜吃饭、量体裁衣的道理，也深知“风派”的作用与可恶，因此想出挖空心思的“料理”：

> 著将钱名世革去职衔，发回原籍。朕书，“名教罪人”四字。令该地方官制匾额，张挂钱名世所居之宅。

古时对罪犯有面上刺字的办法，现在将御书的匾额挂在钱名世的大厅上，使他每天起身都要走过看见，亲友来访也只能闭着眼睛，真是一直到死都卸脱不得的大包袱。这样的“料理”，是只有绝顶的“天才”才能想得出来的吧。事情到这里还不能算是了结。

> 且钱名世系读书之人，不知大义，廉耻荡然。凡文学正士，必深恶痛绝，共为切齿。可令在京见任官员，由举人进士出身者，仿诗人刺恶之意，各为诗文，记其劣绩，以儆顽邪，并使天下读书人知所激劝。其所为诗文，一并汇齐缮写进呈，俟朕览过，给付钱名世。

这是发动群众搞大批判的发初，是组成战线定下调子，有领导地进行围攻手段的先河，推原溯始，不能不推雍正为首创的先驱。

这本汇编了三百八十五人作品的《名教罪人诗》也是流传极少的，好像只从故宫里找到了一本，也许就是当时专案的原始附件。后来重印出版了。过去常常可以在旧书店里遇到，被当作“陋书”，没有人肯买。现在可是一本也看不到了。援庵先生还抄下了一首方苞的诗，虽然是桐城派大师的手笔，但到底不像诗。援庵先生说：“今诸人诗集多不录此等诗，殆物伤其类欤!”即此也可以看出这种批判运动的效果如何了。

禁本小记

清朝的禁书，过去有一个时期曾经是图书馆和藏书家极力搜求的对象。为此，当时旧书店出版的目录上就特别标出哪些是禁书，不言而喻，价钱也特别来得贵，往往不是一般读书人所能到手。这里说的是抗战前后的情形。一直到解放之初，旧书的身价一落千丈，大秤论斤，好像只有塞进还魂纸炉的资格时，人们才再也没有了心思来讲究什么禁书。近来翻阅几种禁书目录，发现其中有些熟习的名目，都是过去曾经遇到或偶尔买得的。历劫之余，书架上居然还剩下了几种，于是就取出来一一翻阅，对照当时查办禁毁书籍人员所加的按语，留意那犯忌的处所，好像也多少能看出“圣意”与审查官员的心思。这些又大抵是明清易代时人的著作，自然也保存着一些值得珍重的史料。诗文也各有特色，显示着一代文风诗风的面目，这些都是在文献价值以外值得着眼的地方。又因为到底少见了，作为板本书也有加以纪录的必要。因作《禁本小记》。

《南山集偶钞》

《南山集偶钞》，“桐城戴名世田有　受业尤云鹗编次”。康熙壬午刻本。半叶十行，行廿一字。前有方苞序，宿松朱书序，辛巳人日受业尤云鹗跋，又目录。全书计收书十首，序四十二首，记二十一首，传二十五首，论三首，说四首，杂著五首。白口，左右双边。板心中记篇名及写作年份，每篇叶数各为起讫。每类前各起大题。其中有一处书名已为后人用墨笔改为《南函集》，作者名字也涂改为“戴吝槿由直”，应是《南山集》狱后事。

《南山集》案是康熙后期有名的文字大狱。官书及野记都称之为《南山集》狱，其实指的就是这本《偶钞》。是尤云鹗就平日所藏钞本百余篇付刊的，仅当全集五分之一。刻成十年而狱起，官方据此论罪，并非另有《南山集》一书。

戴名世是康熙四十八年（1709）一甲二名进士，与方苞齐名，都是兼做古文和八股文的名家。康熙五十年，副都御史赵申乔揭发书中违悖之处，指的就是《偶钞》卷首的一篇《与余生书》。余是介绍曾为永历中宦者的犁支和尚叙述滇黔间事给名世的人。原书说：“而吾乡方学士（按指方孝标）有《滇黔纪闻》一篇，余六七年前尝见之。……学士考据颇为确核。”这就触犯了清廷的大忌，康熙在御批中说：“案内方姓人，俱系恶乱之辈，方光琛投顺吴三桂，曾为伪相。方孝标亦曾为吴三桂大吏，伊等族人，不可留本处也。”又说：“方登峄之父（方兆及）曾为吴逆伪学士，吴三桂之叛，系伊从中怂恿；伪朱三太子一案，亦有其名。今又犯法妄行，方氏族人，若仍留在本处，则为乱阶矣。将伊等或入八旗，或即正法，始为允当。”可见在康熙看来，此案因有作《滇黔纪闻》的方孝标卷入，又有族孙方苞为《南山集偶钞》作序，与三藩事件联系起来，就觉得格外严重了。其实戴名世在《与余生书》中还有许多有关明史的议论，也是清廷不能容忍的。戴名世说：

> 昔者宋之亡也，区区海岛一隅，仅如弹丸黑子，不逾时而又已灭亡，而史犹得以备书其事。今以弘光之帝南京，隆武之帝闽越，永历之帝两粤、帝滇黔，地方数千里，首尾十七八年，揆以春秋之义，岂遽不如昭烈之在蜀，帝昺之在崖州，而其事渐以灭没。近日方宽文字之禁，而天下所以避忌讳者万端，其或菰芦山泽之间，有仅仅志其梗概，所谓存十一于千百，而其书未出，又无好事者为之掇拾流传，不久而已荡为清风，化为冷灰。至于老将退卒，故家旧臣，遗民父老，相继澌尽，而文献无征，雕残零落，使一时成败得失与夫孤忠效死、乱贼误国、流离播迁之情状，无以示于后世，岂不可叹也哉！

戴名世在这里为南明争正统，倡议修南明史，想发动明的遗民、遗臣收集史料，纂辑成书，总结一代得失成败的教训，即使是书呆子的白日梦，在清统治者看来到底是危险而不能容忍的。更何况戴名世又错误估计了形势，天真地说什么清朝的文字之禁已经放宽，更是不折不扣的梦话，其必然碰到统治者的刀尖上，是毫不奇怪的。戴名世又表示，他“于明史有深痛”，有纂修明朝全史的雄心，在收集史料的问题上也对清廷的修史进行了指摘：

> 前日翰林院购遗书于各州郡，书稍稍集。但自神宗晚节，事涉边疆者，民间汰去不以上，而史官所指名以购者，其外颇更有潜德幽光、稗官碑志，纪载出于史馆之所不及知者，皆不得以上，则亦无以成一代之全史，甚矣，其难也。

这里所触及的正是极为敏感的，为清朝千方百计回避、讳饰的历史。在民间倒是清醒的人多，并不天真地遵命将藏书献出，可见大家都明白，万历以后明与后金的关系是碰不得的禁区。而戴名世却直截了当地点出了，虽然在官文书中不曾明确指出，无疑这一节也是他致死的重要原因。

关于文集的刊刻，戴名世在给好友刘大山（岩）的信中曾有说及：“今年冬，有金陵门人欲锓仆古文于板。仆古文多愤时嫉俗之作，不敢示世人，恐以言语获罪，而门人遂以彼所藏抄本百篇，雕刻行世。”可见作者本人也不是没有警惕的。刘岩在戴名世案内也受到牵连，据康熙五十一年（1712）刑部衙门奏，“编修刘岩，虽不曾作序，然不将书出首，亦应革职，佥妻流三千里”。后来得到宽大处理，减去死罪，但流放充发是不免的。刘岩的文集《匪莪堂文集》是清光绪中叶刻行的。诗集名《大山诗集》，五卷，康熙后期刻本，不入禁网，但诗中怨望之处是很不少的。如《读苇间集》，是纪念故友姜宸英作，就有“呵壁无从诉此冤，悲填胸臆愤张髯”之句。《哭家西谷侍御》诗说，“我罹文字祸，不敢歌大招”，更是对自己的遭遇表示了抗议，而且公然说出“文字祸”来，这在当时是极为罕见的。幸运的是没有被发觉，罪上加罪。只此一例，也可见当日文网虽密，到底还不曾剔除净尽，不能说不是失败了。

戴名世和刘继庄（献廷）、王崐绳（源）都是好朋友，在《送刘继庄还洞庭序》一文中，称赞刘“不从事于科举”是“真能读书者”，说刘“尤留心于史事，购求天下之书，凡金匮石室之藏以及稗官碑志、野老逸民之所记载共数千卷，将欲归老洞庭”，认为刘是修撰前朝史事的同志。戴名世对明代史料的关心无时不有所表现。《天籁集序》是为康熙刻白朴的词集所撰的序文，已不见于原书，想来也是因避忌而抽去的。序说：

> 顷余有志于先朝文献，欲勒为一书。所至辄访求遗编，颇略具。而今侨寓秦淮之上，闻秦淮一二遗民所著书甚富。当其存时，冀世有传之者而不得，深惧零落，往往悲涕不能自休。死而付其子孙。余诣其家，殷勤访谒，欲得而为雕刻流传之。乃其子孙拒之甚坚，惟恐其书卷之流布而姓名之彰者。呜呼，祖父死不数年而其子

孙视之不啻如仇雠，其终必至于磨灭……

从这里透露的情况可以看出，在政治压力下，人们是怎样的战战兢兢，深藏密锁，不愿将有关明清易代史事的著作付之刊刻。戴名世痛骂这些不肖的子孙，不考虑现实政治条件，固然不免偏激，但从另一个侧面也揭露了文字狱的罡风，不但斩杀了大量已刊的著作，更扼杀了也许更多的文稿，使之胎死腹中，其践踏文苑的凶残业绩，更是应该予以充分的估计的。

戴名世还为弘光遗臣王养正立传，盛赞其抗清死难，虽然遇到“大清兵”字样提行以示尊敬，但立场却鲜明地站在烈皇帝、安宗皇帝（弘光）一边。在《吴江两节妇传》结末的赞语中，又借机大骂投顺的贰臣：

吾尝读顺治实录，知大兵之初入关也，淄川人孙之獬即上表归诚，且言其家妇女俱已效国装。之獬在明时，官列于九卿，而江淮之间，一介之士，里巷之氓，以不肯效国装死者，头颅僵仆，相望于道而不悔也……

今天人们都熟知清初因薙发而丧生惨痛故事，却不大知道因通令换衣冠也曾造成惨重的牺牲。戴名世在另一篇著名的《画网巾先生传》中就记下了薙发令下后发生的悲壮故事。文章开始就说：“顺治二年，既定江东南，而明唐王即皇帝位于福州，其泉国公郑芝龙阴受大清督师洪承畴旨，弃关撤守备，七闽皆没。而新令薙发更衣冠，不从者死。于是士民以违令死者不可胜数。”可见剃发与换装是连在一起的。在叙事过程中，对洪承畴、郑芝龙的批评倾向更是显然。他几乎不放弃任何机会来发抒故国之思，在另一篇《郭烈妇传》的赞中也说：“嗟乎，海岱之间，自明时多公卿贵人，冠盖相望。及易代之际，左公萝石而外，卖国叛故主者多矣。而女子之以节烈著者，颇时时不绝也，岂不异哉。”借封建主义男尊女卑的大帽子，痛斥卖国投敌的公卿贵人，正是戴名世思想的一条主线。

《南山集》案最后的处理是：“戴名世从宽免凌迟，著即处斩；方登峰、方云旅、方世樵，俱从宽免死，并伊妻子充发黑龙江。此案内干连人犯，俱从宽免治罪，著入旗。”只杀掉一名主犯，比起乾隆朝的文字狱来还要算是宽大的。入了旗的方苞，后来赦归了，还写进了《满汉名臣传》，成为桐城派古文的开山人物，则更非少年时与之齐名的好友戴名世所能料及的了。

案戴名世尚有《忧患集偶钞》一种，亦列入禁书目，刊刻体式与《南山集偶钞》全同。后附《孑遗录》一卷，康熙四十年（1701）宝翰楼刻本。《南山集》则未见原刊著录，只于清末用活字排印《南山全集》十六卷，题“戴潜虚田有”撰；又有光绪十六年木活字本，亦十六卷，改题“桐城宋潜虚撰”。

《峤雅》

清初刻本。“明福洞邝露湛若撰”。半叶八行，行十五字。每半叶双套边，刊刻甚精。板心下有“海雪堂”三字。卷首大题下有小印云，“字字离骚屈宋心”及“族来孙邝瑞重镌”一行。前有皖雾灵山人阮自华大字隶书序，小像，自赞，《石巢诗话》一则，后附“文部”，尾叶题“峤雅卷之二终”，似此书为二卷，但《千顷堂书目》称八卷，大概是连同诗类分体别起大题一并计算的。

邝露，广东南海人。明诸生。隆武时召为中书舍人，唐王败死，赴桂林。永历中入翰林。后奉使还广州。清兵攻城，城破抱所宝琴赴水死。看他的生平经历，诗集中自然多的是感事伤时之作，不必审查就可断定应予禁毁了。但军机处奏进的禁书目中却有详细的案语说明：

> 查《峤雅》，明邝露撰。中多空白，以文义推之，皆指斥之词。露虽于大兵入粤时抱琴死节，然在明末受业于阮大铖之门，最相契厚，为其狎客亦最久。诗中所称石巢先生，即大铖也。其死与明末逆案诸人之死相似，仅足自盖其愆，未便因此而存其诗，应请销毁。再此书卷首剜去卷数。似非完本，应行令该督抚再查。

这里所指的就是同一刻本，卷中空白，也一一俱在，卷首小印所引诗，见王渔洋《论诗绝句》：“九嶷泪竹娥皇庙，字字《离骚》屈宋心。”据此，刻书当在顺康之际了。审查案语中借阮大铖大作文章，把邝露打入逆案，作为应予销毁的理由，倒是别出心裁的论法。其实诗集中处处都是违碍词句，原不必拉上阮大铖定罪的。七古《花田饮陶十一白郎》诗后附注云：

> 是年燕都已陷，吾粤游舸不减昔时。南都初建，志士多绝裾之游；而尸素巨公，燕巢飞幕之上。黄才伯云，“越女不知摇落早，涉江犹唱采芙蓉”，信然。

《赵夫人歌》小序中“迎驾邕宜”、“西迓乘舆”等都指的是永历帝，都照例抬头。诗中起首处有“自矜娇艳无双质，嫁与将军北射□。□骑冯陵风雨急，金陵铁锁何嗟及。”两个空白字都是“胡”字。诗末附记说，“永历二年闰三月十五日，东粤始复冠裳……”又有咏张家玉侍郎的《二臣咏》，诗后小注更详细记述了张抗清前后的业绩，死节始末。邝露始终是奉南明正朔的，称明军为“王师”，与“清军”相对应，而感事伤时的词句更是随时流露。在禁书中间，可以算是十分标准的一种了。

阮大铖的《诗话》中对邝露评价极高，说：“湛若诸律，以曹、刘、鲍、庾之才，降就沈、宋之法。如驱八骏，折旋于蚁封之上，故韵流于苏、李，而酝酿深于辋川、襄阳。超百粤而孤出，陵三唐而特奏。”可说推许备至。《峤雅》中与大铖投赠之作不少，也并未删去。阮的《咏怀堂诗》前有

“岭南门人邝露序”，略云：“饮明堂在邹之醇，割西园南皮之腴，弹厌六代而砥柱乎柴桑。其协律之什，伯玉翕焉禅纯，摩诘圣焉禅智，三唐无其匹也，况下此者哉。”而结以“诵其诗，知其人，庶几可以论世”。邝露不但高度评价阮大铖的诗，同时也肯定了他的为人，此序撰于崇祯十年（1637）前后，正在阮髯因珰案下台隐居读书之时。此序意在为阮髯翻案制造舆论，是显然可见的。这就使鲍以文在《赤雅》前序中不能不说，《赤雅》书前“旧有怀宁两阮序引，削而不录，惧为先生辱也。先生少尝师事大铖，崇祯间为阮序《咏怀堂诗》，称门人某百拜。（按，此不确，以文可能没有看到阮集刻本。）洎阮罗织东林，乃贻书绝交，侃侃千言，可与侯氏《壮悔堂集》中一书并传。予友陈君同舟，曾于金陵市上见之，惜乎不获附此书以行也”。鲍以文的这些话代表着读书界的一般意见，与军机处的审查意见的出发点几乎是一致的，不同的是一个想为之辩护，一个则是借此作为销毁的理由而已。

《经钽堂文稿杂著》

康熙刻本。曹炎藏书，后归稽瑞楼、旧山楼，二百年来未出虞山。开卷为杂著两种：（一）《半茧园十叟图诗》，前有二泉居士（叶奕苞）序，凡十图，对页各有题咏；（二）《醉乡从事图传》，前亦有二泉居士序，也是左图右文。其后为《金石小笺》二卷，属“昆山叶奕苞九来著”。又“文稿”。最后为附集，计收陈其年《半茧园赋》，姜宸英《小有堂记》，施闰章《春及轩记》，葛艺《下学斋记》，归庄《僾然堂记》，彭士望《归云阁记》，徐开任《半茧园记》，李良年《三友园记》，顾苓《扪虱庵记》，魏禧《经钼堂记》。

叶九来是清初著名藏书家，叶文庄菉竹堂的后人。这一册书和后面所附清初著名文士的文字，都是昆山一郡极好的地方史志资料。刊刻精雅，体式不一，看来是刻于不同时期而汇为一集的。九来还有诗稿八卷，杂诗及诗词五种，也是康熙刻本。未见。但就这一册杂著文稿看，内容多半是考订金石旧史之作，看不出有什么违碍之处，不知何以竟得到“荒诞悖逆，语多狂吠”的评语而列入禁书。《文稿》中有一篇《赠白生璧双序》，倒是为吴梅村《琵琶行》诗作笺的好资料，其中提到了崇祯遗事，不无兴亡之感，也许就是碰到清朝痛处的所在，但无论如何也找不出“狂吠”的痕迹，也许只有天生特别嗅觉的人才能辨析得出吧。

> 白生之先吴人也。徙家南通州，凡五世。祖父挟琵琶游塞上，生独好游江南，亦挟琵琶以行。先是太仓吴学士遇白彧如于王太常之南园，闻琵琶称善，彧如为学士进新曲，乃明崇祯帝十七年间事。叙述乱离，嚎嘈凄切，至于泣下。……学士赋六百二言，亦曰《琵琶行》以赠之，而彧如名益重。戊戌夏访予茧园，请奏所谓新曲者，一再弹，满座怆然。予不忍其终曲，朗诵学士《琵琶行》以乱之，而彧如亟称生之技更善，彧如者生之叔也。盖生之祖在湄，从塞上将士授数十曲，皆山坡

> 羊小令，生独得清商杂调于旧才人，曾侍玉熙宫宴者，故其技益进。

文章后半论南北伎乐好尚的变迁，更是有意义的记录，而感慨牢骚也就从这里出来了。

> 予因有感于江南盛时，金陵吴趋馀杭之里，门第相望，鼓钟不绝。所奏伎乐皆尚吾邑魏良辅所定之昆腔。若琵琶者，以为北方之乐，屏而不御。故生之祖父技虽胜，仅从塞上游，势使然也。然十余年来，生与或如以其技游于南，南之人忽好之，识者以为天地之气于是变矣。自北而南，固足信也。无何而向之门第相望者，迁为戎营夷为牧圉，而鼓钟不复作焉。鸣呼，高岸成谷，深谷为陵，吾生三十年中，盛衰递见，何止白生祖孙父子间乎？

戊戌是顺治十五年（1658），上推十余年正是甲申乙酉之顷。作者这里的感慨是明显的，也许这就是触犯禁忌的要害吧。不过同样作了《琵琶行》的吴伟业的运气则要好得多，《梅村集》中谈及明清易代史事的地方更多，故宫黍离之感也在在流露，但全集只抽去了钱谦益的一篇序，终于保存下来了。《军机处奏准抽毁书目》中对《梅村诗文集》有以下的说明：

> 此种系国子监祭酒吴伟业撰。伟业诗才俊选，卓然成家，曾蒙皇上御览褒咏，外省只以其与钱谦益并称江左三大家，因而牵连并毁，实无干碍，应请勿庸销毁。惟卷首有钱谦益序一首、书一首，仍应抽毁。

同时顾有孝选的《江左三家诗钞》，也只抽毁钱、龚二家作品，《梅村诗钞》三卷特许存留。这些处理办法都是得到皇帝批准的。是不是曾经御览赏识就可以从宽审理呢？也未必尽然。看来这中间总还有些不大好直白说出的原因。

《国史纪闻》、《嘉靖以来注略》

《国史纪闻》十二卷，天启刻本。九行，十九字。题“巡按江西监察御史沁水臣张铨辑，男锦衣卫指挥同知臣张道濬订，门人巡按山西监察御史江宁臣徐扬先较”。前有万历四十八年（1620）张铨序，天启四年（1624）徐扬先序。

禁书自著录，附注说：“其卷九内有叛降朝鲜一段，应请禁毁。”查原书，这是天顺三年己卯（1459）的记事。

> 建州夷酋董山叛降朝鲜。
>
> 董山潜结朝鲜，受伪制，为中枢密使。辽东巡抚程信调得其制书，疏请乘其未发，先诘之，可伐其谋。上遣给事中往朝鲜，锦衣译者往建州。两酋初不肯承，出制书示之，皆惊服谢罪。

这是早期的东事纪录，也是《国史纪闻》全书中仅见的记述。原书记明历朝史事，起元至正十二年（1352）朱元璋起兵濠州，讫正德十六年（1521）。书中所记边事，大抵都是西北诸边攻守的史实，虽然奴虏字样常常出现，但到底于满洲无关。只有这一条记下了建州先世的史迹，不但称之为“夷酋”，而且揭露了叛降的事实。这自然不能不成为避忌销毁的口实。其实张铨本人就是亲身参预了东事的，最后死在辽东。徐序说：“方忠烈（张铨）之感慨东事，新置大帅也，抗疏非之。未几，一一如所云。举朝神其识。神祖命往监军事。忠烈不以台资谢，单骑受代。今上初年，臣已忝同台，尺一才通而辽溃之报旋至，忠烈之惨旋闻。”张铨万历四十六年（1618）官御史，曾上疏论辽东战守形势，募兵选将诸事。四十八年张铨又上疏奏谏：

> “国家之乱，皆起于民穷财尽，履亩加赋。七厘未已而九厘，穷民何以堪此。大内积金如瓦砾，而发帑之请，叫阍不报，加派之议，朝奏夕可。岂财为皇上之财，而民非皇上之民耶？”（《五朝注略》卷十二）

在当时的台谏中可以算是敢说话的。

张铨随即被命巡按辽东。天启元年（1623）三月，“奴酋率众度浑河，首犯沈阳。按臣张铨先下令迁降夷于城外，贺士贤不从。将士凭濠而守。贼驱土填堑，我兵连发炮热，装药即喷。贼遂蜂拥过濠。城内降夷应之。……沈阳遂陷”。

后来清兵直抵辽阳城下，“李永芳遣人请降，（袁）应泰许之，命竖受降旗于城上。……应泰、张铨与分守何廷魁，三人坐城东楼，铨谓应泰曰：‘坐公尸居游魂，致我无成事而死。’应泰曰：‘公无阃外责，尚可退守河西，泰不才，当死于此。’铨下城，应泰举火自焚。……铨为贼执送李永芳。永芳曰：‘跪我，我官汝。’铨斥曰：‘反贼耳，何官！’永芳令驱之城外斩之。数日间，金、复、海、盖州卫，悉传檄而陷贼”。

以上是从《五朝注略》中辑出的有关张铨的事迹。这《五朝注略》也是清代的禁书，禁书目题作《嘉靖隆庆万历天启四朝注略》，漏掉了《泰昌注略》卷十二，可见疏略。禁书目小注云：“查四朝注略系明许重熙撰，内第七卷以至十四卷，诋斥之词甚多，应请销毁。”说得正是事实，这书不像《国史纪闻》，七卷以下几乎没有一叶没有有关辽事的记载。我所见的一本是山阴祁理孙的藏书，崇祯刻。半叶十行，行二十字，白口单边，题“太学生臣许重熙编次，右春坊臣许士柔参订”。卷首版心下有“秣陵高文所刻”一行。前有“旧史臣董其昌序”，崇祯六年（1633）“吏部候选监生臣许重熙《嘉靖以来注略》序”。

在崇祯初年就已编刻了直至天启末的当代史，可见明人纂修私史的积极。董其昌在序中说：“臣间尝睹嘉靖朝有若大政、编年、识余、闻见诸录，万历朝有若笔麈、邸抄，泰昌天启朝有若日录、从信、纪政……皆可为纪述之光。”可见当时私史之多，不过到今天除了《嘉靖大政类编》等一二种外，都极少传本了。董其昌又说："臣其昌谓史之难，难在近事。""故末世以史为讳，讳于近也。"这确是深知此中甘苦的话。他又称赞此书"可以破讳近之疑，可以镜治朝之概"，也不是泛泛的溢美之辞。

以上两书都是山阴祁氏的遗藏。《国史纪闻》前有"家在鉴湖之滨"朱文长印、"竹中小隐"白文方印。通体蓝笔点阅。应是祁彪佳居父承㸁丧时所读书，与所点阅《两朝从信录》为同时读物。彪佳有手稿《万历大政类编》，其原始素材就是取于《从信录》等书的。这部《五朝注略》则是祁理孙的手批阅本，卷首有墨书两行云："藏书楼午后课，乙未四月二十日开卷，布衣臣祁理孙记。"乙未是顺治十二年(1655)，作为明的遗民，在天翻地覆之后，仍闭门读书，究心前朝史事，而且特别留心卷中有关辽事的记载，用朱圈一一于书眉注出，这些后来就都辑录在稿本《东事始末》中。祁理孙的注意所在正好与查办禁书诸臣是不谋而合的，虽然他们站在截然相反的政治立场上。

检阅各种禁书，不能不推这《注略》是名副其实、质量极高的样品。现在只少举数例：

"奴儿哈赤杀其弟速儿哈赤，并其兵，复侵兀喇诸酋。"(万历四十年十一月)

"奴酋僭号后金皇帝，改元天命。"(万历四十七年五月)

"奴酋发伪榜招降，诟侮无状。"(万历四十八年三

月）

“辽抚袁崇焕奏逆奴求款情真。”（天启七年二月）

“六月，奴寇宁远。诸将凭城御之，炮伤奴兄召力兔。奴兵解围退去。经抚阎鸣泰袁崇焕，各奏厂臣先事绸缪之功，总兵赵率教奏称，仰仗魏忠贤妙算……有旨，厂臣秘谋妙算，屡建奇功。奴胆已寒，灭之有日。”（同年六月）

当辽东兵事紧急之时，正是魏忠贤等气焰冲天之日。欺上瞒下，敷衍塞责，终于弄得不可收拾。经过上下的一齐努力，总算使明朝弄到亡国。这一切在七册《注略》中是班班可考的。祁理孙在十多年以后，还念念不忘想总结败亡的经验教训，那愿望是真诚也是可哀的。就在他闭门读书之际，发生了大狱，弟弟斑孙遣戍辽左，祁氏也因此破家。虽然史家都不视此案为文字狱，但实质上正是同一类型而发生较早的一起大案。因此这两种晚明的当代史著作就在禁书之外又有了独特的文献意义了。

《秋水集》

集十卷，勾吴严绳孙撰，康熙雨青草堂刻本。半叶九行，行十九字。版心下有“佚亭”二字。卷一至八诗，卷九、十词。前有叶方霭序、吴绮词序。当尚有朱彝尊序，未刻入，见《曝书亭集》卷三十七。

江宁布政使刻“奏缴咨禁书目”中有督部堂萨饬知无

锡、金匮二县查缴禁书三种。严绳孙撰二种，此《秋水集》外尚有《明史列传》。另一种是绳孙子严泓所撰的《青梧集》。

严绳孙是纳兰性德的好朋友，自然也和权相明珠有着密切的关系。《秋水集》中不但收有和纳兰唱和的诗，也有和张见阳、秦松龄、姜宸英、顾贞观、徐乾学等往还的诗篇，他们都是一个政治集团中人。后来明珠罢相，政局一变。绳孙此集之列为禁书，看来当与当时政治斗争有关。至于集中诸诗，除了偶有牢愁之句外，实在也看不出有什么忌讳之处。卷六收应制及侍从引见诸作，都极尽恭谨，《平滇恭进》诗前小序更是提行抬头，卑辞颂圣，可以算是恭顺的典型。翻书时遇见这种地方，总免不了感到满身的不愉快，好像看到在电影中描写旧时代某些大人物出场，甚或只是在说话中偶然提到，人们都要立正致敬的光景。《秋水集》中有这些应制颂圣的诗篇，却终于逃不脱禁网，实在是可笑又可悲的。

严绳孙的诗写得不坏，自然感怀身世的作品要来得更有特色，但如果追究起来，也是可以作为"怨望"的实据的。如《某园》一诗：

> 十年桑海倍煎心，草色名园不可寻。攲柱倚风移旧绣，断垣经雨见遗簪。山僧礼数支门急，江燕惊猜避客深。惟有青山如昔日，不能重上上头吟。

这里所咏不知是谁家园林，总之是不便明指。诗是游苏州时所作，如拟为海宁陈之遴的拙政园应该也是可以的。

同时又有《灵岩呈继大师》一诗，是写给继起弘储的，腹联云："兴亡满眼今何夕，去住无心我未僧。"说得尤为显露，表示了与逃禅的遗民同样的心情。《秋日杂感》一组诗中，也处处有着兴亡之感："近说东南多战垒，车书回首几时同"、"总是兴亡千古地，莫教潮汐送闲愁"、"试看明月三分夜，犹有箫声杂鼓鼙"、"侧足横流群盗在，乾坤何处有吾庐"。《杭州杂感》四首，有"纷华何处说先朝"这样的句子，又说"指点凤凰山上路，不堪萧瑟起边愁"，说"乱离时节懒经过"，应该都是绳孙少年时的作品，在入京以前。"君看沧海横流日，几个轻舟在五湖。"（《自题小画》）可以代表作者这一时期的怀抱志趣，与入都以后浮沉政海的心情是大不相同的。卷六《集朱竹垞同年寓斋送留仙前辈》一诗，当作于康熙二十三年（1684）松龄因顺天乡试事下狱放归之顷。

此夕亦良宴，胡然歌路难。故人先我去，霜月是愁端。别酒那可尽，世情真倦看。十年征逐意，留梦到长安。

这就直白地述说了对十年中间京师宦海生涯的厌倦，可以作为绳孙后期诗作的代表。

果然，卷七开卷就是《春日蒙恩予假南归》诗，其中如"吴牛避热先愁喘，宋鹢冲风且退飞"、"去来我亦无心者，何必从人定是非”，都是同一心情的抒写。其第三首云：

> 抟飞端不到青雯，高足都看几要津。遮莫吾今先丧我，由来臣少不如人。官同王琰贫来久，世识嵇康懒是真。文酒故交云雨散，梦魂相望落花春。

明珠、纳兰身边的人物风流云散了，绳孙经过了十年风浪，终于悟出自己并非政治斗争中合格的竞争者，但也还不免流露出一种哀怨。

绳孙南归后又有粤东之行，留下了不少诗篇，有《酬梁药亭次余南归诗韵见送之作，并简别陈元孝屈翁山吴山带诸子》诗，其“驽骀北望宁无恋，乌鹊南来已倦飞”句就还不能忘情于京师，正是所谓名心未尽。不过这诗是写给陈恭尹和屈大均的，按照禁书条例，只要书中出现这些人的名字，就有了同样禁毁的命运，也许这就是《秋水集》列为禁书的理由之一吧。

来燕榭书跋

《罗汉十八相》

此晚明板画至精之作也。世未经见，可称绝秘。余获之估人手，盖自上海故家奚氏论斤而出者。刻工则新安诸黄也。刻工姓名亦往往见之他书，余旧藏万历刻吴时行《两洲集》，板心下有“黄伯符刻”数字，可为刊刻同时之证。人物衣褶，细若游丝，神采飞动，信为绝诣。与《人镜阳秋》诸书作风正同。唯所图为十八应真，而非素娥之编，风流绝畅，不足使藏书家欢喜赞叹耳。辛卯首夏端五后三日，草草亭记。

此册出上海城内奚氏铸古庵。其书始出时，为收旧纸者所得。朱惠泉更从而易之。有旧钞数种。石麒告余，乃过其肆，以重直得残本一册，即顾秀野、鲍渌饮、何梦华所藏旧抄《续复古编》卷一是也。朱以有利可图，告将更往搜之。约三数日后更过其肆观之，不意书已尽入一旧纸铺，且束为数十担，堆置一处，即将运之入还魂纸厂矣。肆主惮于重拆，每观一包，必索酬几何，且迫促甚至，急于星火。朱意沮，仅少抽阅数包即径归矣。所得无一佳本，而此册却杂其中。

破损霉烂，无可措手。余以善价易之，倩苏人曹有福为重装之，始可藏弃。神采焕发，白描绝诣，三百年前镌木之艺，于此可叹观止矣。会更北行，道出历下，以估人之介，观书某氏。见万历刊《东方三大图》一巨册，方册精镌，刻者徽州汪志高也。前有万历甲寅朱延禧序，又《东方三大赋》，又谢在杭序、杨槚序。所图为东海、泰山、孔丘事，凡百八十番。呜乎，此异书也。晚明木刻施用之广，异本之多，诚有非意料所及者。因重观此册，遂附记其事于此。其书索直极昂，不可少减。旅中所携，不足以购之，洎今又已二月。当驰书更商之书友，苟得邮来，与此册并储，实所愿也。辛卯八月二十九日，夜窗灯下记。

应泰、应瑞为昆弟行，伯符应瑞字也。《古今女范》四卷亦为所刻，万历壬寅刻本。更记。

案，《罗汉十八相》一卷，万历刻本。棉纸大方册。通十八番，佚去第一番上半叶图一幅。板心上题书名，下记叶数，最下记刊工姓名。正面图，背面隶书赞，半叶六行，行六字。末叶赞后题“海阳汪圣修书”。刊工款识有“黄应瑞刻”、“黄应泰刻”、“思桥”、“应道”、“伯符”、“应绅”。

《草书集韵》存去声一卷

薛福成《天一阁见存书目》卷三，有“《草书集韵》四卷，缺，不著撰人名氏，存去声”一条，即此本也。书根犹存，为阁中旧式。

祝允明《评书帖》录赵秉文《草书集韵》序略云："草书尚矣。由汉而下，崔、张精其能；魏、晋以来，锺、王擅其美。自兹以降，代不乏人。夫其徘徊闲雅之容，飞走流注之势，惊竦峭拔之气，卓荦跌宕之志，矫若游龙，疾若惊蛇，似邪而复直，欲断而还连。千态万状，不可端倪。亦闲中之一乐也。"此虽非其全，然可知书成时代，因为录之于此。甲寅元月初三日。

案，此明初刻本。半叶八行，黑口，四周双边，双鱼尾。板心中题"草韵去声"，下记叶数。每行有草书字七，字下缀释文（用阴文）及书人姓氏。有史、锦、鲜、右、谷、龟、贺、索、孙、琰、卫夫人、皇、古文、献、智、陆、操、毅、黄山、坡、裴、才翁、詧光、闲等若干人，大抵可以推知，而以"鲜"字独多，是鲜于枢也。是元人推重本朝书家，惟不录松雪一字，是可思也。刻不甚精，然能存草书转折纵送之意。皮纸一册，通五十番。有"积学斋徐乃昌藏书"印，天一阁物。

《道腴堂续杂著》

此册检得于徐汇唐肆，于今十年矣。只存其半。然绝不经见。《道腴堂集》、《中国丛书综录》所收只九种。余箧中有其三，《杂著》亦有之，为徐紫珊故物。此《续杂著》则未见有著录者，信是秘册矣。辛浦所刊书亦精好，余收《茶山老人遗集》、《孱守斋文集》、《王立父遗文》、《钝翁说铃》，皆俊逸亭、前度轩刻。此册尚存诸记，一一可按。四年前于吴下文学山房见《诗编》等一叠，为不完之本，秤得于吴兴书船中，靳而不售，冀得配全。后亦更无踪迹。雪泥鸿爪，念之惘惘。聊复识之。辛丑霜降前日，记于来燕榭。时方游松江醉白池归来。

鲍辛浦与金寿门、高南阜皆有交往。此册所存一序一书，皆有关涉。惜下半佚失，尚有数文，不可见矣。举世藏者皆有前编而无此续刻，不知天壤间尚有存本否？叹叹。丙午正月十九日好春时记。

案，书一册，乾隆刻本。半叶十四行，行二十五字，白口，单边。大题下署“云中鲍鈖辛浦”。前有乾隆五年秋七月自序，次目录。收文百二十三篇。此册存四十九篇，约得其半，计当尚有一册。其与高南阜书三通，跋《冬心集》及《金寿门所制灯赞》等，皆不可见。后又收得《雪泥鸿爪录》，则辛浦自为纪游文，刊刻正同。清前期别集空疏者多，类此者不多得。

《置买役田书册》

壬辰九月，得此崇祯刊本祁彪佳《置买役田书册》于海上。此当日官书也，当不复有第二本。彪佳著作，所得多是写本，刻本只此耳。

余所得澹生堂书多矣，多为抄本，刻本只此耳。估人言尚有《寓山志》等书，每册索三百万金，无从获之。此批书初出时为纸贩论斤而得，已毁其半。洎余以重直买之，乃陆续而出，价亦渐昂，终至力不能举而后已。然终不悔也。不如此即此戋戋者亦将化为灰烬矣。救古书出于水火，此大功德事，它不足论也。癸巳正月。

案，此明末刻本。八行，十八字，白口，左右双边。板心上题“巡按察院”四字，中题“置买役田书册”，下叶数。无大题，开卷即“巡按苏松等处监察御史祁为申明置田赡役之由，以恤民累事”。略云：“照得长洲为苏郡附郭之首邑，赋役繁重，甲于江南。而民之苦于役累者，不啻蹈汤赴火。本院叨按此中，思为苏息之计，无如役田一项。”以下记筹资新置役田亩数、位置、田价等，“为此刊册颁布，永为遵守”。计新置田一八五〇亩。次清理旧有役田细目，“酌议每年津贴重轻粮役各实给银米数目”。计当给“本县合用北运粮解三十名”，“本县每年合用南运解户七名”，“本县每年合用收头”。其北运粮解户，“俱系重差。然皆点田多人户充当。除照会计给领耗米舂办夫船车水脚役银外，今置新役田花利，每名贴给米一十石……”凡此皆晚明吴中实录，为第一手资料。

《解颐新语》八卷

此书余获之海上修文堂。后游北京，晤修绠堂主人，乃知此实为渠家之书。两肆主人乃兄弟行也。书出天津故家。其始，某家欲售藏书，呼贾人估价，甚低；再三估而其值愈减，后乃售之打鼓者，实论斤而出者。孙某闻讯，乃又从打鼓人收得若干种，此其一也，以重价归余。书林鬼蜮伎俩，及售书人之惨戚，乃有不可言者如此。庚寅端五后二日重读因记。

案，此嘉靖刻本。半叶八行，行十七字，白口，左右双边。卷首大题次行题“吴百泉山人皇甫汸撰”。前有黄鲁曾撰序。每卷各有标目：叙论、述事、考证、诠藻、矜赏、遗误、讥评、杂记。徐兴公《红雨楼题跋》称其“发明六义，语足千古，文成一家。屠田叔拔其俊语为《诗言五至》，此则旧本全文也”。雕椠甚精，棉纸初印。

《离骚图》

此萧云从《九歌图》、《天问图》，刊印俱精。与陈老莲《九歌图》同为屈赋绘本绝品。余乃得而并储之，大可快意。书绝罕传。去秋于京师碧蕖馆得见一帙，抚印远逊此本，即石印底本亦不及也。癸巳落灯夕，雨窗漫书。

郑西谛《劫中得书记》首刊《离骚图》，详记其搜访此书前后凡十五年，所得二本，《天问图》仍缺其半，甚珍重之。书林汤复上识语，郑本亦失去。此则俱在。是此本大可珍重。癸巳上元后二日拥炉书。

上海文管会藏此书，扉叶题“区湖萧尺木先生图画，汤用先绣梓”，与此不同。又有河滨李楷（叔则）“《离骚图》经序”，李楷盖尺木后辈，序云：“萧精于画，故尝图姑熟山水，宝于一时，此其再举也。或曰，应东海宋荔裳之请也。”

皆传闻影响之词。是得原板重印时所增无疑。此本棉纸初印，较西谛所藏远胜之，故应是奇秘之册已。《九歌图》失去大司命、少司命一叶，会西谛印其所藏，余以棉纸数叶付之，影得补入。缺文尚无暇补之，而西谛墓有宿草，重展此卷，曷胜黄垆之感。王寅献岁后第五日，灯下漫书。

九年前藏书沦失，其较佳之本曾有一目，曰《乙类书》，鉴定出通人手，大体无讹。惟此书则定为乾隆本，岂因字体相近，或别有援据耶？久久不归。前日得通知，云又寻得旧书四本，取归视之，即此《离骚图》也。已为遍钤劣印，如经刺配，无可浣濯。并粘贴藏书编号，盖诚以乾隆刻视之矣。按此本为徐乃昌故物，卷前钤有“积余秘笈，识者宝之”印。余收积学斋书多矣，此印却不数见，类皆板本佳而鉴别易误者，积余先生盖以告双目如漆人之不可轻下论断也。忆尚有康熙刻钱澄之《田间集》四册，亦有此印，其书板刻乃更类清末刊本，亦至今未归，岂为杂置于通常劣本中与？壬戌九月二十四日，大风作寒，更记。

案，《离骚图》，弘光乙酉刻本。九行二十四字。首有自序，属“区湖萧云从尺木甫著”，序末属“乙酉中秋七日题于万石山之应远堂”。棉纸初印，图板精彩焕发。前有扉叶，中间大字篆书“离骚”二字，右上方“萧尺木先生手授图画”，左下方“汤复上绣梓”，俱隶书。有何某垞、润州孔氏、南陵徐氏诸印。王重民《中国善本书提要》著录一本，潘祖荫旧藏，已为剪裱为四册，亦有李楷序。为美国国会图书馆藏。

《陈章侯绘象楚辞》五卷

石麒近偕严阿毛赴甬上访书归。余数过严氏之肆，而无所获。一日书至，皆近刻地志之俦，不欲留之。唯中有一包书，为其师朱惠泉物。拆而观之，见有此晚明刊本《楚辞》，前有陈洪绶所制《九歌图》，抚印尚精。即嘱其留下。日来余亦几淡忘之矣。今日傍晚过朱惠泉许，乃见此书方付装池，因与论价得之，甚可喜也。西谛有一本，云为萧山来钦之述注，以为原刊。未见其书，不知与此异同何若。此本刊刻甚佳，扉叶尚存，其非翻刻亦彰彰明甚，正未可知孰为原刻孰为翻雕也。姑记得书始末于此。辛卯十月初六日。

昨日估人又携一本来，与此为一刻，而卷端大题下题“明会稽王亹校定、萧山来钦之述注”。图则与此微有异处，如大司命双目彼则左视，非若此本之正视；云中君此本仰视，彼本则俯视也。展阅一过还之，少记异同于此。癸巳二月十七日。

此本有顾鉴沙藏印不少，向不知其谁何。偶阅丁钝丁《砚邻诗集》，有《秋九三日，入南屏山拜张苍水先生墓，同王桐墀、万近篷、顾鉴沙作》一诗，知其为敬身故人，为之怏然。又有“伴梅草堂”一印，亦不知谁何，殆非顾氏印矣。甲午十一月初四日。

案，《楚辞》五卷，崇祯刻本。半叶九行，行二十字，白口，单边。卷首大题下属“汉宣城王逸章句，宋新安朱熹集注，明萧山黄象玉、象彝、象霖同校”。前有罗明祖、陈洪绶二序，皆手书上板。陈序题“戊寅暮春”，是崇祯十一年（1638）。次目录，次章侯绘图十二叶，此为名作，久已驰誉艺林。此本初印，尤觉神彩焕发。收藏有“鉴沙珍藏”、“鉴沙印信”、“顾氏鉴沙赏阅”、“伴梅草堂所藏书籍印”。

《禅悦内外合集》十卷

山阴估人得祁氏密园藏书数十册，辗转归余。承爜手批阅本《易测》、《老子全钞》，《澹生堂诗文钞》八卷四册，骏佳重订本；《守城全书》十八卷，彪佳手稿；此《禅悦合集》却只存首二卷，骏佳著，却非手稿。当钞于彪佳殉国以后，待刻未刻之书也。前有辛亥熊佳序，是康熙十年（1671）作。楷书细字，出别一人手。约可考见写录时日。余旧藏傅节子藏《淡生堂别集》三种，节子跋言拟辑刊山阴祁氏家集，曾辑得《忠惠公集》十卷，彪佳撰；《锦囊集》一卷，商夫人景兰撰；《未焚集》一卷，彪佳女德琼撰；《紫芝轩逸稿》一卷，彪佳子班孙撰。以无力未刻，辑本今亦不知流落何许。又忠敏与同时朋交手札底，抄录成册者今存尚数十册，当续访之。王辰闰月十二日，灯下坐雨跋。

余后又见《楞严旁训》稿本二册，亦出自寓山，有骏佳手跋，朱墨杂下，用力甚劬。欲刊而无资，遂未寿之梨枣也。不欲得之，辄附记于此。壬辰七月二十七日。

此余初见山阴祁氏书时所得，残存一二两卷。不以残本而弃之。意欲估人尽救此故书于水火也。后果得见他种甚富，亦未能每见必收。二十余年前梅市劫余书籍，扫数归北京图书馆，其残零则归浙江图书馆。余先后皆见草目，似曾见此《合集》之另三册，未暇记录，不知在北抑在南也。此本久掠不归，已淡忘之矣，今忽还来，甚出意外，遂记数语卷端。季超所与往还，多清初逃禅之名僧，暇当展读，并稽故事。甲子五月二十三日。

首叶数行，骏佳手书，证以澹生堂它种季超手题可知。此殆付刻前板样，然终未刻也。又记。

案，《禅悦内外合集》十卷，抄稿本。竹纸黑格，半叶九行，行二十二字。卷首一叶骏佳手书总目五行，以示刊刻体式。以下数行："山阴祁骏佳季超甫著，弟祁豸佳止祥甫、祁熊佳文载甫同订。"次目录，卷一至三序，卷四书启，卷五论，卷六传、志、铭，卷七文、引、疏、题、赞，卷八议、记、说、杂著，卷九、卷十佛法杂著。前有"辛亥夏五朔日弟熊佳敬撰并书"序，略云："余年十七八，追随季兄于曲水社，作文谈道，所交皆一时名士。二十四五随季兄读书于化鹿山，同究性命之旨。此时季兄直入宗乘之奥，而余则步趋程、朱，读书暇辄焚香冥坐蒲团，时或上下古今，不敢苟为异同，然余受季兄诲益，学识亦渐进矣。又随季兄同游于石梁、念台两先生之门，讲文成之学。又数年，季兄且登峰绝顶，撒手悬崖，与济洞诸大老，盘桓无虚日，余方沈宦澥，望季兄如华岱烟云，缥缈天际。又数年，值沧桑之变，季兄脱俗住静，余亦披发入山，沉光晦迹，彼此略同。……历计读书学道，追随季兄，至今日四十余年矣。”此序说骏佳早日即佞佛，固不自甲申始。此集所与往还，几皆方外，如本师愚庵、木陈忞、麦浪怀、石雨方、元洁莹、百愚斯、继起储，皆一时名僧。他如王予安、朱锡鬯，王双白，亦名下士。又有为祁止祥题画、寓山记、紫芝轩读书记、家乘外纪等文，皆有关祁家故实，惜其不可见也。季超著书尚有《遯翁随笔》二卷，赵抝叔为刊之于《仰视千七百二十九鹤斋丛书》中，殆得原稿于里中者。

《甲申三月纪事》

此邵渊耀手抄《甲申三月纪事》一卷，未见著录。甲午七月，吴下所收。

此亦晚明野史之罕见者，记甲申三月京师诸事颇详悉。四月十八即南行矣。其记吴昌时死事，亦诸家记载之仅见者。又记张缙彦诸状，皆出目验，是可珍也。其人于癸未十二月初九日入都，甲申三月十五日督节慎库，前任则主事缪沅也。杂记诸事，有同于他书者，亦有不见旧记者。其书出于旧宅败垣中，盖深藏密锁二百余年物也。是可重已。余十余年来肆力收晚明史籍，所得不少。然陆续出以易米，箧中所存，只数十册矣。秋晴展卷，漫阅一过并记，时日影满窗。丙午九月十八日。

案，钞本一卷，邵渊耀手写。竹纸绿格。半叶十行，四周双边。板心下有“枕经书屋”四字。后有跋二通，一旧跋：“乙酉之夏，邵中翰方虎修葺新宅，得是编于败垣中，前后残缺甚多。予借归，即其存者，另为录出，妄以‘甲申三月纪事’名之，然不知作者何人，溯其行藏，□□□□，尚俟考订尔。花隐居士苏可识。”另一跋出渊耀手：“此□□为西庄王存溪所藏。今春余婿苏德卿得之，因从借观。以其出自吾家，而向来转无其本也，乃草录一通，聊备插架。至作者称时给事为同门同年，而检核邑志，庚午丁丑诸君，其履历无一相符者。则似非出吾邑人手矣。又何以藏稿于是宅邪？始引疑端，以俟来哲。时道光庚寅长夏，隅山邵渊耀书于周沈巷之蒲房老屋。”下钤“寿泉”印。

《纪事》记农民军入北京后追赃事甚详。又卷尾杂记：“予□癸未十二月初九日入都。先一日，周宜兴延儒赐帛，自尽于前门关帝庙中。吴昌时□□□典刑。都人传昌时坐竹筐中，里衣俱脱。赤身号呼，惨甚。”晚明野史记周、吴事甚多，余三十年前曾辑为“吴昌时事辑”，用以笺梅村诗，却未见此。

《四如黄先生文稿》

此残卷一册，买于姑苏。卷尾有兴公手书一行，飘逸可喜，至堪爱重也。壬辰九月十五日。

《黄四如先生文稿》有嘉靖刻四卷本，天一阁故物，其八代孙钺及其子文炳等辑刻者也。其前有曾孙至刊十卷本，未见。此虽残帙，亦可珍，况有兴公手题耶？取与天一阁本少比勘之，编次大异，此本墨钉诸处阁本俱补足，且加注释，不若此之犹存原本面目也。甲午四月二十二目。

此为六卷术，兴公题于六卷尾，以是知之。亦刻于嘉靖中，观刀法可知。十卷者当另是一本也。

案，书存卷五之六，凡二卷。嘉靖刻。十一行，二十二字，白口，左右双边。棉纸初印甚精。卷中墨钉有长至两半叶者。（欧阳君厚墓志铭）知翻刻旧本甚谨也。卷中文末常有识语，题“至治癸亥立秋日男将仕郎汀洲踏总管府知事黄梓百拜谨识”，似祖本为元刻。卷六末有“闽中徐惟起藏书印”朱文长印，又有徐氏墨书一行云“万历庚子夏买于建州”。卷中偶有批注，亦出徐氏手。

《绍兴十八年同年小录》

《绍兴十八年同年小录》，明初刻本。传世诸本，当以此为最旧。唯以宋刻目之，则谬甚矣。黄荛翁所藏为钞本，获于海盐黄椒升氏。此本有《醉经楼图记》，是当为士礼居本所祖，滋可重矣。荛圃又言，曾于贡局见此书，以物主宝为宋刻，终未能得。余久不过市，市上亦绝鲜佳书可得。一日旁晚过来青阁，见世学楼抄本《孤树裒谈》，又及此册，遂并携归。前者以索价过昂，已还之矣。此册为石麒之书，尚未有价，留置案头，已将半月。今夜微醉归来，酒渴颇不思睡，因煮茗研墨，更记此一段故事。书出虞山丁氏，其家所得旧山楼书最多，余所获殆不下四五种。而以此为最秘也。

辛卯五月初十日。

今日过市，于肆中见南陵徐氏影刊弘治本此书，乃与此本大异。其本每半叶三人，每人详记年岁、家族、籍贯，凡五行。此则但有乡里而已。徐本有弘治辛亥郑纪、王鉴之二跋，是为弘治刻无疑。然则此本果何时何人所刻耶？

案，此书明初刻。通四十番，前六番残失，只存待补白叶。第九页起，每半叶八行，行十六字，大题大字双行，白口，双边。第十二叶起，半叶六行，首大字双行“第一甲”三字。其下每行首刊第几人，次姓名，次乡贯。封面旧题“宋刊绍兴十八年同年小录”，夹签云“嘉熙二年婺州活字本”，俱不可据。板心下记叶数，更下记字数及刻工姓名，有许恩、王异、顾扬、吴良、钱忠、芮山、程安等。写刻精劲，棉纸初印。有“武原马氏藏书”（白方）、“读史精舍”（白方）“椒升藏本”（白文套边长印）、“醉经楼”（朱长）、“曾在旧山楼”（朱长）、“非昔居士”（朱文大方印）。此本得传，以有朱熹姓氏，为第五甲九十人，姓名下作双行刊乡贯，亦异于他人。状头则王佐也。

《易测》

此本得之越中书估，盖自祁家买出者。卷端有公长子骏佳手题，当为夷度手稿无疑。又尝见《两浙古今著述考》十五册于杭肆，盖同出一源而分储异地者。手迹与此颇同，当同是手辑本。此数书索直甚昂，仓卒竟无从措书值，然余有必得之心，虽明知此为最大贪障，一时亦无从祛之也。壬辰闰五月初六日，挥汗漫书。

适见仁和曹斯栋《稗贩》卷五，有一则云："山阴祁氏旷园，有澹生堂，为夷度使君藏书之所。使君讳承㸁，都院忠敏公彪佳之父。康熙壬寅癸卯间，忠敏第六子班孙字奕喜，以故国事谪戍沈阳。旋毁服为僧，终于戍所。"（见《二林杂志》）然按全谢山《祁六公子墓碣》，乃称慈溪布衣魏耕喜谈兵，为公子莫逆交。有告变者，并缚公子去。祁氏客纳贿，宥其兄理孙，公子遣戍辽左。丁巳，公子脱身遁归，祝发于吴之尧峰，寻主毗陵马鞍山寺，所称呪林明大师者是也。说与《杂志》不同。忠敏长子理孙，嗜书尤笃。惜晚岁佞佛，视同土苴，多为沙门赚去卖钱。后其书精华归于南雷，奇零归于石门。南雷一水一火，其幸存者归于鹳浦郑氏；而石门则摧毁殆尽矣。故昔人慨祁氏藏书有"不值当年装订钱"之语。此则述祁家故实甚悉。《稗贩》刊于乾隆，于班孙遣戍案言之未详，盖有所讳也。祁氏诸子佞佛，盖自骏佳始已然。遭国变后以此自全，非真笃好之也。南雷、晚村争购祁氏藏书，成一公案。然此祁氏自著，则兢兢世守，未随它书以俱出，三百年后，所存尚数十百册，可谓难矣。今夜不出，侍母亲大人小疾，弄笔记之。壬辰十月初四日。

"不值当年装订钱"，晚村诗也。盖谓祁氏书系大秤论斤而出者。殊不知此自著诸种，三百年后亦论斤而出也。噫！班孙，忠敏次子。六公子云者，大排行也。又记。

七年前群盗披猖，藏书尽失。时时往来于心者，唯此澹生堂数种。此《易测》与《老子全抄》皆尔光为秀才时手辑之书，盗过我家时，余方阅老子书，杂置案头，竟得幸存。劳雁分携，睹之心痗。半月前此册珠还，亟与老子书并藏之，亦近时一快也。祁氏世为易学，幼而习之。尔光一生学问，盖始于此。重阅一过，遂书末简。时庚申四月，芒种后一日，晨窗记。

案：《易测》，祁承㸁手写并点阅本。竹纸绿格，书眉空一阑，板心有“聊尔编”三字。楷写精妙，雅韵欲流。通体朱圈，不著撰人。每节首列“传几”，次“通旨”、“语略”、“杂解”。封面有祁骏佳手书三行：“《易测》，系辞全，夷度府君为诸生时所手辑也。不肖男骏佳记。”《四库提要》有曾朝节撰《易测》十卷，有万历戊戌序，与此辑时代相同，殆非一书。

《唐李义山诗集》六卷

余酷爱义山诗，搜异本不少。然却无更旧于此毗陵蒋刻中唐十二家本者。因剔出别装二册，以便讽读。然强分卷第，未脱明人不知妄作之恶习也。李集旧题三卷，述古目注“北宋本影抄”五字，《爱日精庐藏书志》著录二本，一旧钞校本，护净居士跋，云得牧翁所藏宋板校补，始为善本。后又得孙功父北宋本校之，称远胜钱本。另一本为毛氏校宋本，陈鸿跋云，得孙孝若家北宋板校过。据此知明清易代之际尚存北宋、南宋二本也。传阮怀宁亦曾有宋板，毁于乙酉金陵兵燹。凡此诸宋刻，今日俱不可见。诸家藏目，尚偶有校本，若锓木之书，则以此为最旧矣。傅增湘曾获叶郎园旧储此本，珍重手题，后景入《四部丛刊》，然前目全佚。藏园尚有明万历云阳姜道生所刊义山、君平、致光三家诗，不分卷数，余前年冬曾于北京图书馆书库中见之，模刻精好，而气息凡近。是李集明椠只蒋、姜二氏所刊及汲古毛刻本耳。毛本余亦有之，分三卷，尚避宋讳，是由宋本翻雕之证，而未见宋刻，终为憾事。辛卯冬月十七日，晴窗记。

案，此书嘉靖刻，白皮纸印。已影入《四部丛刊》，然前有目录十六叶，则失去。又《藏园群书经眼录》卷十二又著录一嘉靖刻六卷本，九行十九字，版心题“义山”二字，然则此亦丛刻之失群者也。沅叔亦言“此本五言已标排律，决非宋本所出”，是亦明人汇刻唐人集之一也。

《三辅黄图》

此书出绍兴山中，估人拔之出于纸丛，余又从而得之。世传此书多嘉靖刘景韶刻，九行十八字。此本却罕见，未闻有著录者。辛卯首夏。

此书出杭州。“富晋”估人往收旧纸，秤得于残书堆中。一日，余过市，估人手此一册叹曰：“惜其不为《四部丛刊》本耳。”盖肆中方收《丛刊》一部，中佚《三辅黄图》及它书二种。有人持一零本来，索五万金方允售，是以书估有此叹也。余即以十万金易之以归，付工重装，整饬如新。此亦可笑事也。《丛刊》所收为元刻本，但却不精。辛卯十月十二日重阅书。

案，《三辅黄图》六卷，嘉靖刻本。半叶十一行，行二十字，白口，左右双边。卷首大题下有“四明薛晨子熙校”一行。前有“三辅黄图叙”，次目录。刊刻精整，板心下有字数刊工姓名：杨仁、夏文祥、李炤、章彬、章松、文约、冯校、夏潡、章循、杨惠、李福。棉纸精印，精美绝伦。

祁承㸁家书跋

右山阴祁尔光家书三十二通，壬辰冬日得之郭石麒许，梅市祁氏世守三百余年之物也。凡五十许通，订一厚册，未订者亦十数札。纸用棉料，白折。行草甚朴茂。余取有关淡生堂藏书一札及诗草等四事装为一卷，已如牛腰。后更以十许札分赠北京、金陵图书馆。余札置箧中二十年未发视。近发兴录一清本，十日而毕，其中颇有磨灭及不能尽识之字，概从空阙。写毕，漫阅一过。并排比后先，知此为天启元年至四年（1621—1624）数年中所作。

尔光初任河南宿州知州，后升兵部职方司员外，继转磁州兵道。天启壬戌彪佳南宫获隽、前后入京会试、殿试、选官、赴任诸事，所述最详，尔光于诸子中最爱六郎，作札往往数千言，宛转尽情，读之如闻家人父子絮语灯前，而晚明官场、科试、驿递、豪奴、兴造诸端，罔不涉及。其官书所不记，野史所未详者，多能于此中得其实状。又往往记东人之入侵，曹、郓之白莲教，邹、滕民变，三王之国，宿州矿工起义，此尤晚明国政巨事，所关匪细，仅见记录者。其示诸子以经营田产、兴造屋宇、垦荒机房诸事，更为详悉。地主乡宦资生之道，俱可于此中知之，又晚明经济良史料也。即嘱诸子购备衣物一札，所列土宜名色，亦颇有关系。苏州织物、凤阳角带、陆文远之黄头笔、杭州之太史纸，皆人所不记者。当日不过日用之物，无以之入著述者，日月既迈，后不更知，是可重之又一事也。书中所及当时人物，商等轩周祚为彪佳妇翁，景兰之父，后降清为贰臣者；此外，孙堂翁当是孙承宗，熊掌科、王葱岳、李懋明、张堂翁兵部、孙恺阳、沈铭翁、周爱日、邹南老、李继老、陈襄老、周春老、何昆老、朱养翁、刘芳瀛，鼎甲之文与陈，疏救杨左得罪以去之南□公，皆可于旧史中得其姓氏。而家藏群籍扫数俱去，遂不能详。尔光诸子，麟佳廪监为大郎，凤佳恩贡为二郎，何家阿姊第三，骏佳崇祯戊辰恩贡为四郎，豸佳丁卯经魁为五郎，彪佳为六郎，熊佳庠生、象佳，诸札中未及。三十八叔即祁承勋选贡，后任陕西布政司都事。以上皆见于崇祯戊辰浙江恩贡齿录中。承㸁特重功令文，更关心星命，笃信流年。兴造之事无论矣，即归家日期，亦必斤斤于一日之后先，可笑甚矣。苦欲诸子得男，处置孕婢，事皆庸妄，可不具论。惟一行作吏，留心民瘼，于三王之国及宿州民变诸札，可窥崖略。然心忧社稷而特避边才，笃志升迁而经营书帕，亦晚明士夫之常态也。

《宋西事案》二卷，题海滨询士漫辑，天启元年（1621）辛酉自序刻本。所记自明道至庆历十五、六年间宋人制御西夏诸事。取史籍辑录，各附案语，多直指东事。入清，入全毁目中，传本至罕。祁氏亦有世守之本，惟未见。尔光自云：

“《西事案》一书，都门或因书而求见其人，或托人以求其书，可见世间浪传，事不必有十分好也。”是书虽记宋事，意实在东辽。当日固风行之册也。又《宋贤杂》下失字，当是佩字。等六种，当是《苻离弭变纪事》、《两游苏门山记》、《琅玡过眼录》、《澹生堂藏书约》数种，大题俱作《淡生堂外集》，余有原刻，为槜李曹氏旧藏。其藏书约一种则傅节子手写，原刻郑西谛曾收得之。是皆旷翁生前所刊，不知细目果如何也。

诸札中，以“藏书事宜书付二郎、四郎奉行”一札最可珍重。澹生堂抄本书于书林有重名，传世稀若星凤。赵谷林毕生求之，所得不过数种。今日公私所藏，通计之亦不过二三十种耳。读澹翁手札，知于中州所录书共一百三四十种，皆坊间所无，而京内藏书家所少者，意当多出朱氏万卷堂。其书于明末黄河决口尽付东流，承爜传写更流散殆尽，是书林一巨劫也。承爜论两浙藏书无逾我者，非不知有天一阁范氏，特于范氏所收书不甚措意而轻之。其言曰：“发回书共八夹，内有河南全省志书二夹，不甚贵重。”其意可知。此藏书时代风气使然，不足异也。澹翁言：“十余年所抄录之书，约以二千余本。”此后虽有增益，必不甚多。以此计澹生堂写本书，当约略近之。每本工食纸张不过银二、三钱，可见当日物力之廉。澹翁慨然言曰：“只是藏书第一在好儿孙。”似预知四郎后日佞佛，藏书多为沙门赚去之事者。吕晚村《得澹生堂藏书示大火》二诗，亦似为此语作注脚也。尔光命诸子购土物单，有“杭州大样放阔上好太史纸一篓要抄书用”一条，是为澹生堂抄本书用纸之最好注脚，其白棉料蓝格纸究不多见。至藏书楼之兴建、书厨之制做，皆尔光自为擘画，在在以巧思出之。此楼后更无人记之。赵东潜母为祁氏外孙，于数十年后回忆梅市旧居，亦只东书堂为详，不及此楼也。家书第一通“示彪佳”，时代最早，不知何年所作。彪佳时尚在家读书，云“寄回《南华经》一册，乃我秀才时所圈点、批选者。”余别收《易测》、《老子全抄》二种，俱聊尔编绿格纸精写，极雅饬，朱、蓝二色笔圈批，前有骏佳手跋曰：“此夷度府君为诸生时手自点阅之书。”《南华》当亦此类，惜不可见也。

忆辛卯壬辰之间，山阴祁氏遗书渐出，余所得颇富而精，自承㸁祖司员公粤西奏议，至祁晋原朖所藏，数世藏书皆有之。诸书以承㸁《两浙古今著述考》稿本、彪佳《守城全书》、《曲品》稿本、祁理孙、班孙手批《水月斋指月录》、《五朝注略》、刻本彪佳《按吴政略》为最精，承㸁、彪佳乡试原卷及此家书数十通为最秘。吴县潘氏辑印《明清藏书家尺牍》，煌煌六巨册，网罗靡遗，独无澹翁一札，只以抄本一叶入之，实非真迹。可知其流传之绝罕矣。买书三十年，劫余珍物，只有此耳。迻写既竟，漫记卷尾，考证笺疏，当俟异日。癸丑中元前一日书。

癸丑夏日，手录澹生堂家书凡三十二通竟，劫余残馥尽在是矣。共历一月。立秋日跋，黄裳。

书跋偶存

藏书题跋通常大抵有两类，其一是学术性的，其二则是随笔的。前者重在论述书籍内容，兼及版本核订，是纯粹的学者的论文，如陈仲鱼的《经籍跋文》。这是可以编入文集的正宗文字，不是随便什么人都可以做得的。后者则没有那么严肃，只是一种随笔，或记得书故事，或记流传始末，自然有时也谈到板刻、纸墨……但总之不是板起面孔说话，专家以外的一般读者也可以了解、能够欣赏，更多文学意味。这一类书跋中最有名的是黄丕烈的藏书题识，久为世人所珍重。以文字而论，有时也不免有些疵累，但并不妨碍全篇的空气。个人偏好，喜欢读的是这一类的题跋。多年来的习惯，买到一本旧书，总喜欢在书头札尾写一点题记，计算起来，数量也有不少。偶然翻阅，得书的经过，历历如见，在自己是一种很好的纪念，也想摘抄一些来给喜读这种题跋的人们看看。岁月既迁，所记书林、书友的一些琐事，似乎也有某种文献上的意义了。

《瑯嬛文集》

书友郭石麒向曾以虞山沈氏旧藏书，介以归余，颇有佳本，大抵皆爱日精庐张氏、旧山楼赵氏故物。近又以数种来，却鲜佳本。前又遇之市中，怀中出原单见示，知别有抄本《塔影园集》、《瑯嬛文集》，已为范某取去，即嘱其取归。前日过市，见此书系八千卷楼故物，的是宗子手稿，不禁狂喜。今春余于传薪获宗子《史阙》手稿六帙，尚是待刊稿本，剪贴毛订，所用纸与此册正同。写手亦出一人，是同出手迹，可无疑义。《史阙》六帙出于会稽山中，深藏密锁，几三百年。此册则不知何时流入武林，入泉唐丁氏八千卷楼，书散后又未随楼书俱入钵山，流至常熟，有翁同龢观印，今又散入市肆，并归余斋，书缘之美，何可言耶。北平图书馆目中有《张子文粃》如广卷，亦称稿本，不知与此本异同何若。余旧好宗子为文，然所藏绝无佳本。今春偶得《史阙》稿本，又得康照凤嬉堂原刊本《西湖梦寻》，王见大刊巾箱本《梦忆》，今更得此，可喜之至。辛卯六月半。

右书凡五卷，自古乐府至五言律，通得诗三百又五章。宗子手稿本也。尚有散叶，夹于卷中，用黑格纸，与所藏《史阙》用纸全同，手迹如一，手稿确无可疑。原订一册，止于五言律，疑非全书，归丁氏时即已如是。丁氏亦未甚重之，书面题“集”字，又“别集国朝”字样，皆楼书旧式，未钤“八千卷楼”楷书小朱印，亦不入善本书志，惟楼书全目中有之。杂厕于清初人别集中，只著“抄本”字样，盖不知其为手稿也。卷耑只“曾藏八千卷楼”一印，皆以通常写本视之之证。光绪中此书曾有刻本，惟只文无诗，仅刊入古乐府若干首，所据当是别一抄本。丁氏书于光绪中由端午桥购归江南图书馆，由杭州载入江宁，入龙蟠里。名书重器俱无恙，惟词曲类及其他零星小册，颇有流失。当是端方幕府中人择取精本据为己有，或端午桥以之赠当国大老，皆不可知。此种书余得经眼或收得者凡六七种，如清初南府写本《麒麟阁》四册，开花纸精抄，有红色小纸题扮演角色名字于人物表下，曾在安乐堂之书也。又清初竹纸黑格精抄本《曲谱》二函，亦内府写本。又澹生堂抄本《对床客话》，有祁旷翁手跋及吕晚村、张宗楗藏印，是皆铭心佳品，虽曾得之，然终不能守。又尝见明初黑口本吕纯阳集，为九峰旧庐物，未之收也。又于石麒许得阮大铖三集，原刻甚精，与此册皆有翁常熟观印，颇疑即当日端方持赠翁相之书。诸书皆曾有传抄之本，流在人间。宗子著书，刻于明季者似只一二小种，《西湖梦寻》刻于康熙季年，余亦收一原刻，板心有“凤嬉堂”三字。张氏子孙家贫，不能刻先人遗稿，《梦寻》之刻，亦赖友人之助。然遗稿颇有传抄副本，其蝇头细字本当即此类。尝于诸家藏目中搜宗子手稿，约七八种，皆可踪迹，其原稿之确然无疑者，只此与《史阙》耳。此册中有纪年之诗，断手于康熙九年（1670），又知其当生于万历二十五年（1597）丁酉，得年必在七十四岁以外。集中数及《石匮书》撰作事，又方物之咏多至数十，老饕习性如见。家破之后，窘迫诸状亦时见之诗中。春米担粪两章所写，最见性情。遗民心事更处处流露，是此集子孙力能刊行，亦不敢也。余藏此册逾十年，前四年始通读一过，曾撰长跋，后亦迷失。今为补目，聊记一二，多凭记忆，未能详也。戊申中秋前一日。

四年前得见《文粃》于京师。黑格清稿本，非手迹也。为马隅卿遗书，匆匆翻纸一过，记行款序跋而出，未得细读。他日当合此本印行之。甲子谷雨前三日。

按，此书大题《瑯嬛文集》，第二行“剑南陶庵张岱著”。竹纸黑格，半页八行，行十八字，白口。藏印有“曾藏八千卷楼”白文大方印，“翁同龢观”朱文小长方印，又一白文小方印在卷尾，文曰“左翁寓目”。张岱的字写得老辣，叉手叉脚的，很可以表现作者的性格。有的写得工整，有的好像就是草稿，有他自己涂改的地方不少。又有另一人的改笔，并有不少评语。在书眉上有“诗砾”字样，大抵是宗子拟定的另一集名，又一处墨笔批“此篇宜存文砾”，可见宗子尚有自编诗砾、文砾的计划。又有大字草书曰“遵”、曰“删”，如“和祁世培绝命词”就注明“删”字，用笔勾掉了，无疑这是有所顾忌才删去的。祁世培就是祁彪佳，和宗子有亲谊，是拒绝清师征聘而死节的。宗子诗中遗民气是很重的，如《种菊》一首，结句云“宁可藁枝头，不为北风堕”，他自己又在句旁加了不少圈，透露了灼然的心事。看来此书在清初没有能够付刻，这是一个重要的原因。

《西湖梦寻》

此张宗子《西湖梦寻》五卷二册，余见之徐绍樵许。同时尚有手稿《史阙》六帙，议价未谐，乃先得此二册。继而知其书出附近一地摊上，乃过而询之。知书出浙江桐庐山中，盖收藏数百载之秘册也，当终得之，姑先记此。《史阙》尚为毛订本，剪贴成册，首有序三页，行楷，似晚明刊板格式。末钤二印，奇古而佳。前有"瑯嬛□□"一印。此异书也，何幸遇之于海上，更能幸而得之，则诚快事已。辛卯春分前六日。

得此书于今七年矣。此数年中亦尝数过湖上，弱柳夭桃，春风秋月，领略殆尽。亦时时忆此册。一康熙刻耳，然罕遇难求，不殊元明旧椠。此意知者殆少。五年前郑西谛过我观书，亟叹此本之佳，向余索赠，未即允之。今西谛死矣，重展此卷，不禁黄垆腹痛之感。戊戌十月。

余收书十年，始未甚重清刻，后乃甚悔之。此册以张宗子故收之，数数跋之，不啻与宋元刻等。西谛收宗子书数十年，未尝见此，撰《访书记》亦只以光绪刻著之耳。后见余藏此本，遂更跋《访书记》，以纠旧说之失。凡此皆成旧梦，不堪更忆矣。昨海昌许君见过，告近游湖上事。无从得食，坐楼外楼中，见乡人数十百辈拥入，呼豆腐汤并米饭食之，顷刻而尽。此亦一事也，惜无人为梦寻新录以记之也。己亥三月十九日，风雨终朝，灯前记此。

七日前余游京师，观国藏善本于北海之侧，见马隅卿旧藏《张子文粃诗粃》二十三卷，凤嬉堂墨格精写待刻稿也。板心上题《瑯嬛文集》，属“陶庵张岱著，白岳王雨谦评，雪瓢祁豸佳较”。八行十八字，白口，双边。有王、祁二序及自序，阑上有评，格式与此如一，惜未刻耳。见之眼明。此《梦寻》得胡氏之助，墨板粤东。然《中国雕板图录》所收为残卷，未见凡例，遂以为山阴刻本。因知板本之事诚未易言。庚申五月二十七日雨窗灯下记。

《西湖梦寻》五卷，康熙刻本，写刻。半叶九行，行二十字，白口，左右双边。前有武林道隐金堡、古夔旧史李长祥、社弟查继佐、弟祁豸佳、潞溪白岳王雨谦序及自序，次康熙丁酉年十月望日孙礼“凡例”。目次大题下有金堡定、李长祥阅、王雨谦评题名。每卷卷首题“古剑蝶庵张岱著纂、山阴曲辕王雨谦评定”及男铎、镛、镄等编辑题属。每卷尾皆有孙、曾孙等恭订名字。《凡例》第一则说：

> 先王父是编，盖身历盛衰之际，感时世之旋易，嗟景光之顿殊，托为梦寻，言寄斯慨，以目接之景，作魂交之游。此亦如神返华胥，犹历历不忘其故迹，即境以征事，抒辞以达情。览者有感于斯文，是亦梦中之觉路也。

这里大胆而刻露地说明了此书的作意，是非常难得的。特别是在清初文字狱盛行的时候。此书刻后传本甚稀，与此恐怕也不无关系。《凡例》最后一则说：

> 先王父生平素多撰述。所著如《陶庵文集》、《石匮全书》以及《夜航船》、《快园道古》诸本，皆探奇抉奥，成一家言。以卷帙繁多，未能授梓。是集为从弟潗携来岭南，而韶州太守胡公见而称赏，令付剞劂，以张前徽。……爰授之梓人，锓以问世。其家藏诸种，俟有力梓行。庶先王父未坠之精华，复得表章于当代也已。

《梦寻》扉叶有“凤嬉堂藏板”字样，这很容易使人联想此书当刻于山阴。《凡例》说明原稿是带到广东后付刻的，那么当是广东刻本。凡例又说：“而王白岳雨谦先生与先王父论交尤笃，其所点次评论，更为精详，刊之篇端，以志相得之雅。……”这些评语就都刻在书眉上面，在翻刻的本子里已全部删去了。这些评语有的也颇有见识，如在柳耆卿描写钱塘繁盛的《望海潮》词上批道：

> 问当日使柳七无此词，金主即不垂涎东南一隅者乎？宋室君臣不以精神注燕汴，而注之一湖。敌人渡江，何得致怨柳词。

将亡国的责任推给文人，这是过去论客常用的无耻手法，这里给予驳斥，说得十分痛快。在张岱的《岣嵝山房小记》中“冷绿万顷，人面俱失”句上，评“人面俱失，‘失’字妙，用‘碧’便下矣”。这是真能懂得张岱文字妙处的人才能说得出的。

《琵琶记》

此起凤馆本《琵琶记》余有三本，而具无卷尾释义一卷也。今年夏在京师傅惜华家见一残本，印本绝精，释义尚存。日昨绍兴估人挟祁彪佳《曲品》来沪归余，同时更谓有绝佳之《琵琶记》一本，世未前见，索而观之，实即此本，抚印尚无此之佳也，只存卷中及卷上后半，视为奇货。时与石麒在袁西江许闲话。西江告伊前数年亦收一最初印本，系洞庭山乡人携来海上者。有一单，遍历三马路诸肆，无人顾问，亦无人肯过而一观。其人语西江曰，吾书携在旅舍，近在咫尺，何妨一观。袁即随之而往，于诸恶书中抽出此《琵琶记》二册，绝初印，大喜逾望，以极廉之直易归。送往郑西谛许，即留之，许以新刊《鲁迅全集》十部相易。去年西谛整书北上，西江前往助之理董。陈乃乾、瞿凤起皆在坐。得见此本，惊喜赞叹，西谛则掉首登楼去。此西江告之如此，事绝趣。因为记之。此本今存世者余所知凡六。而只一本首尾完具而初印者，即出自洞庭终归长乐郑氏者也。起凤馆所刊尚有《西厢》一种，与此体式全同，惜华亦藏棉纸初印者一部，真尤物也。壬辰十月三十日。

案，此本半叶十行，行二十二字，白口单边。前有目录，题“元本出相南琵琶记目录”，卷首大题则只题《琵琶记》。

残存卷上一卷。有“由敦”连珠朱文小印，又“武水夏香玉珍赏”朱文长印，“绍濂”白文连珠印。插图合左右两半叶为一幅，富丽精工。人物都长身玉立，但面目绝少变化。衬景繁复，铺地方砖也作精丽图案，锦屏山水亦一一描出。在万历板画中别具一格，与《人镜阳秋》风格相近，而精整过之。《西厢》一本插图已影入《千秋绝艳图》中，这是集明刻《西厢》插图若干种的汇刊本，较易见。不知此外尚刊有他种否?

《段氏二妙集》

此旧钞本《段氏二妙集》，曾经蒋西圃、李南涧两先生藏弆，皆有手迹。系姑苏某氏所藏，余因俞氏之介收得之，甚以为快。南涧系乡先辈，余旧只得其所藏《宋文鉴》残卷耳。今乃得见手迹，甚幸事也。西圃校藏之书，亦是初见。旧山楼书散于劫中，精骑半归吴下，余所得不少。见此如故友重逢。同收尚有淡生堂抄《对床夜语》，有旷翁手跋，亦铭心绝品也。乙未立春。

南涧于乾隆己丑五月二十三日谒选至京。十一月初七日出京，撰《琉璃厂书肆记》，娓娓可读。记云：“又西而南，转沙土园北口路西，有文粹堂金氏，肆贾谢姓，苏州人，颇深于书。予所购钞本如《宋通鉴长编纪事本末》、《芦浦笔记》、《麈史》、《寓简》、《乾坤清气》、《滏水集》、《吕敬夫诗集》、《段氏二妙集》之属，皆于此肆。”此册尾恰有南涧手迹二行，即当日所购之一也。庚子十一月十四日寒夜灯前记，距南涧此题已一百九十一年矣。

《段氏二妙集》八卷，旧钞本。竹纸无格。半叶九行，行二十一字。前有吴征序，河东段氏世德碑铭。蒋西圃朱笔校，看来并不是据旧本校，只是随笔改正明显的误字而已，在卷尾贾定跋后，有朱笔两行："雍正戊申秋八月自新甫归里校对。西圃老人。"册尾有李文藻墨笔跋两行："乾隆己丑六月李文藻购于琉璃厂，是时得宋元人集二十余种，此其一也。"下钤"泉氏家藏"白文方印。收藏有"西圃蒋氏手校钞本"朱文长印，"旧山楼"朱文长印，"非昔过眼"白文方印。卷前有道光十一年胡子莹墨笔跋，说这是他从间壁潜研堂钱氏购得宋元人集五种之一，又说："《佩玉斋类稿》及是集并为李南涧文藻所藏，南涧辛楣丈弟子，意其时执贽时持赠者。"原书装订是赵氏旧山楼旧式。清初盛行此类抄本书，书目中称之为"钞白"本，如裘杼楼汪氏、曝书亭朱氏所藏就有很多是这种抄本。宋元人小集各家书目著录也大抵是这种抄本。李南涧的《琉璃厂书肆记》是有名的笔记，琐琐记访书经过，更难得的是详细记录了当时书肆的名称，经营者的名字和经营特色，为海王村留下了珍贵的文献记录。后来缪荃荪又写了《后记》，体例如一，百余年来书市盛衰，大致可见。孙殿起又有《三记》之作，记录加详，可惜没有记下诸肆经售的书籍种类，读起来不免少有干枯之感。

《翁山文钞》

前日过"传薪"，徐绍樵出示一单，告新收书一批将至，约余往观。昨日午饭后遂过其肆，书已来，堆置案上，翻检久之，未见有当意者。绍樵抽出书六册，已水湿，多霉坏。偶一翻阅，知系翁山遗文，喜甚，即挟之归。知十卷俱全，首尾无缺，即付工重装。夜归，检《广东丛书》，知亦收此书，系景印番禺黄氏忆江南馆藏本，只四卷，而以南州书楼所辑《翁山佚文钞》附后。黄荫普氏跋尾云，丛书编者原拟以佚文抄本付梓，北平孙伯恒君适函告，某故家所藏《翁山文钞》流入厂肆，余即函托代购。惟肆主误认书为明刻，复以书为禁本，故昂其值。首卷又为有力者假阅不归。孙君几费心力以踪迹之，复往返磋商，方成议。余斥重金得之云云。徐信符君《翁山佚文辑》序称此书今所罕见，诚为孤本，亦疑其为残佚不全。余何幸竟以偶然之机缘，得此全本。《贩书偶记》亦著录此本，云为康熙中刻，每卷书名及作者名俱已挖去，是所见为后印本矣。黄荫普氏所藏薛序佚其首页，余本有之。而文钞铭两页，余本却已失去。暇当补抄补全。昨日在“传薪”晤风子兄，示以西谛北平来书，亦复殷殷致意，谓近来必更有所获云云。惜无由以此书相示。千里暌隔，犹时以收书之事相询，意滋可感。今日星期，趁车游松江青浦，归寓理书，记此一段以破岑寂。连日春暖，今忽作寒，又听雨声淅沥，灯前作记。1949年4月10日。

此《翁山文钞》十卷，罕见本也。初广东丛书第一辑有景本，只存四卷。北平图书馆收一抄本十卷，又景印丛书二集，是仍未见十卷原本也。余收得此本后即持示张菊生丈，欢喜赞叹，以为秘册，约他日更为景印之。荏苒已将三载，而菊老病废，世亦不复重此景印流布之业，每一念及，辄为闷损。辛卯三月。

近见汪宗衍文，记何氏得此书之曾藏朱希祖家者，前有文钞铭，然印本已在乾隆中。卷中多所挖改，不如此之尚为康熙原印也。汪氏据卷中“字八子说”中四十九岁生明洪，今年十八语，知此文撰于康熙三十四年（1695），又一年翁山遂谢世。知此本之刻必在三十四年后，实平生著书最后刻本，亦以此而流传独少。因重展书更记。壬戌八月初三。

案，《翁山文钞》十卷，半叶十行，行十九字，上下黑口，左右双边。板心记书名及“序”、“记”等字样，围以方框。卷首大题下双行云“番禺屈大均著，常熟薛熙评”。前有薛熙孝穆序，次总目，属“男明洪明泳编”。前有扉叶，篆书大字题书名，下小字曰“三间□□”（下半残失）。翁山著作，后来都成为禁书，但尚多有传本，只此书罕见。广东人士注意辑刻乡贤著作，多方搜访，所得一残本，一乾隆中挖改后印本，皆不惬人意。《广东丛书》叶恭绰编，交商务印书馆代印。张菊生亦甚关心，曾写信给傅增湘，请求代为留意借补。原信收于《张元济傅增湘论书尺牍》中。当年以此本示张菊老，老人展卷惊异，不是没有原因的。

《兼山集》

此杨廷麟《兼山集》刊于顺治中，禁书总目著录。传世甚稀。卷十别属《兼山遗集》，有男某孙某校字，是独刊于身后者。此本凡奴虏字俱做墨圈，是刊板时亦知有干新朝大忌，而终入全毁之数，亦可叹矣。乙未冬至后二日记。

机部为明遗臣，殉国难，大节在人耳目。而熊文举以贰臣撰此首叙，且以机部甄拔造就之人，上翊新朝圣主为言，其颜甲千重，何其不知耻也。呜呼！

《吴梅村集》中有《临江参军》五古，为机部作也。《梅村诗话》中更两记之。云其为文排岩峭刻，在韩、苏间。书法出入两晋，仿索靖体。诗则好用奇思棘句，不甚合律。然秀异耸拔，往往出人。所论颇得当。尝及其哀卢象升诗，而惜佚落不全。是梅村当日亦未见此集，亦未全睹《悲巨鹿》诗也。梅村之言曰，余与机部相知最深，于其为参军，周旋最久，故于诗最真，论其事最当。机部后守赣州，从城上投濠死。集竟散佚不传，是亦终未见此集也。又记机部殉节后，曾访其子，知在宁都山中，后为彭躬庵赎归。更记机部诗断句，皆在遗集中，错落不全，赖此集以正之。因知此本在清初即为希见之册，何论今日。癸卯四月二十六日。

孙殿起《禁书知见录》著录《兼山集》，只四卷，是残本也。

案，《兼山集》十卷。题“清江杨廷麟著”，顺治刻本。半叶十行，行廿二字。卷十别题《遗集》，下缀“乙酉丙戌”四小字。题“男琇仁叔敬编　孙继祖又震较字”。前有“南州年姻弟熊文举顿首拜题”序。熊序中有“我昭代定鼎已十余年，其次公琇始长，乃以先生所刻《兼山诗集》问序于余”的话，可证前九卷是作者自刻，卷十则是后来补刻的，已在顺治末叶了。序中一些也不触及作者战死殉国的事，只提出他的学生曹溶、王崇简辈都作了新朝贵官，说什么“而其所甄拔与所造就者，咸能本先生之学，上翊圣主，下惠烝民，则先生亦可以无憾矣”。真是十足的昏话。

杨廷麟最有名的《悲巨鹿》诗在卷四中，是说崇祯十一年（1638）十二月卢象升贾庄之役死难事的。吴梅村有《读杨参军悲巨鹿诗》七古，全集未收，仅见于《吴越诗选》中。吴诗外尚收有宋辕文七古一首，题《参军行，赠杨机部先生》，颇激昂慷慨。可见当时这是一首喧传众口的名作。吴梅村编集时删去自己的诗，在《诗话》中引杨诗也只是零章断句，可能都是出于避忌。

后记

把几年来写下的读书记收集起来，编成一册小书，取名《榆下杂说》。这是因为过去曾印过一本《榆下说书》，也是同类性质的杂文。所不同的，这里所收，更多偏重旧书的题跋而已。

我过去买书很杂，正是所谓“有啥吃啥”，每天跑书店，总要拖几本回来。因此并无特色，不成系统，这可是藏书之大忌，为历来藏书家所不取的，但买来买去，却也自然形成一种趋向，那就是有关明清易代及南明史事的书，明清之际特别是清代前期的集部书比较多些。当然，所谓多也不过比较而言，只是在我贫弱的藏书中占有较大的比重而已。

藏书在不同时期是有不同的风气的。对明清之际的出版物，特别是清代禁书发生浓厚兴趣，那是清末民初读书界的时尚。这自然是种族革命历史大潮的副产物。到了抗日战争时期，知识界大批地流转西南，人们感时伤事，仍旧对南明史事给予了特别的关怀。时代、政治的影响是如此巨大，就连读书界也被波及了。这与个人的搜书、阅读都是有密切的关系的。

当起劲地搜书时，自然来不及每本细看，忙的不过是查书目、登记、钤章，有时也写一点简单的书跋。到了旧书绝迹，也有了读书的余闲时，书却一本也没有了。真是没有法子想。一直等到抄去的藏书少少发还，那真有如旧友重逢，高兴得了不得。展卷摩挲，看看旧时的题记，仿佛可以一一回溯得书时的情景，恍如梦游。我有一种习惯，在翻读旧书时，遇到有关的评论、记录……就一一迻写于书前扉叶，以备遗忘。时日既久，所集渐多。有暇就加以整理，写成书跋。这就是一些较成片段的跋尾的由来。更多的则是近于随笔的题记，是散文而不是读书记了。

我一直梦想能读到一种详尽而有好见解的读书记，除了介绍作者的身世、撰作的时代背景、书籍本身的得失、优点和缺点之外，还能记下版刻源流、流传端绪，旁及纸墨雕工，能使读者恍如面对原书，引起一种意想不到的书趣。但这样的读书记是太少了，或简直还不曾出现过。《四库全书总目提要》到今天还为读书界奉为枕中鸿宝，就是一种奇怪而可悲的现象。在上述种种理想要求之中，最重要的是作者的识解。可以说这是读书记的灵魂。一本书一旦到了一个糊涂人手中，他就会将书中的糟粕郑重介绍给读者，使人越看就越糊涂。

写读书记并不如有些人所想象，是轻而易举的事情。旧书多矣，多看了也不免使人气闷。旧时的文士好像总是嚼不厌似的不忍舍弃那已经毫无滋味的甘蔗渣，吟咏着已经滥俗了的风月。往往翻阅了若干册，只看了个“该死”。这确是在旧书里打过滚者的伤心悟道之言。如能在浩如烟海的册籍中发现一二新鲜的意见、珍奇的记事，是不能不使人精神一振的。加以选抄、阐释，正是翻阅了若干书册以后的结果，不是可以随手拾来的。

以上所说，是我对理想的读书记的向往与期待。虽然努力，到底也没能做到一毫分。也因为同样的原因，这本读书记中所收有些是或因禁毁，或因避忌而幸存下来的东西，倒往往是并非无病呻吟之作，所记的事实、所发的感慨也都带有时代的声音与遗痕。这就使它们在成堆的朽骨中间散发出耀眼的光芒。我的加以介绍也主要是为了它们本身的价值，并无自炫渊博的意思。这一层是应请批评者予以鉴谅的。

1991 年 5 月 15 日

图书在版编目（CIP）数据

翠墨集；榆下杂说：汇编本/黄裳著. -- 济南：山东人民出版社，2022. 2
（黄裳集. 创作卷. Ⅵ）
ISBN 978 - 7 - 209 - 13327 - 2

Ⅰ. ①翠… Ⅱ. ①黄… Ⅲ. ①散文集—中国—当代 Ⅳ. ①I267

中国版本图书馆 CIP 数据核字(2021)第 116310 号

翠墨集　榆下杂说
CUIMOJI　YUXIAZASHUO
黄裳　著

主管单位　山东出版传媒股份有限公司
出版发行　山东人民出版社
出 版 人　胡长青
社　　址　济南市市中区舜耕路 517 号
邮　　编　250003
电　　话　总编室（0531）82098914
　　　　　市场部（0531）82098027
网　　址　http：//www. sd - book. com. cn
印　　装　天津图文方嘉印刷有限公司
经　　销　新华书店

规　　格　16 开（160mm ×230mm）
印　　张　39. 75
字　　数　392 千字
版　　次　2022 年 2 月第 1 版
印　　次　2022 年 2 月第 1 次
ISBN 978 - 7 - 209 - 13327 - 2
定　　价　136. 00 元